Lea Giegerich

Die Wachenden

DIE WACHENDEN

LEA GIEGERICH

ROMAN

VAJONA

Die Wachenden

FSC
www.fsc.org
MIX
Papier aus verantwortungsvollen Quellen
FSC® C014138

Originalausgabe bei VAJONA Verlag GmbH

Druck und Verarbeitung:
FINIDR, s.r.o.
Lípová 1965
737 01 Český Těšín
Czech republic

Lektorat: Katharina Platz
Korrektorat: Lara Späth und Vera Schaub
Umschlaggestaltung: VAJONA Verlag GmbH unter Verwendung von Motiven von 123rf
Satz: VAJONA Verlag GmbH, Oelsnitz

VAJONA Verlag GmbH
Carl-Wilhelm-Koch-Str. 3
08606 Oelsnitz

ISBN: 978-3-98718-321-8

Für alle, die an ihren Träumen festhalten.

*Träume können dich heilen, erfüllen und beflügeln.
Aber wenn du nie gelernt hast, mit ihnen umzugehen,
können sie dich auch süchtig machen.*

1. Kapitel

»Täglich sechs ungelöste Vermisstenfälle in Deutschland!«, schreit mir das Titelblatt der Zeitung förmlich entgegen, als ich langsam die Stufen hinaufsteige, während ich den Teasertext überfliege. Obwohl siebenundneunzig Prozent der Vermisstenfälle innerhalb eines Jahres aufgeklärt werden, bleiben drei Prozent offen. Wie grauenvoll! Aber wo soll die Polizei anfangen, wenn es keine Anhaltspunkte gibt oder die Personen überhaupt nicht gefunden werden wollen?

Ich schüttle den Kopf, um die negativen Gedanken loszuwerden. Genau aus diesem Grund lese ich nicht gerne Zeitung – nur blöd, dass meine Mutter in der Presse arbeitet.

Ich öffne die Tür und schlüpfe aus meinen Schuhen. Es riecht nach Pizza. Ein voller Briefkasten und gelieferte Pizza können eigentlich nur eines bedeuten: Mum hat das Haus und vermutlich sogar das Bett heute noch nicht verlassen. Normalerweise geht sie, bevor ich überhaupt aufstehe, schon zur Arbeit und kommt erst abends zwischen sechs und sieben Uhr zurück – je nach dem, wann sie sich losreißen kann. Sie ist Reporterin bei der Stadtzeitung. Früher hat sie angeblich mal investigativ gearbeitet, hat monatelang an einer Geschichte geschrieben, doch seit ich da bin, beschäftigt sie sich nur noch *mit leichterer Kost* – wie sie sagt.

»Bin wieder da!«, rufe ich und betrete unsere winzige Küche. Als ich Mum sehe, ziehe ich verwundert die Augenbrauen in die Höhe. Anstatt Stoffhose und Bluse trägt sie eine Jogginghose und ihren viel zu großen Kuschelpulli. Die beiden Kleidungsstücke waren wahrscheinlich so tief in ihrem Schrank vergraben gewesen, dass sie Narnia einen Besuch abgestattet haben muss.

Mum interpretiert meine Reaktion jedoch anders. »Ich will heute nichts über die Emissionen von geliefertem Essen hören«, krächzt sie, bevor sie von einem Hustenanfall überwältigt wird.

Ja, normalerweise hätte ich rumgenörgelt und sie darauf hingewiesen, dass wir den Klimawandel so niemals aufhalten können. Aber ich weiß auch, dass Mums Jogginghose ein Symbol dafür ist, dass es ihr nicht gut geht, also verkneife ich mir jeglichen Kommentar. »Hier, deine Zeitung.«

»Danke dir, Lilo.« Als sie das Titelblatt der Stadtzeitung überfliegt, runzelt sie die Stirn. »Es geht also weiter bergab. Sie haben nicht einmal einen aktuellen Bezug hergestellt«, flüstert sie und legt die Zeitung missbilligend neben ihren Pizzakarton.

Auf mich wartet meine Lieblingspizza. Eine Margherita – Mum kennt mich wirklich gut. Ich lasse mich auf den einzigen freien Stuhl ihr gegenüber fallen. Ein Klappstuhl, der – nach dem Verenden des normalen Stuhls – schon seit fast drei Jahren die linke Seite unseres Tisches ziert. Eine Nachbarin wollte ihn loswerden und ich habe ihn aus dem Sperrmüll gefischt. Mum will schon lange ein neues Stuhlpaar kaufen, doch ich bin der Meinung, dass wir nichts wegwerfen sollten, was noch funktioniert. Und ich bin stolz darauf, dass sie mich die Diskussion immer mit einem schweren Seufzen und einem ›*Du hast ja recht*‹ gewinnen lässt.

»Wie war es in der Schule?«

»Na ja, die Sommerferien sind gerade erst vorbei und ich habe die Lehrer noch nie so motiviert gesehen«, meine ich schulterzuckend. »Ich habe das Gefühl, es gibt die ersten Stegreifaufgaben schon in den nächsten Wochen.«

»Wie schaut es mit deiner Projektarbeit aus? Hast du das Thema bekommen, das du wolltest?«

Grinsend nicke ich. »Japp. Ich werde ein Konzept erarbeiten, wie unsere Schule klimaneutral werden kann.«

»Stellst du es dann auch der Rektorin vor?«

Mir bleibt der Bissen Pizza im Hals stecken, sodass ich husten muss. »Vor der Rektorin? Nein, das ist doch nur eine Projektarbeit. Die gebe ich bei meiner Lehrerin ab.«

Meine Mutter schüttelt verständnislos den Kopf. »Aber dann ändert sich ja gar nichts.«

»Vielleicht gibt meine Lehrerin meine Arbeit ja weiter, wenn sie sie für gut genug hält«, weiche ich aus.

»Du könntest doch zumindest fragen, ob sie bei der Abschlusspräsentation dabei sein möchte.« Ihre Miene hellt sich auf. »Und wenn ich eure Direktorin im Anschluss interviewe und darüber einen Beitrag schreibe, können womöglich noch viel mehr Schulen von deiner Arbeit profitieren.«

»Ich bin kein Projekt, das du einfach so in einen Artikel quetschen kannst!«, beschwere ich mich und stehe auf. »Ich bin satt.«

»Du hast doch kaum etwas gegessen«, merkt Mum an, obwohl sie selbst kein ganzes Stück Pizza heruntergebracht hat.

»Vielleicht esse ich nachher noch etwas.« Ich klappe den Deckel des Kartons zu und räume ihn auf die Küchenplatte. »Tim schläft heute hier.«

»Schon wieder?«, rutscht es ihr heraus. »Läuft da etwas zwischen euch?«

Ich kenne Tim schon seit einer Ewigkeit. Als ich noch klein war, hatte sich mein Vater von Mum scheiden lassen und kurz darauf Tims Mutter kennengelernt. Martha bewarb sich in Aschaffenburg als Krankenschwester und so zogen sie und Tim in unsere Stadt. Tim ging mit mir zur Schule und wir beide wurden gewissermaßen zu Geschwistern. Doch Martha und Dad haben nie geheiratet – was wohl besser war, denn sieben Jahre später haben sie sich wieder getrennt. Es ist nichts Ungewöhnliches, dass Tim bei mir übernachtet, denn die winzige Wohnung, in der er mit seiner Mutter lebt, bietet kaum Platz für beide. Wenn Tim bei mir schläft, benutzt Martha ausnahmsweise einmal nicht die Couch als Bett. Und das weiß Mum eigentlich auch … Also wende ich ihr gerade noch rechtzeitig den Rücken zu, damit sie nicht sieht, wie ich die Augen verdrehe.

»Nein, da läuft gar nichts! Weder jetzt noch in Zukunft. Nerv mich nicht jedes Mal damit, wenn er vorbeikommt!«

»Ist ja schon gut!« Sie steht kurz davor, zu niesen und angelt sich daher ein neues Päckchen Taschentücher.

Ich nutze meine Chance. »Bin Hausaufgaben machen!«, rufe ich ihr über die Schulter hinweg zu und verschwinde in meinem Zimmer. Selbst hier drin riecht es nach Pizza, weshalb ich kurz das Fenster öffne. Ich kann direkt in die Wohnung auf der anderen Straßenseite blicken. Die Wohnung, die seit knapp zwei Monaten leer steht, ist nun hell erleuchtet und ein dunkelhaariger Kerl, vielleicht zwei Jahre älter als ich, sieht mich direkt an. Ich lächle ihm freundlich zu. Er erwidert es unsicher, bevor er sich wegdreht und mit zwei anderen Personen den Raum verlässt.

Vielleicht ist es nur eine Wohnungsbesichtigung, vielleicht aber auch schon die Schlüsselübergabe. Ich würde mich auf jeden Fall freuen, wenn wieder mehr junge Leute in der Nachbarschaft wohnen. Ohne weiter darüber nachzudenken, schalte ich den alten Rechner an, den meine Mutter mir irgendwann einmal von der Arbeit mitgebracht und somit vor der Verschrottung gerettet hat. Er röhrt ganz schön, aber er ist voll funktionsfähig. Ich schalte Spotify an und schreibe ein paar Sätze aus dem Internet für Englisch ab.

Irgendwann zwischen sieben und acht – ich starre gerade Löcher in mein Heft – klingelt es. Ich warte darauf, dass Mum die

Tür öffnet, doch es läutet bereits ein zweites Mal, ohne dass sich jemand in der Drei-Zimmer-Wohnung bewegt. Schwerfällig strecke ich mich, bevor ich zur Tür trabe.

Gerade als ich den Türöffner getätigt und die Wohnungstür geöffnet habe, läuft Tim auch schon vollgepackt mit Isomatte und Schlafsack an mir vorbei in mein Zimmer.

»Hey«, sage ich etwas verdattert, während ich immer noch ins Treppenhaus hinausstarre.

»Kommst du auch?«, ruft Tim aus dem Nachbarraum. Ich werfe die Tür scheppernd ins Schloss. Tim hat seine Isomatte bereits vor meinem Bett ausgebreitet und sieht mich erwartungsvoll an.

»Fühl dich wie zu Hause«, fordere ich ihn kopfschüttelnd auf.

»Danke. Mache ich schon.« Sein Grinsen reicht von einem Ohr zum anderen. Es ist sein typisches, schelmisches Grinsen, das in verschiedenen Ausprägungen quasi immer auf seinem Gesicht zu sehen ist. Nur wenn es um Biologie geht, verschwindet auch das leichteste Lächeln und Tim wird so miesepetrig, dass ich es kaum in einem Raum mit ihm aushalte.

»Wie kommst du so schnell die Treppe hoch?« Ich lasse mich auf das Bett fallen und beobachte meinen Freund, wie er sich häuslich einrichtet. Seine schwarzen Haare stehen in alle Richtungen ab. Er trägt ein schmuddeliges schwarzes T-Shirt und eine ausgewaschene Jeans. Nichts deutet darauf hin, dass er sich heute irgendwann einmal über sein Äußeres Gedanken gemacht hat. Tatsächlich besitzt er überwiegend abgetragene Sachen. Die wenigen guten Kleidungsstücke trägt er nur zu besonderen Events – dann wirft er sich aber von Kopf bis Fuß ordentlich in Schale und ist plötzlich wie ein anderer Mensch.

»Herr Gassner hat mich rein gelassen. Mann, habe ich einen Kohldampf. Habt ihr was zu essen da?«

Typisch Tim. »Klar, Mum hat heute Pizza bestellt. Ich habe fast nichts gegessen.«

»Ein Hungerstreik, nur weil deine Mutter es gewagt hat, Essen zu bestellen? Du wirst ja immer kreativer«, feixt er.

»Nein, sie wollte einen Artikel über meine Projektarbeit schreiben und da habe ich die Flucht ergriffen.« Trotzig verschränke ich meine Arme.

Er boxt mir freundschaftlich gegen den Oberarm. »Du wirst ja noch zu einer richtigen Berühmtheit.«

Ich strecke ihm die Zunge raus, woraufhin er lacht.

»Wo finde ich die Pizza?«

»Steht in der Küche.«

Tim springt auf und verlässt das Zimmer, während ich meinen Schulranzen für nächsten Montag packe. Als er wieder in der Tür erscheint, hält er die große Pappschachtel in der Hand und stopft sich ein Pizzastück nach dem anderen in den Mund.

»Ist deine Mutter nicht da?«, schmatzt er.

»Doch, aber sie ist im Bett, weil sie sich erkältet hat.« Mit einem Ruck ziehe ich den Reisverschluss meiner Schultasche zu.

»Gehen wir schlafen?«

Ich sehe auf meinen Wecker. Es ist zehn vor halb neun an einem Freitagabend. Alle normalen Jugendlichen hätten über Tims Kommentar gelacht, aber ich nicht, denn wir sind nicht normal. Wir sind Dreamer.

2. Kapitel

Der Schlaf greift nach mir, zieht mich in die Tiefe der Nacht und als ich blinzele, ist Tim verschwunden. Genau wie mein Zimmer. Ich liege nicht länger auf meinem schmalen Bett, sondern auf einer riesigen weichen Matratze mit unzähligen weißen und pastellfarbenen Federkissen. Es ist alles so hell und weich, dass ich mich wie auf einer Wolke fühle. Aber es ist keine Wolke, obwohl ich mir auch das herbeiträumen könnte.

Ein leichter Windstoß weht über mein Gesicht. Er wirbelt die dünnen Schleier auf, die an allen Seiten des Himmelbettes angebracht sind. Ich bin in meiner Traumwelt. Die Welt, in die sich alle Menschen nachts zurückziehen, nur dass die meisten Leute ihre Traumwelt nicht frei gestalten können. Das ist der erste Unterschied zwischen den normalen Menschen und uns Dreamern.

Ich befinde mich in einer kleinen Kathedrale und die Buntglasfenster werfen ihre Farben auf die Holzdielen.

Barfuß gehe ich zu einem kniehohen Tisch in der Mitte des Raumes und lasse mich auf einem Kissen nieder. Mir läuft das Wasser im Mund zusammen, als ich in die mit Berliner gefüllte Schüssel greife.

Da klopft es an der Tür, durch die ich meine Traumwelt verlassen kann. Man muss nicht einmal ein Dreamer sein, um seine Traumwelt verlassen zu können, doch die anderen Menschen tun das nur unbewusst.

»Komm rein«, fordere ich meinen Gast auf. Ich hätte mich nicht einmal umdrehen müssen, um zu wissen, wer mein

Besucher ist. Es ist, als würde er in einem überfüllten Bus direkt neben mir stehen. Ich spüre seine Nähe, seine Wärme, atme den mir vertrauten Geruch ein … Wäre es nicht Tim, wäre es mir ziemlich unangenehm, denn ich spüre seine Anwesenheit, unabhängig davon, wie weit ich mich innerhalb meiner Traumwelt von der Verbindungstür entferne. Entfernungen spielen hier keine Rolle. In einem Moment bin ich hier, im nächsten trennt mich ein ganzes Gebirge von den Traumwelten anderer Menschen. Alles, was hier drin geschieht, hängt nur von meiner Vorstellungskraft ab.

Ich schaue auf meine Armbanduhr, die mir die reale Zeit anzeigt. In der Realität ist es gerade halb neun und vor mir liegen gute zwölf fantastische Traumstunden.

»Boah, Berliner!« Tim kniet sich mir gegenüber an den Tisch und zieht die Schüssel zu sich heran. »Hab ich einen Hunger …«

»Kaum zu glauben, dass du eben fast eine ganze Pizza verschlungen hast«, meckere ich und ziehe die Schüssel wieder in die Tischmitte, bevor er sie allein leer isst. Tim trägt dasselbe T-Shirt wie in der realen Welt, doch seine Hose hat er gegen eine Badehose getauscht.

»Das waren nur fünf Stücke. Außerdem werde ich nachts weder satt noch dick!«

»Du weißt nie, welche mit Senf gefüllt sind«, flüstere ich hinterlistig und sehe zu, wie Tim den Berliner, dessen Füllung sich in diesem Moment in Senf verwandelt, ausspuckt.

»Du Idiot!«, krächzt er.

Genüsslich greife ich in die Schüssel. »Guten Appetit.«

Tim streicht sich mit dem Finger über die Zunge. »Daf bekommft du tsurück!«

Ich grinse bloß.

»Was machen wir heute?«

Früher haben wir oft Ritter gespielt oder sind auf Drachen durch unsere Traumwelten geflogen. Aber aus diesem Alter sind wir schon lange raus.

Tim ist immer noch damit beschäftigt, seine Zunge von dem Senf zu reinigen. »Wollen wia mal wieda Doc befuchen?«

Mein Vater hat uns vor fast zehn Jahren eines Nachts Doc vorgestellt. Doc ist heute um die siebzig Jahre alt, war im echten Leben mal Arzt und führt in seiner Traumwelt immer irgendwelche verrückten Experimente durch, bei denen wir ihm früher häufig assistierten. Inzwischen ist er für Tim und mich zu einer Art Opa geworden und Tim erhält von ihm regelmäßig Nachhilfestunden in Biologie – dem einzigen Fach, das er nicht ohne zu lernen versteht.

»Ich war ewig nicht mehr bei ihm. Bestimmt vermisst er uns schon«, gebe ich zu.

»Bringen wia ihm Bealiner mit?«, schlägt Tim nuschelnd vor, denn er streckt immer noch seine Zunge raus, um dem Senfgeschmack zu entgehen. »Und kannft du mia mal bitte ein Glaf Waffer geben?«, beschwert er sich. Augenblicklich erscheint vor ihm ein großes Glas Orangensaft. Wahrscheinlich wird das den Senfgeschmack besser überdecken.

In der Traumwelt eines anderen Menschen kann man bloß sich selbst verändern – nichts anderes. Hier, in diesem Haus bin ich die Erschafferin. Ich kann es Frühling werden oder schneien lassen, kann aus dem weiten Feld eine Großstadt zaubern oder Personen erscheinen lassen, die entweder Abbilder echter Menschen sind oder überhaupt nicht existieren – natürlich spüre ich deren Präsenz dann nicht so wie bei Tim. Wenn ich Tim besuche, bin ich seinen Ideen ausgeliefert und muss vielleicht selbst Senf essen.

»Lass uns gehen!«, rufe ich.

Die Schüssel mit den restlichen Berliner verwandelt sich in eine Papiertüte. Ich packe die Griffe und springe voller Vorfreude auf. Während ich zur Tür laufe, legt sich wie aus dem Nichts ein gefütterter Mantel über meine Schultern. Vom Hals bis zu den Füßen werde ich dick eingepackt. Ich trage auf einmal einen Rollkragenpullover, einen Mantel, eine Jeans, rosa Flauschsocken über normalen blauen Socken und gefütterte Stiefel. Als letztes plumpst eine Mütze aus Kunstfell auf meinen Kopf.

Ich liebe diese Traumwelt! Ich muss mich noch nicht einmal selbst anziehen. Alles, was ich mir auch nur vorstellen kann, bekomme ich. Und am nächsten Morgen kann ich mich sogar noch daran erinnern.

Wir verlassen mein Reich. Hastig ziehe ich die Tür hinter mir zu und verriegele das Schloss. Zwar habe ich noch nie von Einbrechern gehört – aber sicher ist sicher.

So weit das Auge reicht, strahlt die Sonne hinab auf eine unberührte Schneedecke und lässt sie in allen Regenbogenfarben glitzern. Als ich Tim ansehe, muss ich grinsen. Überall liegt Schnee und er steckt lässig seine Hände in die Badehosentaschen. Aber er friert nicht, denn für ihn ist hier kein Winter.

Diese Zwischenwelt sieht für alle anders aus. Wo ich kleine Blockhütten im tiefen Schnee sehe, befinden sich in Tims Welt kleine Strandhütten auf weißem Südseesand. Aus diesem Grund tragen die meisten hier auch Badebekleidung oder eine Jeans mit T-Shirt.

Manchmal denke ich, dass ich wirklich die Einzige bin, die vom Winter so sehr verzaubert wird, dass ich ihn mir jede Nacht ansehen muss.

Ich liebe den Winter. Während in den letzten Monaten des Jahres alles verwelkt und langsam stirbt, verwandelt der Schnee diese graue Welt innerhalb weniger Stunden in ein Winter Wunderland.

»Was ist los?«, will ich wissen, als ich Tims sehnsüchtigen Blick über die Hütten und Schneeberge wandern sehe.

»Das Meer trägt heute flache Wellen. Wollen wir nachher noch schnorcheln gehen, Lil?«

»Ich denke, ich würde im Bikini erfrieren«, weiche ich aus, da Schwimmen nicht gerade meine Lieblingsbeschäftigung ist.

»Wie hältst du das nur aus? Ewiger Winter, die Kälte, das Frieren. Und dann noch langweilige, zugeschneite Dörfer …«

»Du siehst es doch gar nicht. Ich finde es wunder -«

»Ja, ja. Jedes Mal dieselbe Diskussion. Ich bleibe lieber an meinem Strand mit den paar Holzhütten, die nur Strohdächer brauchen, weil es sowieso nie regnet. Und jeden Tag kann ich im warmen Wasser schwimmen gehen.« Ein kleines Bisschen verlockend klingt es schon, aber ich zucke gleichgültig mit den Schultern. »Weicher, warmer, weißer Sand«, schwärmt Tim weiter, bückt sich und lässt einen Teil seines Traumbodens aus seiner Hand rieseln. Doch noch bevor der Sand den Boden berührt, verwandelt er sich wieder in Schneeflocken.

Ich bleibe vor Docs Tür stehen. »Ich muss zugeben, ein bisschen Flair hat es vielleicht.«

»Ich bitte dich, Lil! Ein *bisschen*? Das ist das Paradies auf Erden.«

»Aha«, meine ich und blicke mich misstrauisch um. »Bin ich etwa gerade an einem FKK-Strand?«

»Und das direkt vor meiner Haustür?«, fragt Doc gespielt entsetzt. Seine grauen Haare stehen in alle Richtungen ab und sein kariertes Hemd spannt über seinem Bauch. »Ich dachte mir doch, dass ich Stimmen gehört habe. Kommt rein, kommt rein!«

Doc schlurft leicht gebückt voran. Hastig räumt er einige Bücher und Messgeräte vom Sofa. »Eigentlich wusste ich, dass ihr heute kommt. Ich hätte schon früher aufräumen sollen …«

»Woher wusstest du das?«, fragt Tim und lässt die Tür zufallen. Dann stößt er wie so oft mit dem Kopf gegen eine der tief herabhängenden Lampen. Ihr Lichtschein wackelt von einer Wand zur nächsten und ich befürchte schon, dass sie herunterfallen könnte, doch Tim hält die Lampe fluchend fest.

»Im Durchschnitt kommt alle 7,83 Tage jemand von euch beiden vorbei. Da seit eurem letzten Besuch schon zwei Wochen vergangen sind, habe ich mit euch beiden gerechnet. Euer Durchschnitt liegt jetzt übrigens bei 7,9«, berichtet Doc und lässt einen seiner Hosenträger bedeutungsvoll schnalzen.

Obwohl mir sein Vorwurf nicht entgangen ist, muss ich grinsen. Doc ist einfach schrullig. Ich meine das überhaupt nicht im negativen Sinn. Er ist vielleicht etwas verrückt und seltsam, aber auch freundlich, aufgekratzt und genial.

»Tut mir leid, dass es hier so stickig ist. Ich öffne sofort ein Fenster.«

»Doc, du hast schon seit dem Experiment mit den Nachtfaltern keine Fenster mehr.« Ich erinnere mich noch genau daran, dass Doc Nachtfalter *herstellen* wollte, die sich *nicht* an falschen Lichtquellen orientieren. Er hat es schließlich auch geschafft, aber ob es in der Realität genauso einfach gewesen wäre, den Nachtfaltern diese Eigenschaft abzugewöhnen, bleibt fraglich.

»Stimmt.« Doc schüttelt etwas verwirrt den Kopf. »Irgendwie habe ich mich so an die Dunkelheit gewöhnt, dass ich das vollkommen vergessen habe. Nun ja, ohne Fenster kann man wenigstens nicht beobachtet werden. Setzt euch, setzt euch!«

Tim lässt sich wie ein nasser Sack auf das Sofa fallen und ich klettere auf einen weißen Barhocker.

Doc kämpft sich durch das Zimmer. An Regalen entlang, um Bücherstapel herum, an Mikroskopen vorbei, bis hin zu einer Herdplatte, die ziemlich wackelig auf einer Liege steht. Von irgendwo zaubert Doc einen alten Teekessel herbei.

Ich starre angewidert in den Glaskasten vor mir, in dem unzählige Moskitos auf ihren Einsatz warten. An einer Stelle befindet sich eine Klappe in der Vitrine, sodass Doc in den Kasten hineingreifen kann. Glücklicherweise schließt sich ein feiner Netzhandschuh an das Loch an, sodass Doc den gesamten Kasten abtasten kann, ohne dass die Mücken hinausfliegen können. Ganz sanft klopfe ich gegen die Glaswand und schrecke entsetzt zurück. Tausend – nein: Millionen – Moskitos flattern plötzlich von ihren Ruheplätzen hoch.

»Wie ekelhaft!« Mein Magen kribbelt plötzlich und es breitet sich eine leichte Übelkeit in mir aus, sodass ich dem Kasten schnell den Rücken zudrehe. Tim grinst mich schief an.

»Versteckst du dich etwa vor den Mücken?«

Als ich an mir hinabblicke, hat sich mein Körper in Luft aufgelöst. Ich fühle mich noch und bin zu hören, doch ich blicke einfach durch mich hindurch auf die Fliesen. Das ist noch ein Unterschied zwischen normalen Menschen und uns Dreamern. Alle Dreamer besitzen eine Gabe, die wir auch in der realen Welt einsetzen können. Ich kann mich unsichtbar machen. Natürlich könnte sich Tim hier im Traum auch einfach in Luft auflösen, doch in der realen Welt bin ich die Einzige, die das kann. Seine Gabe ist aber auch ziemlich nützlich, denn er kann Wunden heilen. So ganz genau weiß er bestimmt selbst nicht, was er alles heilen kann, aber bisher konnte er noch jede Verletzung, die ich mir zugezogen habe, ungeschehen machen.

Tatsächlich sind nicht alle Gaben so spektakulär wie unsere. Doc hat uns zum Beispiel einmal verraten, dass er unglaublich schnell schreiben kann. Als ich es sah, war ich fasziniert – tauschen wollte ich trotzdem nicht.

»Wie sieht es eigentlich mit deinem Mückenstich-Mittel aus?«, frage ich. In meiner Magengrube breitet sich wieder das gewohnte

Kribbeln aus, bevor es von einer kurzen Welle der Übelkeit abgelöst wird und ich wieder sichtbar bin.

»Prächtig. Hier funktioniert es wunderbar und ich teste es gerade noch in der realen Welt. Ich bin mir dieses Mal hundertprozentig sicher, dass es funktionieren wird«, erzählt er, während er einige Tassen hervorkramt und in einer alten Blechdose nach Teebeuteln sucht.

Der Teekessel pfeift und ich stehe auf, um ihn von der Herdplatte zu nehmen. Doc scheint heute etwas zerstreut zu sein, was ich nicht von ihm gewohnt bin. Er stellt mir die Tassen hin, behält aber die Teebeutel fest in der Hand, während er verschiedene Schubladen aufzieht, hineinblickt und sie wieder schließt.

»Doc, gibst du mir die Teebeutel?«

»Oh, ja natürlich.«

Ich nehme sie entgegen, überbrühe den Tee und setze mich zu Tim, während Doc immer noch seine Schränke durchwühlt. »Hat jemand von euch beiden zufällig einen Mückenstich?«

»Ich glaube, in der Stadt sind die Mücken ausgestorben. Ich hatte schon seit Jahren keinen Stich mehr.«

Als ich zu dem schwarzen, sich ständig bewegenden Mückenschwarm im Glaskasten blicke, bin ich froh, dass Mum an allen Fenstern Fliegengitter befestigt hat.

»Wie schade, dann wird mein Mittelchen wohl kaum ein Verkaufsschlager.« Doc holt die Teebeutel viel zu früh wieder heraus und drückt uns dann jeweils eine Tasse in die Hand. »Für Tim Himbeere und für dich Kirsche. Aber ich muss euch trotzdem meine Erfindung zeigen – ihr seid mir doch deswegen nicht böse? Manchmal denke ich, ich gehe anderen Leuten damit auf den Geist.«

»Solange ich dafür wieder Bio-Nachhilfestunden bekomme, sehe ich mir stundenlang deine Erfindungen an.«

»Sei doch nicht albern, Tim. Du kannst jederzeit zu mir kommen.« Doc kramt nun in einer Kiste, während wir ihn gespannt beobachten. Doch er findet nicht, wonach er sucht. Er dreht die Kiste auf den Kopf, sodass der komplette Inhalt auf den Boden fällt.

»So ein Mist! Das gibt es doch nicht. Wo habe ich es denn?«, flucht er. Dann durchsucht Doc die nächste Schachtel. Unablässig durchwühlt er seine Sachen, während er sich immer wieder an der kleinen, haarlosen Stelle am Hinterkopf kratzt. Tim und ich werfen uns verwirrte Blicke zu.

»Brauchst du Hilfe?«, frage ich schließlich.

»Ich habe die Creme in ein Döschen gefüllt, aber jetzt ist es weg. Schau mal bitte dort drüben, Lilo!«

Ich stehe auf und durchwühle eine große Pappkiste. Es sieht aus, als wäre Doc frisch hier eingezogen. Es stehen mehr Kisten als üblich herum und darin befinden sich neben Küchenutensilien Shampoo-Flaschen und Socken.

»Warum hast du hier so viel Zeug?«

»Ähm, gute Frage. Ich habe heute einige Dinge von meiner Wohnung in meine Praxis transportiert. Irgendwie müssen die Sachen dabei auch in meine Träume gelangt sein … Da ist es ja«, ruft Doc plötzlich. Mit leuchtenden Augen winkt er mich zurück zum Sofa. Ich rücke gespannt näher zu Tim, um das Cremedöschen betrachten zu können. Auf dem rosafarbenen Metall ist Winnie-Puuh abgebildet.

Während ich versuche, mir ein Kichern zu verkneifen, grinst Doc wie ein Honigkuchenpferd.

»Aber das ist doch Handcreme?«, fragt Tim mit hochgezogener Augenbraue.

»Na ja, ich habe es bisher nur für die Hände genommen, aber wenn du am Hintern einen Stich hast, hilft es bestimmt auch.«

Doc dreht den Deckel ab. Die Creme ist nicht – wie ich erwartet habe – weiß, sondern lilafarben.

Misstrauisch sehe ich Doc an, der entschuldigend mit den Schultern zuckt. »Ich habe Lebensmittelfarbe benutzt, um sie etwas interessanter wirken zu lassen.«

»Lebensmittelfarbe?« Dreht Doc jetzt vollkommen durch?

»Ein bisschen zu viel vielleicht.«

»Das ist also die Anti-Stiche-Paste?« Tim nimmt die Dose in die Hand und hebt sie prüfend unter die Nase. Er verzieht das Gesicht. »Die stinkt ja abartig!«

»Tim, ich bitte dich. Das riecht nach Lavendel. Meine Frau liebte Lavendel. Und hör auf, meine Erfindungen zu benennen! Anti-Stiche-Paste gefällt mir nicht.«

Doc läuft zum Glaskasten hinüber und öffnet die Klappe. Angeekelt und gefesselt zugleich starre ich zu ihm hinüber, während er mit einer Hand in den Kasten hineingreift. In Sekundenschnelle ist von Docs Hand nichts mehr zu sehen. Als hätten die Mücken frisches Blut gerochen, stürmen sie auf seine Finger zu. Obwohl ich weiß, dass Doc und die Mücken durch das feine Netz voneinander getrennt sind, überläuft mich ein eisiger Schauer.

Tim sitzt stocksteif neben mir.

»Jetzt stechen sie mich«, berichtet unser alter Freund.

»Ach echt? Das habe ich mir beinahe gedacht«, flüstert Tim, doch seine Stimme dringt nicht bis zu ihm hinüber.

Doc schüttelt seine Hand, um den tollwütigen Mückenschwarm loszuwerden, befestigt die Klappe wieder, hüpft aufgeregt zu uns herüber und hält uns dann seine Hand vor die Nase.

Unwillkürlich lehnen wir uns beide nach hinten. Wie im Zeitraffer wachsen kleine rote Hügel auf seiner Haut. »Tim, schmiere mir jetzt die Salbe über die Stiche!«, verlangt Doc.

Tim verzieht das Gesicht, greift dann aber trotzdem brav in die Winnie-Puuh-Dose.

»Die Salbe wirkt sofort. Ihr werdet sehen: Meine Hand wird so heil sein wie vor fünf Minuten.« Noch während er spricht, dreht er uns den Rücken zu und stolpert zu einem Waschbecken, das sich, als wir gekommen sind, mit absoluter Sicherheit noch an einer anderen Stelle befunden hat.

Tim und ich werfen uns misstrauische Blicke zu. Wir denken beide, dass Docs neuste Erfindung vielleicht hier, jedoch niemals in der realen Welt funktionieren wird.

Ich höre ein Pfeifen, dann platschendes Wasser.

»Ha!«, nuschelt Doc und dreht den Wasserhahn wieder zu. »Kein einziger Stich mehr.« Er strahlt über das ganze Gesicht.

In diesem Moment klopft es an der Tür und Doc zuckt überrascht zusammen.

»Ganz schön was los heute!«, flüstert er und geht hinüber zum Eingang in die Zwischenwelt. »Ach, guten Tag, Manuel. Komm rein! Deine Kinder sind auch gerade zu Besuch. Habt ihr euch abgesprochen?«

Von meinem Vater habe ich nicht nur die haselnussbraunen Haare und die hellblauen Augen, sondern auch das Dreamer-Gen geerbt. Früher kam er jede Nacht in meine Kathedrale, um mir diese Welt zu erklären. Obwohl mein Vater nach der Beziehung mit Tims Mutter nach Aachen zog, besucht er mich regelmäßig in der Traumwelt und ich weiß, dass er auch immer mal wieder bei Tim vorbeischaut. Obwohl Dad nicht sein leiblicher Vater ist, hat er sich doch immer um ihn gekümmert.

Dad betritt den Raum und begrüßt uns freudestrahlend. »Alles gut bei euch beiden? Lange nicht mehr gesehen, Tim! Wie steht es mit dem Computerspiel, das du programmieren willst?«

Dad setzt sich zu uns und ich stelle die Berliner auf den Tisch.

Während wir das süße Gebäck aufessen, erzählt Tim von seinen neusten Ideen zu seinem Herzensprojekt, über das Doc nur den Kopf schüttelt.

»Dafür bin ich zu alt«, wiederholt er immer wieder.

Mein Vater hingegen ist Feuer und Flamme, bis ihm wieder einfällt, weswegen er eigentlich zu Doc gekommen ist. »Lass uns doch ein anderes Mal etwas ausführlicher darüber reden, Tim. Ich habe etwas Beunruhigendes erfahren und wollte mit Doc darüber sprechen.«

3. Kapitel

»Heißt das, wir sollen gehen?«, hake ich zögerlich nach.

»Nein, ihr könnt ruhig hierbleiben. Ein Freund schickt mich zu allen Freunden und Bekannten, die ich hier in der Traumwelt habe. Irgendetwas passiert in unseren Träumen, das wir noch nicht verstehen.«

»Kannst du ein wenig genauer beschreiben, was du meinst? Immerhin ist es ein Mysterium an sich, dass wir Dreamer bewusst träumen können«, verlangt Doc und kratzt sich einmal mehr an seiner kahlen Stelle.

»Na ja … viel weiß ich tatsächlich nicht. Uns ist zu Ohren gekommen, dass sich einige Dreamer plötzlich anders verhalten als zuvor. Ich habe von introvertierten Menschen gehört, die plötzlich unzählige Freundschaften knüpfen. Jedoch genauso von Dreamern, die auf einmal überhaupt keinen Kontakt mehr zu ihren Freunden pflegen.« Mein Vater zuckt etwas hilflos mit den Schultern. »Mein Bekannter konnte noch keine Parallelen in den Verhaltensweisen feststellen. Aber er bemerkte, dass es sich wie ein Virus auszubreiten scheint. Als könnte man sich bei anderen anstecken …«

Tim und ich tauschen misstrauische Blicke.

»Aber alles, was wir sehen und erleben ist doch allein von unserer Vorstellungskraft abhängig. Ich kann in einem Moment todsterbenskrank sein und im nächsten topfit. Wie soll ich mich da ernsthaft mit einem Virus anstecken?«, frage ich geradeheraus.

»Wie gesagt: Wir verstehen es noch nicht, sondern versuchen

gerade nachzuvollziehen, bei welchen Dreamern dieses Phänomen auftaucht und wie plötzlich. Doc, ich wollte dich davor warnen, da du doch recht viele Kontakte zu anderen Dreamern pflegst. Womöglich ist es besser, diese ein wenig einzuschränken, bis wir wissen, was genau vor sich geht.«

Doc nickt, woraufhin mein Vater Tim und mich anvisiert. »Ich weiß, ihr kennt nicht so viele Dreamer wie Doc oder ich, aber womöglich wäre es besser, wenn auch ihr jeweils in euren eigenen Traumwelten bleibt.«

»Aber ich brauche die Nachhilfestunden bei Doc!«, widerspricht Tim lautstark.

»Könnt ihr das nicht tagsüber machen? Doc wohnt doch nur ein paar Kilometer von euch entfernt.«

»Pff!« Tim bläst seine Wangen auf. Es ist deutlich, dass er lieber die Zeit in seinen Träumen mit Biologie verbringt, als die wenigen Stunden, die er abends nach der Schule für sich hat. Doc jedoch hat nichts dagegen und schreibt ihm seine Adresse auf. So schnell gibt sich Tim allerdings nicht geschlagen. »Ich habe nachts viel mehr Zeit zum Lernen. Doc und ich treffen uns dann immer vier Stunden am Stück. Das wäre tagsüber überhaupt nicht denkbar«, behauptet er. »Außerdem treffe ich mich ja nur mit dir, Lilo und Doc. Was soll da schon passieren?«

Mein Vater atmet tief durch. »Na schön. Bisher war noch niemand der betroffenen Personen aus unserem Bekanntenkreis. Sollte sich dieser Virus allerdings auch in unserem Dunstkreis ausbreiten, bleibt ihr bis auf Weiteres in euren Traumwelten.«

Dad sieht mich ernst an, doch im selben Moment spüre ich eine überwältigende Leichtigkeit in mir aufsteigen. Ich fühle mich so leicht, als würde ich fliegen. Erschrocken werfe ich einen Blick auf meine Armbanduhr.

Es ist bereits sieben Uhr am Morgen.

Obwohl ich das Gefühl, das mich erfüllt, sehr gut kenne, ist es etwas, das nicht sehr oft vorkommt. Es bedeutet, dass ich geweckt werde. Normalerweise entscheide ich selbst, wann ich wach werde, und dann habe ich dieses Gefühl nicht.

Es kommt mir vor, als würde ich in lauter kleine Lichtpunkte zerfallen, die langsam, aber sicher in den Himmel aufsteigen. Um mich herum wird es immer heller und heller. Ich sehe gerade noch Dad, der begreift, dass ich aus der Welt der Träume gerissen werde, dann ist um mich herum nur noch Licht.

Tatsächlich ist es meine Mutter, die mich an diesem Samstagmorgen um sieben Uhr aus dem Schlaf reißt. Die Kaffeemaschine hat den Geist aufgegeben und offensichtlich hilft weder gut zureden noch Mums laute Schläge gegen das Gehäuse, sie wieder in Gang zu bringen. Etwas zerknirscht schiebe ich ihr unsere French Press hin.

»Darauf kann man sich *immer* verlassen«, sage ich leichthin, bevor ich im Wohnzimmer den großen Tisch für das Frühstück eindecke.

Mum – immer noch in Jogginghose – stellt ein Tablett mit Brotaufstrichen auf den Tisch und schenkt mir Tee ein. »Schläft Tim noch?«, fragt sie. Sie klingt immer noch wie eine heisere Katze.

»Nein, tut er nicht mehr«, antwortet er für mich. In Boxershorts und T-Shirt steht er vor uns und grinst, als ob er gerade im Lotto gewonnen hätte.

Mum schüttelt nur den Kopf, dann frühstücken wir in Ruhe, bevor sie sich wieder in ihr Schlafzimmer zurückzieht. Auch Tim verabschiedet sich direkt nach dem Essen von mir und so habe ich genügend Zeit, mich in meine Projektarbeit zu stürzen.

Gegen vierzehn Uhr werde ich jedoch unterbrochen, als es an unserer Wohnungstür klingelt. Schwerfällig öffne ich Christian

Gassner, der guten Seele unserer Nachbarschaft. Er wohnt mit seiner Frau unter uns und engagiert sich für ein angenehmes Miteinander. Beinahe jeden zweiten Monat organisiert er irgendein Nachbarschaftsfest oder ein Grillen auf der Straße, sodass ich die meisten unserer Nachbarn kenne.

»Guten Tag Lilo, ich hoffe, ich störe nicht. Kannst du unseren neuen Nachbarn beim Hochtragen helfen? Sie brauchen dringend etwas Unterstützung.«

Eigentlich habe ich keine Lust darauf, Kisten durch die Gegend zu schleppen – aber wenn es wirklich um die Wohnung gegenüber geht und der Typ von gestern einzieht … Entschlossen schlüpfe ich in meine Sneakers und gehe hinunter auf die Straße. Zwischen den Häusern steht ein kleiner Transporter, dessen Hecktüren weit geöffnet sind. Christian und ich schlängeln uns an mehreren unterschiedlich großen Kartons und Möbelstücken vorbei. Christian nimmt mit einem anderen Mann aus unserem Haus das Ledersofa in Angriff. Gemeinsam heben sie den Zweisitzer an und quetschen ihn durch die Haustür. Ich nehme mir einen Karton und folge dem Sofa im Schneckentempo die Treppe hinauf. Im dritten Stockwerk stellen die Männer erschöpft ihre Last ab und lassen sich erst einmal auf die Polster fallen, während ich über ihre Füße hinwegtänzele.

»Gib mir das, ich räume es gleich weg.«

Ich drehe mich überrascht um.

Wow! Was für ein Türkis! Wie das flache Wasser vor einer Südseeinsel. Noch nie in meinem Leben habe ich so faszinierende Augen gesehen. Ich bin unfähig, irgendetwas anderes zu denken. Nur: Wow! Ich bin wie gelähmt. Meine Hände krallen sich an der Kiste fest. Das Einzige, das sich an mir bewegt, ist mein Unterkiefer, der gegen meinen Willen Richtung Boden sackt. Sogar mein Herz hört für einen winzigen Augenblick auf zu schlagen, bis es sich erinnert, dass es gar nicht anhalten darf. Dann macht es zwei Hüpfer, um die verlorene Zeit wieder aufzuholen.

Nur Luft bekomme ich immer noch keine, sodass mir leicht schwindelig wird.

»Hi, ich bin Philipp. Und … Geht es dir gut?«, will der Typ mit zusammengezogenen Augenbrauen wissen. »In der Küche steht Wasser, wenn du etwas trinken möchtest.«

»Äh … Danke. Ich heiße Lilo«, sage ich tonlos und gefühlt nach einer Minute. Ich spüre, wie mir das Blut in die Wangen schießt. Ich wäre gerne schlagfertig, um mich irgendwie lässig aus dieser Situation zu retten, aber das bin ich nicht. Ich kann auch nicht besonders gut lügen. Also reiße ich mich irgendwie von seinem Blick los und mustere stattdessen sein weinrotes T-Shirt, auf dem irgendeine abstrakte Figur abgebildet ist. Endlich kann ich wieder freier atmen. Ich drücke ihm den Karton in die Hand und fliehe in die Küche.

Ich schüttele den Kopf, um wieder zu mir zu kommen. Mann, wie peinlich! Aber seine Augen sind der Wahnsinn! Obwohl ich keinen Durst habe, trinke ich ein paar Schlucke, danach helfe ich Christian, das Sofa ins Wohnzimmer zu schieben, und schleppe mindestens acht weitere Kisten in die Wohnung. Um nicht wieder an Philipps Blick hängenzubleiben, weiche ich ihm geschickt aus. Dafür betrachte ich ihn heimlich eingehender. Er ist recht blass, als hätte er im gesamten Sommer keine Sonne gesehen, ungefähr dreißig Zentimeter größer als ich, und wenn er lächelt, bilden sich auf beiden Seiten Grübchen. Doch er zieht nicht allein in die Wohnung ein. Ihn begleitet Lisa, die leider viel zu jung ist, um seine Mutter sein zu können.

Sobald Lisa und ich die letzten Regalbretter im Wohnzimmer ablegen, ruft sie Philipp, Christian und die beiden anderen fleißigen Nachbarn zu uns.

»Vielen lieben Dank! Ohne euch hätten wir bestimmt noch bis spät in die Nacht gebraucht.«

»Ist doch kein Ding!«, behauptet Christian.

»Wir würden euch gerne als Dankeschön heute Abend gegen acht Uhr zum Essen einladen, bringt gern eure Familien mit!«, verkündet Philipp.

Wir bedanken uns und auf dem Weg nach Hause fragt mich Christian, ob wir uns dann später sehen.

Meine Enttäuschung darüber, dass Philipp wohl schon vergeben ist, lässt mich zögern. »Ich weiß noch nicht.«

Christian nickt verständnisvoll. »An einem Samstagabend hast du bestimmt schon etwas anderes vor, aber es wäre doch schön, die neuen Nachbarn näher kennenzulernen.«

»Tatsächlich bin ich noch nicht verplant«, gebe ich kleinlaut zu. Und wer weiß … vielleicht wird der Abend ja ganz nett. Außerdem brauche ich keinen attraktiven Grund auf zwei Beinen, um mit meinen Nachbarn zu Abend zu essen.

***

Nachdem wir uns kurz frisch gemacht haben, treffe ich mich mit Christian und seiner Frau Sandra vor deren Wohnungstür im zweiten Stock. Christian hört erst auf, von dem Nachmittag zu erzählen, als er bei *Ottermann* klingelt. Die Tür wird geöffnet, ohne dass nach unseren Namen gefragt wird.

Lisa Ottermann begrüßt uns mit einem steinernen Lächeln. Ihre großen braunen Augen fixieren neugierig unsere Gesichter. Für einen winzigen Moment gleitet ihr Blick an uns hinunter, doch dann schaut sie uns sofort wieder ins Gesicht.

»Schön, dass ihr da seid. Kommt herein!« Sie wirft ihre braunen Ringellöckchen über die zimtfarbene Schulter, die von ihrem Top freigelassen wird. Am Mittag, als sie noch keine hautenge Jeans und Stöckelschuhe getragen hat, war sie mir anders vorgekommen. Nicht so … eingebildet. Sie hält uns die Tür auf, während sie uns immer noch angrinst. Als hätte sie jemand dazu gezwungen, uns einzuladen.

»Wir haben euch etwas mitgebracht«, flötet Sandra. Mit dieser Stimme habe ich sie noch nie zuvor sprechen gehört. Spürt sie auch die Abneigung, die Lisa in diesem Moment uns gegenüber ausstrahlt?

Lisa nimmt das Schwarzbrot und das Salz dankend entgegen. »Ihr seid die Ersten. Geht doch schon einmal ins Wohnzimmer, aber schaut euch bloß nicht in diesem Chaos um.« Lisas Stimme klingt aufgesetzt. Beinahe so, als würde sie uns viel lieber wieder aus dem Haus werfen, als uns hineinzubitten. Ist sie unsicher? Oder einfach nur gestresst? So richtig kann ich ihr Verhalten nicht einordnen.

»Kein Stress«, sage ich daher beschwichtigend, als sie uns zum Wohnzimmer geleitet. »Wir haben ja schließlich unseren Beitrag zum Chaos geleistet, nicht wahr?«

Lisa lacht. Und ich glaube, dass ihr Lachen tatsächlich echt ist und es ihr etwas von ihrer Anspannung nimmt. »Da ist wohl etwas Wahres dran.«

Während Lisa die Geschenke in die Küche bringt, gehen wir ins Wohnzimmer. Auf dem Boden liegen zwei Matratzen und einige Kissen. An der Wand stehen die meisten Umzugskisten fein säuberlich übereinandergestapelt und vor dem Fenster hat das helle Ledersofa seinen Platz eingenommen.

Christian setzt sich auf eines der Bodenkissen und lehnt sich gegen die Kartonwand, als es erneut klingelt und die anderen beiden Helfer mit ihren Familien hereinkommen. Ich sehe gerade noch, wie Lisa mit wehendem Oberteil durch den Flur stürmt.

»Eine Stunde, maximal«, flüstert Sandra ihrem Mann zu.

Wir lassen uns neben Christian nieder und beobachten die neuen Gäste. Sie scheinen mit Lisas Persönlichkeit ebenfalls überfordert zu sein. Ich beschließe zu gehen, sobald Sandra und ihr Mann den Rückzug antreten.

Christian beginnt ein Gespräch, das von allen Anwesenden dankbar angenommen wird. Nach kurzer Zeit taut auch Lisa allmählich auf. Zwar ist sie immer noch schüchtern und redet kaum, doch sie wirkt nicht mehr so steif wie am Anfang.

Endlich betritt auch Philipp den Raum. Seine türkisfarbenen Augen fesseln mich. Ich kann mich nicht mehr bewegen, sondern starre ihn an wie ein Reh im Scheinwerferlicht.

Er grüßt uns kurz und öffnet einige Kartons, bis er eine Bluetoothbox findet und Musik abspielt. Allmählich löst sich die angespannte Stimmung und ich bin in der Lage, meinen Blick von meinem neuen Nachbar abzuwenden und stattdessen locker mit den anderen Gästen zu plaudern.

Lisa holt Gläser aus einer Kiste in der Küche und verteilt sie an die Anwesenden, während ich hinter ihr herlaufe und Limo oder Wasser in die leeren Gläser fülle. Um halb acht kommen schließlich die Pizzen. Sie verschwinden im Nu in den leeren Bäuchen der Gäste, und nachdem ich kein vegetarisches Stück mehr ergattern kann, geselle ich mich wieder zu Christian und Sandra.

»Wie lange bleibt ihr noch?«, frage ich die beiden.

»Hm … ich denke, wir werden so langsam aufbrechen«, antwortet Sandra wie erhofft.

»Wie? Ihr wollt schon gehen?« Unser Gastgeber kommt zu uns herüber.

Sofort schießt mir die Hitze ins Gesicht. Ich fühle mich ertappt.

»Ich bin Busfahrerin und muss morgen wieder früh arbeiten«, entschuldigt Sandra sich.

»Kann ich, bevor wir gehen, noch einmal kurz eure Toilette benutzen?«, hakt Christian ein.

»Klar, links neben dem Eingang ist das Badezimmer.«

Als Christian uns verlässt, entsteht zwischen uns Dreien ein dickes Schweigen.

Ich starre die weißen Wände an, während ich nach einem Gesprächsthema suche. »Und … ähm … werdet ihr hier noch streichen?«

Philipp lächelt, sodass seine Grübchen kurz zu sehen sind. »Ja, auf jeden Fall! Lisa liebt Farben, also war das eigentlich nie wirklich eine Frage für uns.«

Ich betrachte gespielt interessiert die Wände, um ihm nicht ins Gesicht blicken zu müssen.

»Habt ihr noch Zeit für einen kleinen Rundgang? Dann könnte ich euch zeigen, was wir uns vorgestellt haben.«

Sandra zuckt mit den Schultern. »Warum nicht.«

Als erstes führt uns Philipp in Lisas Zimmer. »Meine Schwester will auf dieser Seite einen Farbverlauf malen. Am liebsten im Aquarell-Look. Dafür müssen wir aber erst einmal die Raufasertapete runtermachen.«

Seine *Schwester*? Zwischen einer Ameise und einem Marienkäfer hätte ich mehr Ähnlichkeiten entdeckt als zwischen Philipp und Lisa.

Doch diese Neuigkeit lässt mein Herz etwas schneller schlagen. Was ist nur mit mir los? Ich bin doch eigentlich niemand, der so leicht in Schwärmereien verfällt. Ich kenne diesen Kerl doch überhaupt nicht!

»Das klingt nach ganz schön viel Arbeit.«

»Lisa ist Künstlerin. Sie arbeitet den ganzen Tag mit Farben und Pinseln. Am Ende sieht es bestimmt genial aus.«

Ich gehe hinüber zu zwei Farbeimern. In einem ist weiße und in dem anderen dunkelgrüne Farbe.

»Dunkelgrün?«, frage ich.

»Ja, sie stellt es sich wie einen Nebelwald vor. Ich bin sehr gespannt, wie es aussieht, wenn sie fertig ist.«

»Und welche Farbe haben die Möbel?«

»Ausschließlich weiß. Im Prinzip richtet sie ihr Zimmer immer gleich ein.«

»Dann seid ihr wohl schon oft umgezogen«, vermute ich.

»Sie, ja. Sie zieht eigentlich alle paar Jahre um, um als Künstlerin bekannter zu werden«, erklärt er uns.

»Und du?«, will ich wissen. Ich hoffe, es klingt einigermaßen beiläufig. »Beginnst du dieses Semester dein Studium in Aschaffenburg?«

»Ähm … nein, ich gehe noch zur Schule. Ist jedoch das letzte Jahr.«

»Warum wohnst du dann nicht bei deinen Eltern?«, fragt Sandra irritiert.

»Bei Lisa habe ich mehr Freiheiten«, antwortet er knapp. »Gehen wir weiter?«

Es ist offensichtlich, dass er nicht näher darauf eingehen möchte, also stimmen wir zu und betreten mit ihm den Raum, durch den ich mein Zimmer auf der anderen Straßenseite sehe.

»Das wird mein Zimmer.«

»Noch ein Kunstprojekt?« Sandra läuft zwei Schritte in den Raum und blickt sich um. In der Mitte stehen zwei Umzugskisten und ein Gitarrenkoffer.

Philipp schüttelt den Kopf. »Es wird einfach nur dunkelbraun.«

Ich muss lachen. »Komplett dunkelbraun?«

Überrascht sieht er mich mit großen Augen an, als hätte ich ihm einen Schlag ins Gesicht verpasst. »Was ist daran so lustig?«

Der Blickkontakt besteht einen Moment zu lange. Ich muss schlucken und mich von diesem Anblick wegreißen. »Das wird doch viel zu dunkel …«

»Ich habe kein so gutes Gefühl für Farben wie Lisa, aber mir gefällt Dunkelbraun.«

»Vielleicht solltest du vorsichtshalber erst einmal nur eine Wand streichen«, rate ich ihm.

»Hm … Vielleicht hast du ja recht und ich entscheide morgen nach einer Wand, dass es mir reicht.«

»Ich habe morgen noch nichts vor und könnte dir helfen«, biete ich ihm an, bevor ich überhaupt darüber nachgedacht habe. Als mir bewusst wird, dass ich mich ihm gerade regelrecht aufdränge, schießt mir das Blut in die Wangen und ich blicke schräg an ihm vorbei, als würde ich etwas anderes betrachten.

Überrascht zieht er seine Augenbraue in die Höhe. »Klar, nett von dir! Warum nicht? Komm einfach um neun rüber, wenn du Bock hast.«

»Wollen wir noch einmal in die anderen Zimmer schauen?«, wirft Sandra ein und wir kehren über die Küche ins Wohnzimmer zurück.

»Möchtet ihr vielleicht doch noch etwas trinken?«

Sandra und ich schütteln gleichzeitig den Kopf.

»Ich denke, wir werden jetzt gehen«, setzt Sandra fest. Christian steht am Fenster. Neben ihm Lisa. Sie lacht und wirft ihre Löckchen über die nackte Schulter. Beide haben eine Bierflasche in der Hand und Christian schiebt sich gerade eine kleine Karte in die Hosentasche. Sandra runzelt missbilligend die Stirn und stampft dann zielstrebig auf Christian zu. Wir verabschieden uns und sobald die Haustür hinter uns zufällt, beginnt Sandra zu schimpfen. »Ich habe doch gesagt, dass ich früh aufstehen muss.«

»Ich weiß, aber als ich von der Toilette kam, wart ihr gerade mit Philipp ins Gespräch vertieft. Und da hat mir Lisa noch ein Bier angeboten«, verteidigt sich Christian.

»Und da hast du dir gedacht, dass das die perfekte Gelegenheit ist, mit einer mindestens zehn Jahre jüngeren Frau zu flirten?«

»Ernsthaft? Ich habe nicht geflirtet! Wir haben uns höchstens angeregt unterhalten – mehr nicht!«

Sandra lacht schrill und entrüstet.

Am liebsten hätte ich mich unsichtbar gemacht, doch das ist vor Nicht-Dreamern natürlich eine bescheuerte Idee. Und so fliehe ich vor ihnen, bevor sie mich als Schiedsrichterin in ihren Streit einbinden können. Leider höre ich ihre Stimmen auch in unserer Wohnung noch durch den Boden zu mir heraufdringen.

»Du bist schon wieder zurück?«

Erschrocken zucke ich zusammen.

»Ja, ich lebe noch hier«, sagt Mum, die an ihrem Laptop in der Küche sitzt.

»Ich war in Gedanken.«

»Wie war es bei den neuen Nachbarn?«

»Ging so.« Ich betrete mein Zimmer und will gerade das Licht einschalten, als ich mich beobachtet fühle. Täusche ich mich oder steht Philipp drüben auf der anderen Seite?

4. Kapitel

Einen Moment lang bleibe ich ganz stillstehen. In seinem Zimmer rührt sich nichts. Stattdessen sehe ich ihn im Nachbarraum bei den anderen Gästen. Ich muss mich getäuscht haben. Mit einem komischen Gefühl in der Magengegend ziehe ich den Vorhang zu, bevor ich das Licht einschalte.

Am nächsten Morgen klingelt mein Wecker um kurz vor halb neun – und das an einem Sonntag. Tim und ich waren gerade auf dem Gipfel eines Berges angekommen und ich wollte die Aussicht genießen, als der Wecker mich zurück in die reale Welt holte.

Vielleicht wäre ich länger liegen geblieben, doch allmählich sickern die Erinnerungen an gestern Abend durch meinen müden Verstand.

Plötzlich sitze ich kerzengerade im Bett. Allein der Gedanke daran, Philipp in einer halben Stunde wiederzusehen, löst in mir ein Glücksgefühl aus, das mich dazu bringt, schwungvoll aus dem Bett zu springen und meinen Schrank nach etwas Geeignetem zum Anziehen zu durchwühlen. Tatsächlich besitze ich weniger Kleider als die meisten meiner Mitschülerinnen – bei den Jungs bin ich mir nicht so sicher. Es tut mir in der Seele weh, dass ich mir heute beim Streichen irgendetwas von meinen Lieblingssachen ruinieren könnte. *Was hat mich gestern geritten, diesem Kerl meine Hilfe anzubieten? Da müssen irgendwelche Hormone mit mir durchgegangen sein. Und das alles nur wegen seiner türkisfarbenen Augen? Krieg dich mal wieder ein, Lilo!*

Dennoch bleibt meine gute Laune, sodass ich noch in meinen

Schlafsachen, aber voller Energie den Vorhang beiseite ziehe, um die Sonne zu begrüßen. Als ich auf der anderen Seite Philipp stehen sehe, ziehe ich ihn ruckartig wieder zu.

Wie peinlich! Wahrscheinlich ist mein Schädel gerade so rot wie eine Tomate. Hat er mich gesehen? Mann, natürlich hat er mich gesehen! Bestimmt nicht nur mich, sondern auch mein rosafarbenes Hello-Kitty-T-Shirt, das mir meine Oma letztes Jahr zu Weihnachten geschenkt hat.

Und was jetzt? Den Vorhang wieder aufziehen und dämlich grinsen oder lieber frühstücken? Ich entscheide mich für die zweite Variante – in der Hoffnung, Philipp würde die Aktion bis um neun Uhr vergessen haben.

Ich frühstücke, ziehe mich um und mache mich im Bad fertig, dann ziehe ich mir die Schuhe an und stelle fest, dass es bereits halb zehn ist. Wo ist nur die Zeit hin?

»Shit«, murmle ich und greife nach meiner Jacke, die ich mir im Gehen überwerfen. Die Haustür fällt hinter mir ins Schloss – da bemerke ich, dass ich meinen Schlüssel vergessen habe. Also schreibe ich Mum eine Nachricht, während ich zur Tür gegenüber laufe. Ich drücke auf *Absenden* und gleichzeitig auf Philipps Klingel.

»Hallo?«

»Ich bin es. Lilo.«

»Klar, komm hoch!«

Ich grinse, obwohl ich eigentlich keinen Grund dafür habe. Zwei Stufen auf einmal nehmend laufe ich die Treppenstufen nach oben. Die Wohnungstür der Ottermanns ist nur angelehnt.

»Philipp?« Zaghaft schiebe ich die Tür auf und spähe hinein. »Hallo?«

»Ich bin in meinem Zimmer«, ruft Philipp, woraufhin ich eintrete.

»Hi«, beginne ich das Gespräch etwas unbeholfen und meide seinen Blick.

Trotzdem wird mir warm und ich spüre ein angenehmes Kribbeln in meinem Bauch. Ich sollte mich dringend auf etwas anderes konzentrieren.

»Hi.« Philipp steht in einem Chaos aus Plastikplanen, Lichtstrahlern, zwei Farbtöpfen, Pinseln und Plüschrollen.

»Schön, dass du da bist. Übrigens kannst du mich auch Phil nennen, wenn du willst. Das ist kürzer und alle meine Freunde nennen mich so.«

»Klar.«

»Willst du deine Jacke nicht ausziehen?«

»Äh … ja, natürlich.« Ich komme mir auf einmal ziemlich dämlich vor. Hastig drehe ich mich weg und bringe meinen Anorak ins Wohnzimmer. »Ist deine Schwester nicht da?«, frage ich, als ich zurückkomme.

»Sie ist in ihrem Atelier.« Phil öffnet einen Eimer voll brauner Farbe. Die dunkle Masse sieht aus wie Schokopudding.

»Was war das eigentlich heute Morgen am Fenster?«

Mein Gesicht wird augenblicklich wieder knallrot. Will er, dass mein Kopf platzt? Wenn ja, ist er auf dem richtigen Weg, denn ich leuchte wahrscheinlich gerade so hell wie eine Glühbirne – und der Draht droht jeden Moment durchzubrennen.

»Äh das …«, stottere ich, »Ich war … noch nicht bereit, mich der Welt zu präsentieren. Ich muss mich erst einmal daran gewöhnen, dass hier wieder Menschen leben.«

Phil grinst, als hätte er mich durchschaut. Es ist ein besserwisserisches Grinsen, das er dem Farbeimer schenkt und meine gute Stimmung bröckeln lässt. Wahrscheinlich ist meine Schwärmerei für ihn so offensichtlich, dass er sich über mich lustig macht. Also versuche ich an etwas anderes als seine unglaublich türkisfarbenen Augen zu denken. Dummerweise ist das Gesamtpaket vor mir auch nicht gerade schlecht.

Um ihn nicht weiter verträumt anzuschauen, betrachte ich die Wände. Zwei von vier hat er bereits abgeklebt. »Wo möchtest du anfangen?«

»Dort mit der großen Wand. Danach schaue ich mir erst einmal das Ergebnis an, um zu beurteilen, ob du womöglich recht hast.«

»Eine weise Entscheidung«, flüstere ich mehr zu mir selbst als zu ihm, höre ihn jedoch leise glucksen.

Sofort breitet sich wieder das Kribbeln in meinem Körper aus – begleitet von einer befreienden Leichtigkeit. »Soll ich die Ränder übernehmen?«

Er nickt und überreicht mir einen Farbbehälter. »Das wäre nett. Moment, hier ist noch eine kleine Rolle!«

Ich achte peinlich genau darauf, ihn bei der Übergabe nicht zu berühren, dann knie ich mich vor die Wand und beginne mit der Arbeit. »Woher kommt ihr eigentlich?«

»Aus Hamburg.«

»Ist es schön da?«, frage ich.

Phil zuckt mit den Schultern. »Mir gefallen die Stadt und die Nähe zur Küste, aber das Gerücht über den Regen stimmt. Wer Regen nicht leiden kann, ist dort also nicht so gut aufgehoben.«

»Muss schwer für dich sein, jetzt mitten in der Oberstufe zu wechseln. Ich hoffe, deine Freunde kommen dich hier mal besuchen.«

Er wirft mir einen beiläufigen Blick zu, bevor er sich wieder auf die Wand fokussiert. »Das glaube ich kaum. Aber ich werde wahrscheinlich alle paar Wochen nach Hause fahren und dann den ein oder anderen Freund treffen.«

»Das klingt cool! Leben noch ein paar Verwandte von dir in Hamburg, die du regelmäßig besuchst?«, will ich wissen.

»Mein Vater.«

»Dein Vater? Aber warum bist du dann hierhergezogen, wenn du noch bis zum Ende deiner Schulzeit bei ihm wohnen kannst?«

Verwirrt starre ich auf seinen Rücken, doch er dreht sich nicht zu mir um. Er antwortet auch nicht sofort, sondern atmet zunächst mehrmals tief durch. »Die Situation ist kompliziert und ich denke nicht, dass das ein Gesprächsthema für ein erstes Treffen ist.«

Meine Neugierde ist geweckt. Aber wie kann ich ihn dazu bringen, mir mehr zu erzählen, ohne dass er blockiert? Immerhin kann ich verstehen, wenn er nicht mit mir über irgendwelche heiklen Themen sprechen möchte. Doch jede Faser meines Körpers will ihn kennenlernen, also wage ich einen Versuch.

»Na ja …«, beginne ich, »Streng genommen sehen wir uns heute zum dritten Mal. Also ist das hier nicht unser erstes Treffen …«

Er lacht leise und wirft mir einen flüchtigen Blick zu, bevor er den Kopf schüttelt und schweigend weiterstreicht. Mir fällt auf, dass er auf der rechten Seite seiner Unterlippe herumkaut. Macht er das immer, wenn er nachdenkt? Sieht eigentlich ganz niedlich aus … Ich reiße meinen Blick von ihm los, sodass mein Gehirn wieder funktioniert. Sein Geheimnis … Nice try, hat aber nicht gereicht. Dann muss ich eben später noch mal nachhaken.

Ich schließe mich seinem tiefen Schweigen an und eine Zeit lang hört man nur das Schmatzen der Rollen, bis er schließlich seufzt. »Meine Mutter und meine kleine Schwester sind im Mai gestorben. Irgendwie ist meine Mutter falsch rum auf die Autobahn aufgefahren. Sie war abgelenkt – hat gerade mit meinem Vater telefoniert und dann …«

Ich bin überrascht, dass er sich mir anvertraut. Ich wünschte, ich hätte ihn nicht danach gefragt. Seine Trauer liegt wie ein dunkler Schatten über seinem Gesicht, das nun noch blasser als zuvor ist.

Phil starrt hinunter auf die Farbe, tunkt seine Rolle immer wieder gedankenverloren hinein. »Mein Vater hat sich in seine Schuldgefühle reingesteigert und leidet nun unter Depressionen. Er wurde vor ein paar Wochen stationär aufgenommen und ich wollte nicht allein in Hamburg bleiben. Deshalb bin ich zu Lisa gezogen. Eigentlich wollte sie erst zum Ende des Jahres hierherkommen, aber sie konnte den Umzug glücklicherweise schon zu Beginn des Schuljahres ermöglichen.«

»Das tut mir leid«, flüstere ich.

Phil drückt energisch seine Rolle gegen die Wand. Sein Gesicht hat sich versteinert und dadurch die Trauer ausgesperrt. »Ich brauche kein Mitleid.«

»Hm«, gebe ich von mir.

»Was?«, fragt er wirsch. Ich zucke unwillkürlich zurück. Er runzelt die Stirn und seine Augen feuern türkisfarbene Blitze auf mich ab.

Schnell wende ich mich von ihm ab und wieder der Wand zu.

»Ich wollte nur nett sein. Vielleicht brauchst du kein Mitleid, aber ich kann mir vorstellen, dass du gerade jetzt deine Freunde sehr dringend benötigst. Der Start in einer fremden Stadt kann ziemlich einsam sein.«

Ich erinnere mich noch genau, wie es für Tim war, als er nach Aschaffenburg kam. Er hatte es schwer, von unseren Mitschülern akzeptiert zu werden. Es dauerte zwei Jahre, bis sie ihn nicht immer nur *Stitch* nannten, weil wir so oft zusammen abhingen, sondern seinen richtigen Namen verwendeten. Inzwischen hat er wesentlich mehr Freunde als ich und nichts mehr gegen seinen Spitznamen.

Philipps Wut löst sich in Luft auf. »Mit Menschen hatte ich

noch nie ein Problem. Sie mögen mich. Tatsächlich fällt es mir relativ leicht, mich mit anderen Leuten anzufreunden. Also kein Grund, sich zu sorgen«, verspricht er mir mit einem herablassenden Lächeln.

Ich rümpfe die Nase. Endlich habe ich etwas, was meine rosarote Brille etwas transparenter macht.

»Keine Angst, ich werde dir nicht wie ein Babysitter hinterherlaufen und dir den Hintern pudern«, antworte ich kühl und hoffe, dass ich diesen Vorsatz nicht wieder über Bord werfe, wenn ich das nächste Mal in seine Augen blicke.

Bis zum Abend reden wir über alles Mögliche. Ich finde heraus, dass er neunzehn Jahre alt ist, in seiner Freizeit am liebsten Gitarre spielt und auf dieselbe Schule geht wie ich. Trotzdem schaffe ich es, ihn nicht zu fragen, ob wir morgen gemeinsam dorthin laufen wollen. Auch wenn ich sehr gerne wieder mit ihm quatschen würde, fühlt sich diese Idee einfach gezwungen und aufdringlich an.

Nachdem wir zwei Wände gestrichen haben, muss Phil zugeben, dass mehr dunkelbraune Seiten zu viel geworden wären. Ich helfe ihm, die Rollen und Pinsel auszuwaschen.

Als ich meine Hände abtrockne, hält er mir sein Handy hin. »Willst du mir deine Nummer geben? Wäre womöglich ganz gut, hier in Aschaffenburg eine Freundin zu haben.« Er lächelt schief.

»Klar!«, antworte ich und kann mir das breite Grinsen nicht verkneifen.

***

In derselben Nacht streicht die heiße Südsee-Sonne sanft über meine geschlossenen Lider, während angenehm kalter Wind durch meine Haare weht. Sobald die kühle Brise vorbei ist, breitet sich wieder der Schatten eines Palmenblattes über meinem Gesicht aus. Mir ist trotzdem warm und ich strecke meine Arme aus – in der Hoffnung, bei der nächsten winzigen Windböe mehr kühle Luft abzubekommen.

»Was ist denn mit dir los? Du grinst die ganze Zeit.«

Als hätte Tim mich bei irgendetwas Illegalem erwischt, steigt mir die Hitze ins Gesicht.

»Nein!«, ruft er grinsend.

»Was?«

»Sag bloß, dich hat es erwischt!«

»Ich weiß nicht, was du meinst«, behaupte ich und drehe mich weg.

»Du bist die schlechteste Lügnerin, die ich kenne! Lass es lieber, Lilo. Wer ist der Glückliche?« Tim kommt zu mir in die Hängematte und wirft mir ein Kissen gegen den Kopf, als ich mich weigere, mit ihm darüber zu sprechen. Als das immer noch nicht wirkt, bringt Tim die Hängematte aus dem Gleichgewicht und wir landen auf dem Sandstrand. »Spuck's schon aus! Ich lasse bestimmt nicht locker. Wie lange warst du nicht mehr verknallt? Seit der ersten Klasse?«

»Gar nicht wahr!«, beschwere ich mich. Aber normalerweise bin ich wirklich nicht die Person, die ihr Herz so einfach an einen Jungen verliert. Also was hat Phil, das die anderen nicht haben? Jetzt mal abgesehen von seinen unglaublich hypnotisierenden Augen, seinen Grübchen, seiner Größe und … Mein Verstand rettet mich aus diesen treibsandähnlichen Gedanken. Er ist nicht der erste gut aussehende Junge und trotzdem habe ich mich nie verliebt.

»Wer ist es? Woher kennst du ihn?«

Seufzend gebe ich nach und wir setzen uns in das flache Meer, sodass die leichten Wellen über unsere Beine zu uns heraufrollen. Dann erzähle ich ihm alles, was in den letzten Tagen geschehen war.

»Schau mich nicht so an!«, verlange ich, als ich meinen kurzen Bericht beende.

Er grinst über das ganze Gesicht und seine goldenen Augen leuchten.

»Jetzt will ich diesen Phil kennenlernen!«

»Mach doch kein Drama draus. Ich will nichts überstürzen!«

Tim schüttelt den Kopf und holt Luft, um etwas zu sagen, doch ich unterbreche ihn. »Ich brauche keine Tipps von dir, Tim!«

»Sicher?«

»Japp«, antworte ich ihm entschlossen.

»Du kannst aber jederzeit zu mir kommen, wenn du nicht mehr weiterweißt.«

Ich schweige, damit er endlich das Thema wechselt.

Tatsächlich tut er mir diesen Gefallen. »Ich wollte heute eigentlich Doc besuchen gehen …«

»Und was hat dich daran gehindert?«, frage ich und zucke mit dem Fuß, weil mich dort ein kleiner Fisch kitzelt.

»Er war nicht da.«

»Vielleicht ist er heute ausnahmsweise einmal später schlafen gegangen«, vermute ich, aber ich weiß, was Tim gleich sagen wird – und ich weiß, dass er recht hat.

»Doc – unser Doc? Das glaubst du doch wohl selbst nicht, oder? Er geht doch immer um Punkt sechs Uhr schlafen. Ich kann mich nicht an einen Tag erinnern, an dem er mal später ins Bett gegangen ist.«

Ich nicke, antworte aber nicht.

»Glaubst du, es ist irgendetwas passiert?«, will Tim nach einer Weile wissen.

»Meinst du, dieser Virus hat ihn erwischt?«

Tim schüttelt den Kopf. »Nein. Er war einfach nicht da. Er hat nicht geschlafen.«

Es ist erst halb fünf am Morgen. Noch habe ich genug Zeit, ihm einen Besuch abzustatten. »Ich gehe noch einmal zu ihm«, beschließe ich. »Vielleicht hatte er Besuch und ist deshalb später ins Bett gegangen.«

Ich springe auf und streiche mir den Sand von der Haut. »War schön hier in der Karibik!«

»Immer wieder gerne! Komm einfach vorbei, wenn du keine Lust mehr auf Winter hast.«

***

Als ich bei Docs Traumwelt ankomme, lege ich meine Hand auf das Holz der Tür. Es ist angenehm warm unter meinen Fingern. Also ist Doc doch da. Erleichtert atme ich aus und klopfe.

Aber Doc öffnet nicht. Irritiert schlage ich ein weiteres Mal gegen die Tür, doch immer noch rührt sich auf der anderen Seite nichts. Sofort tritt mir der Schweiß auf die Stirn, als mir Dads Worte in den Kopf kommen. Aber es kann viele Gründe geben, weshalb Doc nicht öffnet. Er könnte schlichtweg keine Lust haben, in eines seiner Experimente vertieft sein oder in einem Albtraum festhängen. Ja, wir Dreamer können auch Albträume haben. In diesen Momenten realisieren auch wir nicht, dass wir nur träumen – aber wir erleben alles ziemlich real am eigenen Leib. Das sind die schlimmsten Erlebnisse meines Lebens gewesen und ich bin froh, dass es nicht allzu oft vorkommt.

Also klopfe ich fester. »Doc, ich weiß, dass du da bist. Bitte mach auf!«, rufe ich ihm zu.

Endlich wird die Tür geöffnet. Doc steht im Durchgang und schaut mich erwartungsvoll an. Seine Haare stehen wie gewohnt in alle Richtungen ab und sein rot kariertes Hemd hängt stellenweise aus der Hose, die heute ausnahmsweise nicht von Hosenträgern gehalten wird.

Er wartet. Aber worauf?

»Hallo Doc! Ich habe mir Sorgen um dich gemacht«, sage ich stockend und gehe an ihm vorbei in seine Traumwelt.

»Weshalb denn?«, antwortet er und sieht noch einmal nach draußen, bevor er die Tür hinter mir schließt.

Verwirrt betrachte ich den Raum. Das ganze Chaos, das hier normalerweise herrscht, ist beseitigt worden. Seitdem ich Doc kenne, habe ich seine Traumwelt noch nie so ordentlich gesehen.

»Was um alles in der Welt hast du gemacht?«, rutscht mir vor Überraschung heraus.

»Aufgeräumt.« Er sieht mich an, wiederholt noch einmal etwas leiser: »Aufgeräumt.«

Fassungslos lasse ich mich auf dem Sofa nieder.

Doc räuspert sich und schaukelt seine Arme nach vorne und wieder zurück, während er sich umsieht. »War echt notwendig. Ich habe gar nichts mehr gefunden.«

»Hast du das Experiment mit den Mücken abgeschlossen?«, frage ich, als ich den Raum nach dem Glaskasten absuche, ihn allerdings nirgends finde.

»Ja, habe ich. Möchtest du etwas trinken?«

Ich blicke auf meine Armbanduhr. Inzwischen ist es fünf Uhr. »Für einen Tee habe ich noch Zeit.«

Doc nickt und geht zum Waschbecken, um einen Wasserkocher zu befüllen. *Ein Wasserkocher? Doc hat doch immer einen Wasserkessel benutzt, oder nicht?*

Ein seltsames Gefühl beschleicht mich. Ich kann nicht beschreiben, was es ist, doch irgendetwas ist anders als sonst. Nicht nur wegen Docs plötzlicher Eingebung, was Ordnung betrifft, sondern auch, weil er überhaupt nicht von sich aus zu sprechen beginnt. Vielleicht hat Tim recht und in der Realität ist irgendetwas vorgefallen, was ihn betrübt.

»Alles gut bei dir?«, frage ich besorgt.

»Gut, wie immer«, antwortet er und hält mir eine volle Tasse Tee entgegen. Ich nehme sie an mich und rieche daran. Es ist ein Früchtetee, aber kein Kirschtee. Ich werfe Doc einen misstrauischen Blick zu. Er steht vor der frei geräumten Liege und blickt mich mit verschränkten Armen an. »Stimmt etwas nicht?«

Ich überlege einen Augenblick. Was soll ich ihm sagen? Dass er mir einen falschen Tee gemacht hat?

»Nein, nein. Ich … Es ist alles in Ordnung«, flüstere ich und nehme einen Schluck. Ich verziehe das Gesicht. Der Tee schmeckt nach Himbeeren. Ich hasse Himbeeren.

»Eigentlich wollte ich gestern Abend schon vorbeikommen, aber du warst nicht da. Deshalb war ich beunruhigt.« Ich spüre, wie meine Wangen brennen. Ich kann nicht lügen und trotzdem lüge ich ihn an! Doch irgendetwas sagt mir, dass ich vorsichtig sein muss. Irgendetwas stimmt hier nicht.

»Ich konnte nicht schlafen.« Er dreht sich um und überbrüht sich nun auch einen Tee.

»Oh, was ist passiert?«, frage ich.

Er wartet einen Atemzug ab, bevor er antwortet. »Die Nachbarn haben mal wieder eine Feier veranstaltet. Es war ziemlich laut.«

Lügner! Es waren die zwei kleinen Worte, die ihn verraten haben: *mal wieder*. Man kann tatsächlich einen Wecker danach stellen, dass Doc um sechs Uhr abends in seiner Traumwelt erscheint. Wenn wir ihn nicht gerade davon abhalten, verfolgt er immer sein festes Programm – aufstehen, essen, lesen, experimentieren, gegen Mitternacht wieder essen, dann die Ergebnisse auswerten und Verbesserungen anstellen, realitätsnahe Komponenten erörtern, diese nachstellen, ein drittes Mal essen und dann um sechs Uhr aufstehen, um den Zeitungsboten abzufangen.

Doch trotzdem ist das vor mir Doc, oder etwa nicht? Er sieht genauso aus wie Doc. Und hat er uns vielleicht nicht von den feiernden Nachbarn erzählt, weil wir ihn immer seltener besuchen kommen? Ich weiß nicht, was ich denken soll. Wer sonst kann hier vor mir stehen außer Doc persönlich? Niemand gelingt in die Traumwelt eines anderen Menschen, wenn dieser nicht anwesend ist. Und niemand kann die Traumwelt eines anderen so stark verändern.

Was ist, wenn Doc wirklich von diesem unbekannten Virus befallen wurde? Verhält er sich deshalb so seltsam? Aber welchen Grund sollte er haben, mich zu belügen?

Dann durchfährt mich ein neuer Gedanke: Bin ich gerade in Gefahr? Hat mein Vater nicht gesagt, dass dieses seltsame Verhalten ansteckend sein könnte? Mein Atem wird flacher, während Doc mich schweigend betrachtet. Soll ich einfach aufstehen und wegrennen? Oder meinen Tee austrinken und dann gehen?

Tief durchatmen, nicht in Panik ausbrechen. Ich bin schon hier in Docs Traumwelt. Wenn ich mich bei Doc anstecken kann, dann bin ich entweder schon infiziert oder ich halte einfach etwas Abstand zu ihm. Jetzt zu fliehen bringt gar nichts, also werde ich hierbleiben.

»Was wird dein neues Experiment?«, frage ich tapfer, als er keine Anstalten macht, das Schweigen zwischen uns zu brechen.

Er sieht etwas hilflos aus. »Ich konnte mich noch nicht festlegen.«

Ich nicke. Warum? Weil ich die Antwort bereits erwartet habe? Doc weiß immer, was er als Nächstes tun wird. Er ist unglaublich neugierig und hat so viele Ideen, dass er niemals müde wird, etwas auszuprobieren.

»Kann ich die Nachtfalter noch einmal sehen?«

»Hm, ich weiß nicht so recht.« Der Fake-Doc bleibt an seinem Platz neben der Liege stehen. Er bewegt sich nicht einen Zentimeter. Er wartet. Seine Augen schweifen nicht von mir ab.

»Du hast sie doch in diesem schmalen Glaskasten, nicht wahr?« Eigentlich will ich sie gar nicht sehen, aber ich muss wissen, ob er weiß, worüber ich spreche.

»Ja, ja. Ich weiß nur nicht, ob ich sie nicht weggeworfen habe.«

»In den Müll?«, frage ich, als wäre ich schwer von Begriff und deute auf eine kleine Tonne unter dem Waschbecken.

»Ja«, antwortet Doc gedehnt. »Dort entsorge ich in der Regel Dinge, die ich nicht mehr brauche.«

»Aber … Du wirfst doch nie etwas von deinen Experimenten weg. Keine Aufzeichnungen, nichts!«

Wie ferngesteuert stehe ich auf, laufe zu dem Mülleimer unter dem Waschbecken und drehe den Eimer auf den Kopf, sodass das ganze Gerümpel, das sich in ihm befindet, herausfällt.

»Entschuldige mal!« Doc kommt auf mich zu und ergreift meinen Arm.

Shit!

Ein kalter Schauer durchfährt mich. So viel zu meinem Vorsatz, Abstand zu ihm zu halten. Ängstlich blicke ich zu ihm hoch und versuche, mich ihm zu entreißen, aber er hält mich eisern fest.

»Was soll das, Doc? Du tust mir weh.« Er lässt mich immer noch nicht los.

»Du gehst jetzt besser wieder nach Hause!«

Ich warte.

Zunächst weiß ich nicht, worauf, doch plötzlich formen meine Lippen lautlos meinen Namen. Du gehst jetzt besser wieder nach Hause, *Lilo*! Doc hätte am Ende dieses Satzes meinen Namen verwendet, doch dieser Mann vor mir tat es nicht.

Ich sehe Doc an. Seine Augen sind grau. Das sind sie schon immer. Wird er dement? Hat er meinen Namen vergessen?

Zögerlich blicke ich hinab auf den Müll. Das Glaskästchen mit den Nachtfaltern liegt nicht in dem kleinen Haufen. Dafür aber die Winnie-Puuh-Dose mit Docs letzter Erfindung.

Er schmeißt sonst nie etwas weg. Niemals!

Dieser Mann kommt mir fremd vor. Nicht verwirrt, sondern wie ein anderer Mensch.

»Darf ich wenigstens meine Creme mitnehmen, bevor du auch die wegwirfst?«, will ich wissen. Meine Stimme ist nicht mehr als ein Flüstern.

Der Fake-Doc wirft mir einen seltsamen Blick zu.

»Das rosafarbene Döschen da«, sage ich und deute auf den Müll.

Er lässt mich los, antwortet jedoch nicht.

Ich behalte ihn im Auge, während ich vorsichtig nach dem Winnie-Puuh-Döschen greife.

Dann öffnet mir der Fake-Doc wortlos die Tür.

Ohne Abschiedsworte gehe ich hinaus, das Döschen fest umklammert. Hinter mir fliegt die Tür ins Schloss. Keine Sekunde später beginne ich zu rennen.

Ich schwitze nicht. Mein Atem wird nur schneller, aber ich komme nicht in Atemnot. Mein Herz rast. Ich habe Angst. Ständig sehe ich über meine Schulter, doch der fremde Mann kommt mir nicht nach. Noch nie in meinem Leben bin ich so schnell gelaufen. Der Boden bewegt sich wie von allein, trotzdem kann ich nicht genug Abstand zwischen mich und Docs Tür bringen.

5. Kapitel

Erleichtert trete ich in die kühle Morgenluft und ziehe die Haustür hinter mir zu. Egal, was Mum behauptet, ihr geht es immer noch nicht gut. Doch anstatt sich noch mal krankschreiben zu lassen, drückt sie sich in der Wohnung herum und braucht für alles zehnmal so lange wie üblich. Deshalb hatte ich heute Morgen keine ruhige Einsamkeit, in der ich meine Gedanken sortieren wollte. Zwischen den unzähligen Kommunikationsversuchen meiner Mutter tauchte immer wieder Doc vor meinem inneren Auge auf, der offensichtlich meinen Namen vergessen hat.

Ich ziehe mein Handy raus und starre auf das Display. Wenn Doc sich wirklich mit diesem Virus angesteckt hat, muss ich dringend meinen Vater informieren. Andererseits will ich aber erst einmal mit Tim über alles sprechen.

Obwohl Tim vermutlich noch tief und fest schläft, da er erst zur dritten Stunde Unterricht hat, wähle ich seine Nummer. Ich höre meine festen Schritte auf dem Gehweg aufschlagen, während mir mein Handy ins Ohr tutet und meine Vermutung bestätigt. Mit zitternden Fingern schreibe ich ihm eine Nachricht.

Sei pünktlich! Muss mit dir reden.

Dann öffne ich mein Telefonbuch, um Dads Nummer herauszusuchen. Der Kontakt ist schon geöffnet, als ich plötzlich hinter mir jemanden meinen Namen rufen höre. Ich zucke zusammen und drehe mich überrascht um.

Phil winkt mir aus einiger Entfernung zu. Als er bemerkt, dass ich anhalte, läuft er schneller, um mich einzuholen. Sofort ziept es angenehm in meinem Bauch, doch meine Gedanken drehen durch. Saubere Kleidung? Zähne geputzt? Geschminkt? Dazu hatte ich schon gestern vor dem Treffen mit ihm keine Zeit mehr gehabt – also alles gut.

»Guten Morgen! Wie geht's?«, fragt mich Phil, als er zu mir aufschließt.

»Hm«, brumme ich und muss meinen Kopf in den Nacken legen, um zu ihm hochzusehen. So ein Mist, dass mir Lügen so schwerfallen. Gemeinsam laufen wir weiter.

»Klingt nicht so gut. Hattest du einen stressigen Morgen?«

»Ich habe nicht so gut geträumt. War recht aufwühlend.«

Er wirft mir einen Blick zu, den ich nicht deuten kann. Mitleid? Arroganz? Ich kenne ihn noch nicht gut genug. Dann zuckt er mit den Schultern. »Vielleicht hat dein Gehirn mehrere Dinge gleichzeitig verarbeitet.«

Ich schweige, weil ich nicht weiß, was ich darauf antworten soll.

»Das muss ja ein heftiger Traum gewesen sein. Darf ich fragen, was es war?«, fragt er und seine Grübchen sind deutlich zu sehen.

Ich seufze tief. »Ich habe einen alten Freund getroffen, aber irgendwie hatte ich das Gefühl, dass er mich nicht wiedererkennt.«

»Vielleicht hast du unterbewusst Angst, den Kontakt zu ihm zu verlieren. Du könntest ihn heute mal anrufen«, schlägt Phil mir vor. Das wäre keine so schlechte Idee, wenn ich Docs Nummer hätte.

»Bist du Psychologe?«, frage ich sarkastisch.

»Entschuldige, ich wollte dich nur aufmuntern.«

Wir verfallen für einige hundert Meter in ein tiefes Schweigen, das mir unglaublich unangenehm ist. Mit einer einzigen, nicht einmal ernst gemeinten Frage habe ich all die Nähe, die ich gestern aufgebaut habe, wieder zunichtegemacht. Ich wollte ihn nicht vor den Kopf stoßen, aber die Wahrscheinlichkeit, dass er ein Dreamer ist und mich wirklich verstehen kann, liegt bei nahezu null Prozent. Klar gibt es keine Statistik, auf die ich zurückgreifen kann, doch meine nächtlichen Erfahrungen beweisen, dass Dreamer ausgesprochen selten sind. Fast alle Menschen laufen ziellos und mit verklärtem Blick durch die Zwischenwelt – sodass ihnen leicht anzusehen ist, dass sie am nächsten Tag fast alles wieder vergessen haben werden. Auch wenn ich ihm nicht konkret erzählen kann, was mich umtreibt, so hat er es doch wirklich nur gut gemeint, und dieser Gedanke lässt eine angenehme Wärme durch meinen Körper prickeln. Ohne ihn anzusehen, stoße ich ihn leicht mit dem Ellenbogen an.

»Danke für den Versuch!«

Nun wage ich doch einen Blick in seine Richtung. Ein Lächeln fliegt über seine auffallend vollen Lippen. »Gern geschehen.«

»Bist du aufgeregt?«, frage ich ihn.

»Ein wenig«, gibt er zu.

Das Handy vibriert in meiner Hand.

Tim hat geantwortet.

Werde da sein.

Dann fällt mein Blick auf die Zeit. »Shit«, flüstere ich.

»Was ist los?«

»In fünf Minuten beginnt der Unterricht. Wir sollten uns beeilen.« Sofort laufe ich schneller.

»Ist doch kein Drama. Du könntest einfach sagen, dass du mich noch zum Sekretariat begleitet hast.«

»Ich soll lügen?«, frage ich entsetzt.

»Ist ja nur eine Notlüge«

»Das ist ungefähr das, was ich am schlechtesten kann. Außerdem fehlt mir dann eine Viertelstunde vom Unterricht.« Oh nein! Mir schießt das Blut in die Wangen. Am liebsten hätte ich meine Worte zurückgenommen. Bestimmt denkt er nun, ich bin eine Streberin. Okay. Zugegebenermaßen, ich bin eine Streberin – was in der Regel nicht ganz so gut bei Typen ankommt.

»Also … ich …«, setze ich stotternd an, versinke jedoch wieder in ein tiefes Schweigen, als ich Phils amüsierten Gesichtsausdruck bemerke.

»So hätte ich dich gar nicht eingeschätzt«, antwortet er.

Die Hitze dringt nun bis zu meinen Ohren, sodass ich befürchte, dass sie gleich zu dampfen beginnen. Ich ziehe den Kopf zwischen meine Schultern wie eine verängstigte Schildkröte und starre missmutig auf den Gehweg.

»Aber, wenn es dir leichter fällt, kannst du mich ja tatsächlich zum Sekretariat begleiten. Dann verpasst du zwar wirklich deinen Unterricht, aber du müsstest nicht lügen«, schlägt er vor.

Ich lache unsicher, doch ich stimme zu und so nehme ich zwanzig Minuten später mit hoch rotem Kopf, aber ohne zu lügen im Chemiesaal Platz.

»Wer ist der Neue?«, fragt mich Emely – eine meiner Klassenkameradinnen. Leise erzähle ich ihr von Phil und sofort tritt ein verträumter Blick in ihre Augen, der Tim bestimmt nicht gefallen hätte. Nur ich weiß, dass er heimlich auf sie steht, aber ich weiß auch, dass sie sich leider absolut nicht für ihn interessiert.

Die Zeit bis zur Pause kriecht elend langsam an mir vorbei und ich kritzele gähnend das Tafelbild ab. Ständig muss ich an Phil denken, was immer wieder ein angenehmes Kribbeln in mir auslöst. Der Unterrichtsstunde zu folgen, ist heute undenkbar.

Als endlich die Pausenklingel läutet, packe ich meine Sachen schneller zusammen als alle anderen in diesem Raum. Auf der Treppe, die in das Oberstufenzimmer führt, fängt mich Eva ab.

»Hi, Lilo. Hast du Stitch gesehen?«

Japp, die große blonde Frau ist eine der Personen, die vehement noch Tims alten Spitznamen verwenden. Das ist nur ein Grund, weswegen ich sie nicht leiden kann. Sie selbst hält sich für etwas Besseres und in der Regel ignoriert sie alle anderen Personen, die – in ihren Augen – zu *uncool* für sie sind. Außer sie benötigt etwas von ihnen.

»Er kommt erst zur dritten Stunde. Keine Ahnung, ob er schon da ist«, weiche ich aus.

»Oh Mann, mir fehlen noch die Mathehausaufgaben.« Sie rennt die Treppe wieder runter – wahrscheinlich geht sie in die Mensa zu ihrer Clique.

Im Oberstufenzimmer gibt es kaum Stühle, deswegen sitzen in den Pausen die meisten Leute auf den Tischen. Ich entdecke Tim, der wie versprochen einmal pünktlich da ist. Er hockt auf einem Tisch neben seinem Schließfach und gräbt seine Zähne in einen labbrigen Schokoladentoast.

»Hi Stitch«, ziehe ich ihn auf, als ich näherkomme, »ich habe gerade Eva davon abgehalten, deine Hausaufgaben zu kopieren.«

Indem er seine Brille zurechtrückt, bemerke ich das amüsierte Leuchten in seinen Augen. »Da bringst du sie aber ganz schön in Schwierigkeiten. Unser Lehrer hat im letzten Schuljahr vor der ganzen Klasse gesagt, dass er sich – ich zitiere – mehr Fleiß von ihr erhofft.« Er lacht leise, bevor er sich den letzten Rest seines Toasts in den Mund steckt, seine Hände kurz betrachtet und dann schulterzuckend an der Hose abstreift. »Also worüber willst du mit mir sprechen?«

Schlagartig ist die Erinnerung an Doc zurück. Ich hatte sie so gelungen verdrängt, dass mir nun ein Schauer über den Rücken jagt. »Über Doc. Können wir ein bisschen durch das Gebäude spazieren, solange wir quatschen?«

Tim zuckt gleichgültig die Schultern und steht dann schwerfällig auf. Sobald wir das überfüllte Oberstufenzimmer hinter uns lassen, hole ich tief Luft.

»Irgendetwas stimmt mit Doc nicht.«

»Was meinst du?«

»Ich war doch gestern noch bei ihm. Er war da, aber ganz anders als sonst. Er hat aufgeräumt und seine Erfindungen weggeworfen. Außerdem hat er mir Himbeertee gekocht.«

Tim lacht. »Nur, weil er dir Himbeertee gemacht hat, vermutest du …«

»Es liegt nicht nur am Himbeertee, Tim«, unterbreche ich ihn. »Er war anders, hat nicht einmal gewusst, wie ich heiße. Er hat meinen Namen vergessen!«

»Vielleicht wird er dement«, vermutet Tim stockend.

»Das dachte ich auch erst, aber das ist es nicht. Er kam mir wirklich wie ein anderer Mensch vor. Was ist, wenn er sich diesen Virus eingefangen hat, von dem mein Vater erzählt hat? Was ist, wenn ich mich auch angesteckt habe? Ich werde Dad heute Abend anrufen und ihm alles erzählen!«

Tim dreht sich plötzlich zu mir um und ergreift meine Schultern. »Das wirst du nicht.«

Überrascht gehe ich einen Schritt zurück und befreie mich so aus seinem Griff. »Warum nicht? Wenn es wirklich dieser Virus ist, muss ich ihn warnen!«

»Und wenn du dich täuschst, sitzt du die nächste Zeit allein in deiner Traumwelt fest! Das hat er uns doch am Wochenende klargemacht.«

Ich verschränke meine zitternden Arme. »Du willst also, dass ich unseren Vater belüge?« Warum sind heute alle so versessen darauf, dass ich gegen meine Prinzipien verstoße?

»Er ist nur *dein* Vater. Und nein«, antwortet mir Tim, »du sollst ihn einfach nicht überstürzt anrufen und ihm alles erzählen. Lass uns doch erst mal schauen, ob an der ganzen Sache was dran ist. Ich kann dich heute Nacht zum Beispiel besuchen kommen und prüfen, ob du dich auch plötzlich seltsam verhältst.«

Ich runzele die Stirn. »Nimmst du das Ganze überhaupt ernst?«, frage ich misstrauisch.

»Natürlich tue ich das, aber ich will mir einfach nicht vorschreiben lassen, was ich in meinen Träumen tun darf und was nicht.«

Ein Teil von mir versteht ihn. Wir haben unsere eigene Welt, in der alles möglich ist. Aber irgendwie ist es wie ein langer Urlaub, den man allein verbringt. Ich will meine Erlebnisse mit jemandem teilen. Mit jemandem darüber reden können. Mit einer Person, die dasselbe erlebt hat. Und dennoch … meine Gedanken schweifen zu Doc zurück. »Selbst wenn ich mich nicht angesteckt haben sollte, heißt das noch lange nicht, dass es Doc gut geht. Wir müssen ihm irgendwie helfen!«

»Alles, was Manuel tun kann, ist, uns einzusperren. Du hast ihn doch gehört! Er weiß selbst nicht, was gerade abgeht. Wie soll er dann bitteschön Doc helfen können?«

Du könntest ihn heute mal anrufen. Vielleicht hat Phil gar nicht so unrecht. Anrufen geht zwar schlecht, doch Doc hatte Tim das letzte Mal seine Adresse gegeben. Vor Aufregung wird mir ganz warm. »Wir besuchen Doc!«

Tim lacht ungläubig. »So weit würde ich jetzt nicht gehen. Ich will zwar nicht, dass Manuel sofort alles erfährt, aber in Gefahr bringen will ich uns jetzt auch nicht unbedingt.«

»Nein, ich meine nicht in der Nacht, sondern am Tag.«

»Tagsüber?«, fragt er mich und zieht die Augenbrauen hoch, als wäre er schwer von Begriff.

»Zwischen Aufstehen und ins Bett gehen. Ja, Tim, tagsüber.«

»Wir haben ihn noch nie in echt gesehen.«

»Dann wird es mal Zeit, oder?«, frage ich ihn herausfordernd.

»Und was ist, wenn dieser Virus auch im Wachzustand ansteckend ist?«

Ich zucke mit den Schultern. »Ist Doc dir das Risiko nicht wert?«, antworte ich ihm leichthin.

Tim nickt. »Ja, du hast recht. Was hältst du von diesem Donnerstag? Da haben wir beide nicht so lange Unterricht.«

Bedrückt stimme ich ihm zu.

»Hey Stitch, darf ich mir noch kurz die Mathehausaufgaben von dir ausleihen?«, unterbricht uns Eva. Mit langen Schritten kommt sie zu uns herüber – dicht gefolgt von Phil.

»Ich würde sie dir gerne geben, Eva. Meine Tasche liegt jedoch oben und ich glaube nicht, dass du es schaffst, die Aufgaben in zwei Minuten abzuschreiben. Bis gleich!«, antwortet Tim lächelnd und greift mich am Ellenbogen, um mich sanft in Richtung Oberstufenzimmer zu ziehen.

Warum ausgerechnet Eva? Wieso läuft Phil mit ihr herum? Hatte sie sich gleich auf ihn gestürzt wie ein fleischfressendes Ungeheuer? Wenn sie mit ihm über mich geredet hat, kann ich vergessen, dass das positive Dinge waren. Auch wenn ich nie gemein zu ihr war, habe ich ihr im letzten Jahrzehnt zugegebenermaßen auch nicht wirklich Gründe geliefert, mich zu mögen. Und falls sie selbst Interesse an ihm hat, ist die Wahl zwischen ihr und der Streberin von heute Morgen bestimmt nicht schwer.

6. Kapitel

Die nächsten drei Tage vergingen, ohne dass Phil und ich noch einmal miteinander sprachen. Eva hat wahrscheinlich ganze Arbeit geleistet. Gedankenverloren sitze ich auf den Stufen vor meiner Haustür.

»Umweltschutz und Handarbeit, also?«, fragt Phil mit einem herausfordernden Lächeln und setzt sich einfach zu mir.

Ich würde am liebsten im Erdboden versinken. Handarbeit … das klingt, als wäre ich achtzig! Woher weiß Eva so viel über mich und was hat sie noch alles über mich erzählt?

»Wie kommt es, dass wir einen ganzen Tag zusammen verbracht haben und du so geschickt drum herumgekommen bist, mir von deinen Hobbys zu erzählen?«, will er wissen, während eine kräftige Windböe an uns zerrt und mir die Haare aus dem Zopfgummi zieht.

»Du hast nicht danach gefragt.«

»Schämst du dich für das, was dir Spaß macht?«

»Na ja … Es sind jetzt nicht unbedingt die angesagtesten Hobbys. Und man bekommt von einigen Menschen recht schnell einen Stempel aufgedrückt.«

»Hm … ich würde Umweltschutz jetzt nicht unbedingt als out bezeichnen. Was genau machst du da?«

Ich werfe ihm einen flüchtigen Blick zu, um zu prüfen, ob er mir gerade nur sein Interesse vorheuchelt, doch er scheint ernsthaft interessiert zu sein. »Ich versuche, Plastik zu vermeiden, meinen Konsum einzuschränken und stelle sehr viel selbst her. Waschmittel und Seifen und so was.«

»Klingt nach viel Arbeit.«

»Es geht«, erwidere ich, während der Wind um unsere Häuser pfeift.

»Und die Handarbeit?«, hakt er nach.

»Manchmal nähe ich mir selbst Pullis, Hosen oder T-Shirts. Oder ich bastele mir Deko aus Makramee.«

»Das sind die Dinger, die du in deinem Zimmer hängen hast?«

Meine Ohren glühen so sehr, dass ich befürchte, meine Haare könnten Feuer fangen. »Zum Beispiel. Ich habe auch schon Kissenbezüge gemacht.«

»Klingt interessant. Die würde ich gerne mal sehen.«

»Echt?« Überrascht drehe ich mich zu ihm.

»Klar, warum nicht. Ich bewundere Menschen, die noch in der Lage sind, irgendetwas selbst zu machen. Ich habe da zwei linke Hände«, gibt er zu. »Was machst du eigentlich bei diesem Sturm hier draußen?«

»Ich warte auf Tim.«

»Stitch?«, fragt er nach.

»Nenn ihn bitte nicht so«, antworte ich ihm.

Überrascht zieht er eine Augenbraue hoch. »Warum? Das passt doch super! Lilo und Stitch – genau wie im Film.«

»Es klingt, als wären wir allein nicht vollständig. Als würde es uns nur im Doppelpack geben.«

Er denkt kurz über meine Worte nach. »Irgendwie gibt es euch doch auch nur im Doppelpack, oder? Zumindest sehe ich dich in der Schule kaum allein. Eva behauptet sogar, ihr wärt insgeheim ein Pärchen.«

Mir klappt die Kinnlade auf. »Tut sie das?«, frage ich tonlos. »Wie schön, dass sie sich so gut in meinem Privatleben auskennt.«

Phil lacht.

»Was ist?«

»Ich dachte mir schon fast, dass ihr beide euch gegenseitig nicht über den Weg traut.«

Ein Quietschen ertönt und als ich aufblicke, sehe ich Tim auf seinem alten Fahrrad vor uns halten.

»Wurde aber auch Zeit, Tim. Du hast mich eine Viertelstunde warten lassen!«, beschwere ich mich.

»Hattest doch gute Gesellschaft«, erwidert er mit einem verräterischen Lächeln im Gesicht.

»Hi, Tim!«, begrüßt Phil ihn, bevor er sich von der niedrigen Stufe erhebt und seine Hose abklopft. Ich ertappe mich dabei, wie ich ihm auf den Hintern starre. Als ich Tims Grinsen sehe, reiße ich mich allerdings sofort wieder zusammen und gehe stattdessen zu meinem Fahrrad.

Wir verabschieden uns von Phil und schwingen uns auf die Fahrräder.

Tim hatte vorgeschlagen, mit dem alten Auto seiner Mutter zu fahren, doch dabei hätte mein Umweltherz zu sehr geblutet. Tim hatte sich im Gegenzug erfolgreich geweigert, Geld für die Busfahrt auszugeben und so müssen wir uns nun wohl oder übel gegen den heraufziehenden Sturm durchsetzen.

Als wir in den Stadtteil Leider kommen, beginnt es auch noch zu regnen. Die kalten Wassertropfen peitschen uns ins Gesicht und ich ziehe meine Kapuze tief in die Stirn.

Müll, der sich aus Mülleimern befreit hat, wirbelt über die Straße und die Autos werfen mit ihren Scheinwerfern schnell dahingleitende Schatten auf den Radweg.

Ich kann kaum glauben, dass ich bei diesem grauenvollen Wetter wirklich mit dem Fahrrad unterwegs bin und ich bereue es, das Auto abgelehnt zu haben. Aber all mein Fluchen verbessert die Situation nicht, also verstumme ich und tröste mich damit, dass ich wenigstens zu meinen Prinzipien stehe.

Als wir in der richtigen Straße ankommen, lässt der Regen allmählich nach. Laut Google Maps muss Docs Adresse gleich um die Ecke sein.

»Lass uns die Fahrräder dort unter dem Dach anschließen«, schlägt Tim vor und deutet zurück auf eine Bushaltestelle, an der wir eben vorbeigefahren sind. Die Bushaltestelle ist ein Metallgerüst, das eigentlich mit Scheiben vor Regen und Wind schützen soll, aber die Scheiben waren teilweise eingeschlagen worden. Also nutzen wir die scheibenlosen Metallstangen, um dort unsere Fahrräder an die Bushaltestelle zu ketten.

»Zumindest hat es aufgehört zu regnen!«, sage ich und schlage meine Kapuze zurück.

Tim zieht eine Grimasse und drückt seine vollkommen durchnässte Jacke aus, sodass das Regenwasser auf die Straße fließt. »Das erste, nach dem ich Doc fragen werde, ist ein Föhn.«

Ich muss lachen, doch dann laufen wir schweigend durch die Straße. Hausnummer 25. Wo ist sie?

»Es ist alles ganz schön still hier«, bemerkt Tim.

Mir läuft ein Schauer über den Rücken. Warum? Ich blicke mich um. Wir sind wahrscheinlich die einzigen Bekloppten, die es wagen, bei diesem Wetter aus dem Haus zu gehen. Und die Autos hier in Leider scheinen auch wasserscheu zu sein. Wir sind wirklich die Einzigen in dieser Straße.

»Hier ist es: Hausnummer 25.«

Überrascht sieht Tim auf. Das Haus vor uns ist alt und in keinem guten Zustand. Die Farbe bröselt bereits ab und auch der Stein an den Fenstern und den Stufen zum seitlichen Eingang scheint sich bereits zu zersetzen.

Tim zieht mich unter das kleine Vordach. Neben der Tür, die

mit Glasscheiben verziert ist, hängen zwei kleine vergilbte Schilder.

»Mann, wer soll das denn bitteschön lesen können?« Tims Nase ist nur zwei Zentimeter von den Schildern entfernt.

»Geh mal zur Seite, damit ich mein Glück versuchen kann.« Die Schrift ist verschnörkelt und durch die Sonne verblasst. Ich starre eine Zeit lang, genau wie Tim, entgeistert auf die Zettel hinter der Plastikhülle. Sie hätten schon längst ausgewechselt werden müssen. Schließlich ziehe ich mein Handy heraus, fotografiere die Schrift, verändere Kontrast und Helligkeit ein wenig und zoome auf dem Display an die Zeichen heran. »Oben steht etwas mit F. Fa … Familie!«

»Ich habe keine Ahnung, ob Doc eine Familie hat. Er hat immer nur von seiner Frau und seinem Hund gesprochen, was man natürlich auch schon als Familie bezeichnen kann«, wirft Tim ein. »Was steht denn unten?«

»Bin ja schon dabei. D … r … Und es hört mit er auf.«

»Er heißt Volker mit Nachnamen. Doktor Richard Volker.«

Ich bin mir sicher, diesen Namen heute zum ersten Mal vollständig gehört zu haben. Dad nennt ihn manchmal Richard, doch meistens sagen wir immer nur Doc. »Woher weißt du das, Tim?«

»Ich merke mir Kleinigkeiten, wie die Namen meiner Freunde.«

»Ha ha. Selten so gelacht«, antworte ich ihm, während Tim auf die untere Klingel drückt. Hinter der Glasscheibe ertönt irgendwo eine rasselnde, schrille Glocke, die verstummt, sobald er seinen Finger wieder zurückzieht. Tim und ich sehen uns an. Es rührt sich nichts, also klingele ich noch einmal.

Es fängt wieder an zu regnen. Wir hören die Tropfen gleichmäßig auf dem Vordach aufschlagen. Minutenlang stehen wir da und starren die Tür an, bis mir kalt wird und ich von einem Fuß auf den anderen hüpfe, um mich warmzuhalten.

Tim zuckt schließlich mit den Schultern. »Vielleicht ist ja offen.« Ohne zu zögern, fasst er nach dem Türgriff und rüttelt daran. Nichts passiert. Mit hochgezogenen Augenbrauen sehe ich ihn ungläubig an.

»Was? Hätte doch sein können«, verteidigt er sich.

»Im oberen Stockwerk wohnt eine Familie. Denkst du, die schließen die Tür nicht ab?« Ungeduldig klingele ich noch zweimal. Keine Reaktion. »Anscheinend ist Doc nicht da.«

»Ja, sieht so aus.«

»Ich probiere es noch einmal bei der Familie. Vielleicht haben sie Doc in letzter Zeit gesehen.« Doch auch bei der Familie reagiert nach dem dritten Klingeln niemand.

»Und was machen wir jetzt?«, fragt Tim so missgelaunt, wie ich ihn nur vor Biologiestunden kenne.

»Wieder nach Hause fahren, was sonst?«

Als wäre mein Freund von einer Wespe gestochen worden, schaut er mich mit großen Augen an. »Vergiss es. Ich bin doch nicht eine halbe Ewigkeit durch den Regen gefahren, ohne irgendetwas herauszufinden.«

»Ach, und was schlägst du vor?«, sage ich etwas zu laut. »Hier warten, bis Doc endlich kommt? Mir ist nach dieser Regendusche eiskalt und das Haus sieht aus, als wäre es seit einem Jahrzehnt von niemandem mehr betreten worden.«

Auf der gegenüberliegenden Straßenseite bellt ein Hund. Erschrocken fahre ich zusammen. Ein blonder Mann mit einem langen Mantel und einem schwarzen Regenschirm blickt kurz zu uns herüber und eilt dann schnell mit seinem Haustier davon.

»Ich bleibe hier, bis ich mehr weiß«, entscheidet Tim. Er drückt noch einmal auf beide Knöpfe, doch natürlich regt sich immer noch nichts.

»Ach? Und was hast du jetzt vor, *Sherlock*? Einbrechen?«, fauche ich ihn an.

Wütend funkeln mir seine honigbraunen Augen durch die Brillengläser entgegen, dann leuchtet seine Miene plötzlich auf. »Warum nicht?«

»Tim, wehe!« Meine Stimme ist zittrig, sie verrät, dass ich es ihm zutrauen würde. »Mach das nicht!«

Zögerlich blickt er über das kleine Stückchen Straße, das wir von hier aus sehen können.

»Ich warne dich, Tim! Wenn du das machst -«

»Ja? Was machst du dann? Rufst du die Polizei? Das machst du ganz sicher nicht, Lil. Du willst doch auch wissen, was mit Doc los ist.«

»Ja, aber dieses Haus hier sieht so runtergekommen aus, dass ich bezweifle, dass das sein Zuhause ist.«

»Er hat mir diese Adresse hier gegeben.«

»Ja, aber vielleicht ist das hier nur seine kleine, illegale Praxis, von der er uns erzählt hat. Was ist, wenn er einfach nur daheim auf dem Sofa sitzt und Zeitung liest?«

Tim schüttelt den Kopf. »Weißt du nicht mehr, dass er am Wochenende erst viele seiner Sachen in seine Praxis geholt hat? Wenn er irgendwo ist, dann hier!«

»Du kannst aber nicht einfach so einbrechen.«

»Angenommen, Doc ist wirklich krank und ihm geht es so schlecht, dass er nicht einmal die Tür öffnen kann, dann ist es doch kein Einbruch, sondern Nothilfe. Aber gut, ich schau erst mal, ob ich anders reinkomme.«

Er ist verrückt geworden, da bin ich mir sicher. Ich will natürlich auch wissen, was mit Doc passiert ist. Aber dafür in ein Haus einbrechen? Ich starre die dicken Wassertropfen an, die vom Dach fallen.

Plötzlich sehe ich eine Bewegung hinter der Glasscheibe. Vor Schreck zucke ich zusammen. Innerlich beginne ich zu jubeln, weil doch jemand zu Hause ist, doch dann erkenne ich, dass es bloß Tim ist. Er öffnet mir die Tür.

»Wie bist du so schnell da reingekommen?«

»Hinten gab es noch einen zweiten Eingang, der nicht verschlossen war. Die Leute sind wirklich recht vertrauensselig. Andererseits sieht hier alles ganz schön alt aus … Los komm schon!«, flüstert Tim und winkt mich ungeduldig herein.

Hastig folge ich ihm. Der Gang, in dem wir stehen, wirkt erdrückend. Das einzige Licht stammt von der Tür hinter mir. Mit drei großen Schritten hat Tim den Flur durchquert. Ängstlich hefte ich mich an seine Fersen. Ich kann nicht glauben, was ich gerade tue und mein Gewissen ist damit auch nicht einverstanden. Aber egal wie, diesen Kampf muss ich später mit ihm austragen. Jetzt brauche ich erst einmal einen klaren Kopf.

Links von uns führt eine Treppe ins nächste Stockwerk – wahrscheinlich ist dort oben die Wohnung der Familie, die in diesem Haus lebt oder gelebt hat. Vor uns befindet sich eine Tür aus dunklem Holz. Ohne zu zögern, rüttelt Tim an dem eisernen Griff. »Scheiße! Verschlossen!«

Er will schon Anlauf nehmen, um sich gegen das dünne Brett zu werfen, aber ich halte ihn davon ab. »Warte! Bei alten Türen«, sage ich und dränge mich an ihm vorbei, »muss man manchmal ein bisschen nachhelfen. Lass es mich erst einmal versuchen.« Ich ziehe den Griff ein winziges Stück nach oben und tatsächlich lässt sich die Tür federleicht öffnen.

»Irgendwie habe ich das Gefühl, dass jemand wollte, dass wir hier reinkommen«, flüstert Tim mir ins Ohr und jagt mir damit eine Gänsehaut über den Rücken.

Als wir das Zimmer betreten, bleibt mir die Spucke weg.

»Was für ein Chaos!« Doc ist nicht unbedingt ein ordentlicher Mensch, doch das hier sprengt sogar das Durcheinander seiner Traumwelt.

»Scheint, als ob jemand etwas gesucht hätte. Ich würde ja gerne sagen, dass es Doc gewesen ist, doch dafür war es leider viel zu leicht, hier einzubrechen.« Skeptisch betrachtet Tim einige Dinge auf dem Schreibtisch. »Schau mal hier: *Termine nur nach Vereinbarung*.«

Ich nehme die Visitenkarte, die er mir entgegenhält. Es steht eine Telefonnummer darauf, die ich sofort in mein Handy tippe. Es tutet fünf Mal, dann geht Docs Anrufbeantworter dran. Ich lege auf, ohne etwas draufgesprochen zu haben, und stecke mein Handy zusammen mit der Karte zurück in meine Jackentasche.

Mit einem leisen *Oh-Mein-Gott* auf den Lippen stelle ich die beiden Stühle, die umgefallen waren, wieder auf und schiebe die verstreuten Blätter und Zettel auf einen Stapel. Doc ist chaotisch, aber er würde niemals einzelne Blätter herumliegen lassen – schon gar nicht unter einem undichten Waschbecken.

»Komisch … Er hatte seit fast einer Woche keinen Patienten mehr und die Termine, die hier drinstehen, wurden alle durchgestrichen.«

»Das heißt, die Zettel hier weichen schon seit fast einer Woche durch?« Angeekelt hebe ich die Ecke eines nassen Blatt Papiers an, woraufhin sie lautlos vom Rest des Blattes abreißt.

»Nicht unbedingt. Vielleicht hat er sich nur für seinen kleinen Umzug Zeit verschafft. Sieh mal hier!«, ruft Tim.

Ich drehe mich zu ihm um. Er hält eine rosafarbene Winnie-Puuh-Dose in der Hand. Ein Post-it klebt darauf.

»Da steht: *Funktioniert wirklich*!«

»Das heißt, er hat es zum ersten Mal in seinem Leben

geschafft, etwas im Traum zu erfinden, was auch in der Realität funktioniert?«, frage ich vorsichtig nach.

»Anscheinend.«

»Nimm es mit«, fordere ich ihn auf.

Tim nickt.

Als ich aus der Hocke aufstehen will, stoße ich mir den Kopf an dem undichten Waschbecken.

»Shit!« Schimpfend mache ich zwei Schritte rückwärts und stolpere über den umgefallenen Mülleimer.

»Au!« Mir steigen Tränen in die Augen. Erst nachdem ich zweimal geblinzelt habe, habe ich freie Sicht auf die Unterseite der Schreibtischplatte.

»Geht es dir gut? Das war filmreif!«, sagt Tim und lacht, ist aber sofort wieder ernst, als ich ihm einen wütenden Blick zuwerfe. »Du hast mir einen Schrecken eingejagt. Zum Glück hast du mit deinem Kopf die Tischkante verfehlt …«

Er hält mir die Hand entgegen, doch ich nehme sie nicht. Wie versteinert starre ich nach oben.

»Was ist los?«, fragt er und kniet sich neben mich, um unter den Tisch schauen zu können.

Die circa fünf Zentimeter hohe Arbeitsplatte ist hohl. Darin befindet sich ein Schlitz, durch den man Dinge in die Arbeitsplatte schieben kann. Es war etwas in das Geheimfach gelegt worden, allerdings nicht weit genug hinein, als dass es tatsächlich im Verborgenen gelegen hätte.

7. Kapitel

»Da ist ein Buch«, sage ich, als ich mit meinen Fingern danach taste. Es steckt fest. Mit aller Kraft ziehe ich daran, bis es sich mit einem leisen *Plopp* löst. Tim reißt es mir sofort aus der Hand und schlägt es auf.

»Gib her!«, verlange ich. Ich stehe auf, nehme ihm das Buch wieder ab und gehe zu einer ziemlich unbequem aussehenden Liege, die ich aus Docs Traumwelt wiedererkenne.

Ich setze mich auf das rotbraune Leder und blättere die Seiten des Tagebuchs durch, bis ich zum letzten Eintrag gelange. Tim steht dicht neben mir und schaut gebannt mit ins Buch. Zu beinahe jedem zweiten Tag stehen einige Stichpunkte über Dinge, die Doc am meisten bewegt hatten.

»Der letzte Eintrag ist sechs Tage her und Doc schreibt spätestens alle drei Tage hinein.« Hektisch blättere ich zurück und überprüfe noch einmal die Daten.

»Das würde zum Terminkalender passen«, flüstert Tim gedankenversunken.

Als ich mich hochstemmen will, um den Kalender zu holen, berühre ich ein Pulver, das an meiner Handfläche hängen bleibt. »Was zum Teufel ist das?«

Angewidert reibe ich mir die pulverartige Substanz von der Hand. Es hat dieselbe hässliche Farbe wie die Liege. Tim entdeckt noch mehr Farbtupfer.

»Das ist getrocknetes Blut«, meint er und rückt seine Brille zurecht.

»Von einem Patienten?«

»Das hätte Doc bestimmt weggewischt.«

Ein Schauer packt mich und ich schüttele mich, um ihn loszuwerden. »Ich glaube, wir haben genug gesehen. Können wir wieder gehen?«, bettele ich, während ich zum Waschbecken laufe, um meine Hände zu waschen.

»Ich denke schon.« Tim blickt ein letztes Mal über den Schreibtisch, steckt kurzerhand den Terminkalender ein und verlässt dann mit mir die Praxis. Ich klemme mir Docs Tagebuch unter den Arm und wir fahren stumm zurück zu mir nach Hause.

***

»Gut, dass deine Sachen noch hier sind, was?«

»Kann man so sagen.« Tim rollt gerade seine Iso-Matte vor meinem Bett aus, als ich frisch geduscht in mein Zimmer komme.

Im nächsten Moment ruft Mum uns zum Essen und wir gehen ins Wohnzimmer. Meine Mutter hat eine Gemüsepfanne vorbereitet und Tim schaufelt sich sofort die Hälfte des Pfanneninhalts auf den Teller.

»Wie war die Schule?«, fragt Mum.

Obwohl es eine ganz normale Frage war, habe ich das Gefühl, erwischt worden zu sein. Mir ist sofort heiß, mir wird übel und meine Finger beginnen zu zittern.

»Gut«, antworte ich ihr hektisch. Das ist keine Lüge, oder?

Glücklicherweise sieht sie mich nicht an, sondern verteilt das restliche Gemüse auf unsere leeren Teller. »Was habt ihr überhaupt den ganzen Tag gemacht? Ihr seid erst nach mir heimgekommen und wart bis auf die Knochen nass.«

Tim und ich tauschen Blicke.

»Wir waren bei mir«, lügt Tim. »Ich hab Lilo meinen neuen Laptop gezeigt. Der hat einen i7-Prozessor, eine ein Terrabyte Platte, ein mattes Display und war ein echtes Schnäppchen«, fährt

Tim fort. Er weiß nämlich genauso gut wie ich, dass Mum von Laptops keine Ahnung hat, und deswegen versuchen wird, das Thema so schnell wie möglich zu wechseln. Hätte der Laptop wirklich existiert, wäre Tim wohl um einiges glücklicher.

»Und warum wart ihr dann so nass?«, will meine Mutter wissen.

»Wir wurden beim Fahrradfahren vom Regen überrascht«, antworte ich. »Haben wir noch Parmesan?«

»Schau mal im Kühlschrank.«

Ich nutze die Gelegenheit und fliehe in die Küche. Gerade, als ich feststellen muss, dass der Käse leer ist, klingelt mein Handy. Ein unbekannter Anrufer. *Komisch, mich hat noch nie jemand mit unterdrückter Nummer angerufen.*

»Hallo?«

»Hallo? Wer ist da?«

»Huth. Und Sie sind?«, hake ich nach.

»Ah, entschuldigen Sie. Ich habe mich wohl verwählt.«

»Kein Problem. Einen schönen Abend noch!«, sage ich und tippe auf den roten Kreis.

»Lilo, kommst du wieder? Dein Essen wird kalt.«

»Ja, Mum.« Ich nehme mein Handy mit und lege es auf den Esstisch.

»Wer hat denn angerufen?«, fragt Tim.

»Keine Ahnung. Die Nummer war unterdrückt. Der hat sich verwählt und deswegen gleich wieder aufgelegt«, berichte ich.

Mum verschränkt die Arme vor der Brust. »Lilo, nimm bitte das Handy vom Tisch!«

Ich verdrehe die Augen, stecke es jedoch brav in meine Hosentasche, damit wir in Ruhe zu Abend essen können.

Nach dem Essen sehen Tim und Mum fern, während ich mich mit dem Tagebuch beschäftige. Mir wird bewusst, dass ich mehr als einen Abend dafür einplanen muss. Allein die ganzen Zettel, die zwischen den Seiten herausfallen, werden mich mehrere Stunden kosten. Etwas entmutigt atme ich tief durch, hole mir einen Tee und starte mit den ersten Papieren. Sterbeanzeigen über Sterbeanzeigen … Es muss schrecklich sein, alt zu werden und mitzubekommen, wie alle Freunde diese Welt verlassen. Ich notiere mir die Namen, falls sie später noch einmal relevant werden sollten, dann wende ich mich den unzähligen Zeitungsausschnitten zu.

Docs Leben hatte sich im letzten Jahr dramatisch verändert und ich habe das Gefühl, dass Tim und ich die Konstanten in diesem mir vollkommen fremden Leben waren. Wenn wir da waren, zeigte Doc niemals irgendwelche negativen Gefühle oder Ängste. Dabei war seine Frau im Frühjahr an einem Herzinfarkt und seine Hündin im Sommer an einem Tumor gestorben. Doc hat keine Kinder, steht allerdings einem gewissen Christian sehr nah. In dem Buch stehen unzählige Namen, aber ich kenne nur Tim, meinen Vater und mich. Den einzigen Christian, den ich etwas näher kenne, ist mein Nachbar, aber den Namen *Christian* gibt es so häufig, dass auch zweitausend andere Menschen in dieser Stadt dieser Mann sein könnten. Nirgends steht ein Nachname. Während Doc Tim und mich hin und wieder als seine Enkel bezeichnet, sieht er diesen Christian als Sohn an. Sie treffen sich ungefähr einmal im Monat zu einem gemütlichen Kaffeekränzchen, doch wer immer dieser Christian ist, er scheint nicht glücklich zu sein. Was ihm fehlt, bleibt jedoch ein Rätsel.

Interessant ist womöglich noch ein Nachbar, der als hochgewachsener Mann Mitte vierzig beschrieben wird. Er ging Doc wohl zunehmend auf den Geist, weil er alle paar Tage Scheinerkrankungen aufwies und gefühlt nicht mehr von Docs Seite wich. Aber ein aufdringlicher Nachbar ist noch lange kein Indiz für … Ja, für was eigentlich? Was versuchen wir eigentlich herauszufinden?

***

Eine ganze Woche habe ich gebraucht, um alle Texte zu lesen. Jetzt glaube ich zwar, Doc in- und auswendig zu kennen, fühle mich aber dennoch keinen Deut schlauer als zuvor.

Tim ist in meiner Traumwelt zu Besuch, damit ich ihn von meinen neusten Erfahrungen berichten kann. Seufzend lege ich den Kopf in den Nacken. »Ich habe keine Hinweise auf gar nichts!«

»Der Name des Nachbars stimmt zumindest mit dem letzten Namen im Terminkalender überein«, sagt Tim, nachdem er sich geräuschvoll die laufende Nase geschnäuzt hat.

Ich vergrabe meine Finger tief in meinen Manteltaschen. »Das bringt uns aber nichts. Was wollen wir beweisen? Dass Doc sich irgendeinen fremdartigen Virus eingefangen hat? Da hilft uns weder das Tagebuch noch der Terminkalender weiter.«

Tim schüttelt den Kopf. »Ich glaube nicht an einen Virus – außer er hat Doc dazu gebracht, seine Praxis zu verwüsten und sich selbst zu verletzen.«

»Das würde zumindest zu Dads Theorie passen, dass er sich mit diesem Virus plötzlich vollkommen anders verhält als üblich.«

Tim schüttelt den Kopf, doch ich fahre fort. »Wir müssen Dad endlich berichten, was passiert ist.«

»Wir haben doch noch überhaupt nichts herausgefunden.«

»Bei Doc wurde eingebrochen. Ist das nicht schon genug? Wir sollten eigentlich damit zur Polizei gehen.«

»Und was sollen wir denen sagen? Dass bei einem Mann, den wir nur aus unseren Träumen kennen, eingebrochen wurde? Die halten uns doch für komplett bescheuert. Und wenn wir Manuel alles berichten, wird er uns aus allem raushalten wollen. Er wird dir ganz sicher nicht erlauben, noch einmal auch nur einen Schritt vor deine Traumwelt zu setzen. Du kennst ihn doch! Ich habe bestimmt keine Lust, auf glühenden Kohlen zu sitzen, nur weil er uns immer noch wie Kinder behandelt und uns nicht zutraut, dass wir helfen können.«

Wütend funkele ich ihn an. »Und was willst du stattdessen tun? Auf eigene Faust herausfinden, was mit Doc passiert ist? Wir befinden uns in einer Sackgasse, Tim!«

Tim schüttelt den Kopf. »Das tun wir nicht. Wir gehen Doc noch einmal besuchen und fragen ihn, was los ist.«

Fassungslos bleibe ich stehen. »Wie bitte?«

»Du hast mich schon verstanden, Lil«, antwortet er und kehrt mir den Rücken zu.

»Du willst einfach so zu Doc reinmarschieren und ihn zur Rede stellen?«

»Du hast recht. Wir sollten uns zunächst unsichtbar reinschleichen und sehen, ob er sich immer noch seltsam verhält.«

»Man merkt, wenn jemand die eigene Traumwelt betritt. Mit Reinschleichen ist da nicht viel.«

»Das stimmt. Also warten wir, bis jemand seine Traumwelt betritt und schließen uns demjenigen an. Dann kann er die Veränderung nicht richtig zuordnen. Ich denke, wenn wir alle auf einmal eintreten, kann Doc nicht richtig spüren, wie viele Leute wir sind.«

»Das ist absurd!«, erwidere ich, die Hände zu Fäusten geballt. »Tim, bleib vernünftig!«

»Hast du einen besseren Vorschlag?«

Mir fallen tausende Gründe ein, weshalb wir nicht in die Traumwelt eines anderen Dreamers eindringen sollten, doch leider kein besserer Vorschlag, wie wir einfach an Doc rankommen.

Tim lächelt mich an. »Im Best Case – wenn alles normal ist – können wir uns ja zu erkennen geben. Dann wissen wir aber wenigstens auch, dass alles gut ist und Doc kann uns die Sache mit seiner Praxis vielleicht erklären.«

Dieser Gedanke tröstet mich, also stimme ich seinem Plan zu. Im nächsten Moment stehen wir vor meiner Traumtür und werden unsichtbar. Den Weg zu Doc legen wir stumm zurück, damit niemand auf uns aufmerksam wird. Ich halte Tims Hand, die im Gegensatz zu meiner vollkommen ruhig und trocken ist.

»Alles wird gut«, flüstert er mir leise zu.

Tatsächlich kommen wir leichter in Docs Traumwelt, als wir es uns vorgestellt hatten. Die Tür steht sperrangelweit offen und Doc unterhält sich draußen mit einem Mann. Als eine Frau zu den beiden tritt, bittet Doc sie, schon einmal in seiner Traumwelt Platz zu nehmen, während er noch seinen Gesprächspartner verabschiedet. Tim und ich folgen der blassen Frau hinein.

Ich spüre mein Herz schneller schlagen und eine leichte Übelkeit breitet sich aus, als ich mich mit Tim geräuschlos unter der Liege verstecke.

Das Zimmer sieht schon wieder vollkommen anders aus als beim letzten Mal. Die schlichte Einrichtung war durch edle, glänzende Mahagoni-Möbel ersetzt worden. Die dicken, verstaubten Bücher sind wahrscheinlich hinter den vielen Schranktüren verschwunden und auf dem Schreibtisch steht ein neuer Rechner. Das hier geht wohl nicht gerade als Best Case durch.

Ich atme so flach und leise wie möglich, während ich die Frau vor mir betrachte. Sie setzt sich nicht, sondern bleibt unschlüssig vor dem Schreibtisch stehen. Alles an ihr zittert vor Ungeduld. Ihre Augen huschen über die Einrichtung, ihre Füße bleiben nicht still, ihre Hände fahren immer wieder über den Stoff ihres Mantels, bis Doc endlich hereinkommt und die Tür hinter sich schließt.

»Hallo, Frau May«, begrüßt Doc die Frau und reicht ihr die Hand, bevor er sich hinter den Schreibtisch begibt. »Wie geht es Ihrer Tochter?«

»Ihr Gesundheitszustand hat sich nicht verbessert.«

»Die Ärzte sind immer noch am Rätseln?«

»Ich weiß es nicht. Sie sprechen nicht mit mir darüber. Deswegen komme ich auch zu Ihnen. Ich habe das Gefühl, dass sie inzwischen schon alles Mögliche an meiner Tochter ausprobiert haben.«

»Wie schon gesagt: Ich habe Ihre Tochter noch nicht in der Realität gesehen, deswegen kann ich bloß beschränkt helfen. Wollen Sie sich nicht setzen?«, fragt Doc in einem geschäftsmäßigen Ton.

Die blasse Frau schüttelt den Kopf. »Ich möchte nicht lange bleiben. Haben Sie die Liste, die Sie mir versprochen haben?«

»Natürlich. Wie war der Name Ihrer Tochter?«

»Tanja. Tanja May.«

Doc zieht eine Schublade voller Akten auf. Seine Finger graben sich in die Mappen, suchen, bis sie eine bestimmte gefunden haben. »Hier habe ich sie.«

Doc klappt die Mappe auf und holt einen dünnen Stapel Zettel heraus.

»Ich habe Ihnen alle möglichen Krankheiten, die zu den genannten Symptomen passen, herausgesucht. Lesen Sie die Liste gründlich durch und schließen Sie bitte Krankheiten aus, die bereits überprüft wurden. Sie sagten ja: Dinge, die sie einmal gelesen hätten, würden Sie nie wieder vergessen.«

»Richtig, deswegen bin ich Ihnen dankbar, dass Sie sich die Mühe gemacht haben.«

»Kein Problem. Ich würde mich freuen, wenn Sie mich auf dem Laufenden halten.«

»Das mache ich – danke noch mal. Auf Wiedersehen.«

»Auf Wiedersehen.«

Die Frau lässt die Tür offenstehen, als sie Docs Traumwelt verlässt. Er will schon aufstehen, um sie zu schließen, doch in diesem Moment kommt jemand anderes herein.

Ein rothaariger, pummeliger Mann schaut Frau May hinterher und zieht schließlich die Tür hinter sich zu.

»Alex? Bist du es?«, fragt Doc. Er grinst hämisch. Ein Grinsen, das ich noch nie an ihm gesehen habe.

»Ja, ich bin es. Besucht dich sonst noch jemand regelmäßig? Außerdem siehst du auch nicht besser aus! Hast über Nacht ganz schön viele Falten bekommen.«

Ich spüre, wie Tim neben mir zusammenzuckt. Die Bedeutung dieser Worte tropft auch langsam in meinen Verstand. Der Doc vor uns ist nicht derjenige, der mir über all die Jahre ans Herz gewachsen ist. Irgendjemand hat seinen Platz eingenommen – steckt quasi in seinem Körper. Aber wie ist das möglich?

Alex setzt sich auf einen der Besuchersessel und legt seine Füße auf den Tisch. Der Fake-Doc beschwert sich nicht.

»Das war sie, stimmt's?«

Der Fake-Doc nickt. »Das war Olivia May.«

Alex grinst.

»Sie tut mir leid. Sie wird ihre Tochter wohl nie wiedersehen. Sie wird auch niemals wissen, ob sie ihre Krankheit übersteht«, sagt der Fake-Doc.

»Jetzt hör auf mit dieser Gefühlsduselei! Du lieferst doch nur ein paar Informationen – nichts Wichtiges. Kein Grund, sich verantwortlich zu fühlen. Die Drecksarbeit machen andere.«

»Du verstehst das nicht!«

»Tu ich nicht?« Alex verschränkt gelassen seine Arme hinterm Kopf.

»Es ist mein Job, diesen alten Sack zu spielen. Aber eigentlich frage ich mich, wo er jetzt ist. Ich habe noch so etwas wie Mitgefühl. Du anscheinend nicht mehr.«

»Wir waren alle mal in seiner Situation. In ein paar Monaten wird er wieder hier sein.«

»Nein … es ist schon über eine Woche her, Alex. Eine Woche ist verdammt lange. Hast du schon mal von den Wachenden gehört?«

»Ich denke nicht, dass du darüber sprechen solltest«, sagt Alex leise. Seine Stimme klingt auf einmal nicht mehr freundlich, sondern drohend, geradezu gefährlich. Das Gesicht des Fake-Docs verliert augenblicklich an Farbe.

Mir geht es ähnlich. Mir ist übel. Ich muss hier raus. Ich verstehe nicht, was sie sagen – ich verstehe sie schon, aber ich begreife es nicht. Arbeit? Wo ist Doc? Eine Firma vielleicht? Meine Gedanken sind so durcheinander und drehen sich immer schneller umeinander, bis mir richtig schlecht wird.

»Ich dachte, wir sind Freunde. Du wirst doch nicht …«, dringen die Worte des Fake-Docs gedämpft in mein Ohr. Ich kann sie kaum noch verstehen, denn die Fragen in meinem Kopf drehen sich weiter.

Warum wird Olivia ihre Tochter nicht mehr sehen?

Wer ist der Fake-Doc?

Wo ist der echte Doc?

Für wen arbeiten diese Männer?

Wofür sammeln sie Informationen?

Nun kann ich die Stimmen der Männer nicht mehr hören, weil die anderen in meinem Kopf so laut sind. Ich bin panisch. Mein Atem geht immer schneller. Er ist viel zu laut.

Sie hören ihn und schauen in unsere Richtung.

8. Kapitel

Schnell zieht Tim mich zu sich und legt mir die Hand auf den Mund, damit mein Atem nicht mehr so laut zu hören ist.

Alex steht auf und kommt zu uns herüber.

Ich halte die Luft an. Mein Herz rast. Kann Alex es hören? Er streckt die Hand aus.

Tim drückt mich weiter nach unten und ich schließe vor Angst die Augen, fokussiere mich nur noch auf Tims Herzschlag, der nun ebenfalls rast. Wenn er mir nachher erzählt, er hätte keine Angst gehabt, brülle ich ihn an.

Alex zieht seinen Arm zurück, sodass sich Tim neben mir endlich wieder entspannt und mich gehen lässt.

»Nichts«, meint Alex. »Ich dachte, ich hätte etwas gehört.«

Der Fake-Doc nickt, während Alex wieder ein paar Schritte auf ihn zugeht.

Ich muss hier raus!

Endlich kann ich wieder einen klaren Gedanken fassen. Aufwachen! Ich muss aufwachen! Dann bin ich wieder in Sicherheit.

Beim nächsten Blinzeln starre ich in die Dunkelheit meines Zimmers. Ich spüre immer noch das Blut durch meine Adern rasen. Spüre, dass mein Atem nicht mehr in der Lunge ankommt. Mein Hello-Kitty-T-Shirt ist schweißgebadet.

Mit wackeligen Beinen kämpfe ich mich ans Fenster und lasse die kühle Nachtluft herein. Allmählich beruhige ich mich. Hoffentlich ist Tim heil aus Docs Zimmer entkommen!

Drüben bei Phil ist alles dunkel. Aber das verwundert mich

nicht, denn er hatte angekündigt, dass er dieses Wochenende nach Hamburg zu seinem Vater fahren würde. Tatsächlich hatte er sich in der letzten Woche häufiger mal mit Tim und mir die Pausen vertrieben. Es ist, wie er gesagt hat, er hat kein Problem mit Menschen. Gerade einmal einen Monat ist er inzwischen hier und hatte nicht nur mein Herz, sondern auch die Herzen der anderen Mädchen, wahrscheinlich auch die einiger Jungs und die der Lehrer erobert. Er hat ein Gespür für Menschen und gibt allen das Gefühl, etwas Besonderes zu sein. Als er sich entschieden hat, in die Oberstufenband einzutreten, hat ihnen das unzählige neue Fans beschert.

Mein Handy klingelt plötzlich und bringt mich zurück ins Hier und Jetzt. Bevor Mum aufwacht, sprinte ich zu meinem Handy und hebe ab. »Hallo?«

»Verdammt Lil! Wieso bist du einfach verschwunden?«

»Entschuldige«, flüstere ich. »Meine Nerven sind mit mir durchgegangen. Es tut mir leid, Tim. Ist alles okay bei dir?«

»Ja. Der Doc hat zwar gemerkt, dass noch jemand im Raum war, aber ich konnte mich rausschleichen, bevor er mich entdeckt hat.«

»Gott sei Dank!«

»Lass mich nie wieder allein!«, faucht er mich an.

»Ja, versprochen.«

»Wollen wir darüber reden, was passiert ist?«, wechselt er das Thema. Seine Stimme klingt jedoch immer noch gepresst und verrät mir, dass er trotz meiner Entschuldigung noch wütend auf mich ist. Verständlicherweise.

»Du meinst, wir sollen darüber sprechen, dass der Mann, der eben Doc war, nur ein Fake-Doc ist? Dass jemand in Docs Träumen seinen Platz eingenommen hat?«

»Ja, genau darüber will ich mit dir reden.«

»Gut.« Mehr bekomme ich nicht raus. Meine Gedanken schlagen Saltos. Was jetzt? Obwohl ich so viel weiß, weiß ich doch eigentlich gar nichts.

»Du weißt, was dieses Gespräch bedeutet, oder Lil?«

»Ja«, bringe ich irgendwie hervor. »Doc wird gefangen gehalten und es werden noch mehr Dreamer verschwinden. Und wenn du dasselbe gehört hast wie ich, ist die nächste Person Olivia May oder ihre Tochter. Bitte sag mir, dass du das alles nicht mit mir zusammen geträumt hast, Tim. Dass das alles nur ein Albtraum war.«

Tim räuspert sich am anderen Ende der Leitung. »Ich habe das auch so verstanden, Lil.«

Wir denken beide stumm über das Erlebte nach. Doc ist verschwunden. Es werden weitere Leute entführt werden. Entführt! Das ist das richtige Wort. Das ist das Wort, das ich gesucht habe.

»Das sind organisierte Entführungen«, flüstere ich. Ich höre meine Worte und weiß, dass sie wahr sind. Sie sind so wahr, dass mein Magen droht, sich umzudrehen.

»Warum organisiert?«

»Doc ist weg. Olivia ist die Nächste. Alex und der Fake-Doc sind nicht die Entführer – sie sammeln bloß Informationen, haben sie gesagt. Für sie ist das ein Job!«

»Aber wie viele Leute benötigt man, um mehrere Menschen zu entführen und vorher gründliche Recherchen durchzuführen? Das müsste eine Firma sein oder zumindest eine riesige Organisation wie die Mafia.«

»Eine Firma, in der alle Mitarbeitenden wissen, dass das, was sie machen, illegal ist? Aber wer baut sich eine illegale Firma auf? Und wer macht freiwillig bei so was mit?«

Tim überlegt weiter. »Warum entführen sie nur Dreamer? Und wie schaffen sie es, die Entführten in der Traumwelt zu ersetzen?«

»Gibt es einen Dreamer mit einer solchen Gabe?«

Wir schweigen wieder.

»Vielleicht sollten wir wegen Doc wirklich zur Polizei gehen«, sage ich schließlich.

Tim schnaubt. »Das Thema hatten wir doch vorhin schon. Wenn dieser Christian Doc regelmäßig besucht, wird er das Verschwinden bemerken und der Polizei melden. Das ist nicht unsere Aufgabe, Lil.«

»Dann lass es uns endlich Dad erzählen!«, presse ich hervor. »Wenn wir unser Wissen teilen, kommen wir vielleicht weiter, aber so tappen wir womöglich alle im Dunkeln.«

Ich höre Tim brummen. »Na schön, aber lass es mich tun, wenn ich Manuel das nächste Mal sehe. Vielleicht kann ich dann das ein oder andere Detail ein bisschen kaschieren.«

***

Eine Fliege tänzelt um meine Lampe herum, sodass ihr Schatten unruhig über meine Aufzeichnungen flattert. Ich sitze an meiner Projektarbeit, doch seit gefühlt zehn Minuten höre ich wieder einmal Christians und Sandras wütende Stimmen von unten durch den Boden dringen. Ich verstehe nicht, was sie sagen, doch der Streit klingt heftig. Auf einmal fällt etwas zu Boden und zersplittert, woraufhin die Stimmen noch lauter werden. Es ist 15:49 Uhr an einem Sonntag und die beiden haben nichts Besseres zu tun, als sich gegenseitig anzuschreien.

Genervt gehe ich zum Fenster und öffne es. Mein Blick fällt auf die andere Straßenseite, hinein in das dunkelbraun gestrichene Zimmer und sofort fühle ich mich wesentlich leichter.

Phil ist zurück!

Ich sehe sein Profil. Irgendwie wirkt er ein wenig blass. Er blickt auf etwas auf seinem Bett hinunter, dann kniet er sich und verschwindet somit aus meinem Sichtfeld.

Spontan entscheide ich mich, ihm einen Besuch abzustatten. Ich weiß nicht, ob er sich darüber freuen wird, aber ich habe Lust, ihn zu sehen. Also schlüpfe ich in meine Sneakers, greife nach meinem Schlüssel und meinem Handy.

Auf der anderen Straßenseite klingele ich.

»Ottermann?« Es ist eine Frauenstimme.

»Äh ja … Hallo. Hier ist Lilo.«

»Lilo?« Kann Lisa sich nicht mehr an mich erinnern?

»Ist Phil da?« *Natürlich ist er da. Ich habe ihn doch gesehen.*

»Moment.«

Sie legt auf. Das Sirren des Türöffners ertönt.

Ich betrete den Hausgang und gehe hinauf in den dritten Stock. Die Tür ist nur angelehnt – genau wie beim letzten Mal. Schon von draußen kann ich riechen, dass gerade irgendein Curry gekocht wird.

»Er ist in seinem Zimmer.« Lisa schaut nur lang genug aus der Küche, um mich mit einem neugierigen Blick zu betrachten, dann zieht sie sich wieder zum Kochen zurück. Meine Augen huschen hinüber zum Wohnzimmer, in dem noch immer einige Umzugskartons stehen.

Bevor ich Phils Zimmer betrete, klopfe ich an die Tür.

»Komm rein!«

Ich folge seiner Aufforderung, mein Herz klopft dabei vor Aufregung heftig gegen meine Brust.

Phil hingegen scheint es anders zu ergehen. Er schiebt gerade einen Karton unter den Schreibtisch und blickt mich erst danach völlig ausdruckslos an. »Was willst du hier?«, fragt er kalt, sobald ich die Tür schließe.

Es fühlt sich an wie eine verbale Ohrfeige. »Ich hab von drüben gesehen, dass du zurück bist und wollte wissen, wie es in Hamburg war.«

Sein Blick wandert über mein Gesicht und seine Mundwinkel zucken kurz, als wollten sie ein Lächeln andeuten, doch er schüttelt den Kopf und dreht sich weg. »Es war grauenvoll.«

»Oh nein, was ist passiert?«, frage ich und ziehe meine Jacke aus. »Geht es deinem Vater schlechter?«

Wieder ein Kopfschütteln. Dann lässt Phil seine Fingerkuppen mehrmals auf den Schreibtisch sinken und seufzt. »Nein, sein Zustand hat sich tatsächlich ein wenig gebessert.«

»Darf ich?«, frage ich ihn und deute auf das Bett.

»Klar. Willst du etwas trinken?«

Ich nicke und Phil verlässt den Raum, sodass ich mich in Ruhe umsehen kann. Besonders viel Deko gibt es hier nicht. Ein Bett, einen Sessel, ein Schrank und einen Schreibtisch. Alles sieht recht funktional aus, als hätte er nicht die Absicht, länger als nötig hierzubleiben. Das einzig Schöne hier ist die Gitarre, die über dem Sofa hängt.

Phil kommt wieder herein. »Ich habe dir Leitungswasser eingefüllt. Ich hoffe, das passt«, sagt er, während er mir ein Glas in die Hände drückt.

»Äh … klar.« Pflichtbewusst nehme ich einen Schluck.

Er lehnt sich an seinen Schreibtisch und beobachtet mich stumm, während er auf seiner Unterlippe kaut.

»Willst du drüber reden?«, taste ich mich vorsichtig an ihn heran.

Er lacht kurz auf und blickt zur Decke. »Eigentlich nicht.«

»Na, dann lass uns doch über … über das Herbstkonzert quatschen. Was werdet ihr für Lieder spielen?«

Seine Miene hellt sich etwas auf. Er löst sich von seinem Schreibtisch und kommt zu mir ins Bett. »Wahrscheinlich so fünf Lieder, aber wir haben uns noch nicht richtig festgelegt.« Er kratzt sich an der Nase. »Was hörst du so für Musik?«

»Radio und nur unter der Dusche«, gebe ich zu. »Ich bin nicht besonders musikalisch und dazu ein Musikbanause. Wahrscheinlich könnte ich Jazz nicht mal von Hip-Hop unterscheiden.«

Er grinst. »Ich denke, du machst dich schlechter, als du in Wirklichkeit bist.«

»Wahrscheinlich«, gebe ich zu, »aber immerhin hast du gelächelt.«

Sofort verflüchtigt sich sein Grinsen und er lässt seine Schultern hängen. »Es ist komisch, was sich in einem Monat alles verändern kann. Ich war zu Hause in Hamburg und hatte mich noch nie zuvor so allein gefühlt – nicht einmal nach dem Tod meiner Schwester und meiner Mutter. Keiner meiner Freunde hatte Zeit für mich.«

»Echt? Das klingt ja schrecklich … Aber vielleicht war es nur ein blöder Zufall.«

»Das könnte sein. Ich habe nämlich niemanden im Vorfeld geschrieben. Tatsächlich wusste ich nicht, wie ich mich nach dem Treffen mit meinem Vater fühlen würde und wollte mir alle Optionen offenlassen.«

»Verständlich, aber nimm dir das Verhalten deiner Freunde nicht so zu Herzen!«, rate ich ihm. »Ich glaube nicht, dass sich deine Freunde wirklich von dir abgewandt haben. Du bist erst einen Monat hier und alle liegen dir zu Füßen. Wenn das in deiner letzten Schule auch so war, freuen sich wahrscheinlich alle, dich wiederzusehen. Vielleicht haben sie sich sogar geärgert, weil sie keine Zeit hatten.«

Da ist es wieder! Das Lächeln mit den Grübchen. »Danke, Lilo. Mit dir zu reden, tut mir echt gut.«

Dieses Kompliment lässt mir sofort die Hitze ins Gesicht steigen. Und irgendetwas in meinem Kopf brennt durch, denn ich höre den Satz *Er mag mich!* in Dauerschleife durch meine

Gedanken streifen. Etwas beschämt weiche ich seinem Blick aus, den ich warm prickelnd auf meiner Haut spüre.

»Es sieht hier noch recht leer aus. Hast du dich schon komplett eingerichtet?«, frage ich, um ihn abzulenken – und um endlich wieder Luftholen zu können, denn unter seinem intensiven Blick habe ich das Atmen irgendwie vergessen.

»Ja. Ich habe noch ein paar Dinge in meinem alten Kinderzimmer stehen, aber für das eine Jahr lohnt es sich nicht, alles herzuholen.«

Wir quatschen entspannt über sein neues Zuhause und irgendwie verspreche ich ihm, etwas aus Makramee zu knüpfen, damit die Wände nicht mehr so kahl aussehen. Im Gegenzug schaffe ich es, ihn zu überzeugen, mir etwas auf seiner Gitarre vorzuspielen. Er steckt ein Kabel in sein Instrument, hantiert an einem Verstärker herum und wirft mir einen großen Kopfhörer zu. »Setz den auf, sonst laufen unsere Nachbarn Amok.«

Phils Finger streichen sanft über die Saiten. Ihr Ton erklingt direkt an meinen Ohren.

»Hörst du etwas?«, fragt er mich.

Ich nicke und schließe die Augen.

Phil spielt einwandfrei, obwohl er die Töne noch viel leiser hört als ich – und es klingt einfach wunderbar. Die einzelnen Töne verzaubern mich und entreißen mich der Wirklichkeit. Ich sitze in der Finsternis und nichts kann mich von der Melodie ablenken – dachte ich, bis ich plötzlich geschüttelt werde und hochschrecke. Anscheinend bin ich eingeschlummert und hatte auch im Traum seiner Musik gelauscht.

»Du kannst mit Musik echt nichts anfangen, oder?«, fragt Phil lachend, als ich verschlafen zu ihm aufblicke.

Mit einem entschuldigenden Blick nehme ich die Kopfhörer ab. »Es war einfach wirklich entspannend.«

Als ich sie ihm reiche, bemerke ich, wie nah wir uns sind. Sein Atem streicht über mein Gesicht und meine Nasenspitze ist keine Handbreit von seiner Wange entfernt, sodass ich einen leichten Geruch nach Salbei einatme. Seine türkisfarbenen Augen wandern von meinen hinab zu meinen Lippen. Jeder meiner Atemzüge wird von einem warmen Kribbeln begleitet, doch niemand von uns macht den ersten Schritt. Wir verharren viel zu lange in diese Position, bis er sich schließlich räuspert und mir die Kopfhörer abnimmt, meinem Blick ausweicht und aufsteht. »Ich muss noch meine Hausaufgaben für morgen vorbereiten«, sagt er leise. »Ist es in Ordnung, wenn ich dich rauswerfe?«

Nein! Das ist gar nicht in Ordnung. Mich zu küssen wäre in Ordnung gewesen, aber mich rauszuwerfen ist es ganz und gar nicht! Dennoch nicke ich, weil ich ihn verstanden habe. Er will diese Nähe zu mir nicht. Wir sind nur Freunde. Ich fühle die klaffende Wunde in meinem Herzen, doch irgendwie schafft es mein Verstand, ihm viel Erfolg bei den Hausaufgaben zu wünschen und mich nach Hause zu tragen. Erst dann lasse ich zu, dass ich mich fühle, als würde ich verbluten.

Kraftlos lasse ich mich auf den Teppich in meinem Zimmer fallen und verfluche meine Idee, heute spontan bei Phil gewesen zu sein.

Ich rufe Tim an und klage ihm mein Leid.

»Ich kann leider keine Herzen heilen, Lil!«, erklärt er durch das Telefon.

»Aber er war doch direkt vor mir! Er wollte mich küssen. Warum hat er es denn dann nicht einfach getan?«

»Vielleicht hat er dieses Wochenende in Hamburg mit seiner Freundin Schluss gemacht? Was weiß ich … Gedanken lesen gehört leider nicht zu meinen Kompetenzen.«

»Du kannst weder Gedankenlesen noch Herzen heilen …

kannst du überhaupt was?«, werfe ich ihm gespielt beleidigt vor.

»Ich kann dir einen Fall anbieten. Ein alter Mann, der irgendwo auf der Welt gefangen gehalten wird. Der alte Mann ist jetzt natürlich nicht ganz so attraktiv wie Phil, aber zumindest könnte dich das ablenken.«

Ich lache verzweifelt. »Nutzt du meine Notlage gerade aus, um mich anzustacheln?«

»Hab dich lieb, kleine Schwester.«

»Du bist ein Idiot, weißt du das?«

»Und trotzdem liebst du mich genauso sehr wie ich dich.«

***

Tim kümmert sich am nächsten Tag wirklich liebevoll um mich, während Phil mir geschickt aus dem Weg geht. Doch allein der Gedanke, dass er die ganze Zeit nur wenige Meter und Räume von mir entfernt ist, lässt mein Herz bluten.

Der Unterricht zieht an mir vorüber, während ich wie hypnotisiert aus dem Fenster starre. Emely, die relativ viele Fächer mit mir teilt, tippt mich an, als mich der Mathelehrer zu einer Abfrage an die Tafel ruft. Entschuldigend zuckt sie mit den Schultern – als wäre es ihre Schuld, dass ich ausgewählt wurde. Meine Lethargie zieht sich bis in meinen Traum. Bewegungslos liege ich auf meinem Bett und bin zu nichts imstande. In diesem Moment erkenne ich, dass ich ihm Macht über mich gegeben habe.

Schluss damit! Ich komme auch allein klar! Ich darf verliebt sein, aber ich darf mich dabei nicht selbst vergessen. Tim hat recht. Doc braucht unsere Hilfe!

Entschlossen schwinge ich meine Beine über die Bettkante. Wenn jemand tatsächlich Docs Traumwelt besetzt, bedeutet das, dass er nicht schlafen kann, oder? Aber irgendwann muss Doc auch einmal schlafen, sonst fällt er ja einfach vor Erschöpfung tot um. Das heißt, irgendwann werde ich ihn antreffen. Eine leise Stimme warnt mich, dass ich gerade leichtsinnig handle. Dass ich mich selbst in Gefahr bringe, nur um keinen Schmerz mehr empfinden zu müssen, aber ich ignoriere diesen Gedanken. Meine Entschlossenheit überdeckt alles andere. Vernunft, Trauer, Angst – alles wird ausgeschaltet. Mit festem Schritt marschiere ich unsichtbar durch die Zwischenwelt. Erst vor Docs Traumwelt bremse ich ab und warte, bis jemand kommt. Es dauert ewig. Am liebsten hätte ich auf meine Armbanduhr gesehen, doch da ich unsichtbar bin, geht das natürlich nicht. Das kleine Bisschen Verstand, das neben meiner Entschlossenheit noch Platz hat, mahnt mich zur Vorsicht.

Endlich kommt jemand. Zögerlich, aber sein Ziel ist klar. Während sich der Mann immer wieder umblickt, kommt er stetig näher. Ich wittere meine Chance.

Er klopft und Docs alte Stimme bittet ihn herein.

Hastig folge ich dem Mann durch die Tür.

Es sieht alles noch so aus, wie das letzte Mal, als ich mit Tim hier war, daher gehe ich davon aus, dass es sich heute wieder um einen Fake-Doc handelt. Also werde ich bei der nächsten Gelegenheit das Weite suchen und morgen zurückkommen.

»Sind Sie Doktor Richard Volker?« Unsicher steht der Fremde vor Doc und nestelt am Reisverschluss seiner Jacke rum.

Der Fake-Doc sitzt auf seinem Stuhl hinter dem Schreibtisch und blickt auf, als sein Besuch zu sprechen beginnt. Er sieht sichtlich irritiert aus. »Tut mir leid, ich kann mich nicht an Sie erinnern. Kennen wir uns?«, fragt er.

»Äh, nein. Ich bin heute das erste Mal hier. Ein Bekannter hat mir empfohlen, vorbeizukommen. Ich wollte -«

»Setzen Sie sich und geben Sie mir bitte ein paar Minuten«, unterbricht der Fake-Doc ihn unhöflich. Obwohl Doc seine Brille hier in der Traumwelt nicht benötigt, trägt der Fake-Doc sie. Die alten Finger blättern eine Akte durch, während sich der Besucher auf einen Sessel vor dem Schreibtisch setzt und ungeduldig zusieht, wie Doc die vielen Zeilen überfliegt.

Der Schwarzhaarige räuspert sich.

Doc liest noch ein paar Worte und klappt die Mappe dann zu. Seine Augen sehen über die Brillengläser hinweg zu dem Besucher auf. Sie mustern ihn mit einer Schärfe, die ich noch nie in Docs Blick gesehen habe. Dann öffnet er eine Schublade und holt einen Zettel heraus. »Tragen Sie hier Ihre persönlichen Daten und Ihr Anliegen ein. Ich werde hier keine Untersuchungen durchführen. Wenn sie ein besonders dringendes Anliegen haben, werde ich Sie morgen in der Realität aufsuchen. Aus diesem Grund ist Ihre Telefonnummer besonders wichtig.«

Der Mann scheint etwas überfordert zu sein. Als er das Formblatt entgegennimmt, sind seine Augen so groß wie Wachteleier.

»Verzeihen Sie meine Unhöflichkeit. Ich hatte bereits vor zwölf Uhr sechs Leute, die meine Hilfe in Anspruch nehmen wollten, und ich habe heute wirklich kaum Zeit für neue Patienten.«

Der Mann nickt, nimmt den Stift entgegen, den Doc ihm entgegenhält und beginnt zu schreiben.

»Vergessen Sie nicht Ihre Unterschrift.« Doc schlägt die Akte wieder auf, um darin zu lesen, aber seine Augen kleben an dem neuen Patienten, den er so grob abgefertigt hat. Erst als er sicher ist, dass der Schwarzhaarige schreibt, schweift sein Blick durch die Praxis. Er sucht etwas.

Mich!

Wer auch immer dieser Doc ist, er ist scharfsinniger als das letzte Mal. Er hat gemerkt, dass nicht nur eine Person eingetreten ist. Ich spüre seine Konzentration und wie er seine Umgebung mit jeder Faser seines Körpers wahrnimmt. Das hier ist nicht der

Informationen sammelnde Mann vom letzten Mal. Dieser Mann weiß, dass jemand hier ist, aber er weiß nicht, wer und wo.

»Ich bin fertig.«

Schlagartig fahren die Augen des Fake-Docs zurück zu seinem Gast. »Schön. Ich möchte Sie darum bitten, mich unter keinen Umständen aufzusuchen. Ich werde zu Ihnen kommen, sobald ich eine Lösung für Ihr Problem habe. Eine schöne Nacht noch.«

»Ihnen auch«, erwidert der Mann. Der Patient steht eilig auf. Ehe ich mich versehe, ist er auch schon draußen und hat die Tür hinter sich zugezogen.

Innerlich fluchend starre ich auf die verschlossene Tür. Jetzt stehe ich hier, gefangen in diesem Zimmer und der Fake-Doc weiß genau, dass ich anwesend bin. Kann ich es wagen, die Tür einfach aufzureißen und hinauszurennen? Oder soll ich mich wie das letzte Mal zwingen, aufzuwachen?

Doch der Fake-Doc schert sich nicht um mich, sondern greift in eine Schublade seines Schreibtischs und holt ein Feuerzeug hervor. Er entzündet es und hält die lange Flamme an das Formblatt, das der Mann eben ausgefüllt hat. Das rote Licht lässt die Falten auf Docs altem Gesicht für einen Moment verblassen. Hungrig fressen sich die Flammen durch das Stück Papier, bis nur noch Asche übrig bleibt.

»Ich hoffe, du befolgst meinen letzten Rat, Enrico«, flüstert der Fake-Doc und schüttelt die Asche von seiner Tischunterlage in einen Mülleimer. Dann steht er auf, streckt sich, gähnt und läuft zu einem Regal in meiner Nähe. Er zieht ein paar Bücher heraus, liest einige Absätze, bevor er sie wieder hineinschiebt.

Während ich ihn beobachte, versuche ich, die Situation einzuschätzen. Zuvor war er noch so scharfsinnig. Er hat gemerkt, dass zwei Personen reingekommen sind. Dann muss er doch auch bemerkt haben, dass nur eine wieder gegangen ist. Könnte er mich erkannt haben? Wenn ja, warum spricht er nicht mit mir? Wir sind doch allein. Oder?

Der Schlag trifft mich unvermittelt. Der Fake-Doc holt mit einem der Bücher aus und zieht es mir über den Kopf, sodass ich zu Boden falle. Mit wenigen Bewegungen ist der Fake-Doc bei mir und setzt sich auf mich. Ich bin zwischen ihm und dem Boden eingeklemmt.

Er beugt sich zu mir herunter und lässt seinen Unterarm immer weiter auf meinen Hals zu wandern, bis er meinen Kopf gefunden hat. Er drückt mir die Luft ab.

»Wer bist du?«

9. Kapitel

Ich muss husten. Tränen steigen mir in die Augen. Seine Finger graben sich in meine Haut.

»Doc!«, flehe ich ihn mit der wenigen Luft an, die meine Lunge erreicht.

»Lilo!«, flüstert er fassungslos. Sofort steigt er von mir runter, doch ich bleibe liegen.

Tränen rollen mir über die Wangen. Ich bin vollkommen überfordert. Doc kennt mich? Ist er der echte? Oder ist er einer von den vielen Fake-Docs?

»Wie konnte ich dich nicht erkennen? Geht es dir gut?« Ihm steht die Überraschung ins Gesicht geschrieben. Seine Augen wandern verzweifelt hin und her. Seine Stimme ist nicht mehr als ein Hauch. Schwerfällig kniet er sich neben mich und tastet nach mir.

Als er mich berührt, zucke ich zusammen. »Bist du es, Doc? Bist du es wirklich? Wo bist du, Doc? Wo bist du in der Wirklichkeit?«

Alarmiert ziehen sich seine Augenbrauen zusammen, seine Hände verkrampfen sich. »Suchst du nach mir?«

»Ich vermisse dich!«, antworte ich heiser und falle ihm um den Hals. Dabei werde ich sichtbar. »Ich wusste, du würdest irgendwann zurückkommen!«

Vorsichtig löst mich Doc von sich, hält mich auf Abstand und betrachtet mich.

»Lilo … Was mache ich nur mit dir …« Doc umgreift vorsichtig mein Gesicht. »Hör mir gut zu! Kehre in deine Traumwelt zurück und komme nie wieder zu mir! Sie dürfen niemals dein Gesicht oder deinen Namen herausfinden. Am besten bleibst du in deiner Traumwelt, verstehst du?«

»Aber was ist passiert? Wo bist du?«

»Hast du mich verstanden? Versprich mir, dass du in deine Traumwelt zurückkehrst und dortbleibst!« Sein eindringlicher Blick durchbohrt mich, während der Druck seiner Hände zunimmt. Ich sehe einen Schatten in seinen Augen, der mir verrät, dass auch er Angst hat.

Ich nicke, obwohl mir die Tränen übers Gesicht laufen.

»Gut. Dann werde wieder unsichtbar und geh!«

»Wann werde ich dich wiedersehen?«, will ich von ihm wissen.

Ein freundliches Lächeln flackert über sein altes Gesicht. »Frag mich etwas Leichteres.« Er streicht mir die Tränen von den Wangen, bevor er mich loslässt. »Pass auf dich auf und vergiss nicht, was du mir eben versprochen hast!«

***

Als ich Tim alles erzähle, wird er ganz bleich.

»Ich weiß, es klingt schrecklich. Aber endlich haben wir einen Beweis.«

»Und was ist, wenn das überhaupt nicht Doc war? Sondern wieder irgendeine Fälschung, die über dich Bescheid wusste? Vielleicht hat Doc alles ausgeplaudert!«

Ich schüttele vehement den Kopf. »Doc hat mich an meiner Stimme erkannt.«

»Und wenn irgendjemand ihn gespielt hat, der dich genauso gut kennt?«

»Willst du gerade ernsthaft meinen Vater oder deine Mutter verdächtigen? Die sind nämlich die einzigen anderen Dreamer, die wir kennen«, entgegne ich ihm wütend.

Tim dreht seine Flasche auf und zu. Ich sehe ihm an, dass seine Gedanken rasen. »Aber warum hat er dann einen Patienten angenommen – genau wie die Fake-Docs zuvor?«

Ich zucke mit den Schultern. »Ich weiß nicht, Tim. Vielleicht wird er dazu gezwungen. Aber er hat den Zettel, den dieser Enrico ausgefüllt hat, verbrannt. Womöglich ist das seine Art der Rebellion gegen seine Entführer.«

»Das gefällt mir nicht.« Tim verschränkt seine Arme vor der Brust. Als Emely zu uns kommt, hellt sich seine Miene jedoch auf. »Hi Emely! Alles gut bei dir?«

»Ja. Ich wollte fragen, ob ihr beide zu meiner Geburtstagsfeier kommen wollt? Ich schmeiß eine riesige Party und würde mich freuen, wenn ihr dabei seid.«

Tims Augen leuchten vor Glück. »Klar!«

»Wann feierst du denn?«, hake ich nach.

»Ich habe an Halloween Geburtstag«, antwortet sie. »Toll, dass ihr dabei sein könnt. Und verkleidet euch gerne!«

Sie taucht wieder in der Menge unter, ohne zu wissen, dass sie Tim gerade zum glücklichsten Menschen auf diesem Planeten gemacht hatte. Mit den Armen und dem Hintern wackelnd führt er gerade einen Freudentanz vor mir auf und singt breit grinsend: »La la la love!«

Ich wünschte nur, meine La la la love würde sich auch so gut entwickeln, doch leider sehe ich Eva immer häufiger an Phils Fersen kleben. Mehr als ein müdes Lächeln hat er nicht mehr für mich übrig, wenn wir uns begegnen. Trotzdem setze ich mich noch am Nachmittag hin und knüpfe ihm ein Dekoelement aus Makramee. Dauernd frage ich mich, weshalb ich das tue. Aber tief im Innern weiß ich, dass ich den Kampf um ihn noch nicht aufgegeben habe.

***

Am nächsten Morgen überrascht mich Mum in der Küche. Sie ist bereits in Stoffhose und Bluse gekleidet und ihr süßliches Parfüm liegt in der Luft.

»Guten Morgen, Mum. Du bist noch da?« Als ich den Blick über den Tisch gleiten lasse, entdecke ich meine volle Müslischale und einen Tee. »Und du hast mir Frühstück gemacht?« Irgendetwas stimmt hier nicht.

Mum sieht von ihrer Zeitung auf. »Ja, ich möchte kurz etwas mit dir besprechen. Oder besser gesagt, möchte ich erst einmal nur eine Idee äußern, dir dann ein bisschen Zeit geben und am Wochenende mit dir darüber reden.«

Misstrauisch setze ich mich ihr gegenüber. »Okay? Was gibt es?«

»Es dauert ja nur noch ein Jahr bis zu deinem Schulabschluss und ich vermisse meine Arbeit als freie Journalistin. Also habe ich überlegt, nach deiner Schulzeit hier die Zelte abzubrechen und nach Frankfurt oder Berlin zu ziehen – also irgendwohin, wo ein bisschen was los ist.«

Ich schaufele mir einen Löffel meines Müslis in den Mund, um nicht sofort antworten zu müssen, doch Mum blickt mich so lange gespannt an, bis ich nicht mehr um eine Antwort drum herumkomme. »Du willst also unsere Wohnung verlassen?«

»Vielleicht nicht sofort, aber … ja, Lilo.«

Mir schießen unzählige Erinnerungen durch den Kopf. Erinnerungen mit Dad, an unzählige Kindergeburtstage und Gespräche mit Tim. Das alles will sie mir einfach wegnehmen?

Mum fährt fort: »Manuel hat den Mietvertrag damals mit einem alten Mann abgeschlossen und ich bin mir nicht sicher, wie lange wir überhaupt noch hier drinbleiben können.«

Meine aufkommende Wut wird plötzlich von meiner Neugierde gedämpft. »Mit einem alten Mann? Ist er ein Bekannter von Dad?«

Mum sieht mich verwirrt an. »Ja, ihm gehört das ganze Haus. Weshalb interessiert dich das?«

»Ich frage mich nur, ob ich ihn kenne. Wie heißt er denn?«, will ich von ihr wissen.

»Doktor Richard Volker, aber ich denke nicht, dass du ihn kennst.«

»Das ist Doc!«, rufe ich fassungslos.

Mum ist nicht weniger überrascht als ich. »Woher kennst du ihn denn?«

»Dad hat ihn mir vor Jahren einmal vorgestellt und Tim und ich waren oft bei ihm zu Besuch.«

»Okay … davon hast du mir nie erzählt.« Sie schüttelt kurz den Kopf, um sich wieder zu fangen. »Ich dachte, es würde dich sehr mitnehmen, wenn ich dir diese Neuigkeit eröffne und stattdessen fragst du mich über unseren Vermieter aus?«

»Dann muss ich zumindest nicht über deine absurde Idee nachdenken«, gebe ich bissig zurück.

Sie seufzt und ist offenbar erleichtert, dass mich ihre Ankündigung doch ein wenig aus der Bahn wirft. In meinem Kopf drehen sich meine Gedanken jedoch nur um Doc. Wenn ich die Unterlagen über unsere Wohnung finde, sollte da doch irgendwo seine Adresse mit draufstehen – Docs richtige Adresse!

Mum steht auf und streicht mir wie bei einem Kind über den Kopf. »Lilo, ich weiß, dass dir viel an dieser Wohnung liegt. Immerhin ist es unser Zuhause, aber …«

»Aber du willst nicht länger für dieses *Tratschblatt* schreiben – wie du es nennst. Hab schon verstanden. Keine Angst, Mum. Ich hasse deinen Vorschlag und ich werde die nächsten Tage gut nutzen, um deine Argumente am Samstag zu entkräften«, sage ich in einem Atemzug und mit einem bittersüßen Lächeln. Wenn sie mich zickig haben will, bekommt sie das – Hauptsache, sie lässt mich endlich allein, damit ich nach Docs Adresse suchen kann.

Sie küsst mich tatsächlich auf die Stirn, als wäre ich elf. »Alles klar, Maus. Ich freue mich auf die Schlammschlacht.«

Dann steigt sie in ihre Pumps, nimmt den Autoschlüssel und verlässt die Wohnung. Sobald ich die Tür ins Schloss fallen höre, laufe ich in ihr Schlafzimmer und öffne den Schrank, in dem sie alle Ordner aufbewahrt. Zähneknirschend stelle ich fest, dass meine Mutter ihre Ordner nicht beschriftet hat, also bleibt mir nichts anderes übrig, als sie einzeln herauszuziehen und durchzublättern.

Zwanzig Minuten später habe ich endlich, wonach ich gesucht habe: Eine Nebenkostenabrechnung.

»Yes, Baby!«, jubele ich leise, als ich Docs Anschrift oben erkenne.

Mit einem siegreichen Grinsen fotografiere ich sie und beseitige meine Spuren.

10. Kapitel

Schwungvoll ziehe ich die Haustür hinter mir ins Schloss – dummerweise im selben Moment, in dem auch Phil auf die Straße tritt. Als er mich sieht, schaut er verwundert auf sein Handy.

Ich weiß selbst, dass ich zwanzig Minuten zu spät bin. Ich verdrehe die Augen. »Entweder du läufst mit mir mit, oder du wartest jetzt noch zehn Minuten. Wenn du still hinter mir herläufst, ist das extrem creepy.«

Er kommt über die Straße. »Hast du verschlafen?«

Ich schüttele den Kopf. »Nein, ich hatte eine interessante Diskussion mit meiner Mutter, die nächstes Jahr ausziehen will.«

»Aber dann bist du wahrscheinlich doch sowieso schon irgendwo anders – machst eine Ausbildung oder studierst.«

»Wer sagt, dass ich das nicht hier machen will?«, antworte ich ihm aufgebracht. Nach der ganzen Aufregung um Doc merke ich nun, wie mein Inneres sich wirklich über Mums Wunsch aufregt. Ich will mein Zuhause nicht verlieren.

»Ich kann es verstehen, aber andere Städte sind auch nicht so übel.«

»Bist du auf Mums Seite? Mum will mich entwurzeln, mir meine Heimat nehmen – einfach alles abreißen.«

Ich fuchtele wütend mit meinen Armen, sodass er abwehrend seine Hände hebt. »Ich bin auf keiner Seite. Es ist nur … es gibt Schlimmeres. Die Erinnerungen sind doch das Wichtige, nicht eine Wohnung, oder?«

Als ich ihn anblicke, sehe ich einen Schatten über seinen türkisfarbenen Augen liegen. Wahrscheinlich denkt er gerade an seine Familie, die in diesem Jahr vollständig auseinandergebrochen ist. Und ich rege mich darüber auf, dass Mum die Wohnung kündigen will …

»Es tut mir leid, das war nicht gerade taktvoll von mir, Phil. Es gibt wirklich Schlimmeres, da hast du recht. Trotzdem tut es irgendwie weh.«

Er lächelt mitfühlend und streift mir sanft über den Oberarm. Unsicher bleibe ich stehen, krame eine Papiertüte aus meiner Büchertasche und halte sie ihm entgegen.

»Was ist das?«, fragt er.

»Ein bisschen Deko. Du kannst die Blätter einfach um einen Ast hängen, dann sollte es gut aussehen. Das passt bestimmt perfekt zu deiner dunkelbraunen Wand – und vielleicht fühlst du dich dann ein bisschen mehr wie zu Hause.«

Phil greift hinein und zieht zwei der zwölf Blätter heraus, die ich ihm gestern geknüpft habe. Seine Finger streichen darüber, als hätte er noch nie Makramee angefasst.

»Also … du musst es nicht aufhängen, wenn es dir nicht gefällt«, stammele ich.

»Danke, es … ist perfekt«, flüstert er und sein Blick wandert von den Blättern hoch zu meinem Gesicht. Seine Augen wandern über mein Gesicht und bleiben an meinen Lippen haften. Ich sehe, wie er seine befeuchtet und schon wieder habe ich das Gefühl, als würde er mich jeden Moment zu sich ziehen und küssen, doch stattdessen packt er die Tüte in seine eigene Tasche.

Ich schlucke den Kloß im Hals hinunter, ziehe meinen Rucksack wieder auf und gehe weiter. »Also, du datest jetzt Eva, ja?«, frage ich so beiläufig wie möglich.

»Ich date niemanden.« Höre ich da einen bitteren Unterton in seiner Stimme?

»Oh, das Gerücht geht aber rum«, sage ich, was ich tatsächlich in den letzten Tagen aufgeschnappt habe.

»Ich bin in wenigen Monaten wieder weg. Da wäre es bescheuert, irgendjemanden zu daten.«

Unwillkürlich muss ich grinsen. Hält er sich deshalb von mir fern?

»Was ist los?«, fragt er immer noch recht angriffslustig, doch ich schüttele nur lächelnd den Kopf. Dieser eine Satz hat mir meinen Tag gerettet. Ich werde jetzt nichts überstürzen und damit alles wieder zunichtemachen.

***

Meine gute Stimmung hält genau eine Stunde, bis ich Tim erzähle, dass ich Docs richtige Adresse habe.

»Gut«, sagt er mit einem breiten Grinsen. »Dann wissen wir ja jetzt, wo wir als Nächstes nach Doc suchen.«

»Wir sollten das der Polizei überlassen«, zische ich ihm zu.

»Uns fehlt immer noch die Argumentationsgrundlage. Selbst wenn jetzt eine Verbindung zwischen dir und Doc besteht, begründet die nicht, weswegen du dir solche Sorgen um ihn machst.« Tim ergreift mich am Arm und zieht mich wieder zu sich, als ich mich abwenden will. »Lilo … lass uns wenigstens noch bei ihm zu Hause nachsehen. Vielleicht hat er auch einen Schlaganfall bekommen und liegt jetzt in seiner Wohnung auf dem Boden und braucht Hilfe.«

»Schön!« Mir fällt auf, dass ich beinahe schreie und sich einige unserer Mitschüler zu uns umdrehen. Angestrengt versuche ich, meine Stimme zu senken. »Weißt du, wie lange er dann da schon liegt? Habe ich schon einmal erwähnt, dass ich nicht besonders scharf darauf bin, eine Leiche zu finden?«

»Wir wissen beide, dass er nicht tot ist. Er wurde ersetzt und womöglich ist er nicht einmal zu Hause. Aber das finden wir nur heraus, wenn wir in seiner Wohnung nachsehen.«

»Du sagst also, wir sollen in sein Haus einbrechen, um festzustellen, dass niemand zu Hause ist? Das ist absurd. Selbst wenn er nicht da ist, kann er bei irgendjemandem zum Kaffeetrinken eingeladen worden sein.«

»Um Doc zurückzuholen, bleiben uns nur zwei Möglichkeiten: Entweder wir finden den echten Doc oder wir finden den Doc-Nachmacher und fragen ihn aus.«

»Das ist nicht allein unsere Aufgabe, Tim! Hast du Dad schon alles erzählt?« Vorgestern hatte Dad mich in der Nacht besuchen wollen, doch ich habe so getan, als ob ich sein Klopfen nicht hören würde. Ich kann ihn nicht belügen und ich wusste nicht, wie ich ihm gegenübertreten soll.

»Nein, noch nicht. Ich bin ihm noch nicht begegnet.«

»Verdammt, Tim! Wenn du wirklich glaubst, dass wir Doc allein helfen können, frage ich mich, in welcher Welt du lebst. Dieser Alex in Docs Traumwelt hat letztens eindeutig über organisierte Entführungen gesprochen. Wir zu zweit gegen eine kriminelle Organisation? Während wir hier diskutieren, werden vermutlich Menschen verschleppt. Und das nur, weil du unbedingt Detektiv spielen und unser Wissen mit niemandem teilen willst! Das hier ist kein verfluchtes Computerspiel, sondern die Realität!«

Tim weicht meinem Blick aus.

»Verstehst du, was ich sage, Tim?«, frage ich ihn mit bebender Stimme. »Wenn wir nicht aufpassen, sind wir die Nächsten. Es ist wirklich wie ein Virus – irgendwie ansteckend. Aber nicht, weil es wirklich eine Krankheit ist, sondern weil immer die Menschen verschwinden, die nach den vermissten Personen gesucht haben.« Noch während ich es ausspreche, weiß ich, dass es wahr sein könnte. Es ist die einzige Erklärung, die diese Kettenreaktion erklärt, außer … außer die vermissten Personen erzählen den Entführern bereitwillig von all ihren Dreamer-Freunden. Würde Doc Dad, Tim und mich verraten? Sofort sitzt mir die Angst im Nacken. Sie krallt sich mit spitzen Klauen fest und drückt so fest zu, dass ich Kopfschmerzen bekomme.

Die Pausenglocke läutet, sodass die Menschen um uns herum ihre Taschen packen und den Raum verlassen. Nur noch wenige bleiben zurück. Obwohl Tim und ich jetzt eigentlich Unterricht hätten, rühren wir uns nicht. Während sich meine Gedanken überschlagen, zerbröselt Tim mit leerem Blick seine Brezel.

»Ein letztes Mal, okay?«, flüstert er.

»Wie bitte?«

»Lass uns morgen ein letztes Mal nach Doc sehen, bevor ich Manuel am Sonntagabend alles erzähle.«

»Du bist verrückt.« Meine Stimme ist irgendwo verloren gegangen.

»Nein, bin ich nicht. Wenn jemand unbemerkt in Docs Zuhause einbrechen kann, dann bist du es, Lilo. Ich werde zeitgleich noch mal zur Praxis gehen. Wir bleiben dort bis abends um sechs Uhr – also bis zu der Zeit, zu der er eigentlich ins Bett geht, und wenn er bis dahin weder in seiner Wohnung noch in der Praxis ist, gebe ich mich geschlagen. Dann soll Manuel das Ganze mit der Polizei klären.«

»Verstehe ich richtig, dass ich noch mal irgendwo einbrechen soll?«

»Du kannst dich unsichtbar machen.«

»Deswegen bin ich noch lange nicht die geborene Einbrecherin! Mir hat das eine Mal schon gereicht und -«

»Bitte, Lilo«, unterbricht er mich.

»Doc wird nicht da sein, Tim«, beschwöre ich ihm mit zittriger Stimme.

Er grinst. »Dann kann dich ja auch niemand erwischen.«

11. Kapitel

Ich habe keine Ahnung, was ich hier tue – zumindest weiß mein Verstand, dass es vollkommen sinnlos ist. Ich sitze im Bus zu Doc, zu hundert Prozent sicher, ihn *nicht* anzutreffen – und das alles nur, weil ich Tim beweisen will, dass ich recht habe? Dass Doc nicht da ist? Und wir endlich meinen Vater alles erzählen müssen?

Natürlich betet ein kleiner Teil in mir, dass ich gleich an einer Tür klingele, Doc aufmacht und sich freut, mich zu sehen, mir einen Kirschtee aufkocht und mit mir über unser letztes gemeinsames Treffen plaudert. Doch meine Vernunft lacht darüber und fragt mich, seit wann ich an einen Gott glaube, der meine Gebete erhört.

Ich sitze unsichtbar in einem Bus, der mich nach Schweinheim bringt. Meine Hände stecken in Plastikhandschuhen, die ich mir aus Mums Putzkorb geklaut habe und in denen inzwischen der Angstschweiß steht. Es war relativ kompliziert, alles, was ich mitnehmen wollte, verschwinden zu lassen. Wenn ich unsichtbar werde, löst sich auch alles, was im selben Moment meine nackte Haut berührt, augenscheinlich in Luft auf. Alles, was ich nach meiner Transformation anfasse, bleibt gut sichtbar. Es hat mich zwei Anläufe gekostet, meine Kleidung, meine Schuhe, mein Handy, die Plastikhandschuhe und meine Jacke verschwinden zu lassen. Alles, was ich mitnehmen wollte, lag ausgebreitet vor mir auf dem Boden, und sobald alles unsichtbar war, tastete ich beinahe eine Viertelstunde auf dem Boden und an meinem Körper herum, bis alles dort war, wo es sein sollte.

Ich drücke die STOP-Taste und der Busfahrer hält an, auch wenn offenbar niemand aussteigen möchte. Die Häuser hier sehen sich sehr ähnlich. Gepflegte Einfamilienhäuser mit kleinen Vorgärten und einer Garage. Nur wenige Anwohner sind im Auto oder zu Fuß unterwegs, ansonsten liegt über allem eine friedliche Ruhe.

In einem Eckhaus kann ich durch eine große Glasscheibe Menschen sehen. Sie sitzen zusammen an einem langen Tisch, unterhalten sich und lachen zusammen. Ein kleines Mädchen bläst die Kerzen auf einem Kuchen aus. Ich fühle einen seltsamen Druck in der Brust, der meine Sehnsucht verrät. Meine Sehnsucht nach einer intakten Familie, einem gemütlichen Zuhause, das für immer bestehen bleibt, und einem mit Kerzen bestückten Geburtstagskuchen. Eine Sehnsucht nach einer heilen Welt – ohne eine Mutter, die wegziehen will, oder verschwundene Freunde.

Ich biege in die angrenzende Straße ein. Das nächste Haus müsste Docs Heim sein, aber ich hätte nie gedacht, dass unser alter Freund in einem so modernen Haus lebt. Ein kleines, helles Einfamilienhaus mit vielen Fenstern. Ein mit gelben Steinen gepflasterter Hof bietet genügend Platz für drei Autos, doch alle Parkplätze sind leer. Das kleine Blumenbeet daneben ist mit Unkraut überwuchert. Entweder hat Doc nicht die Geduld und Lust, sich darum zu kümmern, oder er ist wirklich seit langem nicht mehr hier gewesen.

Auf der Klingel steht Dr. Richard Volker. Also wohnt er tatsächlich hier. Ich will klingeln, doch ich zögere. Was ist, wenn doch jemand im Haus ist? Nicht Doc, sondern seine Entführer? Oder wenn Doc sogar dort drin gefangen gehalten wird?

Bevor ich klingele, sollte ich mich erst einmal vergewissern, ob jemand da drin herumgeistert – zumindest das Erdgeschoss kann ich gut einsehen, wenn ich einmal um das Haus herumlaufe.

Ich schaue durch das Fenster neben der Tür. Dahinter liegt die Küche. Das Spülbecken befindet sich genau darunter. Der Raum ist wie ausgestorben. Keine Menschen. Nichts, was an Leben erinnert. Nun ja, auf einem Abtropfgitter steht sauberes Geschirr, sonst sieht der Raum sehr ordentlich aus – ganz anders als Docs Praxis in Leider oder seine frühere Traumwelt.

Ich trete einen Schritt zurück und betrete den Rasen, über den ich den Garten hinterm Haus erreiche. Das Grundstück ist durch niedrige Büsche eingegrenzt, sodass ich von hier aus die ersten Stockwerke der Nachbarhäuser sehen kann.

Vor mir liegt eine Terrasse. Plastikgartenmöbel, die darauf warten, zum Schutz vor dem Winter ins Haus gebracht zu werden, stehen auf den hellgelben Steinfliesen. Hinter der Terrassentür liegt ein Wohnzimmer, das ziemlich dunkel gehalten ist. Es erinnert mich eher an die Wohnung eines älteren Menschen als die Fassade und die Küche des Hauses. Ein riesiger Perserteppich liegt unter dem Sofa und dem Wohnzimmertisch. Ein Ohrensessel, von dem aus Doc direkt auf den Fernseher blicken kann, steht majestätisch daneben. Die Regale, die alle vier Wände bedecken, sind vollgestopft mit dicken, schweren Büchern, die bestimmt alle genauso alt riechen, wie sie aussehen.

Ich gehe am Wohnzimmer vorbei und entdecke eine Milchglasscheibe, hinter der wahrscheinlich ein Bad liegt. Dann führt mich meine kleine Runde wieder zur Vorderseite.

Im Haus scheint alles ruhig zu sein, also atme ich ein letztes Mal tief durch und klingele. Mein Blick senkt sich auf meine unsichtbaren Fußspitzen, während ich darauf warte, dass sich im oberen Stockwerk irgendetwas rührt, doch die Tür bleibt verschlossen.

Dann muss ich jetzt ja nur noch irgendwie reinkommen und einen Blick in alle Zimmer werfen. Auch wenn ich Doc nicht finde, entdecke ich vielleicht irgendeinen Anhaltspunkt, an dem mein Vater weitermachen kann. Ich starte eine neue Runde um das Haus, bei der ich nach offenen oder gekippten Fenstern und Türen Ausschau halte, nach einem Ersatzschlüssel suche und die Gitter über den Lichtschächten anhebe. Keine dieser Ideen ist erfolgreich, also betrachte ich die Blumenranken neben der Terrasse. Ich wackele daran und muss feststellen, dass sie nicht so stabil sind, wie es in Filmen dargestellt wird. Die Dachrinne wirkt genauso wenig vertrauenerweckend.

Ich hätte gerne gewusst, wie spät es ist, doch jetzt sichtbar zu werden, um mein Handy sehen zu können, wäre fatal. Ich weiß, dass ich hier noch nicht fertig bin – auch, wenn ich den nächsten Schritt nur schweren Herzens tue. Mir bleibt wohl nichts anderes übrig, als gewaltsam einzubrechen.

Ohne Lärm zu verursachen, komme ich allerdings nicht rein. Sollte ich lieber noch ein paar Stunden warten, bis es dunkel ist und alle schlafen? Dann brauche ich allerdings Licht, was wiederum bei einem Mann, der sonst immer um sechs Uhr abends ins Bett geht, sehr verdächtig ist. Wenn die Nachbarn ihn gut kennen, ist Licht verräterischer als Lärm – immerhin könnte Doc ihn selbst verursacht haben. Und wenn Doc wirklich verletzt irgendwo in seiner Wohnung herumliegt, sollte ich keine Sekunde länger warten.

Mir wird schlecht. Mein Magen dreht sich um. Ich befehle mir, mich zu beruhigen, doch es bringt nichts.

Jetzt oder nie.

Mein Verstand sagt mir, dass *nie* die bessere Entscheidung gewesen wäre, und trotzdem trete ich auf die Terrassentür zu. Sie ist dreifach verglast. Hoffentlich kein Panzerglas. Mit was kann ich sie zerstören?

Um das Haus herum liegen faustgroße Steine. Ich nehme einen

und wiege ihn in meiner zitternden Hand. Dann fällt mir ein, dass die Nachbarn einen in der Luft schwebenden Stein wohl etwas seltsam finden, und lege ihn auf die Wiese. Wie soll ich vorgehen?

Vorsichtshalber hole ich mir einen zweiten Stein, den ich neben den ersten lege. Sobald ich die Steine auf die Scheibe geworfen habe, muss es schnell gehen. Rein gehen, erst nach Doc, dann nach anderen Indizien für sein Verschwinden suchen und pünktlich um sechs Uhr wieder verschwinden. Hört sich doch eigentlich gar nicht so schwer an.

»Also los«, flüstere ich, hole tief Luft, greife nach den Steinen. Mein erster Wurf trifft ins Schwarze. Ich höre das Glas zersplittern und werfe sofort den zweiten Stein hinterher. Für einen Augenblick bleibe ich bewegungslos stehen. Reagiert jemand auf den plötzlichen Lärm?

Niemand kommt.

Hektisch trete ich nach vorne. Das Loch ist zu klein für mich und wird von spitzen Kanten gesäumt.

»Shit«, zische ich.

In den Nachbarhäusern ist glücklicherweise immer noch nichts zu sehen. Ich muss mich beeilen, bevor sie auf die Idee kommen, durch die Fenster der oberen Stockwerke in Docs Garten zu spähen.

Panisch trete ich mit der Ferse gegen das Glas. Es bricht noch weiter. Große Stücke lösen sich aus der Scheibe und prasseln auf den Boden, dann bücke ich mich, um durch das Loch zu klettern.

Mein erstes Bein ist schon auf der anderen Seite, als ich mit der linken Schulter an den oberen Resten der Scheibe hängen bleibe. Ich kann meinen Aufschrei nicht unterdrücken. Vor Schreck verliere ich das Gleichgewicht und falle.

Mein Herz steht still.

Meine Atmung fällt aus.

Ich falle immer weiter.

Direkt in die Scherben.

Wieder schreie ich.

Das Glas durchschneidet kinderleicht meine dünnen Gummihandschuhe und die Haut. Meine Regenjacke und die Strickjacke darunter schützen meine Arme. Ich spüre das Feuer, das in meinem Körper auflodert, die Feuchtigkeit, die aus den Wunden tritt und unsichtbar auf die Fliesen tropft. Ich stoße noch einen, dieses Mal stummen, Schrei aus, greife mir mit der scherbengespickten Hand an die Schulter und zucke zurück. Auch meine Wade, die beim Sturz die untere Kante des Loches gestreift hatte, beginnt zu bluten. Ich sehe es nicht. Ich spüre bloß, wie eine warme Flüssigkeit meine Jeans durchnässt. Und es brennt.

Meine Schulter, meine Hände, mein Bein! Alles brennt wie Feuer. Im Gegensatz zu dem Blut, das ich nicht sehen kann, sehe ich all die Scherben, die meine Konturen verdeutlichen. Unzählige kleine Glasteilchen stecken in meinen Händen, während sich eine große Scherbe auffällig tief in mein Bein bohrt.

Ich muss die Scherben aus meinen Händen bekommen. Als ich versuche, aufzustehen, steigen mir Tränen in die Augen, weil sich die Splitter noch weiter in meine Handflächen bohren. Ich wimmere, aber ich muss aufstehen. Ich kann nicht einfach hier sitzen bleiben.

Ganz vorsichtig hebe ich mein Bein ins Haus. Es schmerzt bei jeder Bewegung – genau wie die Verletzungen an den Händen. Jetzt laufen mir die Tränen übers Gesicht. Ich will nicht hier sein. Das ist alles nur ein Albtraum. Kann mich nicht endlich jemand aufwecken?

Da das nach drei weiteren Atemzügen nicht passiert ist, muss ich mir selbst helfen. Ich muss die Scherben loswerden, denn sie verraten mich. Sie machen mich sichtbar. Das Gute ist, dass ich gerade zumindest jede Scherbe ziemlich gut sehen kann – und natürlich kann mir im Moment beim Anblick der Wunden nicht schlecht werden.

Ich atme tief ein und während ich ausatme, ziehe ich an dem Stück Glas in meinem Bein. Meine Hände zittern vor Schmerz und ich spüre, wie noch mehr Blut aus dem Schnitt quillt. Ich lasse die große Scherbe fallen.

Im Licht des Tages sieht sie wie ein Diamant aus. Sie landet auf dem Boden und der helle Klang klingt wie ein Alarmton in meinen Ohren.

Um die Blutung zu stoppen, muss ich die Wunde zusammendrücken, aber das geht nicht, solange ich noch die Scherben in meinen Händen halte. Also beiße ich meine Zähne zusammen und stehe endlich auf. Meine heißen Tränen vermischen sich mit dem warmen Blut und lassen die offenen Wunden noch stärker brennen.

Zitternd atme ich durch. Ich will nichts weiter, als die Scherben aus meinen Handflächen zu bekommen und dann zu fliehen. Das angrenzende Zimmer ist die Küche. Ich sehe den Herd von hier aus.

Mir wird schwindelig.

Warum bluten Schnittwunden nur so stark? Kann ich daran verbluten? Das Adrenalin in mir hält mich zumindest erst einmal auf den Beinen. Humpelnd erreiche ich den leeren Türrahmen. Der Raum ist größer als ich gedacht habe – das Waschbecken befindet sich viel zu weit weg.

Warum? Warum ausgerechnet ich?

Mein Blick wandert zum Wohnzimmer zurück, auf dessen Boden sich die Scherben zu einem bizarren Bild zusammenfügen, dann hefte ich ihn starr auf mein Ziel. Ich humple los und trete dabei gegen einen leichten Plastiknapf, der durch das gesamte

Zimmer fliegt, gegen die Küchenzeile kracht und klappernd unter der Spüle liegen bleibt.

Ich bin wirklich eine brillante Einbrecherin. Ich hinterlasse Spuren, als sei es mir egal, ob man mich am nächsten Tag findet, und bin so laut wie eine rennende Elefantenherde.

Ich ignoriere den Napf erst einmal und halte meine Hände über das Becken. So vorsichtig wie möglich und Luft anhaltend ziehe ich die Gummihandschuhe über meine Finger.

»Shit, shit, shit!« Schließlich habe ich es geschafft und ich spüre, wie die Gummifetzen von meinen Händen fallen. Ich öffne den Wasserhahn und lasse kaltes Wasser über meine Verletzungen laufen. Vereinzelt fallen kleine Splitter aus meiner Haut in das Spülbecken. Mit den Fingerspitzen ziehe ich vorsichtig weitere kleine Scherben aus meiner Handfläche. Jedes Mal, wenn ich eine von ihnen berühre, zucke ich zusammen und kneife die Augen fest zu.

Schließlich setze ich mich auf den Boden, um meine Wade zusammenzudrücken.

»Auauau«, wimmere ich. Doch ich reiße mich zusammen, um nicht laut aufzuheulen.

Mit der freien Hand hebe ich den Hundenapf auf. Als ich ihn anhebe, bemerke ich, dass ich ihn kaputtgemacht habe. Dort, wo eben noch der Napf stand, liegt ein kleines, schwarzes Teil. Ich greife mit meinen geschundenen Händen danach und halte es mir vor die Augen. Es gehört ganz sicher nicht zu dem Hundenapf, denn es ist aus Metall. Kurzerhand ziehe ich mein Handy aus der Jackentasche und fotografiere das Teil.

Eine Uhr über dem Esstisch verrät mir, dass es bereits fünf Uhr ist und ich habe noch nichts getan, außer Chaos anzurichten. Also lege ich den Napf und das seltsame Metallteil wieder auf den Boden. Es wird Zeit, dass ich das Haus durchsuche.

Ich stecke mein Handy zurück in meine Jackentasche und stehe auf. Während ich vorsichtig mein Bein belaste, bemerke ich eine Bewegung am Fenster. Kein Meter von mir entfernt steht ein Mann auf der anderen Seite der Scheibe und starrt herein – direkt in meine Augen.

12. Kapitel

Kalter Schweiß bildet sich auf meiner Stirn. Die Welt steht still, nur mein Blut sickert aus den Wunden und durchweicht meine Kleidung.

Hat er den Lärm gehört? Wahrscheinlich.

Erst jetzt bemerke ich, dass er telefoniert. Mit der Polizei? Ich muss hier raus. So leise wie möglich weiche ich einen Schritt zurück und blicke an mir hinab. Nichts zu sehen.

Als ich wieder aufsehe, ist der blonde Mann aus meinem Sichtfeld verschwunden. Was wird er tun, wenn er die Scherben im Wohnzimmer entdeckt?

Ich versuche, nicht auf die Schmerzen in meinem Bein zu achten, während ich die Küche durch eine andere Tür verlasse. Meine Hände schwitzen und der Schweiß brennt in den Schnitten. In meinem Kopf ist nur noch ein Gedanke: Ich muss hier weg! In meinen Ohren rauscht die Angst so laut, dass ich kaum noch etwas höre.

Ich hechte zur Haustür und rüttele am Türgriff. Sie ist verschlossen. Die Flüche bleiben mir jedoch im Hals stecken.

Panisch renne ich ins Wohnzimmer und bleibe wie angewurzelt stehen. Der Mann kniet direkt vor dem Loch in der Scheibe. Seine freie Hand greift durch das Loch im Glas nach dem Türgriff. Warum habe ich nicht so weit gedacht? Warum habe ich durch dieses bescheuerte Loch klettern müssen?

»Irgendjemand hat die Scheibe eingeschlagen. Es sieht nicht so aus, als wäre jemand eingedrungen, aber ich bin mir sicher, Lärm von innen gehört zu haben«, flüstert der Mann in den Hörer, während er die Tür lautlos aufschwingen lässt.

Ich zittere. Er ist so nah.

Vorsichtig betritt er das Wohnzimmer mit einem großen Schritt, um meine Spuren nicht zu zerstören. »Ja, ich durchsuche gleich die Zimmer.«

Durchsuchen? Wie gründlich würde er vorgehen? Kann er mich finden? Nein, ich bin unsichtbar. Niemand würde damit rechnen, dass es tatsächlich jemanden gibt, der sich unsichtbar machen kann. Trotzdem halte ich die Luft an, damit er mich nicht hört.

Die schweren Schritte kommen näher. Ich spüre einen Luftzug über mein Gesicht wehen, als er an mir vorbei in die Küche läuft. »In der Küche ist niemand mehr. Aber wie ich von draußen schon richtig erkannt habe, ist das Waschbecken benutzt.«

Mein Blick fällt auf ein Bild neben der Tür. Ich trete auf den Teppich und schleiche zu dem Bild hinüber. Es ist ein Hochzeitsfoto und von der Mode her würde ich sagen, dass es bereits so um die zehn Jahre alt sein muss. Was allerdings meine Aufmerksamkeit auf sich zieht, sind die Gesichter der beiden jungen Leute. Es sind Sandra und Christian Gassner. Das Paar, das unter mir wohnt. Christian ist tatsächlich der Mann, den Doc als seinen Sohn bezeichnet, obwohl keine genetische Verbindung zwischen den beiden besteht. Deshalb wohnen sie wohl auch in Docs Haus.

»Ich bin gleich hergekommen, als ich den Lärm gehört habe. Der Einbrecher ist bestimmt noch hier. Komm so schnell du kannst!« Der fremde Mann zieht meine Aufmerksamkeit wieder auf sich. Ich drücke mich gegen das Sofa, während er das Handy einsteckt. Dafür nimmt er nun etwas anderes in die Hand.

Ich atme erschrocken ein. Sofort halte ich mir den Mund zu. Meine Augen kleben an der Waffe. Eine Pistole.

Er zieht den Verschluss nach hinten, sodass es klackt. Sein grimmiger Blick sucht den Boden und danach die Luft ab. Ich weiß nicht, ob er genauso große Angst hat wie ich, aber er zittert nicht. Er hält die Waffe fest und entschlossen, als würde er nicht selten auf diese Weise Häuser durchsuchen. Ist er ein Polizist? Aber Polizisten sind doch immer zu zweit unterwegs, oder nicht?

Vorsichtig setze ich einen Fuß vor den anderen auf den schalldämpfenden Teppich – weiter in die Richtung des rettenden Ausgangs, der immer noch weit offensteht.

Der Mann läuft keine Armlänge an mir vorbei in den Flur.

Das ist meine Chance. Ich renne los. Raus hier!

Die Scherben knirschen unter meinen Füßen. Ich drohe auf ihnen auszurutschen, fange mich und stolpere aus dem Haus. Ich laufe nicht ansatzweise mehr leise über die Terrasse, schaue über die Schulter.

Der blonde Mann erscheint in der Tür. Er hört meine Schritte, sieht die Abdrücke im zu hohen Gras. Seine Pistole hebt sich. Ich sprinte los. Schneller als je zuvor in meinem Leben.

Ein ohrenbetäubender Knall ertönt. Ich höre das Pfeifen der Kugel, als sie an mir vorbeischießt. Ich schreie vor Schreck. Das Projektil schlägt in das Gebüsch vor mir und bohrt sich dann durch den Holzzaun dahinter. Worauf hat der Kerl gezielt? Wirklich auf einen unsichtbaren Menschen? Wer macht so was?

In meinen Ohren pfeift es. Ich renne um die Hausecke. Meine Schritte sind so laut, dass sie sogar das Pfeifen in meinem Kopf übertönen. Er kann mich hören – genauso, wie ich seine Schritte hinter mir hören kann. Wie kann er mich bloß verfolgen, wenn er mich nicht sieht? Muss er nicht an seinem Verstand zweifeln, weil er jemandem hinterherläuft, der nicht zu sehen ist? Muss er sich nicht für verrückt halten?

Meine Lunge pumpt so kräftig, dass jeder Atemzug schmerzt.

Ich erreiche die Straße. In meinen Ohren hallt immer noch der Schuss wider.

Etwas stößt gegen meine gesunde Schulter und hält mich fest. Ich falle auf den harten Teer und schürfe mir die Hände zusätzlich auf, sodass auch die Schnittwunden an meinen Händen wieder zu bluten beginnen. Mein Verfolger bemerkt zu spät, dass ich auf dem Boden liege und stolpert über mich. Ich trete ihn und stehe hastig wieder auf, um die Straßenseite zu wechseln. Meine Beine tragen mich zurück zur Bushaltestelle, an der ich ausgestiegen bin. Ich lehne mich gegen eine Hauswand und bleibe zitternd stehen.

Die Leute, die geduldig auf den Bus warten, starren den blonden Mann an, der scheinbar ohne Grund auf die Haltestelle zugestürmt kommt. Er hat die Waffe wieder weggesteckt. Während er die Gegend nach mir absucht, versuche ich, mich zu beruhigen. Mein Atem ist immer noch so schnell, dass mir schwindelig wird und ich bin dankbar für die Mauer hinter mir, die mich stützt.

Der Bus kommt angefahren, sodass ich auf Zehenspitzen zur Haltestelle schleiche. Wenn der fremde Mann nicht einsteigt, tue ich es!

Doch dann kommt ein weiterer Mann angerannt. Mein Verfolger sieht es auch, wirft dem hinzugekommenen Mann einen Blick zu, den ich nicht deuten kann.

Vollkommen außer Puste erreicht der pummelige Passant den Bus und stellt sich in die Schlange der Wartenden an. Erst jetzt blickt er auf. Seine Augen suchen den Blonden – er weiß, dass er hier sein muss. Er nickt ihm zu. Sie kennen sich also.

Ich bleibe wie angewurzelt stehen. Was ist, wenn die beiden miteinander telefoniert haben? Wenn der kleinere Mann weiß, dass ich hier bin? Wenn er den Bus nach mir durchsucht?

Mir wird schlagartig bewusst, dass ich nicht in den Bus steigen kann. Im Bus bin ich gefangen, kann nicht weg.

Soll ich hierbleiben und darauf hoffen, dass mein Verfolger mich nicht findet? Mir bleibt keine andere Möglichkeit. Mit leisen, kleinen Schritten und den Blick auf die beiden Männer gerichtet, klettere ich über einen Gartenzaun.

Die Bustüren schließen sich. Ich sehe durch die Fenster, wie der Freund des Blonden wie ein Betrunkener durch den Bus taumelt und jeden freien Sitz abzutasten beginnt. Die anderen Fahrgäste beobachten ihn argwöhnisch, aber mir ist sofort klar, dass er mich sucht.

Ein Schauer läuft über meinen Rücken. Zum Glück bin ich hiergeblieben. Ich setze mich auf die Wiese des kleinen Vorgartens, drücke meine rechte Hand fest auf die Verletzung am Bein, um die starke Blutung zu stoppen, während ich den blonden Mann, keine zwei Meter von mir entfernt, beobachte. Er schüttelt niedergeschlagen den Kopf und holt sein Handy hervor.

Mit etwas Mühe kann ich ihn verstehen, auch wenn er leise spricht. »Sie ist weiblich und so wie es aussieht, ist sie in der Lage, sich unsichtbar zu machen.« Er kramt mit der freien Hand in seiner Jacke und holt eine Zigarette hervor.

Glaubt er wirklich an übernatürliche Dinge? Ist er womöglich selbst ein Dreamer?

»Im Bus ist sie nicht? Bist du dir sicher?« Kurz schweigt er. »Nein, ich will dich nicht auf den Arm nehmen.« Der blonde Mann steckt sich die Zigarette in den Mund und kramt wieder in seiner Jackentasche. »Sie kann überall sein. Sie könnte neben mir stehen und ich würde es nicht bemerken. Sie ist unsichtbar.« Er hat ein Feuerzeug gefunden, zündet seine Zigarette jedoch nicht an. »Nein, ist schon in Ordnung. Ich erstatte Bericht. Mach's gut und danke noch mal, dass du so schnell gekommen bist.«

Er erstattet Bericht? Erledigt der Blonde gerade irgendeine Arbeit? Mein Verfolger sieht kurz auf sein Handy, wählt eine neue

Nummer und hält es wieder ans Ohr. »Ja, ich bin dran. Uns ist der Dreamer entwischt. Es handelt sich um eine Frau mit der Gabe, sich unsichtbar zu machen. Hören kann man sie allerdings noch.«

Dreamer … Ist er einer von uns? Warum jagt er mir dann eine Kugel hinterher? Jetzt verstehe ich zumindest, warum er mir die ganze Zeit gefolgt ist. Er wusste, dass ich da bin und dass er nicht verrückt ist.

»Ich gehe zurück und schaue mir noch einmal das Haus an«, informiert er seinen Gesprächspartner, steckt Zigarette und Feuerzeug zurück in seine Jackentasche und dreht sich um. Seine großen Schritte tragen ihn rasch fort von mir, sodass ich ihn nicht mehr hören kann. Aber ich sitze immer noch wie versteinert an meinem Platz und starre ihm hinterher.

Ich sacke erleichtert in mich zusammen. Endlich kann ich wieder frei atmen. Es dauert eine Weile, bis ich einen klaren Gedanken fassen kann. Was jetzt? Wie spät ist es? Mein Blick schweift zum Himmel, den die Dämmerung vollständig überwältigt hat. Ich will heim und schlafen.

Ich möchte hinüber zum Busfahrzeiten-Aushang laufen, doch als ich meinen rechten Fuß aufsetze, zucke ich zusammen. Wie konnte ich diese Schmerzen die ganze Zeit ausblenden? Es fühlt sich an, als würde mir jemand ein brennendes Feuerzeug gegen die Wade halten.

»Shit!«, ich beiße die Zähne zusammen und kämpfe mich schrittweise voran. Der nächste Bus wird erst in einer Stunde kommen und dann bin ich auch noch abhängig davon, dass hier noch irgendjemand anderes einsteigen will – irgendjemand Sichtbares – denn ansonsten muss ich mich sichtbar machen und dann werden auch mein Blut und meine Gummihandschuhe für alle zu sehen sein.

Mir ist zum Heulen zumute. Mir tut alles weh, ich bin müde

und sitze mit einer kaputten Jeans und zwei zerschnittenen und blutdurchtränkten Jacken auf einer Bushaltestellenbank. Ich lehne meinen Kopf an die Rückwand und mir laufen Tränen über das Gesicht. Es kommt mir vor, als wäre ich noch nie in meinem Leben so fertig gewesen. Das muss daran liegen, dass mein Körper langsam das Adrenalin abbaut.

Ich sitze einfach da, drücke meine Hand wieder auf meine Wunde an der Wade und warte. Ich tue nichts außer Ein- und Ausatmen und bin froh darüber, diesen beiden Männern entkommen zu sein.

Eine Sirene lässt mich plötzlich zusammenzucken. Ich sehe das Blaulicht, das an den Hauswänden aufleuchtet, früher als das Polizeiauto selbst.

Der Wagen rast an mir vorbei und biegt in die Straße ein, die zu Docs Haus führt. Wer hat sie gerufen? Der blonde Mann oder ein Nachbar? Wie lange sollte ich unsichtbar bleiben? Wie lange würde es dauern, bis sie ihre Untersuchungen abgeschlossen haben? Es ist utopisch zu denken, dass ich mehrere Tage unsichtbar bleiben kann. Spätestens in wenigen Stunden werde ich mich zeigen müssen und dann werden auch das Blut und die Handschuhe im Haus sichtbar. Ich schlucke schwer. Können sie mich finden? Mithilfe des Bluts? Wie viele Fingerabdrücke habe ich hinterlassen, nachdem meine Gummihandschuhe zerfetzt worden waren?

Als der nächste Bus kommt, aber einfach an der Haltestelle vorbeifährt, weil niemand ein- oder aussteigen möchte, bleibt mir nichts anders übrig, als loszulaufen. Im Schneckentempo humple ich von einer Bushaltestelle zur nächsten, um eine zu finden, an der ein paar Menschen stehen. Ich zittere vor Anstrengung und die Wunde am Bein hört einfach nicht auf zu bluten.

Ich war mit Tim um halb sieben bei mir zu Hause verabredet und ich muss es nur bis dahin schaffen, dann kann er mich heilen.

Das sage ich mir bei jedem Schritt, bis ich eine Dreiviertelstunde später endlich im Zentrum der Stadt ankomme und eine belebte Haltestelle finde. Mit letzter Kraft ziehe ich mich in den Bus, schaffe irgendwie die Fahrt durchzustehen und bei meiner Haltestelle auszusteigen. Mir ist schwindelig und eiskalt. Zum ersten Mal frage ich mich, ob ich es wirklich noch bis nach Hause schaffe. Wie viel Blut habe ich wohl verloren?

Ich muss Tim zu mir holen, bevor ich hier einfach wegkippe. Kalter Schweiß liegt über meinem Gesicht, als ich durch den Kegel des Straßenlaternenlichts in den Schatten eines Baumes krieche. Ich lehne mich dagegen, spüre, wie mich ein Kribbeln erfüllt und mir gleichzeitig übel wird. Im nächsten Moment bin ich wieder sichtbar und ziehe mit zitternden Fingern das Handy aus meiner Tasche. Vor Erschöpfung und Verzweiflung beginne ich zu weinen, sodass mir die Tränen die Sicht verschleiern und ich kaum lesen kann, was darauf zu sehen ist.

Fünf verpasste Anrufe von Mum und Tim. Ich drücke auf Tims Nummer und schalte den Lautsprecher an, weil ich mich nicht in der Lage fühle, es an mein Ohr zu halten.

»Lilo, wo steckst du? Wir waren vor über einer Stunde verabredet!«

»Ich bin an der Bushaltestelle um die Ecke. Hol mich hier ab, Tim! Ich schaff es nicht nach Hause.« Ich schniefe und wische mir mit einer fahrigen Bewegung die Tränen aus den Augen.

»Was meinst du damit?«, fragt er mit zitternder Stimme.

»Komm allein!«

»Bleib dran, Lil!« Ich höre, wie etwas raschelt, dann ertönt die Stimme meiner Mutter.

»Hast du was von Lilo gehört?« Sie klingt so unglaublich besorgt, aber wenn ich erst einmal zu Hause bin, muss sie sich keine Gedanken mehr um mich machen.

»Ja, ich hole sie ab und bringe sie hierher. Ich bin in zehn Minuten zurück.«

Dann wird eine Tür zugeschlagen.

»Hörst du mich?«

Meine Augen drohen vor Erschöpfung zuzufallen, doch ich halte sie mit Mühe und Not offen. »Ja! Ich bin noch dran.«

»Okay, wo genau bist du?«

»Ich sitze direkt unter dem Baum hinter der Haltestelle.«

Seine Schritte hallen durch den Lautsprecher, während er die Treppe in unserem Haus hinunterspurtet und schwer ins Mikrofon atmet.

Ich schließe nun doch die Augen. »Du solltest mehr Sport machen, Tim!«, sage ich leise.

»Wenn du noch in der Lage bist, Scherze zu machen, kann es dir ja gar nicht so schlecht gehen«, beschwert er sich.

Die Haustür wird so kraftvoll aufgerissen, dass sie gegen die Wand schlägt. Ein Atemzug später höre ich einen Ruf durch das Mikrofon. »Hi Tim, alles gut?«

»War das Phil?«, frage ich flach atmend, doch nicht einmal ich kann mich richtig hören.

»Scheiße!«, flucht Tim. »Ich bin gleich bei dir, Lilo!«

Dann bricht die Verbindung ab. Meine Schläfen pochen, meine Schulter, meine Wade. Seltsamerweise tut es überhaupt nicht mehr weh – einfach, als hätte sich mein Körper entschieden, dass es genug Schmerzen waren. Ich fühle mich wohlig schwummrig. Nur kalt ist es immer noch.

Plötzlich höre ich wie aus der Ferne meinen Namen und bekomme einen harten Schlag auf meine Wange. Tim kniet leichenblass vor mir. Ich atme den vertrauten Geruch von Sandelholz ein. »Lilo, hörst du mich? Lilo!«

Orientierungslos starre ich ihn an. »Was ist passiert?«

Hektisch berührt er meine Hände und ich spüre wieder einen Schmerz, als ob sich hunderte Glasscherben in sie hineinbohren würden. Doch dann vergeht der Schmerz und meine Hände sind nicht länger geschwollen und gespannt, sondern glatt und gesund.

Laute Schritte ertönen.

»Scheiße! Bitte, nicht jetzt!«, schimpft Tim leise.

13. Kapitel

»Ernsthaft Tim? Wie kannst du mich so anlügen?«, ertönt Phils Stimme, dann taucht er plötzlich in meinem Sichtfeld auf. Auch er ist unglaublich blass um die Nase.

»Ich habe alles im Griff!«, zischt Tim.

»Du hast *gar nichts* im Griff. Wir brauchen einen Krankenwagen.«

»Nein, kein Krankenwagen!«, flüstere ich. Tims Gabe reicht! Doch Tim widerspricht Phil nicht.

»Fuck! Wie viel Blut hat sie verloren?«, fragt Phil und kontrolliert die Wunden an der Wade und an der Schulter.

»Keine Ahnung, ich bin gerade erst angekommen.«

Ich schließe die Augen, nur kurz blinzeln, doch ich werde sofort wieder leicht geohrfeigt. »Hey, hey! Nicht einschlafen, Lilo!«

Widerwillig öffne ich die Augen und sehe hinter den Männern plötzlich eine blonde Frau auftauchen. Eva. Was tut sie hier? Sie schreit überrascht auf, doch niemand kümmert sich um sie.

»Ruf einen Krankenwagen, Philipp!«

Ich versuche, energisch den Kopf zu schütteln, doch die Bewegung ist weit weniger kraftvoll als ich es mir vorgestellt habe. Sobald Phil aufsteht, kommt Tim mir ganz nah.

»Tut mir leid, Lil, Philipp hat recht. Ich weiß nicht, wie viel Blut du verloren hast und es wäre besser, wenn du unter ärztliche Aufsicht kommst. Ich kann zwar deine Wunden heilen, aber kein Blut ersetzen. Und wenn ich deine Verletzungen jetzt heile, werden sich die Ärzte im Krankenhaus fragen, wie du so viel Blut verlieren konntest.«

Ich lege meinen Kopf gegen seine Schulter.

»Oh nein, nein, nein, Lilo! Du wirst dein Köpfchen schön selbst halten, bis die Sanitäter da sind!«, flüstert Tim und schiebt mich wieder von sich weg. Dann kommt Phil zurück.

»Wir sollten Lilos Eltern informieren«, sagt er geschäftsmäßig, als hätte er schon häufiger in seinem Leben Notfälle erlebt.

Tim nickt und die beiden Männer wechseln Plätze. Ich starre auf meine angewinkelten Knie, kämpfe mit der Schwere meiner Lider.

Phil seufzt. »Was ist passiert, Lilo?«

Er berührt sanft mein Knie und ich fasse es nicht, dass diese Berührung selbst jetzt in meinem Zustand es noch schafft, ein aufgeregtes Kribbeln in mir auszulösen.

»Sag bitte irgendwas! Hauptsache, ich merke, dass du noch anwesend bist. Du kannst mir auch ein Märchen erzählen, wenn du willst«, flüstert er und ich sehe den Anflug eines Lächelns.

Dadurch bringt er mich zum Lachen, auch wenn es eher wie das Krächzen einer sterbenden Katze klingt. Und dann erzähle ich ihm eine abgewandelte Version von Dornröschen – zumindest so lange, bis der Krankenwagen endlich da ist.

***

Ich wurde genäht und bekam eine Blutkonserve injiziert, aber das Schlimmste waren die besorgten Gesichter meiner Eltern.

Dad war in der Nacht noch von Aachen hergefahren, um nach mir zu sehen. Jetzt stehe ich mit gesenktem Kopf vor ihnen und frage ich mich, wie lange die beiden miteinander auskommen werden, ohne sich zu streiten.

Mum springt von ihrem Sitz und umarmt mich. »Wie geht es dir, Maus?«

»Geht schon«, flunkere ich. Abgesehen davon, dass die Schnitte immer noch brennen, habe ich in der Nacht kein Auge zugemacht.

Dad steht mit verschränkten Armen vor mir und mustert mich von oben bis unten. Entweder hat Tim ihm schon alles gebeichtet oder er denkt sich seinen Teil. Ich spüre seine unterdrückte Wut wie ein Vibrato durch die Luft schwingen. Und trotzdem schafft er es, durchzuatmen und mir liebevoll den Oberarm zu tätscheln. »Ich bin froh, dass es dir gut geht, Lilo. Auf die Erklärung bin ich jedoch gespannt. Lasst uns gehen!«

Mum kümmert sich um den Papierkram, dann setzen wir uns bei Dad ins Auto. Er lenkt uns sicher durch die Straßen, doch wir fahren nicht nach Hause. Auch Mum ist verwirrt. »Wohin fahren wir, Manuel?«

Er schnalzt mit der Zunge. »Zu Martha und Tim.«

»Was?«, fragt Mum entsetzt. Sie geht Martha eigentlich aus dem Weg, weil sie in ihr den Grund für ihre zerstörte Ehe sieht. »Warum fahren wir zu Martha?«

»Dort wartet ein Freund auf uns und ich halte es für sinnvoll, wenn Lilo ihn kennenlernt und du weißt, was hier gerade läuft, Christine.«

»Was hier gerade …«, wiederholt sie perplex. »Hier läuft gar nichts. Lilo hatte doch bestimmt nur einen Unfall, oder Lilo?« Mums Stimme gerät in eine gefährlich hohe Tonlage.

Ich schweige.

»Lilo?«, ruft Mum schrill.

»Lass sie, Christine! Sie wird später reden, da bin ich mir sicher!«, behauptet Dad ruhig und wirft mir über den Spiegel einen herausfordernden, aber sanften Blick zu.

Ich spüre meine Mundwinkel zucken, doch es reicht nicht für ein Lächeln. Der Zeitpunkt ist also gekommen, dass ich meinen

Eltern gestehen muss, was ich getan habe. Das geht nicht, ohne Mum über die Dreamer aufzuklären. Dad hat mir erzählt, dass er sie einmal von der Existenz der Dreamer überzeugen wollte – ohne Erfolg. Was macht ihn so sicher, dass ich es kann?

»Na schön«, flüstert Mum zu sich selbst, als hätte sie einen inneren Kampf ausgefochten und verloren.

***

Kurz darauf treten wir in Marthas winzige Wohnung und stehen sofort in dem Raum, der quasi Wohn-, Ess- und Marthas Schlafzimmer in einem ist. Martha begrüßt uns mit einem strahlenden Lächeln. »Was tust du nur, guapa!«, ruft sie, bevor sie mich an ihren vollen Busen drückt. Bei allen anderen Menschen wäre mir das unangenehm, doch bei Martha fühlt es sich richtig an.

Dann mustert sie meine Wunden und schüttelt stumm den Kopf. Sie begrüßt auch Dad sehr herzlich mit Küsschen rechts und links. Mum erhält von ihr ein kurzes Nicken.

Nach Martha schließt mich nun auch Tim in die Arme. Seine goldenen Augen glänzen vor Erleichterung.

Am Tisch sitzt ein Mann, den ich nicht kenne. Seine Haare sind grau, doch sein Gesicht wird nur von wenigen Falten durchzogen, sodass es mir schwerfällt, sein Alter einzuschätzen. Er beobachtet uns ruhig, während sich alle einen Platz suchen. Mum steht steif vor dem großen Fenster, also nehme ich sie an der Hand und ziehe sie auf das Sofa.

»Das ist mein Freund Jürgen«, stellt uns Dad den fremden Mann vor, woraufhin dieser bestimmt nickt. »Willst du noch ein paar Worte zu dir sagen?«

Er holt auffällig tief Luft und nimmt seine Hände auseinander. »Ich bin Kriminalkommissar und beschäftige mich mit einigen komplizierteren Vermisstenfällen.«

Wir alle warten auf mehr, doch Jürgen schweigt vorerst.

»Was … tut er hier?«, fragt meine Mutter sichtlich irritiert und sieht zu meinem Vater hinüber.

»Er sucht nach den Dreamern!«, flüstere ich aufgeregt.

»Nach den …« Mum legt den Kopf schief und feuert einen wütenden Blick in Richtung Dad. »Nach den Dreamern«, wiederholt sie sarkastisch, als wäre es allein Dads Schuld, dass so ein Unsinn aus meinem Mund kommt.

Dad vergräbt genervt sein Gesicht in den Händen.

Schnell ergreife ich Mums Hand und zwinge sie so, zu mir zu blicken. »Es ist wahr, Mum. Dreamer gibt es wirklich.«

»Jetzt fängst du auch schon damit an, Lilo. Was hat er dir darüber erzählt? Dass er nachts verschiedene Zukunftsvarianten sieht?«

Dad kratzt sich etwas unbehaglich hinter dem Ohr, denn er spricht nicht gerne von seiner Gabe. Er selbst sieht es eher als einen Fluch an, denn er weiß nie, welche Zukunft wirklich eintreten wird.

»Er hat die Wahrheit gesagt.«

»Lilo, du glaubst ihm diesen Schwachsinn doch nicht etwa?«

»Mum … hör mir zu! Ich muss ihm nicht glauben, weil ich weiß, dass er die Wahrheit sagt. Ich habe auch eine Gabe, genau wie Martha und Tim. Wir sind keine gewöhnlichen Menschen.«

Mum zieht ihre geschwungenen Augenbrauen hoch und in ihren Augen sehe ich, dass sie nicht weiß, ob sie mich für verrückt halten soll. Sie atmet tief durch, schließt für einen Moment ihre Augen. »Dein Vater hat mir gegenüber behauptet, die Zukunft zu sehen. Und offenbar hat er dich nun mit diesem Wahnsinn angesteckt. Hör auf mit dem Unsinn, den er dir in den Kopf gepflanzt hat, bitte.« Ich weiß, dass sie mir gern glauben möchte, aber nicht kann. Sie ist nicht der Typ, der an Übernatürliches glaubt.

»Christine, du bist von Dreamern umzingelt. Was brauchst du, um uns zu glauben? Soll Lilo sich unsichtbar machen oder Tim ihre frisch vernähten Wunden heilen?«, fragt Jürgen ruhig wie ein tiefer Bergsee.

»Wie bitte?«, fragt sie fassungslos.

»Dios mios«, nuschelt Martha kopfschüttelnd.

»Jürgen hat recht. Dad konnte dir seine Gabe nicht zeigen, aber ich kann es!«

Mums Mundwinkel zucken. Ich kann ihr ansehen, wie sehr sie an meinem Geisteszustand zweifelt. Sie starrt mich wie versteinert an.

Ich konzentriere mich auf meinen Bauch, bis ich in ihm ein leichtes Kribbeln wahrnehmen kann. Es wird immer stärker und breitet sich in meinem gesamten Körper aus. Mir wird für einen winzigen Moment übel, und als ich auf meine Hand in ihrer blicke, ist sie verschwunden.

Erschrocken schreit Mum auf und zieht ihre Hand weg. Ihre Augen weiten sich, dann tastet sie hektisch nach mir.

»Ich bin noch da, Mum. Du kannst mich nur nicht mehr sehen.«

»Das kann nicht sein.«

»Glaubst du uns jetzt?«, frage ich hoffnungsvoll.

Zitternd streckt sie ihren rechten Arm aus, stößt gegen meine Wange und zuckt ungläubig zurück. Es ist Zeit, dass ich wieder sichtbar werde, bevor Mum noch umkippt. In meinem Bauch breitet sich wieder dieses komische Gefühl zwischen Vorfreude und Übelkeit aus. »Dad ist nicht verrückt – genauso wenig wie ich.«

Mum schweigt. Ich deute das erst einmal als gutes Zeichen. Jürgen wohl auch, denn er räuspert sich. »Nachdem nun alle von der Existenz der Dreamer überzeugt sind, können wir ja fortfahren. Tim hat in den letzten Stunden schon die ein oder andere

Andeutung gemacht, doch ich möchte dich, Lilo, bitten, zu erklären, was du alles weißt. Vermutlich hilft das deiner Mutter auch, die Situation zu erfassen.«

Ich schlucke schwer und nicke. »In letzter Zeit scheinen Dreamer zu verschwinden. Ich nehme an, dass sie entführt werden. Sicher bin ich mir nicht – so wie bei allem, was Tim und ich herausgefunden haben. Ich wollte nach einem alten Freund, Doktor Richard Volker, sehen und bin deswegen in sein Haus eingebrochen.«

Mum zuckt überrascht zusammen. »Unser Vermieter ist also auch ein Dreamer?«

»Wir treffen ihn nachts häufig. Er ist wie … wie ein Opa für mich. Ich wusste ja nicht, dass er unser Vermieter ist, bis du es diese Woche gesagt hast. Also bin ich an deinen Schrank und habe mir dort seine Privatadresse besorgt.«

Konzentriert blicke ich auf meine Hände. »Ich bin gestern dorthin gegangen und als niemand öffnete, habe ich ein Fenster eingeschlagen und bin dann in die Scherben gestürzt.«

Mum schweigt. Sie sitzt vollkommen reglos neben mir, als stünde sie unter Schock.

»Das Komische aber war, dass mich jemand verfolgt hat, obwohl ich unsichtbar war. Der Mann wusste genau, dass ich da war.«

Erschöpft ziehe ich die Beine an und lege die Stirn auf meine Arme. »Ich habe so große Angst«, schluchze ich. Und das ist die Wahrheit. Warum hatte ich mich von Tim dazu überreden lassen, in Docs Haus einzubrechen? Jetzt sind nicht nur Polizisten hinter mir her, sondern auch die Typen, die mich verfolgt haben. Ich versuche zu überlegen, was sie alles über mich wissen könnten, aber ich kann keinen klaren Gedanken fassen.

Plötzlich spüre ich eine warme Hand auf meinem Oberarm. Es

ist Dad. »Ich habe euch gewarnt, Lilo. Ich habe euch gesagt, dass ihr eure Traumwelt nicht mehr verlassen und es mir mitteilen sollt, wenn ihr etwas Seltsames wahrnehmt.« Er klingt nicht mehr böse, sondern enttäuscht. Das ist noch viel schlimmer.

»Das habe ich verbockt, Manuel«, kommt mir Tim zu Hilfe. »Ich habe Lilo ausgeredet, dir alles zu erzählen. Ich wollte nicht, dass ihr uns von den Nachforschungen ausschließt.«

»Tim, hier geht es nicht um ein Hobby, sondern um Menschen, die entführt werden!«

Mum räuspert sich. »Also … mein Ex-Mann und meine Tochter gehören zu einer speziellen Gattung Mensch, die anscheinend eine genetische Mutation aufweist. Schön. Damit muss ich mich wohl abfinden. Nicht schön ist allerdings, dass meine Tochter verfolgt wird. Wer hat alles mitbekommen, dass du in das Haus eingebrochen bist?«

»Mein Verfolger und natürlich dann die Polizei. Vielleicht hat noch jemand mitbekommen, dass er auf mich geschossen hat.« Mum zuckt zusammen, als sie das hört, aber ich möchte nicht näher darauf eingehen.

»Die Polizei hat ein Blutbild von der Einbrecherin und es wird nach einer Frau gefahndet. Die Geschichte hat bisher keine besonders hohe Brisanz, doch es gibt ein paar Ungereimtheiten«, berichtet Jürgen. Er hatte ein Tablet hervorgezaubert und scrollt über eine Seite. »Es könnte sein, dass sie die Krankenhäuser nach Personen mit Schnittwunden in der letzten Nacht abfragen, somit könnten sie recht leicht auf dich stoßen. Ich kümmere mich darum. Wenn der Hausbesitzer vermisst wird, kann ich leicht sagen, dass dieser Fall zu meinem Bereich gehört.«

»Oh, Doc wurde vermutlich noch nicht als vermisst gemeldet.«

»So?«, fragt Jürgen. »Was macht dich dann so sicher, dass er zu den entführten Dreamern gehört?«

Tim und ich berichten ihm von unseren Ausflügen in Docs Traumwelt. Wir erzählen ihm von Alex und dem Mann, der unseren Doc gespielt hat.

Jürgen hört uns aufmerksam zu, nickt schließlich. »Das passt zu dem, was wir bisher wissen.« Dann blickt er wieder auf sein Tablet. »Dieser Doktor Richard Volker besaß noch eine Wohnung im Stadtteil Leider, in die ebenfalls eingebrochen wurde. Kommt euch das bekannt vor?«

Tim und ich nicken schuldbewusst.

»Klasse. Meine Tochter hat nicht nur eine Genmutation, sondern ist auch noch eine Serientäterin.«

Ich atme tief durch, um den Faden unseres Gesprächs wieder aufzunehmen. »Aber vor uns war schon einmal jemand dort gewesen. Es war alles durcheinander und wir haben getrocknetes Blut gefunden. Als wir das bemerkten, sind wir abgehauen.«

»Also ich fasse zusammen: Er war weder in seinem Haus noch in seiner angemieteten Wohnung?«

»Laut seinem Tagebuch hat er außer uns nur noch einen regelmäßigen Besucher, der ihn als vermisst melden könnte: Christian Gassner.«

»Unser Nachbar?«, fragt Mum. »Das wird ja immer besser …«

»Ich war mir erst nicht sicher, ob Doc wirklich unseren Christian meint, aber in seinem Haus habe ich das Hochzeitsfoto von ihm und seiner Frau gesehen. Außerdem habe ich das hier entdeckt.« Ich hole mein Handy hervor und klicke auf die Galerie, wo die Bilder von dem Metallteil auftauchen. Ich stehe auf und gebe Jürgen das Handy.

Er wischt durch die Bilder, immer wieder. »Hm«, macht er schließlich und gibt es mir zurück.

»Was ist das?«

»Es könnte ein Abhörgerät sein, doch die Bilder sind sehr

unscharf, daher würde ich nicht so viel auf meinen Verdacht geben. Wo hast du das gefunden?«

»Unter dem Hundenapf.«

»Ein Hund? War dieser allein zu Hause?«

Ich schüttele missmutig den Kopf. »Laut Tagebuch ist die Hündin im Sommer eingeschläfert worden. Es war kein gutes Jahr für Doc.«

»Wo befindet sich dieses Tagebuch?«

»Bei mir zu Hause«, gestehe ich.

»Könntest du mir das bitte später aushändigen?«

Ich nicke.

»Wir reden hier die ganze Zeit über Doktor Volker, aber es geht hier auch um euren Schutz, oder?«, hakt Mum nach. »Was wisst ihr über die Entführer?«

Jürgen sieht sie aus tiefblauen Augen an. »Wir wissen leider viel zu wenig über sie. Es ist eine Organisation, keine Einzelperson. Sie lassen das Verschwinden der Dreamer wenn möglich wie bewusste und freiwillige Entscheidungen aussehen.« Er atmet wieder tief ein und faltet seine Hände. »Womöglich nutzen sie die Gaben der Dreamer für illegale Zwecke, doch mit Sicherheit lässt sich das nicht sagen. Manuel und ich haben gemeinsam die OBeD, die Organisation zur Befreiung entführter Dreamer, gegründet, doch wir jagen einem Phantom hinterher, das unsere Leute nach und nach verschluckt.«

»Habt ihr eine Ahnung, was mit den entführten Personen geschieht?« Martha hat ihren Arm um Tim gelegt, der es sich überraschenderweise gefallen lässt.

Jürgen schüttelt den Kopf. »Bisher kam noch niemand zurück. Die ObeD gibt ihr bestes, aber alle Unterstützer helfen mir in ihrer Freizeit und meine Kollegen legen mir zusätzlich den ein oder anderen Stein in den Weg. Ich kann kaum jemandem trauen.«

»Denkt ihr, dass wir in Gefahr schweben?«, will Mum mit rauer Stimme wissen.

»Wir sind uns nicht sicher, aber wir haben uns vorsichtshalber erst einmal hier getroffen. Doc kennt uns und er hätte unsere Namen einfach weitergeben können. Wenn ich es richtig sehe, nutzt diese illegale Organisation auch Docs Traumwelt, um fremde Dreamer zu enttarnen«, erklärt mein Vater.

»Das beantwortet meine Frage nicht. Sind wir in Gefahr, Manuel?«, fragt Mum mit Nachdruck.

»Wir können es nicht ausschließen, Christine«, antwortet Jürgen. »Ihr solltet aufmerksam bleiben. Die Entführer kennen ihre Opfer sehr gut. Ihr soziales Umfeld und ihren Tagesablauf. Vieles deutet darauf hin, dass sie sie entweder intensiv überwachen oder ihnen in gewisser Weise nahestehen.« Der Polizist nickt in Richtung meines Handys. »Tatsächlich hatte ich in einer anderen Wohnung Abhörgeräte gefunden, was eine ähnliche Vorgehensweise bei Doktor Volker vermuten lässt.«

»Das heißt, wenn wir in unserer Wohnung Wanzen finden, sind sie uns auf der Spur?«, frage ich.

»Ich würde das nicht als ausschlaggebendes Kriterium heranziehen, doch prinzipiell ja. Wenn ihr Abhörgeräte findet, verlasst die Wohnung, ohne es wie eine Flucht aussehen zu lassen. Lasst alle elektronischen Geräte dort und kontaktiert mich, sobald ihr es als sicher erachtet.«

»Woher wissen die Entführer, wer ein Dreamer ist?«, hakt Mum nach.

Jürgen zuckt mit den Schultern. »Das wissen wir nicht genau, aber die Fälle scheinen sich wie eine Krankheit auszubreiten. Deshalb nennen wir die Organisation auch *Den Virus*.«

»Ich werde mehr über den Kerl herausfinden, der auf Lilo geschossen hat«, beschließt Mum und schiebt ihre Unterlippe nach vorne, wodurch sie wie ein trotziger Teenager aussieht. »Ich bin nicht umsonst Journalistin geworden.«

Jürgen sieht sie lange an. »Das wird gefährlich werden.«

»Ich bin nicht mal ein Dreamer. Was wollen sie mir schon anhaben?«

Der Polizist kratzt sich am Hals. »Kein Dreamer zu sein, bedeutet, dass sie dich jederzeit aus dem Weg räumen werden, wenn du ihnen zu nah kommst.«

Mum räuspert sich. »Das ist immer noch meine Entscheidung und ich will wissen, welcher Dreckskerl es wagt, auf meine Tochter zu schießen.«

»Ich will auch helfen!«, sage ich, doch Mum schüttelt vehement den Kopf.

»Oh nein, Maus. Du hast dich schon genug in Gefahr gebracht!«

»Dad!«, rufe ich verzweifelt.

Er fährt sich mit seiner Hand über den Dreitagebart und schüttelt zögerlich den Kopf.

Mum wirft ihm einen bösen Blick zu, der ihn davor warnt, um den Finger gewickelt zu werden.

»Deine Mutter hat recht, Lilo. Ich bleibe bei meinem Verbot. Du hast schon zu häufig in Docs Privatsphäre herumgeschnüffelt.«

»Guapa, ich stimme deinen Eltern zu. Ihr beide solltet nicht weiter in die Sache hineingezogen werden.«

»Ich bin achtzehn!«, widerspricht Tim.

Dad verdreht die Augen. »Nur weil du volljährig bist, heißt das noch lange nicht, dass du vernünftig bist. Anstatt von Anfang an zu uns zu kommen, hast du Lilo davon abgehalten, uns alles zu erzählen. Klingt das für dich erwachsen, Tim?«

Tim funkelt ihn mit seinen honigfarbenen Augen an, als hätte

Manuel ihn eben geohrfeigt. Er hält dem Blick meines Vaters zehn Sekunden stand, dann lässt er den Kopf hängen und steckt seine Hände beleidigt in seinen Hoodie.

»Tim, wir schließen euch aus, weil wir euch lieben, nicht weil wir so viel Spaß an der Sache haben«, erklärt mein Vater nun ein wenig weicher.

Als Antwort kickt mein Freund ein Kissen durch die Gegend und in seinem Blick lese ich, was ich auch denke: »Ihr könnt mich nicht davon abhalten, nach Doc zu suchen.«

14. Kapitel

Vier Stunden und achtundzwanzig Minuten. Vier Stunden und neunundzwanzig Minuten. Die Beleuchtung meines Weckers geht aus. Stöhnend strecke ich mich und drücke ein weiteres Mal auf die Licht-Taste. Nach zehn Sekunden erlischt die kleine Lampe erneut. Ich bin seit einem Tag vier Stunden und inzwischen wohl dreißig Minuten wach. Es ist halb zwei am Morgen und ich habe noch kein Auge zugetan. Aber warum? Abgesehen von gestern habe ich noch nie – ich wiederhole: nie – in meinem Leben Probleme beim Einschlafen gehabt. Bisher bin ich immer spätestens nach zehn Minuten weggetreten. Heute bin ich so müde wie ein Siebenschläfer vor seinem Winterschlaf und der ersehnte Schlaf bleibt einfach aus.

Meine Lider fallen zu und die Schwerkraft zieht mich tief in meine Matratze und trotzdem bin ich wach. Kann ich mich nicht entspannen, weil mich das Treffen mit Jürgen aufwühlt? Nach unserem Gespräch bei Martha und Tim hat Tim mich geheilt und Jürgen uns nach Hause begleitet. Ich überreichte ihm das Tagebuch und im Anschluss besuchte er Christian. Nur zu gerne wäre ich mitgegangen, doch Jürgen meinte, ich solle mich momentan lieber ein wenig bedeckt halten. Er hat uns seine Handynummer für Notfälle gegeben und Mum und ich haben sie bereits auswendig gelernt.

»Sicher ist sicher«, hat meine Mutter gesagt und den Zettel verbrannt.

Schwerfällig lasse ich meine Beine über die Bettkante gleiten und laufe zu meinem Fenster. Ich ziehe die Vorhänge auseinander und drehe den Griff. Eisige Nachtluft dringt zu mir herein und lässt mich spüren, dass der Oktober sich dem Ende neigt. Der Wind weht meine Haare nach hinten, sodass sie mich am Hals kitzeln.

Mein Blick streift Phils Zimmer. Das Licht ist aus. Schon seit kurz vor zwölf. Ich erinnere mich daran, dass Eva dabei gewesen war, als ich vom Krankenwagen abgeholt wurde. Das kann eigentlich nur eines bedeuten: Er hatte sie mit hierhergebracht. Mit zu sich nach Hause. Der einzige Sonnenstrahl, der mir noch bleibt, ist die Tatsache, dass Phil mein Geschenk tatsächlich aufgehängt hat und zwar direkt über seinem Bett – sodass ich es gut sehen kann.

Ich versuche mir einzureden, dass zwischen den beiden nichts läuft, aber das gestaltet sich weniger leicht als gedacht. Selbst wenn Phil niemanden datet, kann er ja immer noch mit anderen Leuten schlafen – und Eva ist jetzt nicht gerade für ihre tiefgründigen Beziehungen bekannt. Es tut mir nur so weh, weil ich Phil anders eingeschätzt hätte und natürlich, weil ich so verdammt verliebt bin. Hätte ich es ihm mehr zeigen müssen? Aber wir hatten unsere Momente, in denen ich mir sicher war, dass es nicht nur bei mir gefunkt hat. Wenn das das nächste Mal passiert, werde ich nicht mehr zögern!

Der kalte Wind lässt mich frösteln, sodass ich das Fenster wieder schließe und noch einmal versuche zu schlafen. Als der Wecker klingelt, habe ich kein Auge zugetan.

Wann habe ich das letzte Mal geschlafen? Ich fühle mich, als wäre ich betrunken. Ich bleibe liegen und habe das Gefühl, meine Beine nie wieder über diese Bettkante bewegen zu können.

Irgendwann schaffe ich es dann doch. Ich quäle mich durch die Wohnung und irgendwie auch in die Schule. Ich beobachte einen

Schwarm Vögel, der nach Süden zieht – dorthin, wo es warm ist. Am liebsten wäre ich mit ihnen geflohen, wäre vor den ganzen Menschen abgehauen, die mich und die übrigen Dreamer bedrohen. Vielleicht auch vor meinen Klassenkameraden. Ich habe das Gefühl, dass Eva oder Phil irgendetwas über mich erzählt haben, denn alle meine Mitschüler sind heute irgendwie reserviert. Eigentlich ist das gar nicht so schlecht, denn so muss ich kaum reden. Mein Kopf fühlt sich an, als hätte mir jemand mit einem Hammer dagegen gehauen und die ganzen Geräusche um mich herum nehme ich viel zu laut wahr.

Tim zieht mich in der zweiten Pause zur Seite. »Was hältst du von Jürgen?«

Mir ist eiskalt, also lehne ich mich gegen eine Heizung. »Was soll ich von ihm halten? Ist doch gut, dass wir einen eigenen Kommissar haben, der sich um uns kümmert.« Allein darüber nachzudenken, strengt mich heute an. Was ist nur los mit mir? »Ich habe zwei Tage lang nicht geschlafen. Ich fühle mich, als hätte ich eine Flasche Wodka getrunken.«

»Dann wärst du tot, Lil. Außerdem hast du geschlafen. Ich war bei dir, aber du hast nicht aufgemacht. Du hast wahrscheinlich einfach in deiner Traumwelt gepennt.«

Die Botschaft tröpfelt in meinen müden Verstand, sodass ich leicht den Kopf schüttele – nur nicht zu heftig, sonst spüre ich mein Gehirn gegen die Wände krachen. »Ich habe die ganze Nacht wach gelegen – und damit meine ich die ganze Nacht und nicht nur ein paar Stunden.«

Tims Mund bleibt offenstehen. »Du warst da, Lilo. Ich habe gespürt, dass du da warst, sonst hätte ich nicht geklopft.«

Ganz langsam sickern seine Worte in meinen Kopf und das Blut in meine Beine. »Ich … war … da?«

Die Welt dreht sich um mich. Mein Herz klopft so langsam,

dass ich Angst habe, es würde stehen bleiben. Ich bekomme keine Luft mehr.

Die ganze Nacht habe ich kein Auge zugedrückt … also hatte mich jemand ersetzt. So wie Doc ersetzt worden war – durch jemand Fremdes. *Ich bin … ich habe … nicht geschlafen. Wer? Wer war heute Nacht ich? Würde ich auch entführt werden?*

Um mich herum wird alles schwarz.

***

Blinzelnd starre ich an die Decke. Sie ist weiß. Schon wieder ein Krankenhaus?

Ich drehe mich zur Seite und mein Sichtfeld wandert ruckelnd mit mir mit. Ich habe nicht geschlafen. Um mich herum ist plötzlich alles schwarz geworden. Ich war für eine unbestimmte Zeit einfach nicht mehr da. Aber was ist passiert?

Ich liege auf der Pritsche im Krankenzimmer unserer Schule. Eine Armlänge von mir entfernt sitzt Tim an die Wand gelehnt und starrt auf sein Handy. Vorsichtig durchwuschele ich sein voluminöses, schwarzes Haar. »Was ist passiert?«, frage ich ihn.

Sein Kopf zuckt überrascht zu mir und ein erleichterter Ausdruck legt sich über seine angespannte Miene, die doch normalerweise immer lächelt. »Du bist plötzlich ohnmächtig geworden. Wir haben schon den Krankenwagen gerufen.«

»Schon wieder?«, flüstere ich. Oder lalle ich? Ich bin mir nicht sicher. Aber was ich mit Sicherheit weiß, ist, dass ich das Gefühl habe, zu erfrieren, also ziehe ich die Decke bis zum Kinn.

»Vielleicht hast du die Blutinfusion nicht gut vertragen«, murmelt Tim. »Besser, sie checken das noch einmal.«

»Es war die Info, die du mir gegeben hast – nichts weiter. Alles gut mit mir.«

»Du warst einige Minuten weg, Lil. Ich habe deine Mutter schon informiert. Sie kommt so schnell wie möglich.«

Im selben Moment wird die Tür aufgerissen und zwei Sanitäter kommen herein. Tim unterhält sich leise mit einem der beiden, während der andere die ersten Untersuchungen an mir durchführt. »An sich scheint alles in Ordnung zu sein, aber mit Ihrer Vorgeschichte nehmen wir Sie lieber mit«, behauptet der Sanitäter und so lande ich diese Woche das zweite Mal im Krankenhaus.

Mum ist schon da und vollkommen aufgelöst. Ich kann ihr noch so oft beteuern, dass eigentlich alles gut ist – sie glaubt mir nicht. Ist ja auch verständlich, denn die Ärzte geben alles, um mich zum Schlafen zu bringen, doch nach dem dritten Schlafmittel sind sie ratlos. Am nächsten Tag kommt Tim vorbei und berichtet, dass ich schon wieder in meiner Traumwelt gewesen sei – dieses Mal hat er jedoch nicht geklopft. Weise, wenn man bedenkt, dass momentan anscheinend jeder Mensch ich sein könnte. Aber wie schaffen diese Leute es, meine Traumwelt zu besetzen? Wie, verdammt?

Martha kommt während ihrer Dienste häufig zu mir herein, tätschelt mir den Arm und prüft die Werte des EEGs – das abgesehen von meinen fehlenden Schlafphasen auffällig unauffällig ist.

Am Mittwochmorgen sehe ich plötzlich Menschen im Augenwinkel, die verschwinden, sobald ich sie genauer anvisiere. Ich drehe durch – da bin ich mir sicher.

Die Welt ist grell und laut. Ich zittere trotz Wärmflasche und meine Augen fühlen sich extrem trocken an.

Als Emely vorbeikommt, bin ich gerade noch zurechnungsfähig. Trotz Kopfschmerzen freue ich mich über ihren Besuch. Sie vertreibt mir für kurze Zeit die Langeweile, bevor sie mir eine Genesungskarte auf das Tischchen stellt und sagt, wie sehr es sie freuen würde, wenn ich bis zu ihrem Geburtstag wieder fit bin.

Es ist bereits Donnerstagabend und ich höre ein Klopfen, auf das ich nicht sofort reagiere. Mein erster Gedanke ist, dass ich mir das Geräusch bestimmt wieder nur eingebildet habe – genau wie unzählige andere Dinge.

»Hey, Lilo! Bist du wach?«, flüstert plötzlich jemand direkt neben mir.

Ich meine einen Hauch Salbei zu riechen und sofort fühle ich mein Herz aufgeregt flattern. Für kräftige Schläge ist es zu schwach. Angestrengt öffne ich die Augen. »Phil? Was machst du hier?«

So richtig klar kann ich ihn nicht sehen, doch ich meine seine Grübchen zu erkennen. »Ich wollte mal nach dir schauen. Tim hat mir erzählt, dass du die Blutinfusion nicht so gut vertragen hast«, flüstert er und zieht einen Stuhl ganz nah zu mir heran, damit er weiterhin leise sprechen kann.

»Keine Ahnung. Die Ärzte sind ratlos. Ich kann nicht mehr richtig schlafen.«

»Seit wann denn?«

»Keine Ahnung … Freitagnacht. Was ist heute für ein Tag?«

»Donnerstag.«

»Rechne selbst, wie lange das her ist. Mein Kopf ist Matsch.«

Phil gluckst leise.

»Wenn ich nur wüsste, wie lange ich das noch schaffen muss.«

»Hoffentlich nicht mehr ewig«, antwortet er und drückt mir aufmunternd die Hand.

15. Kapitel

Wenn mir jemand erzählt, Schlaf sei überbewertet, dann hat derjenige offensichtlich keine Probleme beim Schlafen. Als mir endlich die Augen zufallen und ich in meine Traumwelt sinke, ist es wie ein Aufatmen nach einem langen Tauchgang.

Ich rieche Waschmittel. Ohne die Augen zu öffnen, weiß ich, dass ich im Bett meiner Traumwelt liege. Bäuchlings breite ich mich auf der Matratze aus, hole mit meinen Armen aus und schiebe noch mehr Kissen unter meinen Kopf. Tief atme ich den Geruch der frisch gewaschenen Bezüge ein und lasse meinen Verstand gleiten. Ich denke nicht, sondern konzentriere mich einfach nur auf meine Atmung, die immer gleichmäßiger wird, bis ich auch in der Traumwelt in einen dunklen, schwarzen, angenehmen Schlaf falle.

***

Nach vierzehn Stunden Schlaf sind glücklicherweise alle meine Beschwerden verschwunden. Als ich dann auch im Laufe des Freitags immer wieder eindöse, entscheiden die Ärzte, dass ich wohl doch im Grunde quick lebendig bin und sie mich entlassen können. Tatsächlich ist mein Vater noch einmal nach Aschaffenburg gekommen und so sitzen wir am Abend bei einem Festmahl mit Tim und Martha zusammen in unserem – laut Mum wanzenfreien – Wohnzimmer. Die Stimmung ist ausgelassen, bis unsere Gespräche die Lage der Dreamer streift.

»Christian hatte einen Ersatzschlüssel zu Docs Wohnung«, erzählt mein Vater. »Er hat Jürgen ganz offiziell reingelassen. Tatsächlich gab es keine Spuren eines Kampfes oder irgendwelche Hinweise, wohin Doc verschwunden sein könnte. Es gab nur das Chaos, das Lilo hinterlassen hat.«

»Ist das gut oder schlecht?«, will ich wissen.

Mum zieht scharf die Luft ein. »Die Presse hat sich ganz schön dran aufgehangen.«

»Weshalb?« Martha lässt das Besteck sinken. Ich habe immer das Gefühl, dass sie sich in der Nähe meiner Mum wesentlich steifer verhält als sonst. Gleichzeitig meidet Mum den Blick in ihre Richtung. Dass die beiden Frauen überhaupt gemeinsam an einem Tisch sitzen, tun sie mir zuliebe.

»Weil die Beweise trotz ihrer Offensichtlichkeit von der Polizei zuerst nicht bemerkt wurden.«

»Na ja, bis auf die Steine und die Scherben waren sie ja unsichtbar, bis ich hier endlich aus dem Bus gestiegen bin«, unterbreche ich Mum.

»Und weil sie offensichtlich nicht gemerkt haben, dass jemand versucht hat, die Spuren ohne großen Erfolg zu verwischen.«

»Das muss der Mann gewesen sein, der auf mich geschossen hat. Er wollte sich noch mal in dem Haus umsehen. Vielleicht hat er wirklich versucht, hinter mir aufzuräumen, aber konnte ja nicht sehen, wo das Blut überall war«, mutmaße ich.

Martha schüttelt den Kopf. »Das ergibt überhaupt keinen Sinn, guapa. Wieso sollte er Einbruchspuren verwischen, die er nicht einmal selbst verursacht hat?«

»Außerdem fand die Entführung ja überhaupt nicht in dem Haus, sondern in seiner Praxis statt«, ergänzt meine Mutter. »Indem der Kerl zurückkehrte, hat er sich selbst in Gefahr gebracht – immerhin hätte die Polizei jederzeit auftauchen können.«

»Aber, wenn er den ganzen Einbruch verschleiern wollte –«

Tim klopft ungeduldig mit seiner Gabel auf den Teller, bis ich schweige und ihn genervt ansehe. Er grinst mich an.

»Was, Tim?«

»Stellt euch mal vor, das ist ein Computerspiel. Ich würde als Spieler nur aus drei Gründen zurückgehen.«

Eine gespenstische Stille liegt über dem Tisch.

»Mein erster Grund wäre, dass ich herausfinden will, wer die Einbrecherin war. Wenn ich jedoch Spione bei der Polizei habe – und das hat Jürgen ja vermutet – mache ich mir nicht selbst die Hände dreckig. Das lasse ich die Polizei erledigen und frage dann meine Informanten über die Einbrecherin aus. Also fällt diese Variante weg.« Tim nimmt einen Schluck Wasser, bevor er weiterspricht. »Mein zweiter Grund, zu Docs Haus zurückzukehren ist, dass ich die Einbrecherin kontaktieren muss und sie daher auf freiem Fuß brauche. Deswegen will ich natürlich nicht, dass die Einbrecherin von der Polizei gefasst wird. Ich gehe jedoch nicht davon aus, dass Lilo augenblicklich eingesperrt wird, nur weil sie irgendwo eingebrochen ist. Also ist das ebenfalls kein driftiger Grund. Bleibt also nur mein letzter Grund: Ich gehe zurück, weil ich noch etwas aus der Wohnung brauche.«

»Aber es wurde nichts aus der Wohnung entfernt – nicht soweit Christian es einschätzen konnte«, wirft mein Vater ein.

»Doch, es wurde etwas entfernt: Lilos Spuren. Ich denke nicht, dass der Kerl Lilo hinterhergewischt, sondern ihr Blut eingesammelt hat. Und jetzt lasse ich alle Rationalität beiseite und werfe in den Raum, dass er damit irgendetwas angestellt hat, weswegen Lilo nicht schlafen konnte.«

»Er lässt es andere trinken!«, rufe ich und eine Gänsehaut überzieht meinen Rücken.

Tim blickt mich verständnislos an. »Ich spreche hier nicht von Graf Dracula.«

»Aber irgendjemand ist ich. Was ist, wenn dieser jemand einschläft und in meiner Traumwelt aufwacht, sodass meine Welt besetzt ist.« Voller Euphorie blicke ich in die Runde. Die Erwachsenen schauen jedoch nur nachdenklich, irritiert und ungläubig zurück.

»Eure Theorie ist also, dass das Dreamerblut in einen anderen Organismus kommt und so den eigentlichen Dreamer quasi verdrängt?«, hakt Dad nach.

Zugegebenermaßen ist die Idee noch nicht so richtig ausgefeilt, aber sie klingt irgendwie … *möglich*. »Ich überlasse es euch, das zu testen«, sage ich schnell. »Ich trinke weder Blut, noch will ich noch ein paar schlaflose Nächte hinter mich bringen.«

Martha, Mum und Dad stellen noch zahlreiche Fragen in den Raum, deren Antworten wir uns irgendwie zusammenzureimen. Irgendwann seufzt Dad und behauptet, er würde mal mit Jürgen darüber reden. Gegen zehn Uhr verabschieden sich Martha und Tim, weil Martha morgen Frühschicht hat, und Dad macht es sich auf der Couch bequem. Vor Aufregung ist mir ganz schwummrig. Ich habe das Gefühl, dass wir eben einen riesigen Schritt in die richtige Richtung gegangen sind. Zwar hilft es uns nicht, irgendjemanden zu retten oder das *Warum* hinter allem zu verstehen, doch die Zusammenhänge werden klarer.

Gut gelaunt öffne ich das Fenster, um vor dem Schlafen noch einmal durchzulüften, als mir das Lächeln von den Lippen fällt und am Boden in unzählige Scherben zersplittert.

Mein Brustkorb zieht sich schmerzhaft zusammen, als ich drüben bei Phil Eva auf der Fensterbank sitzen sehe. Sie hat ein Bein locker angezogen und spricht mit Phil, der wahrscheinlich gerade in der Nähe des Schreibtischs sitzt. Mir steigen Tränen der Wut in die Augen und ich kann nicht einmal sagen, auf wen ich gerade so sauer bin. Auf Phil, weil er gelogen hat, als er meinte, er würde niemanden daten – und mir ist dabei scheißegal, wie er seine Treffen mit ihr bezeichnet? Auf Eva, weil sie es im Gegensatz zu mir geschafft hat, Phil um den Finger zu wickeln? Auf mich selbst, weil mich ein einfacher Besuch meiner Mitschülerin bei meinem Schwarm so mitnimmt?

Mit einem bitteren Geschmack auf der Zunge, gehe ich ins Badezimmer, um mich ausgiebig zu duschen – was meine Stimmung leider nicht wirklich verbessert. Missgelaunt kehre ich ins Zimmer zurück und versuche, nicht zu Phil hinüberzublicken, während ich das Fenster schließe. Ich schaffe es nicht. Und hasse mich dafür.

Wenn ich stark genug gewesen wäre, wäre mein Mageninhalt wohl drinnen geblieben. Aber so renne ich zurück ins Bad, klappe die Toilettenbrille nach oben und lasse mir die Kartoffeln noch einmal durch den Kopf gehen. Vor meinen Augen sehe ich immer noch zwei Personen nackt im Bett liegen, umschlungen und sich gegenseitig ableckend, als ob sie sich jeden Moment auffressen würden.

Ich zittere vor Wut. Ich weiß, dass es absurd ist, und dennoch stelle ich mir vor, dass Phil mich so fest umarmt und mich küsst. Warum ausgerechnet Eva? Warum? Bin ich einfach zu schüchtern gewesen? Nicht fordernd genug? Oder steht er einfach nicht auf mich – sieht mich wirklich einfach nur als gute Freundin? Hatte ich mir diese Anziehung zwischen uns einfach nur eingebildet? Als ich mir mit der Hand übers Gesicht fahre, bemerke ich, dass ich weine.

Dad, der mich wahrscheinlich gehört hat, kommt herbeigestürmt. Warum habe ich nicht daran gedacht, die Tür zu schließen? »Alles gut, Lilo?«

Ich atme tief durch. »Alles gut, Dad.«

»Lag es am Fisch?«

»Ich bin seit sieben Jahren Vegetarierin. Ich habe keinen Fisch gegessen. Wahrscheinlich hat mir einfach das ganze Gerede über Blut auf den Magen geschlagen«, lüge ich ihn an, damit er mich endlich in Ruhe lässt. Es fällt mir noch nicht einmal schwer, doch es nützt nichts. Anstatt wieder zu verschwinden, setzt er sich etwas umständlich zu mir auf den Boden und streicht über meinen Rücken.

»Es wird alles gut, Lilo«, verspricht er mir.

»Erzähl mir eine schöne Zukunftsoption«, fordere ich ihn flüsternd auf.

»Das heißt nicht, dass sie wahr wird.«

»Aber ich brauche das jetzt!«

Dad seufzt, schüttelt den Kopf und lächelt schließlich: »In ein paar Jahren werden wir vielleicht gemeinsam am Strand sitzen. An einem Lagerfeuer. Unsere ganze Familie.«

»Mum und Martha zusammen?«, frage ich ungläubig.

Dad nickt. »Ja. Wir verbringen den ganzen Tag dort, auch wenn es kalt und windig ist. Tim knutscht die ganze Zeit mit seiner Freundin und du leuchtest richtig vor Glück.«

»Wie soll ich denn bitteschön vor Glück leuchten?«, frage ich weiter und schniefe.

Ein geheimnisvolles Lächeln gleitet über seine Gesichtszüge. »Ich glaube, du bist über beide Ohren verliebt und hast einen Freund in Aussicht.«

Na toll! Jemanden in Aussicht zu haben, bedeutet nicht, mit jemandem zusammenzukommen. Ich dachte ja auch bei Phil, dass da vielleicht mehr daraus werden könnte. »Warum findest du diesen Tag so schön?«, lenke ich von meinem Kummer ab.

»Weil wir zusammen sind und jeder einzelne von uns, tief im Innern, glücklich ist.«

»Das klingt unmöglich. Im echten Leben gibt es kein Happy End«, behaupte ich.

»Ach, Lilo«, seufzt Dad. »Es geht doch nicht um ein Happy End, sondern darum, wie wir uns in einzelnen Momenten fühlen. Darum, was in uns vorgeht!«

Das bringt mich auf eine Idee. Es ist eine schreckliche Idee, eine hinterhältige Idee. Eine Idee, für die ich mich selbst hasse.

16. Kapitel

Als Dreamer kann ich in die Traumwelten anderer Menschen schleichen. Wenn sie da und ihre Türen nicht verschlossen sind, kann ich in ihre Träume schnuppern und herausfinden, was sie nachts verarbeiten. Ich kann sehen, *was in ihnen vorgeht.*

Das klingt illegal und unmoralisch, als würde ich gegen einen ungeschriebenen Kodex verstoßen, und trotzdem juckt es mich in den Fingerspitzen, in Phils Träume einzudringen.

Die Frage, ob ich es wirklich tun soll, beschäftigt mich bis tief in die Nacht. Ich stehe vor meiner Tür zur Zwischenwelt und starre sie unschlüssig an. Soll ich raus gehen und es wagen? Oder soll ich mich lieber der Realität ergeben? Was habe ich davon, Phil auszuspionieren? Will ich wirklich, dass er heute Nacht von mir träumt? Will ich *wirklich* wissen, was er über mich träumt? Sobald ich in seiner Welt bin, bin ich seiner Fantasie ausgeliefert. Es wäre quasi wie ein Albtraum. Notfalls könnte ich mich immer noch zwingen, aufzuwachen …

»Vielleicht einfach mal kurz reinschauen – ohne richtig rein zu gehen?«, fragt ein kleiner Teil in mir. Ich sehe das kleine Teufelchen auf meiner Schulter an. »Andere würden nicht so lange überlegen, Lilo! Nur mal kurz Tür auf, Kopf rein und wieder raus! Ist doch nichts dabei!«

Ich lasse den kleinen Teufel verschwinden und balle die Hände zu Fäusten. Ein einziges Mal werde ich es wagen!

Entschlossen werde ich unsichtbar und marschiere zielsicher durch die Zwischenwelt. Ich weiß, dass ich genau auf Phils

Traumwelt zulaufe, wenn ich es mir vorstelle, also zögere ich nicht. Der Weg ist ungewöhnlich weit und meine Euphorie verblasst nach den ersten fünf Minuten. Es bremst mich nicht aus, aber meine Zweifel nagen an mir. Vorletzte Woche der Einbruch bei Doc und heute das Eindringen in den Traum eines anderen Menschen? Will ich das wirklich? Bin das überhaupt noch ich?

Plötzlich werde ich von einer Bewegung hinter mir abgelenkt. Ich kann gerade noch zur Seite springen und so einem Zusammenstoß entgehen. Der zielstrebige Gang des Mannes kann eigentlich nur eines bedeuten: Er ist ein Dreamer.

Während ich noch seinen eleganten, dunklen Umhang betrachte, herrscht in mir ein erbitterter Kampf. Er ist der erste Dreamer, den ich bewusst hier in der Zwischenwelt wahrnehme. Ist er einer der Entführer? Oder ahnt er noch überhaupt nichts von der Gefahr, die auf uns wartet?

Obwohl in meinen Ohren sämtliche Alarmglocken läuten, laufe ich ihm vollkommen planlos hinterher. Noch während ich den ersten Schritt mache, versucht mein Verstand mich davon abzuhalten. »Du solltest überhaupt nicht hier sein, Lilo. Bring dich nicht in Gefahr! Es gibt absolut keinen Grund, ihm zu folgen«, versucht er mir einzureden.

Trotzdem schleiche ich ihm hinterher. Meine Hände werden feucht.

Aber meine Sorgen sind umsonst. Nicht weit entfernt bleibt er vor einer Tür stehen und ich ziehe mich zwischen zwei Häuser zurück. Gelassen klopft er gegen die Tür, holt sich dann eine Zigarette aus seinem Mantel und zündet sie seelenruhig an. Zum ersten Mal dreht er sich um, aber in seinem Blick liegt eine Ruhe, die verrät, dass er mich nicht bemerkt hat. Dennoch mustern seine Augen die Umgebung. Er scheint jede Kleinigkeit, jede noch so winzige Bewegung zu registrieren, in sich aufzusaugen. Dass er an einer fremden Tür klopft, ist für mich der Beweis dafür, dass er ein Dreamer ist. Normale Menschen verlassen zwar hin und wieder ihre Traumwelten, aber sie besuchen niemanden.

Entspannt nimmt er einige kräftige Züge an seiner Zigarette, bevor die Tür aufgeht. Er wendet sich der Dunkelheit zu, die hinter ihr liegt. Der Wind trägt leise seine freundliche Stimme zu mir herüber. »Sebastian will, dass wir zu ihm kommen.«

Erst jetzt fällt mir der Schatten in der Dunkelheit auf. Ein schwarzer Schatten in einer schwarzen Umgebung – unsichtbar, genau wie ich, aber auf eine andere Art und Weise.

Die Tür wird angelehnt.

Der Mann, dem ich gefolgt bin, hat keine Angst, dass sie sich vollends schließen könnte. Stattdessen lehnt er sich mit dem Rücken gegen die Hauswand, zieht gelassen an seiner Zigarette und wartet auf den Schatten.

Ein junger, großer Mann in einer neongrünen Jacke erscheint in der Tür. Auf dem dunklen Haar sitzt eine ausgewaschene Baseball-Kappe.

Geduldig wartet der Ältere, bis sein Begleiter die Kapuze über die Baseball-Kappe geschlagen und die Tür zugezogen hat.

Die beiden Männer kommen auf mich zu. Sie nehmen denselben Weg, den der ältere Herr hergekommen ist. Sie sprechen nicht miteinander. Der Ältere raucht entspannt seine Zigarette weiter, während der Jüngere nach vorne stiert.

Ich halte die Luft an, als sie an mir vorbeigehen. Doch mein Magen grummelt laut. Ich erschrecke, genauso wie der Mann in der neongrünen Jacke.

Sein Kopf fährt zu mir herum.

Die Augen des jungen Mannes sind türkis. So türkis wie das Meer um einer Südseeinsel. Sein Gesicht verliert all seine Farbe. Hektisch konzentriere ich mich wieder darauf, komplett unsichtbar zu sein. Phil ist ein Dreamer! Und er hat mich gesehen! Direkt neben seiner Tür!

»Alles klar bei dir?«, fragt der ältere Mann und wirft seinen Zigarettenstummel in den Schnee.

»Ich … ich dachte, ich hätte etwas gehört. Hab mich wohl getäuscht«, antwortet Phil und läuft weiter, als wäre nichts gewesen, während ich wie angewurzelt stehen bleibe – unfähig, mich zu bewegen oder irgendetwas zu denken.

Ich bleibe die restliche Nacht vor seiner Tür stehen und warte darauf, dass Phil zurückkehrt. Doch das passiert nicht. Die verträumten Menschen um mich herum werden weniger, bis ich letztendlich allein in der Zwischenwelt stehe. Phil könnte einfach aufgewacht sein und erst morgen zurückkommen, also beschließe ich, ihn in der realen Welt zu besuchen. Als ich jedoch bei ihm Sturm klingele, geht nur Lisa ran, die mir erzählt, dass Phil zu ihrem Vater nach Hause gefahren sei. Ich will ihm eine Nachricht schreiben, doch da fällt mir auf, dass ich ihm zwar meine Nummer gegeben habe, er seine jedoch nie rausgerückt hat. Soll ich ihn noch mal im Traum besuchen? Klar könnte ich jetzt einfach an seine Tür klopfen und ihn bitten, mich einzulassen. Aber es ist zu gefährlich, sichtbar durch die Traumwelt zu laufen und heute Nacht habe ich ja offensichtlich bewiesen, dass ich meine Unsichtbarkeit nicht vollständig unter Kontrolle habe. Wer weiß, wer mich in der nächsten Nacht erschreckt und enttarnt?

Wütend werfe ich das Handy auf mein Bett.

***

Als Tim und ich auf Emelys Geburtstagsfeier ankommen, vibrieren die Wände des Hauses im Rhythmus des Basses. Ich stehe in einem Ganzkörper-Zebra-Kostüm, das ich mir von Tim geliehen habe, vor dem Gebäude und starre es entgeistert an.

»Wir hätten vorglühen sollen«, stelle ich tonlos fest. Ich bin jetzt nicht gerade die Partymaus und in der aktuellen Situation ist mir auch nicht nach Feiern zumute. Aber irgendwie fühle ich mich nach Emelys Besuch im Krankenhaus dazu verpflichtet, auf ihrer Geburtstagsfeier zu erscheinen. Außerdem hatte mir Tim die ganze Zeit in den Ohren gelegen, dass er Emely heute näher kennenlernen wolle und er meine seelische Unterstützung braucht.

»Mach dich locker, Lil! Heute wird getanzt!« Zombi-Tim nimmt mich an den Händen und zieht mich zum Haus. Schon vor der Haustür werden wir von einigen unserer Klassenkameraden begrüßt.

Das komplette Haus wurde zur Partyzone erklärt. Wir drängen uns durch die Menschenmenge, die uns beinahe den Weg hinein versperrt. Die Luft ist zum Schneiden dick. Im Wohnzimmer, das im ersten Moment unerreichbar erscheint, dreht sich eine Diskokugel um ihre eigene Achse und verteilt im ganzen Zimmer kleine Lichtpunkte. Tim raunt mir etwas zu, aber ich verstehe ihn nicht. Die Musik ist lauter als er.

»Hey, Simon, hast du Emely irgendwo gesehen?«, rufe ich einem ihrer Freunde zu, der gerade versucht, sich an mir vorbeizudrücken.

Er deutet mit dem Daumen auf die Küche und verschwindet wortlos. Dort sehe ich Emely, die gerade zu uns herüberkommt. Sie torkelt so sehr, dass ich mich frage, ob sie mich schon dreifach sieht.

»Alles klar«, rufe ich. Nicht zu Emely. Es ist auch keine Frage. Es ist eher eine Feststellung.

Trotzdem antwortet sie mir. »Ja, alles prima. Bedient euch. Geiles Kostüm, Stitch!« Sie zieht ihr rotes Minikleid etwas weiter über ihre Oberschenkel, während ihre Augen unsicher an uns vorbeigleiten.

»Emely, zieh besser die Schuhe aus, sonst fällst du noch hin«, sagt Tim mit einem ernsthaft besorgten, überhaupt nicht zombimäßigen Blick. Emely betrachtet Tim zuerst verwirrt, dann kichert sie, bückt sich jedoch und löst die roten Schuhe von ihren Fersen. Während sie an uns vorbeischwankt, klammert sie sich an den Absätzen fest, als wären sie ein rettendes Geländer.

Kopfschüttelnd gehen wir zur Getränkebar in der Küche.

»Es ist gerade mal elf Uhr und ich habe das Gefühl, schon alles verpasst zu haben«, beklagt sich Tim. Er lässt seinen Blick über die Auswahl an Getränken schweifen.

»Ich auch.« Allerdings bin ich eigentlich ganz glücklich darüber.

»Wir haben einiges nachzuholen. O-Saft, Bitter Lemon oder Energy Drink?«

»O-Saft.«

Er gibt mir einen Becher, der bis zur Hälfte mit Orangensaft gefüllt ist. »Kein Alkohol für Minderjährige.«

»Du Idiot«, beschimpfe ich ihn und stelle den halb vollen Becher wieder vor ihm ab, woraufhin er ihn mir mit Wodka auffüllt.

»Auf Emely, die den Abend bestimmt nicht überleben wird, wenn sie so weitermacht.«

»Auf Emely.« Wir stoßen an. Ich setze den Plastikbecher an meine Lippen und trinke. Sofort setzt sich der Geschmack des Alkohols in meinem Hals fest. Ich verziehe das Gesicht. »Wie viel hast du da rein gekippt?«

»Zu viel O-Saft für deinen Geschmack? Das muss ich mir merken.«

Ich boxe ihm freundschaftlich gegen den Oberarm und fülle mir Orangensaft nach. »Schauen wir, wer alles da ist?«

»Gerne«, stimmt er mir zu.

Im Wohnzimmer tanzen einige Frauen. Unter ihnen ist auch

Eva, die gerade ihre langen, blonden Haare zurückwirft. Auf dem Sofa lümmeln einige Personen, die sich hauptsächlich damit beschäftigen, sinnlos Löcher in die Luft zu starren. Jemand knipst einige Lampen aus, sodass ein schummriges Licht entsteht. Die Tänzerinnen grölen und werfen ihre Arme über ihre Köpfe.

Immer mehr Leute drängen sich in den kleinen Raum.

»Hat Emely ihre Party online angekündigt?«, will Tim wissen. Dasselbe frage ich mich auch. Ich kenne kaum die Hälfte der Anwesenden.

»Okay, was ist unser Plan?«, frage ich ihn.

»Wir sind auf einer Party! Da braucht man keinen Plan.«

»Ich bin lieber in Kneipen, spiele Billard oder Tischkicker und unterhalte mich. In dieser Situation hier brauche ich sehr wohl einen Plan, sonst drehe ich durch. Ich habe keine Ahnung, wo ich als erstes hingehen soll.«

Tim bläht seine Wangen auf und seine Augen werden hinter seiner Brille groß und rund. »Trink deinen Becher leer! Wenn ich dich heute die ganze Nacht ertragen soll, muss ich dir noch was zum Trinken besorgen. Und während ich dir einen vollen Becher hole, gehst du Emely suchen.«

»Und wenn ich sie gefunden habe?«

»Dann sagst du mir, wo sie ist, damit ich sie in ein Gespräch verwickeln kann.«

Kein besonders vielversprechender Plan, doch immerhin ein Plan. Gehorsam leere ich meinen Becher und reiche ihn Tim.

Als ich mich umdrehe, um Emely zu suchen, wird mir schwindelig. Wirkt der Wodka schon? Oder ist das der Sauerstoffmangel, der mich wanken lässt? Ich beschließe, meine Suche im Garten zu beginnen – vielleicht geht es mir dann besser. Doch Emely ist weder im Garten noch im Erdgeschoss noch bei den Rauchern vor der Haustür. Erst als ich mich in das erste Stockwerk kämpfe, kann mir jemand sagen, wo sie ist.

Ich öffne die Tür zu ihrem Zimmer und bleibe wie angewurzelt stehen. Ich komme mir fehl am Platz vor, als Simon Emely mit seiner Hand an ihrem Hintern an sich heranzieht. Bevor ich sehen kann, wie sie sich gegenseitig die Zunge in den Hals stecken, schließe ich die Tür. Warum habe immer *ich* das Pech, anderen Leuten bei so etwas zusehen zu müssen?

Emely wäre also gefunden, wodurch sich nun die nächste Herausforderung ergibt: Wie bringe ich Tim möglichst schonend bei, dass Emely sich nicht für ihn interessiert? Indem ich im letzten Jahr immer mal wieder durchblicken ließ, dass Emely womöglich nicht die Richtige für ihn sein könnte, habe ich schon häufiger versucht, Tims Euphorie zu dämpfen. Ohne Erfolg. Eigentlich hatte ich gehofft, seine Schwärmerei lässt irgendwann nach, aber auch diese Hoffnung hatte ich inzwischen aufgegeben. Ich kann ihn aber auch nicht einfach bei Emely und Simon reinplatzen lassen.

Unsicher, was zu tun ist, kehre ich zu Tim zurück. Er hat mir noch keinen neuen Drink besorgt. Also nehme ich seinen und leere ihn, um die Bilder von Emely und Simon zu vergessen und mir ein paar Sekunden Zeit zu gönnen, in denen ich mir eine halbwahre Lüge zusammenzuschustere.

»Emely hat sich gerade etwas zurückgezogen. Ich kann sie später noch mal suchen«, erkläre ich Tim, der mich verdattert ansieht und immer noch die Luft an der Stelle festhält, an der sein Becher eben noch gewesen ist.

Schweigend holen wir uns neue Getränke und beobachten die Leute um uns herum. Da wird mir bewusst, nach wem ich eigentlich suche: Phil. Aber er ist nicht da. Ob noch nicht, oder ob er überhaupt kommt, weiß ich nicht. Aber ich will endlich darüber sprechen, dass ich ihm im Traum begegnet bin. Gedankenverloren nippe ich an meinem Becher.

»Hey, ihr beiden. Spielt ihr mit Ich-hab-noch-nie?«, schreit uns eine unserer Mitschülerinnen über die Köpfe hinweg zu und winkt uns zu sich. Tim und ich sehen uns an.

»Wollen wir?«, frage ich.

»Ich habe heute nichts mehr vor«, antwortet Tim schulterzuckend. Wir gehen in die Küche, füllen unsere Getränke nach und setzten uns zu einigen anderen Leuten auf den Küchenboden.

Ich spiele eine halbe Stunde mit, doch ich muss einmal mehr feststellen, dass mir dieses Trinkspiel keinen besonders großen Spaß macht. Stattdessen frage ich mich, ob ich an meinem Leben dringend etwas ändern sollte. Aber eigentlich gefällt mir mein Leben – mal abgesehen von dieser gruseligen Organisation, die Dreamer entführt. Weshalb soll ich mich ändern, nur damit ich in einem Trinkspiel mehr Alkohol konsumieren kann?

Grüblerisch steige ich aus und trinke in den nächsten fünf Minuten mehr als in der halben Stunde zuvor.

Ich zucke zusammen, als plötzlich jemand den Arm um mich legt. »Gefällt es dir, Lilo?«

Es ist Emely. »Du lallst ja ganz schön«, stelle ich fest.

»Du hörst nur doppelt«, widerspricht sie.

»Hast du dir deine Party so vorgestellt?«

Sie grinst. »Ja, genau so. Das ist die größte Geburtstagsparty meines Lebens. Hast du Lust zu tanzen?«

»Nein, ich tanze nicht«, antworte ich, doch da zieht mich Emely auch schon auf die Tanzfläche. Sie nimmt mich an den Händen, schiebt mich nach links und rechts. Emely bewegt sich im Rhythmus der Musik – besser, als ich es jemals hätte tun können. Aber sie nimmt mich mit, lässt mich den Beat fühlen.

Kurz darauf bin ich tatsächlich mit der Menge verwachsen. Ich mache mir keine Sorgen mehr darum, ob mich jemand sehen könnte. Ich lasse ihre Hände los und finde meinen eigenen Stil, der ohne ihre Starthilfe niemals zustande gekommen wäre. Mir ist warm, aber ich kann nicht aufhören. Die Zeit vergeht, während ich einfach das Gefühl genieße, mich zu bewegen.

»Lilo tanzt? Wie hast du das hinbekommen?«, brüllt Tim. In seinen Augen leuchtet die Begeisterung, als er sich zu Emely hinunterbeugt, um ihre Antwort zu hören.

Ich verstehe nicht, was sie sagen, doch ich bemerke, wie es einige Male hin- und hergeht und dann lassen sie mich allein auf der Tanzfläche zurück.

Das ist gut, oder? Der Zweifel bringt mich ins Stocken, sodass ich panisch die Tanzfläche verlasse. Ich hole mir ein neues Getränk aus der Küche, als ich beinahe mit Phil zusammenstoße. Vollkommen perplex, ihn hier zu sehen, erstarre ich zu einer Salzsäule und bekomme keinen Ton raus. Natürlich hat ein kleiner Teil in mir gehofft, ihn hier zu treffen, aber eigentlich habe ich erwartet, dass er die ganzen Herbstferien in Hamburg verbringen würde. Ich fühle mich wie ein Magnet, dessen Gegenstück gerade in greifbare Nähe gerückt ist.

»Hi, Lilo!«, grüßt er mich, hebt kurz die Hand und ist mit zwei Schritten an mir vorbei.

Meine Beine bleiben unsicher stehen.

Hi, Lilo. Mehr sagt er nicht? Als wäre unser Treffen überhaupt nicht geschehen! Hatte ich nur einen Albtraum gehabt? Oder kennt er so viele Dreamer, dass unser Treffen überhaupt nichts Außergewöhnliches für ihn war?

Unschlüssig, wohin ich gehen soll, setze ich mich im Garten auf eine niedrige Mauer. Zu spät fällt mir auf, dass ich von hier aus einen wunderbaren Blick auf das Sofa habe, auf dem Phil gerade übertrieben lange mit Eva rumknutscht.

Meine Hand führt automatisch den Becher an meinen Mund, während mir Tränen in die Augen steigen. Meine Stimmung begeht gerade Selbstmord: Sie springt von dem Dach eines Hauses mit dreißig Stockwerken in die Tiefe.

Dann war das letztens also nicht nur ein One-Night-Stand oder ähnliches. Diese Erkenntnis ist in einem betrunkenen Zustand noch viel schlechter zu verdauen.

Die Welt um mich herum dreht sich. Dieses Mal liegt es ganz sicher nicht an der verbrauchten Luft, sondern an zwei unleugbaren Wahrheiten: Ich habe in kurzer Zeit zu viel getrunken und ich will einfach nicht wahrhaben, dass Phil absolut nichts für mich empfindet. Oder empfindet er eventuell für uns beide etwas? Für Eva *und* mich? Obwohl wir so unterschiedlich sind?

Doch selbst wenn das so wäre, würde ich ihn nicht mit ihr teilen wollen! Ich hatte meine Chance und habe den Kürzeren gezogen. Trotzdem will ich noch einmal mit ihm über die Dreamer reden. »Eine letzte Sache, die uns womöglich tiefer verbindet, als ihm recht ist«, denke ich bitter.

Ich suche nach Tim und finde ihn vor der Haustür bei den Rauchern. Emely zieht an einer E-Zigarette und verschluckt sich am Qualm, als sie über einen von Tims Witzen lacht. Beide leben noch und sie verstehen sich prächtig – kein Grund also, dazwischen zu platzen.

Stattdessen hänge ich mich an Phils Fersen, um einen geeigneten Moment abzupassen, in dem er allein ist. Doch ich stelle schnell fest, dass das ein Ding der Unmöglichkeit ist. Phil ist gefühlt mit allen hier befreundet. Sobald er Eva loslässt, nehmen ihn andere Leute in Beschlag, bevor Eva ihn wieder bestimmt zu sich heranzieht. Wenn es weibliche Freunde sind, ist sie umso vehementer. Keine Chance also, ihn heute irgendwie an die Strippe zu bekommen.

Deprimiert fülle ich mein Getränk nach, sehe nach Tim, der immer noch mit Emely quatscht und ziehe mich dann in Emelys Zimmer zurück, das glücklicherweise leer ist. Sobald ich die Tür hinter mir zuziehe, bricht die Ruhe wie eine schwere, hohe Welle über mir zusammen. Erleichtert atme ich aus und blicke mich um.

Das Zimmer ist nicht besonders groß und die Möbel nehmen den meisten Raum ein, doch dann sehe ich eine kleine Lücke zwischen Wand und Schrank. Ich zwänge mich hinein, als bräuchte ich die Enge, um noch einen Halt in meinem Leben zu haben. Mein Kopf sinkt gegen die Mauer und meine Gedanken sind so unruhig wie die schwankende Welt um mich herum. Aber wenn ich die Augen schließe, dreht sich mein Magen, also versuche ich, sie offenzuhalten.

Eigentlich will ich nach Hause. Aber wenn ich Tim jetzt Bescheid gebe, wird er mich definitiv begleiten wollen und dafür sogar sein Gespräch mit Emely beenden. Das will ich nicht verantworten.

Die Tür wird aufgerissen. Vor Schreck spüre ich, wie ich unsichtbar werde. Das kurze Kribbeln fährt mir in alle Glieder, bevor sich die Übelkeit mit dem Alkoholkonsum vermischt und mir den Magen umrührt. Die Tür fällt ins Schloss und dann höre ich, wie der Schlüssel umgedreht wird. Shit! Ich komme so nicht einmal ins Badezimmer! Während ich mich darauf konzentriere, mich nicht zu übergeben, werden die Lampen angeknipst. Geblendet von dem Licht, presse ich meine Lider aufeinander und blinzele vorsichtig.

Phil steht vor dem Bett. Er lacht nicht. Er lächelt noch nicht einmal, wie er es sonst so oft tut. Viel zu ernst blickt er auf sein Handy hinab, tippt darauf herum und hebt es dann ans Ohr.

»Lilo, jetzt nicht kotzen!«, beschwört mich meine innere Stimme in Dauerschleife.

»Was willst du, Lisa? Kannst du endlich aufhören, mir alle fünfzehn Minuten eine Nachricht zu schicken? Geht die Welt unter oder hast du gerade eine Panikattacke? Reiß dich zusammen!«, blafft er wütend. Seine Stimme ist eiskalt und hart. So habe ich ihn noch nie reden hören.

Er atmet tief durch und das Zittern in seiner Stimme verrät, wie zornig er ist. »Ja, ich habe was getrunken! Ich bin auf einer Party, nicht auf einer Veranstaltung der Anonymen Alkoholiker.«

Phil seufzt, als koste es ihn alle Kraft, nicht zu brüllen. »Ich bleibe so lange hier, wie es sich eben ergibt. Ich habe alles im Griff!« Damit legt er auf und pfeffert sein Handy auf das Bett, bevor er sich daneben setzt und sein Gesicht in seinen Händen vergräbt.

Lisa sorgt sich um Phil? Fragt, ob er etwas getrunken hat? Und er behauptet, er hätte alles im Griff, obwohl er gerade sein Handy mit voller Wucht in die Kissen geschmettert hat?

Ich schwanke zwischen unsichtbar bleiben, so tun, als hätte ich nichts gehört, und sichtbar werden, um die Möglichkeit nutzen zu können, mit ihm zu reden. Ich entscheide mich für letzteres, auch wenn ich dafür wieder mit der Übelkeit kämpfen muss. Ich schaffe es, bevor Phil aufstehen und weggehen kann.

»Sieht jetzt nicht unbedingt so aus, als hättest du alles im Griff«, flüstere ich, während ich den letzten Schluck aus meinem Becher nehme.

Phil zuckt so heftig zusammen, dass ich Angst habe, ein Herzinfarkt könnte folgen. Augenblicklich wird sein Gesicht kalkweiß.

»Lilo, wie kommst du hier rein?«

»Ich war die ganze Zeit hier. Du hast mich nur nicht bemerkt.«

Er blickt unschlüssig zu mir. »Soll ich dich allein lassen?«

»Ja, geh mir aus dem Weg, bevor ich auf die blöde Idee komme, dich nach deinem Dreamer-Leben auszufragen«, schlage ich sarkastisch vor.

Phil schüttelt den Kopf, greift nach seinem Handy, dreht es unschlüssig in seinen Händen, bevor er es wie etwas Nerviges von sich schiebt. »Wir sollten nicht darüber reden.«

»Wieso nicht? Wir sind doch allein und uns wird niemand stören – dafür hast du ja gesorgt.«

»Was willst du von mir, Lilo?«, fragt er mich geradeheraus.

Ich zögere, weil ich mir selbst nicht so sicher bin.

»Warum warst du dort? Direkt vor meiner Traumwelt?« Seine Stimme ist immer noch hart. Als würde er in eine Verhandlung einsteigen, dabei weiß ich nicht einmal, worüber er mit mir verhandeln will.

»Ich … bin einem Mann gefolgt.« Das ist zumindest keine Lüge. Wird er die Halbwahrheit schlucken? Immerhin war ich ja auf dem Weg zu ihm, als ich den Mann entdeckte.

»Fabian?«

»Keine Ahnung, wie er heißt. Er war aber der erste Dreamer, den ich selbst entdeckt habe, und das hat meine Neugierde geweckt. Ich bin ihm gefolgt und dann habe ich dich gesehen.«

»Okay … Das bringt mich wieder zu meiner ersten Frage: Was willst du jetzt konkret von mir? Soll ich dir noch einmal bestätigen, dass ich ein Dreamer bin? Willst du es schriftlich haben?« Die letzte Spur Überraschung ist nun aus seiner Stimme verschwunden, sodass sie genauso kalt wirkt wie zuvor am Telefon.

»Nein, ich …« Ich kneife meine Augen zusammen. »Warum verhältst du dich mir gegenüber auf einmal so komplett anders?«

Er kaut mit finsterer Miene auf seiner Unterlippe herum, als mir plötzlich ein Licht aufgeht. Es fühlt sich wie ein Flutlicht an, das mich blendet. »Du weißt von den Entführungen der Dreamer. Deshalb bist du gerade so misstrauisch!«

Phil zuckt nicht einmal mit der Wimper. Ich stelle meinen

Becher zur Seite und krieche aus meiner Ecke, bis ich ihm gegenübersitze. »Was weißt du alles?«

Er schüttelt den Kopf und stützt seine Ellenbogen auf die Knie. »Nichts, Lilo. Ich weiß nichts.«

»Du lügst mich an!«, stelle ich fest.

»Was willst du hören? Dass ich vor über vier Jahren von meiner Familie weggelaufen bin, jemanden finden musste, der mir einen falschen Pass besorgt, und ich seither auf der Flucht vor den Leuten bin, die mich entführen wollen? Ist es das, was du hören willst?« Seine wütenden, türkisblauen Augen tanzen durch mein Sichtfeld.

»Shit …«, murmele ich.

»Jede Person, die weiß, dass ich ein Dreamer bin, ist eine Person zu viel, Lilo.« Seine Stimme ist leise und brüchig. »Aber genau dasselbe gilt auch anders herum. Du bist nicht nur eine Gefahr für mich, sondern ich bin genauso ein Risiko für dich.«

»Was meinst du damit?«

»Mich hat wahrscheinlich ein alter Freund verraten und ich weiß nicht, wie viele Namen ich weitergeben werde, wenn sie es drauf ankommen lassen.«

»Du meinst, sie foltern die Leute?«

»Bestimmt! Es wird ja nicht das Paradies auf Erden sein, dass die Dreamer dazu bringt, nie wieder aufzutauchen und weitere Dreamer zu verraten.«

»Meinst du nicht, wir sollten uns zusammenschließen, um gegen diese Organisation zu kämpfen?«

Ungläubig zieht er eine Augenbraue hoch. »Wenn du unbewaffnet in den Lauf einer Pistole blickst, ergibst du dich oder du fliehst.«

»Dann müssen wir uns eben bewaffnen!«, antwortet eine Lilo, die weitaus mutiger ist, als ich sie kenne.

Er lacht skeptisch, dann traurig, bis es schließlich in ein Seufzen übergeht. »Lisa hat Recht. Ich sollte nach Hause gehen – und du auch. Diese Party ist der perfekte Moment, um jemanden zu entführen. Auf dieser Feier sind alle betrunken und es waren so viele Fremde da … Es würde niemandem auffallen, wenn an diesem Abend irgendjemand verschwindet. Keiner hat einen Überblick, wer wann kommt oder geht.« Phil steht auf und streckt sich.

»Ich muss noch hierbleiben«, widerspreche ich.

»Wieso?«

»Tim besteht darauf, dass ich nicht allein nach Hause gehe. Er ist aber bestimmt noch am Flirten.«

»Hm«, macht er, »Willst du mit mir mitkommen?«

Ich lache humorlos. »Ich glaube nicht, dass das deiner Freundin gefallen würde.«

»Eva? Die ist nicht meine Freundin.«

»Wow!«, sage ich nur. »Sie hängt wie ein Parasit in aller Öffentlichkeit an dir und du bezeichnest sie noch nicht einmal als deine Freundin? Ich habe das Gefühl, ihr habt einiges zu klären.«

»Ich habe dir gesagt, dass ich aus Prinzip niemanden date!«, wehrt er sich.

»Mir schon. Aber weiß sie das auch?«, frage ich und blicke ihn – immer noch am Boden sitzend – herausfordernd an.

»Was geht dich das überhaupt an?«, faucht er.

Offensichtlich war hier eine unsichtbare Grenze, die ich nicht nur überschritten, sondern übersprungen habe. »Sorry!«, sage ich und hebe meine Hände in die Luft.

Genervt schüttelt er den Kopf, sieht mich danach aber wieder fest an. »Kommst du mit oder bleibst du hier?«

»Ich befürchte, ich habe zu viel getrunken, um noch geradeaus laufen zu können«, gebe ich zu.

Er grinst schief und hält mir seine Hand entgegen. »Dann können wir uns ja gegenseitig halten.«

»Na schön.« Ich ergreife sie und er zieht mich auf die Beine. Als ich ihm näherkomme, rieche ich die Spur Salbei, die ihn umgibt.

»Wieso riechst du eigentlich nach Salbei?«, frage ich spontan.

»Liegt vielleicht an meiner Gesichtscreme«, antwortet er achselzuckend. »Hast du eine Jacke dabei?«

Ich schüttele den Kopf. »Dieses Zebrakostüm ist dick genug für stundenlange Faschingsveranstaltungen im Freien.«

Wir gehen nach unten und Phil lotst mich durch das immer noch volle Wohnzimmer, über den Garten nach draußen. Ich bleibe kurz stehen, um Tim zu schreiben, dass ich mit Phil nach Hause gehe. Als ich aufsehe, betrachtet er mich mit einem nachdenklichen Blick. Er kaut wieder auf seiner Unterlippe herum. Er sieht so unglaublich niedlich dabei aus, wenn er über etwas nachgrübelt – ich wüsste nur gerne, was ihm gerade den Kopf zerbricht.

»Können wir?«, fragt er, während er seine Hände in seinen Jackentaschen vergräbt.

»Japp, Tim weiß Bescheid.«

Er nickt und wir laufen schweigend los.

Nach einigen Metern wird mir bewusst, dass er sich überhaupt nicht von Eva verabschiedet hat, was mein Herz wieder in einen Ausnahmezustand versetzt. Dennoch kratzt eine leise Stimme an meinem betrunkenen Bewusstsein, dass er sich ihr gegenüber richtig scheiße verhält. Würde er das mit mir machen, wäre ich zutiefst verletzt.

»Wie hast du rausgefunden, dass jemand hinter dir her ist – und das, weil du ein Dreamer bist«, frage ich ihn.

Er schweigt immer noch.

»Bitte, rede mit mir!«, bettele ich und stelle mich direkt vor ihn, damit er anhalten muss. Doch er greift mich nur an den Schultern und dreht mich wieder in Laufrichtung.

»Ich werde auf keinen Fall in einem betrunkenen Zustand mit dir darüber reden.«

»Ich habe nicht das Gefühl, dass du so viel getrunken hast, wie du behauptest.«

»Und ich habe das Gefühl, dass du nicht genug getrunken hast, um morgen alles vergessen zu haben.«

»Dann ist Lisa gar nicht deine leibliche Schwester?«, hake ich dennoch nach.

»Nein.«

»Wie habt ihr zueinandergefunden? In der Traumwelt?«

»Lilo, bitte! Zwing mich nicht, dich zu belügen.«

»Hast du doch schon mal getan«, entgegne ich und drehe mich wieder zu ihm um, während ich rückwärts weiterlaufe – gar nicht so leicht mit so viel Gift im Blut. Da mir sofort schlecht wird, wende ich mich wieder von ihm ab.

Sein Schweigen kriecht langsam zu mir herüber, versucht mich unangenehm zu berühren und mich zu umhüllen. Doch die betrunkene Lilo lässt nicht so schnell locker – und irgendwie bin ich stolz auf sie. »Ist ganz schön gefährlich mit Lisas Kunst, oder? Sie hat bestimmt einen Stil, der sich leicht wiedererkennen lässt. Und wahrscheinlich ist ihre Adresse auch recht einfach im Internet zu finden«, plappere ich weiter, um der Stille zu entgehen, die mich wie Nebel einzukesseln versucht.

»Deswegen ziehen wir ja jedes Jahr um«, antwortet Phil. »Lilo, bitte! Ich will nicht drüber reden!«

»Ich schweige erst, wenn ich alles weiß.«

»Du tust so, als wäre es ein großes Abenteuer. Aber du hast keine Ahnung, was das alles bedeutet!«, wirft er mir vor und bleibt abrupt stehen.

»Ich weiß, was es bedeutet!« Ich stelle mich ihm direkt gegenüber. »Menschen werden entführt und ihnen wird der Schlaf entzogen.«

Er schnaubt verächtlich. »Du bist bei deiner Familie, gehst ganz normal zur Schule, hast ein verdammt glückliches Leben! Ich habe meine Familie seit über vier Jahren nicht mehr gesehen. Ich vermisse sie schrecklich, kann aber nicht zurück, weil sie sonst auf meine Spur kommen. Ich kann niemanden vertrauen. Selbst Lisa kann mir gefährlich werden. Ich … verdammt … die Deko, die du mir gebastelt hast, war das erste Geschenk, das ich seit fast fünf Jahren von irgendjemanden bekommen habe! Das tut so verflucht weh und ich will das alles nicht spüren, Lilo! Du reißt die ganzen Wunden auf, die nur mühevoll verheilt sind.« Sein Atem liegt heiß auf meinem Gesicht, als er mich anbrüllt. Im schwachen Licht der Straßenlaternen sehe ich Tränen in seinen Augen glitzern.

Sofort fühle ich mich wie der empathieloseste Mensch auf diesem Planeten. Natürlich hat er recht – dabei wollte ich einfach mehr darüber herausfinden, was mit Doc passiert sein könnte oder wie viele Dreamer es gibt, die auf der Flucht sind. Wie sie es schaffen, unentdeckt zu bleiben und wer sie unterstützt. Jürgen ist es wohl kaum, sonst hätte er uns wahrscheinlich davon erzählt …

»Entschuldige, Phil.« Ungefragt gehe ich auf ihn zu und umarme seinen zitternden Körper. Sein Herz klopft viel zu schnell gegen meine Wange. Als würde er kämpfen. Gegen sich selbst?

Ich genieße seine Nähe, seine Wärme, klammere mich an ihm fest, bevor er mich wieder von sich wegstößt. Am liebsten würde ich für immer so dastehen. »Du bist nicht allein – auch, wenn es sich so anfühlt.«

Ich schaue zu ihm auf und er nimmt mein Gesicht in seine

Hände. Ganz sanft, als würde er etwas Wertvolles anheben, das er eigentlich nicht einmal berühren darf. Seine Augen schweifen von meinen Augen zu meinen Lippen – so wie das letzte Mal, als wir uns so nahe waren. Sein Blick fährt mir unter die Haut, erzeugt ein angenehmes Kribbeln, das sonst immer ankündigt, dass ich unsichtbar werde. Doch die Übelkeit bleibt aus. Stattdessen zittere ich vor Aufregung.

Als ich mich näher zu ihm lehne, versteift sich sein Oberkörper und er schiebt mich von sich. Der Hauch eines Lächelns fliegt über seine Lippen. »Ich wünschte, es wäre wahr, Lilo. Aber aus Erfahrung kann ich dir sagen, dass wir am Ende alle allein dastehen.«

Enttäuscht folge ich dem leichten Druck seiner Hand auf meiner Schulter, lasse mich umdrehen und weiterschieben. Aber ich gebe noch nicht auf. »Was ist deine Gabe? Dass dich alle mögen?«

Phil lacht. »Nein.«

»Los sag schon!«, verlange ich locker, als hätte mir seine Zurückweisung nichts ausgemacht.

»Wenn du mir sagst, was deine ist«, fordert er.

Okay, das ist nur fair. »Ich kann mich unsichtbar machen.«

»Cool! Was hast du schon alles mitgehen lassen?«

Entrüstet sehe ich ihn an. »Noch gar nichts!«

»Warum nicht? Ist doch perfekt. Du kannst alles stehlen und wirst nie erwischt.«

Womöglich ist das in seiner Situation wirklich eine ziemlich nützliche Gabe, aber dennoch bleibt eine Schwierigkeit: »Wenn ich unsichtbar in einen Laden gehe, schwebt mein Diebesgut durch die Luft. Ich müsste mich sichtbar und mit der Sache wieder unsichtbar machen. Das ist schon ganz schön riskant. Außerdem wäre das falsch!«

»Ah. Ich vergaß, dass du dich ja peinlich genau an alle Regeln hältst …«, sagt er und grinst mich herausfordernd an. »Aber jetzt mal ehrlich: Du bist noch nicht einmal unsichtbar in ein Konzert oder ins Kino geschlichen?«

Meine Wangen werden augenblicklich knallrot. »Ich habe mal darüber nachgedacht«, gebe ich zu. »Aber lenk jetzt nicht ab: Was ist deine Gabe?«

Für einige Schritte schweigt er, sodass ich schon befürchte, er würde sich nicht an die – zugegeben recht lose – Vereinbarung halten. Doch dann kickt er einen Stein aus dem Weg. »Ich bemerke sofort, wenn jemand lügt. Ich weiß, es ist nicht so spektakulär, aber doch recht hilfreich. Und die Menschen lügen ziemlich viel. Es liegt dann an mir zu entscheiden, wie ich die Lügen für mich verwende.«

Ich war stehen geblieben und sehe ihn alarmiert an. So langsam habe ich das Gefühl, dass die Wirkung des Alkohols nachlässt – zumindest sehe ich klarer. Meine Gedanken sind allerdings nicht in der Lage, sich zu festigen. Angestrengt versuche ich, mich an jedes Gespräch zu erinnern, das wir jemals geführt haben. »Habe ich dich oft angelogen?«, frage ich tonlos. Ich kann nicht gut lügen, weswegen ich es nur sehr selten tue – aber ich kann nicht ausschließen, dass ich einmal eine Notlüge gebraucht habe. Wie schrecklich! Da lügt man, um jemanden nicht zu verletzen und dann weiß derjenige, dass es gelogen ist.

Doch Phil schüttelt den Kopf und seine Grübchen zeigen sich. Ist es liebevoll? Ist er belustigt? »Nein, das wäre für dich doch undenkbar. Deine übertriebene Moral steht dir da wohl auch ein bisschen im Weg.«

Da ist wahrscheinlich etwas Wahres dran … »Macht es dich zu einem ehrlicheren Menschen?«

»Ich dachte, du hättest gerade verstanden, dass alles, was ich dir über mich erzählt habe, gelogen war.« Er läuft neben mir, den Blick geradeaus, die Hände in den Taschen.

Wir biegen in unsere Straße ein. Ich mustere ihn im kalten Licht der Straßenlaternen. »Irgendetwas muss doch wahr gewesen sein!«, beharre ich, aber er schweigt. »Bist du wenigstens du selbst gewesen, während wir uns unterhalten haben?«

Sein Auge zuckt, danach sein Mundwinkel, sodass sein Grübchen kurz einen tiefen Schatten wirft. »Ich weiß nicht einmal mehr, wer ich bin. Irgendwo habe ich mich verloren und funktioniere einfach nur noch.«

»Das klingt, als würdest du dringend einen Ausweg brauchen.«

Er dreht seinen Kopf weg, als würde er gerade alle Hoffnungen aufgeben, mich belehren zu können. »Schaffst du es allein die Treppen hoch?«, fragt er.

»Natürlich«, flüstere ich und krame in meiner Handtasche nach dem Schlüssel. Ich finde ihn, doch er fällt mir aus der Hand. Als ich ihn wieder aufhebe, versuche ich, das Schlüsselloch zu treffen.

»War ja klar«, murmelt Phil und nimmt mir den Schlüssel ab. Wir lassen das Licht ausgeschaltet, doch die Nacht ist hell genug, um uns den Weg zu leuchten. Die Treppenstufen sind heute irgendwie höher als sonst, sodass es mir schwerfällt, sie zu erklimmen. Phil stützt mich, sodass mir sein dezenter Salbeiduft in die Nase steigt. Ein Duft, den ich womöglich nie wieder so intensiv einatmen werde. Bei der Erkenntnis beginnen meine Augen zu brennen.

»Ich hab echt gedacht, du würdest mich mögen«, rutscht es mir heraus.

Ich spüre, wie er kurz zögert. »Ich mag dich, Lilo.«

»Aber es fühlt sich wie eine Lüge an. Du willst meine Hilfe nicht, willst mir nicht einmal nahe sein. Schläfst mit einer Person, die nichts anderes zu tun hat, als dir zu beweisen, wie langweilig ich bin und …« Meine Worte verlieren sich, als ich zu Phil hinüberblicke.

Er grinst breiter, als ich es je bei ihm gesehen habe.

»Was?«, frage ich und lehne mich mit dem Rücken gegen die Wand neben unserer Wohnungstür.

»Es klingt, als wärst du eifersüchtig, Lilo Huth.«

»Hm, genau«, murmle ich, obwohl jede Faser meines Körpers »Ja!«, brüllt. »Ich will dich nicht gehen lassen«, setze ich etwas ehrlicher hinzu.

Er seufzt und schließt die Tür auf. »Lilo, es ist sicherer, wir halten uns voneinander fern. Geh rein und leg dich schlafen!«, fordert er mich auf, doch ich ergreife seine Hand.

»Ich werde dich nach dem heutigen Abend nie wieder so nah bei mir haben, richtig?«

Im dämmrigen Licht der Straßenlaternen, das durch das Fenster fällt, sehe ich ihn nicken. Ich gehe einen Schritt auf ihn zu, ziehe seinen Kopf zu mir herunter und küsse ihn.

Er lässt es geschehen. Nicht nur das. Sanft und vorsichtig zieht er mich zu sich heran und seine Hand gräbt sich in meine Haare. Ich spüre, wie ein Verlangen in mir brennt, das mir befiehlt, ihn nie wieder loszulassen. Ich fühle ihn an jeder Stelle meines Körpers. Das ist es, was ich mir die ganze Zeit gewünscht habe: Ihn.

Er stöhnt leise und ich muss triumphierend grinsen. Er will einen Schritt zurückgehen, aber ich halte ihn fest.

»Bitte, Lilo«, flüstert er. »Das ist nicht gut. Überhaupt nicht.«

Es fühlt sich aber verdammt gut an. Nur schwerfällig öffne ich die Augen.

Er sieht mich an. Mit einem Blick, der mir sagt, dass er mich am liebsten nie wieder allein lassen würde. Und trotzdem lässt er mich los. »Du solltest gehen.«

Ich nicke, obwohl ich nicht will. Ich drehe mich um, obwohl ich nicht will. Und ich verlasse ihn, obwohl ich nicht will.

17. Kapitel

Alles gut, Lilo? Bist du zu Hause? Phil ist da und knutscht die ganze Zeit mit Eva rum.

Hey, Lilo! Antworte mir! Mache mir wirklich Gedanken!

Hab gerade mit Phil geredet. Er hatte wohl sein Handy vergessen und kam zurück, um es zu holen. Eva fand's übrigens nicht so geil, dass er dich heimgebracht hat.

Nachdem Phil mich nach Hause gebracht hat, ist er wirklich wieder zurückgegangen und hat seelenruhig weiter mit Eva rumgeknutscht? Ich fühle immer noch seine Lippen auf meinen, das Kribbeln auf ihnen und das Verlangen in meinem Bauch, während er seiner Nicht-Freundin wieder die Zunge in den Hals steckt.

Was für ein Arschgesicht! Wie kann er nur so abgebrüht sein? Klar hat er gesagt, dass er mich am liebsten nie mehr wiedersehen will. Aber ich habe auch gemerkt, dass er hart mit sich kämpfen musste, um sich von unserem Kuss loszureißen. Kann es wirklich dasselbe Gefühl sein, wenn er Eva küsst?

Ich versuche, mich mit allem Möglichen abzulenken: Seifen herstellen, Schrank ausräumen, Projektarbeit schreiben und sogar backen. Überraschend früh am Abend höre ich Mums Pumps im Hausflur klappern. Als sie die Muffins riecht, verschränkt sie herausfordernd ihre Arme. »Das letzte Mal, als du dich getraut hast, den Ofen für etwas anderes als Pizza anzuschmeißen, hat etwas nicht gestimmt. Was ist los, Lilo? Du bist gestern schon so kraftlos durch die Wohnung getigert. Willst du drüber reden?«

»Nein«, antworte ich und drehe ihr den Rücken zu.

Unerwarteter Weise umarmt sie mich von hinten und drückt mir einen Kuss auf die Schläfe. »Maus, wenn du willst, hole ich uns eine Packung Walnusseis aus dem nächsten Supermarkt und du kannst mir auf der Couch von deinem Liebeskummer erzählen.«

»Woher weißt du …«, beginne ich mit hochrotem Kopf, doch sie unterbricht mich.

»Ich kenne dich schon dein ganzes Leben lang und ich war auch mal jung. Außerdem fühlt sich Liebeskummer in meinem Alter immer noch genauso schrecklich an«, versichert sie mir. »Also Eiscreme?«

»Das ist nicht gerade energieeffizient«, widerspreche ich matt.

Mum verdreht die Augen. »Dann eben Kekse – da haben wir auch noch welche da.«

Fünf Minuten später sitzen wir auf der Couch. Ich bin in eine Decke eingehüllt und knabbere Kekse. Mum hält einen Tee in der Hand und betrachtet mich liebevoll. »Es tut mir leid, Maus«, sagt sie schließlich. »Ich wünschte, ich könnte dir den Schmerz abnehmen, leider gehört das aber dazu.«

Ich runzle die Stirn. »Das tröstet mich nicht wirklich, Mum.«

Sie lächelt schwach. »Darf ich dich etwas fragen, Lilo?«

»Wenn ich nicht antworten muss«, entgegne ich ihr.

»Wodurch hast du gemerkt, dass er oder sie kein Interesse an dir hat?«

»Er. Und er hat kein Bock auf Beziehungen.« Dass er ein Dreamer ist, lasse ich unter den Tisch fallen. Phil hat recht. Je weniger davon wissen, desto besser.

Mum schweigt, klopft aber mit ihrem Finger ungeduldig auf

die Rückenlehne. Das macht sie immer dann, wenn sie sich nicht sicher ist, ob sie etwas sagen sollte oder nicht.

Ich kneife misstrauisch die Augen zusammen. »Was ist los?«

Sie seufzt, dreht sich weg und nestelt an den Ärmeln ihrer Bluse herum.

»Ich verkrafte es schon!«, fordere ich sie weiter auf.

»Weißt du, Lilo, du bist ein unglaublich mutiger Mensch. Du weißt, was du willst und setzt das für dich auch um.«

»Aber?«, hake ich skeptisch nach.

»Aber du stoppst immer dann, wenn deine Visionen außerhalb deiner Komfortzone liegen. Zum Beispiel deine Projektarbeit: Du hast wundervolle Ideen, das Ziel, deine Schule klimaneutral umzugestalten. Doch ein Gespräch mit der Rektorin lässt dich zurückschrecken, obwohl es dich deinem Ziel näherbringen würde.«

»Wenn es sie interessiert, wird sie sich meine Projektarbeit schon holen«, entgegne ich ihr.

Mums Mundwinkel zucken. »Nein, Lilo. Wenn du sie nicht darauf hinweist, wird sie deine Arbeit nicht einmal bemerken. Sie hat keine Zeit, alle Projektarbeiten zu lesen. Wenn du deine Ziele erreichen willst, reicht es nicht, darauf zu vertrauen, dass andere von selbst auf dich zukommen. Wenn du nachhaltig leben willst, dann tu das. Aber wenn du willst, dass die Schule klimaneutral wird, musst du darum kämpfen. Das wird nicht einfach so passieren, nur weil du dir das wünschst.«

Beleidigt verschränke ich die Arme. Natürlich hat sie recht. Das weiß ich ja selbst, aber ich will nicht mit der Rektorin reden. Wer sagt denn, dass sie offen für meine Vorschläge ist? Vielleicht lässt sie mich einfach abblitzen. Oder schlimmer noch: Sie hält meine Ideen für dämlich! Als ich bemerke, dass Mum auf eine Antwort hofft, hole ich tief Luft. »Was hat das mit meinem Liebeskummer zu tun?«

»Weiß er denn überhaupt, dass du etwas für ihn empfindest?«

Wenn ich an unseren Kuss im Treppenhaus zurückdenke, durchfährt mich ein angenehmes Ziehen. Ich spüre das Kribbeln sofort wieder, aber leider auch den Schmerz des Verlustes eine Handbreit weiter oben. »Nein, Mum, ich bin mir absolut sicher, dass ihm klar ist, was ich für ihn empfinde. Und dass es nichts daran ändert, dass er mit jemand anderen rumvögelt.« Ich stehe auf und lege die Decke zurück auf das Sofa. »Ich schlafe heute bei Tim. Danke für deine Zeit, Mum!« Bevor Mum mir noch irgendeinen absolut nicht hilfreichen Tipp geben kann, stürme ich aus dem Wohnzimmer und packe meine Tasche.

***

Martha öffnet mir die Tür. Genau wie ihr Sohn trägt auch sie meistens ein ansteckendes Lächeln im Gesicht, das ich gerade so sehr brauche. Es hilft mir mehr als Mums gut gemeinte Ratschläge.

»Guapa, wie schön dich zu sehen!«

»Hi Martha! Alles gut bei dir?«

»Sí, alles gut. Möchtest du etwas essen oder trinken?«

»Hunger habe ich keinen und den Rest hole ich mir selbst. Danke, Martha!« Ich drücke ihr dankbar einen Kuss auf die Wange, dann setzt sie sich auf das Sofa zurück und startet wieder ihre Krimiserie. Ich gehe in Tims Zimmer, wo mein Freund vor dem Computer sitzt und sich ein Video ansieht. Ich stelle meine Tasche ab und hole seine Isomatte und seinen Schlafsack aus dem Schrank. Tim ignoriert meine Anwesenheit vollkommen, bis das Video endet – erst dann scheint er mich offensichtlich zu bemerken.

»Hi, Lil«, ruft er mir über die Schulter hinweg zu und klickt das nächste Video an.

»Was machst du da?«

»Ich sehe mir Videos über Hormonwirkungen an. Viele Leute können das echt besser erklären als unser Biolehrer.«

»Jetzt, da Doc nicht mehr da ist, hast du ernsthafte Probleme mit Bio, was?«

Tim nickt so missmutig, als stünde sein Schulabschluss auf dem Spiel. Auch wenn er mich davor gewarnt hat, dass er heute den ganzen Tag lernen würde, habe ich gehofft, hier ein wenig Ablenkung zu finden. Außerdem will ich alles über das Gespräch zwischen ihm und Emely rausfinden, doch Tim blockt ab. »War echt nicht so eine große Sache, Lil. Zumindest nicht für sie.«

»Was meinst du damit?«, hake ich nach. »Als ich gegangen bin, hat doch noch alles ganz gut ausgesehen.

»Wir haben uns ewig unterhalten und nachdem ich mit Phil geklärt habe, wo du steckst, bin ich wieder zu ihr, doch da hat sie schon mit Simon rumgeknutscht«, antwortet er verbittert.

Dann war es wohl keine einmalige Situation, die ich auf der Feier miterleben durfte. »Das tut mir leid für dich.«

Er zuckt mit den Schultern, als wäre nichts passiert, doch ich weiß es besser. Er spricht nicht gerne über Probleme – ich sollte ihn also nicht dazu drängen, mir mehr zu erzählen.

»Passt es dir, wenn ich weiterlerne?«

»Klar, dann nutze ich deine Energie, um selbst was auf die Kette zu kriegen.«

Tim zieht sich seinen Kopfhörer auf, damit ich in Ruhe etwas anderes machen kann. Ich hole das Chemiebuch aus meiner Tasche und fange an, mich ebenfalls auf meine erste Klausur vorzubereiten.

Eine halbe Stunde später schnaubt Tim verächtlich. »Was ist?«, frage ich ihn.

»Hier ist eine Firma namens Somnissa, die Schlaf verkauft.«

»Wolltest du nicht etwas über Hormone herausfinden?«, stichele ich.

»Mache ich doch. Ich recherchiere gerade über das Hormon Melatonin.«

»Gut, dass ich noch nicht einmal das kenne«, sage ich trocken.

»Melatonin ist ein Hormon, das durch die Zirbeldrüse produziert wird. Es steuert den Schlaf-Wach-Rhythmus.«

Aha. Jetzt bin ich schlauer. »Und wie kommst du von dem Hormon Melanton-Dingsda zu dieser Firma?«

»Melatonin. Auf der Internetseite erklären sie, dass durch viele Dinge, wie zum Beispiel Stress oder elektronische Magnetfelder, die Ausschüttung des Hormons verhindert oder zumindest gestört wird. Sie bieten Schlaftherapien an. Angeblich sollen schon drei, vier Sitzungen ausreichen um – ich zitiere wörtlich – den Alltag entspannt und leichter meistern zu können. Außerdem berichten Kunden, dass sie nach der Therapie viel konzentrierter, aufmerksamer und erfolgreicher sind.«

»So etwas kaufen sich bestimmt auch nur reiche Leute, die Schlafen bis zum ersten Nervenzusammenbruch unterschätzt haben, oder?«

Tim zuckt mit den Schultern. »Vielleicht.«

Wir lernen bis um elf Uhr, dann schließt Tim die Fenster auf seinem Bildschirm und wir legen uns schlafen. Mir geht noch einmal Emelys Party durch den Kopf. Ich sehe wieder, wie Phil sein Handy auf das Bett pfeffert. Dann höre ich unsere Stimmen, seine Angst vor den Verfolgern, sein Herzklopfen und das leise Stöhnen, als ich ihn geküsst habe. Wie groß muss seine Angst sein, dass er es schafft, mich von ihm wegzuschieben? Habe ich die Möglichkeit, ihm zu helfen? Wenn ich Jürgen sage, dass Phil in Gefahr ist – ist er dann in der Lage, ihn zu schützen? Und viel wichtiger: Ist Jürgen in der Lage, mich zu schützen, falls Phil gefangen wird und mich verrät?

Diese Vorstellung jagt mir eine Gänsehaut über den Rücken.

»Tim?«, flüstere ich, weil ich mir nicht sicher bin, ob er bereits schläft.

»Ja?«

»Suchst du nach mir, falls ich entführt werden sollte?«, frage ich ihn mit geschlossenen Augen.

»Natürlich!«

»Auch wenn du dich dadurch in Gefahr bringst?«

Seine Hand tastet nach meinem Kopf und verstrubbelt meine Haare. »Ich kann doch meine kleine Schwester nicht im Stich lassen.«

***

Bis Montag habe ich mich dazu durchgerungen, trotz Phils Warnung und Bitte, ihm nicht näherzukommen, einen letzten Versuch zu starten. Vielleicht hat Mum recht, wenn sie sagt, ich müsse hartnäckiger werden, denn wenn ich ihn überzeuge, dass Jürgen ihm helfen kann, besteht zumindest eine kleine Hoffnung, dass er mich wieder in seine Nähe lässt.

Doch er ist nicht da. Phil ist weder im Oberstufenzimmer noch im Proberaum der Band noch in der Mensa. Allmählich steigt Panik in mir auf. Was ist, wenn er nie von Emelys Party zurückgekehrt ist? Hatte er nicht selbst gesagt, dass solche Partys gefährlich sind?

In den letzten Tagen war sein Zimmer wie ausgestorben. Ich hatte mir nichts dabei gedacht – immerhin muss er nicht 24/7 in seiner Bude hocken. Doch jetzt habe ich wirklich Angst, dass ihm etwas zugestoßen sein könnte. Ich bin sogar so verzweifelt, dass ich Eva frage, ob sie weiß, wo Phil ist.

»Ich wüsste nicht, was dich das angeht«, antwortet sie mir bissig. Also trotte ich davon und versuche am Abend, Lisa zu erreichen. Ich klingele, doch niemand meldet sich. Ist das gut oder schlecht? Sind sie vielleicht nur in Hamburg?

Es gibt keine Familie in Hamburg! Phil hat mir diese Lüge nur aufgetischt, um nichts über sein Fluchtleben erzählen zu müssen. Aber wohin ist er dann letztens verschwunden?

Soll ich jemandem von ihm und seinem Verschwinden erzählen? Nein! Ich sollte nicht überreagieren. Er schien zu wissen, was er tut. Und wenn ihm irgendjemand zu nahe gekommen ist, ist er vielleicht mit Lisa abgehauen.

Ich zwinge mich zur Ruhe, kehre nach Hause zurück, lasse aber immer wieder meinen Blick zur Wohnung auf der anderen Seite schweifen. Dabei fällt mir auf, dass sich im Wohnzimmer immer noch einige Umzugskisten stapeln. Hatten sie nur ihre beiden Zimmer eingerichtet – wohlwissend, dass sie auch diese in einem Jahr wieder verlassen würden? Wieso machten sie sich überhaupt die Mühe, für die kurze Zeit zu streichen?

Ich verliere mich in den Fragen und zwinge mich, mich wieder auf mein Schulzeug zu konzentrieren, was zusätzlich von einem erneuten Streit zwischen Christian und Sandra erschwert wird. Ich gehe spazieren und beschließe, Jürgen zu kontaktieren, wenn ich bis Mittwoch nichts von Phil und Lisa gehört oder gesehen habe.

***

Am Dienstag sehe ich Lisa in der Wohnung herumlaufen und aus dem Wohnzimmerfenster blicken. Sie steht lange dort, sodass ich mich ans Fenster schleiche und sie beobachte. Es sieht so aus, als würde sie in die Wohnung unter uns starren – zu Sandra und Christian. Ihr Gesicht wirkt dabei verbittert. Hat sie vielleicht wirklich was mit Christian? Wenn sie es jedoch wie Phil hält, war es wahrscheinlich – wenn überhaupt – nichts Ernstes.

Eine verbitterte Lisa könnte aber auch bedeuten, dass Phil womöglich tatsächlich in Schwierigkeiten steckt. Panisch rufe ich Tim an und erzähle ihm alles. »Was sollen wir denn jetzt tun,

Tim? Soll ich zu Lisa rübergehen und fragen, ob alles in Ordnung ist?«

»Bleib ruhig, Lilo! Wenn Lisa nicht wüsste, wo Phil ist, wäre sie auch schon längst weg. Sollte wirklich jemand geplant haben, Phil zu entführen, hat der sicher auch gewusst, wo Phil wohnt. Somit wäre auch Lisa in Gefahr. Sie ist aber noch da – also ist alles in Ordnung.«

Das beruhigt mich nun doch. »Sollen wir Jürgen den Kontakt geben?«

Am anderen Ende der Leitung atmet Tim lange aus. »Wenn Phil Hilfe will, dann ja. Ansonsten würde ich es aber nicht tun. Du kannst ihn nicht zwingen, etwas von sich preiszugeben.«

***

Am Donnerstag taucht Phil endlich wieder in der Schule auf. Zwar sieht er ziemlich mitgenommen und erschöpft aus, als wäre er eine Woche lang krank gewesen, doch immerhin ist er hier. Ich bin so erleichtert, dass ich in Tränen ausbreche. Schnell wische ich sie aus meinem Gesicht, bevor irgendjemand sie sehen kann.

Ich versuche, Phil in den nächsten Tagen anzusprechen, doch er geht mir unglaublich geschickt aus dem Weg. Außerdem habe ich das Gefühl, dass er über das Wochenende zu Eva gegangen ist, denn sein Zimmer bleibt verwaist.

Zähneknirschend beschließe ich, offensiver zu werden und ihn nach der Bandprobe am Dienstag abzupassen. Raus aus meiner Komfortzone! Also warte ich im Oberstufenzimmer auf ihn. Neben mir sind kaum mehr Menschen im Raum, doch Phil blickt sich überhaupt nicht um. Er starrt gedankenversunken auf sein Handy, während er wie automatisch seinen Spind aufschließt. Doch er räumt die Bücher nicht in seinen Rucksack, sondern blickt immer noch auf sein Telefon.

Vor Aufregung wird mir ganz warm. Einen kurzen Augenblick

überlege ich, ob ich Phil nicht doch in Ruhe lassen sollte, aber ich beiße die Zähne zusammen. Ich werde jetzt keinen Rückzieher machen! Also stehe ich auf und laufe zu ihm hinüber.

»Phil, können wir reden?«

Er zuckt zusammen. Vor Überraschung entgleiten ihm die Bücher und sein Gesicht wird blass. Gleichzeitig bücken wir uns, um die Bücher aufzuheben. »Was machst du hier, Lilo?«

»Ich habe auf dich gewartet, um noch einmal mit dir zu reden.«

Er zieht die Bücher zu sich heran, während er sein Handy seltsam fest umklammert. Seine Knöchel stechen weiß hervor, sodass ich befürchte, das Display müsse jeden Moment zerbrechen. »Was verstehst du nicht daran, dass ich keinen Kontakt mehr zu dir haben will?«

»Das habe ich verstanden, aber was ich dir vorletzte Woche gesagt habe, ist wahr, Phil. Du bist nicht allein. Es gibt eine Organisation namens OBeD, die das Verschwinden entführter Dreamer aufdecken will. Wenn du möchtest, kann ich dir und Lisa einen Kontakt vermitteln. Es ist auch ein Polizist dabei.«

Phil schüttelt entsetzt den Kopf. »Die sind alle korrupt.«

»Denk wenigstens drüber nach.«

Er zieht seine Tasche heran und zieht das Hauptfach energisch auf. »Du bist unglaublich, Lilo! Du versuchst so verzweifelt, mich zu retten, dass du deine eigene Sicherheit vernachlässigst. Ich bewundere deinen Mut, aber ich habe dich nicht um Hilfe gebeten. Wenn du uns beiden einen Gefallen tun willst, dann hältst du dich endlich von mir fern!«

Autsch. Phil hat seinen Rucksack zugezogen, steht auf und geht an mir vorbei. Entmutigt lasse ich den Kopf sinken und entdecke dabei einen weißen Briefumschlag, der unter die Heizung gerutscht ist. Ich ziehe ihn hervor und lese die Adresse. Er ist an eine Sofia Saal aus Bonn gerichtet. Ein Absender steht nirgends.

Ist der Brief von Phil? Oder liegt er schon länger hier? Zumindest sieht er aus, als wäre er schon häufig in die Hand genommen und doch wieder zurückgelegt worden. Er sieht genauso zurückgewiesen aus, wie ich mich fühle. Seufzend stecke ich ihn ein, denn eine hoffnungsvolle Stimme flüstert mir zu, dass Phil mich morgen vielleicht fragen könnte, ob ich diesen Brief gesehen habe.

18. Kapitel

Draußen im Flur schlägt Mum gegen die klemmende Schublade unseres Sideboards und klappert dann mit Geschirr und Besteck. Ich starre auf den Bildschirm meines Computers und vergesse, dass ich eigentlich an meiner Projektarbeit sitze.

Es klopft.

Mum kommt herein. »Na, Maus. Wie geht es dir?«

»Gut«, sage ich und werfe ihr einen Blick zu.

Sie stellt sich mit einem vollen Teller Spaghetti an mein Fenster und starrt hinunter auf die Straße. »Du hast lecker gekocht.«

»Freut mich, dass es dir schmeckt.«

Sie schweigt für einen Augenblick, in dem sie nachdenklich auf ihren Nudeln herumkaut. »Weißt du, warum die Polizei bei uns ist?«

Jetzt drehe ich mich ganz zu ihr um. Die Polizei? Sofort sickert mein Blut in meine Füße, sodass mir leicht schwindelig wird. Langsam stehe ich auf und gehe zu ihr hinüber. Unten steht wirklich ein silberner Mercedes mit einem dicken blauen Streifen.

Ich blicke Mum panisch an. »Ich hoffe, sie wollen nicht zu mir! Haben sie herausgefunden, dass ich in Docs Haus eingebrochen bin? Wollte sich Jürgen nicht darum kümmern?«

Mum schüttelt den Kopf. »Sie sind bei Sandra und Christian. Ich habe sie gerade in der Wohnung verschwinden sehen, als ich hochgekommen bin. Vielleicht ist Doktor Volker ja endlich aufgetaucht.« Mum dreht die Gabel, sodass das Metall auf dem Teller kratzt.

Ein kleiner Hoffnungsschimmer entzündet sich in meiner Brust. Die erste Person, die aus ihrer Gefangenschaft entkommt … was wäre das für ein Meilenstein!

»Vielleicht sollte ich nachher, wenn die Polizisten weg sind, mal hinuntergehen.«

»Ich komme mit«, beschließe ich und greife bereits nach meiner Jeans, doch Mum schüttelt den Kopf.

Sofort werde ich wütend. Doc ist mein Freund, nicht ihrer. Für sie ist Doc nur ihr Vermieter, doch für mich ist er ein Großvater. Und jetzt will Mum mich einfach außen vor lassen? »Warum nicht?«

»Es ist schwer zu begründen, weshalb du dich für den alten Mann interessierst, aber ich habe durch meinen Job ein berechtigtes Interesse. Immerhin habe ich bereits zum Einbruch recherchiert. Ist doch nur logisch, dass ich bis zum Ende an der Sache dranbleibe«, antwortet sie, ohne auf meine Reaktion zu achten.

Ich atme langsam aus und verringere somit die Wut in meinem Bauch. Auch wenn ich so schnell wie möglich mehr über Doc wissen will, muss ich hier nicht weiterkämpfen. Das hier ist den Kraftaufwand nicht wert. Es ist in Ordnung, nicht mit runter zu gehen, solange Mum mir später alles erzählt.

Nachdem sie mein Zimmer verlässt, ist nicht mehr an die Projektarbeit zu denken. Ich tigere durch den Raum, während mein Blick immer wieder zu Phil hinübergleitet. Er sitzt auf seinem Bett und spielt Gitarre. Da ich mich sowieso nicht mehr auf meine Schulsachen konzentrieren kann, öffne ich das Fenster. Leise höre ich die Töne von der anderen Seite herüberwehen.

Ich setze mich auf den Boden und lehne meinen Rücken gegen die Heizung, während ich dem Lied lausche. Phil übt anscheinend für das Herbstkonzert.

Er singt dasselbe Lied immer wieder, obwohl ich keine Fehler heraushöre. Ich habe das Gefühl, dass er sich etwas von der Seele singt – so vehement, so verloren, so verzweifelt.

Mir steigen Tränen in die Augen, weil ich diese Verzweiflung in ihm nicht ertrage. Aber was soll ich schon tun? Ich habe ihm mein Herz geschenkt, ihm Hilfe angeboten … doch er hat mich von sich gestoßen.

Ich schließe das Fenster, vertreibe Phil aus meinen Gedanken und verschließe die Erinnerung an unseren Kuss in meinem Herzen, bevor ich den Vorhang zuziehe und mich noch einmal an die Projektarbeit setze. Aber meine Konzentration bleibt ein Schatten ihrer ehemaligen Stärke.

Um neun Uhr höre ich Mum das zweite Mal heimkommen. Sofort springe ich auf, stürme in den Gang und stocke. Mum sieht alles andere als begeistert aus. Sie ist fahl, ihre Augen groß und rund. Sie zittert. Tut sie das wirklich? Oder bilde ich mir das nur ein?

»Was ist passiert, Mum?«

Anstatt mir zu antworten, läuft sie auf das Sideboard zu, kramt einen Block und einen Stift hervor und schreibt. Ich blicke ihr irritiert über die Schulter. »Such nach Wanzen!«

Sofort ist mir eiskalt, doch ich nicke und laufe in mein Zimmer zurück, stelle es auf den Kopf, aber ich finde keine Gegenstände, die verdächtig nach Abhörgeräten aussehen. Ich googele sie – nur um sicherzugehen, dass ich nichts übersehen habe.

Nach einer Stunde sind wir uns sicher, dass wir safe sind. Keine Wanzen. Mum reißt den Zettel ab und wirft ihn in den Müll. Ihre Wangen glühen vor Aufregung.

»Verdammt Mum, was ist los?«, frage ich sie, sobald sie einmal tief durchgeatmet hat. »Ich nehme an, Doc ist nicht plötzlich irgendwo aufgetaucht?«

Sie schüttelt den Kopf. »Christian ist verschwunden.«

»Was?«, rufe ich fassungslos und lasse mich auf den Klappstuhl in der Küche fallen. Ist Christian auch ein Dreamer?

»Angeblich hat er Sandra verlassen, aber weder sie noch ich glauben daran.«

»Warum nicht?«, hake ich nach.

»Christian hat einen Abschiedsbrief hinterlassen, in dem er klargestellt hat, dass er nichts mehr von ihr wissen will. Die Scheidungspapiere sollen in einem Jahr folgen.«

»Warum hat Sandra dann die Polizei gerufen? Wegen des Gesprächs mit Jürgen?«, hake ich nach.

»Nein, sie kennt keinen Jürgen, also gehe ich davon aus, dass sie nicht da war, als Jürgen mit Christian gesprochen hat.«

»Aber dann noch einmal die Frage: Warum hat sie die Polizei gerufen? Nur weil jemand seine Frau sitzen lässt, informiert man ja nicht gerade die Polizei. Also gibt es Beweise, die darauf hindeuten, dass etwas passiert ist?«, hake ich nach.

Meine Mutter schüttelt den Kopf. »Nur ein paar Ungereimtheiten. Christian hat nicht viel mitgenommen. Die meisten Kleider waren noch da, genau wie sein Arbeitsrechner. Außerdem hatte er am Morgen vergessen, sich krankzumelden, obwohl Sandra ihn als sehr gewissenhaft beschreibt.«

»Was macht die Polizei jetzt?«

»Nichts«, bedauert Mum. »Er ist erwachsen, darf tun und lassen, was er will. Die Polizei würde erst einschreiten, wenn etwas auf eine Gefahr für Leib und Leben hindeutet und das tut es nicht.«

»Aber …«, bringe ich über meine Lippen und schweige dann doch.

»Ich werde Jürgen informieren. Außerdem hat Sandra die ganze Zeit über eine Lisa geredet, die ihr Christian ausgespannt haben soll. Vielleicht schaue ich dort mal vorbei.«

Bei Lisa Ottermann? Zu spät bemerke ich, dass ich diesen Gedanken laut ausgesprochen habe.

»Ja, woher weißt du das?«, will Mum überrascht wissen.

»Als die neuen Nachbarn eingezogen sind, haben die beiden miteinander geflirtet«, antworte ich.

»Im September? Ist schon ganz schön lange her …«

Ich zucke etwas hilflos mit den Schultern, weil ich zwei Monate jetzt als nicht so lang empfinde.

»Hm … Mir wäre es lieber, Christian ist mit dieser Lisa durchgebrannt, als dass er tatsächlich irgendwo gefangen gehalten wird. Also werde ich erst einmal diese Option genauer betrachten. Weißt du mehr über diese Lisa?«

Außer, dass es nicht ihr richtiger Name ist? »Nein, nicht viel. Sie wohnt gegenüber im dritten Stockwerk und ist wohl Künstlerin. Angeblich hat sie in der Stadt ein Atelier.«

»Kennst du ihren Künstlernamen?«

»Nein, Mum. Ich habe nur ein, zwei Mal sehr, sehr kurz mit ihr gesprochen.«

Mum nickt. »Ich werde morgen früh mal drüben klingeln.«

***

Aufgebracht liege ich im Bett. Ich könnte schlafen – das kann ich eigentlich immer, wenn nicht gerade Graf Dracula mein Blut getrunken hat, aber ich will nicht. Ich habe irgendetwas übersehen und diese Erkenntnis hält mich wach. Ich stehe auf und schnappe mir Sofias Brief, lasse das Licht meiner Nachttischlampe durchscheinen und sehe enge, kleine Buchstaben, doch ohne ihn zu öffnen, werde ich nie herausfinden, was drinsteht. Wie gerne würde ich noch einmal einen Blick in Docs dickes Tagebuch werfen, doch das habe ich an Jürgen abgegeben. Wütend über mich selbst, weil ich nicht vorher ein paar Seiten abfotografiert habe, schließe ich die Augen und erwache in meiner Traumwelt.

Auf dem Tisch liegt ein Abbild des Tagebuchs. Ich blättere durch die Seite, erlebe wieder wie Docs Frau und sein Hund sterben, lerne nun mehr über Christian, der sich in diesem neuen Tagebuch über seine Beziehung zu Sandra aufregt. Frustriert schlage ich es zu. Das bringt nichts. Mein Verstand erweitert mein Wissen mit Dingen, die ich mir vorstelle. Auf der Suche nach Fakten hilft mir das so viel weiter wie eine Atemmaske bei einer Blinddarmentzündung. Mein Mund ist trocken – als hätte ich mir einen Löffel Zimt in den Mund gesteckt. Irgendetwas übersehe ich hier. Nur was?

***

Als Mum mir am nächsten Abend offenbart, dass Christian nicht bei Lisa ist, bin ich nicht überrascht. Es ist schon wieder Freitag und ich sollte mich eigentlich auf die Chemieklausur vorbereiten, doch ich kann nicht. Das Gefühl, etwas Wichtiges übersehen zu haben, lässt mich nicht los. Das ganze Wochenende starre ich Löcher in mein Chemiebuch, während meine Mutter einer heißen Spur folgt – wie sie behauptet. Wohin sie geht und was diese heiße Spur ist, verrät sie mir nicht. Sie ist einfach weggefahren.

Ich brauche frische Luft!

Ich brauche einen Reset!

Also gehe ich hinaus, laufe durch den Stadtpark und setze mich gegenüber der kleinen Burgruine auf eine Bank, auf der ich häufig mit meinem Vater gesessen habe.

Ich rekapituliere, was ich über Docs und Christians Verschwinden weiß, aber ich komme nicht weiter. Vielleicht sollte ich eine andere Strategie wählen. Zögerlich greife ich nach meinem Handy und wähle Tims Nummer. Glücklicherweise geht er sofort ran.

»Hi Tim. Du bist doch immer so gut in Gedankenspielen. Ich habe hier eine Frage an dich: Wie gehst du vor, wenn du jemanden entführen willst, ohne dass derjenige Verdacht schöpft und alle Außenstehenden am Ende das Gefühl haben, die Person ist freiwillig gegangen?«, lege ich sofort los.

Tim verschluckt sich am anderen Ende der Leitung. »Wo kommt diese Frage jetzt her?«, fragt er schmatzend.

»Ich übersehe irgendetwas und brauche deine Hilfe.«

»Wie lange habe ich Zeit für die Entführung?«

»So lange du willst. Hauptsache, du machst es gründlich.«

Mein Freund schweigt ewig, sodass ich schon befürchte, dass mein Akku gestorben sein könnte, doch dann räuspert er sich. »Ich würde mein Opfer kennenlernen. Ich würde nah genug dran sein wollen, damit es mir vertraut, aber weit genug weg, um nicht in Verdacht zu geraten, wenn ich die Entführung dann durchziehe.«

»Interessanter Gedanke«, antworte ich.

»Geht es um Christian?«, will Tim wissen.

»Ja. Wer könnte als Entführer infrage kommen? Mal abgesehen davon, dass ich von Phils und Lisas Hintergrundgeschichte weiß, hätte ich wirklich zunächst Lisa verdächtigt. Aber laut deiner Theorie wäre sie eh zu nah an ihm dran.«

»Das stimmt … Phil allerdings nicht«, antwortet er nachdenklich.

»Phil?«, frage ich entsetzt. »Wie kommst du auf ihn?«

»Neue Nachbarn … genau wie bei Doc, oder?«

Das Blut gefriert in meinen Adern. Immerhin falle ich nicht schon wieder in Ohnmacht. Das ist es, was ich die ganze Zeit übersehen habe! Die neuen Nachbarn! Doc hatte einen, genau wie Christian. Die Verzweiflung in Phils Stimme am Tag von Christians Verschwinden … Ich spüre Phils Hände an meinem Gesicht und sehe auf einmal Doc vor mir, der meine Tränen von meinen Wangen streicht. Doc hat mich niemals so berührt. Niemals. Das war Phil. Nicht Doc.

»Shit!«, flüstere ich. »Ich bin geliefert!«

19. Kapitel

Ich fühle mich hilflos und unfähig, mir einen Plan auszudenken, der mich retten könnte.

»Lil, bist du noch dran?«

»Phil weiß, dass ich ein Dreamer bin«, krächze ich.

»Ausatmen, Lil. Ruhig bleiben!«

»Wie soll ich denn bitteschön ruhig bleiben?«

»Er rechnet nicht damit, dass du über ihn Bescheid weißt. Du kannst noch heute untertauchen.«

Ich atme viel zu schnell, lege meine Stirn in meine Handfläche und bemühe mich um eine innere Ruhe, die ich nicht finden kann.

»Wo bist du gerade?«, fragt mich Tim.

»Schöntal, bei der Ruine.«

»Wo ist deine Mutter?«

Ich stöhne unwillkürlich auf. »Keine Ahnung, Tim!«

»Ruf sie an und erzähle ihr alles! Dann gehst du nach Hause und packst deine Tasche. Ich hole dich um sieben Uhr ab.«

Ich hauche ein kaum wahrnehmbares »In Ordnung« und lege auf. Tränen treten in meine Augen. Ich kann das nicht! Wie soll ich nach Hause gehen, wenn auf der anderen Straßenseite Phil lauert?

Als wollte mich mein Körper verhöhnen, spüre ich plötzlich wieder seine Lippen auf meinen. Trotz des Gedankens, dass ich einen Verbrecher geküsst habe, spüre ich das angenehme Kribbeln in meinem Magen. Das ist doch verrückt!

Ich muss hier weg, raus aus diesem Albtraum, doch mein Kopf

ist nicht in der Lage, einen sinnvollen Gedanken hervorzubringen. Glücklicherweise hat Tim das Denken für mich übernommen.

Ich stehe auf und wähle Mums Nummer, aber sie geht nicht ran. Das wundert mich nur wenig, denn sie schaltet den Ton häufig während der Arbeit aus. Also schreibe ich ihr, dass Martha uns um acht Uhr zum Essen einlädt. Sie würde Mum niemals freiwillig bekochen, daher hoffe ich, dass Mum die Botschaft hinter dieser Nachricht durchschaut.

Während ich den Stadtpark verlasse, öffne ich den Browser meines Handys und tippe Sofia Saal ein. Als ich auf die Bildersuche klicke, stocke ich unwillkürlich. Eines der ersten Fotos, die mir angezeigt werden, zeigt einen jüngeren, sorgloseren Phil mit strohblonden Haaren. Dennoch ist es unverwechselbar Phil. Ich öffne die Seite und erfahre, dass Phil nicht Philipp Ottermann, sondern eigentlich Patrick Saal heißt und Sofia seine Schwester ist. Kurz vor seinem Abitur ist er spurlos verschwunden. Fast fünf Jahre ist das jetzt her und er ist keine neunzehn, sondern zweiundzwanzig.

»Patrick«, flüstere ich und lasse mir den Namen auf der Zunge zergehen. Es hört sich noch nicht einmal falsch an. Zu Hause angekommen, reiße ich mit zitternden Händen den Brief auf, den Patrick an seine Schwester geschrieben, jedoch nie abgeschickt hatte.

Liebe Sofia,

ich wünsche dir alles Gute zu deinem Geburtstag. Sei mir nicht böse, dass ich schon wieder nicht bei dir sein kann. Aber glaube mir, ich wünsche mir nichts sehnlicher als das. Ich kann mir vorstellen, was für Qualen ihr durchlitten habt, nachdem ich verschwunden bin.

Natürlich bin ich nicht freiwillig weggegangen, aber es geht mir gut. Mir bleibt zurzeit leider nichts anderes übrig, als ständig umzuziehen. Diejenigen, die mich entführt haben, beobachten mich ziemlich genau, weswegen ich all die Zeit nichts von mir hören lassen konnte. Zum ersten Mal habe ich das Gefühl, dass es möglich ist, dir zu schreiben, aber ich habe Angst. Angst, dass sie mir oder euch etwas antun. Daher bitte ich dich, mich nicht zu suchen. Die Leute, die mich entführt haben, sind gefährlich und ich möchte nicht, dass irgendjemandem, den ich liebe, etwas zustößt.
Ich wollte euch nur wissen lassen, dass es mir gut geht und dass ich so schnell wie möglich zu euch zurückkomme.
Feier schön!

Fühl dich gedrückt,
Patrick

PS: Ich vermisse euch alle schrecklich.

In dem Brief steht nichts zu seinen Entführern. Mir ist klar, warum Phil… äh … Patrick diesen Brief nie weggeschickt hat. Jemandem Hoffnung zu schenken und diese noch im selben Atemzug zu zerstören, ist grausam. Die Freude, die er seiner Schwester gemacht hätte, wäre schneller verpufft als eine Silvesterrakete.

Ich greife nach meiner Schultasche, schmeiße alles rein, was ich morgen brauchen könnte, schiebe den Brief zwischen meine Bücher und warte ungeduldig auf Tim. Mein Blick streift Patricks Zimmer auf der anderen Straßenseite. Bei ihm brennt Licht und ich sehe Evas blonden Haarschopf. Es sollte mir egal sein, doch das ist es nicht. Es macht mich immer noch wütend.

Noch wütender macht es mich aber, dass er Menschen entführt und sie denselben Albtraum durchleben lässt, den er damals überstehen musste. Also ist es vermutlich besser für mich, dass er auf Abstand zu mir bleibt. Soll er doch solange mit Eva rumknutschen, bis er vergisst, dass ich ein Dreamer bin! Das wäre sicherer für mich.

Endlich kommt Tim und befreit mich aus meiner Misere. Heute verzeihe ich ihm sogar, dass er Marthas altes Auto benutzt, um mich abzuholen. Wir reden kaum, aber ich bin mir sicher, seine Gedanken rasen genau wie meine.

Sobald ich ankomme, vergräbt mich Martha in ihren kräftigen Armen.

»Oh, guapa. Was machst du nur für dumme Sachen!«, schimpft sie mit mir. »Komm, wir rufen gleich Jürgen an.«

»Ich habe Mum gesagt, dass sie um acht Uhr hier sein soll. Lass uns noch warten, denn ich muss zuerst mit ihr reden.«

Martha nickt – ohne dass sich ihre Miene missbilligend verzieht. Die nächste Stunde ist die längste meines Lebens. Tim und ich schauen mit Martha fern, doch ich bekomme überhaupt nicht mit, worum es geht. Ständig schiele ich auf mein Handy.

Zehn vor acht klingelt es endlich und Mum kommt herein. Wir rufen Jürgen an und ich berichte, was Tim und ich herausgefunden haben.

Mum ist alles andere als begeistert, doch dann erzählt auch sie, was sie heute gemacht hat. Sie hat Docs neuen Nachbar aufgespürt und war ihm bis nach Frankfurt gefolgt. Wie sie es geschafft hatte, jemanden eine Stunde lang im Auto unbemerkt über die Autobahn und durch eine Stadt zu verfolgen, ist mir schleierhaft. Sie berichtet, dass er zu einem Unternehmen namens Somnissa gegangen ist und dort sechs Stunden verbracht hat.

Tim und ich tauschen Blicke. Die Firma, die Schlaf verkauft?

Was hat das mit der ganzen Sache zu tun? Verkauft jemand unseren Schlaf? Den Schlaf der Dreamer?

Als wir alle geendet haben, warten wir darauf, dass Jürgen uns Anweisungen erteilt, doch er schweigt.

»Jürgen, bist du noch dran?«, fragt Mum. Es klingt so vertraut, als hätte sie schon häufiger mit ihm telefoniert.

»Das sind sehr viele Neuigkeiten auf einmal. Zunächst einmal zu dir, Christine: Ich werde mir das Unternehmen mal genauer anschauen. Und jetzt zu dem komplexeren Problem. Seit wann weiß dieser Patrick, dass du ein Dreamer bist?«, fragt er.

»Ende Oktober?«, antworte ich unsicher. Doch dann fällt mir wieder das Treffen mit ihm als Fake-Doc ein. »Nein, warte. Es ist schon länger her! Mitte Oktober glaube ich. Er hat mich gewarnt. Hat mir gesagt, dass ich meine Traumwelt nicht mehr verlassen solle, aber ich dachte in dem Moment, dass er Doc sei!« War das auch der Zeitpunkt, zu dem er begonnen hatte, sich intensiver mit Eva zu treffen?

»Seit einem Monat …«, wiederholt Jürgen gedankenversunken.

»Wir haben unsere Wohnung aber erst vor zwei Tagen nach Wanzen durchsucht und keine gefunden. Wir sollten demnach eigentlich noch sicher sein«, gibt Mum zurück.

»Darauf würde ich nicht so viel geben. Viel wichtiger ist mir jedoch die Party, die du angesprochen hast, Lilo. Du sagtest, Patrick hätte dich nach Hause begleitet?«

»Ja. Er hat mir in dieser Nacht erzählt, er sei ein Dreamer auf der Flucht vor diesem Virus.«

»Oh Mann, er hätte dich einfach in dieser Nacht mitnehmen können«, stellt Tim bestürzt fest.

»Genau das ist der Punkt. Er hätte es tun können, hat er aber nicht. Vielleicht ist er unsere Möglichkeit, endlich einen Einblick in die Geschehnisse hinter den Kulissen zu erhalten. Lilo, denkst du, du schaffst es, ihn auf unsere Seite zu ziehen?«

Ich schüttele den Kopf. »Nein, ich denke nicht. Ich habe ihm schon mehrfach meine Hilfe angeboten, aber er will sie nicht.«

»Vielleicht bist du die Sache falsch angegangen. Lass es uns noch einmal probieren. Zum ersten Mal kennen wir jemanden, der entführt wurde und wieder aufgetaucht ist. Natürlich nicht so, wie wir es uns vorgestellt haben, doch es ist eine Chance, die wir ergreifen müssen.«

»Ich habe keine Ahnung, wie ich ihn dazu bewegen soll, mit uns zusammenzuarbeiten.«

»Nicht mit uns, sondern nur mit mir oder der OBeD. Am besten, du lässt deinen Vater, Martha und Tim aus dem Spiel. Nur weil er dich nicht verraten hat, bedeutet das nicht, dass er bei Martha oder Tim genauso nachsichtig ist.«

»Ich weiß aber immer noch nicht, wie ich an Patrick rankommen soll.«

»Das weiß ich leider auch nicht, Lilo. Ich kenne ihn nicht. Aber wenn es stimmt, was du über ihn erzählt hast, kannst du ihn womöglich damit überzeugen, dass er seine Schwester wiedersehen kann, sobald wir ihn befreit haben.«

»Er wird es wissen, wenn ich lüge.«

»Dann lüge nicht«, ist Jürgens letzter Tipp an mich, bevor er sich von uns verabschiedet.

***

Nur kein Druck, denke ich und schiele unsicher in die Mensa. Da ist Patrick und lacht mit unseren Mitschülern, als wäre nichts passiert. Als hätte er nicht mitgeholfen, einen Mann zu entführen. Jetzt, da ich weiß, dass er doch einige Jahre älter ist als wir, wundere ich mich darüber, wie ich ihn überhaupt für neunzehn halten konnte.

»Ernsthaft? Schleichst du schon wieder hinter Phil her?«, fragt mich Eva herablassend. Überrascht drehe ich mich um. Sie trägt ihre Schultasche lässig über der Schulter und sieht mich herausfordernd an. »Was willst du von ihm? Warum kannst du ihn nicht einfach in Ruhe lassen?«

Ich verdrehe die Augen. Ihre Ahnungslosigkeit kotzt mich an. Sie hält sich hier für die große Beschützerin, doch in Wahrheit deckt sie einen Verbrecher. Ich schnaube und erwidere: »Süß, wie du dir Sorgen um ihn machst.«

Bevor sie mir antworten kann, drehe ich mich um und gehe ins Oberstufenzimmer zurück.

»Kein Glück?«, will Tim wissen.

Ich schüttele stumm den Kopf, nehme Patricks Brief aus meiner Tasche, fotografiere ihn und reiße danach die letzte Zeile ab. *PS: Ich vermisse euch alle schrecklich.*

»Was tust du?«, fragt Tim verstört.

»Ich sorge dafür, dass er sich mit mir unterhält.« Mit einem Kugelschreiber schreibe ich darunter: »Wir müssen reden. Ein letztes Mal, versprochen. Triff mich morgen Abend um acht Uhr hier im Oberstufenzimmer.«

»Morgen ist das Herbstkonzert.«

»Ich weiß, deshalb wird die Schule noch offen sein.« Ich hole mir die Rolle Klebeband aus Tims Federmäppchen, gehe zu Patricks Spind und klebe den Streifen Papier quer über das Schloss. Viele der Spinde tragen Aufkleber, also hoffe ich, dass niemandem außer Phil dieser Papierschnipsel ins Auge fällt.

Als Phil schließlich hochkommt, um seine Bücher auszutauschen, wird er kreidebleich und er runzelt die Stirn. Er zieht mit zitternden Fingern den Zettel ab und lässt seinen Blick durch den Raum schweifen, bis er sich in meinem verhakt. Seine Wangenmuskulatur spannt sich, er schluckt und dann geht er einfach.

***

Am nächsten Tag suchen Tim und ich uns einen Platz in den noch fast leeren Stuhlreihen und um Viertel nach sechs ist der Saal schon so voll, dass eine Lautstärke entsteht, die mit dem Start eines Düsenjets mithalten kann.

Müde lehne ich mich an Tims Schulter und döse vor mich hin. Erst als ein lauter Gong ertönt, richte ich mich wieder auf. Zuerst führt die Theatergruppe der niedrigeren Klassen ein viel zu langes Schauspiel auf, dann singt der Oberstufenchor. Die Besucher klatschen mächtig Applaus – ich mache es ihnen höflich nach. Danach spielt die Unterstufenband vier Lieder und verkündet die Pause.

»Weißt du inzwischen, wie du das Gespräch anfängst?«, fragt Tim in das dicke Schweigen zwischen uns.

Ich schüttele stumm und vehement den Kopf. »Ich habe viel zu große Angst davor, um mir einen richtigen Plan zurechtzulegen. Ich fühle mich leer.«

Er legt lächelnd einen Arm um mich. »Du brauchst keine Angst vor ihm zu haben. Wenn Jürgen recht hat, hat Phil dich nicht verraten. Warum sollte er es jetzt tun?«

»Patrick. Vielleicht, weil ich ihm auf den Sack gehe?«, entfährt es mir und ich ziehe meine Füße an, verkrieche mich in meinem Pullover.

Kurz darauf wird das Licht wieder gedimmt und die Oberstufenband rückt in unseren Fokus. Patrick steht ganz rechts. Er lächelt nicht wie gewohnt, sondern lässt seine Augen unruhig über die Menge wandern, bis er mich gefunden hat. Es ist eine kurze Vergewisserung, dass ich da bin – dass ich zu unserer Verabredung erscheinen werde. Als er seinen Blick abwendet, legt sich eine Maske über sein Gesicht. Ein Lächeln taucht auf und seine Züge entspannen sich – er schlüpft wieder in die Rolle von Phil, dem Gitarristen einer Oberstufenband.

Mitten im letzten Lied stehe ich auf und verlasse den Raum. Mir steigen Tränen in die Augen und ich habe das Gefühl, unter dem Druck, der auf mir lastet, zu zerbrechen. Wie soll ich Patrick nur davon überzeugen, mit Jürgen zusammenzuarbeiten? Gleichzeitig weiß ich, dass an meinem Erfolg so viele Leben anderer Dreamer hängen. Wenn ich versage, werden die Entführungen einfach weitergehen.

Ich höre Beifall durch die Gänge tosen. Manche Leute grölen und stampfen mit ihren Füßen, sodass die Wände zu vibrieren scheinen. Ich setze mich vor Patricks Spind auf den Boden und mache mich ganz klein, als würde ich so dem Gespräch entgehen können.

Zehn Minuten später höre ich Schritte auf der Treppe und weiß, dass Patrick jeden Moment zu mir stoßen wird. Sofort ist mir speiübel, sodass ich meine Stirn auf meine Knie lege.

Ich höre, wie sich mir jemand nähert. Er stockt, dann höre ich ein tiefes Ausatmen und ein Gelenk knacken, als er sich neben mich setzt. Sein Oberarm streift meinen und ich atme den vertrauten Salbeigeruch ein.

Ich versuche, mich zu entspannen. Danach hebe ich den Kopf und blicke ihn an. »Ich war mir nicht sicher, ob du kommen würdest.«

»Das war ich mir auch nicht«, gibt er zu und schaut kurz zu mir herüber. »Als ich den Zettel fand, war ich stinksauer. Wären wir allein gewesen, hätte ich dich vermutlich in der Luft zerrissen.«

»Und jetzt?«, frage ich ihn.

»Ich habe noch mal über alles nachgedacht und vielleicht ist es gar nicht so schlecht, wenn wir endlich offen über alles reden. Ein letztes Mal – wie du so schön geschrieben hast.«

»Ein letztes Mal …«, wiederhole ich leise. Ich klammere mich an dem Gedanken fest, dass Patrick ein Verbrecher ist. Er meint es also ernst. Mit diesem Gespräch ist es dann wirklich vorbei. Unsere Freundschaft, die schon seit einem Monat auf die Probe gestellt wird. Ich spüre innerlich, wie sich alles in mir zusammenzieht und mir die Brust eng wird, bis es mein Verstand endlich schafft, mein Herz zum Schweigen zu bringen.

»Ich weiß, er wird mich verdächtigen, aber ich muss dich warnen, Lilo. Du und deine Mutter müsst verschwinden! Am besten noch heute.«

»Was?«, hauche ich. Ich verstehe, was er sagt, doch die Bedeutung kommt nicht an. Der Boden wird mir unter den Füßen weggerissen und ich falle, während ich mich gleichzeitig fühle, als wäre ich in einen Schraubstock geraten. Mir ist schwindelig und ich kann nicht mehr einatmen.

»Ihr müsst abhauen!«

»Ich dachte, du hättest mich nicht verraten.« Meine Stimme ist so dünn wie Löschpapier.

»Habe ich auch nicht, aber es gibt so viele andere von uns. Ich habe dich mehrfach gewarnt, aber du warst stur genug, es zu ignorieren. Spätestens als ich mir zusammengereimt habe, dass du bei dem alten Mann eingebrochen bist, wusste ich, dass ich dich nicht wirklich von irgendetwas abhalten kann.«

»Woher weißt du davon?« Ich knete meine eiskalten Finger, damit sie wieder warm werden.

»Ich entdecke dich verletzt am selben Tag, an dem in sein Haus eingebrochen wurde. Angeblich hat der Einbrecher stark geblutet und du konntest daraufhin einige Tage lang nicht schlafen. Ziemlich viele Zufälle für meinen Geschmack.«

Ich nicke und denke über die Sache mit dem Blut und den Träumen nach, doch bevor ich danach fragen kann, fährt Patrick fort.

»Ende September wurde mir eine Telefonnummer und ein

dazu passender Nachname zugespielt. Ich kannte niemanden mit dem Namen, also habe ich es relativ schnell wieder vergessen. Mein Handy ist für die Organisation jedoch wie ein offenes Buch. Sie haben meine Kontaktliste durchleuchtet und dummerweise deine Nummer gefunden. Ich hatte sie nur mit einem Vornamen eingespeichert, aber die Nummern stimmten überein und so hatten sie deinen kompletten Namen. Lilo Huth.«

»Aber woher hatten sie meine Handynummer?«

Patrick zieht eine Grimasse. »Während ich für meine angebliche Lüge bestraft wurde, erzählte er mir, dass du diesen alten Mann, den du Doc nennst, angerufen hast.«

Oh nein! Ich hatte die Nummer ausprobiert, die auf seiner Visitenkarte steht. Verzweifelt vergrabe ich mein Gesicht in den Händen.

»Ich sollte dich also im Auge behalten und herausfinden, wie du zu dem alten Mann stehst. Als wir uns in seiner Traumwelt trafen, wusste ich, dass du nicht aufhören würdest, nach ihm zu suchen. Also habe ich versucht, den Abstand zwischen uns zu vergrößern. Erstens, um erzählen zu können, dass du mich nicht an dich ranlässt, und zweitens, weil …«

»Weil?«, hake ich mit zittriger Stimme nach. Ich denke nicht mit. Ich habe das Gefühl, das alles erst noch verarbeiten zu müssen, also höre ich erst einmal nur zu.

»Weil … weil ich …«, er schluckt schwer. »Weil du so ein unglaublich lieber Mensch bist. Vielleicht ein bisschen stark an Regeln orientiert, aber offen, freundlich, begeisterungsfähig, mutig und so unglaublich treu … Ich habe gehofft, dein Interesse wäre rein … romantischer Natur und ich könnte dich einfach abschütteln, indem ich mich irgendeiner anderen Person zuwende. Aber selbst nach meiner sehr aggressiven Abfuhr hast du nicht aufgegeben und heute versuchst du schon wieder, mir zu helfen.

Deine Freunde können sich glücklich schätzen, dass sie dich haben!«

Ich beiße mir auf die Zunge, um nicht zuzugeben, dass mein Verhalten mehr Verliebtsein enthielt als alles andere.

»Ich habe deine Freundschaft nicht verdient, Lilo.«

»Du meinst, nachdem du Doc und Christian entführt hast?«, frage ich ihn sanft lächelnd.

Er zuckt zusammen und nun schauen wir uns doch tief in die Augen. Ich blicke so tief, dass ich das Gefühl habe, ihn vollständig zu sehen – mit all seinen Fehlern und seinem unsichtbaren Gepäck. Das hier ist meine Chance. Ich setze mich ihm gegenüber. »Du hast meine Freunde entführt, aber du hast mich auch nach Emelys Party sicher nach Hause gebracht, Patrick.«

Er lacht verbittert. »Das hat mich einiges an Überwindung gekostet.«

»Du warst danach einige Tage wie vom Erdboden verschluckt«, erinnere ich mich.

»Ich durfte bei ihm antanzen und wurde wegen meines Ungehorsams bestraft.«

»Wer ist er?«

»Keine Ahnung. Wir nennen ihn Sebastian, aber er hat mir seinen echten Namen nie verraten.«

»Was hat er dir angetan?«

Ein bitteres Lächeln legt sich über seine Lippen. »Schlafentzug für einige Tage. Sollte dir bekannt vorkommen.«

Oh nein! Ich erinnere mich nur schweren Herzens an das grässliche Gefühl. »Das tut mir schrecklich leid.«

Patrick presst verbissen seine Lippen aufeinander. »Es war meine Entscheidung.«

Ich schüttele fassungslos den Kopf. »Danke.«

»Hat nur nichts gebracht – außer dass Sebastian nun weiß, dass er mir nicht mehr trauen kann, wenn es um dich geht.«

»Ist das gut?«

»Es gefährdet das Vertrauen, dass ich mir mühevoll über all die Jahre aufgebaut habe.«

»Dann weißt du mehr als die anderen in dieser Organisation?«

»Ich bin quasi von Anfang an …« Plötzlich kneift er misstrauisch seine Augen zusammen. »Worauf willst du hinaus?«

»Wir versuchen, die entführten Personen zu finden, zu befreien und den Drahtzieher hinter allem zu entlarven.«

»Wir?«, fragt er ungläubig. »Damit meinst du diese Organisation, von der du mir das letzte Mal erzählt hast?«

Ich nicke. »Wir brauchen jemanden wie dich. Jemanden, der weiß, was läuft!«

Er sieht mich entgeistert an, schweigt und schüttelt schließlich den Kopf. »Dieser Jemand bin ich nicht. Ich bin nicht stark genug, um mich ihm zu widersetzen.«

»Das sollst du auch nicht, Patrick. Wir brauchen einfach nur ein paar Informationen.«

Allmählich schleicht sich Panik in sein Gesicht. Kleine Schweißtropfen treten auf seine Stirn, während er weiß wie ein Laken an mir vorbeistarrt. »Ich habe nicht annähernd so viele Informationen, wie ihr braucht. Ich kenne keine Adressen, keine Namen. Und ihr kämpft gegen über hundertfünfzig Dreamer mit übernatürlichen Kräften, die aus Angst für Sebastian arbeiten – ständig bemüht, die eigene Stellung unter ihm zu verbessern.«

Über hundertfünfzig Dreamer wurden schon entführt? Und nicht eine Person ist zurückgekehrt oder hat sich gegen diesen Sebastian gewendet? Ich spüre, wie sich in meinem Bauch ein Knoten bildet.

»Lilo, ich riskiere mein Leben, um dich zu retten.«

Ich schlucke meine Angst und meine Dankbarkeit herunter. »Es wird dich nicht mehr kosten, alle anderen zu retten«, versuche ich es mit einem Scherz, doch meine brüchige Stimme verrät mich.

Dennoch lacht er, auch wenn er unter den Atemzügen zusammenzuckt, als würde ihn innerlich etwas quälen. Instinktiv ergreife ich seine Hand, um ihn zu trösten. Er lässt es geschehen. »Ich wünschte wirklich, ich könnte euch helfen, Lilo, aber ich habe alles verloren. Mich selbst und meine Hoffnung. Als du mir diese Deko geschenkt hast, hast du etwas in mir freigesetzt, was ich so nicht mehr kannte. Zum ersten Mal seit fünf Jahren habe ich mich über etwas richtig gefreut. Vielleicht war ich glücklich und das will ich dir zurückgeben. Deine Mutter gräbt zu tief in Sebastians Angelegenheiten. Ich weiß nicht, ob sie ein Dreamer ist, aber ich hoffe es für sie, denn sonst wird er sie einfach umbringen, sobald er sie in die Finger bekommt.«

Meine Hände verkrampfen sich. Sie hören nicht mehr auf meine Befehle, während ich Patrick ansehe. Er löst sich von meinem Griff und umfasst mein Gesicht. »Geh nach Hause, Lilo, verbrenn meinen bescheuerten Brief, packt eure Sachen, taucht unter und werdet glücklich! Vielleicht kann eure Organisation euch dabei helfen.«

»Und was ist mit dir?«, frage ich ihn wie benommen.

Er lächelt mich schief an. »Ich komm schon klar.«

Ich spüre seinen Blick von meinen Augen zu meinen Lippen hinunterwandern, sodass sie zu Kribbeln beginnen.

»Er ist ein verdammter Verbrecher«, brüllt mein Verstand, doch mein Herz, setzt sich durch. »Ich hätte nichts gegen einen zweiten Abschiedskuss«, flüstere ich.

»Trotz all dem, was du über mich herausgefunden hast?«

»Trotz all dem hast du mich gerettet. Das muss doch irgendetwas bedeuten, oder?«, frage ich ihn gerade heraus.

Er lacht leise und zieht mich zu sich heran. Seine Lippen sind heiß und er presst sie energisch und gleichzeitig verlangend auf meinen Mund. Ich will am liebsten so viel wie möglich von ihm bekommen, bevor wir uns trennen und nie wiedersehen. Er zittert am ganzen Körper, während er sich schwerfällig von mir löst. Seine Augen scheinen jedes Detail meines Gesichts aufsaugen zu wollen, dann streicht er mir eine Strähne aus dem Gesicht und steht auf. Während ich noch wie benommen auf dem Boden sitze, beugt er sich zu mir herunter, um mir ein paar letzte Worte zuzuflüstern. »Es tut mir leid, Lilo. Ich wäre gerne der Mann, der die Dreamer rettet, aber mein Mut reicht gerade einmal dazu, dich mit einer Warnung zurückzulassen.«

20. Kapitel

Als ich es endlich schaffe, meine Gedanken zu sortieren und aufzustehen, ist es bereits halb zehn.

Ich habe eine Nachricht von Tim erhalten.

Der Hausmeister hat uns rausgeschmissen. Hoffe, das Gespräch verlief gut, und wir hören uns, sobald du zu Hause bist.

Sofort wird mir heiß. Tim ist nicht mehr da, um mich nach Hause zu eskortieren. Klar, bisher haben wir angenommen, dass ich nicht in Gefahr bin, weil Patrick mich mag, aber seine Warnung war deutlich. Es liegt nicht in seiner Hand, ob mir etwas zustößt. Immerhin kann ich mich noch unsichtbar machen.

Melde mich in dreißig Minuten, antworte ich und eile hinunter in den Saal, um meine Jacke zu holen.

Der Hausmeister stapelt gerade die letzten Stühle und ist wenig begeistert, mich zu sehen. »Die Tür bei den Musiksälen ist noch offen«, brummt er mir zum Abschied zu.

In einer Nische in der Nähe der Musiksäle ziehe ich meine Schuhe aus, um sie mit allen anderen Dingen, die ich bei mir trage, in die Hand zu nehmen. Einen Augenblick später bin ich unsichtbar und streife mir die Schuhe wieder über meine Socken, stopfe mein Handy, ein Päckchen Taschentücher, meinen Schlüssel und einen Lippenstift zurück in die Jackentasche, als eine Tür aufgeschlagen wird.

»Leute, wir müssen los! Der Hausmeister wollte eigentlich

schon lange abschließen. Gehen wir noch was trinken?« Der Leadsänger der Oberstufenband kommt raus – dicht gefolgt von den anderen Bandmitgliedern und ihren Groupies. Unter ihnen ist natürlich auch Patrick, der einen Arm um Eva geschlungen hat.

»War echt ein geiles Konzert!« Der Bassspieler drückt Patrick eine Bierflasche in die Hand, sodass er Eva oder seine Gitarre loslassen muss. Immerhin hierbei entscheidet er sich gegen Eva.

Ihren erfolgreichen Auftritt feiernd verlassen sie das Gebäude. Obwohl ich auch gerade noch hinausgehen wollte, warte ich nun einige Augenblicke ab. Ich will Patrick nicht mehr sehen – nicht solange er den glücklichen, verliebten Phil spielt. Das ist so falsch. So unglaublich beängstigend, wie er es schafft, immer wieder zwischen dem, der er wirklich ist, und dem, der er sein muss, hin und her zu switchen.

Immerhin muss ich ihn nie wiedersehen. Ich gehe jetzt nach Hause und dann verschwinden Mum und ich. Als müsste ich mich selbst davon überzeugen, nicke ich und verlasse schließlich die Schule.

Ich laufe auf das Tor zu, als ich plötzlich zur Salzsäule erstarre. Im Straßenlaternenlicht stehen zwei Männer und Patrick kommt gerade auf sie zugelaufen – zurück zur Schule.

Der größere der beiden Männer zieht etwas von seinem Kopf und lacht. »Hast du was vergessen?«

Eine Gänsehaut jagt mir über den Nacken. Irgendwoher kommt mir die Stimme bekannt vor.

»Habe ich zumindest behauptet. Was macht ihr hier?«

»Nach was sieht es denn aus?«, fragt der Kleinere. Er und der andere fremde Mann stehen mit dem Rücken zu mir, sodass ich kaum etwas von ihnen sehe.

»War ein tolles Konzert … Du kannst ja richtig gut Gitarre spielen.« Die Worte triefen vor Spott.

»Es ist niemand mehr im Gebäude. Wir waren die letzten. Ihr verschwendet eure Zeit«, behauptet Patrick.

»Tun wir das? Sorry, aber ich glaube dir kein Wort. Wäre ja nicht das erste Mal, dass du lügst.«

Patrick hebt die Hände, als hätten sie ihn entwaffnet, und dreht sich um. »Gut, dann versauert hier.«

»Ihr Kumpel ist allein rausgekommen, hat hier draußen fast eine Viertelstunde gewartet und sich dann verpisst«, berichtet der große Mann genüsslich. Schlagartig wird mir klar, dass sie über mich reden.

Patricks Zögern ist nicht mehr als ein kaum wahrnehmbares Innehalten, aber dem Großen ist es genauso wenig entgangen wie mir.

»Hattet ihr ein nettes Gespräch?«

Betont langsam dreht Patrick sich wieder zu den Männern um. Auf seinem Gesicht liegt ein unschuldiges, verwirrtes Phil-Lächeln. »Was meinst du?«

»Du und diese Lilo. Ihr hattet euch ja viel zu erzählen.«

»Hatten wir das? Worüber haben wir denn gesprochen?«, hakt Patrick weiter nach.

»Das würde ich gerne von dir wissen.«

Patrick lacht tonlos. »Halt dich von mir fern, Alex!«

Ich zucke zusammen. Ist das der Mann, der den Fake-Doc eines Nachts besucht hat?

»Du drohst mir, obwohl du *so* nah am Abgrund stehst?« Seine Finger zeigen zwei Zentimeter in die Luft. Alex und Patricks Nasenspitzen berühren sich beinahe.

Ich sollte gehen – und zwar so schnell ich kann. Am besten jetzt, da Patrick die beiden Männer unbewusst ablenkt.

Langsam setze ich einen Fuß vor den anderen.

»Wir beide haben unsere Wege, um an Informationen zu

gelangen. Ich dachte, wir hätten uns darauf geeinigt, uns nicht in die Quere zu kommen? Wenn ich jemandem erzähle, worüber ich mit Lilo spreche, dann ist das Sebastian.«

Wird Patrick Sebastian wirklich von unserem Gespräch erzählen? Was habe ich ihm alles über die OBeD verraten? Vor Schreck ziehe ich scharf die Luft ein. Schnell halte ich mir den Mund zu.

»Psst!«, ruft der kleinere Mann plötzlich. Sein Kopf dreht sich langsam zu mir und ich erkenne, dass er so etwas wie eine VR-Brille trägt. In Sekundenschnelle hat auch Alex sich eine solche Bille übergezogen.

»Bingo«, murmelt er leise.

Shit!

Sie können mich durch diese Brillen sehen!

21. Kapitel

»Keine Bewegung, Lilo!« Alex Stimme ist ruhig, als er eine Pistole zückt. »Weglaufen bringt nichts. Wir haben Wärmebildbrillen. Im Nullkommanichts finden wir dich wieder. Mach dich sichtbar!«

Die Art und Weise, wie er mit mir spricht, lässt meine Nackenhärchen erzittern. »Wie damals am Telefon«, schießt es mir durch den Kopf. Er ist der Mann, der mich schon einmal verfolgt hat, als ich bei Doc eingebrochen bin. Er ist derjenige, der schon einmal auf mich geschossen hat. Er wird es mit Sicherheit wieder tun!

Hilflos blicke ich zu Patrick, der allerdings viel zu überwältigt von der Situation ist. Blass starrt er zu mir zurück, ohne mich zu sehen. Er blinzelt viel zu oft und seine Hand streicht seine Haare aus dem Gesicht, als würde er intensiv nachdenken.

»Komm schon, Lilo! Tu, was wir dir sagen!« Drohend kommt Alex näher.

Endlich bewegt sich auch Patrick. Er blickt zu Boden und kickt einen Stein zur Seite. »Tu besser, was er sagt, Lilo! Du wärst nicht die erste Person, die dieses Schwein abknallt.« Und damit dreht er sich um und verlässt uns.

Das ist jetzt nicht sein Ernst! Er lässt mich einfach mit diesen zwei Kerlen allein? Lenkt sie nicht einmal ab, damit ich fliehen kann? Lässt mich wirklich mit nichts als dieser verfickten, nutzlosen Warnung zurück? *Aber aus Erfahrung kann ich dir sagen, dass wir am Ende alle allein dastehen.* Das hatte er mir gesagt und das Versprechen hält er offensichtlich auch.

Ich bekomme keine Luft mehr.

Alex umgreift meine Schulter, doch ich kann mich immer noch nicht bewegen. Er schiebt mich weiter in Richtung eines Familienbusses.

»So ist es gut«, murmelt er, als wolle er mich beruhigen.

Der zweite Mann öffnet die Tür und ich werde auf einen Sitz im hellen Innenraum gedrückt. Alex setzt sich mir gegenüber, während unser Begleiter die Tür zuzieht und etwas aus seiner Jackentasche holt.

»Und jetzt machst du dich sichtbar!«, befiehlt er mir ruhig.

Mein Widerstand ist in dem Moment gebrochen, in dem Patrick mich alleingelassen hat. Ich hasse mich dafür. Aber was soll ich tun? Offensichtlich sitze ich mit einem bewaffneten Mörder und seinem Komplizen in einem Familienbus. Zuvor waren wir immerhin noch zwei gegen zwei gewesen!

Ich blinzele die Tränen weg und werde sichtbar.

»Sehr gut. Gib meinem Partner deinen rechten Arm!«

Ich werfe einen Blick zur Seite. Der Mann neben mir hält eine Spritze in der Hand. Zitternd strecke ich meinen Arm aus. Er nimmt ihn entgegen und dreht meine Armbeuge zu sich. Kurz darauf spüre ich den Einstich.

»Jetzt schnall dich an!«, fährt Alex fort, sobald die Spritze leer ist.

Was ich sehe, verschwimmt ineinander. Die Farben, die Formen. Was passiert mit mir? Meine Hände und mein Gesicht schwitzen. Trotzdem ergreife ich den Gurt und ziehe ihn über meinen Bauch. Er rastet ein.

Mein Kopf wird schwer und meine Augen fallen zu.

»Braves Mädchen«, lobt mich der Widerling.

Dann wird die Welt um mich herum schwärzer, als eine Nacht jemals sein kann.

22. Kapitel

Ich fühle mich, als hätte ich den schlimmsten Kater meines Lebens. Meine Zunge ist schwer, mir ist schlecht und mein Kopf dröhnt, als würde mir jemand mit einem Hammer ständig dagegen schlagen. Nach wenigen Minuten bemerke ich, dass es das Klopfen meines Herzens ist, das in meinem Kopf widerhallt. Angestrengt öffne ich die Augen. Die Welt um mich herum ist verschwommen und ich konzentriere mich auf einen großen grauen Fleck vor mir.

Wo bin ich? Es dauert einige Augenblicke, bevor ich mich wieder daran erinnere, was passiert ist. Die Luft, die ich einatme, brennt in meinem Rachen. Ich habe Durst. So stark, dass ich befürchte zu verdursten, wenn ich nicht sofort etwas zu trinken bekomme.

Allmählich werden die Linien und Konturen klarer. Nichts um mich herum ist mehr verschwommen, aber was ich sehe, erschreckt mich.

Ich bin gefangen. Eine Zelle. Grauer Beton schließt mich ein, unterbrochen nur von einem kleinen Milchglasfenster und einer stabilen, grau gestrichenen Tür.

Panisch springe ich auf, renne zur Tür, schreie mir die Seele aus dem Leib. Meine Fäuste hämmern gegen das dicke Eisen – so fest, dass es wehtut. »Hilfe! Hört mich jemand? Bitte! Kann mich jemand hören? Ich bin hier!«

Ich bin allein. Niemand öffnet mir.

Verzweifelt gebe ich auf, gehe zum Waschbecken und halte

meinen Mund an den Wasserstrahl. Ich habe noch nie etwas so Gutes getrunken. Sobald sich mein Hals nicht mehr ganz so wund anfühlt, untersuche ich mein Bett und die anderen Möbel. Auf dem Hocker finde ich meine Jacke, doch mein Handy ist weg. Es gibt nichts, was mir helfen könnte, dieser Zelle zu entkommen. Nicht einmal Kleiderhaken oder -stangen … einfach nichts. Sogar die Bretter im Schrank und der Lattenrost sind fest verschraubt.

Deprimiert ziehe ich den Tisch an das Fenster und klettere hinauf. Die Milchglasscheibe lässt sich nur kippen. Wenn ich mich auf die Zehenspitzen stelle, kann ich ein kleines Stück der Freiheit sehen. Aber die Freiheit besteht aus einem menschenleeren Wald. Wütend knalle ich das Fenster wieder zu und versuche, den Fenstergriff abzureißen, damit ich etwas habe, womit ich mich verteidigen kann.

Auch er sitzt fest.

Wo um alles in der Welt bin ich hier gelandet? Wie soll ich hier wieder rauskommen? Was werden sie jetzt mit mir machen?

Verzweifelt kauere ich mich auf das Bett, ganz nah an die Wand, um so weit wie möglich von der Tür entfernt zu sein.

Während ich darauf warte, dass irgendetwas geschieht, dreht sich die Frage *Was jetzt?* in meinem Kopf hin und her.

Zuerst kommt mir der Gedanke, mich schlafen zu legen und Tim alles zu berichten – ihm zu sagen, dass alles schiefgelaufen ist, was schieflaufen konnte. Aber dann erinnere ich mich daran, dass ich ihn damit nur in Gefahr bringe. Haben sie bereits damit begonnen, meine Traumwelt zu besetzen?

Mein nächster Gedanke gilt Mum. Sie macht bestimmt gerade allen Leuten die Hölle heiß, um mich wiederzufinden – falls sie nicht auch entführt wurde oder gar Schlimmeres. Shit! Wenn das so ist, bin ich verloren!

Ängstlich achte ich auf jedes noch so kleine Geräusch und bin verwundert, dass auf dem Gang hinter der Tür reges Treiben herrscht. Ständig laufen irgendwelche Leute hin und her. Warum haben sie mich nicht gehört, als ich gegen die Tür geschlagen und geschrien habe? Oder haben sie mich eiskalt ignoriert?

Plötzlich stößt etwas gegen meine Tür. Sofort bildet sich kalter Schweiß auf meiner Stirn.

Die dicke Sicherheitstür öffnet sich. Davor stehen zwei Personen. Ein Mann und eine Frau, die allerdings mehr Ähnlichkeit mit einem Kleiderschrank als mit einem Menschen hat. Sie ist so muskulös und groß, dass ich mich neben ihr klein und wehrlos fühle.

»Kommen Sie mit!«

Ich denke gar nicht daran. Stumm starre ich die beiden an und bewege mich keinen Zentimeter.

»Hören Sie schlecht?«

»Sie müssen mit mir nicht wie mit einem Kind sprechen. Ich verstehe Sie gut genug«, kläre ich sie auf.

Angriffslustig kommt sie einen Schritt näher und baut sich vor mir auf. »Weshalb bleiben Sie dann sitzen?«

»Ich bin entführt worden und ich bezweifle, dass Sie mir den Weg hinaus zeigen werden.«

»Ein vorlautes Mundwerk … mal sehen, wie lange noch. Würden Sie bitte die Güte haben, mit mir mitzukommen – ansonsten sehe ich mich gezwungen, Gewalt anzuwenden.«

Ich bleibe auf dem Bett sitzen.

»84, würdest du ihr bitte unter die Arme greifen. Wir haben nicht den ganzen Abend Zeit!«

Ihr stummer Begleiter tritt an ihr vorbei und kommt auf mich zu. Panisch drücke ich mich noch weiter gegen die Wand, aber ich kann nicht entkommen. Er packt mich am Oberarm und hebt mich mühelos hoch, als wäre ich nichts weiter als eine Plastikpuppe.

»Au! Lass mich los!«, schreie ich ihn an, kratze und trete ihn. Er lässt nicht locker. Er zuckt noch nicht einmal mit der Wimper. Unbeeindruckt von meinem Widerstand stellt er mich einfach neben sich.

»Die Ärztin wartet bereits auf uns.« Mit strammen Schritten läuft das wandelnde Muskelpaket voraus – hinaus aus meiner Zelle.

Ich wage es nicht, den Mund ein weiteres Mal aufzumachen und mich zu beschweren, denn 84 hält mich immer noch fest. Wahrscheinlich habe ich morgen genau an dieser Stelle einen Bluterguss.

Draußen auf dem Gang laufen unzählige Leute vorbei. Einige werfen mir neugierige Blicke zu, doch sie gehen schnell weiter. Wir passieren weitere Zellen. Bei manchen steht die Tür offen, sodass ich einen Blick ins Innere erhaschen kann. Hier leben ausschließlich Frauen, die sich teilweise schon wohnlich eingerichtet haben. Ich frage mich, wo sie die Bilder und Teppiche herhaben. Was ist das hier für eine Anstalt?

Aus einer Zelle ertönt Geigenmusik und als wir daran vorbeigehen, steht wirklich eine Frau darin, die ein Instrument in der Hand hält. Wurden all die Frauen auch gekidnappt? Ich kann kaum fassen, dass die Menschen hier sogar musizieren. Wo um alles in der Welt bin ich gelandet? Was sind das für Entführer, die ihren Opfern einen so großen Freiraum bieten? Aber an der Decke bemerke ich kleine, schwarze Kameras, die den Flur überwachen. Zwei allein in diesem Gang.

Die Frau öffnet mit ihrem Ausweis eine Brandschutztür. 84 und ich folgen ihr hindurch. All die Geräusche bleiben hinter uns zurück.

»In diesem Haus gibt es mehrere Etagen. Zum Essen müssen Sie hinunter in den Speisesaal. Halten Sie sich am besten an die

Leute in Ihrem Korridor. Essen gibt es morgens und abends jeweils um sieben, mittags um eins. Sie erhalten später eine Karte von mir, mit der sie die Annahme des Essens bestätigen. Außerdem bekommen Sie einen Terminplan, den Sie einzuhalten haben. Bei Fragen wenden Sie sich an Ihre Nachbarinnen. Sollte Ihr Terminplan Lücken aufweisen, machen Sie sich darauf gefasst, von einem von uns abgeholt zu werden.«

»Und wer seid ihr?«

»Wir sind die Aufpasser hier. Wenn wir schon über Namen sprechen: Vergessen Sie Ihren. Ab heute sind Sie Nummer 239.«

239? Was soll denn dieser Mist? Wollen sie uns entmenschlichen? »Und was für eine Nummer hast du?«

»54. Hier rein!«

84 schiebt mich hinter ihr her in einen Raum, der einer Praxis ähnlichsieht. Eine Liege steht mitten im Raum. Ein EKG-Messgerät wurde links an die Wand gerollt. Rechts befinden sich ein Ultraschallgerät und eine Tür, die in einen Röntgenraum führt. Eine kleine blonde Frau, die wahrscheinlich gerade einmal halb so schwer ist wie ich, läuft in ihrem wehenden weißen Kittel umher und räumt auf.

»Frau Doktor Urban, ich bringe Ihnen Nummer 239.«

Keine Nummer? Heißt das, sie wurde nicht entführt? Sie arbeitet freiwillig für Sebastian?

»Ja, kommen Sie herein!« Ihre junge Stimme klingt sympathisch. Unsympathisch finde ich jedoch, dass sie gerade eine Nadel aus dem Vorratsschrank holt. »Würden Sie bitte vor der Tür warten?«, sagt sie zu meinen Begleitern, die sich höflich entfernen. Sofort durchsucht mein Blick den Raum. Es gibt keine Fenster und die einzige weitere Tür führt in den Röntgenraum.

»Dort gibt es keinen weiteren Ausgang, also denken Sie noch nicht einmal daran, zu fliehen.« Die kleine Frau hält drei Reagenzgläschen aus Plastik in der Hand, während mich ihre Augen ruhig, aber lächelnd betrachten. »Waren Sie schon einmal Blutspenden? Oder haben Sie schon einmal Blut abgenommen bekommen?«

Ich schüttele den Kopf.

Sie seufzt. »Das hatte ich mir schon gedacht. Setzen Sie sich bitte. Sollten Sie sich weigern, muss ich Ihre Begleiter wieder hereinbitten.«

Die Drohung reicht mir. Widerwillig setze ich mich auf die Liege.

»Seltsamerweise scheinen Dreamer eine angeborene Abneigung dagegen zu empfinden.«

Bingo! Keine Entführte.

»Sie sind ein normaler Mensch?«, frage ich, als würde es mich tatsächlich überraschen.

Doktor Urban lacht verblüfft, aber herzlich. Anscheinend hat ihr noch niemand diese Frage gestellt.

»Ja. Ich bin zufrieden damit. Und ich gehe Blutspenden.«

»Ich möchte das nicht«, sage ich mit Nachdruck, denn ich weiß genau, was folgen wird. Sie werden mir den Schlaf entziehen. Tagelang. Bei dem Gedanken wird mir sofort übel.

»Ich weiß, ich weiß. Aber ich muss Ihnen etwas Blut abzapfen. Wenn Sie nicht zuschauen möchten, sehen Sie doch einfach zur Tür.« Sie misst meinen Blutdruck, dann legt sie mir ein Band um den Oberarm. Anschließend sprüht sie ein quadratisches Wattepad mit einer Flüssigkeit ein und wischt mir damit über die Armbeuge. »Jetzt sollten Sie sich umdrehen, wenn Sie nicht zusehen möchten.«

Ich gehorche ihr und halte die Luft an. Der Schmerz ist gar nicht so schlimm, wie ich angenommen habe. Vorsichtig schiele ich zu meinem Arm. Mein Blut fließt durch die Kanüle direkt in das erste Reagenzglas. »Wie viel passt da hinein?«

»Nicht viel. Insgesamt brauche ich nur dreißig Milliliter von Ihnen. Beim Blutspenden wird einem wesentlich mehr Blut abgenommen – nur, falls Sie es sich noch einmal überlegen wollen.«

Nein, ich werde ganz bestimmt nicht Blutspenden gehen. Meine letzte Erfahrung mit schlaflosen Nächten hat mir gereicht. Ich schließe die Augen und warte, bis Doktor Urban fertig ist. Sie zieht die Nadel heraus, drückt mir ein frisches Wattepad auf die Armbeuge. Danach erhalte ich ein Pflaster und sie schickt mich wieder zu dem Mann und der Bodybuilderin.

Kaum bin ich zu ihnen getreten, läuft die Frau weiter. 84 greift nicht mehr nach meinem Arm, doch seine Augen beobachten jede meiner Bewegungen so aufmerksam, als würde ein Raubtier seine Beute anvisieren. Wir betreten einen Raum, der voller Schubladen und Kisten ist.

»Ihre Kleidergröße?«

»S, M?«, schätze ich.

»Unsere Kleider fallen groß aus. Ich werde Ihnen S geben.« Mit diesen Worten öffnet sie die erste Schublade, holt einen Stoffhaufen heraus und wirft ihn in eine Kiste. »Sie bekommen von uns einen Schlafanzug, zwei Pullover, zwei Jogginghosen, drei T-Shirts, eine kurze Hose, fünf Paar Socken – drei Paar dünn, zwei Paar dick – fünf Unterhosen, zwei BHs. Darf ich Ihre BH-Größe erfahren?«

Unsicher blicke ich zu 84, der anteillos im Türrahmen steht.

»Gut, dann schätze ich eben. Des Weiteren erhalten Sie von uns Turnschuhe. Welche Größe?«

»38.«

Die Schuhe landen auf den übrigen Klamotten.

»Hygieneartikel können Sie regelmäßig nach den Sozialveranstaltungen erhalten. Heute gebe ich Ihnen alles Notwendige in einfacher Ausführung mit. Die Toiletten und Duschen befinden sich am Ende des Ganges, in dem Sie wohnen. Außerdem ist es jedem Anwesenden gestattet, ein Buch aus dieser Sammlung mitzunehmen. Suchen Sie sich eines aus.«

Ich nehme mir das Dickste, da ich befürchte, ziemlich viel Zeit in meiner Zelle verbringen zu müssen.

»84 bringt Sie nun zurück. Heute wird Ihnen Ihr Abendessen auf Ihr Zimmer gebracht, doch ab morgen früh haben Sie an den offiziellen Mahlzeiten teilzunehmen. Ihre Essenskarte und Ihren Terminplan lege ich Ihnen ebenfalls in die Kiste.«

23. Kapitel

»Hallo, ich bin Nummer 210«, begrüßt mich eine Frau, die vielleicht fünf Jahre älter ist als ich. Sie hält mir ihre Hand hin. Mein Blick gleitet an ihr hinab. Sie trägt dieselben Klamotten, die ich gestern erhalten habe.

»Ich bin Lilo«, sage ich und reiche ihr zögerlich die Hand.

Sie blinzelt unberührt. »Wie ist deine Nummer?«

»Die habe ich freiwillig vergessen«, lüge ich. Ich werde mich bestimmt nicht mit einer Nummer ansprechen lassen. »Wie ist dein Name?«

»*Den* habe ich freiwillig vergessen«, antwortet sie mit kühler Stimme. »Warum hast du noch deine Kleidung an? Wir müssen zum Frühstück.«

»Ich muss dieses Zeug ernsthaft anziehen?«

»Ja. Wir dürfen unsere Kleider nur abends nach dem Abendessen tragen. Für den Tagesablauf müssen wir die Uniform anziehen.« Für so etwas habe ich heute keinen Sinn. Die ganze Nacht hatte ich – genau wie erwartet – wach verbracht. Dennoch ergebe ich mich diesen bescheuerten Regeln und wechsele seufzend in die Gefängniskleidung.

»Hast du deine Essenskarte dabei?«

Ich verdrehe die Augen. Ist sie auch eine Art Aufpasser? Oder ist sie einfach nur ein eingebildeter Dreamer, der mir auf die Nerven gehen will?

Meine Hand greift nach der Karte und ich stecke sie in die Hosentasche.

Danach treten wir gemeinsam hinaus auf den Gang, der im Vergleich zu gestern schon recht verlassen aussieht.

»Ich dachte, die Flurtür ist abgeschlossen.«

»Nur zu den Zeiten, in denen wir Freizeit haben«, klärt mich 210 auf. »Eine halbe Stunde vor dem Frühstück wird der Durchgang bis halb vier geöffnet. Bis dahin müssen wir alle zurück in unserem Gang sein und dürfen nur zum Abendessen wieder hinaus.«

Also sind wir hier doch Gefangene. Wenn auch Gefangene mit einigen Privilegien.

»Hier geht es zur Treppe.«

»Warum passt du auf mich auf, 210?«

Sie lächelt mich peinlich gerührt an. »Ich habe ein Radio dafür bekommen, dass ich dir alles erkläre.«

Aha … Hier tut jede also das, was ihr am meisten nützt. Meine Augen suchen unauffällig meine neue Umgebung nach einem Fluchtweg ab, doch es gibt zu viele Türen und zu viele Gänge, von denen ich nicht weiß, wo sie hinführen.

Wir gelangen in einen riesigen Saal, der doppelt so hoch ist wie die Gänge. Alle Menschen tragen dieselbe Uniform wie 210 und ich. Aber es sind nicht nur Frauen wie bei uns im Korridor.

»Du nimmst dir hier einfach ein Tablett, gehst an der Theke vorbei und nimmst dir, was du möchtest. Am Ende der Theke befindet sich ein kleiner Automat, gegen den du deine Karte halten musst.«

»Wofür sind diese Karten, wenn niemand kontrolliert, ob man wirklich isst?«

»Mit der Karte quittieren wir, dass wir uns etwas zu Essen geholt haben. Die Leute verhindern, dass du in einen Hungerstreik gehst, denn sie haben Geieraugen: Mit jeder Information bekommen wir etwas, was unser Leben hier angenehmer gestaltet.«

Luxus gegen Informationen. Hört sich an wie ein Cyber-Thriller ohne Happy End.

Das Essen ist gar nicht mal so übel. Es gibt Brot, Brötchen, Marmelade, Schokolade, verschiedene Arten Müsli, Joghurt, Obst … alles, was das Herz begehrt. Ich komme mir hier eher vor wie in einem Hotel als in einem Gefängnis.

Sobald ich meine Karte gegen den Automaten gehalten habe, begleite ich 210 zum Tisch, während sie unaufhörlich auf mich einredet.

»Es gibt keine feste Sitzordnung. Natürlich kennt man die Leute aus dem eigenen Gang etwas besser, weil man sich während der freien Zeit trifft, aber in unseren Kursen sind wir wild durcheinandergemischt, weswegen wir uns alle mehr oder weniger kennen. Guten Morgen, 196.«

Ich nehme an, die Nummern sind aufsteigend. Bin ich tatsächlich der 239. Dreamer, der entführt wurde?

196 beugt sich zu mir herüber. Sie ist bestimmt schon an die fünfzig Jahre alt und ihr Haar wird bereits von grauen Strähnen geziert. »Du bist neu, oder?«

Ich nicke.

Mitleidig sieht sie mich an. »Die erste Zeit ist schwer, aber normalerweise hat man sich nach den ersten Wochen daran gewöhnt.«

Nach den ersten Wochen … »Wie lange seid ihr denn schon hier?«

»Drei Monate«, sagt 210.

»Ich verbringe hier schon ein halbes Jahr, aber ich darf inzwischen auch ein paar Tage am Stück raus.«

»Du darfst raus?«, hoffnungsvoll sehe ich 196 an.

Sie nickt. »Ich besitze im Erdgeschoss ein geräumiges Zimmer, aber manchmal muss ich Aufgaben erledigen, dann wohne ich in

Hotels überall in Deutschland. Das ist wirklich eine Abwechslung zum Alltag hier. Aber ich sehne mich danach, dass ich endlich wieder für längere Zeit einen Namen bekomme und ganz normal draußen leben darf.«

Dass ich wieder einen Namen bekomme … Dasselbe ist Patrick passiert. Er hat sich nach oben gearbeitet und einen neuen Namen erhalten. Was ist das hier für ein Unternehmen, das all diese entführten Menschen verpflegt und ihren Alltag organisiert?

»Warum versucht ihr nicht zu fliehen?«

196 lacht. »Wofür denn? Mir geht es hier besser als zuvor. Ich habe keine Probleme mehr an meiner Arbeitsstelle, habe mehr Freizeit und bekomme früher oder später alles, was ich möchte.«

Ungläubig sehe ich sie an. »Vermisst ihr denn gar nichts? Nicht eure Familie oder eure Freunde.«

196 und 210 tauschen Blicke. »Manchmal schon, aber es gibt für uns eben doch kein Zurück mehr. Sie werden uns immer wieder finden, egal wie weit wir gehen.«

Sie haben sich bereits damit abgefunden, nie wieder in ihr altes Leben zurückzukehren? Ich könnte das nicht. Ein Leben ohne Mum, Dad oder Tim. Was ist das? Das lässt sich doch nicht als Leben bezeichnen! Ich vermisse sie schon jetzt so sehr, dass ich feuchte Augen bekomme, wenn ich an sie denke.

»Was hast du heute Morgen?«, fragt mich 210, um vom Thema abzulenken.

»Nichts.« Ich hatte die ganze Nacht Zeit, um meinen Stundenplan auswendig zu lernen. Ich habe jeden Tag erst nach dem Mittagessen zwei Stunden lang irgendwelche Veranstaltungen. Heute muss ich an einem *intensiven Gruppengespräch* teilnehmen. Was auch immer das bedeuten mag.

»Dann musst du zurück in dein Zimmer. Findest du den Weg allein?«

Ich nicke. »Was macht ihr heute Morgen?«

»Mathematikunterricht. Ich will nämlich unbedingt noch mein Abitur machen«, erklärt 210.

196 deutet auf die Küche hinter der Ausgabetheke. »Ich bin heute den ganzen Morgen da drin, spüle und bereite das Mittagessen vor. So wie jeden Donnerstag.«

»Ihr arbeitet hier?« Erstaunt sehe ich die beiden an.

»Natürlich. Denkst du, wir bekommen das alles kostenlos? Uns wurde hier eine Welt aufgebaut, in der wir sein können, wer wir sind. Wir müssen unsere Gaben nicht verstecken. Wir sind hier frei, aber dafür müssen wir auch Aufträge ausführen und helfen.«

Ich schenke 210 einen kalten Blick. Ihre blonden glatten Haare sind fest in ihrem Pferdeschwanz verankert. Nicht eine Strähne fällt ihr ins Gesicht. »Du erzählst mir heute Morgen noch von den Türen, die beinahe immer geschlossen sind, jetzt von den Arbeiten. Ich bin nicht freiwillig hierhergekommen, sondern wurde entführt. Wenn du wirklich denkst, du oder irgendjemand unter uns wäre frei, dann weiß ich nicht, ob wir das Wörtchen *frei* gleich interpretieren.« Wütend nehme ich mein halb volles Tablett vom Tisch, nicke 196 zu und gehe zurück in mein Zimmer.

Wie kann es sein, dass die beiden Frauen so denken? Halten sie sich wirklich für frei? Wir müssen an irgendwelchen Kursen teilnehmen. *Intensives Gruppengespräch*. Was um alles in der Welt ist das für eine seltsame Therapie? Ist das eine Gehirnwäsche? Ich komme mir vor wie in einem Irrenhaus.

»Nummer 239, kommen Sie bitte mit.«

Erschrocken drehe ich mich zur Tür, denn es ist noch viel zu früh für meinen ersten Termin. Ein mir unbekannter Mann steht mit einem Klemmbrett im Türrahmen und blickt auf mich herunter. Obwohl er die Uniform der Aufpasser trägt, zögere ich. »Wohin bringst du mich?«

»In Raum 241.« Was er mir sagt, bringt mir gar nichts. Trotzdem weiß ich, dass ich mitkommen muss. Ich kann das gefährliche Blitzen in seinen Augen sehen. Es verrät mir, dass er nicht ganz so harmlos ist, wie er aussieht. Er ist sehr wahrscheinlich ein Dreamer – ich kann also nicht wissen, zu was er in Lage ist. Widerwillig folge ich ihm.

Die Gänge sind menschenleer. Die Wände, der Boden, die Türen sind im selben hellen Grau gehalten. Die Fenster, die wir passieren, besitzen alle Milchglasscheiben statt normalem Glas. Beinahe jede Tür, durch die wir gehen, muss vom Aufpasser mit einer Karte geöffnet werden. Irgendwie muss ich an so eine Karte herankommen.

Er trägt die Schlüsselkarte an einem Band um seinen Hals. Wenn ich eine Schere hätte, müsste ich ihm das Schlüsselband nicht über den Kopf ziehen, aber wie gelange ich an eine Schere?

»Hier hinein. Setzen Sie sich einfach. Es kommt sofort jemand.« Der braunhaarige Mann hält mir eine Tür offen. Dahinter ist ein kleiner Raum ohne Fenster. Das flackernde Licht der Neonröhre schmerzt in meinen übermüdeten Augen.

Sobald mein zweiter Fuß über der Schwelle ist, fällt die Tür hinter mir zu. Obwohl ich damit gerechnet habe, zucke ich vor Schreck zusammen. Ich sitze in der Falle. Die Tür lässt sich nur von außen öffnen. Es gibt hier keinen Griff, nur ein Kartenlesegerät.

Die schwarzen Fliesen und die dunkelgrauen Wände lassen den Raum noch kleiner wirken, als er wirklich ist. Der Tisch und die zwei Stühle in der Mitte des Zimmers sind die einzigen Möbel. Es gibt keine Kameras. Ich kauere mich auf einem der beiden harten Stühle zusammen, mache mich so klein wie möglich, um wenig Angriffsfläche zu bieten. Mein Atem ist ruhig und flach, während ich warte. Mein Blick ist starr auf den Ausgang gerichtet.

Schließlich wird die Tür geöffnet. Ich bewege mich nicht, während die Frau eintritt. Ihre kastanienbraunen Haare sind streng nach oben gesteckt. Eine lange Bluse hängt wie ein Sack an ihren Schultern herab. Ihre spindeldürren Beine enden in kleinen Füßen in hohe Absatzschuhen. Sie sieht aus, als wäre sie einem Schwarz-Weiß-Film entsprungen.

Nachdem sie sich gesetzt, ihre Unterlagen sortiert und einen Stift gezückt hat, blickt sie mich das erste Mal an. Ihr Ausdruck ist starr. »Willkommen, Nummer 239.«

Ich antworte nicht. Ihre Worte scheinen unendlich lange zu brauchen, um in meinem Gehirn anzukommen. Allmählich macht sich der Schlafmangel bemerkbar. Langsam verarbeite ich ihre Worte. Willkommen bei was?

»Ich werde Ihnen nun ein paar Fragen stellen. Sie sollten sich möglichst kooperativ zeigen, sonst könnte sich das auf Ihre Gesundheit auswirken.«

Bedeutet das, dass sie mich foltern würden? Unwillkürlich ziehe ich meine Beine noch enger an meinen Körper.

»Ihr ehemaliger Name ist Lilo Huth?«

Sie wartet darauf, dass ich nicke oder zustimme.

»Mein Name ist immer noch Lilo Huth«, antworte ich mit fester Stimme.

»Nein, ist er nicht. Sie sollten sich das möglichst schnell abgewöhnen. Ihr neuer Name ist 239.«

»Hat man Sie auch auf eine Nummer reduziert?«

»Wir sind alle Nummern. Das Leben besteht aus Nummern. Wir sind Steueridentifikationsnummern, Versicherungsnummern … Selbst wenn wir einen Wettkampf gewinnen, sind wir die Nummer eins.«

»Und trotzdem tragen wir Namen. Sie können nicht von mir verlangen, dass ich ihn ablege wie ein Paar getragene Turnschuhe.« Kampfeslustig schaue ich sie an. Sie macht sich Notizen und geht nicht weiter auf meinen Einwand ein.

»Sie und Ihre Mutter haben ziemlich viel über uns herausgefunden. Ist sie auch ein Dreamer?«, fragt die Frau. Ihr Blick klebt an dem Zettel in ihrer Hand.

»Das geht Sie überhaupt nichts an.«

Wieder schreibt sie etwas auf ihren Zettel. »Wie sind Sie dahintergekommen, dass wir euch Dreamern ein angenehmeres Leben bieten?«

Das ich nicht lache! So nennen sie das hier? Glauben sie wirklich, sie seien die Weltretter? Die Helden?

»Wie haben Sie mich gefunden?«, will ich stattdessen wissen. Irgendetwas in mir verlangt nach einer Bestätigung von Patricks Geschichte.

Ihr Stift fliegt über das Papier. »Kennen Sie noch weitere Dreamer?«

»Hoffen Sie das?«

»Sagen Sie uns deren Name.«

»Nein.«

Ein Lächeln umspielt ihre Lippen. »Es ist nicht so, dass wir noch nie jemanden hier gehabt hätten, der sich weigerte, irgendetwas zu sagen. Sie könnten sich einiges Unbehagen ersparen, wenn Sie kooperieren.«

Ich zögere. Ein Teil von mir will ihr nachgeben.

Du stoppst immer dann, wenn deine Visionen außerhalb deiner Komfortzone liegen. Das hatte mir meine Mutter vorgeworfen. Wenn ich der Frau vor mir nichts sage, wird sie mich foltern lassen. Aber wenn ich etwas verrate, bringe ich meine Freunde in Gefahr. Ich muss durchhalten! Für Tim, Dad, Martha und Jürgen!

»Nein«, wiederhole ich.

»In welcher Beziehung stehen Sie zu Philipp Ottermann?«

Patrick? Wollen sie mich auch über ihn ausfragen? Haben sie den Verdacht, dass er mehr nach außen getragen haben könnte?

»Das geht Sie nichts an.«

»Das geht mich sehr wohl etwas an. Immerhin ist er mein Kollege.«

Will sie mir das mitteilen, um mich zu schockieren? *Oh, nein, ich sollte überrascht sein, sonst wird er bestimmt bestraft!*

»Was?«, hauche ich und spiele die Entsetzte. Hoffentlich hat sie mir das abgekauft! »Und … wenn Sie Kollege sagen, dann ist das hier wirklich eine Firma? Ein Unternehmen, das organisierte Verbrechen durchführt? Was verkauft diese Firma denn? Schlaf?«, frage ich sie. Ich richte mich kerzengerade auf. Meine Füße sind nun fest mit dem Boden verankert. Wie viel kann ich über sie herausfinden? Wie viel wird sie mir erzählen?

Ein Schatten fliegt über ihr Gesicht, als sie mich direkt ansieht. Ich bin mir sicher, dass das ein Gefühl gewesen ist, doch ich kann es nicht deuten. Angst? Unsicherheit? Auf jeden Fall hat sie sich ungewollt versprochen.

»Woher wissen Sie das? Hat Herr Ottermann es Ihnen verraten?«

»Das habe ich selbst herausgefunden.« Ich grinse triumphierend, auch wenn ich keinerlei Freude empfinde.

»Wie haben Sie es herausgefunden?«

Ich tippe gegen meine Stirn. »Mit meinem Gehirn und den richtigen Hinweisen von verschwundenen Personen zum richtigen Zeitpunkt.«

Die Frau vor mir notiert sich einen kurzen Stichpunkt, dann zögert sie und blickt zu mir auf. »Sie sagten eben, die Hinweise wären von Personen gekommen, die bereits verschwunden sind. Das ist nicht möglich. Wir achten darauf, jeglichen Kontakt zur Außenwelt zu unterbinden.«

»Glauben Sie wirklich, einen Menschen auslöschen zu können, indem Sie die Namen in Zahlen umwandeln? Sie müssten alle Erinnerungen der Freunde und Bekannte an diese Person vernichten. Das können Sie nicht. Wir existieren weiter, egal wie Sie uns nennen oder welche Zahlen Sie uns geben.«

»Wollen Sie damit sagen, dass es immer jemanden geben wird, der Sie suchen wird? Ihre Mutter vielleicht?«

»Sie wissen nicht, wer die ganzen Menschen sucht, die hier leben. Die Polizei mag vielleicht aufgegeben haben, aber ich bezweifle, dass Frau Gassner sich damit abgefunden hat, dass ihr Mann sie einfach sitzen lassen hat.«

»Gassner … Nummer 237. Ich erinnere mich.«

Sie gibt also zu, dass Christian hier ist. Vielleicht laufe ich ihm am Nachmittag oder beim Essen über den Weg. Ich sollte aufmerksamer sein. »So ist es wohl mit jeder Person, die Sie hier einsperren. Nicht nur mit mir. Auch wenn wir verschwinden, existiert die Erinnerung an uns dort draußen immer noch weiter und die Polizei wird sicherlich nicht ewig zuschauen können, wie ihr uns verschleppt.«

***

Das Verhör dauerte den gesamten Vormittag. Die Brünette fragte mich hauptsächlich über meine Mutter aus, was sie herausgefunden hat oder herausgefunden haben könnte. Ich habe ihr nicht geantwortet – zumal Mum mir überhaupt nichts erzählt hat.

Erschöpft kauere ich vor meinem Essen. Neben mir sitzen unbekannte Menschen mit fremden Nummern. Christian, Doc und Patrick konnte ich bisher nicht entdecken.

All die Leute reden miteinander, als würden sie sich schon seit Ewigkeiten kennen. Aber ich will sie nicht kennenlernen. Ich will nicht zu ihnen gehören. Ich will hier raus.

Beim Blick auf das Essen wird mir schlecht, weswegen ich

mein Tablett von mir wegschiebe. Mein rechter Nachbar fragt mich etwas, ich nicke, obwohl ich nicht weiß, was er gesagt hat. Er gibt sich damit zufrieden und nimmt sich meinen vollen Teller. Darf man sich hier noch nicht einmal eine zweite Portion holen?

Irgendwie findet mich 210 in dem Chaos aus mintfarbenen Uniformen. Ich weiß nicht, ob ich mich darüber freuen soll. Das einzige Gute an ihrer redseligen Anwesenheit ist die persönliche Begleitung zu meinem nächsten Kurs, den sie zum Glück nicht mit mir zusammen hat. In dem Raum vor mir befinden sich neun Personen. Genau wie die anderen setze ich mich in den Stuhlkreis. Sie sind alle ruhig und schweigen vor sich hin. Ich genieße die plötzliche Stille. Sie beruhigt mein Inneres, das noch vom Verhör aufgewühlt ist. Patrick hatte recht. Mum schwebt in Gefahr – auch wenn sie gar kein Dreamer ist. Sie weiß viel mehr, als sie sollte.

»Guten Tag.«

Ich schrecke hoch. Ein Mann mittleren Alters kommt herein. Sein Gang ist schwungvoll und er nickt uns aufmunternd zu. »Geht immer paarweise zusammen, nehmt ein Plakat und zeichnet darauf eine Mindmap zum Thema Schlaf. Viel Spaß! Ich schau bei jeder Gruppe mal vorbei.«

Träge stehen meine Leidensgenossen auf und bilden Gruppen. Ein ungefähr zehnjähriger Junge mit unzähligen Sommersprossen bleibt übrig und ich gehe zu ihm. Wie konnte er hierher gelangen? Warum konnten sie ihn einfach entführen? Vermisst er seine Eltern? Das alles muss schrecklich für ihn sein.

Er hält bereits ein DIN A3 Blatt und zwei Stifte in der Hand. »Schreibst du? Ich habe nicht so eine schöne Schrift.«

»Klar, kann ich machen.« Wir setzen uns auf den Boden neben einer Milchglasscheibe. Warmes Sonnenlicht sickert herein. Heute muss ein angenehmer Herbsttag sein. Noch haben wir November, erinnere ich mich. Es scheint bereits so lange her zu sein, seitdem ich aus meinem alten Leben gerissen wurde.

»Ich bin 203. Und du?«

»Ich heiße Lilo.«

Der Junge wirft unserem Kursleiter einen schnellen Blick zu und flüstert dann: »Wir dürfen unsere Namen nicht nennen.« Und dann fügt er mit einem zweiten Blick auf den Kursleiter hinzu: »Aber ich bin … ich war Oskar.«

Ich zucke mit den Schultern und ignoriere, dass er die Vergangenheitsform verwendet. »Macht ihr solche Übungen häufiger?«

»Jede Woche.« Mit dem grünen Stift malt Oskar einen großen Kreis in die Mitte. »Zuerst müssen wir Mindmaps zeichnen und danach darüber reden. Letzte Woche war das Thema Leben dran.«

Leben … das hier ist zumindest kein Leben. »Wo kommst du her?«

Wieder sieht sich der Junge ängstlich um. »Aus der Nähe von Schweinfurt. Wenn wir die Aufgabe richtig gut machen, kann ich mir ein neues Buch aussuchen.«

Okay … er möchte nicht darüber sprechen, was vor seinem Aufenthalt in diesem Haus einmal gewesen ist. Ich schreibe das Wort Schlaf in Großdruckbuchstaben in den mittleren Kreis. Oskar zieht Linien zu kleineren Ovalen.

»Nacht, Schlafstörung, notwendig«, schlage ich vor, während ich bemerke, dass meine Konzentration immer weiter nachlässt. Mein Blick schweift unablässig durch den Raum, ohne irgendetwas bewusst wahrzunehmen.

Oskar nickt. Er sieht mir dabei zu, wie ich die drei Punkte in die kleinen Blasen schreibe. Sobald mein Stift den letzten Buchstaben vollendet hat, schießt er los. »Die Nacht ist dunkel und kalt. Man kann manchmal den Mond und die Sterne sehen.«

Ich sehe ihn ungläubig an. »Hast du hier schon einmal den Mond oder die Sterne gesehen?«

Er schüttelt zögernd den Kopf. In seinen Augen glänzt Traurigkeit. »Nein, hier kann man nicht rausschauen, aber früher habe ich ihn oft gesehen.« Niedergeschlagen lässt er den Kopf sinken und wartet, bis ich seine Vorschläge aufgeschrieben habe.

»Den Schlaf braucht man, weil man sonst müde ist und nicht so gut arbeiten kann.«

Ich füge dem Wort notwendig eine kleine Liste hinzu. *Verarbeitung des Tages, zur Ruhe kommen, entspannen, nur das Gehirn arbeitet, Herunterfahren des Körperkreislaufes. Unter Schlafstörung schreibe ich Zittern, Konzentrations- und Aufmerksamkeitsdefizit, Unruhe, Nervosität und Halluzinationen.*

»Was sind Halluzinationen?«, fragt mich der Junge.

»Das ist, wenn du glaubst, etwas zu sehen, was aber nicht da ist.« In dem Moment fällt mir etwas ein, das Tim mir letztens vorgelesen hat: *Melatonin*. Das Hormon, das den Menschen müde werden lässt. Auch das erkläre ich meinem kleinen Freund.

»Da fehlt aber noch etwas.«

»Und was?«

Er kommt ganz dicht zu mir. »Frau Sandmann«, flüstert er mir hinter vorgehaltener Hand zu.

Verwirrt sehe ich ihn an. Frau Sandmann? Glaubt er noch an so etwas? Aber heißt es nicht *der* Sandmann? Der ist doch männlich, oder?

»Wer ist denn die Frau Sandmann?«

»Na, die mit den braunen Haaren und dem grauen Anzug. Die bestimmt immer, wann man schlafen darf und wann nicht. Heute darf ich nicht schlafen, weil ich mich in der Mittagspause mit einem anderen Jungen geprügelt habe. Wir mussten auseinandergezerrt werden, deshalb dürfen wir heute Nacht nicht schlafen.«

Die Frau, mit der ich heute Morgen sprechen musste, trifft die Entscheidung darüber, wann jemand den Schlaf *verdient* hat? Das kann nichts Gutes für mich bedeuten …

»So, wie weit sind Sie?« Der Kursleiter sieht über meine Schulter. »Gut, ich denke, das reicht, um darüber zu diskutieren.« Er hebt unser Plakat vom Boden auf und klebt es an die Wand zu den übrigen vier Papierbögen. Wir setzen uns zu den restlichen Teilnehmenden in den Kreis zurück und lesen uns die Ergebnisse der anderen durch. Im Gegensatz zu Oskar und mir haben die Übrigen die Vorteile des Dreamer-Daseins notiert. Im Stillen bete ich, dass der kleine Junge sich trotzdem ein Buch aussuchen darf. Das Gespräch kommt nur langsam ins Rollen, doch nach kurzer Zeit berichten alle über ihre Erlebnisse, die sie nachts schon miterlebt haben. Nur ich sitze mit verschränkten Armen auf meinem Stuhl und blicke finster in die Runde.

Das bemerkt auch unser Kursleiter, der sich ein Klemmbrett auf den Schoß gelegt, einen Stift gezückt und sich etliche Notizen gemacht hat.

»239, möchten Sie uns auch etwas erzählen?«, unterbricht er eine grauhaarige Frau.

»Ich denke, dass dieses Gespräch nur dazu nützt, mehr über uns herauszufinden. Alles, was wir hier sagen, könnt ihr gebrauchen. Vielleicht sind es unachtsam ausgesprochene Namen, aber vielleicht wollt ihr uns auch nur besser kennenlernen – uns einschätzen und uns von unserem Ich noch weiter entfernen.«

Im Raum herrscht plötzlich ein angespanntes Schweigen. Alle sehen den Kursleiter an und spitzen die Ohren.

»Das ist eine interessante Aussage. Was sage ich da? Es ist eigentlich eine heftige Unterstellung.«

»Warum machst du dir dann seit Anfang des Gesprächs Notizen?«

Sein Lächeln ist verschwunden. »Ich mache mir Notizen, um die Entwicklungen der Teilnehmenden nachverfolgen zu können.«

»Und wohin sollen wir uns entwickeln?«

»Das ist allen selbst überlassen. Wohin möchten Sie sich denn entwickeln?«

»Ich möchte hier raus.«

»Dann spielen Sie mit.« Mir entgeht sein drohender Unterton nicht, als er mich mit seinen Augen fixiert.

»Die Zeit ist fast um. Können wir schon zurück in unsere Zimmer?«, fragt mein linker Nachbar.

Der Kursleiter schielt auf seine Uhr und nickt. »Das passt. Wir sehen uns nächste Woche wieder.« Die Menschen um mich herum stehen auf und lassen den Kursleiter mit seinem Klemmbrett allein zurück. Nein, nicht ganz allein. Oskar geht zu ihm und fragt vorsichtig, ob er denn ein Buch haben könne, er hätte sich so sehr bemüht, mitzuarbeiten.

Der Kursleiter nickt, sodass Oskar freudig zu einer Kiste hinüber huscht. Er wählt ein relativ dickes Kinderbuch, doch schiebt heimlich noch eine dünne Lektüre unter die erste, dann bedankt er sich und kehrt dem Kursleiter den Rücken zu.

Ich warte draußen auf ihn.

»Man stiehlt nicht.«

Oskar zuckt ertappt zusammen. Er will schon eine Entschuldigung stammeln, aber ich komme ihm zuvor. »Ich verrate dich schon nicht. Du hast wahrscheinlich die ganze Nacht Zeit zu lesen.«

Zusammen gehen wir die Gänge entlang. Ich hoffe, er führt mich zu dem Flur, in dem ich wohnen muss.

»Danke. Du hast aber auch die ganze Nacht Zeit, oder?«

»Woher weißt du das?«, frage ich ihn überrascht.

»Du bist neu. Neue schlafen in der ersten Woche fast nie.«

Die Aussicht auf sechs weitere schlaflose Nächte finde ich überhaupt nicht gut. »Wie lange bist du schon hier?«

»Vier oder fünf Monate. Ich zähle eigentlich nicht mehr mit.«

»Willst du denn nicht nach Hause?«, frage ich ihn, als er mich zu einem Aufzug bringt, den ich zuvor noch nie gesehen habe.

»Ich hatte kein Zuhause. Oder nur welche, die ich Zuhause nennen musste. Aber eigentlich war mir das Heim immer am liebsten.«

»Du bist eine Waise?«

»Ich mag das Wort nicht.« Die Aufzugtüren öffnen sich und wir gehen hinein. »Du bist im zweiten Stock, nicht wahr?«

»Ja«, sage ich gedehnt, als ich mich daran erinnere, am Morgen zwei Stockwerke nach unten gelaufen zu sein. Enttäuscht stelle ich fest, dass 203 im ersten Geschoss lebt.

»Wir sehen uns«, rufe ich ihm nach. Am liebsten hätte ich den kleinen, niedlichen Jungen mitgenommen. Er scheint die erste Person zu sein, die sich nicht unbedingt an alle Regeln hier hält und ich hätte ihn so gerne näher kennengelernt.

Ein leiser Glockenton erklingt und erinnert mich daran, auszusteigen. Auf der Suche nach meinem Zimmer entdecke ich zahlreiche neue Gänge, die vermutlich mit weiteren Zimmern gespickt sind. Sie sehen alle gleich aus. Ich laufe immer weiter – vollkommen orientierungslos. Wahrscheinlich bin ich schon an meinem Gang vorbeigegangen.

»239, was machen Sie hier?« Die donnernde Stimme lässt mir die Haare zu Berge stehen. Sie gehört unverwechselbar Nummer 54.

»Ich habe mich verlaufen«, gebe ich kleinlaut zu.

»Kommen Sie mit!«, werde ich schroff aufgefordert. Wie ein Häufchen Elend schleiche ich hinter ihr her. Sie führt mich zurück bis zum Aufzug und biegt dann links in einen anderen

Hauptflur ein. »210 sollte eigentlich vor Ihrem Unterrichtsraum auf Sie warten.«

»Der Kurs wurde vorzeitig beendet.«

Der vierte Gang, den wir passieren, ist meiner. Meine Begleiterin schickt mich hinein und verschwindet. Die Zimmer und der Flur haben sich mit Frauen gefüllt. Sie stehen in Grüppchen zusammen oder sitzen in den Zimmern und unterhalten sich lautstark.

Gerade als ich an 210s Zimmer vorbeilaufe, werde ich von ihr hineingerufen. Etwas widerwillig schließe ich mich der kleinen Gruppe von Zwanzig- bis Fünfundzwanzigjährigen an.

»Ich habe dich überall gesucht«, behauptet 210.

»Ich habe mich verlaufen.«

»Sieh mal, mein neues Radio.« Sie nimmt jemandem das silberne Gerät ab und streckt es mir entgegen. »Es läuft gerade N-Joy. Viel mehr bekomme ich nicht wirklich rein.«

N-Joy? Ist das ein Lied? Ein Radiosender? Davon habe ich noch nie etwas gehört. Wo um alles in der Welt bin ich gerade?

210 verliert das Interesse an mir und wendet sich an eine Frau mit widerspenstigen braunen Locken, die mich sehr genau mustert.

Ich höre ihnen nicht zu, sondern halte das Radio an mein Ohr, um verstehen zu können, über welche Stadt dort gesprochen wird, denn gerade kommen die Nachrichten. Zuerst die weltweiten, dann die regionaleren. Und plötzlich höre ich meinen Namen. Ungläubig halte ich das Radio noch näher an mein Ohr.

»Die siebzehnjährige Lilo wird immer noch vermisst. Das letzte Mal wurde sie an ihrer Schule gesehen, von wo aus sie spurlos verschwand. Die Polizei geht von einem organisierten Verbrechen aus und bittet um Mithilfe. Sie fordert die Bevölkerung deutschlandweit auf, bei einem Verdacht oder Hinweis die Behörden zu kontaktieren.«

24. Kapitel

Die zweite Nacht ist noch unerträglicher als die erste. Ich habe genügend Melatonin im Blut, denn ich bin hundemüde. Ich liege auf meinem Bett und muss ununterbrochen gähnen. Ich habe bereits den Inhalt des Kartons in den Schrank geräumt, war duschen, habe mir zweimal die Zähne geputzt und endlich begonnen, das dicke Buch zu lesen. Ich bin auf Seite siebzig und ich sterbe bald an Langeweile, wenn ich nicht vorher wegen des Schlafmangels tot umfalle. Leider weiß ich, dass mein Körper durchaus in der Lage ist, noch weitere schlaflose Nächte durchzuhalten.

Die winzigen Buchstaben verschwimmen vor meinen müden Augen und irgendwann reiße ich die erste Seite heraus und bastele damit ein Flugzeug, das ich durch das Zimmer werfe.

»Lilo? Schläfst du?«

Erschrocken schreie ich auf. Wie von der Tarantel gestochen springe ich aus dem Bett. Zumindest fühlt es sich so an. In Wirklichkeit ist meine Reaktion so langsam, dass ich nicht annähernd mit einer Tarantel mithalten kann, obwohl Adrenalin durch meine Adern gepumpt wird.

Oskar steht unschuldig wie ein Engel vor meinem Bett und sieht mich ebenso entsetzt an, wie ich es bin.

»Nein, ich bin noch wach«, sage ich außer Atem.

»Liest du mir vor?« Lächelnd macht er es sich auf meinem Bett bequem.

Ganz langsam beruhige ich mich wieder. »Wie kommst du hier herein? Die Türen sind alle abgeschlossen.«

»Ja, aber für mich ist das kein Problem.«

»Für dich?« Ich setze mich neben ihn und nehme ihm das Buch aus der Hand.

»Ich kann doch durch Wände und Türen gehen.«

»Natürlich«, sage ich sarkastisch, denn ich bin mir sicher, dass er mir das noch nicht erzählt hat. So etwas hätte ich mir gemerkt. Mit dieser Gabe wäre ich schon längst von hier verschwunden. Vielleicht wäre auch er von hier weggelaufen, wenn er ein Zuhause hätte. Aber Oskar wird nicht davonlaufen. Hier hat er wahrscheinlich mehr Familie als jemals zuvor – immerhin sind wir alle Dreamer und irgendwie auch alle Waisen.

Nachdenklich klopfe ich auf den Buchdeckel. »Kannst du Personen mit durch Wände nehmen?«

Oskar schüttelt energisch den Kopf. »Nur Dinge.«

Schade, dann muss ich eben doch an eine dieser Ausweiskarten rankommen. »Und du bekommst keinen Ärger, wenn du hier bist?«

Der Junge vor mir zögert erst, dann zuckt er mit den Schultern. »Ich weiß nicht, aber du liest mir ja nur vor.«

Ich lächele den kleinen Jungen an und schlage den Buchdeckel auf. »Hast du schon angefangen zu lesen?«

»Nein.«

»Liegst du bequem?«, frage ich ihn. Er kuschelt sich an mich und nickt. Dann beginne ich, die großen Buchstaben vorzulesen.

Je länger ich spreche, desto häufiger verhaspele ich mich. Immer wieder muss ich Sätze von vorne beginnen, doch Oskar beschwert sich nicht. Ihm geht es wohl genau wie mir. Aber diese Geschichte zu hören und zu lesen, ist immer noch besser, als sinnlos herumzusitzen.

Oskar steht nach dem vierten Kapitel auf, bedankt sich und verlässt mich. Wie ein Geist läuft er einfach durch die dicke

Metalltür. Als ich sehe, wie erst sein rechter Fuß und als letztes sein Haarschopf verschwindet, jagt es mir eine Gänsehaut über den Rücken.

Ich lege mich auf das Bett zurück und warte. Die Zeit bis zum Frühstück fühlt sich an wie drei Nächte am Stück. Als ich schließlich in der Kantine sitze, kommen mir die entspannten Gesichter irreal vor. Das helle Licht der Neonröhren blendet mich und der Lärmpegel ist kaum erträglich. Diese extremen Eindrücke bereiten mir eine unangenehme Übelkeit. Notdürftig quäle ich eine trockene Scheibe Brot in mich hinein, während ich nach bekannten Gesichtern Ausschau halte.

Leider erfolglos.

Dann kehre ich in mein Zimmer zurück, um auf das nächste Verhör zu warten. Ich lasse das Licht aus und genieße die Stille, sodass die Übelkeit wieder etwas abflaut.

Kurz darauf werde ich von demselben Mann abgeholt wie gestern. Ich muss dringend einen Ausgang finden, sonst nutzt mir die Schlüsselkarte nichts. Nicht einmal die Fluchtwege sind markiert!

Kommentarlos führt er mich wieder in den Verhörsaal. Die Brünette betritt den Raum, setzt sich auf ihren Platz, sortiert ihre Unterlagen. Sie fragt mich dieselben Fragen, ich verweigere wieder die Antworten. Doch mein Gehirn ist träge und ich brauche länger, um mir die Aussagen zurechtzulegen.

»Sind Sie müde, 239?«

»Was wären Sie nach zwei Nächten ohne Schlaf?«

»Ich habe von Ihrem Verhalten gestern gehört. Wenn Sie weiterhin die Kurse stören, werden Sie wohl niemals eine ruhige Nacht bekommen.«

Es vergehen mehrere Sekunden, bevor ich in der Lage bin, ihr zu antworten. »Ich wurde aufgefordert, meine Meinung zu äußern.«

»Nein, Sie wurden aufgefordert, sich an dem Gespräch zu beteiligen.«

Ihre dunklen Augen mustern mich wachsam. Sie erinnert mich an einen misstrauischen Wolf.

»Das kommt auf dasselbe raus.«

»Sie sollten Ihre Meinungen für sich behalten. In welcher Beziehung standen Sie zu Herrn Ottermann?«, wechselt sie schlagartig das Thema.

Mir wird übel. Ich fühle mich von ihm verraten – als hätte er mich eigenhändig hierher geschleift.

»Fragen Sie ihn das doch selbst.«

»Das haben wir bereits.«

»Ich werde mich nicht dazu äußern.«

»Hier frage ich nach Ihrer Einschätzung.«

Ich muss freudlos lachen. »Ich darf meine Meinung nicht laut aussprechen.«

»Wo befindet sich Ihre Mutter zurzeit?«

»Keine Ahnung«, gebe ich zu.

»Woher kennen Sie das Hormon Melatonin?« Eine einzelne Haarsträhne fällt ihr ins Gesicht. Hektisch streicht sie sie hinters Ohr.

Verwirrt blicke ich sie an. Zuerst weiß ich gar nicht, wie sie darauf kommt, doch dann fällt mir ein, dass ich das Hormon gestern auf das Plakat geschrieben habe. »Wir haben es in Biologie behandelt.«

»Sie hatten seit der zehnten Klasse keinen Biologieunterricht mehr.«

»Wie weit sind Sie in meine Privatsphäre eingedrungen?«, rufe ich empört aus.

Die Frau lächelt mich an, als wäre ich ein kleines, dummes, naives Mädchen. »Sie haben keine Privatsphäre mehr. Also, woher kennen Sie das Hormon Melatonin?« Ihre Worte sind wie Trommelschläge in meinem Bewusstsein. Laut und unerträglich.

»Mein bester Freund – den Sie sicherlich auch kennen – hat letztens neben mir Biologie gelernt und da ging es um Hormone«, sage ich genervt.

»Warum haben Sie nicht sofort die Wahrheit gesagt?«, fragt sie mich.

»Weil es Sie einen Scheißdreck angeht. Wieso reiten Sie überhaupt so sehr darauf he -« Plötzlich weiten sich meine Augen. Mein müdes Gehirn ist also doch noch zu etwas brauchbar. Tim hat mir vorgelesen, dass es Firmen gibt, die Schlaf verkaufen. Ist es tatsächlich möglich, dass diese Firma *unseren* Schlaf verkauft? Den Schlaf der Dreamer?

Die Brünette beobachtet mich verwirrt. Sie weiß nicht, was in mir vorgeht.

»Ist alles in Ordnung, 239?« Vorsichtig beugt sie sich ein wenig zu mir.

»Ja.« Stocksteif sitze ich auf meinem Stuhl, während sie sich weitere Notizen macht. »Kann ich jetzt gehen?«

Ich stelle entzückt fest, dass ich sie immer wieder überrasche. Mit hochgezogenen Augenbrauen schielt sie erst zu mir und danach auf ihre Uhr. »Nein, wir haben noch eine Stunde bis zum Mittagessen.«

Ununterbrochen prasseln Fragen über Mum, Patrick und jetzt auch über Tim auf mich ein. Ich presse meine Hände auf meine Ohren, um die Lautstärke abzudämpfen. Nur wenige Worte und sie würde mich in Ruhe lassen. Nur vier Namen und der Albtraum wäre vorbei …

»Ich liebe euch zu sehr, um euch das anzutun!«, verspreche ich stumm meinen Freunden und lasse Frau Sandmanns Fragen einfach an mir abprallen – so wie Regen an einem Schirm abperlt.

Ich antworte nicht mehr, schalte auf Durchzug. Meine Augen starren ihr ein Loch in den Hals, ohne dass ich sie wirklich wahrnehme. Erleichtert verlasse ich nach der Stunde den Vernehmungsraum.

Dem Mittagessen folgt eine Sportveranstaltung, an der die Bewohner mehrerer Gänge teilnehmen. 210 und ich ziehen uns kurz um und gehen dann mit den anderen unserer Abteilung in eine riesige Halle. »Die Trennwände werden heruntergelassen, sobald sich Mannschaften gebildet haben. Meistens wird Fußball, Basketball und Volleyball angeboten«, erklärt mir 210. »In den einzelnen Rubriken spielt jeder gegen jeden, was normalerweise den ganzen Nachmittag in Anspruch nimmt.«

Die Vorstellung, jetzt herumzurennen, dafür zu sorgen, dass mein Gehirn immer wieder gegen die Schädeldecke stößt, lässt mich erschaudern. Die schlaflosen Nächte nagen an meiner Substanz. Meine Augen brennen und blinzeln viel häufiger als sonst, während mein Kopf von dem ganzen Lärm brummt.

210 schubst mich in eine Schlange. Während wir warten, betrachte ich sie genauer. Sie ist einen ganzen Kopf größer als ich und sportlich. Ihre dünne, durchtrainierte Figur besitzt nicht ein Gramm Fett. Die kurze Sporthose, die sie trägt, lässt ihre Beine noch länger erscheinen. Als sie die Arme hebt, um ihren Zopf fester zu ziehen, fällt mein Blick auf ein Tattoo, das sich auf der Innenseite ihres Oberarms befindet.

»Was hast du da?«, frage ich sie.

Schnell nimmt sie die Arme wieder herunter und zieht am Ärmel, der nach oben gerutscht war. »Nichts.«

»Da war doch ein Tattoo.«

»Nein. Und jetzt sei still«, fährt sie mich schroff an.

Ich schweige. Warum gibt sie nicht zu, dass sie ein Tattoo trägt? Das ist doch nichts Schlimmes. Aber vielleicht weiß hier niemand etwas davon. Wenn ich jemanden den Namen wegnehme, würde ich dann nicht auch versuchen, alle persönlichen Wiedererkennungsmerkmale zu beseitigen?

Also hat auch 210 ihre Geheimnisse. Ich muss lächeln. Die Dreamer sind wohl rebellischer, als Sebastian ahnt. Es findet sich eben niemand einfach so damit ab, entführt und eingesperrt zu sein – egal wie gut man uns behandeln oder bedrohen mag.

Ich trage mich für Basketball ein, 210 für Fußball. Vor mir liegen fünf Spiele. Schon beim ersten muss ich bis an meine Grenzen gehen, um für meine Mannschaft ein klein wenig nützlich zu sein. Ich fange den Ball nicht sonderlich oft, werde häufig einfach abgeschossen, weil ich wie betrunken über das Spielfeld torkele, und auf den Korb kann ich in den fünf Spielen nur ein einziges Mal werfen.

Vollkommen am Ende falle ich nach der Sportfolter in mein Bett. Jeder Muskel und jedes Gelenk von Kopf bis Fuß tut mir weh und zittert. Als ich liege, wird mir das nur noch mehr bewusst. Stöhnend kämpfe ich mich wieder hoch und hole mein Duschzeug. Mit schleppenden Schritten laufe ich über den Gang, nur um zu sehen, dass alle Duschen besetzt sind.

»Da hast du keine Chance«, sagt 210. Sie steht an ihrer Tür und beobachtet mich, wie ich in mein Zimmer zurücktaumele. »Entweder du bist eine von den Schnellen oder du wartest gleich eine halbe Stunde, bis die Damen sich gewaschen haben.«

Genervt schaue ich sie an. Lässig zieht sie ihre Schuhe aus. Wahrscheinlich ist sie eben erst von den Fußballspielen zurückgekommen, doch sie sieht vollkommen entspannt aus. »Kommst du mit rein?«

Müde nicke ich.

Sie bietet mir ihren Hocker an, auf dem ein rosafarbenes Sitzkissen liegt. Dankbar setze ich mich darauf und beobachte sie, während sie die Tür schließt und frische Unterwäsche sowie Duschzeug zusammensucht.

»Kannst du das Tattoo bitte für dich behalten? Ich will nicht, dass irgendjemand davon erfährt.«

»Ist schon gut. Wieso sollte ich dich verraten? Immerhin stehen wir doch alle auf derselben Seite.«

210 lächelt mich erleichtert an. »Danke.«

»Passt schon.«

»Ich habe die beiden Tattoos vor zwei Jahren machen lassen. Eins für meinen Vater und eins für meine Mutter. Papas Namen habe ich auf meinen Arm schreiben lassen, weil er mir immer wie ein großer Beschützer vorkam.« Tränen schimmern in ihren Augen. Sie will sich überhaupt nicht daran erinnern, weil sie weiß, dass das vorbei ist. Ich könnte sie trösten, doch irgendwas hält mich zurück. »Er konnte mich hiervor nicht beschützen.«

Sie wischt sich mit der freien Hand über die Nase, schüttelt den Kopf, dann hat sie sich wieder gefangen. »Tut mir leid, dass ich dir das alles erzähle. Je mehr du weißt, desto mehr kannst du verraten und wenn du es nicht tust, wird es dir schlechter gehen.«

»Es ist immer noch meine Entscheidung, was ich ihnen mitteile. Sie müssen nicht alles wissen.«

»Wie schaffst du das nur? Ich habe schon nach meinem zweiten Tag alles ausgeplaudert, was ich wusste.« Sie zieht ihr T-Shirt aus. Darunter trägt sie den hässlichen BH, der zu unserer Uniform gehört, doch unter ihrer linken Brust steht in verzierter Schreibschrift *Margarete*.

»Bevor ich irgendjemandem meiner Freunde das hier antue, leide ich und warte darauf, dass sie mich hier rausholen«, antworte ich.

»Glaubst du, du wirst dieses Leben hier drinnen jemals hinter dir lassen können?« Ihre Miene ist ungläubig, beinahe anzweifelnd. Als ich nicht sofort antworte, dreht sie sich von mir weg. »Es ist, wie 196 gesagt hat. Sie kennen uns auswendig. Sie wissen, wo wir hingehen werden. Wir können ihnen nicht entkommen. Alles, was uns bleibt, ist die Erinnerung und das Wenige, das wir von unserem früheren Ich bewahren können. Aber genau das macht unsere Situation eigentlich so unerträglich.«

25. Kapitel

»In welcher Beziehung stehen Sie zu 203?«

»Wie bitte?«, frage ich kaum hörbar. Meine Augen sind nicht weiter als einen Spalt breit geöffnet. Meine Lider sind so schwer, dass es schmerzt, die Augen offen zu halten. Mir ist kalt und ich trage mehrere Oberteile, doch es hilft nichts. Die Kälte kommt tief aus meinem Innern.

»In welcher Beziehung stehen Sie zu 203? Er hat die letzten zwei Nächte bei Ihnen verbracht. Erklären Sie mir das bitte.«

In meinem Kopf hämmert das Blut laut durch die Adern, sodass ich Frau Sandmann kaum verstehen kann. Ich starre sie einige Sekunden verständnislos an, bis mein Gehirn die Informationen verarbeitet hat. 203? Sie meint Oskar! Er ist wieder zu mir gekommen, damit ich ihm vorlese. Irgendwann war er in meinem Arm eingeschlafen. »Weiß nicht.«

»Wenn Sie mir nicht antworten, werden wir in Ihrer Zelle Kameras anbringen«, droht sie.

Für einen Moment schließe ich die Augen und hole Luft. »Tun Sie sich keinen Zwang an.«

Frau Sandmann macht sich fleißig Notizen. »Kennen Sie weitere Dreamer?«, versucht sie es aufs Neue.

»Ja.«

Sofort treten Tränen in meine Augen. Es war ein Moment der Schwäche. Die Lügen fallen mir immer schwerer. Mein Kopf ist zu laut, meine Augen zu schwer, das Sitzen zu anstrengend, aber ich darf nicht nachgeben.

»Nennen Sie uns deren Namen.«

Ich lasse meinen Kopf kreisen, um meine Nackenmuskulatur zu entspannen, und beiße die Zähne zusammen. Ich kann nicht zurücknehmen, was ich gesagt habe, doch ich darf nicht noch mehr verraten. Ich schaffe das!

»Nein.«

»Das sagen Sie jetzt schon seit drei Tagen.«

Ich muss lächeln. Dieser Kommentar bestärkt mich nur noch mehr in meinem Vorhaben zu schweigen.

Frau Sandmann lehnt sich auf ihrem Stuhl zurück und liest ihre Notizen durch. »Wie haben Sie herausgefunden, dass Doktor Volker verschwunden ist?«

»Wer ist Doktor Volker?«, murmele ich, starre sie an. Doc! Sie spricht von Doc. Schon wieder.

»Derselbe Herr, über den ich Sie bereits seit zwei Tagen ausfrage.« Mit hochgezogener Augenbraue sieht sie mich an. Es ist ein Wunder, dass meine Müdigkeit nicht wie ein Floh auf sie überspringt.

Ich schweige, weil mein Gehirn keine passende Antwort ausspuckt.

»Hören Sie: Warum verraten Sie mir nicht einfach, was ich wissen möchte, dann lasse ich Sie in Frieden, befrage andere Personen und Sie können wieder in Ruhe schlafen.«

Das klingt verlockend. So verlockend, dass ich beinahe alles ausgeplaudert hätte. Ich reiße mich zusammen, hole tief Luft und sehe sie direkt an. »Ich habe Sie nie um Ihre Anwesenheit gebeten. Sie können jederzeit gehen, wenn ich Ihnen zu sehr auf den Geist gehe«, sage ich mit lahmer Stimme. Lalle ich sogar schon?

In diesem Augenblick hätte sie mich am liebsten geohrfeigt. Das sehe ich an dem wütenden Aufblitzen ihrer Augen, an ihren zuckenden Nasenflügeln und den Kiefermuskeln, die sie anspannt. Doch sie atmet langsam aus und bleibt ruhig. »Sie werden noch sehen, wohin Ihr Verhalten führt. Unser Gespräch ist für heute beendet.«

Mit diesen Worten schiebt sie ihre Unterlagen zusammen, geht zur Tür und öffnet sie mit ihrer Karte. Während sie den Raum verlässt, kommt 84 herein und bringt mich in mein Zimmer zurück. Die Uhr im Flur zeigt mir, dass ich noch eine ganze Stunde bis zum Mittagessen habe.

Ich lege mich auf mein Bett – wohlwissend, dass ich nicht einschlafen werde. Ich spüre einen kreisförmigen Druck an meinem Kopf, doch wenn ich mich an den Schläfen berühre, ist dort nichts. Allmählich habe ich auch das Gefühl, die Kontrolle über meine Muskeln zu verlieren. Als wären sie eingeschlafen, beginnen meine Glieder immer wieder zu kribbeln, werden taub oder zittern.

Ich greife nach meiner alten Kleidung und atme den Geruch ein. Es verstärkt mein Heimweh. Ich vermisse mein Zuhause, Mum, Dad, Tim und Martha. Ein Bild taucht vor meinen Augen auf. Wir alle zusammen am Strand – glücklich. Und dann höre ich meinen Vater, der mir zuflüstert, dass diese Zukunftsversion – wenn auch die schönste – nur eine von vielen ist. Mir laufen Tränen über die Wangen, während das Bild vor meinen Augen zu Staub zerfällt.

Ich drücke die Kleider schluchzend an mich. Ich werde alles bewahren. Alles. Alles, was sie vernichten wollen.

***

Ich torkele durch die Tischreihen des Speisesaals und lasse vor Überraschung beinahe mein Tablett fallen.

Dort sitzt Patrick! Er sieht so aus, wie ich mich fühle. Fix und fertig.

Kurzentschlossen gehe ich auf ihn zu. In mir brodelt unbändige Wut. Ich wäre nicht hier, wenn er mich nicht im Stich gelassen hätte!

Er bemerkt mich erst, als ich mein Tablett vor ihm auf den Tisch knalle.

»Lilo?«, keucht er und blickt mich entsetzt an.

»Dir auch einen schönen Tag.«

Patrick sieht sich nach allen Seiten um, doch es ist hier im Raum so voll und laut, dass uns niemand Beachtung schenkt.

»Ich denke nicht, dass es gut ist, wenn man uns zusammen sieht«, flüstert er mir zu und schiebt sein unangerührtes Essen auf den freien Platz neben sich.

»Warum? Du hast doch nichts getan, sondern einfach zugelassen, dass sie mich entführen.«

Er schnauft frustriert: »Das sehen sie anders. Ich habe mich Sebastians Befehl schon an Emelys Geburtstag widersetzt. Sie vermuten, dass ich dich gewarnt habe, und denken jetzt, ich wollte sie ablenken, damit du entkommen kannst.«

»Dann hätte es auch keinen Unterschied gemacht, wenn du mir geholfen hättest«, zische ich.

Patrick beugt sich weiter zu mir vor, damit wirklich niemand um uns herum etwas mitbekommt. »Wir hatten keine Chance gegen sie. Sie konnten dich sehen und meine Gabe ist in einer solchen Situation nutzlos.« Sein Gesichtsausdruck verrät allerdings noch mehr.

»Was hat denn dieser Alex für eine Gabe, die du so fürchtest?«

Er lacht freundlos. »Es ist nicht seine Gabe, die ich fürchte. Er ist ein gewaltbereites Arschloch, nutzt jede Gelegenheit, anderen Menschen wehzutun. Ich wollte nicht riskieren, dass er dich verletzt.«

Meine Wut verpufft urplötzlich. Wie schafft er es nur, meine Gefühle in nur einem Augenblick so stark zu verändern?

Die Wahrheit ist, dass ich ihm glaube. Vielleicht hat ein kleiner Teil in mir schon die ganze Zeit gewusst, dass wir gegen Alex und seinen Kumpel keine Chance gehabt hätten. Ich wollte nur irgendjemandem die Schuld für meine Lage zuschieben. Dieser Gedanke widert mich an.

Seine Hand berührt meine. Entgeistert zucke ich zusammen. Er nimmt sie sofort wieder weg, auch wenn seine Augen mir verraten, dass er sie liebend gerne liegen gelassen hätte.

»Wie geht es dir?«, fragt er stattdessen.

»Wenig geschlafen, würde ich sagen …«

Er lächelt erschöpft, was darauf schließen lässt, dass es ihm genauso geht.

»Seit wann bist du hier?«

»Ich wurde noch am Mittwochabend hierher zitiert.«

»Du machst dich über mich lustig, weil ich mich zu sehr an Regeln halte, während du dich akribisch an ihre Vorgaben fesselst«, stelle ich fest.

Er grinst schief. »Niemand lässt sich gerne foltern.«

Ich atme langsam aus. »Dann bin ich wohl der einzige von 239 Menschen, der der Folter nicht aus dem Weg geht.«

Patrick schweigt.

»239 Menschen plus die Angestellten ohne Nummern. Wie groß ist diese verfickte Firma?«, frage ich.

»Viel zu groß nach meinem Geschmack.« Patrick trinkt sein Glas Wasser aus. »Ich würde ja jetzt einen Kaffee bevorzugen, aber sie wissen, warum es den hier nicht gibt.«

Ich lächele schwach über seinen Kommentar.

»Ich habe jetzt noch einen Termin bei unserer Psychologin, aber ich wünsche dir viel Spaß bei der Sozialveranstaltung heute Nachmittag.« Er steht auf und dreht sich noch einmal zu mir um. Viel zu lange sieht er mich an und weiß nicht, was er noch sagen soll. Aber ich spüre die Blicke, die ihm zugeworfen werden. »Ich bin übrigens Nummer 7«, verabschiedet er sich.

Als er verschwindet, bemerke ich, wie mich einige Personen mehr oder weniger auffällig beobachten. Besonders eine junge Frau aus meinem Gang taxiert mich mit ihrem mörderischen Blick. Ihre tiefbraunen Augen blitzen auf, sodass ich mir unbehaglich einen neuen Platz suche.

***

Die Sozialveranstaltung stellt sich als Spielenachmittag heraus. Alle Dreamer befinden sich in der Kantine. Wir werden zwar nicht gezwungen zu spielen, doch wir müssen in diesem Raum bleiben. Mindestens bis drei Uhr. Ich spiele mit Oskar Vier gewinnt, während 210 mir alles Mögliche über die Leute hier erzählt. Nervös klopfe ich mit einem gelben Chip auf den Tisch, bis 210 ihn mir abnimmt.

»Ich kann nicht mehr. Mach du bitte weiter«, bettele ich sie an.

Erschöpft lasse ich meinen Kopf auf meine Arme sinken. Er ist so schwer wie eine Tonne und er dröhnt so laut wie ein Hubschrauber.

»Lässt Frau Sandmann dich immer noch nicht schlafen?«, fragt Oskar.

Stumm schüttele ich den Kopf.

»Du solltest ihnen möglichst bald sagen, was sie wissen wollen.« Flüsternd beugt sich 210 zu mir und wirft den nächsten Chip in das Gerüst. »Wir sollen es eigentlich nicht wissen, aber wir sind ja nicht dumm. Wer nicht kooperiert, wird fortgebracht. Keine Ahnung wohin, aber sie sind plötzlich weg und ihre Zellen leer.«

Ihre Stimme ist so leise, dass ich sie kaum verstehen kann. Obwohl es mir schwerfällt, ihr zuzuhören, hebe ich interessiert den Kopf. »Was meinst du damit?«

»Vor dir war eine Frau in deiner Zelle, die in zwei Wochen nur ein einziges Mal schlafen durfte. Dann ist sie eines Nachts weggebracht worden und nie wieder aufgetaucht.«

26. Kapitel

Ich will doch nur schlafen, aber der Schlaf will mich nicht. Meine Augen brennen vor Müdigkeit. Ich lege meinen Kopf auf meinen Arm und atme langsam durch. Neben mir höre ich Oskars tiefes Schnaufen, das mir verrät, dass er eingeschlafen ist, doch es wird beinahe von dem Piepsen, das ich seit dem Abendessen höre, übertönt.

Ich wünsche mir nichts sehnlicher, als endlich schlafen zu können. Vielleicht sollte ich dieser Angst einjagenden Frau doch ein paar Dinge erzählen, nur um endlich die Kopfschmerzen loszuwerden und nicht mehr das Gefühl zu haben, dass jeder Schritt zu anstrengend ist.

Gähnend versuche ich, an nichts mehr zu denken. Es funktioniert nicht. Mein Gehirn arbeitet ununterbrochen. Es fragt sich, ob ich irgendwie flüchten kann, wo ich eine Schere herbekomme, was Patrick gerade macht, wie der Virus es schafft, andere Leute in meine Traumwelt zu setzen, ob Mum mich sucht. Dann an dieses eine alte Lied. *Insomnia* von *Faithless*. Die Melodie hämmert durch meinen Kopf, wird immer wieder abgespielt und ich finde die Stopp-Taste nicht.

***

Die Uhr im Gang zeigt sechs Uhr am Morgen an, als ich mich aus dem Zimmer in den Waschraum schleiche. Es ist noch niemand im Bad. Die Luftfeuchtigkeit hier ist so hoch, dass ich mir wie in den Tropen vorkomme. Das Fenster lässt sich komplett öffnen. Ich bin umgeben von einem Wald. Doch hinter dem Wald leuchten die Lichter einer Stadt. Hochhäuser, kleine Häuser, Straßen, Menschen … vielleicht eine U-Bahn.

»Das Fenster ist offen!«, sagt eine Frau neben mir. Ich blicke zu ihr hoch und erkenne, dass es mein Spiegelbild ist. Ich schließe meine Augen. »Dreh nicht durch, Lilo«, flüstere ich. »Das ist nur eine Halluzination, weil du nicht schlafen kannst.«

Als ich die Augen wieder öffne, wird mir bewusst, dass das Fenster tatsächlich offen ist. Ich kann raus. Ich kann ins Freie.

Es geht rund zehn Meter in die Tiefe. Wenn ich da hinunterspringe, breche ich mir alle Knochen – das weiß sogar mein müder Verstand. Aber ich zweifle nicht daran, dass ich springen würde, wenn es mir noch schlechter geht. Schon jetzt klammern sich meine Finger an den Fensterrahmen und ich spüre, wie ich da hinauswill. Kann ich es bis zur Stadt schaffen, ohne dass sie es mitbekommen?

»Morgen«, nuschelt jemand. Überrascht drehe ich mich um. 210 steht in einem Bademantel vor mir. Für was sie den wohl bekommen hat? »So früh schon wach?«

»Ja.« Ich schließe das Fenster, stelle meine Duschsachen in ein Duschabteil und ziehe mich aus.

Wasser prasselt in meinen Nacken, sodass er sich etwas entspannt. Sie ist innerhalb weniger Minuten fertig, zieht ihren Mantel wieder über und verschwindet. Ich bleibe und atme die feuchte Luft ein, während sich in meinem trägen Kopf ein Plan zusammenstellt. Ich kann Tim, Dad, Martha und Jürgen nur beschützen, indem ich von hier verschwinde. Bleibe ich, werde ich sie früher oder später verraten. Ich werde alles ausplaudern – nur damit ich endlich schlafen kann.

***

Heute bringt mich 54 zur Psychologin. Wir sitzen uns wieder gegenüber. Sie spricht mit mir. Ich sehe sie an, höre ihr aber nicht zu. Irgendwann schalte ich komplett ab. Erst als ich von ihr an den Schultern geschüttelt werde, schrecke ich auf.

»Hören Sie mich?«

»Ja«, antworte ich verstört.

»Wo befindet sich Ihre Mutter im Moment?«

»Lassen Sie mich schlafen!«

»Wie haben Sie Doktor Volker kennengelernt?«

»Ich möchte schlafen«, verlange ich.

Ihre Augen mustern mich von Kopf bis Fuß, als würde sie keine Anzeichen von Müdigkeit feststellen können. »Dann antworten Sie mir.«

»Sie können mich nicht ewig wachhalten!«, schreie ich sie an.

»Das muss ich auch nicht. Sie werden bald freiwillig mit mir sprechen. Danach dürfen Sie gerne schlafen.«

Bald? Hat diese Frau noch alle Tassen im Schrank? Wie soll ich bloß die nächsten Tage überleben? Ich bin doch schon jetzt am Ende und könnte wegen jeder Kleinigkeit zu heulen anfangen. Ein Schatten huscht an mir vorbei. Erschrocken drehe ich mich um. Für einen Augenblick sehe ich meinen Vater neben mir stehen, doch ich weiß, dass das nicht sein kann. Ich blinzele und das Trugbild verschwindet. Er ist nicht hier. Frierend umklammere ich mich noch fester.

»Haben Sie etwas gesehen?«

Ich schüttele deprimiert den Kopf. Die Bewegung schmerzt. Ich fühle mich kraftlos, krank, bis tief ins Innere zerrüttet.

***

Frau Sandmann lässt mich auf mein Zimmer bringen und ich hoffe, endlich schlafen zu dürfen, doch ich täusche mich. Sie fahren ein härteres Geschütz auf.

»Ich soll mit dir reden.«

Mittelmäßig interessiert drehe ich mich zu Patrick um. Sein Gesicht ist grimmig. Seine Augen leuchten türkisfarben.

»Jetzt schicken sie also dich, um mich auszuhorchen? Und lass mich raten: du wirst bestraft, wenn ich nicht mit dir rede?« In mir brodelt die Wut wie Lava – bereit, jederzeit auszubrechen. Ich hasse diese Firma! Gleichzeitig wird mir übel, weil Patrick meinetwegen leiden wird.

»Sie hoffen, dass ich dich beruhigen und zur Vernunft bringen kann.« Er verschränkt seine Arme und durchbohrt mich mit seinem todernsten Blick. »Ich mache mir Sorgen um dich. Kommst du mit in den Garten? Ich werde dir heute meine komplette Geschichte erzählen. Du hast zwar schon einen guten Einblick erhalten, aber ich verspreche dir so viele Details, wie du möchtest.« Seine Stimme ist leise – gerade laut genug, dass ich ihn hören kann.

»Was bringen mir diese Informationen?« Vor allem, wenn ich nicht raus kann, um sie irgendjemandem zu erzählen?

»Heute vielleicht nichts«, antwortet er mir. »Du wirst wahrscheinlich auch bemerken, dass ich nicht der Mann bin, den du brauchst, aber ich kann dir alles geben, was ich habe.«

Er will mir etwas geben, wofür es sich lohnt, auszubrechen. Ich habe nichts. Selbst wenn mir eine Flucht gelingt, kann ich Jürgen nicht helfen. Ich weiß ja nicht einmal, wo ich hier bin! Sofort breitet sich eine tiefe Dankbarkeit in mir aus. Aber es ist viel mehr als das: Er glaubt an mich! »Ich komme mit dir mit!«

Wir schreiten den Gang entlang. Der Aufpasser, der uns durch die Kamera sieht, unternimmt nichts. Es geht kein Alarm los und uns kommt auch niemand entgegen, der mich wieder zurück in die Zelle bringt. Patricks Besuch und sein Gang in den Garten sind offensichtlich geplant. Ich fühle mich wie ein Hund, der Gassi geführt wird.

Erschöpft lehne ich mich an die Milchglastür, während Patrick sie mit seiner Ausweiskarte öffnet.

Eisiger Wind weht uns entgegen, sodass ich meine Arme eng um mich schlinge.

Plötzlich stockt mein Atem. Es schneit! Ich habe schon darauf gewartet, als die Bäume die ersten Blätter verloren haben und nun fallen einzelne Schneeflocken vom Himmel. Eine dünne Schneedecke hat sich über der weitläufigen Wiese ausgebreitet.

Der Garten ist nichts weiter als eine Rasenfläche, die um das Gebäude herum angelegt ist. Ein schmaler Kiesweg läuft einmal um das Haus herum und neben dem Kiesweg befinden sich Bänke. Patrick lässt sich auf die erste fallen, doch ich strecke meine Arme aus und versuche so viele Schneeflocken zu greifen wie möglich. Wie habe ich das vermisst. Erst jetzt wird mir bewusst, wie lange ich nicht mehr in meiner Traumwelt gewesen bin. Mein Blick bleibt an den hohen, dunklen Tannen hängen. Ich will schon einen Schritt darauf zugehen, aber Patrick ruft meinen Namen.

»Hinter der ersten Baumreihe steht ein Stacheldrahtzaun. Das gesamte Gelände ist damit umgeben. Wenn du dich nicht selbst verletzen willst, solltest du hierbleiben.«

Ich schlucke und setze mich neben ihn. Erst als ich auf der Bank sitze, bemerke ich, wie kalt es eigentlich ist. Zitternd ziehe ich mir meine Jacke über den Hintern. »Ich bin bereit.«

Er nickt, dann beginnt er zu erzählen. Wie er es versprochen hat, fängt er wirklich ganz von vorne am Tag seiner Entführung an. Früher ging Sebastian wohl wesentlich weniger zimperlich vor. Während ich betäubt wurde, hatte man Patrick bis zur Bewusstlosigkeit verprügelt. Damals war Sebastian auch noch selbst aktiv. Heute ist sein Name wie ein Geist, der durch die heimlichen Gespräche gleitet, ohne dass man ihn wirklich fassen kann. Er hat keine Nummer und Patrick beschreibt ihn als weißen Mann Mitte fünfzig mit einem Sinn für gut sitzende Anzüge, grauen Augen und Nerven aus Stahl.

»Er verliert niemals die Geduld«, flüstert Patrick. »Er kalkuliert alles und wenn eine Person mehr Risiken als Nutzen bringt, erschießt er sie.«

Mein Freund zittert am ganzen Leib, doch es hat nichts mit der Kälte zu tun. Schützend lege ich meine Arme um ihn.

»Er macht es vorzugsweise selbst. Sauber und kontrolliert. Er überlässt nichts dem Zufall, hat immer einen Plan B.«

»Hast du Angst, dass du der Nächste sein könntest?«, frage ich ihn flüsternd.

Er wimmert leise und umarmt mich. »Von den ersten Entführten ist kaum mehr jemand übrig. Früher oder später versuchen alle auszubrechen. Und dann entscheidet er über die Strafe. Ich hoffe, er interpretiert es als das, was es war. Ich wollte nicht fliehen, sondern dich beschützen.«

»Du bist seit Mittwoch hier und er hat dir noch nichts angetan.«

Ich spüre sein Kopfschütteln an meinem Hals. »Er ist nicht hier, sonst hätte ich ihn schon gesehen.«

»Es wird alles gut«, flüstere ich mehr zu mir selbst als zu Patrick, während ich ihn hin- und herwiege.

Er lacht unter Tränen. »Wie kannst du diesen Satz immer noch ehrlich meinen?«

Ich zucke mit den Schultern. »Ich glaube daran.«

Er lacht wieder und schnieft. Dann spricht er weiter. Er erzählt mir von Fabian, dem Mann, den ich einmal im Traum verfolgt habe. Er ist nett und sorgt sich sehr um Patrick, doch er ist Sebastian treu ergeben. Danach berichtet er mir von einigen Aufträgen, doch hier am Ball zu bleiben, überfordert mich und als er von den ersten Leichen berichtet, schalte ich auf Durchzug. Alles, was ich mir mitnehme, ist, dass er in den letzten fünf Jahren ziemlich viel Zeit mit diesem Sebastian verbracht hat.

»Weißt du, wie sie es schaffen, uns den Schlaf zu entziehen?«, unterbreche ich ihn.

»Im Blut der Dreamer befindet sich ein Stoff, der dem Hormon Melatonin sehr ähnlich ist – sie nennen es Melatonin-B und man kann es irgendwie herausholen. Auf jeden Fall ist das der Stoff, der uns befähigt, immer und zu jeder Zeit schlafen zu können. Sie verkaufen es für viel Geld an gestresste, erschöpfte Menschen. Die Behandlung läuft so ab, dass man dieses Melatonin-B mit Wasser verdünnt und dem Kunden injiziert. Sie schlafen ein, gelangen aber in unsere Traumwelten, weil dieser Stoff von Dreamer zu Dreamer unterschiedlich ist. So blockieren sie unseren Schlaf. Die Folter ist ursprünglich also eher ein Nebeneffekt gewesen.«

»Diesen Schlaf verkauft Sebastian dann über seine Firma?«

»Sebastian verkauft nicht einfach nur Schlaf, sondern Träume. Träume können dich heilen, erfüllen und beflügeln. Aber wenn du nie gelernt hast, mit ihnen umzugehen, können sie dich auch süchtig machen. Sebastian verkauft also die teuerste Droge, die es derzeit auf dem Markt gibt.«

***

Zwei Stunden später sitze ich wieder in meinem Zimmer und denke über Patricks Geschichte nach. Frustriert stelle ich fest, dass er recht hat. Er konnte mir zwar ein paar nette Details geben, doch diese wenigen Informationen reichen nicht, um dieses Haus voller Dreamer oder Sebastian auffliegen zu lassen.

210 hat ihr Radio mit in mein Zimmer gebracht und feilt sich ihre Fingernägel. Teilnahmslos sitze ich auf dem kleinen Tisch und starre vor mich hin, während neben mir immer wieder Trug-

bilder erscheinen und nach kurzer Zeit verschwinden. 210s Zopf wippt im Rhythmus der Musik, die mir qualvoll bis ins Mark geht.

»Brauchst du auch etwas Nagelpflege?«, fragt 210, indem sie mir die rechte Hand vom Ohr zieht.

»Nein, danke.«

»Was ist denn heute mit dir los? Du sprichst kaum noch.«

»Bin müde.«

Sie muss lachen. Der hohe Klang echot schmerzhaft in meinem Kopf, sodass ich ihr einen gereizten Blick zuwerfe, der sie sofort verstummen lässt. »Das warst du die letzten Tage auch schon. Also spuck es endlich aus! Was ist passiert?«

Ich schweige.

Sie überlegt einen Moment, dreht zu meinem Pech das Radio lauter und setzt sich neben mich. »Ich gebe dir noch einmal den Rat: Lass einfach alles hinter dir. Alles aus deinem früheren Leben. Das ist nicht gut für dich.«

»Warum bist du dir da so sicher?«

»Ich rede oft mit den Neuen und jede, die festhält oder etwas herausfindet, gehört zu denen, die verschwinden«, flüstert 210, sodass ihre Stimme leiser ist als das Radio. Es dauert einen Augenblick, bis ich sie verstehe. Danach brauche ich noch einen weiteren Moment, um ihre Worte auf mich wirken zu lassen. »Dann weißt du doch auch schon mehr, als du darfst.«

Sie lächelt mich mit einem breiten Grinsen an. Und nickt. »Dafür habe ich meine Gabe. Ich kann Menschen vergessen lassen. Wenn du möchtest, tue ich dir den Gefallen und lösche die Erinnerungen an deine Familie.«

Die Vorstellung, mich nicht mehr an Mum, Dad oder Tim erinnern zu können, ist grauenvoll. Eine Gänsehaut jagt über meinen Körper. Und dennoch zögere ich.

Nach mehreren Minuten spreche ich sie wieder an. »Wie

funktioniert das mit dem Vergessen? Muss ich dir dazu alles erzählen, was ich vergessen will?«

Sie lacht leise. »Mein Angebot klingt doch interessant, was? Nein, alles ganz einfach. Du musst nur in dem Moment fest an das denken, was du vergessen willst. Im nächsten Moment hast du alle Erinnerungen daran verloren. Wenn es Kleinigkeiten sind, fällt dir das gar nicht mal auf.«

»Tut es weh?«

»Nein. Du wirst es nicht einmal merken.«

»Warum hast du mich deine Tattoos nicht einfach vergessen lassen?«

Sie lächelt wieder. »Mir wurde nicht nur diese abgefahrene Gabe in die Wiege gelegt, sondern auch eine gute Menschenkenntnis. Ich wusste, dass mein Geheimnis bei dir sicher ist.«

***

In dieser Nacht kann ich tatsächlich einmal ein paar Stunden schlafen, doch ich werde geweckt, bevor ich mich ernsthaft erholen kann.

Ich versuche, meinen relativ klaren Zustand zu nutzen, um Fluchtpläne zu schmieden, aber die Müdigkeit kriecht schon wieder wie eine Seuche durch meinen Körper. Ich werde zur Ärztin gebracht. Doktor Urban weist mich an, mich auf die Liege zu setzen. Meine Begleitung verlässt den Raum.

Sie sticht mit ihrer Nadel in meinen rechten Arm. Es geht schneller vorbei, als ich es in Erinnerung habe. Doktor Urban zieht die Nadel heraus, drückt ein Wattepad darauf und holt Verbandszeug.

»Pflaster sind leider aus«, entschuldigt sie sich. Mit geschickten Fingern verbindet sie meinen Arm und durchtrennt den Verband. Hoffnung keimt in mir auf. Eine Schere!

Die Ärztin legt sie auf den Beistelltisch und klebt die Enden des Verbandes mit Tape fest.

»Bleiben Sie noch ein bisschen sitzen«, sagt sie, nimmt die mit Blut gefüllten Reagenzgläser und dreht mir den Rücken zu.

Schnell schiebe ich die Schere in die Tasche des Kapuzenpullis. Erst dann wird mir bewusst, dass hier im Raum auch Kameras sein könnten. Meine Augen suchen alle Ecken und Winkel des Behandlungszimmers ab. Keine Kameras. Vor Erleichterung wird mir leicht schwummrig.

»Ist Ihnen nicht gut?« Doktor Urban kommt zu mir zurück und sucht nach der Schere.

»Ich habe seit Mittwoch kaum geschlafen. Was denken Sie denn, wie es mir geht?«, motze ich.

Sie ignoriert meinen Kommentar eiskalt, während sie den Boden absucht. »Habe ich hier nicht gerade eine Schere hingelegt?«

»Vielleicht haben Sie sie unbewusst schon weggeräumt«, schlage ich beiläufig vor und reibe mir theatralisch die Schläfen.

»Ja, vielleicht.« Sie ruft meine männliche Begleitung herein. An seinem Hals baumelt die Ausweiskarte. Meine Finger umschließen die Schere in meiner Tasche. Jetzt oder nie …

Wir verlassen das Krankenzimmer.

Ich atme tief durch, bereite mich innerlich vor.

»Guten Morgen«, flötet eine helle Stimme, die ich noch nie zuvor gehört habe.

Deprimiert lasse ich die Schere wieder los. Wer ist diese Frau, die gerade meine Pläne durchkreuzt? Mit einem Dreamer hätte ich es vielleicht noch aufnehmen können, aber mit zwei? Als wäre ich überhaupt nicht da, erzählen sich die beiden die Ereignisse der letzten Tage. Ich höre nicht zu. Warum musste diese Frau ausgerechnet heute, in diesem Moment, auftauchen?

»Dann eben später oder morgen!«, beschwöre ich mich selbst.

Ich werde zur Kantine gebracht, wo die beiden sich wortlos

von mir verabschieden. Angestrengt unterdrücke ich einen Zornesschrei. Warum steht der Zufall nie auf meiner Seite? Dass es mit Hackfleisch gefüllte Kohlrouladen gibt, versetzt meiner Stimmung einen neuen Tiefpunkt.

***

Sobald ich in meine Zelle zurückkomme, hole ich meine eigenen Kleider aus dem Schrank und ziehe sie an. Sie sind nicht ganz so bequem wie die Uniform und dennoch fühle ich mich in ihnen wohler. Nur die Sportschuhe behalte ich an. Sie geben mir das Gefühl, schneller laufen zu können, falls mir tatsächlich irgendwann eine Flucht gelingen sollte.

Es klopft. Ich zucke erschrocken zusammen. In der offenen Tür steht Patrick. Er hat seine Hände in den Hosentaschen vergraben und sieht nicht sonderlich glücklich aus.

Dennoch freue ich mich, ihn zu sehen. Ich ertappe mich sogar bei einem Lächeln.

»Kann ich kurz mit dir sprechen?«

»Wenn das meine geistigen Fähigkeiten nicht überschreitet.«

Kurz sind Patricks Grübchen zu sehen. Er hat anscheinend auch nicht geschlafen. Patrick setzt sich neben mich.

»Mir wurde gesagt, dass du dich immer noch nicht angepasst hast. Du würdest jegliche Mitarbeit verweigern«, berichtet er leise.

»Das kann ich wohl nicht leugnen.«

»Warum tust du das, Lilo? Ich will nicht, dass es dir schlecht geht. Bitte, benimm dich wenigstens so, als ob du dich anpassen wolltest.«

»Sonst verschwinde ich? So wie all die Menschen vor mir?«, frage ich gereizt.

»Lilo, ich will dich nicht auch noch verlieren.«

»Aber was soll ich tun? Ich kann meine Freunde nicht verraten.

Ich bringe sie nicht auch noch in dieses Gefängnis. Es reicht, wenn *ich* hier festsitze.«

Patrick kaut auf seiner Unterlippe herum. »Kommst du kurz mit? Ich will dir etwas zeigen.«

27. Kapitel

Ich sollte nicht hier sein. Die gesamte Umgebung gibt mir das Gefühl, nicht hier sein zu dürfen. Die weißen Wände und das grelle Neonlicht jagen mir Angstschauer über den Rücken. Ich fröstele.

So stelle ich mir Hochsicherheitsgefängnisse vor. Kalt und kahl. Patrick hätte lieber sagen sollen, dass er mir das hier zeigen *muss*.

»Ich will das nicht sehen, Patrick. Egal, was es ist«, sage ich ängstlich und greife nach seiner Hand. Panisch will ich ihn zurück zur Tür zerren, aber er bleibt fest stehen.

»Wenn du es nicht wissen willst, dann gehen wir gerne zurück. Aber ich möchte dir zeigen, wohin diejenigen verschwinden, die sich nicht kooperativ zeigen. Ich will nicht, dass du ebenfalls hier landest.«

Ich lasse seine Hand los und laufe vorsichtig hinter ihm her bis zu einer Zelle, neben der ein Schild mit der Aufschrift 237 hängt.

237 … irgendetwas in meinem Kopf sagt mir, dass ich weiß, wer sich hinter der Zahl verbirgt. Dann fällt es mir siedend heiß wieder ein. Frau Sandmann hatte diese Zahl Christian zugeordnet. Mein Hals schnürt sich zu. Ich bin ihm so nah und kann ihm wahrscheinlich doch nicht helfen.

»Die Menschen hier unten werden *die Wachenden* genannt. Denn wenn sich jemand von uns Dreamern weigert, Sebastian zu unterstützen und mit ihm zusammenzuarbeiten, wird ihr oder ihm dauerhaft der Schlaf entzogen. Sebastian verkauft ihr Melantonin-

B und lässt die Traumwelten über längere Zeiträume besetzen, um dort auf weitere Dreamer zu stoßen.« Patrick atmet tief durch, bevor er weiterspricht. Sein Blick klebt an Christians Nummernschild. »Das Problem ist jedoch, dass der gewaltige Schlafmangel Nebenwirkungen hat.«

»Was bedeutet das?«, bohre ich misstrauisch nach.

Er lässt sich Zeit mit der Antwort und ich weiß, dass sie mir nicht gefallen wird – noch bevor er überhaupt das erste Wort über die Lippen gebracht hat. »Die betroffenen Menschen werden verrückt. Sie sprechen nur noch mit sich selbst, nehmen kaum noch etwas anderes wahr, halluzinieren, bringen sich teilweise sogar selbst um.«

Ich muss schlucken. Unsicher schweift mein Blick zwischen der Zelle und Patrick hin und her. Wenn wir nicht gerade im Keller dieser Anstalt gewesen wären und ich keinen Schlüssel benötigt hätte, um hinauszugelangen, wäre ich davongerannt.

Patrick lässt mir die Wahl. Er tritt zurück, sodass ich mich selbst entscheiden kann, ob ich Christian sehen möchte oder nicht. Ich ziehe eine kleine Luke an der Tür auf. Patrick dreht sich weg. Er möchte nicht hineinblicken.

Ich raufe all meinen Mut zusammen und trete vor das kleine Fenster. Die Zelle sieht genauso aus wie meine im zweiten Stockwerk – nur besitzt sie in der hinteren Ecke eine Toilette aus Stahl. Ein Mann, der Christian ähnlichsieht, liegt unbeweglich auf dem Bett. Seine Augen starren mich an, ohne mich wahrzunehmen.

»Christian?«, flüstere ich.

Jetzt blickt er auf, doch seine Augen besitzen den verwirrten Schimmer eines Kranken, der nichts mehr mitbekommt. Und dann fängt er an zu schreien. Ein lang gezogener Ton, der sich in meinen Ohren wie das Jaulen eines Hundes anhört. Patrick wirft die Luke zu.

Er ist kreidebleich, doch an seiner Reaktion erkenne ich, dass er etwas Ähnliches schon häufiger miterlebt haben muss.

Christians Schreie sind hinter der geschlossenen Tür immer noch zu hören. Er ist nur etwas länger als ich hier gefangen gehalten worden und schon jetzt ein vollkommen anderer Mensch – wenn man das noch als Mensch bezeichnen kann.

Ich renne zur nächsten Zelle und reiße die Luke auf. Eine Frau läuft auf mich zu. Ihre Finger streifen die Wände. Vollkommen abwesend singt sie *Ein Männlein steht im Walde*. Ihre Augenringe sind so dunkel, dass sie blauen Flecken ähneln, doch ich erkenne Olivia May trotzdem. Die nächste Zelle wird von einem Mann in meinem Alter bewohnt, der überhaupt nicht auf mich reagiert. Mit klopfendem Herzen laufe ich weiter.

»Lilo!«, ruft Patrick.

Ich ziehe die nächste Luke beiseite. Ein Mann mit grauen Haaren. Die Bartstoppeln sind so dicht, dass er auch im Gesicht einen hellen Pelz trägt. Nur noch seine Augen erinnern an den Doc, der er irgendwann einmal gewesen ist.

»Du bist nicht echt! Verschwinde! Ich weiß, dass du nicht wirklich existierst!«, brüllt der Verrückte.

»Nein, das ist nicht wahr«, schluchze ich und meine Finger krallen sich an dem Metallfenster fest. Meine Knöchel werden weiß, während ich versuche, Doc etwas näher zu kommen.

»Alle weg! Verschwindet! Lasst mich in Ruhe!«

»Nein. Du kannst nicht verrückt geworden sein. Bitte, Doc!«

Doch anstatt zu mir zu kommen, formt er seine Hand zu einer Pistole und tut, als würde er abdrücken. »Peng!«, ruft er. Ein Schauder läuft über meinen Rücken, als der alte Mann zu lachen anfängt, sich auf sein Bett wirft und gleich darauf wie ein kleines Kind zu wimmern beginnt.

Ich werde von der Zelle weggezerrt. Patricks Arme umklammern mich so fest, dass ich mich nicht mehr bewegen kann.

»Lass mich los!« Tränen der Hilflosigkeit laufen mir über das Gesicht. »Lass! Mich! Los!«

Er tut es nicht. Spricht stattdessen leise auf mich ein. Meine Gedanken rasen und übertönen seine Worte. Ich sehe wieder den Strand vor mir. Mum, Dad, Martha, Tim …

Ich höre meinen Vater, wie er sagt: »Das heißt nicht, dass sie wahr wird.« Was hat mein Vater noch alles gesehen? Mich eingesperrt? Verrückt geworden? Mum tot? Das wunderschöne Bild am Strand ist nichts weiter als ein Trugbild. Eine Option. Irgendwo sind wir falsch abgebogen und nun werden wir nie dorthin gelangen.

Alles in mir zieht sich zusammen, brennt und schmerzt. Ich wische mir die Tränen weg, doch es kommen einfach doppelt so viele nach. All die Tränen, die ich die letzten Tage zurückgehalten habe, versickern in meinem Pullover. Ich wehre mich nicht länger, sondern sinke zu Boden. Patrick hat immer noch seine Arme um mich geschlungen, doch er hält mich jetzt nicht mehr fest.

Ein einziger klarer Gedanke taucht aus der Dunkelheit meines Bewusstseins auf. Ich muss hier weg! Sonst werde ich genauso enden wie Christian, Olivia oder Doc. Sie sind nicht mehr sie selbst. Es muss einen Ausweg geben!

Ich drücke mich gegen die Tür hinter mir, gegen das kalte Metall, krümme mich so klein zusammen wie nur möglich, schlinge meine Arme um meine Beine und ziehe sie ganz dicht an mich heran. Mein Kopf liegt auf meinen Knien und ich bekomme kaum Luft. Ich zittere am ganzen Körper, während Christian inzwischen nach seiner Frau ruft. Jeder einzelne seiner Schreie erschüttert mich bis aufs Mark. Wenn Sandra doch nur hier wäre, würde Christian dann wieder zur Vernunft kommen? Diese

Firma … Somnissa … Jemand muss diesen ganzen Schwindel und die kriminellen, menschenverachtenden Verhältnisse aufdecken!

»Alles ist gut, okay?«, flüstert Patrick an meinem Ohr und bringt mich dadurch wieder zum Schluchzen.

Nichts ist okay. Und erst recht nicht gut! Dort drinnen in den Zellen verlieren Menschen den Verstand und er akzeptiert es einfach. Wie bescheuert ist er eigentlich? Nein, nicht bescheuert. Er hat Angst davor, selbst so zu enden. Das ist sein Lebenserhaltungstrieb.

Ich muss lachen, als ich bemerke, dass ich ihn sogar verstehen kann. Dann muss ich wieder weinen, weil ich den Menschen helfen möchte. Aber das kann ich nur, wenn ich Jürgen von all dem hier berichte. Ich muss hier weg, um Doc und Christian eine Chance zu geben, wieder gesund zu werden.

»Verstehst du jetzt, warum du mit ihnen zusammenarbeiten musst?«

Wie gelähmt nicke ich.

»Lilo, bitte. Werde jemand von uns und nicht von den Wachenden.«

»Patrick … ich brauche frische Luft.«

Er versteht sofort. Sorgsam nimmt er mich an der Hand, öffnet die Tür und führt mich in den Garten. Der Schnee ist bereits wieder geschmolzen und der Herbst zeigt mir all seine Hässlichkeit. Ich rette mich auf die erste Bank und vergrabe mein Gesicht in meinen Händen.

»Ich wusste, dass es keine gute Idee sein würde, dir das zu zeigen.«

»Patrick, sei einfach still!«, brülle ich ihn an.

Augenblicklich schweigt er. Jetzt weiß ich zumindest, dass er mich ganz sicher angelogen hat. Er wollte mir das nicht zeigen. Er wurde dazu gezwungen.

Ich kann ihm noch nicht mal böse sein.

Meine Gedanken schlagen Saltos. Alles, woran ich denken kann, ist, dass ich hier raus muss. Ich muss fliehen, um meinen Freunden zu helfen. Raus! Das Echo dieses einen Wortes hallt in mir wider. So lange, bis ich einen Entschluss gefasst habe.

»Patrick …«, sage ich und stehe zitternd auf. »Könntest … könntest du mich küssen?«, frage ich, ohne ihn dabei anzusehen. Ich brauche ihn so nahe bei mir wie möglich.

Verwirrt steht er auf und schluckt, bevor er nickt. Er sieht nicht minder mitgenommen aus, wie ich mich fühle. Sanft nimmt er mein Gesicht in seine Hände, während wir uns gegenseitig halten. Ein warmes Prickeln breitet sich auf meiner Haut aus. Seine Nasenspitze kommt mir immer näher und ich schließe die Augen. Seine Lippen sind ganz weich und vorsichtig. Er ist sich unsicher. Er weiß nicht, was in mir vorgeht. Das spüre ich. Aber er lässt mich nicht los, weil er mir so nahe sein möchte. Seine Wärme durchströmt mich und gibt mir Zuversicht. Ich schaffe das!

Für einen kurzen Augenblick löst er sich von mir, um durchatmen zu können. »Patrick«, flüstere ich in sein Ohr, »du weißt, dass ich, wenn ich hierbleibe, jemand von diesen Wachenden werde.«

»Das musst du nicht.« Seine Stimme ist brüchig. Seine Arme zittern vor Angst und Verzweiflung.

»Ich kann das nicht mit ansehen und ich werde niemanden verraten.«

»Lilo, was hast du vor? Sprich mit mir!«, fleht er, so wie ich ihn vor einer gefühlten Ewigkeit angefleht hatte, der OBeD zu helfen.

»Du wirst schon zurechtkommen, oder?«

»Lilo …« Ich kann sein Herz spüren. Es schlägt schnell. Ich wünschte, ich würde nicht tun müssen, was ich vorhabe, aber es muss sein.

»Es tut mir leid, Patrick.« Ich lege ihm meine Hände auf die Schultern und sehe ihn ein letztes Mal an. In seinen wunderschönen, türkisfarbenen Augen glitzern Tränen. Ich muss schlucken. So schwer habe ich mir den Abschied nicht vorgestellt. »Gib mir nur eine Chance!«

Schweren Herzens hole ich Schwung und ramme ihm mein Knie zwischen die Beine. Patricks Augen werden groß, als ihn der Schmerz überrascht.

28. Kapitel

Ich drehe mich um und renne los. Nach dem dritten Schritt bin ich unsichtbar.

»Schau nicht zurück«, befehle ich mir immer wieder. Es würde Zeit kosten und ich will Patrick nicht mit schmerzverzerrtem Gesicht auf dem matschigen Boden liegen sehen.

Mein Herz schlägt mir bis zum Hals. Schneller als je zuvor. Und obwohl ich so unendlich müde bin, schöpfe ich neue Kraft. Endlich kann ich wieder darauf hoffen, irgendwann mit meiner Familie zusammen am Strand zu stehen. Es ist möglich, aus diesem verfluchten Albtraum zu erwachen.

Mein Verstand ist wieder scharf. Adrenalin wird durch meine Adern gepumpt und lässt die Müdigkeit verblassen. Weit hinter mir ertönt Lärm. Rufe, Schreie. Ich habe noch nicht damit gerechnet. Sie müssen auch hier draußen Kameras angebracht und uns beobachtet haben.

Sie wollen mich nicht gehen lassen. Aber wenn sie mich wieder einfangen, gehöre ich zu den Wachenden. Ich muss entkommen! Denn ich will nicht verrückt werden. Ich lasse die ersten Bäume hinter mir. Es wird plötzlich dunkel. Die Dämmerung scheint hier im Wald bereits viel weiter fortgeschritten zu sein.

Meine Hände krachen gegen das Metall des Zauns. Die Dornen des Stacheldrahts bohren sich in meine Haut. Ich kann gerade so einen Schmerzensschrei unterdrücken und ziehe mich hoch. Die Hälfte habe ich schon geschafft. Die Schnitte brennen wie Feuer, doch ich beiße die Zähne zusammen.

Weiter rechts erreicht die Bodybuilderin 54 den Zaun. Ich muss mich beeilen. Die Stacheln bleiben tief in meinen Sohlen hängen und zerren mich zurück. Als wäre ich in einem Sumpf, komme ich kaum vorwärts. Angestrengt ziehe ich mich ein letztes Mal nach oben und stecke meinen Kopf durch den Stacheldraht. Einer der Dornen streift mein Gesicht, sodass ich scharf die Luft einziehe.

Hier oben habe ich keinen Halt, aber ich habe keine Zeit zu zögern. 84 kommt bereits auf mich zu. Ich setze meinen Fuß auf der anderen Seite des Zaunes ab und hole das zweite Bein nach.

»Dort!«, schreit 84, als er sieht, wie sich die Stacheldrahtseile über dem Zaun verziehen.

Ich unterdrücke einen Fluch und springe.

Der Waldboden ist härter, als ich dachte. Ich lande auf den Füßen, falle aber nach vorne auf den Bauch. Die gesamte Luft wird aus mir herausgepresst. Meine Beine vibrieren von dem Aufprall schmerzhaft und meine Wirbelsäule wird zusammengestaucht.

»Sie ist da rüber!«, brüllt 84 gerade auf der anderen Seite.

Mir fehlt die Zeit, mich zu erholen. Trotz meiner Schmerzen reiße ich mich zusammen. Ich muss rennen. So weit und solange es geht. Jeder Schritt brennt in meiner Wirbelsäule, aber ich darf nicht stehen bleiben.

Die Bäume wachsen nicht besonders eng beisammen und dichtes Gebüsch gibt es hier kaum – als hätte mir jemand den Weg ebnen wollen. Ich sprinte weiter. Hoffentlich laufe ich in Richtung der Stadt, die ich vom Badfenster aus gesehen habe.

Meine Beine tragen mich schneller als sonst. Mein Atem ist bereits unregelmäßig und die Luft, die ich einatme, brennt in meiner Lunge. Ich verringere mein Tempo, um weiter laufen zu können.

Plötzlich werde ich müde. Schlagartig. Mitten unter dem

Laufen. Und obwohl mich das Adrenalin eben noch hellwach gemacht hat. Ich blinzele, doch meine schweren Lider fallen immer wieder zu. Ich weiß, was das bedeutet. Dieses Gefühl habe ich schon einmal gehabt. Meine Traumwelt ist auf einmal wieder frei. Ich kann endlich wieder schlafen. Und ich muss schlafen.

Ich merke, wie mein gesamter Körper bleischwer wird. Aber ich darf jetzt nicht einfach hier liegen bleiben. Sie werden mich mit ihren Wärmebildkameras finden! Mit letzter Kraft drücke ich mich in eine Einbuchtung in der Erde und ziehe das Laub um mich herum zu mir heran, um mich darunter zu verstecken.

Die Feuchtigkeit zieht bereits in meine Kleidung. Ich werde frieren, aber ich hoffe, dass ich nur so weit auskühle, dass ich nicht entdeckt werde.

***

Im nächsten Moment erwache ich in dem weichen Bett meiner Traumwelt. Eigentlich will ich sofort wieder aufwachen – doch mein Körper gehorcht mir nicht mehr. Ich versuche, meine Hände zu Fäusten zu ballen, mich hochzustemmen, doch meine Finger zucken bloß, dann übermannt mich auch in meiner Traumwelt der Schlaf.

29. Kapitel

Es ist still um mich herum.

Nein – nicht ganz! Da ist das Kratzen eines Papieres, das von einer Seite auf die andere gestreift wird. Ich spüre den Luftzug einer Bewegung, doch ansonsten ist es windstill. So langsam dringen meine letzten Erinnerungen in mein Bewusstsein ein. Ich bin auf den Waldboden gesunken, zu müde, um noch irgendeinen weiteren Schritt zu gehen – zu müde, um mich allein durch meinen Willen wach zu halten.

Unter mir sind keine Blätter, kein nasses Laub, sondern ein steifes Bettlaken und eine unbequeme Matratze, die ich schon vor über einer Woche zu hassen gelernt habe. Wenn ich jetzt die Augen öffne, sehe ich nur eine graue Zelle. Graue Wände, einen grauen Spind, ein Tisch und ein Hocker. Meine Kehle wird eng, sodass mir das Schlucken schwerfällt. Tränen treten unter meinen Lidern hervor, während ich versuche, keinen Ton von mir zu geben.

Mein Plan ist misslungen. Ich habe es nach draußen geschafft, aber es hat nichts genützt. War ich zu schwach gewesen?

Nein! Ich. Bin. *Nicht*. Schwach.

Sie haben mich gefoltert, haben mir den Schlaf entzogen. Und trotzdem habe ich es bis über den Zaun geschafft! Sie haben einfach den Notschalter gedrückt und mich außer Gefecht gesetzt. Ich darf nicht zulassen, dass ich mich in das willenlose Glied ihrer Kette verwandele, zu dem sie mich biegen wollen.

»239, bist du wach?«, fragt eine weibliche Stimme. Es ist eindeutig 210. Ein winziger Teil in mir hat gehofft, dass es Oskar ist, aber das haben sie mir nicht gegönnt.

Ich schniefe, wische mir zitternd mit der Hand über die Wangen, um die Tränen loszuwerden. Grind spannt sich über den Verletzungen, die der Stacheldrahtzaun mir zugefügt hat. Jetzt spüre ich auch wieder das Brennen in meiner Wirbelsäule. Es ist nur noch ein unangenehmes Ziehen in meinem Rücken, doch es ist da und bezeugt, wie mutig ich gewesen bin.

Schweren Herzens öffne ich meine Augen und drehe mich zu ihr um. Die blonde Frau lehnt mit angezogenen Füßen an der Wand am Fußende meines Bettes. Sie schaut mit ihren hellblauen Augen zu mir herüber. Die mintfarbene Uniform lässt sie beinahe wie eine Chirurgin aussehen. Was würde sie mir heute entnehmen? Meine Hoffnung? Meinen Widerstand?

Ein Lächeln zaubert sich auf ihr Gesicht. »Mensch, du siehst ja richtig erholt aus!«

Erst jetzt fällt mir auf, dass ich tatsächlich sichtbar bin. Habe ich mich vor meiner Flucht nicht unsichtbar gemacht? Wann bin ich wieder sichtbar geworden? Ist das durch meine Erschöpfung geschehen?

Trotz der Schmerzen im Rücken und den Schnittwunden, die mir der Zaun zugefügt hatte, fühle ich mich so ausgeruht wie schon lange nicht mehr. Meine Kopfschmerzen sind fort. Ich sehe keine Trugbilder mehr und meine Körperteile hören wieder auf mich. Ich könnte Bäume ausreißen, wenn ich nicht hier in diesem Gefängnis festsäße.

»Was ist passiert?«

210 schlägt ihr Buch zu, während sich ihr Lächeln in ein Grinsen verwandelt. »Du hast den Laden ordentlich aufgemischt – immerhin warst du die erste, die es ohne Erlaubnis geschafft hat, auf die andere Seite des Zauns zu gelangen. Für ein paar Stunden

ging es hier drunter und drüber. Als durchgedrungen ist, dass jemand geflohen ist, haben weitere Leute die Chance genutzt und versucht, dir zu folgen. Die Aufpasser sind mit Schlagstöcken und Schusswaffen durch die Gänge gelaufen, um die Situation wieder in den Griff zu bekommen.«

Überrascht setze ich mich auf. »Ist jemand verletzt worden?«

210 schüttelt den Kopf. »Das nicht, aber es wurden einige weggesperrt. Es wundert mich, dass du überhaupt wieder in unseren Gang zurückkehren durftest.«

»Wie lange habe ich geschlafen?«

»So um die vierzehn Stunden sollten es jetzt sein.« Sie gähnt, streckt sich und steht auf. »Ich gehe dann jetzt und gebe Bescheid, dass du wach bist.« Sie ist offensichtlich niemand derjenigen gewesen, die versucht hatten, aus diesem Gebäude auszubrechen. An der Tür hält sie jedoch an und blickt zu mir zurück. »Noch einmal lassen sie dir eine Flucht sicherlich nicht durchgehen. Ich gebe dir zum zweiten Mal den Rat, 239, halte dich besser an die Regeln!« Mit diesen Worten verlässt sie mein Zimmer und schließt die dicke Tür hinter sich. Sie bleibt unverschlossen, das weiß ich, doch ich weiß nicht mehr weiter – weiß nicht mehr, wohin mit mir.

Meine Gedanken wandern zur Schere, die ich vor einigen Tagen gestohlen habe. Soll ich noch einmal versuchen, zu fliehen? Wenn ich gleich einen Weg nach draußen finde, würde ich dieses Mal nicht vor Erschöpfung umfallen. Doch ich kenne die Lage nicht. Nach dem Aufstand, den es anscheinend gegeben hat, haben sie bestimmt die Sicherheitsvorkehrungen verschärft. Jetzt eine zweite Flucht zu wagen, ohne die Gegebenheiten zu kennen, ist Selbstmord.

***

Das Neonlicht flackert bedrohlich über unseren Köpfen, als wir das Arztzimmer verlassen. Ein Pflaster verdeckt die Einstichstelle der Kanüle. Heute Nacht werde ich mit Sicherheit kein Auge zumachen. Der Albtraum beginnt von Neuem.

Ich wende mich nach links in die Richtung, in welcher mein Zimmer liegt, doch 84 deutet einen anderen Gang entlang.

Ein unbekannter Flur.

Ich schlucke schwer und mein Herz klopft unwillkürlich schneller. Werde ich nun zu den Wachenden gebracht? Schnell verwerfe ich den Gedanken wieder. Hätten sie mich zu den Wachenden bringen wollen, hätten sie mich nicht erst in mein altes Zimmer zurückgelegt. Dennoch weiß ich, dass egal, was kommt, mir nicht gefallen wird. Außerhalb meines Zimmers ist noch nie etwas Positives geschehen.

Nichtsdestotrotz folge ich 84 den Weg entlang, hin zu einer breiten Tür. Sie ist nicht so clean wie die Gefängnistüren oder die Glastüren, die unsere Gänge begrenzen, sondern aus dunklem Holz gearbeitet. Schmucklos zwar, aber trotzdem wirkt sie in diesem modernen, kalten Gebäude fehl am Platz. Allein, dass sie sich so sehr von den anderen Türen abhebt, gibt mir zu verstehen, dass sich dahinter etwas Wichtiges befindet.

Als 84 an das dunkle Holz klopft, spüre ich meine Nervosität steigen. Sie kratzt an meiner Magengrube und lässt meine Finger zittern.

»Du bist nicht schwach!«, rufe ich mir ins Gedächtnis, um die aufsteigende Panik unter Kontrolle zu bekommen.

»Kommt rein!«, dringt gedämpft eine tiefe, ruhige Stimme aus dem Raum auf der anderen Seite.

Ohne zu zögern, öffnet 84 die Tür und ergreift mich am Oberarm, um mich ins Zimmer zu geleiten. Ich wehre mich nicht, denn meine Neugierde lässt mich tapfer einen Schritt vor den anderen setzen.

Ich befinde mich in einem dunkel getäfelten Raum, der, genau wie die Tür, im starken Kontrast zu den übrigen Räumen steht. Die Neonlampen sind ausgeschaltet, sodass das Zimmer in einem warmen, indirekten Licht liegt.

Der Teppichboden dämpft unsere Schritte hin zu einem Schreibtisch, vor dem zwei Sessel drapiert wurden. Hinter der breiten Holzplatte befindet sich ein leerer Bürostuhl. Verwundert blicke ich zur Gruppe aus Ledersesseln zu meiner Linken, doch auch hier befindet sich niemand. Erst als ich an die Fensterfront auf der rechten Seite blicke, sehe ich den Mann.

In dem gedämpften Licht habe ich ihn nicht sofort bemerkt, denn er trägt einen Anzug so dunkel wie die Nacht, die draußen bereits über uns eingebrochen ist. Der Mann ist fast zwei Meter groß, hat seine Hände in die Hüften gestemmt und blickt hinaus in den Wald. In der Scheibe sehe ich die blasse Reflexion seiner hellen Gesichtszüge. Ohne ihn richtig zu sehen oder ihn zu kennen, weiß ich, dass er der Drahtzieher von allem ist. Sebastian.

Augenblicklich schweift mein Blick über den Schreibtisch und in einem Stiftehalter entdecke ich einen Brieföffner.

»Du kannst vor der Tür warten, 84!«, fordert Sebastian meinen Begleiter auf, ohne sich umzudrehen.

Mein Bewacher nickt und verlässt uns.

Sobald die Tür ins Schloss fällt, drehe ich dem Schreibtisch den Rücken zu, um Sebastian anblicken zu können, gehe aber unauffällig einen weiteren Schritt auf den Brieföffner zu.

»Lilo, Lilo, Lilo«, flüstert er, doch seine tiefe Stimme durchdringt nicht nur problemlos die Distanz zwischen uns, sondern fährt mir auch unter die Haut. Allein die Art und Weise, wie er meinen Namen ausspricht, lässt mir eine Gänsehaut über den Rücken wandern.

Der fremde Mann dreht sich zu mir um, sodass ich endlich sein Gesicht erkennen kann. Dunkle, kurz geschorene Haare, Mitte fünfzig, durchstechende Augen – laut Patrick: grau. Sie verengen sich, als wir uns wie zwei wilde Tiere mustern.

»Du bist also Lilo«, unterbricht er die Stille, nimmt seine Hände von den Seiten, richtet sein Jackett und kommt auf mich zu.

Mit jedem Schritt spüre ich seine Anwesenheit stärker. Spüre, wie sie mich gefangen nimmt, mich erdrückt.

Lass das nicht zu!

Ich atme tief ein und strecke meinen schmerzenden Rücken durch. »Und du bist also Sebastian«, erwidere ich mutiger als ich mich fühle.

Ein Lächeln huscht über seine schmalen Lippen. »Ich sehe schon, wir werden uns prächtig verstehen.«

Werden wir das?

Ich schweige, während er hinter seinen Schreibtisch tritt und mit seiner Hand auf einen der Besucherstühle verweist. »Setz dich doch!«

Widerwillig stehe ich vor ihm. Ich will keinen seiner Befehle befolgen – auch nicht die harmlosen. Doch Sebastian wartet geduldig, bis ich unter seinem scharfen Blick nachgebe und mich mit einem engen Brustkorb auf dem Stuhl vor ihm niederlasse. Ich reibe mir mit dem Handballen über mein linkes Schlüsselbein, um die Enge loszuwerden.

Sobald ich sitze, lässt er seine Hand wieder sinken und lehnt sich in seinem Stuhl zurück. »Ich habe schon viel über dich gehört. Du bist jetzt etwas länger als eine Woche da und weigerst dich immer noch irgendwelche Regeln zu befolgen.«

Unsicher, worauf er hinauswill, schweige ich. Als ich seine Aussage nicht leugne, fährt er fort. »Ich wurde überzeugt, dass du womöglich ruhiger werden würdest, wenn du verstehst, was dich erwartet – solltest du dich weiterhin weigern, dich einzureihen. Ich kann jedoch nachvollziehen, dass es dich eher in Angst und

Schrecken versetzt hast. Womöglich hätte ich genau wie du sofort das Weite gesucht.«

Sebastian stützt seine Ellenbogen auf den Tisch und legt seine Fingerspitzen zusammen. Dann blickt er mich über sie hinweg an, während ihre vagen Schatten über sein Gesicht tanzen. »Deine Flucht hat mir die Lücken in meinem System verdeutlicht. Also danke für deinen Mut.«

Fassungslos starre ich ihn an. Er bedankt sich bei mir? Dafür, dass ich geflohen bin? Aber ich verstehe, was er sagen will. Jedes Mal, wenn jemand von uns scheitert, stärkt es ihn.

»Dein Verhalten hat zu gewissen Unruhen geführt und es ist vermutlich sinnvoll, den anderen an deiner Person die Konsequenzen deines Ungehorsams zu demonstrieren ...«

»Aber?«, hake ich angriffslustig nach, als er nicht weiterspricht.

»Wie ich schon sagte, war dein Erfolg zum großen Teil meinem Versagen geschuldet.« Sein Blick dringt wieder tief in mich ein, durchsticht mich wie ein Dolch, bis ich meinen Kopf abwende und kurz den Stiftehalter fokussiere. Er ist nur eine Armlänge von mir entfernt. »Du wirst nach unserem Gespräch hinausgehen und genau das tun, was dir befohlen wird. Du wirst allen zeigen, dass deine Flucht genau das Gegenteil von dem bewirkt hat, was du eigentlich erzielen wolltest.«

Ich räuspere mich. »Sonst passiert was?«, frage ich mit brüchiger Stimme nach.

»Sonst lasse ich dich genau wie die anderen Wachenden einsperren und werde dir so lange den Schlaf entziehen, bis du dir wünschst, nie geboren worden zu sein.«

Meine Nackenhaare stellen sich auf, als ich an die Menschen denke, die nur noch ein Schatten ihrer Selbst sind. Lebende Tote. Durch Sebastian am Existieren gehalten, damit er ihnen ihr Blut stehlen kann, bis sie es endlich schaffen, ihrem Leben ein Ende zu bereiten.

»Was macht es für einen Unterschied, ob ich mich in diesem Gebäude oder nur in einer einzigen Zelle bewegen darf? Gefangen bin ich so oder so«, bringe ich irgendwie hervor. So langsam breitet sich Wut in meinem Bauch aus, lässt meine Innereien vibrieren.

Sebastian nimmt seine Hände auseinander, lehnt sich zu mir nach vorne. »Du bist in einem Haus voller Dreamer, Lilo. Alle hier haben eine einmalige Gabe und hier drin dürft ihr sie frei von Angst benutzen. Du solltest aufhören, dieses Haus als Gefängnis zu betrachten, und beginnen, es als deine Heimat anzusehen. Mit dem Geld, das mein Unternehmen erwirtschaftet, können wir dieses Zuhause finanzieren. Und wenn du das verinnerlicht hast, dann kann ich dich auch wieder nach draußen lassen.«

»Ich muss also nur daran glauben, dass dieses Gefängnis eigentlich Freiheit bedeutet?«, frage ich sarkastisch. Wie soll ich daran glauben, wenn ein Stockwerk unter mir Bekannte von mir gefoltert werden?

»Für den Anfang reicht es mir, wenn du dich den Möglichkeiten öffnest, die hier auf dich warten«, verspricht er mir. »Ich gebe dir eine zweite Chance und ich rate dir, sie weise zu nutzen.«

Sebastian hat sich nach hinten gelehnt, sodass sein Gesicht nun wieder außerhalb des Lichtkegels liegt. Die Wut in meinen Bauch kriecht allmählich höher, bringt meine Lungen zum Zittern und mein Herz zum Explodieren.

»Ich erwarte ab jetzt blinden Gehorsam von dir. Wenn ich dich etwas frage, gibst du mir eine Antwort. Wenn ich dir befehle, etwas zu tun, dann fragst du, bis wann du deinen Auftrag erledigt haben sollst. Ansonsten wirst du nie wieder frische Luft einatmen.«

Meine Wut erreicht meine Wangen, die sich zusammenziehen, während sich mein Unterkiefer trotzig nach vorne schiebt.

Sebastians Augen nehmen jede Veränderung in meinem Gesicht wahr. Sein Blick streift mich kalt, dann steht er auf. »Du hast heute Nacht genug Zeit, über alles nachzudenken, aber wenn du dich an meine Forderungen hältst, werden die schlaflosen Nächte bald vorüber sein.«

Was für ein Lügner!

Ich kann und ich will nicht gehorsam sein! Wenn ich einknicke, muss ich von Tim erzählen und von meinem Vater, Martha und Jürgen! Ich müsste sie alle an Sebastian verraten, wenn ich endlich gehorsam sein wollte.

Ich stehe auf und bevor mich ein klarer Gedanke zurückhalten kann, überwältigt mich meine Wut. Mit einem Schritt bin ich am Schreibtisch, meine zitternden Finger umgreifen den Brieföffner.

Ein Klicken und plötzlich spüre ich ein kaltes Metall an meiner Stirn. Als ich zu Sebastian aufblicke, sehe ich die Waffe, deren Lauf direkt auf mich zielt. Sofort verpufft die Wut in mir und macht einer eisigen Angst Platz. Ich zittere am ganzen Körper. Jeder Atemzug schmerzt in meiner Lunge.

Sebastian blickt auf mich hinab, als hätte er meine Reaktion kommen sehen. Sein ausgestreckter Arm zittert kein bisschen. Er ist vollkommen ruhig, genau wie seine Stimme, als er zu den nächsten Worten ansetzt. »Ich kann dich verstehen, Lilo, und du hast eine wundervolle Gabe … Weißt du … es stehen über hundertfünfzig talentierte Menschen hinter mir, tragen meine Vision mit. Trotzdem kann ich Risiken nur bis zu einem bestimmten Punkt eingehen. Es wäre schade, das wertvolle Blut eines Dreamers zu vergießen – vor allem das eines Dreamers mit deiner Gabe. Doch ich komme auch sehr gut ohne dich aus.«

30. Kapitel

Immer noch am ganzen Leib zitternd, laufe ich den Korridor zu meinem Zimmer entlang. Die neugierigen Blicke der Frauen folgen mir aus den anliegenden Räumen und ich höre die getuschelten Worte, die verstummen, sobald ich in ihre Nähe komme. Durch meine Flucht habe ich eindeutig etwas ausgelöst, das ich noch nicht so richtig greifen kann. Vielleicht ist es Ehrfurcht und Bewunderung, die in ihren Blicken liegt. Kein Wunder, dass Sebastian die Hoffnung, die in meinen Mithäftlingen entstanden ist, im Keim ersticken will.

Sobald ich in meinem Zimmer bin, schließe ich die dicke Metalltür hinter mir. Ich halte weder dem Erwartungsdruck der Frauen noch Sebastians Erpressung stand. Ich zittere immer noch und mein Herz scheint zu flimmern. Natürlich bilde ich mir das nur ein, doch die Angst betäubt mich. Ich spüre immer noch den Lauf der Pistole an meiner Stirn und höre Sebastians Worte in meinen Ohren widerklingen.

Ich komme auch sehr gut ohne dich aus.

Die Drohung ist unmissverständlich. Wenn ich überleben will, muss ich den anderen zeigen, dass der Fluchtversuch sinnlos war. Und wieder komme ich auf die entscheidende Frage zurück: Wie kann ich so tun, als wäre ich gehorsam, ohne meine Freunde in Gefahr zu bringen?

Ein zaghaftes Klopfen durchdringt meine Gedanken. Oskar würde sich nicht die Mühe machen zu klopfen. Für 210 oder einen der Aufpasser war es zu sanft gewesen – zu zögerlich.

Obwohl ich schweige, öffnet sich die Tür und eine Frau mit dunklen, widerspenstigen Locken, die ihr herzförmiges Gesicht umranden, schielt durch den Spalt.

Überrascht hebe ich meinen Kopf von meinen Knien.

Ich hatte sie schon häufiger gesehen, doch noch nie war sie von sich aus auf mich zugekommen. Als ich sie nicht wieder hinausschicke, setzt sie sich auf den Stuhl mir gegenüber.

»Du bist 87, richtig?«, frage ich sie, als sie nicht spricht.

Sie nickt und lächelt kurz, doch ihre tiefbraunen Augen verraten, was wir alle erfahren mussten. »Ja, wir haben uns schon häufiger gesehen. Ich bin hin und wieder bei Nummer 210.«

Sie atmet tief ein und aus, dann streckt sie den Rücken durch und sieht mich direkt an. Auf einmal strahlt ihre olivfarbene Haut Entschlossenheit und Kraft aus. Ich wäre eingeschüchtert einen Schritt nach hinten getreten, wenn ich nicht auf meinem Bett gesessen hätte. »Wie geht es dir?«, will sie von mir wissen.

Misstrauisch kneife ich meine Augen zusammen. »Was meinst du?«

»Ich habe dich mit Nummer 7 gesehen.«

»Patrick?«

Sie macht eine wegwerfende Handbewegung. »Was weiß ich, mit welchem Namen er sich dir vorgestellt hat. Aber als ich euch gesehen habe, wusste ich sofort, dass du sein neues Opfer bist.«

Verwirrt verharre ich in meiner Position. »Ich verstehe leider immer noch nicht, was du meinst.«

Sie schnaubt. »Wirklich? Er zieht immer dieselbe Masche ab. Leider ist er auch so verdammt gut darin, dass er häufig auf junge Frauen angesetzt wird. Er sorgt dafür, dass sie sich in ihn verlieben, bringt sie hierher und dann geht er uns aus dem Weg.«

»Uns?«, hauche ich. Dass ich nicht Patricks Freundin war, verschweige ich, denn ich weiß nur zu gut, dass ich mir in den letzten Wochen nichts sehnlicher gewünscht hatte.

»Ja, uns. Du warst schließlich nicht die erste, die er hierhergebracht hat und jedes Mal wird dein Herz aufs Neue brechen, wenn du rausfindest, wer nach dir kam.«

Ich schweige kurz, während ich auf meiner Unterlippe herumkaue. Irgendwie hilft es tatsächlich beim Nachdenken … »Es ist dir doch eigentlich egal, wie es mir geht, oder? Sonst wärst du gleich nach meinem Treffen mit ihm in der Cafeteria zu mir gekommen und hättest versucht, mir über den Verlust hinwegzuhelfen.«

Sie lacht kalt. »Ich hasse ihn und ich hasse zu Beginn auch alle neuen jungen Frauen, weil ich mir immer vorstelle, dass sie die nächsten gewesen sein könnten, die er ordentlich durchgefickt hat. Die nächsten, die genau wie ich Hals über Kopf in ihm verliebt waren und ihm blind vertraut haben. Aber du bist anders.«

Ich schnaube. »Woher willst du das wissen?«

»Jemand hat Nummer 7 ziemlich wehleidig und heulend zur Ärztin kriechen sehen. Das Gerücht geht rum, dass du ihm ordentlich seine Eier zerquetscht hast.«

Das Blut schießt mir augenblicklich in die Wangen. Ich wollte ihn doch überhaupt nicht ernsthaft verletzen – nur ein bisschen ausknocken …

»Wie gerne hätte ich in diesem Moment mit dir getauscht! Aber für deine aktuelle Situation beneide ich dich nicht. Ich war überrascht, dass du überhaupt zurückgekehrt bist. Eigentlich hätte ich gedacht, sie würden dich zu den Wachenden stecken oder gleich umbringen. Wäre ja nicht das erste Mal … Daher meine Frage: Wie geht es dir?«

Wie ehrlich kann ich zu ihr sein? Auch wenn sie all die Zeit zurückhaltend wirkte, darf ich sie nicht unterschätzen. Genau wie

210 sammelt sie bestimmt Informationen. »Es ging mir schon mal besser«, sage ich vage. »Ich weiß nicht, was ich tun oder lassen soll.«

Sie lächelt mich an. »Die Antwort ist leicht.«

»Ist sie das?«

»Nur wer ein Spiel mitspielt und sich zumindest offiziell an die Regeln hält, kann gewinnen. Spielst du nicht, fällst du raus. Bekommt jemand mit, dass du schummelst, wirst du eliminiert. Aber dann hast du wenigstens versucht, zu gewinnen.«

Fassungslos starre ich sie an. Bedeuten ihre Worte das, was ich glaube? »Bist du auch auf der Suche nach einem Fluchtweg?«, flüstere ich.

»Nein, fliehen bringt nichts, solange 210 fügsam ist. Wenn es kritisch wird, lassen sie dich einfach alles vergessen. Handfeste Beweise, die für sich sprechen, sind das Einzige, was am Ende zählt, wenn du nicht mehr weißt, was du all die Jahre gemacht hast.«

Ein Schaudern schüttelt mich durch. Natürlich hat sie recht. Wenn ich der Somnissa entkommen wäre, hätte ich vermutlich alles vergessen. Meine Flucht hätte nichts gebracht.

»Sind wir Partnerinnen?«, frage ich sie und strecke ihr meine Hand entgegen.

Wieder lächelt sie und steht auf. »Nein, noch nicht. Erstens hast du mit meinem Ex-Freund geschlafen und zweitens haben sie dich im Blick. Das ist mir eine zu heiße Kiste.«

Wütend verschränke ich meine Arme vor der Brust. »Was willst du dann von mir?«

»Duck dich aus der Schusslinie und wenn ich dich besser leiden kann, können wir noch mal über alles reden. See you, Babe!« Mit diesen Worten verschwindet sie aus meiner Gefängniszelle.

***

Oskar ist ganz aus dem Häuschen, weil ich tatsächlich für ein paar Stunden frei war. Aber ihm ist anzusehen, wie glücklich er ist, dass ich es nicht endgültig geschafft habe. Seine grünen Augen strahlen sternenklar zwischen all den Sommersprossen hervor. Er berichtet mir ebenfalls von dem Aufstand, der nach meiner Flucht ausgebrochen ist. Dabei klingt es allerdings wesentlich dramatischer als bei 210, sodass ich annehme, dass es weder Slow-Motion-Schusssalven noch Roboterhunde gegeben hat. Nachdem er sich wieder beruhigt hat, lese ich ihm vor, bis er eingeschlafen ist. Ich blicke auf ihn hinab und weiß nicht so recht, wie ich es geschafft habe, innerhalb kürzester Zeit diesen kleinen Jungen so sehr in mein Herz zu schließen, dass ich tatsächlich etwas Positives darin erkenne, wieder zurück zu sein.

Dann denke ich über den Besuch von 87 nach. Überraschenderweise stört es mich überhaupt nicht, dass sie mal was mit Patrick hatte. Das war lange bevor ich ihn kennengelernt habe. Außerdem hatte er sich nicht an mich rangemacht. Vielmehr hatte er Abstand zu mir gehalten, nachdem ihm klar wurde, dass ich ein Dreamer bin. Angeblich.

Hatte er mich belogen? Es schien mir alles so echt. So authentisch … Und warum zweifle ich an ihm, nur weil irgend so eine dahergelaufene Frau ihn schlecht macht? Ich will ihn nicht verurteilen. Tatsächlich vertraue ich ihm sogar – und trotzdem bleibt ein fader Beigeschmack. Er weiß genau, wie er bekommt, was er will. Er ist charmant genug, dass ihm die Menschen in Scharen zu Füßen liegen. Er passt sich an das an, was seinem Gegenüber gefällt. Aber wer ist er? In wen habe ich mich eigentlich verliebt?

Sofort spüre ich einen dumpfen Schmerz in meinem Brustkorb. Ich zwinge mich, an etwas anderes zu denken, denn immerhin habe ich gerade größere Probleme als ein hyperaktives Herz.

Fliehen bringt nichts, solange 210 fügsam ist. Wenn es kritisch wird, lassen sie dich einfach alles vergessen.

Vergessen …

Das ist die Lösung! Ich muss 210 dazu bringen, mich vergessen zu lassen, wer meiner Bekannten alles Dreamer sind. Sie hatte mir berichtet, dass ich meine Geheimnisse, die ich vergessen will, nicht laut aussprechen muss. Dann hätte Sebastian nichts mehr, wonach er mich ausfragen kann. Und somit ergibt es keinen Sinn, mich weiter zu foltern.

Die Frage ist nur, wie ich 210 dazu bringe, mir meine Erinnerungen zu nehmen. Auch wenn sie es mir vor wenigen Tagen angeboten hat, glaube ich kaum, dass sie mir einfach so einen Gefallen tun würde. Ich muss sie überzeugen – ihr irgendwelche wertvollen Hinweise geben.

Und dann plötzlich – wie aus dem Nichts – habe ich einen Plan. Ich bin fasziniert, was mein ausgeruhter Verstand innerhalb kürzester Zeit leisten kann. Zwar ist der Plan weder gut noch wasserdicht, aber er muss auch nur so lange funktionieren, bis 210 mir meine Erinnerungen gelöscht hat. Das größte Problem: Ich muss lügen und zwar verdammt gut. Ich muss selbst an meine erdachte Geschichte glauben, also lasse ich sie mir mehrfach und mit so vielen Details wie möglich durch den Kopf gehen.

Dann ist es Zeit zu spielen.

Um Oskar nicht zu wecken, stehe ich vorsichtig auf und hole die Schere hervor. Ich stecke sie mir in meinen Ärmel und werde unsichtbar. Sobald das unangenehme Gefühl in meiner Magengrube wieder abflaut, öffne ich meine Tür einen Spalt breit und schlüpfe hindurch. Es ist in Ordnung, wenn sie morgen erkennen, dass ich draußen herumgelaufen bin, doch jetzt dürfen sie die kleine Bewegung meiner Tür nicht bemerken. Der Korridor liegt finster und wie ausgestorben vor mir.

Langsam laufe ich von einer Tür zur nächsten und lausche, ob ich eine der Frauen schnarchen höre. Ich muss wissen, ob mein Opfer schläft. Ich darf nicht riskieren, in ein Zimmer hineinzuplatzen, in dem sich jemand genauso schlaflos durch die Nacht quält wie ich. Endlich habe ich eine Zelle gefunden, aus der ein kräftiges Schnaufen dröhnt.

Ganz vorsichtig drücke ich die Klinke hinunter.

Ein leises Quietschen erfüllt die Stille. Fluchend verharre ich und blicke zurück zu den Kameras. Das rote Lämpchen verrät mir, dass sie alles aufzeichnen, aber der Ton wird in der Regel nicht übertragen, oder? Alles bleibt still. Die Frau hinter der Tür hatte kurz aufgehört zu schnarchen, doch fährt nun wieder damit fort. Erleichtert quetsche ich mich durch den Spalt.

Im Bett unter der Decke erkenne ich deutlich ihren Körper. Auch wenn sie mir leidtut, weil ich sie für meinen Plan missbrauche, habe ich kein schlechtes Gewissen. Wenn die Somnissa gründlich arbeitet, wird ihr nichts passieren.

Ich schleiche in der Dunkelheit zu der Stelle, an der auch bei mir der Schrank steht, ertaste den Griff, die Wäsche darin und lege die Schere unter zwei T-Shirts. Still gehe ich hinaus in den Flur und ziehe die Tür hinter mir zu. Wieder ertönt das Quietschen, dann ist alles still. Auch die Frau ist wieder verstummt. Ich lausche, doch sie beginnt nicht wieder zu schnarchen. Schnell entferne ich mich von ihrer Gefängnistür – gerade noch rechtzeitig, bevor diese auch schon erneut quietscht und die Zimmerbewohnerin herauskommt.

Geblendet von dem hellen Licht in der Kammer, lege ich mir eine Hand vor die Augen. Die Frau geht in Richtung Badezimmer. Im Lichtschein sehe ich die Nummer auf dem Schild neben der Tür. 207.

Ich warte, bis sie wieder in ihrem Zimmer verschwunden ist

und im Korridor vollkommene Dunkelheit herrscht. Erst dann kehre ich in mein Zimmer zurück, um auf den Morgen zu warten.

Um halb sechs gehe ich hinüber zu 210. Wie bei 207 zuvor, schleiche ich durch den Korridor, durch die Gefängnistür und hinein in ihr Zimmer – nur dieses Mal mache ich mir nicht die Mühe, unsichtbar zu sein.

Vor ihrem Bett gehe ich in die Knie und rüttele sie sanft. »Hey, 210!«, flüstere ich.

Vor Schreck zuckt sie zusammen und sitzt keine drei Sekunden später aufrecht im Bett. Ihr Gesicht ist im Licht der Nacht ganz fahl. Ihre Hand ruht auf ihrer Brust. »239? Was willst du hier? Wie spät ist es eigentlich?«

»Halb sechs. Entschuldige mein Reinplatzen. Darf ich das Licht anmachen?«

Sie stößt hart ihren Atem aus. »Ja, mach! Warum erschreckst du mich so?«

Ich knipse das Licht an. Augenblicklich durchflutet es das winzige Zimmer und wir beide kneifen unsere Augen zusammen. Im Gegensatz zu meinem Raum ist es hier relativ farbenfroh. Das Radio, das Sitzkissen, bunte Bettwäsche, ein Teppich. Wie kann man nur so ein Arschloch sein?

»Ich brauche sie!«, rufe ich mir ins Gedächtnis. Ich muss freundlich zu ihr sein. Also hole ich tief Luft und setze mich auf den Teppich zu ihren Füßen, um ihr ein dominierendes Gefühl zu geben. »Du hast gesagt, du könntest mich ein paar Dinge vergessen lassen. Ich denke, jetzt bin ich bereit dafür.«

Sie zieht ihre hellbrauen Augenbrauen zusammen. »Dafür kommst du ein bisschen spät. Du steckst doch schon bis zum Hals in der Scheiße. Und jetzt willst du mich auch noch mit reinziehen?«

»Wer sagt denn, dass ich dich in irgendetwas mit reinziehe?«

»Ich denke nicht, dass ich der Person, die vorgestern geflohen ist und dadurch einen Aufstand angezettelt hat, einen Wunsch erfüllen sollte.«

»Du musst es ja niemanden verraten«, schlage ich vor.

»Und was soll ich denen sagen, warum du morgens um halb sechs bei mir auf der Matte stehst?«

Ich ziehe gespielt meine Augenbraue in die Höhe. »Warum sollten sie dich das fragen?«

»Weil verdammt noch mal jeder deiner Schritte überwacht wird? Glaubst du wirklich, dein Verschwinden hätte keine Konsequenzen für dich gehabt?« Sie fährt sich durch die wirren, blonden Haare.

Hält sie mich für so naiv? Wieder greift die Wut nach mir, doch ich zwinge mich zur Ruhe. Vielleicht ist es nicht so schlecht, dass sie mich für ein wenig dumm hält. »Mir ist klar, dass ich nicht so weitermachen kann wie bisher.«

Sie verdreht ihre Augen. »Was willst du vergessen?«

»Ich will vergessen, wer aus meinem früheren Leben alles ein Dreamer ist«, antworte ich ihr frei heraus.

»Was? Aber das ist doch ein Checkpot! Mit diesem Wissen kannst du sie doch wieder besänftigen.«

»Ich bin nicht wie du«, flüstere ich.

Ihre Augenbrauen ziehen sich schlagartig zusammen.

Im selben Moment erkenne ich meinen Fehler. »Dein Vorschlag klingt logisch, aber ich kann nicht darüber sprechen.«

»Wieso sollte ich dir helfen? Was habe ich davon? In wenigen Tagen bist du wahrscheinlich sowieso von der Bildschirmfläche verschwunden.«

»Du hast meinetwegen schon ein Radio bekommen. Und was kostet es dich, mir einfach ein paar Erinnerungen zu löschen? Deine Zeit?« Ich gebe meiner Stimme einen bettelnden Unterton.

»Wenn ich dir die Erinnerungen an Dreamer nehme, werden sie verdammt sauer auf mich sein.«

Ich reibe mir mit den Händen über die Stirn. »Okay«, sage ich, das Gesicht zwischen meinen Fingern vergraben. »Okay, dann gebe ich dir etwas anderes dafür.«

»Was willst du mir geben? Du hast doch gar nichts.«

Ich atme tief durch. Jetzt beginnt der schwierige Teil: Ich muss lügen – und zwar so gut, dass sie es mir abkauft. Wie sehr ich mich schon jetzt dafür verachte!

»Ich … ich weiß, dass jemand eine Flucht plant und ich kann dir genauere Details geben.«

Sie rührt sich nicht mehr. »Woher weißt du davon? Nummer 7? Hat er dir das erzählt, kurz bevor du ihm dein Knie zwischen die Beine gerammt hast?«

Wow, dieses Detail hat sich ja wie ein Lauffeuer verbreitet … Ich schüttele den Kopf und nehme zögerlich meine Hände runter. Ich hoffe, mein Gesichtsausdruck verdeutlicht meine angebliche Zerrissenheit darüber, ob ich ihr mehr erzählen soll. »Nein, ich habe sie gesehen, als ich beim Blutspenden war. Aber jetzt in der aktuellen Situation ist so eine Information bestimmt Gold wert. Bitte 210, hilf mir!«

Sie seufzt und schwingt schließlich ihre Beine über die Bettkante. »Na schön. Wer will fliehen?«

»Zuerst will ich eine Person vergessen«, verlange ich. Sie sieht mich herausfordernd an. Wir trauen uns gegenseitig nicht über den Weg. »Nur eine, bitte. Nach jeder Person erzähle ich dir mehr!«

Sie nickt. »In Ordnung. Stelle dir das, was du vergessen willst, bildlich oder als Satz prägnant vor. Du musst nicht drüber reden, aber es funktioniert nur, wenn du klar vor Augen hast, was du vergessen willst. Wenn es schiefgeht, kann es sein, dass du zu viel vergisst und dich im Ernstfall überhaupt nicht mehr an die Person erinnern kannst.«

Ich schlucke schwer. Bedeutet das, ich würde Tim vollständig vergessen? Wie einsam wäre mein Leben bisher ohne ihn gewesen? Wenn ich ihn komplett vergesse und ich nach ihm gefragt werde, kommt das dann nicht auch einem Verrat gleich? Panisch atme ich schneller. Will ich das wirklich?

»Bist du bereit?«, fragt sie mich, ohne mir Zeit zu lassen. »Eins.«

Schnell versuche ich mir Tim vorzustellen. Seine dunklen Haare, sein Lächeln.

»Zwei.«

Shit! Ich darf mich nicht auf sein Äußeres konzentrieren, sondern darauf, dass er ein Dreamer ist!

»Drei.«

Ich warte geduldig. Nichts passiert. Vorsichtig öffne ich die Augen einen Spalt breit. 210 sitzt mit ihren verstrubbelten Haaren vor mir und sieht mich erwartungsvoll an.

»Ist schon was passiert?«, frage ich sie. Woran merke ich, ob sie nur flunkert? Dass sie am Ende womöglich gar nichts getan hat?

»Wenn du es nicht weißt …«, antwortet sie. Und in dem Moment wird mir eine weitere riesige Lücke in meinem Plan bewusst. Wie soll ich überprüfen, ob ich etwas vergessen habe, wenn ich nicht einmal weiß, was ich wusste.

»Wie viele Personen kennst du, die Dreamer sind?«

Martha, mein Vater und Jürgen. »Drei«, antworte ich ihr.

»Wie viele waren es zuvor?«

»Auch drei?«, frage ich zurück.

Sie schüttelt den Kopf. »Das hast du mir nicht gesagt. Ich habe meinen ersten Teil erfüllt. Also jetzt zu den Infos. Was hast du bei der Blutabnahme beobachtet?«

Ich fühle mich entsetzlich ausgenutzt, aber zähneknirschend muss ich ihr recht geben. Ich kann nicht beweisen, dass sie sich nicht an ihre Abmachung hält. »Als ich beim Arztzimmer ankam, kam gerade eine Frau heraus und sie hat eine Schere in ihrem Ärmel versteckt.«

»Sie hat eine Schere gestohlen?«

Ich nicke. »Ja.«

»Wer war es?«

»Das sage ich dir zuletzt. Jetzt bin ich erst einmal wieder dran.«

Als sie grinst, blitzen ihre Zähne gefährlich auf. Es ist eher ein Zähnefletschen. »In Ordnung. Ich zähle wieder auf drei. Eins.«

Ich stelle mir meinen Vater in seiner Traumwelt vor.

»Zwei.«

Plötzlich kommt mir der Gedanke, dass ich vielleicht auch zwei Fliegen mit einer Klappe schlagen könnte – nur, falls sie sich nicht an unsere Vereinbarung hält. Also erinnere ich mich an das Treffen bei Martha, als mein Vater neben Jürgen auf der Bank saß. Zwei Dreamer auf der Jagd nach unseren Entführern. Oh, nein! Wenn ich daran denke, vergesse ich womöglich auch noch die OBeD!

»Drei.«

Stille. Ich höre mein Nervensystem in meinen Ohren fiepen. Woran hatte ich eben noch gedacht? Ich war zu 210 gekommen, damit sie mich vergessen lässt, dass ich Dreamer kenne, die noch frei sind. Aber ich habe Martha doch nicht etwa verraten, oder?

»Also, erzähl weiter! Was ist danach passiert?«

Der erfundene Fluchtversuch … Ich zwinge mich, mich wieder auf die Geschichte zu fokussieren, die ich mir so detailreich zurechtgelegt habe. »Erst einmal nichts. Am späten Abend kam sie dann zu mir und wollte genau wissen, wie ich es hinausgeschafft habe. Sie vertraute mir ihren Plan an. Sie will einem Aufseher die Zugangskarte stehlen und damit das Gebäude verlassen.«

»Mit der Schere?«, hakt 210 misstrauisch ein.

Ich nicke. »Sie meinte, dass sie damit die Karte vom Band schneiden will.«

»Aber das kriegt doch jeder mit!«

»Das habe ich ihr auch gesagt, aber sie ist verzweifelt. Wer kann ihr das verübeln?« Ich zucke hilflos mit den Schultern und bin froh, dass ich diesen Fluchtversuch nicht selbst begangen habe. »Ich riet ihr, es zu lassen, doch sie will davon nichts hören. Sie will es in den nächsten Tagen durchziehen. Jetzt bin ich wieder dran!«, verlange ich.

210 nickt und beginnt zu zählen, während ich mich auf Martha fokussiere.

Als ihre Stimme verklingt, fühle ich mich vollkommen leer. Warum bin ich hierhergekommen? Warum sitze ich auf 210s Teppich und knie vor ihr – mein Kopf in der Höhe ihrer Knie? So langsam erinnere ich mich wieder, was ich von ihr wollte, doch das ergibt alles keinen Sinn. Warum will ich von ihr, dass sie mich Dreamer vergessen lässt, wenn ich doch vor meinem Aufenthalt hier noch nie andere Dreamer neben Doc und Patrick getroffen habe? Oder habe ich das nur getan, damit jemand bezeugen kann, dass ich wirklich keine Dreamer kenne? Das muss es gewesen sein …

»Danke«, flüstere ich.

»Alle Erinnerungen sind weg?«, will sie wissen.

»Falls es welche gab, dann ja.«

Sie nickt, lässt aber nicht locker. »Also, wer ist es? Wenn sie erst spät am Abend zu dir kam, muss es jemand von unserem Korridor sein.«

Kurz überlege ich, ob ich ihr alles gestehe, doch dann erinnere ich mich, dass sie dann schweigen würde. Ich will aber, dass 210 ihnen erzählt, dass ich nichts weiß – oder falls ich etwas wusste, dass ich nichts mehr erzählen kann.

»207«, flüstere ich. Tatsächlich fällt es mir schwerer als gehofft, sie laut unter einen falschen Tatverdacht zu stellen. »Sie versteckt die Schere zwischen ihren T-Shirts.«

31. Kapitel

Ich muss nicht lang auf ihre Reaktion warten.

Noch beim Frühstück werde ich abgeholt und in Sebastians Zimmer gebracht, wo bereits eine große Runde auf mich wartet. Frau Sandmann auf dem Bürostuhl. Ihr Gesicht ist wie immer so steif wie eine Maske. Rechts hinter ihr steht Sebastian. Ein leicht amüsiertes Grinsen auf den Lippen, als hätte gerade ein recht unterhaltsames Schauspiel stattgefunden. Rechts neben ihm lehnt ein älterer Herr, den ich auf den zweiten Blick als Fabian wiedererkenne. Vor der Fensterfront steht die Ärztin Doktor Urban, zugegebenermaßen recht bleich. Vor dem Schreibtisch sitzen 210 und 207. Die Schere, die ich der Ärztin gestohlen habe, liegt auf dem Schreibtisch. Als ich zwischen 210 und 207 trete, treffen mich ihre feindseligen Blicke.

Seltsamerweise bin ich vollkommen ruhig. Ich bin bereit, meine Strafe zu akzeptieren, bevor ich richtig in dieses Spiel eintrete und Sebastian vernichte.

»239, wir haben heute Morgen im Zimmer von 207 diese Schere gefunden. 207 streitet ab, sie unserer Ärztin entwendet zu haben. Nummer 7 konnte den Wahrheitsgehalt dieser Aussage bestätigen«, beginnt Frau Sandmann.

Patrick! Er erkennt Lügen sofort. Genau wie die Wahrheit. Überrascht blicke ich mich um, doch heute habe ich tatsächlich niemanden übersehen.

Frau Sandmann streift sich eine Haarsträhne aus dem Gesicht und fährt fort. »Auf den Videoaufnahmen Ihres Ganges konnten wir erkennen, wie sich Ihre und kurz darauf auch die Tür von 207 öffnete. Haben Sie die Schere in dem fremden Zimmer platziert?«

Ich lächele. »Das ist korrekt. Ich habe die Schere Frau Dr. Urban letzte Woche gestohlen. Heute Nacht habe ich die Schere bei 207 im Schrank zwischen ihren T-Shirts versteckt.«

»Warum?«, ruft 207 entsetzt aus.

»Entschuldige, das war nicht persönlich gemeint«, sage ich, ohne zu ihr zu blicken. »Ich brauchte nur ein fremdes Zimmer, in das ich die Schere legen konnte. Es hätte jedes andere sein können.«

»Warum haben Sie das getan, 239? Wollten Sie 207 in Schwierigkeiten bringen?«, fragt Frau Sandmann und eine Spur Verärgerung huscht über ihr Gesicht, die mich wie jede ihrer seltenen Gefühlsregungen zutiefst befriedigt.

»Im Gegenteil. Ich hatte gehofft, dass ich als Täterin entlarvt werde.«

»Frau Fischer, ich denke, wir können das Verhör hier beenden«, unterbricht Sebastian uns mit seiner ruhigen Stimme.

Irritiert blickt sie zu ihm auf. »Weshalb?«

Weil er mich durchschaut hat.

210 jedoch befürchtet offensichtlich, dass ich ungeschoren davonkommen könnte. »Sie kannte mindestens drei Dreamer«, ruft sie in die Stille. »Wenn nicht sogar mehr.«

Sebastian schüttelt den Kopf und würdigt sie mit einem kurzen, herablassenden Blick. »Diese Information bringt mir gar nichts. Wenn sie die Dreamer in der Traumwelt kennengelernt hat, können sie überall auf der Welt verstreut sein.«

»Wollen Sie 239 für Ihr Fehlverhalten bestrafen?«, fragt Frau Sandmann – Fischer – korrigiere ich mich selbst.

»Nein.«

Frau Fischer dreht sich ungläubig zu ihm um, 210 zuckt

zusammen und auch ich bin nicht weniger überrascht. Wir alle sehen zu ihm auf, doch seine dunkelgrauen Augen durchbohren mich wie ein Schuss aus seiner Pistole, die er gestern aus dem Nichts hervorzauberte.

»Niemand wird heute bestraft. Sie hat erreicht, was sie wollte, und ich heiße es nicht gut, aber es entlastet unsere zukünftige Zusammenarbeit, daher bin ich gewillt, über alles hinwegzusehen. Da die Verhöre nun vermutlich sinnlos sind, können wir einstweilen damit aufhören. Ich bitte Sie dennoch, mir regelmäßig Bericht zu erstatten, wie sich 239 entwickelt.«

Nach diesem Beschluss werden 207, 210 und ich hinausgeführt. Doch sobald wir aus der Tür kommen, presst mich 210 gegen die Wand und ihr Unterarm drückt gegen meine Kehle. Als ich verstehe, was passiert ist, bekomme ich bereits keine Luft mehr.

»Wehe, du nutzt mich noch einmal aus!«, zischt 210. Ihr Atem schlägt mir heiß ins Gesicht und ihre Nasenflügel beben.

Ich schnappe nach Luft, doch der Sauerstoff dringt nur bis in meinen Mund. Mir wird bereits schwindelig, als unser Bewacher es endlich schafft, mir die Blondine vom Hals zu reißen.

32. Kapitel

Dass ich mir mit meiner Aktion keine Freunde gemacht habe, zeigt sich in den folgenden Tagen. Tatsächlich ist 210 verdammt gut vernetzt und plötzlich zeigen mir viele meiner Mithäftlinge die kalte Schulter. In den verschiedenen Seminaren, Sportveranstaltungen, beim Kochen, beim Putzen oder beim Pflegen der Wachenden. Egal, welche Aufgabe ich zugeteilt bekomme, ich fühle mich unendlich einsam. Der Einzige, der immer noch bedingungslos mit mir abhängt, ist Oskar. Kurz vor Weihnachten berichtet er mir jedoch freudestrahlend, dass eine Familie gefunden worden sei, die ihn adoptieren will. Mir steigen Wuttränen in die Augen. Wie kann die Somnissa ihn nur so kaltblütig ausnutzen? Welchen Auftrag wird er unbewusst ausführen? Und wie einsam wird es ohne ihn in meiner Nähe werden? Aber ich kann ihm nicht die Wahrheit sagen. Kann ihm nicht verdeutlichen, dass er genau wie die anderen, die gehen, bestimmt bald wieder zurückkehren wird, um auf den nächsten Auftrag zu warten.

Manchmal sind die Dreamer nur wenige Stunden fort, manchmal mehrere Tage, aber aus den wenigen Gesprächen, die ich führe, verstehe ich, dass sie früher oder später alle wieder in diesem Haus auftauchen.

Ohne Oskar an meiner Seite verstärkt sich meine Angst vor dem diesjährigen Weihnachtsfest. Ich erinnere mich an früher, als meine Mutter immer für mich gekocht hat und wir dann unter dem Weihnachtsbaum mit meinen Geschenken gespielt haben. Am Tag danach war ich jahrelang bei Dad, Martha und Tim gewesen. Da ging immer alles drunter und drüber. Es war laut gewesen und Tim und ich prügelten uns um die letzten Plätzchen. Das war die schönste Zeit, bevor mein Vater nach Aachen zog und ich ihn kaum mehr sah.

Genau daran muss ich denken, als ich allein zwischen den anderen Dreamern im Speisesaal sitze. Es gibt einen Weihnachtsbaum, Weihnachtslieder tönen leise durch die Lautsprecher, Plätzchenteller stehen auf den Tischen und die Dreamer, die draußen gewesen waren, hatten ihren eingesperrten Freunden kleine Geschenke mitgebracht. Ich sitze einsam an einem Tisch, vermisse meine Familie und Oskar. Am Morgen habe ich noch Doc, Christian und Olivia besucht, die mir inzwischen mehr zu Freunden geworden sind als alle anderen hier – weil sie mich nicht verachten oder zumindest nicht mehr in der Lage sind, das zu artikulieren.

Plötzlich setzt sich 87 zu mir. Misstrauisch blicke ich zu ihr auf. Ihre kinnlangen Haare stehen wie jeden Tag in alle Richtungen ab, doch heute lächelt sie. »Es war eine dumme Idee von dir, dich mit 210 anzulegen.«

Ich lächle bitter zurück. »Wahrscheinlich.«

»Sie hat erzählt, dass ihr sogar zu *ihm* gebracht wurdet.«

»Zu *ihm*? Meinst du Sebastian?«

Sie zuckt mit den Schultern. »Na, der Drahtzieher von all dem hier. Keine Ahnung, wie er heißt. Und nur die wenigsten haben ihn schon mal gesehen. Er taucht meistens nur auf, wenn irgendetwas nicht so läuft, wie er will. Und dann gibt es oft Tote.«

Meine Kehle verengt sich, sodass mir das Atmen schwerfällt. Ich schlucke schwer, aber der Kloß in meinem Hals bleibt stecken. »Dann habe ich Glück gehabt, was? Immerhin habe ich schon zwei Treffen mit ihm überlebt.«

»Scheint so«, sagt sie leichthin. Sie schiebt mir ein kleines Päckchen entgegen.

Ich spüre, wie meine Augenbrauen vor Überraschung in die Höhe springen. »Ist das für mich?« Sie nickt und ich nehme es zögerlich.

»Das erste Weihnachten ist das schlimmste«, behauptet sie mitleidig, während ich auf das kleine Paket hinabblicke. Meine Finger zittern vor Aufregung, als ich an der tannengrünen Schleife ziehe und das Papier vorsichtig entferne. In meinen Händen liegt eine kleine Schneekugel mit einem winzigen Schneemann darin.

Ich schüttele die Kugel und sofort treten mir Tränen in die Augen. Die frühere Lilo hätte diese Schneekugel wahrscheinlich als ressourcenverbrennende Sinnlosigkeit abgetan, aber ich, die seit knapp drei Wochen nicht mehr draußen gewesen ist und den Winter verpasst, bin unbeschreiblich glücklich darüber, den glitzernden Schnee zumindest in dieser kleinen Kugel fallen zu sehen. »Vielen lieben Dank!«

»Frohe Weihnachten, Babe!«

Ich muss unwillkürlich kichern. »Warum nennst du mich so?«

Sie steht auf und zuckt mit den Schultern. »Ist besser als eine Nummer, oder?«

Bevor ich noch etwas erwidern kann, verlässt sie mich und schließt sich wieder 210s Dunstkreis an. Ich schüttele die Schneekugel ein zweites Mal, stelle sie auf den Tisch und lege meinen Kopf auf meine Arme, während ich die Flocken beobachte. Auch wenn ich weiß, dass 87 mir das Geschenk aus Mitleid gemacht hat, gibt es mir doch Hoffnung. Es ist an der Zeit, den Leuten hier drin zu zeigen, dass ich nicht die hinterhältige Schlampe bin, die ich laut 210 sein soll. Ich werde mich nicht länger vor den bösen Worten verstecken, sondern beginnen, mein eigenes Netzwerk aufzubauen, dass sich nicht auf Gegenleistungen, sondern auf Freundschaft stützt.

***

Mein Plan funktioniert recht gut. Eigentlich bin ich kein Mensch, der einen großen Freundeskreis braucht. Ich bin sogar gerne auch mal für mich allein, aber irgendwie schaffe ich es, mich an fünf Abenden die Woche mit verschiedenen Personen zu treffen. Hat Patrick genau auf diese Art gelernt, sich anzupassen? Den Leuten zu gefallen? Ich verschließe diesen Gedanken tief in meinem Herzen und fokussiere mich wieder auf meine Mission.

Als 210 Mitte Januar plötzlich verschwindet, gebe ich mein Bestes. Tatsächlich habe ich am Ende des Monats mit allen auf unserem Gang mindestens einmal ein tiefgründigeres Gespräch geführt. Die meisten helfen mir gerne und ich genieße es, nicht mehr von bösen Blicken verfolgt zu werden.

Eines Abends verrät mir 87 während eines lockeren Gesprächs ihre Gabe. Sie behauptet steif und fest, sie sei die beste Hackerin der Welt. Was soll ich dazu sagen … sie ist eben ein Dreamer. Wahrscheinlich hat sie nicht einmal übertrieben.

»Wie entwickelt man so früh im Leben eine solche Gabe?«, lache ich ungläubig.

Sie neigt ihren Kopf kurz zur Seite und sieht mich dann schelmisch an. »Tatsächlich war ich ein Spätzünder. Meine Gabe hat sich erst richtig entfaltet, als ich acht Jahre alt war. Auf jeden Fall zockt mein Bruder richtig gerne, aber er hat mich nie an seinen Rechner gelassen, weil er der Meinung war, ich würde ihn kaputtmachen. Also habe ich nachts seinen Computer gehackt und ihn dann mit ein paar Tricks in seinen eigenen Spielen geschlagen. Das wurde mir irgendwann aber doch ein bisschen zu langweilig.«

»Was ist deine Aufgabe hier?«, frage ich sie, denn im Gegensatz zu den anderen ist sie tatsächlich nur selten und wenn überhaupt, nur wenige Tage am Stück weg.

Sofort verschwindet ihr Lächeln und ihr Gesicht verdunkelt sich. »Lass uns nicht darüber reden.«

Ich nicke und tue ihr den Gefallen. Das gehört dazu. Ich darf niemanden drängen, mir mehr zu erzählen, als sie wollen. »Ich frage mich, wann ich endlich raus kann. Ich habe es satt, immer für alle zu kochen, die Räume zu putzen oder die Wachenden zu wickeln.«

Die Schatten in ihrer Miene verziehen sich, verschwinden aber nicht vollständig. »Tut mir leid, Babe, wenn ich dir das jetzt sage, aber ich glaube, dieser Sebastian wird dich niemals rauslassen. Du bist schon mal geflohen und er hat wahrscheinlich Schiss, dass du es noch einmal versuchen wirst.«

***

Am fünften Februar kommt 210 auf einmal wieder zurück und ich sehe ihr an, dass ihr die Situation missfällt. Wenn sie an mir vorbeikommt, bilden ihre Lippen einen schmalen Strich, was ihre markanten Gesichtszüge betont. Ich spüre jedoch, dass dieses Mal nicht nur ich unter ihren bösen Blicken leide, sondern auch all ihre Freundinnen und Freunde, die mich auf einmal doch nicht mehr so grässlich finden wie im Januar. Obwohl ich mich extrem unwohl in meiner neuen Rolle als Netzwerkerin fühle, setze ich mich am sechsten Februar beim Frühstück zu ihr. »Wollen wir reden, 210?«

Sie atmet tief durch und sieht zur Decke. »Ich wüsste nicht worüber.«

»Es tut mir leid, dass ich dich belogen habe.«

Nun sieht sie mich direkt an. »Tut es das?«

»Ja«, sage ich ehrlich heraus. »Wir sitzen alle im selben Boot und sollten uns nicht gegenseitig ausnutzen.«

Sie lacht kalt. »Das sagt genau die Richtige. Ich werde allen beweisen, dass du irgendetwas im Schilde führst! Halt dich von mir fern!«

Ich seufze. Immerhin habe ich versucht, alles zu richten, und viel wichtiger als mein Erfolg ist die Tatsache, dass es einige am Tisch mitbekommen haben. 87 zuckt hilflos mit den Schultern und schüttelt dann missbilligend den Kopf.

Und dann ist auf einmal der fünfzehnte Februar – der Tag, auf den ich all die Zeit gewartet habe. Der Tag, an dem ich endlich einen Ausweg aus dieser eintönigen Misere sehen. Ich habe keine Ahnung, was auf mich zukommen wird, aber mir wird mitgeteilt, dass Sebastian auf mich wartet. Ich habe es vielleicht endlich ins nächste Level dieses Spiels geschafft.

33. Kapitel

»War ja klar!«, ruft 87 und wirft ihre Hände in die Luft. Ich bin gerade in den Gang zu Sebastians Büro eingebogen und sie kommt aus der anderen Richtung.

»Was meinst du?«, frage ich, während wir uns beide der dunklen Holztür nähern.

»Dass du dahintersteckst, wenn ich zum Paten muss.«

Der Pate … das gefällt mir. Unwillkürlich muss ich grinsen.

»Was hast du angestellt?«, fragt sie zornig, was mir sofort das Grinsen aus dem Gesicht wischt.

»Nichts! Ich verspreche es dir! Ich weiß nicht, weshalb ich hierherkommen soll.«

Hinter mir ertönen Schritte. Als ich mich umdrehe, entdecke ich 210. Sie auch noch? Auf dieses Gespräch bin ich ja mal gespannt. Ich verdrehe die Augen und stelle mich hinter 87 – gehe aus der Schusslinie.

»Du musst auch hier antanzen?«, fragt 210 meine Freundin.

»Weißt du, worum es geht?«, will 87 von ihr wissen.

»Frag doch 239. Die ist doch Best Friend mit ihm, nicht ich.«

»Bringen wir es hinter uns.« 87 schüttelt missbilligend den Kopf, seufzt und klopft mutig an die Tür. Vor Nervosität wippt sie ständig auf die Zehenspitzen und wieder zurück. Ich selbst bin einfach verwirrt. Mein Hochgefühl von eben ist wie ein Luftballon zerplatzt. Die Nadeln halten die beiden Frauen neben mir in ihren Händen. Ich habe das Gefühl, irgendetwas Schlimmes angestellt zu haben, aber mir will einfach nicht einfallen, was es dieses Mal gewesen sein soll.

»Kommt rein!«, ertönt Sebastians ruhige Stimme aus dem Raum.

Mit einem letzten, unsicheren Blick auf mich, öffnet 87 die Tür und betritt das Zimmer. 210 folgt ihr, bevor ich reagieren kann. Dann hole ich tief Luft und tauche ins warme Licht auf der anderen Seite. Ich ziehe die Tür hinter mir zu und als ich mich nach vorne zu Sebastian drehe, verhaken sich meine Augen in der Gestalt auf dem Ledersofa. Wie vom Donner gerührt, erstarre ich inmitten meiner Bewegung. Vor mir sitzt Patrick.

Aber er sieht anders aus – viel älter und irgendwie krank. Seine Wangen sind eingefallen, seine Augenringe kaum zu übersehen. Auch sein Schlüsselbein tritt unter dem T-Shirt deutlich hervor. Ist er in einen Hungerstreik getreten? Und wenn ja, weshalb?

Trotz seiner kränklichen Erscheinung sitzt er lässig auf der Couch und hat seine Füße gegen die Kante des kleinen Wohnzimmertisches gestellt. Er lächelt mir schüchtern zu und hebt eine Hand zum Gruß, doch ich kann nicht darauf reagieren. Ich bin gelähmt. Ihn so plötzlich wieder zu sehen, wirft mich vollständig aus der Bahn.

Irgendwie fasse ich mich und wende mich zum Schreibtisch, hinter dem Sebastian sitzt und geduldig auf mich wartet. Er hat sein Sakko über die Stuhllehne gelegt und seine Hemdärmel nach oben gekrempelt. Als wäre das hier nichts anderes als ein freundschaftliches Treffen. Der Brieföffner, den ich das letzte Mal verwendet habe, um Sebastian anzugreifen, steckt in seiner Hemdtasche. Er folgt meinem Blick und lächelt wissend, bevor er auf die Stühle vor ihm weist. Heute sind es drei. 210 sitzt links, 87 rechts. Der Platz gegenüber von Sebastian ist noch frei.

87 schaut zu mir zurück und jetzt sieht auch sie den anderen

Mann in diesem Zimmer. Ihr Gesicht verliert augenblicklich sämtliche Farbe und ihre Unterlippe beginnt zu zittern. Und genau wie ich schweigt sie.

»Wir sollten beginnen, denn es gibt einiges zu besprechen. Lilo, setz dich bitte!« Sebastians Stimme wirkt seltsam beruhigend auf mich. Ich hasse es.

Trotzdem lasse ich mich direkt vor ihm nieder. So aufrecht wie möglich, um sofort reagieren zu können, falls er eine verdächtige Bewegung macht.

»Ich möchte, dass ihr vier gemeinsam einen Auftrag erfüllt.«

»Wir vier?«, fragen 210 und ich gleichzeitig, wobei ich das erste, sie jedoch das zweite Wort betont. Sebastian lächelt schief.

»Auf deine Frage, Julia, ja: ihr vier. Du, Lilo, Sabrina und Patrick. Eure Gaben sind ausgezeichnet für diese Mission geeignet.«

Während 210 herumschnellt, werfe ich Sabrina einen flüchtigen Blick zu. Ihre Augen durchbohren mich, während ihre Lippen lautlos Patricks Namen wiederholen. Spätestens jetzt ist ihr klar, dass ich ihm wesentlich nähergekommen bin als sie. Ich hoffe, sie nimmt mir das nicht übel, denn 210 als Feindin reicht mir neben Sebastian vollkommen aus.

»Und zu deiner Frage, Lilo: Mir ist bewusst, dass hier einige Spannungen herrschen. Aber ich halte euch auch für erwachsen genug, euch zusammenzuraufen und für den Auftrag eure Streitigkeiten beiseitezulegen.«

»Oder er will, dass wir uns gegenseitig ausspielen, damit er immer bestens informiert ist«, schießt es mir durch den Kopf.

Patrick tritt zu uns und lehnt sich zwischen 210 und Sebastian gegen die Wand. Im Vergleich zu uns drei Frauen bewegt er sich wesentlich ungezwungener in seiner Nähe. Ein Beweis dafür, dass er bereits seit fünf Jahre mit ihm gemeinsam andere Leute kidnappt und zu Tode foltert.

Nachdem ich den ersten Schock überwunden habe, spüre ich widerwillig, wie sich vorsichtig ein paar Schmetterlinge in meinem Bauch bewegen. Und das trotz meines Gedankens, dass er ein verdammt guter Schauspieler, Entführer und Mörder ist. Was stimmt mit mir nicht? Nichts in mir sollte sich darüber freuen, ihn wiederzusehen.

Ich zwinge mich, Sebastian anzuschauen.

Sebastian räuspert sich und zeigt uns das Bild eines Mannes, der vermutlich Anfang dreißig ist. Er hat dunkle Haare, schwarze Augen und einen Vollbart. Auf dem ersten Blick sieht er nicht besonders auffällig aus. »Das ist Paul Benkins und er ist sehr wahrscheinlich ein Dreamer. Ich vermute, dass er weitreichende Kontakte zu anderen Dreamern pflegt. Eure Aufgabe wird es sein, ihn auszuhorchen und dadurch auf andere Dreamer zu stoßen.«

»Kein Zugriff?«, will Patrick wissen. Seine Augenbrauen haben sich zusammengezogen, während er auf Pauls Porträt blickt.

Sebastian zögert, dann nickt er. »Kein Zugriff. Ich glaube, er nützt uns mehr, wenn wir ihn einfach beschatten und ihm nahe bleiben, denn ich denke, sein Netzwerk wechselt häufig. Wir werden uns seine Kontakte holen, sobald er sie schleifen lässt.«

Patrick nickt, während 210 das Bild in die Hand nimmt.

»Sabrina, dir sollte der Mann bereits bekannt vorkommen. Welche Informationen hast du bisher über ihn gesammelt?«

Als sie spricht, klingt ihre Stimme überraschend belegt. »Er ist 28 Jahre alt, hat zwei Geschwister und studiert in Hamburg im neunten Semester VWL und Philosophie. Er wohnt in einer WG mit zwei anderen Männern, ist Single und geht bouldern. Mehr geben seine Social Media Profile nicht her und weiter habe ich noch nicht nachgeforscht.«

Ich starre sie mit leicht geöffnetem Mund an. Nicht weil sie übermäßig viel über Paul herausgefunden hat, sondern einfach aufgrund der Tatsache, dass sie wahrscheinlich auch irgendwann einmal mich bis ins letzte Detail ausspioniert hat.

»Ich habe euch eine Wohnung in der Nähe des Bahnhofes mieten lassen und ihr werdet dort alles finden, was ihr für euren Auftrag benötigt. Euch erwarten ein Umstyling und ein Fotograf, damit ich euch am Montag eure neuen Ausweise übergeben kann, bevor ihr in die neue Wohnung einzieht. Ich erwarte von euch, dass ihr euch über das Wochenende eure neuen Identitäten erarbeitet. Schriftlich! Und auf mindestens zehn Seiten. Woher ihr kommt, welche Schulen ihr besucht habt, wer eure Freunde sind, was ihr studiert, ob ihr einen Nebenberuf habt und so weiter. Sabrina und Julia, ihr kennt das Spiel schon. Helft Lilo dabei!«

Sabrinas Blick ruht auf mir. Sie ist eindeutig besorgt. Wie gerne würde ich ihre Gedanken lesen, denn allein wegen des Ausdenkens einer neuen Identität kann sie nicht derart besorgt sein. *Das* bekomme ich hin.

»Die Mission wird von Patrick geleitet. Ihr hört auf ihn.« Sabrina rümpft ihre Nase, doch sie erwidert nichts, denn Sebastians durchdringender Blick ruht auf ihr. Ihm ist also vollkommen bewusst, was sie von ihm hält. »Patrick wird mir jeglichen Ungehorsam unverzüglich melden.«

Was uns dann erwartet, muss er nicht aussprechen. Einige schlaflose Nächte sind wahrscheinlich die angenehmste Strafe, mit der wir rechnen müssen – mit der *ich* rechnen muss. Mir hat er bereits zu viel durchgehen lassen.

»Diese Mission setze ich zunächst erst einmal auf unbestimmte Zeit an, also sorgt dafür, dass ihr die Rolle, die ihr euch ausdenkt, auch in die Tat umsetzt. Wenn ihr mir also präsentiert, dass ihr Operngesang studieren wollt, dann erwarte ich von euch, dass ihr auch zu den Vorsingterminen erscheint. Habe ich mich klar ausgedrückt?«

Meine Begleiterinnen nicken. Ich tue es ihnen nach kurzem Zögern gleich.

»Habt ihr bis hierher noch Fragen?«

Eingeschüchtert schüttele ich den Kopf und blicke hinab auf die Tischkante. Ein seltsames Gefühl macht sich in mir breit. Es legt sich auf meine Schultern und drückt mich nach unten. Es beklemmt mich und löst eine leichte Übelkeit in mir aus. Erst nach zwei schweren Atemzügen begreife ich, dass ich mich schuldig fühle. Sobald ich am Montag in das neue Gefängnis ziehe, würde ich daran arbeiten, weitere Dreamer für die Somnissa zu rekrutieren.

»In Ordnung. Dann bitte ich euch, Julia und Sabrina, nach draußen. Lilo, du bleibst noch einen Moment hier.«

Alarmiert blicke ich auf. Sebastians Miene ist vollkommen neutral, verrät nicht, was er vorhat. Augenblicklich schlägt mein Herz schneller und meine Finger werden eiskalt.

Julia und Sabrina verlassen schweigend den Raum. Ich spüre den Luftzug, als die Tür geschlossen wird.

»Lilo, wir beide haben bereits eine turbulente Anfangszeit hinter uns und ich möchte ungern, dass sich unsere Geschichte wiederholt. Dich auf diesen Einsatz zu schicken, fällt mir nicht leicht.«

Misstrauisch blicke ich ihm direkt ins Gesicht. Womit wird er mir nun drohen? Wird er nun aussprechen, was er vorhin verschwiegen hat?

»Nach deiner missglückten Flucht habe ich einen sehr guten Erfinder zu Rate gezogen und er hat mir ein ganz besonderes Schmuckstück entworfen.«

»Was willst du damit sagen?«, fragt Patrick atemlos.

»Ich habe etwas für Lilo anfertigen lassen, das sie davon abhält, wegzulaufen. Du wirkst überrascht Patrick. Hast du wirklich geglaubt, ich lasse Lilo einfach so draußen herumlaufen und du kannst mir auf der Nase herumtanzen? Du wirst mir genauso gehorchen wie die Frauen. Du wirst deinen Job tadellos ausführen und dich nicht länger dagegen wehren. Ab heute wirst du wieder tun, was ich von dir verlange. Ansonsten wird Lilo sich wünschen, dir nie begegnet zu sein.«

Ich schaue hilflos zu Patrick hoch. Was ist hier los? Seine schlimmsten Befürchtungen scheinen wahrgeworden zu sein. Er ist ganz weiß im Gesicht und ich fühle mich, als würde ich in einen Spiegel schauen. Das gesamte Blut war aus meinem Kopf gewichen. Was auch immer Sebastian mit Patrick vorhat – es klingt nicht gut und ich sitze offensichtlich zwischen den Stühlen. Wie bin ich dorthin gekommen?

Wenn Sebastian Patrick nicht traut, warum bringt er ihn nicht einfach um? Alles, was ich bisher über ihn gehört habe, beweist, dass er dazu in der Lage ist. Anscheinend aber nicht bei Patrick. Irgendetwas hält ihn davon ab, Patrick zu verletzen, doch bei mir hat er wohl keine Hemmungen.

»Ich habe das Schmuckstück mehrfach im Labor testen lassen, die Nutzung sollte dementsprechend sicher sein«, behauptet Sebastian und holt ein schwarzes Kästchen aus einer Schreibtischschublade.

Labor? Sollte? Das hört sich nach einer chemischen Spezialwaffe an. Schlagartig ergreift mich die Angst und umklammert mich mit ihren unzähligen Armen. Mein Herz schlägt unter meiner versteinerten Schale. Angestrengt zwinge ich mich dazu, ruhig zu atmen, um nicht zu hyperventilieren.

Ich will nicht wissen, was in diesem Kästchen liegt. Egal was es ist, es wird gefährlicher sein, als es aussieht. Unwillkürlich lehne ich mich auf meinem Stuhl zurück, um mehr Abstand zwischen mich und dieses *Schmuckstück* zu bringen.

Sebastian kommt zu mir herüber, öffnet den Deckel der Schachtel und hebt ein schwarzes Samtkissen herunter. Vor mir liegt auf Samt gebettet ein halber silberner Armreif. Daneben ruht ein Metallstift, der dünner als eine Kugelschreibermine ist. Er will gerade den Armreif herausnehmen, als Patrick den Tacker vom Tisch nimmt, ihn Sebastian entgegenwirft und auf den Armreif zuspringt. Sebastian muss dem Tacker ausgewichen sein, denn ich höre Glas splittern und kurz darauf ertönt von draußen ein dumpfer Schlag. Dann umgreift mich Sebastian plötzlich und zieht mich mitsamt dem Stuhl zwei Schritte nach hinten. Keine Sekunde später spüre ich einen spitzen Gegenstand an meiner Kehle. Eine kalte Spitze drückt sich schmerzhaft in meine Haut. Es muss der Brieföffner sein, den Sebastian vorsorglich aus meiner Reichweite entfernt hat.

Schockiert halte ich die Luft an.

Patrick bleibt wie angewurzelt stehen.

»Ich dachte, du hättest es verstanden, Patrick. Sie wird jeden deiner Fehltritte zu spüren bekommen. Das willst du nicht, oder? Du solltest dir keine Fehler erlauben.«

Patrick zittert, aber ich kann nicht einschätzen, wie er sich verhalten wird. Er hält eine kleine Standuhr in der Hand und sein Brustkorb hebt und senkt sich schnell. Seine Angst schürt meine Panik noch mehr. Mir ist übel und schwindelig, weil ich nicht mehr regelmäßig atme. Ich schließe die Augen und bete darum, lebend aus dieser Situation herauszukommen.

»Stell die Uhr zurück auf den Schreibtisch!« Ich höre, wie etwas auf den Tisch geworfen wird. »Sehr schön.«

Angespannt warte ich darauf, dass Sebastian den Brieföffner sinken lässt, doch er tut es nicht. Er wird weiterhin schmerzhaft in meinen Hals gedrückt. Mein Kopf lehnt gegen Sebastians Bauch. Ich spüre jeden seiner Atemzüge. Er ist kein bisschen nervös oder aufgeregt. Ich passe mich ihnen an, sodass mein Kopf wieder klarer wird. Kann ich irgendetwas tun, um mich selbst aus dieser Lage zu befreien?

»Zieh ihr den Armreif an!«, befiehlt der Mann hinter mir. »Lilo, hilf ihm ein wenig. Gib ihm deinen Arm.«

Mit fest zusammengepressten Augen strecke ich meinen linken Arm aus. Im nächsten Moment berührt das kalte Metall meine Haut.

Dann spüre ich Patrick. Seine Finger sind verschwitzt und zittern, sodass das Armband ständig verrutscht. Er hält meine Hand in seiner und nur mit den Fingerspitzen den Metallreif, der sich langsam um mein Handgelenk ausdehnt. Ich wage einen Blick hinab auf meinen Arm. Mit dem Metallstäbchen dreht Patrick an einem Verschluss, sodass sich ein dünnes Metallrohr aus dem Armband schiebt und den Kreis allmählich vervollständigt. Als nur noch wenige Millimeter fehlen, blickt Patrick mich angsterfüllt an und umschließt den Armreif mit seiner Hand. Sollte ich einen elektronischen Schlag bekommen, würde sich dieser zumindest auf beide Körper verteilen.

Der Metallreif klackt.

Nichts passiert.

Patrick ist nicht minder überrascht als ich.

»Sehr gut. Jetzt leg den Schlüssel zurück in das Kästchen und lehn dich mit dem Rücken gegen die Wand!«

Ohne mich aus den Augen zu lassen, gehorcht Patrick dem Mann hinter mir. Erst als er sich am Rand des Zimmers befindet, lässt Sebastian den Brieföffner sinken, nimmt das Kästchen und setzt sich wieder hinter den Schreibtisch. Erleichtert atme ich tief durch und betaste meinen Hals. Ich kann die Druckstelle der Waffe immer noch spüren, doch ich blute nicht.

»Vor jedem Tag erwarte ich einen kurzen Überblick darüber, wohin Lilo gehen wird. Ich werde überprüfen, ob sie von der vereinbarten Route abweicht.«

Mein Blick wandert hinunter zu dem festen Armreif, der tatsächlich beinahe hübsch aussieht. Ist er eine Art elektronische Fußfessel? Wenn ich von den Vorgaben abweiche, werde ich unter Strom gesetzt? Ich drehe den Metallring und versuche, ihm zu entschlüpfen, doch er ist zu eng.

»Habt ihr mich verstanden?«, hakt Sebastian nach.

Ich nicke.

»Patrick?«, fragt Sebastian frostig.

Er schluckt schwer und blickt auf mein Handgelenk hinunter. Seine eingefallenen Wangen spannen sich an, als er die Zähne aufeinanderbeißt. Dann bewegt sich auch sein Kopf langsam nach unten und oben. »Verstanden.«

34. Kapitel

In der Luft liegt der beißende Gestank nach Farbe. Sabrina und ich sitzen auf einer Ledercouch in einer Art improvisiertem Friseursalon, während Julia von einem Stylisten mit Farbe vollgepinselt wird. Wir diskutieren über unsere Profile, die wir bis Montag fertigstellen müssen.

»Mach dich ein Jahr älter«, empfiehlt sie mir und streicht mit ihrem Kugelschreiber die achtzehn auf meinem Zettel durch. »Die wenigstens machen mit siebzehn Jahren ihr Abitur und beginnen dann gleich ihr Studium.«

»Ist das nicht egal?«, frage ich und schüttele entnervt den Kopf.

»Nein. Natürlich gibt es auch Siebzehnjährige, die schon studieren, aber je weniger Angriffsfläche du bietest, desto besser. Nachher musst du noch irgendwie begründen, warum du eine Klasse übersprungen hast. Versuch einfach im Standard zu bleiben.«

»Das hat Patrick auch nicht getan. Er hat sich jünger gemacht und sich irgendeine Geschichte über einen tödlichen Autounfall ausgedacht.«

Sabrina kneift ihre Augen missbilligend zusammen. »Er übt das Lügen ja auch schon seit Jahren. Und wenn wir schon einmal über ihn reden: Ich rate dir genau aus diesem Grund, dich von ihm fernzuhalten.«

Mit hochgezogener Augenbraue betrachte ich sie. Meint sie es ernst oder will sie mich nur auf Distanz zu ihm halten, um selbst näher an ihn heranzukommen? Natürlich spricht da gerade auch ein Fünkchen Eifersucht aus mir, doch zugegebenermaßen traue ich es ihr zu.

»Ich weiß, wie charmant er sein kann, aber er ist durch und durch Sebastians Mann. Du solltest ihm nicht vertrauen.«

»Womöglich«, behaupte ich, während ich jedoch an gestern zurückdenke, als Patrick Sebastian mit dem Tacker beworfen hat. Solange Sebastian ein Druckmittel hat, hat Sabrina wahrscheinlich recht. Ich wünschte nur, dass nicht ich dieses Druckmittel wäre.

Als Sabrina ihre neue Dauerwelle getrocknet bekommt, werde ich vom Friseur aufgerufen. Sofort wird mir eiskalt. Früher hätte ich mich darauf gefreut, einmal von einem Profi komplett umgestylt zu werden – einfach nur, um zu schauen, wie ich noch aussehen könnte – aber heute ist es etwas anderes. Ich bin nicht freiwillig hier und will mein Aussehen überhaupt nicht verändern. Mit jeder Änderung meines Äußeren schwindet die Wahrscheinlichkeit, dass mich draußen irgendjemand wiedererkennt.

Machtlos sehe ich zu, wie er den Umhang um mich legt. Danach schließe ich nervös die Augen und zwinge mich, ruhig weiter zu atmen

»Sie sind diejenige, die erst vor Kurzem hierherkam?«

Als ob ich mich aus freien Stücken dazu entschieden hätte … trotzdem nicke ich, während er mit der Hand durch meine Haare fährt und sie locker schüttelt.

»Hm … dann werden wir vorsichtshalber einmal eine größere Veränderung vornehmen, nicht wahr?«

»Lieber nicht«, flüstere ich, als hätte ich eine Wahl. Sofort ist mir übel und ich spüre, wie ich unsichtbar werde. Ich drücke mir die Arme an den Bauch und zwinge mich, stetig weiter zu atmen, bis sich mein Kreislauf wieder normalisiert hat.

»Vertrauen Sie mir einfach«, fordert er mich auf. Seine Hände berühren meinen Kopf. Ich höre die Schere auf- und zuklappen, spüre wie Haarsträhnen herunterfallen. Kurz darauf rieche ich wieder den ätzenden Gestank der Farbe und danach landet die dickflüssige Substanz auf meinen Kopf, wird verteilt und meine Haare werden eingepackt. Während ich warte, dass die Farbe wirkt, bin ich wie eingefroren. Ich habe Angst zu sehen, was mich erwartet – zu sehen, wer ich ab heute sein werde.

Eine gefühlte Ewigkeit lang bearbeitet der Stylist meine Haare und mein Gesicht. Plötzlich ertönt der Föhn und heißer Wind weht durch meine Strähnen. Als er das Gerät ausstellt, erreicht meine Übelkeit ihren Höhepunkt. Ich zittere am ganzen Körper und unterdrücke einen Würgereiz. Um der Anspannung zu entkommen, wage ich einen vorsichtigen Blick zum Spiegel.

Eine Unbekannte sieht mich von der Seite her an.

Fassungslos fahre ich mit der Hand durch die kurzen, blonden Haare. Sie sind nicht länger als fünf Zentimeter – fallen mir nicht einmal mehr über die Ohren. Selbst meine Augenbrauen sind blond gefärbt.

Der Stylist sagt etwas, doch ich verstehe seine Worte kaum. Sie dringen in meine Ohren wie durch Watte. Irritiert greife ich mir mit den Fingern ins Gesicht. Das Spiegelbild tut genau dasselbe. Ich kann nicht glauben, dass die Frau im Spiegel wirklich ich sein soll.

Der Mann hat sich inzwischen von mir abgewandt und reinigt seine Werkzeuge. Ich sitze immer noch wie benommen vor dem Spiegel, als Sabrina sich hinter mich stellt. Ihre Hände greifen durch meine kurzen Strähnen.

»Es ist grauenvoll«, flüstere ich.

»Nein, ist es nicht. Eigentlich siehst du sehr gut aus – wie eine selbstbewusste, aktive, junge Dame. Ich denke, wir können dein Alter auf zwanzig hochsetzen.«

»Aber das bin nicht ich.«

»Du bist doch nicht abhängig von deiner Frisur, Babe!«, sagt sie kopfschüttelnd.

»Ich bin blond.«

»Und ich hab plötzlich Kringellöckchen. So what?«

Tränen treten in meine Augen und kullern ungewollt über meine Wangen.

Sie seufzt als wäre ich ein besonders schwieriger Fall und setzt sich auf den Stuhl des Friseurs. »Lilo, die wachsen wieder – vor allem wachsen sie in Braun nach. Das ist alles nicht so schlimm.«

Ich schniefe und versuche zu lächeln. »Danke, dass du versuchst, mich aufzumuntern.«

***

Am Sonntagmorgen geht es zum Fotografen. Bisher ging uns Julia aus dem Weg, doch nun betrachtet sie mich von oben bis unten. Und schweigt.

Wahrscheinlich hat auch sie mit ihrem neuen Aussehen zu kämpfen, denn sie hat nun kastanienbraune, kurz geschorene Haare. Im Blitzlichtgewitter starre ich abwesend in die Kamera und es fällt mir leicht, nicht zu lächeln. Danach verabschiede ich mich von Sabrina und gehe hinunter in den Keller, um Christian und Doc zu besuchen.

Bei Christian schaue ich nur kurz vorbei und verabschiede mich. Er hebt seine Hand zum Gruß und sagt, ich solle Sandra doch bitte ausrichten, dass er später nach Hause käme.

Ich lächele bitter und schließe die Tür zu seiner Zelle.

Der Abschied von Doc wird mir schwerer fallen, denn in den letzten Monaten hat er sichtlich abgebaut. Er ist einfach zu erschöpft, doch Frau Fischer lässt ihn nur jede Woche eine Nacht schlafen. Ich frage mich, wie lange er das noch durchhalten wird.

»Hi, Doc!«, sage ich und ziehe einen Stuhl an sein Bett heran. »Wie geht es dir?«

Natürlich schweigt er, also ergreife ich seine Hand und rede einfach weiter. »Weißt du, Tim wird in wenigen Monaten seinen Schulabschluss machen und ich fange auch bald an zu studieren.«

Gedankenversunken streichele ich seinen Handrücken, der sich wie zu oft gefaltetes Papier anfühlt. »Ich muss leider ein paar Tage, Wochen oder Monate weggehen, aber du hältst hier die Stellung, richtig? Du bist stark und noch hier, wenn ich wiederkomme. Versprichst du mir das?«

Seine leeren Augen blicken an die Decke und nur sein rasselnder Atem beweist, dass er noch lebt. Meine Augen brennen, als ich ihn so leblos vor mir liegen sehe – nur noch Haut und Knochen, weil er das Essen nicht anrührt, das wir ihm bringen. Nur von mir hat er sich hin und wieder füttern lassen. Bei dem Gedanken, dass sich nun niemand mehr so intensiv um ihn kümmern wird, kann ich die Tränen nicht mehr zurückhalten.

»Ich hab dich lieb, Doc!«, gebe ich leise zu. »Irgendwie werde ich dich hier rausholen, aber solange musst du tapfer sein.« Mit diesen Worten stehe ich auf, küsse ihn auf die Stirn und verlasse ihn.

***

Nach dem Abendessen werden uns die gefälschten Ausweise gebracht. Ich sitze bei Sabrina und starre auf meine neue Adresse, die auf der Rückseite zu sehen ist. Da ich noch nie in Hamburg war, sagt sie mir nichts.

»Vanessa Meyer«, flüstert Sabrina zu sich selbst und zuckt mit den Schultern. »Ich werde mich nie an diese komischen Namen gewöhnen. Bisher haben sich alle falsch angefühlt. Wie heißt du?«

Als ich keine Anstalten mache, meinen Personalausweis umzudrehen, greift sie danach und schaut sich die Vorderseite an. »Annabelle Hahn. Klingt interessant, aber auch ein bisschen altmodisch.«

»Den Namen habe ich mir gar nicht ausgesucht!«, beschwere ich mich und nehme ihr ungläubig meinen neuen Ausweis ab. Doch da steht es, schwarz auf hellbraun: Annabelle Hahn.

»Die Namen werden durch einen Zufallsgenerator zusammengewürfelt. Sebastian will vermeiden, dass wir uns irgendwas aussuchen, das in Zusammenhang mit unserem früheren Leben steht.«

Frustriert blicke ich auf die Plastikkarte hinab. Ich atme tief durch und versuche mich an das blonde Gesicht auf dem Foto zu gewöhnen.

Das war's dann also.

Lilo Huth ist tot.

35. Kapitel

Ich stehe vor einem Spiegel. Meine braunen Haare reichen mir inzwischen bis zu den Schulterblättern. Vor mir auf einem Schminktisch liegt eine blonde Kurzhaarperücke. Ich weiß, dass ich sie tragen muss, obwohl ich nicht will. Widerwillig ziehe ich sie mir über. Sie sitzt wie angegossen, verrutscht nicht einmal, wenn ich ein Rad schlage.

Mit dieser Verkleidung gehe ich hinaus in den Garten meiner Traumwelt und befinde mich plötzlich in einer Kirche. Mein Vater steht mit einer fremden, weiß gekleideten Frau vor dem Alter. Mum, Tim und Martha sitzen in den Bankreihen und sehen mich irritiert an, als ich hereinkomme. Verunsichert zögere ich, während die Anwesenden energisch zu tuscheln beginnen, bis sich schließlich auch Dad zu mir umdreht, seiner zukünftigen Frau einen verwirrten Blick zuwirft und dann zu mir herüberkommt. »Entschuldigen Sie, das hier ist eine private Veranstaltung. Fremde sind nicht erwünscht.«

»Aber ich bin nicht fremd, ich bin Lilo. Erkennst du mich denn nicht?«

Die Hochzeitsgäste kommen wie drohende Schatten näher. »Sollen wir sie rauswerfen?«, fragt Tim.

Mein Vater stimmt ihm zu. Dann ergreift mich Tim am Oberarm und zerrt mich mit sich aus der Kirche.

»Nein!«, schreie ich immer wieder. Tränen steigen mir in die Augen. »Ich bin es! Lilo! Ich trage doch nur eine Perücke!«

»Ach, ja?« Tim zieht an den kurzen Haaren.

Es schmerzt, als hätte er an meinen richtigen Haaren gezogen. »Au, du Idiot!«, rufe ich.

»Also doch keine Perücke …«

»Doch, wirklich!« Ich greife selbst in die kurzen Strähnen und ziehe daran, aber die falschen Haare sind festgewachsen. Entsetzt versuche ich sie mir vom Kopf zu zerren, reiße mir büschelweise blonde Haare aus, die sofort wieder nachwachsen. Immer weiter wächst die Perücke in mich hinein, umklammert mein Gehirn, verändert es, steuert meine Einstellungen, meine Reaktionen. Jeder meiner Atemzüge ist so schnell, dass es wehtut, während ich in einem Kreis aus kurzen, blonden Haaren sitze. Meine Kopfhaut brennt, doch ich habe nicht ein Haar weniger als zuvor.

»Hallo Annabelle!«, flüstert mir mein Spiegelbild zu. Ganz langsam verändert es sich und Sebastian starrt mich eiskalt an. Außer Atem und voller Wut greife ich nach einer Haarbürste und schleudere sie schreiend dem Spiegel entgegen. Er zerbricht in Tausende Scherben, die in unzähligen Klängen zu Boden fallen. Unter dem ganzen Lärm hätte ich beinahe das Klopfen überhört.

Ein Klopfen?

Ich blicke zur Tür, die hinaus in die Zwischenwelt führt. Erst in diesem Moment wird mir wieder bewusst, dass ich ein Dreamer bin. Ich kann diesen Traum steuern. Ich muss mich diesem Albtraum nicht aussetzen! Augenblicklich stehe ich wieder in meinem Zimmer, die Haare verschwinden und die Spiegelscherben fliegen zurück an ihren Platz, während ich schwer schluckend meine blonden Haare betrachte. Daran muss ich mich wohl oder übel gewöhnen.

Wieder ein Klopfen.

Ich habe mir das nicht nur eingebildet! Aber wer besucht mich hier in meiner Traumwelt? Alle Dreamer, die ich kenne, werden von Sebastian gefangen gehalten.

Zögerlich trete ich an die Tür und öffne sie einen Spalt breit. Vor mir steht Patrick. Er sieht wesentlich gesünder aus als noch vor wenigen Tagen. Seine Augen liegen nicht mehr so tief in ihren Höhlen und die Ringe unter ihnen sind etwas verblasst, doch er sieht immer noch gefährlich mager aus.

»Wow!«

»Was?«, frage ich verwirrt.

Er streckt seine Hand aus und fährt mir durch die kurzen Haare. Bei der Berührung spüre ich Hitze in mir aufsteigen, sie fährt in meinen Bauch und steigt mir in die Wangen.

»Abgefahren!«

»So schlimm?«, hake ich nach.

»Nein, nein. Ganz und gar nicht! Es sieht richtig … kraftvoll aus. Aber wenn ich nicht gewusst hätte, dass du vor mir stehst, hätte ich dich nicht wiedererkannt.«

»Das war wohl Sinn und Zweck des Ganzen, oder?«, frage ich und schiebe angriffslustig mein Kinn nach vorne. »Was verleiht mir die Ehre?«

»Ich möchte mit dir reden. Ich wäre schon früher gekommen, aber ich war nicht in der Lage dazu. Die letzten beiden Nächte war ich wie tot.«

»Wenn du tatsächlich tot wärst, würde mir Sebastian dann immer noch so viel Aufmerksamkeit schenken?«

Patrick zieht scharf die Luft ein.

Das reicht mir als Antwort. Nickend öffne ich ihm die Tür. »Ich will wissen, wie es dazu kam.«

Erleichtert betritt Patrick meine Traumwelt. Obwohl er optisch eine Armlänge von mir entfernt steht, spüre ich seine Präsenz. Ich rieche die Salbeinote seiner Gesichtscreme, fühle seine Wärme. Er dringt in meine Privatsphäre ein, sodass ich in ihm versinke. Mit purer Willenskraft schaffe ich es, nicht daran zu denken, wie nah er mir ist oder dass ich ihn am liebsten küssen will. Ich bin gefangen und habe größere Ziele, als mich jemanden an den Hals zu werfen.

Tief durchatmend schließe ich die Tür und bleibe an Ort und Stelle stehen. Wenigstens optisch muss ich eine gewisse Distanz wahren, um nicht auf dumme Gedanken zu kommen.

Als ich mich zu Patrick umdrehe, inspiziert er gerade mein Zimmer und den Garten. »Es ist echt schön hier! So viel Schnee habe ich seit meiner Kindheit nicht mehr gesehen …«

»Schön, dass es dir gefällt«, antworte ich kurz angebunden, während ich mich ihm vorsichtig nähere. Auf dem kniehohen Tisch in der Mitte des Zimmers tauchen aus dem Nichts eine Teekanne und zwei Tassen auf. »Möchtest du etwas trinken?«

»Sehr gerne.« Patrick kommt zu mir herüber und setzt sich auf ein Sitzkissen.

»Also?«, fordere ich ihn auf und wähle ein Sitzkissen, das nicht in seiner Reichweite liegt.

»Also?« Unsicher lacht er und nimmt einen Schluck Tee.

»Na alles! Was ist mit dir passiert? Wie geht es meiner Familie? Und was führt Sebastian im Schilde?« Erwartungsvoll verschränke ich meine Hände ineinander und bleibe kerzengerade sitzen.

Mein Gegenüber fährt sich mit der Hand über das Gesicht. »Okay, also alles, ja … Nachdem du mich außer Gefecht gesetzt hast, konnte ich erst einmal einen Tag lang nicht laufen.« Als er stockt, bemerke ich, worauf er wartet.

Ich seufze und setze mich etwas bequemer hin. »Es tut mir leid, dass ich dich verletzt habe, Patrick. Aber ich musste es versuchen.«

»Ich weiß.« Schweigend nippt er an seinem Tee. »Nach deinem Fluchtversuch bin ich wieder nach Aschaffenburg zurückgekehrt und habe mich an den Suchen nach dir beteiligt, aber Sebastian ließ mich deutlich spüren, dass ich sein Vertrauen verletzt habe. Eine schlaflose Nacht folgte der nächsten, während die Polizei mir auf die Pelle rückte.«

»Offensichtlich nicht nah genug.«

»Ich denke, Sebastian hat da ein wenig seine Finger im Spiel gehabt, sodass ich letztendlich wieder aus dem Visier der Polizisten geriet. Tim blieb allerdings hartnäckig. Er hat auf einmal getan, als wäre er mein bester Freud, ist mir quasi keine Sekunde mehr von der Seite gewichen.«

Von Tim zu hören, fühlt sich gut an. Ein Stück zu Hause direkt in meiner Nähe.

Patrick jedoch schüttelt verärgert den Kopf. »Sebastian trug mir auf, in deinem Umfeld nach weiteren Dreamern zu suchen, aber ich weigerte mich.«

Überrascht springen meine Augenbrauen in die Höhe. »Du hast dich geweigert? Warum?«

Der Blick, der mich trifft, lässt mich zurückschrecken. Blanker Hass liegt darin. »Um ehrlich zu sein, deinetwegen.«

»Meinetwegen?«, krächze ich ungläubig, während sich meine Muskeln anspannen.

Er wendet seine Augen ab und ich kann mich wieder ein wenig entspannen. »Ja. Ich habe dich zu den Wachenden gebracht und du hast mich angesehen, als wäre ich ein Monster und kein Mensch. Ich konnte den Abscheu in deinen Augen sehen. Wenn ich mal schlafen darf, schuldigt mich deine Stimme seitdem jede Nacht an, dass ich an dem Leid dieser Menschen schuld bin. Und das Schlimmste ist, dass ich weiß, wie recht du hast. Ich bin kein Mensch mehr, wenn ich Sebastian helfe.«

Die Muskeln an seinen Wangen zucken. Anscheinend beißt er immer wieder die Zähne aufeinander. Ich rücke etwas näher an ihn heran, um ihn sanft am Arm zu berühren, doch ich zögere in letzter Sekunde und halte mich entschlossen zurück. »Sebastian ist an allem schuld – nicht du. Er hat dich gezwungen, das alles für ihn zu tun«, versuche ich ihn zu beruhigen.

»Mag sein. Aber was ändert das, Lilo? Ich habe Menschen ausgehorcht, bedroht und sie entführt. Nur ein einziges Mal hatte ich die Eier in der Hose, keine Informationen weiterzugeben und mich zu weigern, jemanden zu entführen. Ich bin ein Serientäter und egal, was du behauptest, du siehst mich genau als das.«

Was soll ich denn darauf antworten? Natürlich hat er recht – auch wenn ich es nicht so drastisch ausgedrückt hätte …

Patrick reibt sich mit dem Handballen über den linken Arm, als würde er schmerzen. »Wenn ich vorher gewusst hätte, dass Sebastian mich so speziell behandelt, hätte ich mich von Anfang an weigern können.«

»Was meinst du damit, dass er dich speziell behandelt?«, hake ich nach.

Seine Tasse knallt auf den Tisch, dann erhebt sich Patrick und läuft im Kreis. »Er hat mir so viel durchgehen lassen. Meine Weigerung, ihm deine Handynummer zu geben. Mein Widerstand, dich zu entführen. Meine Sabotage, als ich dich und deine Mutter retten wollte, und dann noch deine Flucht. Jede andere Person hätte er schon längst erschossen. Aber nicht mich.« Patrick lacht kalt. »Nein, er bringt mich zurück nach Aschaffenburg, zieht als mein angeblich depressiver Vater bei Lisa und mir ein und quält mich weiter. Eine schlaflose Nacht nach der anderen. Immer nur genau so lange, dass ich nicht verrückt werde. Aber sobald er mir ein paar Stunden Schlaf gönnte, begann es von vorne. Es wurde immer schlimmer, bis die Lehrer ein Gespräch mit Lisa verlangten. Ich wurde krankgeschrieben und Sebastian hoffte, dass ich irgendwann klein beigeben würde. Glücklicherweise hat mich Tim regelmäßig besucht und -«

Das Blut sackt aus meinem Gesicht. »Sebastian kennt Tim? Geht es ihm gut?«

»Alles gut, Lilo. Ich denke nicht, dass Sebastian weiß, dass Tim dein Freund war. Er hält ihn nur für einen Klassenkameraden und war verärgert, dass er so oft da war. Aber Tim ist irgendwie tatsächlich mein bester Freund geworden. Ich weiß, er hat sich nicht meinetwegen um mich gekümmert, aber er hat mir den Rücken gestärkt. Er hat auch verstanden, dass ich nicht krank, sondern einfach nur extrem übermüdet war. Wahrscheinlich hat das seinen Verdacht bestärkt, dass dich und mich etwas verbindet, denn immerhin hat er es ja im Herbst mitbekommen, als du mal eine Woche nicht schlafen konntest. Ohne ihn wäre ich auf jeden Fall durchgedreht. Ich war wirklich kurz vor'm Wahnsinn.«

Mein Mitgefühl schnürt mir die Kehle zu, doch ich rühre mich nicht. Patrick ist komplett in sich gekehrt und ich bin mir nicht sicher, ob er überhaupt noch mitbekommt, dass ich in seiner Nähe sitze.

»Sebastian hätte mich einfach wegen irgendeiner schlimmen Krankheit aus der Schule ziehen und erschießen können. Wäre ja nicht das erste Mal gewesen. Stattdessen begann er, mir körperliche Schmerzen zuzufügen.«

Wieder reibt er sich über den Arm, bevor er seine Finger in seinen Pullover gräbt. »Er hat sich Mühe gegeben, aber irgendwann musste er einsehen, dass alles, was er tut, nicht wirkt. Es hat nur meinen Trotz verstärkt.«

Bitter blickt Patrick hinaus in den Schnee. Plötzlich wird er ganz ruhig. »Und dann hat er eins und eins zusammengezählt und verstanden, warum ich mich auf einmal geändert habe.«

»Wegen meines Blicks?«, frage ich mit lahmer Zunge nach.

»Nein, weil du mir etwas bedeutest. Nur deshalb hat mir dein Blick so viel ausgemacht. Ich habe dich an mich rangelassen. Also hat er angefangen, mir zu drohen, dass er dir schlimme Dinge antun würde, wenn ich nicht tue, was er von mir verlangt.«

Ich schlucke schwer, während ich wie vom Donner gerührt auf meinem Sitzkissen verharre und auf die Holzdielen starre.

»Zuerst habe ich wieder angefangen, mein Leben in Aschaffenburg weiterzuführen, bis mir bewusst wurde, dass ich überhaupt nicht weiß, wie es dir geht. Du könntest schon lange tot sein oder eine von den Wachenden und ich würde es nicht mitbekommen. Also habe ich verlangt, in deine Nähe kommen zu dürfen. Für diese Forderung erhielt ich wieder einige schlaflose Nächte, Videoaufzeichnungen, auf denen du zu sehen warst, aber ich blieb stur, bis Sebastian endlich zustimmte.«

»Und uns den Auftrag gab.«

»Und diesen Armreif.« Patrick deutet auf mein Handgelenk, an dem der schwere silberne Reif zu sehen ist. Selbst in meinem Traum lässt er mich nicht los. »Ich hätte wissen müssen, dass Sebastian mich nicht einfach gehen lässt. Er hat mich schon immer anders behandelt. Ich wollte es aber nicht wahrhaben. Ich habe häufig bei ihm gelebt. Oft war er angeblich mein Vater oder ein Onkel von mir. Niemand der anderen musste so oft bei ihm bleiben wie ich. Das hat mir natürlich auch recht schnell eine Sonderstellung verschafft, aber ich habe mir nie Gedanken darüber gemacht. Ich war einfach froh, in diesem seit fünf Jahren andauernden Albtraum zu funktionieren.«

Patrick dreht sich zu mir um und blickt mich direkt an. »Ich will aber nicht einfach länger funktionieren! Ich will ausbrechen! Ich will, dass Sebastian all das zurückbekommt, was er uns antut! Ich will, dass er sein Leben lang hinter Gittern sitzt!«

Die Luft anhaltend blicke ich ihn an. Sagt er die Wahrheit? Oder stimmt das, was Sabrina gesagt hat? Lügt er mich gerade an?

Und zwar so gut, dass ich es nicht bemerke? Andererseits sieht er sichtlich mitgenommen aus …

Er lächelt kalt. »Nur jetzt, da ich endlich zu dieser Entscheidung gekommen bin, bringt es mir nichts mehr. Sebastian ist mir schon wieder einen Schritt voraus. Ich bin mir sicher, dass er dich verletzen wird, sobald er merkt, dass ich gegen ihn arbeite.«

Für einen Moment schließe ich die Augen, massiere mir die Schläfen. Vor Aufregung spüre ich mein Herz flattern. Ich hätte gerne ein paar Minuten länger Zeit, um meine nächsten Schritte zu überdenken, aber dafür ist es schon zu spät. »Was erwartest du von mir?«, frage ich ohne nachzudenken und stehe auf. Indem ich meine Arme verschränke, verstecke ich das Zittern meiner Hände. Direkt vor ihm bleibe ich stehen und blicke ihn ernst an.

Patrick ergreift meine Schultern, sieht mir tief in die Augen. Verdammt, dieses verfluchte Türkis! In diesem Moment weiß ich, dass ich allem zustimmen werde, was er mir jetzt sagt. »Du kennst Leute, die uns helfen können, und ich kann uns Zeugen und Informationen beschaffen. Aber ich werde nur aktiv, wenn du mir die Erlaubnis dafür gibst.«

Hat Jürgen nun tatsächlich seinen Mann gefunden?

Ich lächele und spüre bereits Sabrinas Ohrfeige auf meiner Wange. »Du weißt schon, dass er kein Druckmittel mehr gegen dich hat, wenn er mich wirklich umbringen sollte?«

Er schnaubt. »Das hält ihn nicht davon ab, dich zu verletzen. Denk darüber nach, Lilo, und komm zu mir, wenn du dich entschieden hast.«

»Ich muss nicht darüber nachdenken, Patrick. Lass uns Sebastian hinter Gitter bringen! Nur sollten wir uns auf keinen Fall erwischen lassen.«

36. Kapitel

Am nächsten Morgen wird mir ein Koffer gebracht. Voller Erwartungen reiße ich ihn auf und erforsche das Eigentum von Annabelle Hahn: ein abgenutztes Smartphone, einige Hygieneartikel und einen riesigen Haufen Kleidung.

Annabelles Kleidungsstil ist recht eintönig. Schwarze Leggins und schwarze oversized Hoodies mit diversen Motiven. Dazu weiße Sneakers. Zumindest würde ich morgens vor dem Kleiderschrank nicht besonders lange für die Auswahl meiner Outfits brauchen … seufzend schließe ich den Koffer wieder und finde mich nach dem Frühstück vor dem Gebäude ein.

Wir werden von Fabian erwartet. Genau wie im Traum trägt er einen Hut und einen langen Sherlock-Holmes-Mantel. Sein Gesicht ist gutmütig und er lächelt mitleidig, als er Sabrina, Julia und mir Schlafmasken überreicht. »Sobald wir losfahren, werdet ihr diese Masken tragen. Wenn wir in Hamburg ankommen, dürft ihr sie wieder abziehen«, weist er uns an, bevor wir unser Gepäck in den dunklen Kleinbus laden.

Gerade als wir einsteigen, kommt Patrick locker zu uns heraus. Als er vor uns stehen bleibt, bemerke ich, dass er braune Kontaktlinsen trägt. Das Türkis schimmert dennoch durch sie hindurch und verwandelt die Iris in ein undefinierbares Grün-Braun. Zumindest wirkt es nicht ansatzweise so anziehend auf mich wie das Türkis, was es mir hoffentlich erleichtern wird, von ihm fernzubleiben.

»Können wir los, Fabian?«, fragt er.

»Wir sind bereit. Wie steht es mit dir?«

Patrick nickt, dann nimmt auch er seine Schlafmaske entgegen. Sabrina verdreht die Augen, doch weder Julia noch die Männer bekommen es mit.

Wir steigen ein und in den darauffolgenden eineinhalb Stunden sagt niemand von uns ein Wort. Unter der Schlafmaske wird mir übel, weil ich Kurven nicht voraussehen kann, doch ich traue mich nicht, auch nur einen Ton von mir zu geben. Um mich von der Übelkeit abzulenken, denke ich über letzte Nacht nach. Will Patrick Sebastian tatsächlich entlarven? Ist er wirklich bereit, mich zu opfern? Und ist das für mich in Ordnung?

Plötzlich ist die Fahrt vorbei. Der Wagen hält vor einem dreistöckigen Wohngebäude. Sabrina schlägt hinter mir die Autotür zu und nimmt das Haus ins Visier. »Sieht schnieke aus«, murmelt sie und geht gleich zum Kofferraum, um ihr Gepäck zu holen.

Patrick verteilt die Schlüssel, kurz darauf betreten wir zu viert unser neues Zuhause und befinden uns sofort in der Küche. Uns gegenüber stehen vor einem Fenster zwei Sofas. An einer Kücheninsel links von uns befinden sich einige Barhocker und dahinter teilt sich ein Gang nach links und rechts auf. Bevor ich mich überhaupt richtig umsehen kann, sind die Zimmer verteilt. Sabrina gehört der einzige Raum, der mit einem Laptop und einem zusätzlichen Bildschirm ausgestattet ist. Julia hat das Zimmer gewählt, das am weitesten von allen entfernt ist und Patrick hat sich den sonnendurchfluteten Raum ausgesucht.

Ich sitze hilflos auf meinem Bett, starre hinaus auf eine kahle Allee und frage mich, wie lange ich in diesem neuen Gefängnis festhängen werde.

***

Um drei Uhr räume ich endlich meine Sachen in den Schrank und gehe hinüber zu Patrick.

Vorsichtig klopfe ich an die Tür, bevor ich eintrete.

»Nicht jetzt, Belle«, sagt er mit dem Rücken zu mir. Er sitzt an seinem Schreibtisch und liest die Charakterbögen, die wir ihm heute nach unserer Ankunft überreicht haben. Aber abgesehen von seiner abweisenden Art und der Härte in seiner Stimme lässt mich noch etwas anders gefrieren.

Er hat mich *Belle* genannt. Ich bin für ihn nicht länger Lilo. Auf seiner Bühne bin ich nun Belle, seine Mitbewohnerin. Nichts weiter. Niemand, mit der er erpresst wird.

Ich schaue mich um. Sein Koffer steht unangerührt in einer Ecke, daneben zwei geschlossene Umzugskisten und sein ebenso verschlossener Gitarrenkoffer. Nicht einmal die Sonne, deren Strahlen durch die Scheibe hereindringen, kann dem unbewohnten Zimmer etwas Freundliches abverlangen.

»Können wir kurz reden?«, frage ich trotzdem – wo auch immer ich den Mut herhabe.

»Nein, ich muss einen Plan aufstellen«, antwortet er mir kalt und schiebt mir einen Zettel hin. Irritiert greife ich danach.

O = Mic?

Mehr steht nicht darauf. Ich hole bereits Luft, um ihn nach der Bedeutung zu fragen, als er plötzlich aufsieht. In seinem Blick liegt Ungeduld und Abscheu. »Ich habe gerade echt keine Zeit für dich. Wir treffen uns heute Abend zum Abendessen.«

Beleidigt nehme ich seine Notiz mit und lege mich auf mein neues Bett.

O = Mic? Wenn er mir etwas mitteilen will, soll er es wenigstens verständlich schreiben! Wütend blicke ich wieder hinaus auf die Straße, wo gerade die Straßenlaternen und elektronischen Reklameschilder angehen. Sie spiegeln sich in der nassen Straße wider. Offensichtlich ist der Regen trotz der untergehenden Sonne hier nie weit entfernt. Es wirkt ungemütlich und fremd.

Ein Klopfen unterbricht meine Weltuntergangsstimmung. Sabrina schaut herein und als sie merkt, dass ich mit verschränkten Armen auf dem Bett liege, kommt sie zu mir. »Alles gut bei dir, Babe?«

Ich muss lächeln, denn immerhin würde das *Babe* bleiben.

»Ich kämpfe noch mit mir«, flüstere ich.

Sie lächelt und setzt sich zu mir. »Das tun wir alle.«

»Was würdest du dafür geben, endlich wieder in deinem richtigen Zuhause zu sein? Bei deinen Eltern und deinen Freunden?«

Sabrina schielt hinunter zu meinen Händen und steht augenblicklich wieder auf. »Wichtig ist wohl eher, wie gut du dich in dein neues Leben hier einspielst. Level 1: Annabelle werden. Level 2: Paul kennenlernen. Level 3: Paul vergessen. Level 4: Annabelle vergessen.«

Schwer schluckend sehe ich sie an. »Und wenn ich das nicht will?«

Ihre Augen wandern noch einmal hinunter zu meinem Arm und dann verstehe ich plötzlich, was Patrick mir mit seiner Nachricht sagen wollte. Er vermutet, dass mein Armband eine Wanze enthält. Und er ist nicht der Einzige. »Dann bist du so gut wie tot«, flüstert Sabrina, während ein mitleidiges Lächeln über ihr Gesicht fliegt.

Ich seufze und kugle mich zusammen.

Sabrina tätschelt meine Schulter. »Du wirst es schon lernen.« Sie strafft ihren Rücken. »Ich besorge uns mal die Adresse dieses Pauls. Dann können wir morgen mit unserer Aufgabe starten.« Wie hypnotisiert nicke ich, woraufhin sie mein Zimmer verlässt.

Ich fühle mich wie eine Heuchlerin – eine Verräterin. Wie kann ich genau das machen, was mir andere Menschen vor wenigen

Monaten angetan haben? Habe ich wirklich so große Angst vor Sebastian?

Über diese beiden Fragen denke ich nach, bis mich Sabrina in den Eingangsbereich holt. In meinen Hoodie gekuschelt trete ich zu Julia und Patrick, die bereits an der Theke stehen. Ich spüre, wie ich etwas unsicher auf den Beinen bin und rette mich zu einem der Barhocker, während Patrick uns unsere gefakten Lebensläufe zurückgibt.

»Eure Charaktere passen so weit. Ich habe nur bei dir, Belle, geändert, dass du gerne boulderst. Ich brauche eine Person, die dasselbe Hobby wie Paul hat.«

Ich schüttele verständnislos den Kopf. »Warum ich? Julia ist wesentlich sportlicher als ich.«

»Sie heißt Tara. Und ja, das stimmt. Aber ich brauche sie direkt bei Paul und es ist sehr verdächtig, wenn sie sich sämtliche Lebensinhalte teilen.«

»Was ist dein Plan?«, fragt Julia, ohne mich anzusehen.

Patrick tippt mit seinem Finger auf die Kücheninsel. »Wir werden ihm in den nächsten Tagen sein Handy abnehmen und ein Überwachungsprogramm darauf installieren.«

»Ein Überwachungsprogramm?«, fragt Sabrina überrascht. »Wann hattest du vor, mir davon zu erzählen?«

Patrick lächelt sie schief, aber eiskalt an. »Ich weiß, dass du so etwas kannst. Sobald wir seine Chatverläufe und Telefonate analysieren können, lernst du ihn kennen, Tara.«

Verwirrt blicke ich kurz auf, doch der Knoten löst sich sofort wieder. Mit Tara ist Julia gemeint. An diese neuen Namen muss ich mich erst noch gewöhnen.

Julia blickt entgeistert zurück. »Ich? Warum ich?«

»Weil du nah genug dran sein musst, um zu wissen, wann Paul misstrauisch wird. Und wenn er solche Anwandlungen hat, dann lässt du ihn sofort den Verdacht vergessen. Solltest du ihm irgendwann näherkommen, kannst du fallen lassen, dass du eine Mitbewohnerin hast, die gerne Bouldern geht. Das ist dann Belle.«

»Und was macht ihr?«, fragt Julia / 210 / Tara herausfordernd.

»Vanessa wird hier in der Wohnung sämtliche Dialoge von Paul auswerten. Ich kümmere mich um alles im Hintergrund und springe an der einen oder anderen Stelle ein, wenn wir mehr über diesen Paul wissen.«

Sabrina stellt ihre Kaffeetasse geräuschvoll auf die Arbeitsplatte. »Darf ich Einspruch einlegen?«

»In den Plan? Nein. Ich trage die Verantwortung dafür, dass hier alles ohne Probleme verläuft, also fälle ich auch die Entscheidungen.«

»Und wenn dein Plan scheiße ist?«, fragt Sabrina provozierend. Sie hat ihre Ellenbogen auf die Arbeitsplatte gestützt und blickt Patrick herausfordernd an.

»Du meinst, du hast eine bessere Idee, wie wir an Paul rankommen? Dann lass hören!«

Sabrina schweigt, sodass Patrick seine Arme verschränkt und sich mit dem Rücken gegen die Spüle lehnt. »Ich erwarte von dir morgen früh die Information darüber, wo Paul wohnt. Dann wird Belle sich unsichtbar machen und ihn ab morgen um acht Uhr observieren. Wenn wir einen genauen Überblick darüber haben, wann er sich wo aufhält, kann ich noch einmal genauer über unseren Plan nachdenken, aber bisher weiß ich noch zu wenig über ihn. Wenn ihr mehr wisst, dann raus mit der Sprache!«

Betroffen blicke ich zu Boden. Aber ich bin nicht betroffen, weil wir einen unschuldigen Menschen ausspionieren werden, sondern weil Patrick so kalt und abweisend spricht, dass es mir einen Schauer über den Rücken jagt. Wer ist er? Und welcher Patrick zeigt sein wahres Ich? Wie gut sind seine Schauspielkünste?

»Wir treffen uns morgen früh um halb sieben hier zur Lagebesprechung. Schaffst du es, bis dahin seine Adresse herauszubekommen, Vanessa?« Patricks Blick durchbohrt Sabrina, die ihre Kiefermuskulatur anspannt. Ich spüre förmlich, wie sie kurz davor ist, ihm zu widersprechen. Ihre Nase zieht sich kraus, als sie von meinem Handgelenk zurück zu Patrick sieht und schließlich nickt.

***

Pauls Tagesablauf auszuspionieren, war die langweiligste Beschäftigung, die es gibt. Drei Tage lang lief ich ihm unsichtbar hinterher, nur um herauszufinden, dass er wohl gerade mitten in seiner Prüfungsphase steckt. Er verlässt das Haus, geht zur Bibliothek, lernt und am dritten Tag ging er spät abends noch einmal in eine Boulderhalle. Am vierten Tag stehle ich Pauls Handy und bringe es Sabrina, die in der Bibliothekstoilette auf mich wartet. Mit flinken Fingern verbindet sie das Handy mit ihrem Rechner und startet die Installation des Überwachungsprogramms. Fünf Minuten später zieht sie das Kabel ab, gibt mir das Handy, ich werde wieder unsichtbar und bringe es zurück an seinen Platz. Abgesehen von den regelmäßigen Besuchen in der Boulderhalle, sollte mein Part nun erledigt sein. Jetzt kann ich mich also endlich darauf konzentrieren, Sebastian zu enttarnen.

Gedankenversunken sitze ich neben Sabrina in der Hamburger U-Bahn und drehe den metallenen Armreif in der Hand. Mein Gespräch mit Patrick ist schon wieder einige Tage her, ohne dass sich etwas verändert hat. Ohne dass wir einen ersten Schritt unternommen haben. Ich bin mir nicht mehr so sicher, ob Patrick wirklich gegen Sebastian kämpfen wird. Ich darf mich auf keinen Fall ausschließlich auf ihn verlassen.

Als wir zu Hause ankommen, stecken Julia und Patrick an der Kücheninsel gerade die Köpfe zusammen, doch sie unterbrechen ihr Gespräch, sobald sie uns bemerken. Zu gern hätte ich mitbekommen, worum es ging.

»Wie ist es gelaufen?«, fragt Patrick und kommt uns entgegen.

Sabrina zieht ihre Augenbrauen in die Höhe, würdigt ihn allerdings keines Blickes, bevor sie einfach an Patrick vorbeiläuft.

»Wäre jetzt kein Wunder, wenn 239 es verbockt hat«, antwortet Julia abfällig und verschränkt die Arme.

»Was willst du damit sagen?«, frage ich sie und hänge meine Jacke auf. In den letzten Tagen war sie wieder in ihre gewohnte Haltung zu mir zurückgekehrt und provoziert mich seither regelmäßig. Nicht nur verbal. Beispielsweise besorgt sie nichts, was ich auf die Einkaufsliste schreibe – oder genau das Gegenteil. Ich bin nun stolzer Besitzer einer Plastikzahnbürste, obwohl ich mir extra eine Bambuszahnbürste gewünscht hatte. Oder sie verstellt regelmäßig meine Sachen im Bad und kommt immer dazu, wenn ich mit Patrick reden will. Meistens verlasse ich dann freiwillig den Raum. Ich kann es kaum erwarten, dass sie endlich mit ihrem Teil des Auftrags beginnt und dann nicht mehr so häufig in der Wohnung abhängt.

»Reißt euch zusammen!«, verlangt Patrick genervt. »Also?«

Ich atme hart aus und stampfe in Richtung meines Zimmers. »Alles gut. Sabrina wird bestimmt bald die ersten Nachrichten sehen können.«

Damit schließe ich die Tür hinter mir und setze mich auf das Bett, lehne meinen Hinterkopf gegen die Wand und schiele nach draußen. Ich fühle mich verloren und habe keine Lust mehr, zu warten. Ich weiß jedoch nicht, wie ich an die Sache rangehen soll. Wo fange ich an, Sebastian zu stürzen?

Ich brauche seinen richtigen Namen und Zeugen. Letztere gibt es genug, aber die würden erst aussagen, wenn von Sebastian keine Gefahr mehr ausgeht. Was den Namen betrifft …

Sabrina!

Wenn ich wirklich an Sebastian ran will, brauche ich sie auf meiner Seite, aber wenn es stimmt und in meinem Armreif tatsächlich ein Mikrofon steckt, kann ich nur nachts mit ihr sprechen.

***

Mit festen Schritten laufe ich durch die Zwischenwelt. Die Sonne funkelt auf der Oberfläche des Pulverschnees, während er unter meinen Stiefeln knarzt. Ich bin entschlossen – blicke weder nach rechts noch nach links. In meiner Vorstellung steuere ich genau auf Sabrinas Traumwelt, auf ihre Tür zu. Dann ist sie da – nur wenige Meter von mir entfernt. Nichts an ihrem Aussehen verrät, wer hinter ihr lebt, doch Sabrina schläft noch nicht, denn ihre Tür ist kalt.

Ich lasse mich kurzerhand vor ihr nieder. In meine Gedanken vertieft, forme ich Schneebälle, als sich plötzlich ein Paar rote Turnschuhe in mein Sichtfeld schiebt. Wie zu Eis erstarrt verharre ich inmitten meiner Bewegung. Ich erkenne sie aus Hamburg. Mein Herz hämmert gegen meine Rippen, als wäre ich bei etwas Verbotenem erwischt worden.

»Was willst du hier, Lilo?«, fragt Patrick.

Meine Ohren glühen augenblicklich vor Zorn. Wieso denkt er, dass ich mich vor ihm rechtfertigen müsste? Und warum geht er heimlich Sabrina besuchen? Macht er dasselbe auch mit Julia? Will er unser aller Vertrauen gewinnen? »Wahrscheinlich dasselbe wie du, oder?«

Er seufzt und setzt sich zu mir in den Schnee. Vermutlich ist bei ihm gerade kein Winter, denn seine neongrüne Jacke wird nicht nass. »Ich will mit Sabrina reden. Ich … wir … brauchen vermutlich ihre Hilfe.«

»Darauf bin ich auch gekommen«, gebe ich zu und lasse meiner

Frustration freien Lauf, indem ich einen Schneeball gegen eine Hauswand in der Nähe werfe.

Patrick nimmt plötzlich meine zitternde Hand in seine. »Ich weiß, dass du es kaum abwarten kannst, Lilo. Aber wir kriegen das hin! Wir finden einen Weg, an Sebastian ranzukommen – das verspreche ich dir. Wir brauchen dafür jedoch etwas Geduld.«

Ich lächle ihn eisig an, während ich meine Hand zurückziehe. »Sagst du mir gerade, dass ich dich einfach machen lassen soll? Dass du alles im Griff hast? Hast du mir deshalb nicht gesagt, dass du mit Sabrina reden willst? Forderst du mich als nächstes auf, einfach wieder zu gehen?«

Er fährt sich mit seiner Hand durch die dunklen Haare. »Ich verlange nicht, dass du …« Plötzlich verengen sich seine Augen und seine Brauen treffen sich in der Mitte. »Traust du mir nicht?«

Ich halte seinem Blick stand. »Nein, das tue ich nicht. Ich weiß nicht, wo du stehst. Du verhältst dich in den letzten Tagen mir gegenüber eiskalt, hängst dauernd mit meiner Feindin rum. Sprichst nichts mit mir ab und besuchst nachts heimlich deine Ex-Freundin.«

»Bist du gerade eifersüchtig?« Er lächelt selbstgefällig.

Ich verdrehe die Augen. Natürlich bin ich eifersüchtig, aber darum geht es hier doch nicht! »Wenn ich dir vertrauen soll, dann musst du mir vertrauen, Patrick. Erzähl mir von deinem Plan!«

Er schweigt, blickt hinunter auf seine Hände, bis ich fassungslos den Kopf schüttele. »Und *du* redest über Vertrauen …«

»Es geht nicht darum, dass ich dir nicht vertraue, sondern dass ich Angst habe, dich zu verlieren.«

»Du hast mich schon tief genug in den Schlamassel reingezogen. Meinst du nicht, ich habe inzwischen ein Recht darauf, über jeden deiner Schritte informiert zu werden, *bevor* ich irgendwann von Sebastian bestraft werde?«, werfe ich ihm wütend an den

Kopf und stehe auf. Als meine Hand das Holz von Sabrinas Tür streift, ist es warm. Sie ist da! Ohne auf Patricks Antwort zu warten, hämmere ich mit der Faust gegen das Holz.

»Je mehr wir über alles sprechen, desto größer ist die Gefahr, dass wir durchschaut oder erwischt werden.«

»Das stimmt nicht!«, schreie ich ihn an. »Ich denke, ich habe gezeigt, dass ich lange genug schweigen kann. Du weißt einfach nicht, wie man mit anderen Leuten zusammenarbeitet, weil du niemandem sonst irgendetwas zutraust. Oder warte kurz, vielleicht traust du nur mir nichts zu, denn immerhin stehst du gerade hier, vor Sabrinas Tür und willst sie um Hilfe bitten. Schön zu sehen, dass du doch Vertrauen zu jemandem aufbauen kannst.«

»Lilo, das –«

Weiter kommt Patrick nicht, denn in dem Moment wird die Tür vor uns geöffnet und eine ziemlich blass wirkende Sabrina steht vor uns. »Dachte ich doch, dass ich deine liebliche Stimme bis in meinen Traum gehört habe.«

Ich laufe augenblicklich rot an.

»Was wollt ihr hier? Könnt ihr mir nicht einmal nachts meine Privatsphäre gönnen?« Mit verschränkten Armen steht sie im Türrahmen – nicht bereit, uns hineinzulassen.

»Ich muss mit dir reden«, sagen Patrick und ich synchron.

»Ihr steht also zusammen vor meiner Tür und seid doch getrennt hier?«

»Wahrscheinlich wollen wir dasselbe von dir«, gibt Patrick zu, ohne seine Ex-Freundin anzusehen.

Sabrina lacht und wirft mir einen mörderischen Blick zu. »Sag bloß, er hat dich wieder um seinen Finger gewickelt! Ich rate dir noch einmal, dich von ihm fernzuhalten. Vertrau ihm nicht!«

»Wie bitte?«, fragt Patrick, dessen Gesicht rote Flecken bekommen hat, fassungslos.

»Er ist komplett verblendet! Ein falscher Schritt und er wird dich Sebastian ausliefern.«

»Sabrina …«, beginnt Patrick, doch er wird von seiner Ex-Freundin unterbrochen.

»Dieser Arsch kennt keine Gefühle, weder Schuld noch Empathie.«

»Wen nennst du hier einen Arsch?«, fragt Patrick zornig. Die Flecken in seinem Gesicht werden dunkler.

»Dich! Und ich habe jedes Recht dazu!« Sabrina nickt ihm herausfordernd zu, ihre Lippen verkniffen aufeinandergepresst.

Patrick lacht freudlos. »Und warum solltest du das Recht haben, *mich* beschimpfen zu dürfen?«

»Du hast dich an mich rangemacht, weil ich ein Dreamer bin. Zwei volle Monate hast du mir vorgespielt, mein fester Freund zu sein, um mich dann eines Abends aus dem Haus zu locken und mich in ein beschissenes Lager für Dreamer zu stecken. Natürlich habe ich das Recht, dich als Arsch zu bezeichnen!«

»Okay, du willst also auf diesem Niveau spielen?«

»Dieses Niveau?« Sabrinas Stimme überschlägt sich vor Wut. »Ich habe dich wirklich geliebt und ich dachte, du würdest dasselbe für mich empfinden. Stattdessen hast du mich zwei Monate lang belogen und mich dann einfach hängen lassen. Wie konntest du mir das antun?«

Patrick reißt seine Hände in die Luft. »Weil ich musste, okay? Was hatte ich für eine andere Wahl? Als Sebastian herausgefunden hat, was du für eine Gabe hast, durfte ich meinen Kopf hinhalten und musste dir näherkommen.«

»Es muss ein Drama gewesen sein!«, schreit sie. »Den Sex gab's gratis dazu! Und Übung hattest du ja auch schon – ist ja nicht so, als wäre es das erste Mal für dich gewesen.«

»Nein, war es nicht. Aber es war das erste Mal, dass ich unter Tatverdacht stand.«

»Oh, jetzt tust du mir aber leid! Hat dir niemand gesagt, dass das passieren kann, wenn man Leute kidnappt? Hat dich das wirklich überrascht? Das hätte ich nicht gedacht, denn ich habe noch nie jemanden kennengelernt, der kaltblütiger ist als du!«

Geschockt realisiere ich, wie Patricks Blick immer weiter abkühlt. An Sabrinas Stelle hätte ich schon längst das Weite gesucht.

Patricks Nasenflügel zucken. »Du sagst, ich sei kaltblütig und doch hatte ich bei jeder Tat mit meinem Gewissen zu kämpfen.« Seine Stimme ist nun gefährlich leise. »Musstest du das auch? Immerhin hast du wesentlich mehr Schaden angerichtet als ich.«

»Wie bitte?«, haucht Sabrina echauffiert.

»Wer hat denn durch seine Hackerkünste erreicht, dass wir auf einmal wesentlich mehr Dreamer gefunden haben? Und wer hat denn herausgefunden, welche Polizisten Sebastian auf seine Seite ziehen kann?«

Sabrina schweigt.

»Willst du wirklich behaupten, du wüsstest nicht, was du in den letzten zwei Jahren alles verbrochen hast?« Patrick lacht trocken. »Und wer sitzt gerade freiwillig daran, Paul Benkins auszuhorchen? Du könntest dich jederzeit weigern. *Ich* würde dich nicht anschwärzen, solange du keinen Unfug anstellst.«

»Würdest du das? Tatsächlich? Dabei setzt du doch alles daran, dass unser Auftrag schnellstmöglich ausgeführt wird.«

Patrick atmet so hart, als wäre er gerade gesprintet, während seine Hände zu Fäusten geballt sind. »Weil ich Ergebnisse vorzeigen muss. Was willst du eigentlich von mir, Sabrina? Du hast deine persönliche Rache doch schon gehabt! Du hast doch dafür gesorgt, dass Lilos Telefonnummer letztes Jahr auf meinem Handy gefunden wurde. Hat es dich zufriedengestellt, zu wissen, dass du meine Freundin in Gefahr gebracht und mir gleichzeitig jede Menge Ärger eingebrockt hast?« Zornig schlägt Patrick gegen das Holz der Tür, woraufhin Sabrina zusammenzuckt und erbleicht. »Und damit nicht genug. Nein! Du hast es tatsächlich geschafft, dass ich weitermache, obwohl ich Sebastian mehr hasse als irgendeinen Menschen auf dieser Welt.«

Sabrina schnaubt verächtlich.

»Ich will ihn brennen sehen, aber wenn ich auch nur einen Schritt gegen ihn unternehme, habe ich Angst, dass Sebastian es mitbekommt und Lilo mit diesem bescheuerten Armreif in die Luft jagt. Ich hatte mich womöglich eine Zeit lang verloren, ja, aber ich bin definitiv nicht abgebrüht und schon gar nicht kaltblütig, sondern ich habe schlichtweg Angst. Also wer … wer von uns beiden ist hier der wahre Arsch, Sabrina?«

Eine blitzschnelle Bewegung lässt mich mich wegducken. Keine Sekunde später höre ich das Klatschen, als Sabrinas Ohrfeige Patrick erreicht. Aus Sabrinas tiefbraunen Augen kullern dicke Tränen über die rotgefleckten Wangen. Mit zwei Schritten bin ich bei ihr und umarme sie. Ich spüre ihren Körper zittern und ihre Hände, die meinen Rücken umklammern.

Ich verstehe sie. Wir alle versuchen unser Tun irgendwie zu rechtfertigen, die Schuld woanders zu suchen. Wir brauchen niemanden, der uns den Spiegel vorhält.

»Alles wird gut«, verspreche ich ihr leise, doch das beruhigt sie nur wenig. Stattdessen wird sie von Schluchzern durchgeschüttelt und ihre Tränen laufen an meiner Jacke hinab. Patrick steht verärgert hinter mir, ist jedoch weise genug, nichts mehr zu sagen. Er deutet mir mit seinen Händen an, dass wir hineingehen sollen.

Ich verdrehe die Augen, weil er anscheinend gerade keine anderen Probleme hat, doch er hat recht. Wenn wir das weitere Vorgehen besprechen wollen, sollten wir das nicht im Freien tun. Bestimmt haben wir schon genug Aufsehen erregt. Ich hoffe, dass die Passanten, die uns ihre Blicke zuwarfen, alles keine Dreamer waren.

»Lass uns reingehen, Sabrina. Dann kann ich dir erzählen, weshalb *ich* heute zu dir gekommen bin.«

Sie nickt schniefend und lässt mich los, damit ich eintreten kann. Bevor Patrick jedoch ihre Traumwelt betritt, stellt sie sich ihm noch einmal in den Weg. »Ein falsches Wort, eine falsche Bewegung und ich werfe dich raus.« Mit diesen Worten weicht sie zur Seite.

Wir befinden uns in einem kleinen süßen Bergcafé. Die Sonne dringt durch die Glasdecke, durchflutet den Raum und verstärkt die Farben der Nelken auf den Tischen.

Als Patrick zu uns kommt, wird Sabrina noch blasser. Und auch das kann ich gut verstehen. Immerhin war es mir vor wenigen Tagen genauso ergangen, als Patrick mich unerwartet besucht hatte. Ich hoffe jedoch, dass meine Anwesenheit den Schmerz lindert, den sie gerade empfindet.

Wir setzen uns und eine Bedienung kommt herüber, um unsere Bestellung aufzunehmen. »Worüber wollt ihr mit mir sprechen?«, fragt Sabrina, nachdem uns die Getränke gebracht wurden. Ihre Stimme hat nun fast ihre übliche Stärke zurückgewonnen. »Patrick, fang du an, damit ich dich möglichst schnell wieder loswerde.«

Tief durchatmend kaut er auf seiner Unterlippe herum, als wisse er nicht so recht, wie er sein Anliegen hervorbringen soll. Dann nimmt er meine linke Hand und legt sie auf den Tisch. »Ich muss wissen, was dieser Armreif bedeutet. Was er tut.«

Überrascht blicke ich ihn an. War er wirklich aus diesem Grund zu Sabrina gegangen? Um die Konsequenzen seines Ungehorsams genauer erfassen zu können?

»Es ist kein Mikrofon. Ich habe es in den letzten Tagen mit

Lügen getestet. Beispielsweise habe ich Lilo um acht Uhr losgeschickt, Sebastian aber sieben Uhr mitgeteilt. Er hat sich beschwert, dass Lilo eine Stunde später losging als abgemacht. Wäre in dem Armreif ein Mikrofon, hätte er von unseren Plänen gewusst. Außerdem konnte ich bisher unsere Fortschritte im Fall Paul Benkins verheimlichen.«

»Warum ist es dir so wichtig, das zu wissen?«, fragt Sabrina provozierend.

»Du zwingst mich ernsthaft, es auszusprechen?« Seine Nasenflügel beginnen wieder vor Wut zu zucken.

»Ja, ich will, dass du es laut aussprichst. Und dass du es ernst meinst. Ich will wissen, ob da drin wirklich noch irgendetwas Menschliches ist.« Mit dem Zeigefinger stößt sie hart gegen seinen Brustkorb, sodass Patrick kurz die Luft wegbleibt.

»Sabrina, es tut mir leid, was ich dir angetan habe. Niemand von uns hätte so etwas erleben sollen.« Er räuspert sich.

»Sag es, Patrick!« Sie spuckt seinen Namen aus wie etwas Ungenießbares.

»Und dann hilfst du uns?«

»Das werde ich sehen«, antwortet sie ihm eisig.

»Okay«, seufzt Patrick und atmet tief durch, schließt sogar kurz die Augen, während sich seine Finger in meinen verkrampfen. »Ich liebe sie und ich will nicht, dass ihr irgendetwas zustößt.«

»Sag ihren Namen!«, verlangt Sabrina.

Gereizt mische ich mich ein. »Was wird das hier?«

Patrick schaut mich entschuldigend an. »Ich weiß nicht, ob du das hören willst, aber ich liebe dich, Lilo. Und ich werde alles tun, dich aus Sebastians Fängen zu befreien.«

Ich spüre, wie das Blut aus meinem Gesicht weicht. *Ich liebe dich ...* Das ist doch lächerlich! Wie kann er so etwas behaupten? Er ist in den letzten Tagen genauso kalt zu mir gewesen wie damals, als ich ihn nötigte, mit mir zu sprechen … Liebe bedeutet doch Wärme und Nähe. Außer er hat das Gefühl, dass mir seine Nähe nur schadet.

»Es ist schön«, krächzt Sabrina, doch ihre Stimme versagt. »Es ist schön zu wissen, dass du tatsächlich in der Lage bist, Gefühle zu empfinden. Und dass du dir wirklich Sorgen um Lilo machst.«

Ein unangenehmes Ziehen breitet sich in meinem Bauch aus. Ein Schuldgefühl, weil Patrick mir das gibt, was sie nie von ihm erhalten hat. Und trotzdem fühlt es sich so surreal an …

»Okay, was wisst ihr über den Armreif?«, will Sabrina wissen, nachdem sie sich wieder gefangen hat. Ich fühle mich jedoch immer noch hilflos. Hätte Patrick mich nicht festgehalten, wäre meine Hand einfach vom Tisch gerutscht.

»Ich schätze, dass er von einem Dreamer entwickelt wurde. Sebastian hat ihn in einem seiner Labore testen lassen und ihn Lilo dann letzte Woche übergeben. Es gibt einen Schlüssel, doch den hat er behalten.«

»Habt ihr irgendeinen Anhaltspunkt für mich? GPS-Daten, Adressen, richtige Namen? Materialien?«

Entmutigt schüttelt Patrick den Kopf.

Sabrina seufzt. »Und was wolltest du von mir, Lilo?«

Ich räuspere mich, um mich wiederzufinden. Patricks Hand lastet ungewöhnlich schwer auf mir, also entwende ich mich seinem Griff. »Ich wollte dich fragen, ob du herausfinden kannst, wer Sebastian wirklich ist.«

Fassungslos schaut sie uns an. »Ernsthaft? Ihr kommt zu mir, ohne irgendwelche Anhaltspunkte? Ich brauche irgendetwas, an dem ich ansetzen kann.«

»Somnissa ist die Firma, die unser Blut verkauft. Ich weiß nicht, wie Sebastian zu ihr steht, aber vielleicht ist das der Ansatzpunkt, den wir brauchen.«

Patrick sieht mich überrascht an. »Somnissa? Wo hast du das denn aufgeschnappt?«

Ich zucke mit den Schultern, weil ich mir unsicher bin, wann ich genau davon gehört habe. »Ist doch egal. Vielleicht kannst du damit arbeiten. Und wenn wir Sebastian gefunden haben, können wir endlich anfangen, Beweise gegen seine Machenschaften zu sammeln.«

»Ihr meint es ernst? Ihr wollt nicht fliehen, sondern euch wirklich mit Sebastian anlegen?«

»Ja«, antworten wir Sabrina.

»Ihr seid verrückt!«, lacht sie, schüttelt ihre dunklen Locken.

»Hilfst du uns?« Patrick stützt seine Arme auf den Tisch und blickt zu Sabrina hinüber. Das Licht der untergehenden Sonne färbt seine Haut orangerot.

»Nein.« Sabrina wirft mir einen traurigen Blick zu. »Ich vertraue dir nicht, Patrick. Aber ich werde Lilo helfen und für sie da sein, wenn du dich plötzlich umentscheidest.«

37. Kapitel

Patricks Handy vibriert. Wie automatisch blicke ich von meiner Müslischale zu dem kleinen Gerät und zucke unwillkürlich zusammen.

Tim Beck steht dort mit großen weißen Buchstaben.

Sofort spüre ich, wie das Blut aus meinen Händen und meinem Kopf sackt, sodass meine Finger gefährlich an Farbe verlieren. Erst mit dem nächsten Herzschlag werden sie wieder richtig sichtbar, doch in dem Moment hat Patrick schon durchgeatmet, sich drei Schritte von mir entfernt und ist rangegangen.

»Hi Tim, schön von dir zu hören. Wie geht es dir?«, fragt Patrick mit etwas belegter Stimme. Als er zuvor mit mir gesprochen hat, war davon noch nichts bemerkbar gewesen.

»Oh, gut! Schön zu hören … Ja, es geht. Ich bin gerade in Hamburg. Meine Schwester hat meinen Vater rausgeschmissen und ich bin jetzt bei ihm … Nein, leider nicht. Ist gerade nicht so eine leichte Situation. Es wäre besser, die Psychotherapeutin würde ihn wieder einweisen. Ich will ihn so lieber nicht allein lassen.«

Vollkommen orientierungslos blicke ich ihn an, bis ich mich erinnere, dass Philipp Ottermanns Vater angeblich nach dem tödlichen Autounfall seiner Frau und seiner Tochter in Depressionen verfallen war.

»Du willst vorbeikommen? Oh cool, ich würde mich freuen! Wann denn?« Patrick steht mit dem Rücken zu mir, blickt hinaus ins Freie. Obwohl diese Nachricht ihn enorm unter Druck setzen muss, klingt seine Stimme freudig und erleichtert.

Meine Augenbrauen wandern mit jedem gesprochenen Satz in die Höhe, kommen meinem Haaransatz immer näher, während mein Unterkiefer von der Schwerkraft nach unten gezogen wird.

»Ach so … erst nach deinen Abschlussprüfungen. Schade, aber kann ich natürlich verstehen.« Patrick lacht kurz auf. »Nein, ich befürchte, mein Abitur kann ich vergessen. Ich habe schon viel zu viele Fehlstunden … ja, ist echt kacke gelaufen. Noch mal brauche ich nicht mehr bei einer anderen Schule anfragen … Hm …«

In einer längeren Pause kratzt sich Patrick an der Stirn. Was immer Tim ihm gerade erzählt, scheint ihn zu bedrücken. »Ja, ich wünschte auch, es wäre anders gelaufen. Du Tim, kann ich dich die Tage zurückrufen? Mein Vater hat im Nebenzimmer irgendwas gerufen. Ich schaue lieber mal nach ihm … Danke für deinen Anruf!« Dann legt er auf.

Fassungslos starre ich ihn an. Dieses gesamte Gespräch war eine einzige Lüge gewesen – und zwar aus dem Stegreif. Wie kann er sich so problemlos in Philipp Ottermann reinversetzen, während er gerade Tobias Wagner spielt und doch Patrick Saal ist? Ohne zu schwitzen. Ohne zu stottern. Ohne sich zu verhaspeln! Wenn ich einen Beweis dafür gesucht habe, dass Sabrinas Worte wahr sind, dann habe ich ihn nun. Patrick ist der beste Lügner der Welt! Wenn ich auch nur eine Sekunde daran glaube, dass er mich liebt, kann ich mir auch gleich selbst einen Dolch ins Herz stoßen, um an meinem Liebeskummer zu verbluten. Seine Aussage diente lediglich dazu, Sabrina zu überzeugen, uns zu helfen. Check!

Patricks Schultern heben sich und fallen dann wieder zehn Zentimeter in die Tiefe, bevor er sich zu mir umdreht. Schnell versuche ich meine Fassungslosigkeit und mein Entsetzen zu verbergen, doch sein Blick streift mich so flüchtig, als habe er Angst, genau diese Gefühle zu entdecken. »Tim geht es gut.«

»Warum gibst du dir noch die Mühe, mit ihm zu sprechen?«

»Wäre komisch, wenn ich auf einmal wie vom Erdboden verschluckt wäre, oder?«, fragt er gereizt, bevor er den Flur entlangläuft. »Tara, bist du fertig?«

Flieht er gerade vor mir? Wütend lasse ich meinen Löffel in mein Müsli fallen. Für einen kurzen Moment überlege ich, ihm zu folgen, doch dann beschließe ich, in mein Zimmer zu gehen. Solange Julia alias Tara noch in der Wohnung herumschwirrt, kann ich sowieso nicht mit Patrick über all das sprechen, was mir auf dem Herzen liegt. Wenn alles nach Plan verläuft, ist sie sowieso bald häufiger außer Haus. Nach drei Monaten kann ich mich auch noch einen Tag länger gedulden.

***

Am frühen Nachmittag sitze ich gelangweilt an der Kücheninsel, als Sabrina zum ersten Mal aus ihrem Zimmer kommt. Gähnend bringt sie einen Teller und eine Tasse heraus und stellt sie auf das Abtropfgitter über der Spülmaschine, die zu allem Überfluss auch noch offensteht.

»Hi«, begrüße ich sie.

»Hello«, kommt ihre Antwort, während sie ihre Augen reibt. Unter ihrer Schlafhose lugen die nackten Zehen hervor. »Hast du gut geschlafen?«

»Klar und selbst?«

»Nachdem ihr weg wart schon, ja.«

Ich deute lächelnd auf ihr Geschirr. »Blöde Frage, aber warum räumst du die Sachen nicht einfach in den Geschirrspüler?«

Sie zwinkert mir zu, wobei es weniger leicht wirkt als sonst. Patricks Offenbarung hat ihr offensichtlich zugesetzt – auch wenn sie es nicht zeigen will. »Patrick hat einen fürchterlichen Ordnungsfimmel. Lass mir diesen kleinen Triumph, wenn ich sonst schon nach seiner Pfeife tanzen muss. Sebastian kann mich wohl kaum dafür bestrafen, dass ich den Haushalt nicht ernst genug nehme.«

Unwillkürlich muss ich grinsen. »Gut zu wissen. Also räume ich dir nicht hinterher?«

»Nein.« Sie holt sich die Milch aus dem Kühlschrank und trinkt direkt aus dem Karton einige große Schlucke, bevor sie mich wieder ansieht. »Babe, weißt du, was du tust und mit wem du dich anlegst?«

Ich grinse. »Nein, das tue ich nicht. Sonst würde ich es wahrscheinlich auch nicht wagen.«

Jetzt lacht auch sie, doch wir werden unterbrochen, als die Tür aufgeht und Patrick hereinkommt. Er reißt den Reißverschluss seiner Jacke auf und schaut so ernst und konzentriert wie noch nie zuvor.

»Was ist passiert?«, frage ich ihn alarmiert.

»Paul hat angebissen. Es kann also losgehen. Sabrina, hat Paul schon irgendetwas Wichtiges von sich gegeben?« Patricks Blick schweift über die Spüle, entdeckt das Geschirr und verdunkelt sich, sodass ich ein Kichern unterdrücken muss.

»Nope. War bisher stinklangweilig. Aber ich bin auch gerade erst aufgestanden, also wenn du mir nicht mal eine Butterstulle gönnst, kann ich gleich weitermachen.«

»Perfekt«, antwortet er, als hätte er ihr nicht richtig zugehört. Sabrina und ich tauschen Blicke, während Patrick seine Schuhe auszieht.

»Jetzt lass sie doch erst einmal frühstücken, Patrick. Wenn Julia sich gut mit Paul unterhält, lässt er sowieso das Handy erst einmal links liegen.«

»Du solltest dich an die neuen Namen gewöhnen, Belle.« Mit diesen Worten geht er in sein Zimmer und ich verdrehe meine Augen. Was für ein Idiot!

Sabrina atmet pfeifend aus. »Wow, der steht ja richtig unter Strom. Aber mein Geschirr werde ich trotzdem nicht wegräumen«, entscheidet sie, bevor sie den Kühlschrank plündert.

***

Nach einer Stunde hoffe ich, dass Patrick sich wieder beruhigt hat. Vorsichtig klopfe ich an seine Zimmertür, woraufhin er sie prompt aufzieht.

»Du bist es … Komm rein! Ist Tara schon zurück?«

»Nein, ist sie nicht. Können wir reden, bevor sie wieder da ist? Ansonsten drehe ich vor Untätigkeit durch.«

»Du könntest Bouldern gehen«, schlägt Patrick vor und kassiert dafür von mir einen eiskalten Blick, vor dem sogar er zurückschreckt.

»Wenn du keine Lust hast, gegen Sebastian zu kämpfen, ist das in Ordnung, aber dann steh wenigstens dazu«, zische ich.

»Das … darum geht es doch nicht«, verteidigt er sich.

»Doch, genau darum geht es. Sabrina hat recht: Du steckst mehr Energie in diesen bescheuerten Paul als in das Aufdecken von Sebastian. Ich dachte, wir würden die Prioritäten anders setzen.«

»Sebastian ist es gewohnt, relativ schnell Ergebnisse von mir zu erhalten.«

»Dann sag, dass Paul ein schwieriger Fall ist! Was ist so schlimm daran, wenn wir eine Woche länger brauchen, um Julia an ihn ranzuhängen.«

»Tara«, verbessert er mich und setzt sich auf seinen Bürostuhl.

Ich stöhne vor Zorn auf. »Von mir aus auch Tara. Warum zögerst du, Patrick? Und sag jetzt nicht, dass es meinetwegen ist! Ich habe dir mein Einverständnis gegeben. Lass uns endlich einen Plan schmieden!«

Mein Gegenüber wendet mir seufzend den Rücken zu. Entschlossen ergreife ich seine Schulter und drehe ihn wieder zu mir. »Nein, du wirst mich nicht schon wieder abwimmeln.«

»Beruhig dich, Belle!«

»Ich bin Lilo. Du kannst mich auch so nennen, denn es fällt dir alles andere als schwer, im Ernstfall zu switchen.«

Patrick lächelt. Gequält, liebevoll, entschuldigend. Irgendetwas dazwischen oder doch überhaupt nichts von allem, denn ich weiß ja nun, wie gut er schauspielern kann. »Ich habe schon angefangen, Lilo. Lass mich bitte an meinen Schreibtisch!«

Zögerlich lasse ich ihn los. In der untersten Schublade, zwischen mehreren Notizbüchern, holt Patrick eine Liste hervor. Als ich sie näher betrachte, erkenne ich, dass in jeder Zeile ein Name steht. Der letzte ist Tim. »Was ist das?«, frage ich mit zitternder Stimme.

»Eine Liste mit den wichtigsten Personen, die bezeugen können, dass ich unter verschiedenen Namen in unterschiedlichen Städten gewohnt habe. Sie können bezeugen, dass ich ein Betrüger und Kidnapper bin.«

Sprachlos lasse ich meinen Finger über die einzelnen Buchstaben gleiten. »Ein Betrüger …«

»Und ein Kidnapper. Und ja, du hast recht. Ich zögere.«

»Warum?«, frage ich ihn und strecke ihm die Liste wieder entgegen.

Er blickt zur Seite und kaut auf seiner Unterlippe. »Je länger ich darüber nachdenke, dass wir Sebastian dingfest machen wollen, desto mehr wird mir bewusst, dass ich nicht ungeschoren davonkommen werde.«

So langsam sickert die Nachricht in mein Bewusstsein. »Du meinst, du wirst auch bestraft werden?«

Er nickt. Sein Lächeln ist verschwunden.

»Aber wenn du dabei hilfst, Sebastian festzunehmen, können sie dich doch nicht dafür leiden lassen.«

Patrick holt tief Luft, sagt aber nichts. Seine Wangen sehen noch blasser aus als sonst. Ich habe Angst, dass das allmählich zu einem Normalzustand wird.

»Was machen wir denn jetzt?«

Er lacht kurz und kalt. »Ich muss etwas tun, wovor ich riesige Angst habe. Und darum zögere ich.«

»Was ist es?«, frage ich nach. Meine Stimme ist so leise, dass ich sie selbst kaum verstehe.

Patrick antwortet immer noch nicht. Seine Hände klopfen irgendeinen unbekannten Rhythmus.

»Entweder du sagst mir jetzt, was du tun willst, oder du tust es einfach!«, sage ich augenrollend und verschränke die Arme. »Was kann so schwer daran sein?«

Anstatt zu antworten, zieht er mich auf sein Bett und nimmt meine Hand in seine. Seine Finger sind eiskalt und ich spüre das Beben seines Körpers, als er sein Handy zückt, dann zögert er. »Du weißt, dass Sebastian dich dafür töten könnte?«

»Jetzt mach endlich!«, fauche ich.

Er nickt. »Okay. Halt mich fest, Lilo, und lass mich nicht allein!«

Verwirrt will ich ihm in die Augen schauen, doch er konzentriert sich auf sein Display, während er irgendetwas googelt. Bevor er auf die Telefonnummer klickt, hebt und senkt sich noch einmal sein Brustkorb. Die Finger seiner linken Hand umklammern den Armreif, den Sebastian mir umgelegt hat.

»Es tut mir leid.«, flüstert er.

Dann hebt er das Handy an sein Ohr. Es ist mir so nah, dass ich das Tuten höre.

»Rechtsanwältin Heike Saal?«

»Hallo Mama. Hier ist Patrick. Ich muss dringend mit dir reden und ich brauche den besten Anwalt, den du kennst.«

38. Kapitel

Das Gespräch zwischen Patrick und seiner Mutter dauert maximal fünf Minuten. Jegliche Fragen blockt er ab, bevor er sich mit ihr am nächsten Dienstag verabredet. Sie verspricht ihm hoch und heilig, keine Aufnahmegeräte mitzubringen und allein zu kommen, erst dann legt Patrick auf. Sobald er sein Handy aus der Hand legt, fällt er wie ein Schlauchboot mit Loch in sich zusammen. Er setzt sich auf den Boden und rührt sich nicht mehr. Vorsichtig stoße ich ihn an. »Patrick? Alles gut?«

Er nickt, doch sein Gesicht bleibt blutleer.

»Warum hast du ausgerechnet deine Mutter angerufen?«, frage ich krächzend. »Meinst du nicht, es ist schlimm genug, dass du überhaupt einen Anwalt kontaktierst?«

»Sie kennt die Besten und ich vertraue ihr.«

Ich schweige und denke daran, dass Sabrina womöglich auch einen Anwalt brauchen wird. Vielleicht kann der oder die Auserwählte auch gleich sie unterstützen. Das werde ich am Dienstagabend herausfinden. Noch drei Tage … »Warum hast du kein früheres Treffen mit deiner Mutter vereinbart?«

»Früher?« Patrick dreht mir sein Gesicht zu. »Bist du verrückt? Ich muss erst noch alles planen.«

Entschuldigend hebe ich die Arme. »Okay … Ich wusste nicht, dass es da etwas zu organisieren gibt.«

»Sebastian darf nicht einmal ahnen, dass ich mich mit ihr treffe, sonst bist nicht nur du, sondern auch sie in Gefahr«, presst er zwischen zusammengebissenen Zähnen hervor.

»Wir«, verbessere ich ihn, »Sebastian darf nicht ahnen, dass *wir* uns mit deiner Mutter treffen. Das wolltest du doch sagen, oder?«

»Wir?« Augenblicklich ist sein Rücken wieder durchgestreckt und er steht auf. Wie ein bedrohlicher Schatten steht er vor mir. »Nein! Auf keinen Fall!«

Wütend ziehen sich meine Augenbrauen zusammen. »Was meinst du damit? Natürlich komme ich mit!«

Er ergreift meinen linken Arm und hält ihn zwischen uns, sodass ich auf den Armreif blicken muss. »Ich nehme dich nicht mit! Mit diesem GPS-Tracker kann Sebastian genau sehen, wo du dich aufhältst! De facto muss ich ihm vorher sagen, warum du dort sein wirst.«

Ich entreiße ihm meine Hand. »Wir müssen es ja nicht heimlich machen. Wir können jeden erdenklichen Grund angeben, weswegen ich in ein Restaurant gehe. Sag doch einfach, dass ich Paul wieder verfolge, weil du irgendetwas Verdächtiges herausgefunden hast.«

Patrick schüttelt den Kopf. »Dann müsste ich Sebastian auch sagen, was es ist.«

Wahrscheinlich hätte die frühere Lilo einfach aufgegeben – hätte einfach akzeptiert, dass Patrick allein auf seine Mutter treffen will – aber ich bin nicht mehr die Lilo von früher. Ich will endlich etwas gegen Sebastian unternehmen! »Dann sag eben, dass du mich auf ein Date eingeladen hast.«

»Ein Date? Ich date niemanden«, ruft er entsetzt. In seinen Augen liegt etwas Abschätzendes. Etwas, das mir sagt, dass ich es nicht wert sei. Etwas, das mich zur Weißglut bringt.

»Ja, ein Date. Das macht man mit Leuten, die man angeblich liebt. So abseits von Entführungen und Lügen!«, schreie ich ihn an. »Und außerdem hast du mich gerade gebraucht, um endlich diesen Schritt zu gehen. Ich will sicherstellen, dass du nicht auf halber Strecke umdrehst. Ich komme mit und trete dir in den Arsch, falls du dich umentscheiden solltest!«

Er atmet zitternd aus. Ich bin ihm so nah, dass ich den warmen Luftzug auf meinem Gesicht spüre. Auch er ist wütend, ringt mit seinen Worten, doch bevor er etwas sagen kann, wendet er sich von mir ab. »Na schön! Dann komm eben mit, aber versprich mir, auf mich zu hören. Du weichst nicht vom Plan ab, in Ordnung?«

Ich verdrehe die Augen. »Ja.«

»Versprich es!«, verlangt er und sieht mir in die Augen. »Wenn irgendetwas schiefläuft, hat das Konsequenzen. Er ist zu allem fähig und ich will weder dich noch meine Mutter verlieren.«

Schwer schluckend nicke ich. »In Ordnung. Ich verspreche es dir!«

***

»Sabrina! Jetzt räum endlich dein verdammtes Zeug in die Spülmaschine!«, schreit Patrick durch die Wohnung, gefolgt von einem Schlag, als er die Tür des Geschirrspülers zuwirft. Ich höre beides gedämpft durch meine Zimmertür und beschließe, meinen Schutzraum vorerst nicht zu verlassen.

Es ist so skurril, dass ich lächeln muss. Sabrina hat recht: Patrick hat einen Ordnungsfimmel. Die ganze Zeit hielt er sich zurück – auch wenn es ihm sichtlich schwerfiel. Doch seit dem Anruf bei seiner Mutter liegen seine Nerven blank. Er ist wesentlich gereizter als sonst und er schleicht eigentlich nur noch zwischen Haustür und seinem Zimmer hin und her. Ich bin froh, dass wir uns gleich mit Heike treffen, sodass Patrick sich morgen hoffentlich nicht mehr wie eine tickende Zeitbombe verhält.

Sabrina antwortet irgendetwas, das ich nicht verstehe.

»Ernsthaft?«, brüllt Patrick, doch seine Stimme entfernt sich bereits von meinem Zimmer.

Seufzend betrachte ich mich im Spiegel. Blonde Haare,

schwarze Kleidung … Selbst nach der ersten Woche fühlt sich mein Spiegelbild noch fremd an. Ich ziehe meinen Kapuzenpulli über meine Stirn, sodass die Haare nicht mehr zu sehen sind. Beinahe komme ich mir so wieder normal vor. Von Sabrina habe ich mir ein paar Kosmetika ausgeliehen, sodass ich mich das erste Mal seit meiner Entführung schminke. Auch wenn Patrick unser Treffen nicht als Date betrachtet, freue ich mich darauf, endlich den ersten Schritt gegen Sebastian zu unternehmen. Das reicht mir schon, um von einem gewissen Hochgefühl getragen zu werden.

Der Streit meiner Mitbewohner verebbt und ich blicke auf die Uhr. Es ist halb sechs. Wir sollten losgehen. Entschlossen ziehe ich meinen Hoodie zurück, nicke meinem blonden Spiegelbild zu, nehme mein Handy vom Ladekabel.

Julia hat in unsere WG-Gruppe geschrieben, dass sie heute noch mit Paul und seinen Freunden bowlen geht. Tatsächlich macht sie ihren Job richtig gut. Es ist unglaublich, wie schnell sie sein Vertrauen gewonnen hat. Gut für uns. Je mehr Zeit sie mit ihm verbringt, desto besser können wir hinter ihrem Rücken agieren.

Draußen erwartet mich ein missgelaunter Patrick. Er zieht gerade Schuhe an und funkelt mich an, als er mich aus meinem Zimmer kommen sieht.

»Bis später, Sabrina!«, rufe ich durch den Gang, dann schließe ich mich Patrick an. Schweigend fahren wir durch die Stadt und betreten schließlich das Restaurant, das er seiner Mutter genannt hat. Tatsächlich ist es eine relativ kleine, verwinkelte Cocktailbar. Patrick läuft langsam durch die Tische und ignoriert die Empfehlung der Servicekraft. Es dauert einige Minuten, bis er einen Platz findet, der ihm gefällt.

»Du setzt dich hierhin!«, befiehlt er.

»Wow, meine Aussicht ist ja Eins A!«, antworte ich patzig und deute auf die Toilettentüren.

»Dafür habe ich den Eingang im Blick und meine Mutter wird von dieser Säule versteckt. Falls uns jemand besucht, sehe ich den- oder diejenige und kann auf die Person zugehen, bevor sie meine Mutter entdeckt.«

Ich zucke mit den Schultern. Weshalb sollte uns jemand *besuchen*? Aber Patrick jetzt auf irgendetwas anzusprechen, ergibt keinen Sinn. Er würde explodieren.

Während ich die Karte zu mir ziehe, setzt er sich, doch er ist nicht ruhig. Sein Bein wippt ununterbrochen und sein Zeigefinger schlägt ungeduldig auf das Holz. Im Gegensatz zu ihm bin ich vollkommen entspannt. Kurz entschlossen ergreife ich seine Hand. »Alles wird gut, Patrick!«

Unter seinen braunen Kontaktlinsen meine ich, das Türkis aufblitzen zu sehen. Ein sanftes Lächeln wandert über sein Gesicht, als er plötzlich abgelenkt wird. Sein Blick wandert über meine Schulter und ich höre Schritte auf den Fliesen.

Augenblicklich springt Patrick auf. Heike Saal ist eine hochgewachsene Frau – nur wenige Zentimeter kleiner als ihr Sohn. Sie ist blond und ihre Augen intensiv blau. Ihr fester Schritt, ihr Kleidungsstil, ihr aufmerksamer Blick … alles an ihr strahlt ein unbändiges Selbstbewusstsein aus.

Bevor diese Frau jedoch realisiert, was mit ihr geschieht, hat Patrick sie bereits in seiner Umarmung vergraben. Für einen Moment sieht sie überfordert aus, bis er ihr irgendetwas zuflüstert. Sie lächelt und ihre Augen werden plötzlich feucht.

»Du bist es also wirklich?«, fragt sie, löst sich von ihm, umfasst sein Gesicht mit ihren Händen, sieht ihn direkt an und stockt.

»Ich trage braune Kontaktlinsen«, höre ich Patricks gebrochene Stimme. Als er sich zur Seite dreht, sehe ich sein fleckiges Gesicht. Er wischt sich mit der Hand über die Wangen. Eine Mischung aus Glück und Trauer übermannt mich, sodass auch mir die Tränen kommen. Ich bin so froh, dass Patrick endlich wieder mit einem Teil seiner Familie vereint ist, und genauso traurig, weil ich meine so schrecklich vermisse.

»Danke, dass du dir die Zeit für mich nimmst.«

Heike lacht. »Was hast du dir denn gedacht? Dass ich das erste Lebenszeichen von dir ignoriere?«

Er zuckt hilflos mit den Schultern, als wisse er nicht so recht, was er erwartet hat. »Darf ich dir Belle vorstellen?«

Mit diesen Worten lenkt er ihre Aufmerksamkeit auf mich. Etwas irritiert kommt sie herüber und schüttelt mir die Hand. »Frau Saal. Schön, Sie kennenzulernen.«

»Mama, setz dich doch gerne hier zwischen uns«, fordert er sie auf und hilft ihr aus ihrem Mantel.

Sie lächelt selig und lässt sich neben mir nieder. »Ich hätte niemals gedacht, dass – falls ich dich überhaupt irgendwann wiedersehe – das in einer Cocktailbar sein wird. Was ist an diesem Etablissement denn so besonders?«

»Es ist um diese Uhrzeit wie ausgestorben und der Barkeeper schaut auch nur jede Stunde mal vorbei. Wenn um acht Uhr die anderen Gäste hereinkommen, will ich weg sein.«

»Was bedeutet das? Wie lange wirst du dann wieder untertauchen?«, fragt sie wenig begeistert. Ich sehe, wie sich der strenge Zug um ihre Wangen verstärkt.

Der Barkeeper kommt zu uns herüber geschlendert und nimmt unsere Bestellung auf. Tatsächlich entscheidet Patrick sich für drei alkoholfreie Cocktails, ohne uns zu fragen. Heike unterzieht ihren Sohn sofort einer genaueren Betrachtung. Anscheinend hätte er früher niemals für sie bestellt. Sobald der Mann hinter dem Tresen am Ende des Raumes verschwindet, holt sie Luft. »Was ist in den letzten Jahren passiert? Und weshalb brauchst du einen Anwalt?«

»Vermutlich wird nicht nur er einen Anwalt brauchen«, werfe ich vorsichtig ein.

Sofort ruhen Heikes Augen auf mir. »Sie auch?«

»Oh nein! Glücklicherweise noch nicht – hoffentlich. Doch eine Freundin von uns -« Patricks eisiger Blick lässt mich verstummen. *Okay, das ist deine Show, Patrick! Ich halte mich ab jetzt zurück ...*

»Was geht hier vor? Und warum trägst du diese farbigen Kontaktlinsen?«, fragt Heike, der Patricks Benehmen nicht entgangen ist.

Patrick seufzt. »Habt ihr überhaupt nichts von mir gehört? Rein gar nichts?«

»Na ja ... im letzten Herbst kam ein Polizist zu uns und meinte, er würde alte Vermisstenfälle neu aufrollen. Er hat viel über dich gefragt und auch, ob es weitere Vermisstenfälle in unserem Bekanntenkreis gab.«

Ein Polizist, der alte Vermisstenfälle noch einmal untersucht? Kann das Jürgen sein? Doch bevor ich nachhaken kann, nickt Patrick. »Hat er sich dann noch einmal gemeldet?«

Heike schüttelt den Kopf. »Ich hatte zunächst wieder große Hoffnungen, aber es folgte bisher kein Anruf. Vielmehr bat er mich, ihn zu kontaktieren, wenn wir etwas von dir hören würden.«

Patrick reißt alarmiert die Augen auf. »Okay ... Wenn du ihn anrufst, bringst du uns in Gefahr. Tu das auf keinen Fall!«

Der Barkeeper reicht uns die Getränke, sodass wir in ein kurzes Schweigen verfallen.

»Wen meinst du mit *uns*?«, hakt Heike nach. Langsam dreht sie ihren Cocktail auf der Stelle.

Sobald der Barkeeper wieder in sicherer Entfernung ist, lehnt sich Patrick zurück und blickt hinaus ins Freie.

Vorsichtig ergreift Heike Patricks Hand – genau wie ich zuvor.

»Patrick, warum brauchst du einen Anwalt? Ich hatte immer vermutet, du seist entführt worden? Sollten wir nicht diejenigen anzeigen, die das getan haben?«

Mein Freund wirft ihr einen messerscharfen Blick zu, der sie zurückschrecken lässt. Diesen Blick hat er mit Sicherheit von Sebastian gelernt. »So einfach ist es nicht«, flüstert Patrick mit zitternder Unterlippe. »Wenn die falschen Personen mitbekommen, dass wir mit dir sprechen, könnte das tödliche Folgen haben. Belle wird nichts weitersagen. Versprich auch du mir, nur mit mir über alles zu reden, was du heute erfährst. Sprich weder mit Papa noch mit diesem Polizisten oder sonst wem!«

Sie zögert.

Verständlicherweise. Ihr Sohn taucht nach fünf Jahren plötzlich aus dem Nichts auf und verlangt von ihr, Straftaten zu decken. Obwohl Patrick mich eben zurechtgewiesen hat, räuspere ich mich. »Frau Saal, wir werden erpresst und sind auf der Suche nach einem Ausweg. Noch haben wir ihn nicht gefunden, daher brauchen wir dringend Unterstützung.«

»Bitte Mama, ich brauche dich an meiner Seite, aber ich will nicht riskieren, dass ...« Wieder glitzern Tränen in Patricks Augen.

»Schon gut, Patrick. Ich würde nie etwas tun, das dich in Gefahr bringt!«

Er nickt schwerfällig, dann beginnt er zu erzählen. Wieder höre ich seine Geschichte. Wann er mit wem wo wohnte, welche Dreamer er entführte, wann Menschen vor ihm erschossen wurden, während er einfach tatenlos danebenstand und danach die Leichen entsorgte. Er redet sich alles von der Seele. Ich habe nicht das Gefühl, dass er auf irgendeine unserer Reaktionen achtet. Er stiert auf seine Hände, redet mit sich selbst. Nach ungefähr einer Stunde versiegt plötzlich seine Stimme und er vergräbt sein

Gesicht in seinen Händen. Wieder zittert er am ganzen Leib. »Dieser Wahnsinn muss endlich aufhören!«

Heike sieht überhaupt nicht begeistert aus. Ihre Augen sind leicht geweitet und ihre Wangen vor Aufregung gerötet. Ihre Hände liegen in ihrem Schoß, nicht fähig, ihren Sohn zu trösten. Stattdessen räuspert sie sich und wendet sich zögerlich an mich. »Und wie gehören Sie zu dieser ganzen Geschichte?«

In ihrer Stimme schwingt eine gewisse Abneigung mit, die auch Patrick nicht entgeht. »Belle ist noch nicht so lange dabei. Sie ist vollkommen unschuldig!«, verteidigt er mich augenblicklich. »Sie … sie hat mich überzeugt, dass das hier richtig ist. Sie hat mir Hoffnung gegeben, dass der Albtraum irgendwann ein Ende haben könnte.«

Heike fasst sich an die Schläfen und massiert sie, bevor sie kurz Patrick ansieht. »Wie sind Sie in die ganze Sache hineingeraten, Belle?«

Ich schweige und schaue hilfesuchend zu Patrick. Wir haben nie darüber gesprochen, ob wir ihr meinen richtigen Namen verraten. »So ähnlich wie Patrick«, antworte ich daher ausweichend.

»Rein hypothetisch natürlich … Ist es möglich, dass ihr einfach untertaucht? Dann kann ich so tun, als hätte ich in der letzten Stunde nichts Verdächtiges gehört.«

Unwillkürlich lache ich kurz auf. Mit einem GPS-Gerät untertauchen. Klingt amüsant. Ich würde dann mal die Wetten entgegennehmen, wie lange es dauert, bis Sebastian mir auf die Spur kommt. Patricks Verbitterung scheint ihm in seine Mundwinkel gemeißelt worden zu sein. »Das wird nichts. Sebastian wird uns immer wieder finden. Es gibt keinen Ort, an dem wir uns vor ihm verstecken können.«

»Meinst du nicht, du übertreibst?«

Offensichtlich ist Heike kein Dreamer.

»Ehrlich? Kein Bisschen! Wenn wir irgendwann wieder frei sein wollen, müssen wir Sebastian hinter Gitter bringen.«

Heike sieht ihren Sohn fest an. »Es gibt Einiges, was deine Strafe mildern könnte. Die Bedrohung durch diesen Sebastian oder aber auch deine Minderjährigkeit zum Zeitpunkt, als du entführt wurdest. Ich befürchte jedoch, dass du trotz allem nicht ungestraft aus der Sache herauskommen wirst, Patrick«, gibt ihm seine Mutter zu verstehen, was er schon im Vorfeld befürchtete.

Patrick schweigt.

»Aber er hat nichts aus freien Stücken getan! Außerdem wird ihn niemand anklagen«, entgegne ich.

»Das, meine Liebe, tut unser Rechtsstaat schon selbst.« Heike schiebt ihren Cocktail von sich und verschränkt die Arme. »Ich will dich auf jeden Fall zurückhaben, Patrick, verstehe mich nicht falsch. Wenn du sagst, dass das der einzige Weg ist, damit du wieder tun und lassen kannst, was immer du möchtest, dann werde ich dich auf diesem Weg begleiten. Dieser Sebastian wird mit Sicherheit eine Freiheitsstrafe bekommen. Es kann aber durchaus sein, dass ihr beide euch dann hinter Gittern wiederseht.«

Patrick schluckt schwer, dann versucht er zu lachen – ein hoffnungsloses Geräusch. »Na ja, ich habe schon ein paar Jährchen mit ihm ausgehalten. Ein paar mehr sollte ich auch noch überleben.«

Heike schüttelt fassungslos den Kopf, massiert sich wieder die Schläfen, dann blickt sie ihren Sohn erwartungsvoll an.

»Es tut mir leid, dass ich dir solche Kopfschmerzen bereite«, flüstert er.

Sie winkt ab. »Ich bin einfach gerade etwas überfordert. Ich freue mich, dich wiederzusehen, doch gleichzeitig habe ich das Gefühl, dich kaum wiederzuerkennen.«

»Bald haben wir Zeit, uns neu kennenzulernen«, verspricht er und kramt ein Stück Papier aus seiner Hosentasche. Als er es entfaltet, erkenne ich die Namensliste, die er mir bereits am Samstag gezeigt hat. »Neben einem verdammt guten Anwalt benötige ich leider noch etwas von dir, Mama.«

Misstrauisch setzt sich Heike kerzengerade auf. In diesem Moment erinnert sie mich an Patrick, der sich noch vor wenigen Tagen in seinem Zimmer genauso angespannt aufgesetzt hat, als ich verkündete, ich wolle mitkommen.

»Was soll ich tun?«

»Wir brauchen Beweise für das, was passiert ist. Und wie ich dir bereits erzählt habe, musste ich all die Zeit unter falschem Namen an verschiedenen Orten leben. Ich brauche Personen, die mich als Patrick Saal identifizieren und gegen mich aussagen können.«

Heike lacht ungläubig. »Ich soll Beweise gegen meinen eigenen Sohn sammeln?«

»Je mehr Personen meine Aussage bestätigen können, desto stärker ist meine Zeugenaussage gegen Sebastian.«

»Aber *ich* soll all die Menschen besuchen? Ich dachte, ich soll mit niemandem über unser Treffen sprechen?«

»Jürgen«, flüstere ich.

»Wie bitte?« Irritiert blickt mich Patrick an.

»Wir könnten die Liste auch an Jürgen schicken!«, rufe ich begeistert. Warum ist mir das nicht früher eingefallen?

Patricks Blick wandert durch das immer noch leere Lokal, sodass ich augenblicklich meine Stimme senke.

»Jürgen ist ein Freund meines Vaters. Er ist tatsächlich Polizist und hat sich dem Verschwinden der Dreamer angenommen. Vielleicht war er auch derjenige, der Sie besucht hat. Haben Sie eine Telefonnummer dieses Polizisten?«, hake ich nach.

»Moment«, flüstert sie und kramt in ihrer Tasche.

»Das ist keine gute Idee. Sebastian hat seine Spione auch bei der Polizei.«

»Ich weiß«, sage ich leichthin, als mir Frau Saal das Handy reicht. Ich blicke auf die zwölf Zahlen. Auch wenn es schon lange her ist, seitdem ich die Nummer auswendig gelernt habe, erkenne ich sie sofort wieder. Erleichtert lächle ich. »Das ist er! Wir können ihm vertrauen. Senden Sie ihm diese Liste und ein Bild von Patrick, Frau Saal. Dann soll er die Menschen auf der Liste besuchen und sie fragen, wer das ist. Wenn die Aussagen später mit Patricks Zeugenaussage übereinstimmen, sollten wir safe sein.«

***

Irgendwie hat Patricks Hand den Weg in meine gefunden, sodass ich an nichts anderes denken kann als an diese Berührung. Hamburg liegt im Neonlicht der Straßenlaternen und Leucht-Reklamen. Patrick meinte, er wäre noch nicht so weit, zu Julia und Sabrina zurückkehren zu können, also entschieden wir uns, die Strecke nach Hause zu Fuß zurückzulegen.

»Ich hoffe, sie hält sich daran und ruft mich nicht an«, flüstert Patrick schließlich aus heiterem Himmel.

Zustimmend nicke ich. Ich spüre seinen Blick auf mir. Sekundenlang betrachtet er mich, bis ich zu ihm sehe. Er grinst.

Verständnislos lächle ich zurück. »Was?«

»Wir sind schon verrückt, oder? Wir setzen alles daran, dass Sebastian dich quält und ich ins Gefängnis komme.«

Augenblicklich verschwindet das Lächeln auf meinem Gesicht. Stattdessen setzt sich wieder die Angst in meinem Nacken fest, sodass sich meine Härchen aufstellen. Sie vertreibt das Hochgefühl, das ich den ganzen Tag verspürt hatte.

»Sag das nicht«, flüstere ich, denn weder das eine noch das andere hört sich besonders verlockend an. Seine Finger lösen sich von meiner Hand und halten sich stattdessen an meinem Metallreif fest. Dass ich den Kontakt zu ihm verliere, verstärkt meine Angst noch weiter und lässt den Boden unter meinen Füßen gefährlich schwanken. »Kannst du mich bitte kurz umarmen?«, bricht es aus mir heraus.

Überrascht nimmt er Abstand zu mir, betrachtet mich forschend. »Das letzte Mal, als du mich um so etwas gebeten hast, ist es nicht gut ausgegangen.«

»Ich tue dir nichts – versprochen! Ich ... Ich habe einfach furchtbare Angst«, flüstere ich.

Patricks Mundwinkel zuckt, dann nickt er und hebt zögerlich die Arme, um mich an sich zu ziehen. Mein Gesicht schmiegt sich gegen seine Jacke.

Für einen Atemzug verharren wir so, bevor Patrick seine Wange auf meinen Kopf legt, sodass sich seine Lippen über meinem Ohr befinden. »Ich auch«, gibt er zu. »Auch wenn ich nur ein Gefängnis gegen ein Neues tauschen werde, weiß ich, dass ich mutig sein muss. Für dich!«

Meine Augen brennen. »Ich will nicht, dass du eingesperrt wirst.«

Er löst sich von mir. »Glaub mir, ich kann mir auch Schöneres vorstellen. Aber immerhin muss ich dann keine Menschen mehr bedrohen und entführen oder irgendwelche Leichen entsorgen. Scheint also ein ganz schönes Upgrade zu werden.« Er wischt mir die Tränen aus dem Gesicht, als ich schwach lächle. »Ich könnte endlich wieder in den Spiegel blicken und akzeptieren, wer ich geworden bin. Das klingt sehr vielversprechend.«

Ich weiß nicht, ob er es ernst meint oder ob er mich nur beruhigen will. Auf jeden Fall greift er wieder nach meiner Hand und zieht mich leicht weiter. Mit jedem Schritt, den wir in Richtung unserer neuen Wohnung gehen, wird seine Miene härter und bevor wir in unsere Straße einbiegen, lässt er meine Finger los. Um ihn liegt nun wieder der Mantel der Professionalität.

Enttäuscht bleibe ich stehen und gebe mir nicht die Mühe, die fehlenden Schritte wieder aufzuholen. Obwohl er mir so nah ist, fühlt sich die plötzliche Distanz zu ihm so unglaublich schmerzhaft an. Ich brauche jemanden an meiner Seite, der mich emotional unterstützt, der mir Sicherheit gibt. So sehr ich mir auch wünsche, dass dieser Jemand Patrick ist, frage ich mich, ob er derjenige sein kann.

Auf einmal wird neben uns eine Autotür geöffnet und ein Mann in einem langen grauen Mantel steigt aus. Vor Überraschung zucke ich zusammen. Patrick versteift sich vor mir.

Als der Mann einen Schritt auf uns zugeht, erkenne ich Fabian, der Schlafmasken in der Hand hält. »Sebastian will euch sehen.«

39. Kapitel

»Uns beide? Warum?«, fragt Patrick alarmiert.

Fabian zuckt mit den Schultern. »Hat er nicht gesagt. Ich soll euch zu ihm bringen.«

Patrick blickt zu mir zurück und deutet mit einer Kopfbewegung an, dass ich zu Fabian gehen soll. Ich gehorche, doch meine Finger zittern so stark, dass ich die Schlafmaske kaum entgegennehmen kann. Mitleidig lächelt mich Fabian an und öffnet mir die Tür der Limousine. Ich rücke hinter den Fahrersitz, bevor ich mir die Maske aufziehe. Ich spüre, wie Patrick zu mir steigt. Seine Finger tasten nach meinem Arm, dann nach meiner Hand, um sie kurz zu drücken. Danach vergrabe ich meine Fäuste in meiner Jackentasche und berühre dabei mein Handy. Plötzlich habe ich einen Plan. Ich werde nicht noch einmal wochenlang eingesperrt vor mich hinvegetieren – stets in der Hoffnung, dass vielleicht irgendwann Hilfe kommt.

Sobald der Motor startet, lehne ich mein Gesicht gegen die Fensterscheibe. Indem ich meinen Kopf an der kalten Scheibe reibe, schiebe ich die Schlafmaske ein Stück nach oben. Danach ziehe ich meine Jacke aus und lege meine Hand mit dem Handy darunter. Sobald wir an einer hellbeleuchteten Kreuzung halten, setze ich die Helligkeit des Displays herab und schreibe eine Nachricht an die einzige Nummer, die mir weiterhelfen kann.

Hallo Jürgen, hier ist Lilo. Hilf mir! Standortdaten folgen. Antworte nicht!

Wo auch immer wir hingebracht werden … Sebastian wird da sein. Und wenn Jürgen ihn dabei erwischt, wie er mit zwei vermeintlich entführten Personen spricht, kann Sebastian sich nicht mehr rauswinden.

Mit klopfendem Herzen versende ich die Nachricht und öffne schon einmal das Standort-Teilen Menü. Meine Finger verkrampfen, doch ich muss warten, bis der Motor endlich verstummt. Ich verliere jegliches Zeitgefühl und zwinge mich, wach zu bleiben, während Patrick neben mir regelmäßig atmet. Zuerst denke ich, er sei eingeschlafen, doch als ich den Kopf nach hinten lege, sehe ich, wie er verzweifelt auf seiner Unterlippe herumkaut, sodass sie zu bluten beginnt. Wenn Sebastian irgendetwas von unserem Treffen mit seiner Mutter ahnt, wird er uns einzeln befragen. Wir haben nie darüber gesprochen, was die alternative Geschichte ist, die wir ihm in einem solchen Fall auftischen wollen. Egal, was ich mir ausdenke, wird nicht mit seiner Version übereinstimmen. Hoffentlich funktioniert mein Plan!

Schließlich verstummt der Wagen. Im selben Moment, in dem ich meinen aktuellen Standort versende, öffnet sich Patricks Tür. Hektisch wische ich nach links, um meine Nachrichten aus dem Verlauf zu löschen.

»Ihr könnt die Schlafmasken wieder abnehmen. Und gebt mir beim Aussteigen eure Handys!«, fordert Fabian uns auf.

Sofort reiße ich mir die Maske vom Kopf. Wir stehen vor einem riesigen, blockhaften Gebäude mitten im Wald. Wir sind also wieder zurück im Lager – wie Sabrina es genannt hat. Gut so! So würde Jürgen also gleich viele andere Dreamer mit uns befreien können.

Obwohl mich diese Hoffnung erfüllt, gesellt sich die Angst wieder zu mir. Mein Herz klopft hektisch gegen meine Rippen, sodass ich sein Pumpen sogar in meinen Wangen fühlen kann.

Gleichzeitig dehnt sich ein Pfeifen in meinen Ohren aus. Zu gerne hätte ich Patricks Hand ergriffen, doch er läuft bereits voraus.

Unsicher werfe ich einen Blick zu Fabian. »Du solltest dem jungen Herrn folgen. Sebastian ist heute recht ungehalten und er wartet bereits seit einer Stunde auf euch«, sagt der ältere Mann freundlich und hält mir seine offene Hand entgegen.

Nickend gebe ich ihm die Schlafmaske und mein Handy, dann beeile ich mich, zu Patrick aufzuschließen. Mit einer Karte gelangt er in das riesige Gebäude. Kameras verfolgen unseren Weg bis hin zu Sebastians Büro. Ohne anzuklopfen oder sich noch einmal zu mir umzudrehen, reißt Patrick die Tür auf. »Ich dachte, es wäre in Ordnung für dich, wenn ich mich mit Lilo treffen. Also was zur Hölle willst du jetzt von mir?«, brüllt Patrick in den Raum hinein. Als ich ihn ebenfalls betrete, sehe ich Sebastian vor seinem Schreibtisch sitzen. Er hatte mit einem blonden Mann zu seiner Rechten gesprochen, vor dem ich unweigerlich zurückschrecke. Es ist der blonde Mann, der mich entführt hat. Seine Waffe hängt griffbereit an seinem Gürtel. Wie versteinert bleibe ich stehen.

»Da seid ihr ja endlich. Mäßige dich, Tobias! Du brüllst hier herum, bevor du überhaupt weißt, worum es geht … Annabelle, schließ bitte die Tür!«

Mit eiskalten Fingern ziehe ich die Tür ins Schloss. Ich höre das Klicken und fühle mich sofort wie ein eingesperrtes Reh – mit dem Jäger im Rücken. Schnell drehe ich mich zu Sebastian, der aufsteht und sich seines Jacketts entledigt, sodass ein Schulterhalfter sichtbar wird. Doch er ist unbewaffnet. Noch. Fieberhaft trete ich näher und kontrolliere den Schreibtisch. Ich sehe weder eine Waffe noch den Brieföffner.

Genau wie ich weigert sich Patrick, sich zu setzen. Er ist zwei Meter von Sebastian entfernt stehen geblieben und beobachtet ihn wütend. Seine Hände sind zu Fäusten geballt und sein Brustkorb hebt und senkt sich immer wieder, doch er schweigt.

Langsam kommt Sebastian um seinen Schreibtisch herum, während er seine Hemdärmel bis zu den Ellenbogen hochkrempelt. Er blickt zu Boden, bis er direkt vor dem Schreibtisch stehen bleibt und sich mit dem Hintern gegen den Holztisch lehnt. Dann hebt er seinen Kopf und blickt auf Patrick hinab. »Ich bin enttäuscht von dir! Eine Woche bist du draußen und schon belügst du mich.«

Patrick schüttelt den Kopf. »Was meinst du?«

»Ein seltsames erstes Date. An einem Dienstagabend um sechs Uhr in einer Cocktailbar. Ich kann mir Schöneres vorstellen.«

Sebastian lächelt mich mitleidig an, als hätte ich etwas Besseres verdient. Zu allem Überfluss kommt er auch noch zu mir herüber und betrachtet mich von meinen Haarspitzen bis zur großen Zehe. »Ich muss sagen, Raffael hat gute Arbeit geleistet. Tatsächlich hätte ich dich nicht wiedererkannt, Annabelle.« Als er mit der Hand meine Haare berührt, fliegt eine Gänsehaut über meinen Rücken und ich weiche seiner Hand aus.

Seine Mundwinkel zucken, und dann – so plötzlich, dass ich es nicht einmal kommen sehe – trifft mich seine Faust an meinem Wangenkochen. Ich keuche erschrocken auf, werde zur Seite geschleudert und lande vor dem Tisch auf dem Boden. In meinem Mund sammelt sich Blut. Ich spucke den Geschmack nach Eisen aus, während mich der heiße Schmerz durchströmt.

»Lilo!«, höre ich Patrick von irgendwoher rufen, doch in meinen Ohren schrillen die Alarmglocken. Ich muss meinen Kopf kurz schütteln, um wieder eine klare Sicht zu bekommen. Sebastian hat sich wieder Patrick zugewandt, während ich mich schwerfällig am Schreibtisch hochziehe.

»Ich habe dich gewarnt, Tobias. Sie wird jeden deiner falschen Schritte ausbaden müssen!«

Patrick mustert ängstlich mein Gesicht. Und schweigt weiterhin.

»Ich habe nichts gegen eine Verabredung zwischen euch, doch die Umstände fand ich sehr suspekt. Nachdem ich den Laden gegoogelt habe und auf eine Cocktail-Bar stieß, war ich doch recht neugierig und schickte eine Informantin los, die mir berichtete, dass ihr nicht allein gewesen seid.«

Eine Informantin? Meint er das ernst? Wer soll das gewesen sein? Wir waren komplett allein in dieser Bar und Patrick hat sich extra so hingesetzt, dass er den Eingang im Blick behalten konnte. Aber während er seiner Mutter alles erzählte, hatte er sich so stark auf seine Hände konzentriert, dass die Welt um ihn hätte untergehen können, ohne dass er es mitbekommen hätte.

»Leider habe ich nur ein einziges Bild erhalten, doch das hat mir gereicht, um meinen Verdacht zu bestätigen.« Sebastian nimmt sein Handy vom Tisch und tippt darauf herum, bevor er es Patrick zeigt. Dieser nimmt es mit steifer Miene entgegen und sieht hinab auf den Bildschirm.

»Das sind Lilo und ich, ja. Warum behauptest du, ich würde dich belügen?«

»Ja, ein unglücklicher Winkel, das gebe ich zu. Aber auf dem Tisch stehen drei Cocktails.«

Patrick zuckt mit den Schultern. »Lilos erster hat uns nicht geschmeckt.«

»Und ein paar Hände, das weder zu dir noch zu Annabelle gehört. Der Winkel passt nicht. Schau noch einmal genauer hin!«

Patrick gehorcht und zoomt ran.

Die ganze Zeit denke ich darüber nach, was ich Sebastian erzählen kann, wer mit uns in der Bar saß, aber das Pochen in meiner Wange lässt meine Gedanken im Kreis drehen. Vorsichtig betaste ich meinen bereits geschwollenen Wangenknochen. Patrick sagt nichts, sondern starrt gebannt auf das Bild.

»Alexander, hilfst du mir, Tobias Gedächtnis etwas aufzufrischen?«

Ich zucke zusammen und drehe mich zu dem blonden Mann um. Im selben Moment umfasst er meine Arme und hält mich fest. Panisch versuche ich, zu Patrick zu blicken, doch Sebastian steht wieder zwischen uns. »Entschuldige, Annabelle. Ich will dir nicht wehtun, aber Tobias muss lernen, dass ich meine Drohungen wahrwerden lasse.«

»Nein, nein, nein, nein, nein!«, rufe ich, doch Sebastian holt aus und keine Sekunde später bohrt sich seine Faust in die Seite meines Brustkorbs. Ich höre ein Knacken und die Luft wird aus mir herausgepresst. Der Schmerz treibt mir Tränen in die Augen, als ich hilflos in Alex' Armen hänge. Hustend hole ich Luft und muss feststellen, dass es unglaublich wehtut. Hat er mir mit nur einem Schlag meine Rippen gebrochen?

»Du erinnerst dich immer noch nicht daran, wer mit euch in dieser Bar gesessen hat?«, will Sebastian wissen.

Ich erhasche einen Blick auf meinen Freund. Er blickt in die Dunkelheit hinaus und schüttelt stumm den Kopf. Wieso sagt er nichts? Weshalb schafft er es nicht, mich anzusehen?

»Das ist schade«, flüstert Sebastian, hebt seine Hand aufs Neue und schlägt gezielt zu. Eine letzte Schmerzwelle flutet mein Gehirn, dann wird um mich herum alles schwarz.

***

Als ich die Augen öffne, sehe ich nichts. Mein Schädel droht zu explodieren, also befürchte ich, dass meine Augen verletzt wurden, doch nach einigen schmerzhaften Atemzügen realisiere ich, dass es Nacht ist. Wahrscheinlich befinde ich mich in irgendeiner Zelle. Schwerfällig setze ich mich auf und betaste meine Seite. Sofort zucke ich zusammen. Meine Finger wandern weiter. Am Kopf erfühle ich eine Beule und den geschwollenen Wangenknochen.

Sebastian hatte mich vermutlich absichtlich ausgeknockt. Jeder seiner Schläge war präzise ausgeführt gewesen. Vielleicht wollte er Patrick Angst einjagen oder er hat entschieden, dass er ihm erst ein paar Nächte lang den Schlaf entziehen sollte, bevor er ihn noch einmal verhört.

Wie automatisch greife ich nach meiner linken Armbeuge und ertaste ein Pflaster. Offensichtlich ist auch mir Blut abgenommen worden. Also warten wieder ein paar Tage ohne Schlaf auf mich. Aber ich muss nur durchhalten, bis Jürgen uns befreit. Das ist ein tröstlicher Gedanke.

Ich stehe auf und gehe hinüber zur Zellentür. Entschlossen ziehe ich daran, doch sie bleibt verschlossen. Panisch rüttele ich am Griff. Bin ich hier eingesperrt? Bin ich in eine Zelle der Wachenden gebracht worden? Sofort bilden sich kleine Schweißperlen auf meiner Stirn und ich schreie wütend auf. Haben sie herausgefunden, dass ich Jürgen geschrieben habe?

Shit! Zornig schlage ich auf den Lichtschalter ein. Sofort durchflutet das grelle Neonlicht das Zimmer, das sich kaum von meiner früheren Zelle unterscheidet. Doch dieses Mal befindet sich in der rechten hinteren Ecke eine stählerne Toilette.

»Willkommen bei den Wachenden!«, flüstere ich verbittert und schalte das Licht wieder aus.

***

Zwei Tage vergingen, in denen mich niemand besuchte. Ich erhielt nichts zu Essen, trank das Wasser aus dem Waschbecken und quälte mich durch die schlaflosen Stunden – mein einziger Lichtblick war der Gedanke an Jürgen. Doch mit jeder Stunde, die verging, wurden meine Zweifel größer. Haben Sebastians Spione das Vorhaben sabotiert? Und wie viel Vorbereitung braucht Jürgen für das Stürmen eines so großen Gebäudes? So langsam wurde mir bewusst, dass dieser Albtraum nicht innerhalb weniger

Tage vorbei sein würde – selbst wenn Jürgen meine Nachricht erhalten und nur die richtigen Leute darüber informiert hatte.

Am dritten Tag kam Frau Fischer zum ersten Mal zu mir. Sie zeigte mir das Bild, das Patrick sich am Dienstag angesehen hatte. Es hatte keine besonders gute Qualität und war durch die Scheibe aufgenommen worden. Und dennoch ließ sich nicht abstreiten, dass links von mir eine Hand zu sehen war, die unmöglich zu mir oder Patrick gehören konnte.

»Nachdem Sebastian dieses Detail erkannte, schickte er seine Informantin zurück, doch Sie waren bereits fort«, berichtete Frau Fischer. Natürlich wollte auch sie von mir wissen, wer die unbekannte Frau war.

Ich gab ihr das Handy zurück. Und schwieg. Mir dieselbe Frage zu stellen, bedeutete, dass sie bisher keine Antwort von Patrick erhalten hatten oder seine Aussage verifizieren wollten. Hoffentlich ließ Jürgen nicht mehr so lange auf sich warten!

Auch am vierten Tag kam sie vorbei und quälte mich mit ihren Fragen. Meine Konzentration litt jedoch schon so sehr unter dem Schlafmangel, dass ich ihr nicht einmal zuhören konnte. Nur als sie nebenbei eine Zahl fallen ließ, blickte ich auf.

»210 hat das Foto gemacht?«, krächzte ich. »Ist das wahr?«

Sie kniff die Lippen zusammen und verließ mich kurz darauf.

Heute ist Tag fünf in dieser verfluchten Zelle und mein Kopf schmerzt nicht mehr nur von Sebastians Schlägen. Mein Magen rebelliert, knurrt und brüllt mich an, weil ich ihn so sehr vernachlässige. Ich liege zusammengerollt in einer Ecke, massiere mir abwechselnd die Schläfen und meinen Bauch, während ich mich frage, wie lange ich das noch ertragen muss.

Als sich die Tür öffnet, schaue ich nicht einmal auf. Erst als ich jemanden hart schnaufen höre, drehe ich mich zu dem Eindringling um. Es ist Sebastian.

Sofort sitze ich kerzengerade im Bett und drücke meinen Kopf gegen die Wand, um so viel Distanz zwischen uns zu bekommen wie nur möglich. Er setzt sich auf den Stuhl mir gegenüber, stützt seine Ellenbogen auf seine Knie, seine Finger gegeneinander und blickt mich über deren Spitzen hinweg kalkulierenden an.

Er schweigt.

Ich tue dasselbe. Wieder mustern wir uns wie zwei Tiere, die versuchen, eine Angriffsfläche bei ihrem Gegner zu finden.

Dann schürzt er die Lippen. »Wie geht es dir?«

Ich lache entgeistert. »Nette Frage, nachdem du mich zusammengeschlagen hast und nun hungern lässt. Was willst du von mir?«

»Ich möchte wissen, mit wem ihr euch getroffen habt. Doch ich weiß, dass ich von dir keine Antwort erwarten kann. Du warst schon das letzte Mal störrisch genug, dein Wissen für dich zu behalten, egal wie dein psychischer Zustand war.«

»Was willst du dann von mir?«, wiederhole ich mich. Ich presse jedes einzelne Wort zwischen meinen Zähnen hervor, wodurch mir meine Verletzung an der Wange schmerzhaft bewusst wird.

»Hast du Tobias angestiftet, sich mit jemanden zu treffen? Oder hat er dich mit reingezogen?«

»Was macht es für einen Unterschied?«, frage ich und lehne meinen Kopf wieder gegen die Mauer. Es ist zu anstrengend, ihn die ganze Zeit zu halten.

»Er hat sich mir früher nie widersetzt. Was ist passiert?«

»Offensichtlich hat er keinen Bock mehr auf das ganze Theater. Wer kann es ihm verübeln?«, flüstere ich.

»Offensichtlich ...«

»Warum knallst du uns nicht einfach ab, wie so viele andere, die sich nicht an deine beschissenen Regeln halten?«, frage ich angewidert und schließe meine Augen.

»Er ist ein Dreamer. Ich würde ihn niemals unbedacht beseitigen.«

»Du hättest kein Problem damit, mich einfach zu entsorgen«, stelle ich fest. »Blöd nur, dass ich einen gewissen Einfluss auf deinen Liebling habe.«

Müde hebe ich meine Lider ein paar Millimeter. Er atmet ein paar Mal tief durch, dann steht er auf und lehnt sich gegen das Waschbecken, sodass er mir näher ist als zuvor. Ich schaffe es nicht länger, meine Augen offen zu halten.

»Bei beidem hast du recht. Es wäre mir lieber, dich hier einzusperren und nie wieder rauszulassen, bis du vor Erschöpfung einfach zusammenklappst. Aber damit kann ich vergessen, dass Tobias irgendwann wieder zu Sinnen kommt.«

Ich muss lachen, weil Patrick vermutlich niemals so klar dachte wie im Moment. »Das klingt, als hättest du keine Wahl, als mich wieder rauszulassen.«

»Ich gebe dir drei Wochen«, antwortet mir Sebastian.

»Wofür?«

»Ihn zur Vernunft zu bringen. Ich will mich wieder auf ihn verlassen können. Keine Spielchen mehr! Keine Heimlichkeiten oder Lügen.«

Viel zu langsam nimmt mein Verstand seine Worte auf. Erst nach einer Minute fällt mir auf, dass eine unausgesprochene Drohung im Raum steht. »Wenn ich es nicht schaffe, sperrst du mich dann wieder ein?«

Er lacht, aber es wirkt so kalt, dass es mir einen Schauer über den Rücken jagt. »Nein, Annabelle. Wenn du es nicht schaffst, töte ich dich. Denn wenn du ihn nicht zur Vernunft bringst, schafft es niemand. Du bist für mich nichts anderes als ein schwer kalkulierbares Risiko.«

Eiskalt starre ich ihn an. »Du willst mich umbringen? In drei

Wochen? Willst du dann einfach in unserer WG auftauchen und mich erschießen?«

Er lächelt mich an. »Viel eleganter, meine Liebe. In deinem Armreif steckt nicht nur ein GPS-Sender, der mir regelmäßig deinen aktuellen Standort auf mein Handy schickt. Nein, es ist ein kleines technisches Wunderwerk.«

Er kommt zu mir herüber, hebt den Metallreif und somit auch meine Hand in die Höhe. Ich zucke zurück, doch er hält mich fest. »In diesem Armreif befindet sich ein Stromkreis, der durch einen winzigen Schalter blockiert wird. Dieser Schalter lässt sich fernsteuern und wann immer ich will, werde ich ihn betätigen. In diesem Moment werden dich fünf Sekunden lang 150 Milliampere Gleichspannung durchströmen. Dich erwartet nichts anderes als Kammerflimmern, Bewusstlosigkeit und schließlich Atemstillstand.«

40. Kapitel

Bevor Sebastian mich gehen lässt, bringt er mich zur Ärztin, um mir ein weiteres Mal Blut abnehmen zu lassen. Ich befürchte bereits eine weitere Woche ohne Schlaf auskommen zu müssen, doch sobald ich mich auf dem Rücksitz von Fabians Wagen niederlasse, fallen mir die Augen zu.

Sanft weckt er mich aus meinem traumlosen Schlaf, indem er mir die Schlafmaske abzieht. Ich schrecke hoch und blicke in seine gutmütigen Augen. »Ich hatte Ihnen ein paar Sandwiches mitgebracht, aber wollte Sie nicht stören.«

Er hält mir neben meinem Handy zwei Sandwiches eingewickelt in Butterbrotpapier entgegen, sodass mein Magen vor Freude einen kleinen Hüpfer macht. Sein Knurren zaubert ihm ein Lächeln aufs Gesicht.

»Ich denke, da kann ich nicht Nein sagen«, gebe ich zu und nehme ihm das Essen und mein Handy aus der Hand.

Er hilft mir aus dem Wagen und schlägt die Autotür hinter mir zu. »Passen Sie gut auf sich auf!«

Kurz darauf heult der Motor auf und Fabian ist verschwunden. Seufzend blicke ich hinauf zu unserer Wohnung.

Auch wenn ich gerade noch viel zu müde bin: *The show must go on!* Also wickle ich das erste Sandwich aus und schleppe mich hinauf in die Wohnung. Glücklicherweise ist niemand in der Küche oder auf den Sofas im Eingangsbereich. Ich höre Musik aus Sabrinas Zimmer und schleiche kauend in mein eigenes Reich. Ich stopfe das Essen schneller in mich hinein, als mir guttut. Mein

Bauch hat anscheinend vergessen, was er mit Nahrungsmitteln tun soll, denn allmählich setzen heftige Magenkrämpfe ein, sodass ich die Reste des Sandwiches zur Seite lege. Obwohl ich unglaublich müde bin, entschließe ich mich, erst einmal duschen zu gehen. Im Badezimmer betrachte ich mein sehr mitgenommenes Gesicht und meine ebenso farbenfrohe Seite. Im Spektrum von Blau bis Gelb sind alle Farben vertreten. Zum Glück lässt der Schmerz allmählich nach – zumindest von den blauen Flecken. Tiefes Einatmen sollte ich vorerst vermeiden.

Nach einem ausgiebigen Bad klopfe ich vorsichtig an Sabrinas Tür. Ein Stuhl rollt über die Holzdielen, dann wird die Tür geöffnet. »OMG!«, ruft Sabrina, als sie mich entdeckt. »Du siehst ja schrecklich aus! Was ist passiert? Patrick schweigt wie ein Grab.«

»Er ist da?« Überrascht springen meine Augenbrauen in die Höhe, wodurch ein dumpfer Schmerz durch meine rechte Gesichtshälfte zuckt.

»Er wurde vor zwei Tagen wieder hergebracht. Aber gerade ist er unterwegs.«

»Darf ich reinkommen?«, will ich wissen.

Sabrina öffnet die Tür vollständig, sodass ich in ihr Zimmer schlüpfen kann. Auf ihrem Rechner sind einige Bilder von Chatverläufen zu sehen. Meine Mitbewohnerin dreht die Musik leiser, damit wir uns besser unterhalten können.

»Wurdest du erwischt?«

Sofort durchflutet mich Misstrauen und Überraschung, die meine Gedanken lähmen. »Wovon sprichst du?«

»Na, von deiner Nachricht an diesen Jürgen!«

Mein Magen vibriert leicht und das Blut weicht mir aus den Fingern und dem Gesicht, sodass ich beinahe unsichtbar bin. Ich zwinge mich, tief durchzuatmen, um wieder etwas an Farbe zu gewinnen. »Woher weißt du davon?«

Sie weicht meinem Blick aus. »Na ja, ich überwache auch eure Handys. Ich dachte, das wäre euch klar?«

»Nein, das war es nicht. *Mir* zumindest nicht«, gebe ich tonlos zu. Wütend funkele ich sie an. »Was hast du Sebastian alles erzählt?«

Verteidigend hebt sie ihre Hände in die Luft. »Nichts! Versprochen!«

»Wie hörst du uns ab?«, hake ich weiter nach und gehe zu ihrem Rechner, doch noch bevor ich die Maus erreichen kann, klickt sie schon auf dem Bildschirm herum und öffnet einen Ordner, der mit 239 beschriftet worden ist. Darin befinden sich unzählige Bilddateien.

»Eure Handys senden mir in regelmäßigen Abständen Screenshots. Außerdem werden Audiodaten gezogen, die ihr über verschiedene Messanger-Dienste versendet.«

»Was ist mit Anrufen?«, frage ich, als ich an das Telefonat zwischen Patrick und seiner Mutter zurückdenke.

»Die müsste ich live mit anhören, aber da ich mich auf Paul fokussiere, habt ihr da gewisse Freiheiten.«

»Wie großzügig!«, fauche ich sarkastisch und verschränke die Arme. »Du hast Sebastian also nichts von meiner Nachricht an Jürgen erzählt?«

»Ganz bestimmt nicht, sonst hätte er dir sofort die Lichter ausgeblasen. So viel ist mir klar. Das war verdammt leichtsinnig von dir.«

Ich verdrehe die Augen und setze mich wieder auf das Bett. »Wir wurden nicht wegen meiner Nachricht zu Sebastian gebracht. Was hast du ihm über unsere Verabredung am Dienstag berichtet?«

»Ihr hättet mich echt über euer Vorhaben aufklären sollen!«, wirft sie mir vor.

»Lenk jetzt nicht ab, Sabrina! Was. Hast. Du. Ihm. Erzählt?«, zische ich zwischen zusammengepressten Zähnen.

Sie seufzt. »Sebastian rief mich am Montagabend an und berichtete, dass entweder Patrick oder du sich mit einer externen Person am Dienstag verabredet hätte, und ich sollte herausfinden, wer das sein könnte. Also habe ich sämtliche Screenshots von euch beiden angeschaut. Du nutzt dein Handy ja tatsächlich nur für unsere Gruppe, also musste Patrick der Übeltäter sein. Irgendwann bin ich auf den Screenshot eines Telefonats mit einer unbekannten Nummer gestoßen. Ich habe sie gegoogelt und fand eine Anwaltskanzlei aus Bonn.«

»Das hast du ihm aber nicht gesagt, oder?« Hätte Sebastian uns so sehr gequält, wenn er die Antwort bereits gekannt hätte?

Sabrina setzt ihre Füße auf den Bürostuhl, sodass sie nun wie ein Häufchen Elend auf der Sitzfläche hockt. »Nein, das habe ich auch verheimlicht. Ein paar Stunden zuvor telefonierte Patrick mit jemand anderen, also gab ich Sebastian diesen Namen weiter.«

Eine schreckliche Vorahnung überfällt mich. Ein paar Stunden zuvor … »Wer war es?«, krächze ich.

»Oje, noch etwas, was ihr mir verheimlicht habt? Wie soll ich euch denn decken, wenn ihr mir nicht alles erzählt?«

»Wer war es?« Meine Wangen glühen vor Panik.

»Ein gewisser Tim Beck, wenn Patrick den Kontakt richtig benannt hat.«

»Shit!« Mir gefriert das restliche Blut in den Adern, während sich Schweißtropfen auf meiner Stirn bilden. »Was passiert jetzt mit Tim?«

»Du … kennst ihn also?«, fragt sie zögerlich.

»Er ist mein bester Freund. Er verdächtigt Patrick hartnäckig, etwas mit meinem Verschwinden zu tun zu haben, daher ruft er immer wieder bei ihm an. Bitte sag mir, dass Sebastian ihm nichts antun wird!«

»Tut mir leid, Babe.« Mitleidig sieht sie mich an, sodass mir leicht übel wird. »Ich konnte ihm zumindest für den Dienstag ein Alibi zusichern. Ich habe Tims Standort verfolgt und er war die gesamte Woche über in Aschaffenburg. Das habe ich Sebastian auch mitgeteilt. Ob er ihn trotzdem im Auge behält, kann ich nicht sagen.«

Ich vergrabe mein Gesicht in meinen Händen. »Hoffentlich geht das gut!« Und hoffentlich ist dieser persönliche Kontakt zwischen Tim und Patrick mit Sebastian abgesprochen! Wie soll ich Patrick nur fügsam werden lassen, wenn ich noch nicht einmal weiß, mit wem er alles in Verbindung steht?

»Können wir noch mal kurz über diesen Jürgen sprechen?« Sabrinas Stimme ist zögerlich, fast vorsichtig.

»Gibt es da irgendetwas, was du noch nicht über ihn weißt?«, frage ich bitter zurück.

»Woher kennst du ihn?«

»Warum ist das wichtig?«

Sabrina seufzt und wendet sich ihrem Rechner zu. Während sie darauf herumklickt, fährt sie fort: »Am Dienstag hat Paul eine sehr interessante Nachricht erhalten.« Sie öffnet einige Screenshots, doch findet offensichtlich nicht den richtigen. »Ich fand die Unterhaltung schon immer sehr verdächtig, doch ich konnte mir keinen Reim daraus machen. Ein Mann namens Jürgen hat letzte Woche einen Namen inklusive einer Adresse in den Chat gestellt und Paul schrieb dann, dass er übernehmen würde. Am Tag darauf sendete er einen Haken. Das war der gesamte Inhalt. Meine Überwachungssoftware lässt es leider nicht zu, dass ich sein Handy bediene. Ich gab also Julia Pauls Zugangs-Code, und als sie sich gestern mit Paul in der Bibliothek getroffen hat, nutzte sie seinen Klogang aus, um mir die Telefonnummer dieses Jürgens zu beschaffen. Es ist derselbe Jürgen, den du um Hilfe gebeten hast.«

Fassungslos starre ich sie an. Paul und Jürgen kennen sich?

Anscheinend hat Sabrina das richtige Bild gefunden, denn sie winkt mich zu sich. »Nachdem du deine GPS-Daten an diesen Jürgen geschickt hast, wurde kurz darauf das hier geschrieben.«

Zitternd vor Aufregung krieche ich aus dem Bett und lehne mich zum Bildschirm.

Jürgen
Hab eben ein Lebenszeichen von Manuels Tochter erhalten. Die Lage klang ernst. Werde nun alles daran setzen, sie zu befreien, doch die Sache ist größer als vermutet. Bleib ruhig und halte dich bedeckt. Ich bin erst einmal beschäftigt und melde mich wieder, wenn ich einen neuen Auftrag habe.

Manuels Tochter … Das beweist noch gar nichts!

»Wie kommst du darauf, dass ich damit gemeint bin?«, frage ich sie.

Ungläubig zieht sie ihre Augenbraue in die Höhe. »Please!«, sagt sie, öffnet ein neues Fenster und googelt *Lilo vermisst.* Gleich im ersten Artikel werden meine Eltern mit Vornamen genannt.

Ich lache unwillkürlich. »Du bist echt gut!«

Doch sie winkt ab. »Das ist Kinderkram. Ein paar Bilder anschauen kann jeder. Ich habe bereits ein paar Forschungen zu diesem Jürgen angestellt, denn ich vermute, dass ich bald gefragt werde, was es mit ihm auf sich hat. Was soll ich Sebastian über ihn erzählen?«

Ich kaue auf meiner Unterlippe herum, als ich über die Frage nachdenke. Erst als ich registriere, dass ich diese Angewohnheit allmählich von Patrick übernehme, zwinge ich mich zur Ruhe und drehe dem Rechner den Rücken zu. Wenn wir Sebastian von Jürgen erzählen, könnte es passieren, dass Jürgen von Sebastian ausgestochen wird. Aber Sebastian ist nicht auf den Kopf gefallen und 210 ihm treu ergeben. Sie hat ihm bestimmt schon von Jürgen berichtet, also werden wir nicht daran vorbeikommen, ihm etwas über Jürgen zu verraten. »Wir erzählen Sebastian, weshalb du die Handynummer von Jürgen herausfinden wolltest. Und wir verraten ihm, dass er ein Polizist ist.«

»Er ist Polizist?«, fragt Sabrina mit großen Augen. »Das habe ich noch nicht herausgefunden. Tatsächlich hält er sich im Netz recht bedeckt. Ich habe nur seine ungefähre Aufenthaltsposition.«

»Das ist gut. Gib ihm auch das weiter.«

»Spinnst du? Wie soll er uns dann befreien?«

»Sabrina, wenn du so eng wie möglich in den Auftrag, ihn zu überwachen, eingebunden wirst, können wir leichter und womöglich sogar offiziell Kontakt zu ihm herstellen.«

»Vergiss es! Sebastian lässt dich und Patrick niemals wieder an irgendwelche heiklen Aufträge. Das habt ihr euch am Dienstag versaut.«

Naserümpfend muss ich ihr recht geben. »Aber dann bist immer noch du da! Dir vertraut er noch blind.«

Sie atmet tief durch und bläst ihre Wangen auf. »Na schön, Babe. Gehen wir's an! Was von all dem wollen wir Patrick erzählen?«

»Wie meinst du das?«

»Du weißt, dass ich ihm nicht traue.«

»Er hat sich einen Anwalt besorgt und eine Liste mit möglichen Zeugen vorgelegt.«

»Nichts, was Julia nicht beheben könnte«, widerspricht sie mir.

Natürlich hat sie recht, doch ich will es nicht akzeptieren. Obwohl ich weiß, dass Patrick ein ausgezeichneter Lügner ist, will ich ihn in meiner Nähe haben – will ich ihm vertrauen. Doch dann erinnere ich mich an meinen Auftrag, ihn gefügig zu machen. Je weniger Informationen er hat, desto leichter kann er wieder zu Sebastians Mann werden – wenn das überhaupt noch möglich ist.

Trotz bitterem Beigeschmack fasse ich einen Entschluss. »Wir erzählen ihm alles. Die ganze Wahrheit.«

Sabrina schüttelt verständnislos den Kopf. »Ach Babe«, flüstert sie, »Du bist so was von verliebt.«

41. Kapitel

Jemand reißt mich in die Höhe und damit aus meinem Traum. Ich spüre das gleißende Licht um mich herum, das mit dem nächsten Blinzeln verschwindet. Vollkommen orientierungslos atme ich einen vertrauten Geruch ein. Salbei? Sofort spüre ich eine angenehme Wärme in mir aufsteigen.

Patrick legt vorsichtig seine Hände um mein Gesicht und seine türkisfarbenen Augen kontrollieren meine Verletzungen. Dann zieht er mich an sich. Im nächsten Moment drücken sich sanft seine Lippen gegen meine gesunde Schläfe. Ist das gerade wirklich real? Die Schmetterlinge in meinem Bauch sagen eindeutig *ja*. Mein Verstand entgegnet, dass zwischen uns eine Armlänge zu wenig Platz ist. Solange Sebastian uns fest im Griff hält, ist unsere Beziehung nichts weiter als eine erzwungene Abhängigkeit. Und trotzdem hebe ich meine Arme um ihn und ziehe ihn noch näher an mich heran.

»Es tut mir so leid, Lilo! Es tut mir so leid!«, höre ich Patricks geflüsterte Worte.

»Alles gut.«

»Nein, das ist es nicht. Verdammt! Ich hätte ihm gerne irgendetwas entgegengesetzt, aber mir ist einfach nichts eingefallen.«

»Mir auch nicht, Patrick«, versuche ich ihn zu beruhigen.

»Ich wollte nicht mit ansehen, wie er dich verprügelt. Aber die Wahrheit wäre noch schlimmer gewesen. Was hat er dir noch alles angetan?«

»Können wir über etwas anders sprechen?«, weiche ich seiner

Frage aus und löse mich schwerfällig von ihm. »Was ist mit dir passiert, nachdem ich bewusstlos wurde?«

»Ein paar schlaflose Nächte – mehr nicht. Sebastian hat mir zwar immer wieder gesagt, dass er dich mein Schweigen büßen lassen würde, aber ich hatte einfach ein Blackout. Ich konnte nichts tun außer schweigen. Als er mich hierher brachte und du nicht da warst, befürchtete ich schon das Schlimmste … Ich bin so verdammt erleichtert, zu sehen, dass es dir einigermaßen gut geht.« Endlich lässt auch er locker und etwas Luft zwischen uns. Obwohl ein Teil von mir ihn gerne wieder näher an mich gezogen hätte, bleibe ich stark. Er betrachtet mich noch einmal eingehend.

Ich lächele ihn an. »Alles gut, Patrick. Wirklich. Die letzten Tage waren nicht angenehm, aber ich habe es überlebt. Wir sollten allerdings dringend darüber reden, wie es weitergeht.« Ich erzähle ihm von meinem Auftrag, dem Armreif und meiner tödlichen Frist. Mit jedem Wort wird er blasser und sein besorgtes Gesicht verwandelt sich zurück in seine professionelle Maske. Zu gerne hätte ich ihn wieder zurückgeholt, ihn zu der Person gemacht, die nahbar und verletzlich ist, doch den Moment habe ich zerstört.

»Morgen kaufe ich Isolierband!«, ist das Erste, was er sagt. »Das ist keine endgültige Lösung, aber bis in drei Wochen finden wir eine Möglichkeit, den Armreif zu öffnen.«

»Wir sollten trotzdem erst mal die Füße stillhalten. Ich denke, wir haben einiges ins Rollen gebracht. Lass uns erst einmal brav sein und abwarten.«

»Brav sein und abwarten? Wer bist du und was hast du mit Lilo gemacht?«, lacht Patrick, sodass seine Grübchen zum Vorschein kommen. »Aber ich weiß, was du meinst. Immerhin lässt uns Sebastian offensichtlich beschatten und ich habe keine Lust, nächste Woche schon wieder zu ihm gebracht zu werden.«

»Wir müssen auch im Haus vorsichtiger sein. Keine Ahnung, was Julia sonst noch fotografiert oder …« Ich stocke, als ich bemerke, dass sich Patricks Augen verengen.

Seine Nasenflügel weiten sich, als er aufsteht. »Julia war das?«

»Patrick warte!«, rufe ich, doch Patrick ist bereits aus meinem Zimmer verschwunden.

Fluchend renne ich ihm hinterher, als er bereits Julias Zimmertür aufreißt. Julia sitzt wie ein verängstigtes Kaninchen auf ihrem Bett und liest, als Patrick sie an ihren Oberarmen packt und gegen die Wand presst. »Du hast Sebastian das Bild von Belle und mir geschickt?«

»Was?«, fragt sie vollkommen irritiert.

»Sag mal, hast du sie noch alle? Denkst du überhaupt kein bisschen mit, bevor du tust, was Sebastian dir befiehlt?«

Neben mir öffnet Sabrina ihr Zimmer und kommt neugierig zu uns. »Was ist los?«

»Julia hat Sebastian ein Bild geschickt«, kläre ich sie knapp auf.

»Was für ein Bild?«, will sie wissen.

»Sebastian wollte, dass ich ein Foto von ihrem Date mache. Ist doch kein Drama! Ihr hättet doch einfach sagen können, dass ihr euch heimlich trefft. Dann hätte er mich doch gar nicht losgeschickt.«

»Verdammt, Tara. Er wusste, dass ich mich mit ihr treffe. Er wollte doch nur ein Beweis dafür, dass wir uns nicht an seine Regeln halten.«

»Patrick, lass sie los!«, schreie ich ihn an und ergreife ihn am Arm. Ich habe Angst, dass er in seinem Zorn irgendetwas ausplaudert, was uns in Gefahr bringen könnte.

»Sie ist daran schuld, dass Sebastian dich bis zur Bewusstlosigkeit geprügelt hat! Ich hätte mich jederzeit zwischen euch und Sebastian gestellt und hätte versucht, alles Mögliche von euch abzuwenden. Sind wir hier ein Team oder Feinde?«

»Also, wenn du sie und mich meinst, dann waren wir schon immer Feinde! Oder zumindest seitdem ich ihre Gabe ein wenig zu meinen Gunsten ausgenutzt habe«, antworte ich schief lächelnd.

Tief durchatmend lässt er Julia wieder runter. »Solche Feindseligkeiten haben hier keinen Platz. Von keiner Seite! Wir müssen Sebastian die Informationen besorgen, die er will, aber dabei versuchen, irgendwie zu leben. Das wird nichts, wenn wir uns gegenseitig an die Kehle gehen! Wir sind ein Team und ich muss verantworten, was euch zustößt. In Zukunft will ich genau wissen, wer welche Aufträge von Sebastian erhält.«

»Bist du gerade nicht ein wenig großspurig?«, will Sabrina zynisch wissen.

»Ich meine es ernst, Sabrina. Wenn wir uns hier zerfleischen, gewinnt nur Sebastian. Entschuldigt euch bei einander!«, befiehlt er mir und Julia.

Ich verschränke trotzig meine Arme. »Ich habe mich schon entschuldigt, aber sie wollte es nicht hören.«

Julia zieht ihr T-Shirt, das ihr durch Patricks Angriff über die Schulter gerutscht war, zornig nach oben. »Was spielst du dich überhaupt so auf?« Mit geschwellter Brust stellt sie sich Patrick gegenüber.

»Ich spiele mich auf, weil deinetwegen eine Person aus unserem Team leiden musste.«

»Dir ist es doch nur so wichtig, weil du in sie verknallt bist!«, pfeffert sie ihm um die Ohren.

»Das hat damit nichts zu tun!«

»Hat es wohl«, pflichtet Sabrina ihr bei. »Aber Patrick hat recht, Julia. Mach uns das Leben nicht unnötig schwer. Wir versuchen doch alle nur irgendwie zu überleben. Und wenn du in dieser Organisation aufsteigen willst, halte dich lieber an Patrick. Ein paar falsche Worte von ihm und du kannst vergessen, irgendwann in Sebastians Dunstkreis zu geraten.«

Beleidigt schiebt Julia ihren Unterkiefer vor.

Patrick schüttelt den Kopf. »Du hast bist morgen Abend Zeit, dich zu entschuldigen. Ansonsten werde ich Sebastian anrufen und verlangen, dass du aufgrund von Unstimmigkeiten im Team abgezogen wirst.«

»Du kannst mich jetzt nicht abziehen! Ich bin direkt an Paul dran!«, ruft sie entrüstet.

»Wäre schade drum. Aber ich habe gerade Besseres zu tun, als mit dir zu diskutieren. Denn ich darf ja aufgrund deiner sehr spontanen Einladung eine Party organisieren.«

»Was für eine Party?«, frage ich vollkommen perplex.

»Julia hat Paul für Samstagabend zu einer WG-Party bei uns eingeladen. Seitdem versucht Patrick weitere Gäste zu akquirieren«, erklärt mir Sabrina hilfsbereit.

»Hättet ihr euch an eure Aufgaben gehalten und neue Leute kennengelernt, wäre das jetzt alles kein Problem«, giftet Julia uns an.

»Wir sind erst knapp zwei Wochen hier!« Patrick hebt ungläubig seine Hände in die Luft. »Du kannst nicht erwarten, dass wir uns bereits riesige Freundeskreise geschaffen haben.«

»Wir hatten diese Diskussion bereits vorgestern«, erinnert Sabrina sie. »Da ich genau weiß, wie sie ausgeht, bin ich dann mal weg!«

***

Überraschenderweise entschuldigt sich Julia tatsächlich bei mir. Am nächsten Abend kommt sie mit einer riesigen Einkaufstasche zurück. Während sie die Lebensmittel ausräumt, übernehme ich die Tasche mit den Hygieneartikeln. Als erstes fällt mir eine Packung Kondome in die Hand.

»Ernsthaft?«, frage ich sie.

Sie zuckt mit den Schultern. »Ich habe vor, Spaß zu haben, solange ich frei bin. Du kannst gerne ein paar abhaben. Leg die restlichen einfach im Bad neben die Tampons.«

Seit Patricks Umarmung in meinem Bett hatte sich die armlange Distanz zwischen uns wieder schmerzlich gut durchgesetzt. Aber war es möglich, dass Patrick seine harte Schale vielleicht irgendwann endgültig fallen lässt?

»Scheint ja eine schwierige Entscheidung zu sein«, stichelt Julia, als sie alles aus ihrer Tüte weggeräumt hat und ich immer noch mit der Packung Kondome in der Hand dasitze. Sofort schießt mir das Blut in die Wangen. Sie zieht die Tüte zu sich und greift hinein. Dann streckt sie mir eine Bambuszahnbürste entgegen. »Die habe ich für dich besorgt. Entschuldige, dass ich so gemein zu dir war. Ich wollte nicht, dass du zusammengeschlagen wirst. Und ich bin froh, dass du so langsam wieder normal aussiehst.«

Obwohl ich mir nicht sicher bin, inwiefern ich dieser Ruhe trauen kann, bin ich doch überrascht, wie aufmerksam Julia sein kann – wenn sie will.

»Vielen Dank für deine Entschuldigung«, entgegne ich. Wie lange wird es dauern, bis sie sich uns wieder in den Weg stellt? Denn bei einer Sache hat sie recht: Patrick kann sie nicht abziehen lassen. Sebastian braucht sie im Team als seine persönliche Spionin.

***

Ich lege gerade mit Patrick unsere Wäsche im Flur zusammen, als Sabrina die Tür öffnet und zu uns herübersieht. Sie trägt ein goldglänzendes Kleid, das wunderbar zu ihrem olivfarbenen Hautton passt. »Patrick, kannst du bitte kurz zu mir kommen? Ich muss mit dir reden.«

»Jetzt noch?«, fragt Patrick und wirft einen Blick auf sein Handy.

Als Sabrina nicht nachgibt, seufzt er und geht zu ihr. Bevor Sabrina die Tür hinter Patrick schließt, wirft sie mir einen langen, nachdenklichen Blick zu, der mich misstrauisch werden lässt. Irgendetwas stimmt hier nicht! Kurzentschlossen werde ich unsichtbar und schleiche zu Sabrinas Zimmertür.

»Das Netzwerk hat ungefähr fünfzehn Personen, unter anderem Paul und Jürgen, aber auch diesen Tim Beck aus deinen Kontakten und Lilos Vater. Sie bezeichnen sich selbst als OBeD.«

Ganz sanft höre ich das Klicken einer Maus. Ich sehe es bildlich vor mir, wie Patrick einige von Sabrinas Screenshots durchklickt. Patrick flüstert irgendetwas, aber es ist zu undeutlich.

»Ich war mir auch erst nicht sicher, ob ich glauben kann, was da im Chatverlauf steht, aber es läuft in allen Nachrichten.«

Patrick lacht laut auf. »Das ist einfach unglaublich! Wurde Sebastian festgenommen?«

»Nein. Sie sagen, er sei noch auf freiem Fuß und die Ermittlungen laufen. Wenn er aber irgendwie spitzkriegt, dass Lilo die GPS-Daten weitergeleitet hat, wird er nicht mehr zögern, sie zu beseitigen.«

Mir wird gleichzeitig heiß und kalt. Das klingt, als hätte Jürgen es geschafft, das Gefängnis zu stürmen und die Dreamer zu befreien – nur blöd, dass Sebastian immer noch frei herumläuft. Sofort spüre ich das Gewicht meines Armreifs um ein Vielfaches schwerer an meinem Arm. Wir hatten am Montag mit Büro- und Haarklammern versucht, ihn zu öffnen, hatten uns sogar einige Videos darüber angeschaut, wie man Schlösser knackt, doch nichts hat geholfen. Hoffentlich würde das Isolierband, das wir danach um den Eisenring gewickelt haben, ausreichen.

»Hast du alle Beweise gelöscht?«, fragt Patrick.

»Auf unserer Seite schon, aber du weißt, dass Sebastian auch Spione bei der Polizei hat.«

»Kannst du auch die löschen?«

Ein Zögern. »Könnte ich vermutlich schon, aber es ist ein Beweis, der uns im Prozess gegen Sebastian hilft. Patrick, sei ehrlich zu mir! Warum ist Lilo hier? Das alles ist eine Nummer zu groß für eine vollkommen unerfahrene Person. Sie schafft es doch kaum, uns bei unseren Decknamen zu nennen. Wenn sie heute Abend in Pauls Gegenwart aus Versehen unsere richtigen Namen verwendet, fliegen wir auf.«

»Wäre das wirklich so schlecht?«

Sabrina schnaubt abfällig. »War die Frage ernst gemeint? Du kennst Sebastian doch besser als ich.«

Patrick seufzt. »Du hast ja recht. Wenn Sebastian herausfindet, dass Lilo weitreichende Beziehungen zu diesem Netzwerk hat, wird sie nirgends sicher sein.«

»Sollen wir Lilo alles erzählen?«, will Sabrina wissen.

Alles in mir sehnt sich nach einem glasklaren *Ja*, doch Patrick bleibt zunächst stumm. Ich stelle mir vor, wie er auf seiner Unterlippe herumkaut.

»Nein, heute nicht«, sagt er schließlich. Die Wut explodiert in mir wie eine Bombe. Wie kann er mich bloß von dieser fantastischen Nachricht ausschließen? Beinahe hätte ich zornig die Tür aufgerissen, doch ich schaffe es irgendwie, mich leise davonzustehlen. Ich lege die Wäsche fertig zusammen und bringe meinen Mitbewohnern ihre Kleiderstapel. Als ich zu Patrick ins Zimmer komme, frage ich ihn beiläufig, was es so Dringendes gab.

Er lächelt mich an und behauptet, Sabrina hätte noch ein paar Fragen zum weiteren Vorgehen gehabt. Er kann so gut lügen, dass ich ihm geglaubt hätte. Warum will er mir verdammt noch mal nichts über die Befreiung der Dreamer erzählen?

»Was geht dir gerade durch den Kopf?«, fragt er, als er weiterspricht, ich aber nicht auf ihn reagiere.

»Vieles.«

Er kommt zwei Schritte näher und wuschelt mir durchs kurze Haar. Allein diese liebevolle Berührung lässt meinen Bauch vor Freude rumoren. Ich blicke ihm ins Gesicht, in seine braunen Augen, die mich zumindest ein wenig von seiner Anziehungskraft schützen. »Keine Sorge, es wird alles gut.«

Ich lächle ihm dämlich wie ein verliebtes Mädchen entgegen und denke mir: *Du dreckiger Lügner!*

42. Kapitel

Während um mich herum die Party steigt, überlege ich, ob ich mich ganz allein in mein Zimmer verziehe. Doch das wäre zu auffällig gewesen. Also nehme ich mir einen Longdrink und setze mich auf die Fensterbank neben unseren Sofas, um das Treiben mit ein wenig Abstand beobachten zu können.

Patrick begrüßt seine neuen Freunde. Es ist wirklich unglaublich, wie viele Menschen er in der letzten Woche kennengelernt hat und die dann auch tatsächlich hierhergekommen sind. *Menschen mögen ihn …* Wahrscheinlich liegt das an seiner unglaublichen Anpassungsfähigkeit. Egal wie unterschiedlich sie alle sind – er geht auf alle ein, spricht locker mit den Frauen und Männern und ich spüre, wie unweigerlich ein Teil von mir neidisch wird, weil er den Fremden so viel Aufmerksamkeit schenkt.

Ich wende mich mit einem leichten Druck im Bauch ab und schaue hinaus auf die beleuchtete Straße. Jürgen hat es geschafft, das Lager zu stürmen. Das sind so unbeschreiblich gute Neuigkeiten! Wahrscheinlich konnte er über hundert Personen die Freiheit schenken. Außerdem hatte Patrick nicht gesagt, dass er mir nichts davon erzählen wolle. Er sagte bloß, dass er es *heute* für keine gute Idee hielte.

Befürchtet er, dass ich mit diesen Neuigkeiten und mit der Information, dass Paul mit Jürgen zusammenarbeitet, kurzschlussartig reagiere? Dass ich übermütig werde und Paul, sobald ich ihn sehe, alles erzähle? Weil ich nicht stillhalten kann?

Ein kleiner Teil in mir fühlt sich ertappt. Diese Reaktion wäre gar nicht so abwegig gewesen. Ich seufze, denn dieser dreckige Lügner hat recht. Solange Sebastian nicht hinter Gittern sitzt, sind wir nicht sicher. Vor allem nicht ich. Ich kann mich erst wieder sicher fühlen, wenn ich diesen bescheuerten Armreif losgeworden bin.

In meinem Spiegelbild sehe ich mich trotzdem lächeln. Ich sollte Patrick wegen der Geheimnistuerei nicht böse sein – immerhin versucht er dadurch, mich vor mir selbst zu schützen. Dennoch kann ich den Duft der Freiheit beinahe riechen. Obwohl ich Partys nicht besonders mag, habe ich mir eine kleine Feier nach all den Mühen redlich verdient!

Eine wundervolle Leichtigkeit breitet sich in mir aus, als ich mich zu unseren Gästen wende und mich unter sie mische. Patrick hat die meisten wohl vor der Uni-Kantine und der Bibliothek aufgegriffen.

Während ich mich oberflächlich mit ihnen austausche, bemerke ich immer wieder, wie Sabrina um Patrick herumschleicht. Er scheint es nicht weiter zu registrieren, doch ich frage mich unweigerlich, ob sie gerade persönliche oder Sebastians Interessen verfolgt. Keine der beiden Optionen gefällt mir. Falls Option zwei zutrifft: Patrick ist durchaus in der Lage, auf sich selbst aufzupassen. Und bei Option eins …

Das hat nichts mit mir zu tun, rede ich mir ein. Eine Armlänge Abstand ist die engste Beziehung, die wir unter Sebastian haben sollten. Ansonsten setze ich mein Herz nur unnötigen Qualen aus. Um mich abzulenken, spiele ich mit Julia und zwei Männern Bier Pong im langen Flur. Als ich sie auf Paul anspreche, verzieht sie das Gesicht und meinte, er hätte angekündigt, erst später vorbeizukommen.

Zurück an der Küchentheke entdecke ich Patrick – ausnahmsweise allein. In seiner Hand hält er eine Limo-Flasche.

»Immer noch am Arbeiten?«, frage ich mit einem herausfordernden Lächeln.

Patrick erwidert es schief. »Ich bin tatsächlich aufgeregt und total hippelig.«

»Warum? Du hast doch noch nie etwas Falsches gesagt. Ich glaube kaum, dass du dich heute Abend verhaspelst.«

Alarmiert blickt er sich um, doch alle sind in Gespräche vertieft. Kopfschüttelnd öffne ich ein Bier und tausche es mit seiner Limo. »Es ist alles gut. Wir haben nichts angestellt und uns die ganze Woche nur um diese Party gekümmert. Sebastian hat keinen Grund, uns noch einmal zu sich zu ordern. Entspann dich und genieße den Abend, okay? Ich wüsste gerne, wann du dich das letzte Mal wirklich einfach fallen lassen hast.«

Sein Blick verfinstert sich. »Du verstehst das nicht. Ich bin für alles hier verantwortlich.«

Herausfordernd hebe ich seine Limo in die Höhe. »Nur weil du unbedingt den Aufpasser spielen willst. Wir sind alle erwachsen und ziehen an einem Strang.«

»Ach, bist du das?«, fragt er grinsend.

»Belle ist zwanzig. Also, was ist los? Lässt du mich hängen?«, frage ich ihn und nicke zu meiner erhobenen Flasche.

Patrick lächelt wenig überzeugt, stößt dann jedoch mit mir an. »Auf einen schönen Abend«, sagt er.

Glong! Wir trinken, doch seine Anspannung verfliegt erst nach dem ersten Longdrink. Tatsächlich macht ihn der Alkohol noch offener, als er es schon die ganze Zeit war. Er ist nun nicht nur freundlich, sondern lacht auch wesentlich häufiger und intensiver. Wie er wohl gewesen ist, bevor Sebastian ihn entführen ließ?

Weil ich merke, wie mir jedes Mal ganz warm wird, wenn ich ihn sehe, wende ich mich ab und spreche mit unseren Gästen. Doch ich spüre, dass auch Patricks Blick in der Menge nach mir sucht. Mit aller Willenskraft versuche ich es zu ignorieren. Irgendwann entdecke ich Sabrina, die sich an ihren Drink klammert und genau an der Stelle sitzt, an der ich beschlossen habe, die Party zu genießen.

»Alles gut, bei dir?«, frage ich sie.

»Hm«, macht sie.

»Was ist los? Du siehst nicht gerade glücklich aus …«

»Er schaut zu dir herüber.«

»Wer?«, frage ich, doch Sabrinas hochgezogene Augenbraue verrät mir, dass sie von Patrick spricht. Sofort schießt mir die Wärme in die Wangen. Ich fühle mich erwischt – und das, obwohl ich nichts getan habe.

»Pass auf dich auf, Babe! Er verschweigt dir etwas …«

Ich drehe mein Getränk in den Händen. Wahrscheinlich ist es besser, nicht zuzugeben, dass ich sie belauscht habe. »Vermutlich«, flüstere ich, »Aber das tust du auch, nicht wahr?«

Jetzt schießt ihr das Blut ins Gesicht, aber bei ihrem kräftigen Hautton fällt das nicht so sehr auf wie bei mir. Ich lege meine Hand vorsichtig auf ihren Ellenbogen. »Das ist in Ordnung, solange ich weiß, dass ich dir vertrauen kann.«

Ihre wunderschönen dunklen Augen fokussieren mich. Sie dringen in mich ein und ich habe das Gefühl, dass sie dort mehr finden, als ich ihr jemals sagen könnte. Als wären wir auf einer neuen, innigeren Ebene angekommen, doch sie unterbricht diesen Moment und streift meine Hand ab, bevor sie zögerlich nickt. »Ich gehe schlafen. Genieß die Party, Belle!«, sagt sie mit einem traurigen Lächeln, wirft Patrick einen letzten Blick zu und schließt dann ihr Zimmer auf, um darin zu verschwinden.

Irritiert schaue ich ihr hinterher. Irgendetwas stinkt hier bis zum Himmel, aber womöglich werde ich das nicht nach einer Runde Bier Pong und zwei Longdrinks auf einer WG-Party herausfinden.

»Hi, ich bin Paul!«, spricht mich plötzlich jemand von der Seite an und hält mir seine Hand entgegen. Schwarze Haare, buschige Augenbrauen und ein herzliches Lächeln inmitten eines Vollbarts. Das ist definitiv der Paul, den ich drei Tage lang observiert habe. Sofort spüre ich die roten Flecken auf meinen Wangen, die mein schlechtes Gewissen verraten.

Etwas überfordert ergreife ich seine Hand und schaue überall hin, doch nicht in sein Gesicht. »Hi, Paul.«

»Wie heißt du? Nein, sag es mir nicht! Ich habe das Gefühl, dich zu kennen! Lisa? Anna? Lilly?«

Uh, verdammt nah dran! Ich lächele gezwungen. »Annabelle. Meine Freunde nennen mich einfach nur Belle. Bist du der Paul, den …« *Shit, mir fällt gerade wirklich nicht Julias Deckname ein!*

Paul sieht mich erwartungsvoll an. Als ich nicht weiterspreche, hilft er mir bereitwillig weiter. »Tara hat mich eingeladen. Ich hoffe, das war in Ordnung – ist echt cool hier.«

Ich winke ab. »Klar, alle sind willkommen.«

»Wie lange wohnst du schon hier in Hamburg? Ich bin mir wirklich sicher, dich schon einmal gesehen zu haben.«

»Ich bin erst vor ein paar Wochen hierhergezogen. Tara hat aber erzählt, du würdest hin und wieder bouldern gehen. Vielleicht sind wir uns dort schon mal begegnet«, versuche ich seinen Verdacht abzutun.

»Wann gehst du denn immer?«

»Dienstags«, behaupte ich leichthin, doch so allmählich tritt der Schweiß auf meine Stirn. Eigentlich will ich mich gar nicht mit ihm unterhalten. Ich will so unverbindlich bleiben wie nur möglich. Und auf keinen Fall will ich jetzt wieder mehr Zeit mit Sebastians Auftrag verschwenden.

»Eigentlich gehe ich immer montags, mittwochs und freitags«, erzählt er mir, was ich sowieso schon weiß. »Aber nächste Woche besucht mich spontan ein Freund. Er will am Montagabend hier ankommen und eine Woche bleiben. Dann kann ich sowieso nicht am Montag gehen. Hast du Lust, dich mit mir und Tim am Dienstag zu treffen?«

Ich hatte gerade zum Trinken angesetzt und verschlucke mich dabei. Hustend drehe ich mich von ihm weg und nutze die Sekunde, um meine Gesichtszüge wieder in den Griff zu bekommen und einen klaren Gedanken zu fassen.

Hat er wirklich *Tim* gesagt? War das ein Test, wie ich reagieren würde? Weiß er, dass ich Lilo bin? Hat er einen Verdacht? Wenn ja, muss er schon bei Julias Annährungsversuchen misstrauisch geworden sein. Oder heißt sein Kumpel tatsächlich einfach auch nur Tim?

»Alles gut, Belle?«, fragt Paul zuvorkommend.

»Ja, ich habe mich nur verschluckt. Klar, ich bin ja sowieso dort, also warum sollten wir uns dann nicht treffen … Soll ich Tara fragen, ob sie mitkommen will?«, versuche ich, das Gespräch zu beenden und lasse meinen Blick bereits über die Menge schweifen, doch ich sehe sie nirgends. Warum kümmert sie sich nicht um Paul?

»Ich bin nicht böse darum, wenn sie einmal nicht dabei ist. Sie schwirrt momentan andauernd um mich herum.«

»Oh«, rutscht mit heraus. Womöglich sollten wir ihm ein wenig Luft lassen. Vielleicht ist er aufgrund der Nähe so misstrauisch geworden. »Ich dachte, das zwischen euch wäre etwas ernster. Aber ich kenne sie ja noch nicht so lange …«

Paul lacht. »Dann kennst du sie wahrscheinlich genauso lange wie ich. Aber ich befürchte, sie ist nicht wirklich an mir interessiert. Zumindest ist sie vor etwa zwanzig Minuten mit einem anderen Mann in ihrem Zimmer verschwunden.«

Bin ich verwundert? Nicht wirklich, aber verärgert darüber,

dass ich mich nun mit ihm herumschlagen muss. Oder kann ich die Situation womöglich zu meinen Gunsten ausnutzen? Meine Gedanken fühlen sich durch den Alkohol wie Watte an. »Das tut mir leid«, ist alles, was ich letztendlich herausbekomme.

Er lächelt mich schräg an, sodass seine Zähne aufblitzen. »Muss es nicht, ich war ja nicht unbedingt ihretwegen hier.«

»Dann genießt du die Feier?«, will ich wissen, während ich immer noch versuche, eine Richtung für das Gespräch zu finden.

»Ja, klar. Wie gesagt, ist cool hier. Aber eigentlich war ich auf der Suche nach jemanden.«

»War der- oder diejenige eingeladen?«

»Ich denke schon«, sagt er und zieht etwas aus seinem Geldbeutel. Es ist ein gefalteter Zettel. Verwirrt nehme ich ihn entgegen und entfalte ihn.

Von dem Foto lacht mich eine vollkommen unbesorgte Lilo entgegen. Mit haselnussbraunen, schulterlangen Haaren. Vor Schreck zucke ich zusammen und ich spüre, wie mir schwindelig wird. »Nein, ich kenne sie nicht«, behaupte ich unsicher und gebe Paul schnell das Foto zurück. »Vielleicht fragst du mal Tobias. Er hat die meisten Leute eingeladen.«

Mit einem fassungslosen, irritierten Lächeln steckt er den Zettel wieder ein. »Ich hatte wirklich gedacht, sie würde dir wenigstens bekannt vorkommen. Sehr schade. Falls du sie siehst, kannst du ihr ja ausrichten, dass ihre Familie sie sehr vermisst.«

»Klar«, sage ich tonlos und will mich wegdrehen, doch Paul hält mich am Ellenbogen fest und kommt einen Schritt näher.

»Lilo, was hält dich davon ab, einfach mit mir mitzukommen?«, flüstert er mir zu.

»Ich kenne dich nicht einmal«, zische ich ihm zu.

»Jürgen schickt mich. Ihn kennst du doch, oder? Wir haben das Gefängnis gestürmt.«

»Aber Sebastian ist noch frei. Du bringst mich in Schwierigkeiten, wenn die falschen Leute uns darüber reden hören.« Ich spüre meinen Herzschlag in meinen Fingerspitzen, als ich seine Hand von meinem Ellenbogen löse.

»Patrick?«, hakt er nach und kommt noch einen Schritt auf mich zu, sodass er direkt neben mir steht.

Ich schüttele den Kopf. »Nicht er. Tara ist das Problem. Paul, bitte, lass mich!«

»Gibt's Probleme?«, fragt plötzlich Patrick. Wie aus dem Nichts taucht er neben mir auf. Das Lächeln, das er den ganzen Abend auf seinen Lippen gehabt hatte, war verblasst.

»Hallo Patrick!«, antwortet Paul ernst und weicht zumindest einen Schritt zurück. Schnell wende ich mich ab.

Für einen Moment wird auch Patrick blass um die Nase und seine Augen verengen sich. »Was willst du?«

»Ich will euch in Sicherheit bringen«, flüstert Paul eindringlich.

»Eure Sicherheit ist ein Trugbild. Lilo wird niemals sicher sein, bevor ihr nicht Sebastian festgenommen habt.«

»Wer ist Sebastian?«

»Der Drahtzieher hinter allem.«

»Habt ihr einen Nachnamen für mich?«

Patrick schüttelt den Kopf, doch im selben Moment springt Julia zu uns in den Kreis. »Hey, Leute! Wie läuft es?«

»Paul hat sich gerade bei uns verabschiedet und gefragt, wo du bist«, antwortet Patrick frei heraus – ohne mit der Wimper zu zucken.

»Du willst schon gehen?«

»Na ja, du hast ihm ja nicht gerade viel Aufmerksamkeit geschenkt.« Ich will weggehen, doch Paul ergreift noch einmal meinen Ellenbogen.

Sofort spannt sich jeder von Patricks Muskeln an. Paul bemerkt seine Reaktion und lässt mich augenblicklich wieder los. »Ich freue mich auf Dienstag in der Boulderhalle!«

Dann verabschiedet er sich tatsächlich und verlässt uns.

»Was ist passiert?«, will Julia wissen.

»Mach gefälligst deinen Job!«, zischt Patrick.

Überrascht weicht sie einen Schritt zurück. »Mach ich doch! Ich sollte ihn doch hierherbringen, damit ihr euch mit ihm anfreunden könnt. Hat er sich etwa an unsere Belle rangemacht und du kannst es nicht ertragen?«

Patrick schüttelt fassungslos den Kopf, doch ich lache. Sie liefert uns eine gute Ausrede, weswegen Patrick gerade stinksauer ist. Irritiert sehen mich meine Mitbewohner an.

»Du kannst es ruhig zugeben!«, kichere ich. »War ja kaum zu übersehen, wie eifersüchtig du warst.«

»Ich und eifersüchtig?«, fragt Patrick entrüstet.

»Das könnt ihr ja unter euch regeln«, sagt Julia und verschwindet wieder in der Menge.

Ich selbst gehe zu meinem Zimmer. Patrick folgt mir. »Was sollte das, Lilo? Was hast du ihm erzählt?«

Hastig verschließe ich die Tür hinter uns, damit niemand auf die Idee kommt, hereinzuschneien. »Ich habe ihm überhaupt nichts erzählt. Er ist hierhergekommen, weil er mich treffen wollte. Paul hat wohl geahnt, dass Julia nicht zufällig Kontakt zu ihm sucht.«

Patrick reibt sich seufzend über die Augen. »Was bedeutet das alles?«, flüstert er und lässt sich auf mein Bett fallen.

»Das bedeutet, dass wir einen direkten Draht zu jemanden haben, der uns notfalls helfen kann.«

»Wenn Julia irgendetwas mitbekommen hat, wird Sebastian uns abziehen oder auf Konfrontation gehen«, widerspricht er mir.

Ich ergreife seine Finger und ziehe ihm die Hände aus dem

Gesicht. »Kannst du ein Mal aufhören, dir Sorgen zu machen?« Unbeabsichtigt bin ich ihm plötzlich näher, als ich es vorgehabt hatte.

Patrick ist genauso überrascht, doch er zuckt nicht zurück. Ich spüre seinen Blick über mein Gesicht und zu meinen Lippen wandern. Sein Brustkorb hebt und senkt sich so intensiv, während mir sein heißer Atem gegen Kinn und Hals schlägt, sodass ich spüre, wie sehr er sich selbst kontrolliert. Mir geht es ähnlich. Mir ist schwindelig von dieser plötzlichen Nähe, meine Lippen sehnen sich nach seinen und in mir entzündet sich ein unbeschreibliches Verlangen. Ein Kribbeln wie im freien Fall breitet sich von meiner Magengegend über meinen gesamten Körper aus. In meinem Bauch, meinen Wangen, meinen Fingerspitzen.

»Wie könnte ich jemals aufhören, mir Sorgen um dich zu machen«, haucht er und das Zittern seiner Hände vibriert durch meinen Körper, als er meine Finger loslässt, um mich näher zu sich heranzuziehen.

»Eine Armlänge«, ermahnt mich mein Verstand, doch mein zugegeben etwas alkoholisiertes Herz, schiebt diesen gut gemeinten Ratschlag zur Seite.

Patrick und ich sehen uns sekundenlang in die Augen und ich erkenne in seinen dasselbe Verlangen und Glück, das mich benebelt. Und trotzdem zögern wir beide.

»Das ist keine gute Idee, oder?«, flüstert er schließlich.

Wie kann er nur trotz Alkoholeinfluss und voller Endorphine noch so vernünftig sein? Ich schüttele den Kopf. »Nein, das ist es nicht.«

Und dennoch wollen mir gerade keine Argumente einfallen, weswegen ich ihn nicht küssen sollte. Im nächsten Augenblick habe ich meine Arme um seinen Hals geschlungen und ich spüre seine Lippen auf meinen. Seine Hände drücken meinen Rücken an ihn heran und krallen sich in meine Haare. Als ich mich kurz von ihm löse, höre ich ihn stöhnen.

»Lilo, sag mir, dass du das hier nicht willst und ich höre sofort auf«, behauptet er beinahe flehend.

»Du wüsstest, dass ich dich belüge«, antworte ich ihm lachend und drehe sein Gesicht sanft wieder zu mir, damit ich ihn weiterküssen kann. Meinen Verstand habe ich irgendwo vor dem Zimmer abgegeben. Alles, was ich denken kann, ist *uh* und *ah* und *mehr*.

43. Kapitel

Ich blinzele verschlafen. Das Erste, was ich realisiere, sind meine Kopfschmerzen. In meinem Schädel brummt es so laut, als stünde ich nicht weit entfernt von einem Presslufthammer. Das Zweite, das ich feststellen muss, ist, dass es schon hell ist. Als drittes merke ich, dass ich komplett nackt bin.

Erschrocken setze ich mich auf und ziehe mir dabei die Decke über die Brüste. Panisch schaue ich mich im Zimmer um. Patrick ist nicht mehr hier, doch es riecht eindeutig nach mangelndem Sauerstoff und Sex.

»Oh, nein!«, flüstere ich und lasse meinen Kopf in meine Hände sinken. Ich krame in meinen Erinnerungen und alles, an das ich mich erinnern kann, habe ich in vollen Zügen genossen, doch nun kommt mein schlechtes Gewissen zum Vorschein, das durch den Alkohol und die Endorphine betäubt worden war.

Ich kann doch nicht mit Patrick schlafen, wenn ich gleichzeitig mit Sabrina befreundet sein will! Wenn sie irgendetwas mitbekommen hat, wird sie mich hassen. Sofort wird mir schlecht und ich ziehe mir schnell meinen Schlafanzug an, um nicht nackt ins Bad rennen zu müssen. Sobald ich den Klodeckel aufgerissen habe, lasse ich mir den gestrigen Abend noch einmal durch den Kopf gehen.

Die plötzliche Entwicklung mit Patrick und Pauls Offenbarung, dass er genau weiß, wer wir sind … Das ist zu viel! Paul ist erst einmal zweitrangig. Über ihn mache ich mir morgen Gedanken. Aber wie soll ich mich Patrick gegenüber verhalten?

Wenn er sich nun wieder genauso distanziert verhält wie zuvor, ertrage ich das nicht. Allein der Gedanke daran fühlt sich wie ein Verrat an. Ich habe mich in diesen offenen Menschen verliebt. Der, der ehrlich und gefühlvoll ist. Der, der Risiken eingeht, um mich zu schützen. Und was ist, wenn er in Wirklichkeit derjenige ist, der Pläne entwirft, um Menschen zu entführen? Was ist, wenn ich ihn komplett falsch einschätze, gerade weil er mir auch die andere Seite zeigt? Ich kaufe ihm ab, dass er sich von Sebastian lösen will, dass er uns befreien will und ich ihm trauen kann. Aber was ist mit uns? Lieben wir uns wirklich oder sind wir nur abhängig von einander? Und dann ist da ja auch immer noch Sabrina. Ich will nicht, dass sie merkt, dass sich irgendetwas verändert hat. Wie kann ich nur so viele verschiedene Dinge gleichzeitig denken?

Allmählich realisiere ich, was für ein erbärmliches Bild ich abgeben muss. Im Schlafanzug vor der Toilette kauernd. Also schließe ich die Badezimmertür und dusche ausgiebig. Am Ende habe ich keine Antwort auf die Frage, ob ich die letzte Nacht ignorieren soll. Am besten, ich halte es genau wie er.

Mit dieser Entscheidung verlasse ich das Badezimmer.

»Guten Morgen, Babe!« Sabrina räumt gerade die leeren Flaschen zusammen. Etwas schüchtern lächelnd, winke ich ihr zu und ziehe mich in mein Zimmer zurück, um mich umzuziehen. Draußen höre ich Gespräche. Eigentlich will ich nichts lieber, als mich ins Bett zu verkriechen. Bei dem Gedanken, Patrick unter die Augen treten zu müssen, wird mir wieder schlecht. Aber ich befürchte, dass es mir guttun wird, etwas zu essen.

Also wage ich mich gegen zwei Uhr in den Gemeinschaftsraum und sehe mich sofort mit Patricks türkisblauen Augen konfrontiert. Er steht mit Gummihandschuhen an der Kücheninsel und lächelt mich an. Ein Teil von mir will ihm sofort entgegenstürmen und wieder mit ihm rumknutschen. Der vernünftige Teil hält mich tapfer davon ab.

»Guten Morgen«, nuschele ich, während ich schnell zu Sabrina und Julia blicke, die gerade frühstücken. Ich gehe an allen vorbei zum Kühlschrank und schmiere mir ein Frischkäsebrot.

»Du siehst ziemlich fertig aus«, stellt Sabrina fest, als ich mich neben sie setze.

Indem ich mich auf mein Brot fokussiere, entgehe ich Patricks Blick. »Habe wohl gestern ganz schön viel getrunken. Danke, dass ihr hier aufgeräumt habt!«

»Ernsthaft? Dafür, dass wir den ganzen Morgen geschuftet haben, bekommen wir gerade mal ein Danke?«, fragt Julia.

Ich verdrehe meine Augen. »Was konkret erwartest du denn von mir? Wenn es dir um die Arbeit geht, kannst du dich nun etwas entspannen. Paul hat gestern angemerkt, dass er ein bisschen Ruhe von dir braucht. Ich werde am Dienstag mit ihm bouldern gehen.«

»Das werden wir noch sehen. Ich vermute, Paul hat ein zweites Handy und wir haben nur die Nachrichten gesehen, die wir erhalten sollten. Kommen wir irgendwie an dieses zweite Handy ran?«

»Woher wollt ihr das wissen?«, fragt Julia misstrauisch. »Ich habe ihn noch nie mit einem zweiten Handy gesehen.«

Patricks Blick brennt förmlich auf meiner Haut, doch ich ignoriere ihn immer noch. Sabrina leider nicht. »Was ist gestern noch passiert?« Misstrauisch schiebt sie ihre Tasse Kaffee beiseite, doch Patrick wendet sich ab.

»Ich befürchte, ich muss die Lage neu bewerten und heute Abend noch einmal mit Sebastian telefonieren. Entspannt euch heute, ruht euch aus!«

»Du kannst doch nicht einfach etwas anteasern und dann einen Rückzieher machen!«, schimpft Sabrina.

Patrick wirft ihr einen herausfordernden Blick zu, zieht die gelben Gummihandschuhe aus und legt sie neben die Spüle. »Doch. Das kann ich.«

Sobald Patrick die Tür seines Zimmers hinter sich zuzieht, reden Julia und Sabrina auf mich ein, sodass auch ich mich schweigend in mein Zimmer verkrieche.

Gegen fünf Uhr klopft jemand an die Tür. Im Glauben, dass es Sabrina ist, bitte ich die Person herein, doch es ist Patrick. Ich zucke kurz zusammen, aber ich bleibe einfach mit verschränkten Armen liegen.

Er setzt sich neben mich auf das Bett und berührt sanft meine Hand. »Lilo, können wir über gestern Nacht reden?«

Ich schüttele den Kopf. »Es war eine echt bescheuerte Idee. Wie soll ich mich denn jetzt verhalten?«

Er schweigt, also fahre ich fort. »Außerdem habe ich dich in den letzten Wochen mit so vielen verschiedenen Gesichtern reden sehen, dass ich eigentlich keine Ahnung habe, wer du wirklich bist. Ich habe Angst, dass uns in Wirklichkeit nur die Tatsache zusammenhält, dass Sebastian uns erpresst.«

Er erstarrt inmitten seiner Bewegungen. Ihm ist anzusehen, wie sehr ihn meine Worte verletzen, denn sein Blick hatte sich verfinstert. »Denkst du das wirklich?«

»Was soll ich denn denken, Patrick? Du bist ein verflucht guter Schauspieler … Ich würde dir so gerne glauben, dass uns wirklich mehr verbindet, aber ich kann das nicht, solange Sebastian noch wie ein tödliches Omen über uns steht.«

Patricks Finger sind kalt und beginnen zu zittern, doch er bewegt sich immer noch nicht. Wie zu Eis erstarrt, sitzt er neben mir.

»Es tut mir leid«, flüstere ich, während ich stur zur Decke hinaufblicke. Zögerlich nimmt er seine Hand zurück, steht räuspernd auf und verlässt meine Privatsphäre.

Ich krümme mich unter der Decke zusammen und fühle mich wieder so einsam und schutzlos wie direkt nach meiner Entführung. Mir ist elendig zumute und meine Tränen durchtränken still das Bettlaken.

***

Am nächsten Morgen weckt mich Musik. Durch die Wand höre ich Patrick auf seiner Gitarre zupfen und kurz darauf auch singen. Es ist so leise, dass ich ihn kaum verstehe, doch ich ertappe mich dabei, wie ich mich sehnsüchtig gegen die Wand lehne, ein Ohr gegen die Mauer presse und lausche.

Genau wie am Tag von Christians Entführung sind seine Worte ehrlich und grausam. Ich spüre die Reue und den Selbsthass mit jedem Ton durch die Mauer vibrieren.

Der Knoten in meinem Hals zieht sich enger und erschwert mir das Schlucken. Habe ich Patricks Schuldgefühle durch unser Gespräch gestern weiter verstärkt? Habe ich ihn weiter dazu gedrängt, in sich selbst ein Monster und keinen Menschen zu sehen? Oder interpretiere ich zu viel in seine Musik hinein?

Ich wollte ihn nie vollständig von mir wegstoßen … Trotz allem mag ich ihn doch! Ich bin so gerne in seiner Nähe, mag seine Berührungen, will seinen Geruch einatmen und liebe seine offene Art und Weise, sein Lächeln, seine Fürsorge, ja sogar seinen grüblerischen Blick. Aber versteht er denn nicht, dass unsere Nähe im Moment trügerisch ist?

Tief durchatmend zwinge ich mich, mich wieder von der Wand zu entfernen. Diese Gefühle haben hier keinen Platz! Mein Kopf muss klar sein, wenn wir gegen Sebastian kämpfen wollen.

Ich ziehe mir die Decke bis zu den Schultern und angle mir mein Handy. Zunächst schaue ich mir die Berichterstattung von der Befreiung der Dreamer an. Die Polizei sei einem anonymen Hilferuf gefolgt. Angeblich konnten über hundert Personen aus einer ehemaligen Justizvollzugsanstalt gerettet werden. Die befreiten Menschen seien in unterschiedlichen gesundheitlichen Konditionen gewesen. Unter dem Artikel befinden sich einige Vermisstenfotos von den geretteten Personen. Auf diesen Bildern lächeln alle. Ein sorgloses Lächeln, an dem sie mit Sicherheit niemals erkannt worden wären. Vielleicht ist es ein Akt der Verzweiflung, der Polizei ein hübsches Foto zu geben. Vermindert es die Sorge der Angehörigen, wenn ihnen von allen Zeitungen die unbeschwerten Personen entgegen lächeln? Oder verstärkt es ihre Hoffnung, dass es diesem Menschen gut geht? Auf dem Bild von Paul habe ich genauso verträumt und dämlich die Zeitungsleser angegrinst wie diese Leute. Aber ich bin mir sicher, dass Olivia nicht gelächelt hat, als sie aus dem Lager gebracht wurde. Ich hoffe, Doc, Christian, sie und die übrigen Wachenden erholen sich rasch wieder. Aber vermutlich müssen alle Dreamer erst einmal in ärztliche Behandlung. Die Zeit bei Sebastian geht wahrscheinlich nicht ohne Spuren an uns vorüber …

Über Sebastian steht in dem Artikel nichts. Es heißt nur, dass die Polizei noch an der Aufklärung des Falls dran sei.

Ich lausche angestrengt. Patrick hat aufgehört, Gitarre zu spielen und draußen vor meinem Zimmer ist es ruhig. Schnell schleiche ich hinaus und hole mir etwas aus dem Kühlschrank, bevor ich mich wieder in mein Bett verkrieche und die Somnissa google. Tatsächlich komme ich auf dieselbe Website, auf der auch Tim schon einmal gewesen ist. Ich erkenne das schwarze Layout und das Logo sofort wieder. Das Unternehmen hat drei Standorte: Hamburg, Frankfurt und München. Unter dem Reiter Karriere entdecke ich auch eine Seite, auf der sich die Mitarbeitenden mit Fotos vorstellen. Auf der Suche nach Sebastian scrolle ich nach unten, doch ich bleibe an einem anderen Bild hängen. Überrascht lasse ich mein Handy fallen. Erst nach einigen Sekunden fasse ich mich wieder und greife mit zitternden Fingern nach meinem Handy.

Ich drehe mich mit klopfenden Herzen auf meinen Bauch und starre Mum an. Unter ihrem Bild steht ein vollkommen fremder Name und *Kundenberaterin*. Sie hat ihr Äußeres verändert. Genau wie ich trägt sie nun einen Kurzhaarschnitt und auf ihrer Nase sitzt eine Brille, doch das Lächeln ist unverwechselbar das meiner Mutter. Was um alles in der Welt erhofft sie sich davon, bei Somnissa zu arbeiten? Wahrscheinlich ist sie im Auftrag der OBeD dort. Aber das ist irrsinnig! Sebastian weiß doch bestimmt trotz ihres veränderten Aussehens, wer sie ist! Wobei – er ist ja nie selbst bei den Observationen dabei. Oder hat er sie zusammen mit mir gefangen genommen und weil sie kein Dramer ist, gezwungen, für die Somnissa zu arbeiten?

Die Türklingel schrillt. Wahrscheinlich hat irgendjemand etwas bei der Party vergessen … ich überlasse es meinen Mitbewohnern, die Tür zu öffnen, und scrolle weiter. Somnissa beschäftigt rund dreißig Personen, unter ihnen auffallend viele Ärzte, doch Sebastian sehe ich nirgends. Ich klicke auf das Impressum, als an meine Tür geklopft wird.

Verärgert, gestört worden zu sein, drehe ich mich zum Eingang. Julia streckt ihren Kopf herein. Ein Lächeln, das nichts Gutes verheißt, ziert ihre Lippen. »Sebastian ist hier und möchte mit dir reden.«

»Sebastian?«, frage ich ungläubig.

Sie nickt. Immer noch steht dieses grässliche Lächeln in ihrem Gesicht. Warum lacht sie so bescheuert? Ich habe doch überhaupt nichts angestellt! Zumindest nicht, seitdem ich die GPS-Daten des Lagers an Jürgen weitergeleitet habe. Hat Julia das irgendwie mitbekommen und ihm erzählt?

Mein Blick gleitet zum Fenster, doch dort geht es drei Stockwerke in die Tiefe. Wenn ich Sebastian entkommen will, muss ich an ihm vorbei. Dann kann er mir auch gleich erzählen, was er mir vorwirft. »Ich ziehe mich um und komme raus«, antworte ich schwerfällig, sodass Julia sich zurückzieht.

Hektisch schließe ich Somnissas Website und lösche meinen Browserverlauf, dann ziehe ich mich um und trete hinaus in unseren Gemeinschaftsraum.

Sebastian sitzt seelenruhig auf unserem Sofa. Wie immer trägt er einen dunklen Anzug, die Ausbuchtungen über seiner Brust verraten mir jedoch, dass sein Schulterhalfter heute nicht verwaist ist.

Am Fenster steht Alex. In seinen Händen ruht eine Pistole, deren Lauf derzeit auf den Fußboden zeigt, doch ich weiß nur zu gut, wie schnell sich das ändern kann. Am Küchentresen, keine fünf Schritte von der Tür entfernt, steht noch ein Mann – breitschultrig und groß. Ich frage mich unweigerlich, ob er bei einer Sicherheitsfirma angestellt ist, denn allein seine Ausstrahlung flüstert mir zu, dass ich keine Chance gegen ihn habe. Das Auffälligste jedoch ist die Uniform, die die beiden Männer neben Sebastian tragen: Es sind Ersthelferuniformen, als wären sie gerade zu einem Notfall gerufen worden.

»Wow, so viele Menschen sind nur für mich hier? Was habe ich denn dieses Mal verbrochen?«, frage ich scheinheilig. Meine Stimme ist tonlos und verrät meine Angst. Was um alles in der Welt hat Sebastian vor? Mein Herz schlägt schneller, um mich mit dem notwendigen Sauerstoff und Adrenalin zu versorgen.

»Tobias hat mich angerufen und mir mitgeteilt, dass du mit diversen Personen deines Teams in Streitigkeiten geraten bist. Er hat mich darum gebeten, dich abzuholen, um der Stimmung im Team nicht weiter zu schaden.«

Meine Kinnlade klappt herunter, während Sebastians Worte

tröpfchenweise in meinem Gehirn ankommen. Meine zitternden, eiskalten Hände formen sich zu Fäusten. Ich versuche einigermaßen gleichmäßig weiter zu atmen. Fassungslos schüttele ich den Kopf. »Das hat er nicht!«, flüstere ich. Hat er das? Nur weil ich unsere gemeinsame Nacht vergessen wollte? Liefert er mich ernsthaft nur deswegen Sebastian aus?

»Doch, das hat er. Gestern, spät abends.«

»Patrick!«, schreie ich. Die Wut, die sich in mir angesammelt hat, überflutet mich und ich stampfe zu seinem Zimmer hinüber. Ich reiße seine Tür auf, doch der Raum ist leer. »Wo ist er?«, fauche ich Julia an, die am anderen Ende des Küchentresens steht und sich anscheinend recht gut amüsiert.

»Er ist vorhin mit Sabrina weggegangen.«

»Wohin?« Wütend gehe ich in mein Zimmer und greife nach meinem Handy, um ihn anzurufen.

»Annabelle …«, unterbricht mich Sebastian, als wäre ich ein kleines, unvernünftiges Kind. Er kommt zu mir herüber und nimmt mir das Handy aus der Hand. »Tobias hat betont, dass euch ein wenig Abstand guttun würde.«

»Aber er hat bestimmt nicht gemeint, dass du mich mitnehmen sollst!«, versuche ich, die Situation zu retten. Meine Augen brennen. Würde er mich wirklich Sebastian ausliefern? Mich im Stich lassen? Kopfschüttelnd drücke ich mich gegen die Wand, um mehr Abstand zwischen Sebastian und mich zu bringen. Zornestränen laufen mir über die Wangen und ich wische sie achtlos weg. »Das hat er nicht.«

»Doch das hat er, sonst wäre ich jetzt nicht hier. Bitte packe deinen Koffer, damit ich dich mitnehmen kann.«

»Nein, ich komme nicht mit.« Meine Wut belebt mich. Wie kann Patrick mir nur etwas Derartiges antun? Nur wegen dieser bescheuerten, einen Nacht …

»Oh doch, du wirst mitkommen. Mach es nicht komplizierter als es ist.« Sebastian setzt eine geduldige Miene auf. Ich weiß, dass er jeden meiner Wutanfälle aussitzen wird. Was ist, wenn ich mir einfach so lange Zeit lasse, bis Patrick nach Hause kommt und ich ihn zur Rede stellen kann? Aber was würde es nützen, wenn er doch selbst Sebastian beauftragt hat, mich zu sich zu holen?

Ich schließe kurz meine Augen, atme tief durch und presse mir meine zitternden Finger auf die Lider. Mein Atem geht so schnell, dass ich befürchte, zu hyperventilieren. Da mir schwindelig wird, sinke ich in die Hocke und zwinge mich, langsam ein- und auszuatmen.

»Tara, kannst du uns bitte einen Gefallen tun und Annabelles Sachen aus dem Bad holen? Alexander, pack bitte Annabelles Kleider zusammen.«

Alexander nickt und kommt auf mich zu. Durch die Spalten zwischen meinen Fingern sehe ich, dass er seine Waffe locker in der rechten Hand hält. In dem Moment, in dem er an mir vorbeiläuft, springe ich den blonden Mann an, entreiße ihm die Waffe, richte sie direkt auf Sebastian. Sie fühlt sich fremd in meiner Hand an und der Lauf zittert so stark, dass ich nicht annähernd zielen kann.

»Lass mich raus!«, verlange ich und drücke mich mit dem Rücken zur Wand in Richtung Haustür.

»Annabelle, gib mir die Waffe!« Anstatt in Panik auszubrechen, kommt Sebastian einige Schritte auf mich zu, seine Hand ausgestreckt.

»Bleib stehen!«, schreie ich und drücke den Abzug. Nichts passiert. Was ist mit dieser Waffe verkehrt? Ist sie nicht voller Munition? Ist sie gesichert? Verdammt! Wie entsichere ich so ein Ding?

Plötzlich trifft mich ein Schlag am Handgelenk, sodass mir die Waffe entgleitet. Der Bodyguard hatte meine Verwirrung ausgenutzt und zwingt mich nun, mit wenigen Handgriffen, bewegungslos vor ihm zu stehen. Er hält meinen Arm so fest, dass ich befürchte, blaue Flecken zu bekommen – wenn ich diesen Tag überlebe.

Sebastian bückt sich und hebt die Waffe auf, bevor er mich ansieht. »Ach Annabelle, ich hatte wirklich gehofft, dir nicht schon wieder wehtun zu müssen.«

Unter Schmerzen versuche ich, mich aus dem Griff zu befreien, sodass ich Sebastian kaum verstehe. Erst als er sich zurück auf das Sofa setzt und er eine Plastiktüte aus seinem Halfter zieht, stocke ich. Er holt eine Spritze und ein Gläschen hervor. Ich werde also betäubt – genau wie bei meiner Entführung.

Wieder starte ich einen Versuch, mich zu befreien, doch ich muss einsehen, dass es nichts bringt. Der Mann hinter mir ist wesentlich stärker und ich habe keine Ahnung von irgendwelchen Kampftechniken. Sobald Sebastian die Spritze präpariert hat, reicht ihm der Bodyguard meine linke Hand. Ich ziehe sie weg, doch Sebastian ergreift sie fest und schiebt meinen Hoodie über die Armbeuge.

»Wenn du nicht willst, dass ich daneben steche, bleibst du jetzt ganz ruhig stehen«, flüstert er mir zu. Sein Kopf ist direkt neben meinem, sodass ich seine Bartstoppeln sehe. Der Geruch seines herben Parfüms steigt mir in die Nase und legt sich auf meinen Magen, sodass mir schlecht wird. Auf seinen Lippen liegt ein siegessicheres Lächeln – oder zumindest etwas, das man bei einem eiskalten Mann als Lächeln bezeichnen könnte. Widerwillig gehorche ich ihm, denn ich habe keine Idee mehr, wie ich aus meiner Lage entkommen könnte.

Ich spüre den Einstich. Es dauert nur Sekunden, dann hat er die Spritze geleert. Ich blicke hinauf zu Julia, deren Lächeln endlich verblasst ist, dann verschwimmt mein Sichtfeld vor meinen Augen und ich falle in ein schwarzes Loch.

44. Kapitel

Mein Kopf rauscht. Mir ist schlecht. Meine Augen blinzeln, doch sie wollen sich nicht öffnen. Ich fühle mich wieder, als hätte ich den schlimmsten Kater meines Lebens. Ein Geruch nach starkem Waschmittel steigt mir in die Nase. Ich muss mich übergeben. Der beißende Gestank von Galle mischt sich zu dem extremen Waschmittelgeruch. Auf der Haut spüre ich die klebrigen Reste meines Mageninhalts. Ich will mich wegdrehen, doch stattdessen entfernt sich die Realität wieder von mir.

***

Das Licht sticht mir in die Augen, sodass ich sie sofort zukneife. Ein hoher Ton summt in meinen Ohren. Der Geruch nach Waschmittel ist immer noch da, doch der Gestank nach Galle ist verschwunden. Blinzelnd betrachte ich meine Umgebung. Ich liege in einem weichen Bett, größer als mein letztes in Hamburg. Unter der Decke liegt der Körper, der nicht auf meine Gedanken reagiert. Das weite T-Shirt, das ich trage, kenne ich nicht. Erschöpft fallen mir wieder die Augen zu.

***

Dieses Mal öffnen sich meine Lider wie von allein. Ich fühle mich immer noch, als wäre ich einmal durch den Fleischwolf gedreht worden, doch mein Magen behält seinen Inhalt für sich und mein Kopf ist leiser als meine alarmierenden Gedanken. Wo bin ich? Was hat Sebastian mir verabreicht? Wie lange bin ich schon hier?

Hastig setze ich mich auf, wodurch sich um mich herum alles dreht. Ich lehne mich fluchend an das Kopfteil des Bettes. Ich muss diese Drogen in mir loswerden und ich muss etwas trinken. Auf die Toilette muss ich auch. Und am besten noch einen nicht korrupten Polizisten anrufen.

Sobald die Welt nicht mehr um mich herumtanzt und meine Übelkeit verschlimmert, schaue ich mich um. Ich fühle mich wie in einem Schloss. Das Zimmer besitzt ein eigenes Badezimmer, eine Sitzgruppe, einen Schminktisch, einen riesigen Schrank und das überdimensional große Bett, in dem ich gerade sitze.

Auf dem Nachtischchen steht eine Glocke mit einem kleinen Zettel. *Wenn du etwas brauchst, klingele einfach.*

Das Ganze könnte ziemlich romantisch sein, wenn ich freiwillig ein Hotelzimmer in einem alten Herrenhaus gebucht hätte, doch so ist das alles dezent beängstigend. Mit zitternden Beinen kämpfe ich mich aus dem Bett. Mir ist immer noch schwindelig, daher krieche ich mehr, als dass ich laufe hinüber zum Badezimmer. Auch hier brüllen mir sämtliche Möbel entgegen, wie teuer sie gewesen waren, sodass meine Abneigung gegen diesen Ort sich in Übelkeit verwandelt. Mein Magen macht daraus mehr, sodass ich kurz darauf zitternd über der Kloschüssel hänge und mir die Magenreste vom Mund wische.

»Womit habe ich das verdient, Patrick?«, wimmere ich leise, während mir Tränen über das Gesicht kullern.

Mit aller Kraft, die ich aufbringen kann, lehne ich mich gegen das Waschbecken, spüle meinen Mund aus, wische mir über das Gesicht und trinke so viel Wasser, wie ich kann. Mit einem Blick auf mein rechtes Handgelenk muss ich erkennen, dass Sebastian das Isolierband von meinem Armreif gezogen hat. Er glänzt wie neu – als wolle er mich verhöhnen.

Es wird Zeit, mein neues Gefängnis zu erkunden. Mit jedem Schritt wird mein Kreislauf stabiler. Nach drei Schritten in Richtung Tür stocke ich jedoch. Selbst wenn sie nicht abgeschlossen sein sollte, werde ich nicht weit kommen. Es steht eine analoge Glocke auf meinem Nachtischchen. Bei einem Zimmer dieser Größe muss jemand direkt vor meiner Tür stehen, um sie zu hören. Kurzentschlossen wende ich mich zum Fenster. Ich befinde mich im ersten Stock, allerdings so hoch, dass ich eigentlich keinen Sprung riskieren will. In mir tobt wieder der Kampf. Angst gegen Neugier. Flucht oder Herumschnüffeln? Wie lange wird mir bleiben, bevor sie bemerken, dass ich nicht mehr in meinem Bett liege?

Mensch, Lilo! Du kannst nicht einfach hier herumlungern und darauf warten, dass Sebastian sich von allein in Luft auflöst, weise ich mich zurecht. Ich entdecke meinen Koffer und ziehe mich so leise wie möglich an, finde meine Schuhe aber nicht. Vermutlich haben sie die in Hamburg vor der Wohnungstür vergessen. Dann öffne ich das Fenster und werde unsichtbar. Bis zum Boden sind es bestimmt sieben Meter. Wenn ich mit den Händen an der Fensterbank hänge, sind es nur noch fünf. Und unten stehen einige Büsche. Vielleicht reichen die drei Mal Bouldern aus, um lebend meinem Gefängnis zu entkommen und herauszufinden, wo ich hier eigentlich gelandet bin. Ein letztes Mal atme ich tief durch, dann klettere ich auf das Fensterbrett. Ich halte mich am Fensterrahmen fest und schwinge meine Füße über die Kante, stelle sie gegen die hellgelbe Außenwand. Als ich hinunter schiele, muss ich feststellen, dass die Höhe immer noch verflucht beängstigend aussieht. Ich hänge am Fenster und kann nicht loslassen. Am liebsten hätte ich mich wieder hochgezogen, doch dafür fehlt mir die Kraft. Und dann falle ich einfach. Ohne Vorankündigung. Ich bin so überrascht, dass ich noch nicht einmal schreie.

Der Busch erreicht mich schneller, als mir lieb ist. Ich krache in die Äste und meine Haut wird an unzähligen Stellen aufgeschürft.

Stöhnend presse ich meine Augen zu und die Zähne zusammen, bevor ich mich schmerzhaft aus dem Busch schäle. Ich lasse alle Gelenke einmal kreisen und bin froh, dass noch alles funktioniert. Etwas humpelnd gehe ich die ersten Schritte um das Haus herum, bis ich mich an die dumpfen Schmerzen gewöhnt habe.

Tatsächlich befinde ich mich in einer Villa mitten auf dem Land. Weit und breit kann ich nichts als Wiesen, Felder und Bäume erkennen. Davon abgesehen, dass mein aktueller Standort regelmäßig zu Sebastian geschickt wird, bringt mir eine Flucht nichts, wenn ich nicht einmal eine vertrauenswürdige Menschenseele erreichen kann.

Menschen, denen ich nicht trauen kann, sehe ich genügend. Es gibt einen Gärtner, der gerade auf der Vorderseite die Büsche schneidet, eine Köchin und zwei junge Frauen, die ich beim Rauchen hinter dem Haus entdecke. Ich schleiche an ihnen vorbei und öffne die Tür in ihrem Rücken, um ins Haus zu gelangen.

Dieser Raum wird wohl für die verschiedensten Belange genutzt. Wäschestapel liegen auf dem Tisch direkt neben einem Bügelbrett. Weiter hinten stehen Mehl und Butter neben Zucker und einer Obstschale. Als ich den Wäschestapel genauer betrachte, sehe ich nicht nur Hemden darin, sondern auch Kinderkleidung. Hat Sebastian mich mangels Alternativen tatsächlich zu sich nach Hause gebracht?

Wenn das stimmt, kann ich endlich herauszufinden, wer er wirklich ist! Hastig schleiche ich an der Küche vorbei und öffne zögerlich die gegenüberliegende Tür. Auf der anderen Seite ist niemand zu sehen, also schiebe ich mich durch den Spalt. Ich stehe inmitten einer riesigen Eingangshalle. Eine Marmortreppe führt hinauf in das erste Stockwerk und vier weitere Türen in angrenzende Zimmer.

Die beiden Frauen, die zuvor draußen geraucht haben,

kommen herein. Die eine trägt einen Staubsauger, die zweite verschwindet in der Küche, aus der nicht nur vielversprechende Gerüche wehen, sondern auch jede Menge Lärm dringt. Ich stelle mich an den Rand der Halle und beobachte die staubsaugende Haushälterin. Sie geht nach rechts in einen Raum, der hinter einer weißen Flügeltür liegt. Als ich hinein schiele, erkenne ich einen Schreibtisch. Sebastians Arbeitszimmer? Sofort spüre ich die Aufregung in meinen Fingerspitzen prickeln. Ich folge der Reinigungskraft und stehe in einem Zimmer, das Sebastians Arbeitszimmer im Lager erschreckend ähnlichsieht. Auf der linken Seite befindet sich eine Sitzecke aus Ledersesseln und vor mir der mächtige Schreibtisch, den ich schon von draußen gesehen habe. Im Gegensatz zu seinem Büro im Lager, habe ich hier jedoch nicht das Gefühl, im letzten Jahrhundert festzustecken, sondern alles ist modern und farblich gut aufeinander abgestimmt. Das Sonnenlicht flutet das Arbeitszimmer von rechts und links und verleiht dem Raum eine sehr angenehme Atmosphäre. Als ich der Reinigungskraft ausweiche, entdecke ich auf einem der Ledersessel einen Stoffhasen, der überhaupt nicht richtig in diesen Raum hineinpasst. Während die Angestellte zu singen beginnt, lasse ich meinen Blick über den Schreibtisch wandern und bleibe an einem Laptop hängen. Bestimmt ist er mit einem Passwort geschützt, also ist es wahrscheinlich Zeitverschwendung, sich damit zu beschäftigen, doch wenn ich nicht anders an Informationen komme, muss ich es wenigstens versuchen. Ich weiß nicht genau, wonach ich suche, doch solange die Reinigungskraft noch hier ist, kann ich nichts hochheben oder öffnen, also warte ich geduldig an Ort und Stelle, bis sie das Zimmer verlässt. Dann reiße ich die Schubladen des Schreibtischs auf. In der ersten sind nur Stifte und Bürowerkzeug, doch in der zweiten finde ich ein Etui mit Visitenkarten. *Dr. rer. physiol. Achim Wagner.* Bleibt nur eine Frage: Ist das wirklich Sebastian oder bin ich doch im Haus einer ganz anderen Person?

Wagner … Hatte nicht Patricks letzter Deckname auch diesen Nachnamen besessen? Aber Sabrina hatte doch gesagt, dass Sebastian die Namen durch einen Zufallsgenerator entstehen lässt … Ist das alles nur Zufall? Schnell werde ich sichtbar, stecke mir die Karte in den BH, lasse mich wieder verschwinden und suche weiter. In einem Notizblock entdecke ich auf der ersten Seite eine Reihe unzusammenhängender Zahlen und Buchstaben. Kann es wirklich sein, dass …? Das wäre zu leicht, oder? Ist Sebastian wirklich so unvorsichtig?

Voller Hoffnung öffne ich den Laptop und übertrage die Zeichen in das Passwortfeld. Der Bildschirm entsperrt sich. Vor Freude springt mir beinahe das Herz aus dem Hals. Schnell öffne ich die Dateienablage. Meine Kinnlade klappt herunter, als ich eine Anleitung zur Gewinnung von Melantonin-B und eine Liste mit Dreamern und deren Gaben finde. In einem weiteren Ordner erhalte ich Auskunft darüber, welche Dreamer gerade in welcher Immobilie leben und auf welche Personen er sie angesetzt hat.

Falls ich nicht bei Sebastian sein sollte, dann bestimmt bei Fabian. Ich kann mein Glück kaum fassen, doch ich bin vollkommen überfordert, wie ich diese Informationen sichern kann. Ich schaue noch einmal in die Schubladen, finde aber keinen USB-Stick. Mein nächster Gedanke ist, Sebastians Passwort zu ändern, doch Sabrina könnte das innerhalb kürzester Zeit knacken. Also muss ich nach einem anderen Weg suchen. Minutenlang starre ich auf den Bildschirm, als es mir schließlich wie Schuppen von den Augen fällt.

Ein Cloud-Speicher! Ich selbst habe keinen, aber Tim hat mir den Zugang zu seinem Serviceanbieter gegeben. Wie viel Zeit bleibt mir noch?

Hektisch öffne ich den Browser, melde mich an und will den gesamten Inhalt in Tims Cloud kopieren. Leider ist sie nicht groß genug, also wähle ich die Dateien einzelnen aus. Plötzlich bemerke ich, wie jemand beginnt, Dateien zu löschen – doch nicht meine, sondern Tims. Erleichtert kopiere ich die restlichen Dateien. Sobald ich fertig bin, lösche ich die von mir besuchten Seiten aus dem Browserverlauf, schließe den Laptop und suche nun nach dem schwarzen Kästchen, in welchem mein Armreif gelegen hatte. Beweise habe ich nun genug, aber ich brauche unbedingt noch den Schlüssel zu diesem Armband, wenn ich endlich wieder in Sicherheit sein will!

Akribisch achte ich darauf, alles wieder an seinen Platz zurückzustellen, bevor ich mich den Schränken widme. Allerdings werde ich von einigen Bildern abgelenkt, die neben der Tür hängen. Auf einem sehe ich Sebastian – nein Achim – zusammen mit einer Frau und einem Mädchen im Kindergartenalter. Anscheinend ist das seine Familie. Also bin ich doch bei ihm. Bei Achim – für mich wird er jedoch immer Sebastian bleiben.

Mein Blick schweift zu dem Bild daneben und mir stockt der Atem. Es zeigt Patrick. Nein, nicht Patrick, sondern jemand, der ihm verdammt ähnlichsieht. Die Gesichtszüge ähneln sich, sogar die Grübchen sind dort, wo sie vorgestern noch waren. Doch die Augen sind braun – nicht so leblos braun wie Patricks Kontaktlinsen, sondern Kastanienbraun. Die Augenbrauen des Fremden sind dichter, das Kinn kantiger. Trotzdem muss ich mich auf diese Aspekte konzentrieren, damit ich die beiden nicht verwechsle. Wie hypnotisiert nehme ich den Bilderrahmen von der Wand.

Auf einmal wird die Tür aufgestoßen. Vor Schreck zucke ich zusammen und das Bild fällt mir aus der Hand. Das Glas bricht und das Mädchen, das hereingestürmt war, dreht sich überrascht zu mir.

»Wer bist du?«, fragt sie mich. Sie ist das Kind aus dem ersten Bild, doch sie ist inzwischen wesentlich älter. Ich schätze, dass sie mittlerweile zur Schule geht. Sie trägt eine Latzhose und sieht mich mit großen Augen an.

Ich blicke an mir hinab, doch ich bin immer noch unsichtbar. »Du kannst mich sehen?«

Das Mädchen nickt. »Ich sehe Dinge so, wie sie sind.«

Hat mich Sebastian deshalb hierhergebracht? Weil sie mich sehen kann, obwohl ich unsichtbar bin? Schwachsinn! Er hat bereits den GPS-Tracker, um mich zu überwachen. Da braucht er nicht zusätzlich ein Kind!

»Ich bin Lilo«, antworte ich ihr und knie mich, um das Bild aufzuheben und die Scherben zusammenzusuchen. »Wie heißt du?«

»Luisa.« Mit vorsichtigen Schritten nähert sie sich mir. »Was hast du mit Tobias' Bild gemacht?«

Irritiert runzle ich die Stirn. »Wessen Bild?«

»Tobias. Mein Halbbruder«, antwortet sie und deutet auf das Foto in meinen Händen.

Tobias Wagner … Warum benennt Sebastian Patrick nach seinem Sohn? Die Ähnlichkeit auf diesem Bild … Die Tatsache, dass er Patrick nicht ernsthaft verletzen kann. Das alles kann kein Zufall sein.

»Luisa, lebt Tobias hier in diesem Haus?«, frage ich sie.

»Nein, ich habe ihn nie kennengelernt. Mama meinte, er hätte sich umgebracht.«

»Oh«, sage ich, denn ich weiß nicht, wie ich sonst darauf reagieren soll. Sebastian sieht also in Patrick seinen verstorbenen Sohn. Und er hat offensichtlich nicht vor, ihn ein zweites Mal zu verlieren. Kein Wunder, dass er mit allen Mitteln versucht, ihn an sich zu binden …

»Warum hast du keine Hausschuhe an?«, fragt mich Luisa.

»Ich … habe sie nicht gefunden«, antworte ich ihr.

»Die Schuhe stehen bei uns immer hinter dem Spiegel im Foyer.«

Ich wundere mich gerade, dass ein Mädchen von gerade einmal sieben oder acht Jahren das Wort Foyer verwendet, als noch ein Junge hereingeplatzt kommt. Er ist etwas älter als Luisa und sein Gesicht ist voller Sommersprossen.

»Oskar!«, entfährt es mir. Sofort bin ich sichtbar. »Was suchst du hier?«

»Lilo?«, fragt er überrascht und dann springt er grinsend auf mich zu, schließt mich in seine Arme. »Ich habe dich vermisst!«

»Kinder raus hier!«, ruft plötzlich Sebastians dunkle Stimme. »Ihr wisst, dass ihr da drin nichts verloren habt!«

Da es sinnlos ist, sich inmitten des zerbrochenen Bilderrahmens und Oskars Armen wieder unsichtbar zu machen, bleibe ich, wie ich bin. Keine Sekunde nachdem ich diese Entscheidung getroffen habe, kommt Sebastian auch schon herein und erfasst die Lage innerhalb weniger Sekunden. Sein Blick fokussiert zunächst seine Kinder, dann mich und das Bild in meinen Händen, gefolgt von seinem Schreibtisch.

»Ich wollte nur kurz Hoppel holen. Den habe ich gestern hier vergessen«, verteidigt sich Luisa, bevor sie zu dem Plüschhasen auf dem Ledersofa geht und damit verschwindet. Oskar winkt mir kurz, dann hat auch er das Weite gesucht.

Sebastian schließt die Tür hinter den beiden. Er lässt mir den Rücken zugedreht und ich sehe, wie er tief ein- und ausatmet. Dann lässt er seinen Kopf nach rechts und links kreisen, bevor er sich zu mir umdreht. Sein Gesicht ist eine Maske, doch seine Augen verraten seinen Zorn. Sie durchbohren mich wie Säbel. Unwillkürlich weiche ich einen Schritt zurück.

»Kann ich dich wirklich nur ruhigstellen, indem ich dich

betäube oder in eine Zelle einsperre?«, fragt er mich herausfordernd.

Ich vermute, er erwartet keine Antwort.

»Setz dich!«, befiehlt er mir hart, als ich nicht auf seine Frage reagiere. Er geht am Schreibtisch vorbei und lässt sich auf seinem Bürostuhl nieder.

Allmählich steigt die Panik in meiner Brust. Was ist, wenn er bemerkt, dass ich seine Sachen durchsucht habe? Kann er doch irgendwie nachvollziehen, dass ich seine Dateien kopiert habe? Mit zitternden Fingern umklammere ich das Bild in meiner Hand. Mir ist schon wieder so übel, dass ich mich übergeben könnte. Ich habe Angst, dass mein letztes Stündchen geschlagen hat, doch mir bleibt nichts anderes übrig, als erst einmal zu tun, was er von mir verlangt.

Auf Beinen wie aus Wackelpudding laufe ich zum Schreibtisch hinüber und lasse mich in einen der Besucherstühle fallen. Mir wird abwechselnd heiß und kalt.

Er lässt sich die Zeit, eine Nachricht auf seinem Handy zu schreiben, dann legt er seine Fingerspitzen aneinander und betrachtet mich schweigend. Seine Augen haben es geschafft, den zornigen Schimmer zu verstecken, doch sie bleiben stahlgrau und hart. Nach beinahe drei elend langen, stillen Minuten nimmt Sebastian seine Hände schließlich auseinander, kratzt sich am Dreitagebart und lehnt sich im Anschluss zurück. »Nun?«, sagt er langsam. »Hat dir dein Spaziergang durch mein Haus gefallen?«

»Nicht wirklich«, gebe ich zu.

»Du bist deinem Zimmer nicht durch die Tür entkommen.«

Ich schüttele schweigend den Kopf.

»Durch ein Fenster?«

Zögerlich nicke ich.

»Hm … dachte ich mir. Freut mich, dass du dir keine Knochen gebrochen hast.«

Er wendet seinen Blick wieder seinem Handy zu und tippt darauf herum, sodass ich mich frage, warum ich eigentlich hier sitzen bleiben muss. Gerade als ich fragen will, ob ich wieder gehen kann, erhebt er die Stimme. »Darf ich bitte das Foto wiederhaben?«

»Oh ja, entschuldige«, flüstere ich und reiche es ihm. Durch den Sturz und meine Aufregung ist es stark in Mitleidenschaft gezogen worden. Es ist mehrfach geknickt, sodass ich ein schlechtes Gewissen bekomme – obwohl Sebastian der Mann auf der Welt ist, den ich am meisten hasse und dem ich auch keine Kinder zumuten will.

Er nimmt das Bild entgegen, verzieht keine Miene, sondern streicht es lediglich glatt, bevor er eine Schublade nach der anderen öffnet und in seine Schränke blickt.

»Hast du gefunden, was du gesucht hast?«, fragt er mich kalt. Ich versuche ein System hinter seiner Suche zu erkennen, um auf mögliche Verstecke zu schließen, doch er betrachtet einfach alles im Raum.

»Wie man's nimmt«, antworte ich schließlich und halte mein Handgelenk in die Höhe, damit er sieht, dass ich den metallenen Armreif immer noch trage. »Isolierband war hier offensichtlich nicht zu finden.«

Sebastian schnaubt, als er zu seinem Schreibtisch zurückkehrt. Anscheinend kann er nicht konkret ausmachen, was ich gefunden habe und was nicht, daher setzt er sich wieder auf seinen Stuhl. »Ich verstehe ja, dass du und die beiden anderen Mädchen euch nicht besonders gut versteht, aber darf ich fragen, was mit Tobias vorgefallen ist?«

Sofort ist mein Zorn zurück. »Patrick«, verbessere ich ihn zähneknirschend. »Und nein!«

Er mustert mich minutenlang. »Es ist bedauerlich, denn ich sehe, dass es euch beiden mit der Situation nicht gut geht.«

»Hätte ich einen Seelenklempner oder jemanden zum Reden gebraucht, wäre meine Wahl sicherlich nicht auf dich gefallen.« Schäumend vor Wut verschränke ich meine Arme vor der Brust.

Sebastian entfernt sich mit seinem Stuhl etwas vom Schreibtisch und überkreuzt die Beine. »Ich verstehe, dass du wütend bist …«

»Patrick hat dich angerufen und beauftragt, mich abzuholen. Natürlich bin ich wütend!«

»Ja, sein Verhalten macht mir Sorgen.«

Eine leise Stimme in mir fragt sich, was er damit meint, doch meine Wut ist immer noch glühend heiß, also entscheide ich mich gegen meine Neugier und für eine patzige Antwort. »Mir auch. Denn wenn er dich anruft, muss er sehr verzweifelt sein.«

Sebastians Augenbrauen springen in die Höhe. »Findest du?«

»Natürlich.« Ich gebe ein ungläubiges Schnauben von mir. »Immerhin hältst du uns gefangen.«

Sebastian schürzt die Lippen. »Ich denke, es war verständlich, dass Tobias mich angerufen hat, Annabelle.«

Jetzt bin ich damit an der Reihe, ihn vor Überraschung mit großen runden Augen anzusehen. »Warum denkst du das?«

Mein Gegenüber faltet seine Hände, legt sie auf seinen Oberschenkeln ab und senkt seinen Kopf ein wenig, sodass er den Eindruck eines unterwürfigen Hundes macht. »Tobias und ich kennen uns seit fast fünf Jahren. Wir haben für eine geraume Zeit gemeinsam in verschiedenen Städten gelebt. Wenn man es so will, bin ich die einzige Konstante in seinem Leben. Natürlich ruft er mich an, wenn es ihm nicht gut geht. Er weiß, dass ich nur das Beste für ihn will und seine Beziehungen zu anderen Personen sind nicht sonderlich eng.« Gedankenversunken schiebt Sebastian einige Papiere herum. Er gibt seinen Worten Zeit, in mich hinein zu sickern. Er sagt die Wahrheit, auch wenn sie nicht vollständig ist. Patrick hat ihn nicht nur deshalb kontaktiert, weil die beiden über die Jahre mehr verbindet, als Patrick zugeben würde, sondern auch, weil Sebastian der Einzige ist, der den geografischen Abstand zwischen uns erlauben und somit realisieren kann.

»Wie ich dir ansehe, kannst du Tobias' Verhalten nun etwas besser nachvollziehen – wenn du es auch nicht unbedingt gutheißt. Dennoch frage ich mich, wie es weitergehen soll. Aus dem Grund ist es für mich wichtig zu wissen, worüber ihr euch gestritten habt.«

Plötzlich geht mir ein Licht auf. Befürchtet Sebastian, dass ich kein geeignetes Druckmittel mehr bin, um Patrick in Schach zu halten? Und wenn er zu diesem Entschluss kommt, bin ich dann endgültig wertlos und kann aussortiert werden? Eine Gänsehaut überzieht meinen Körper, als meine Wut verblasst und mich die Angst übermannt. »Fahr zur Hölle!«, zische ich ihn durch zusammengebissene Zähne an.

45. Kapitel

Seit drei Tagen habe ich mein Zimmer und das angrenzende Badezimmer nicht verlassen. Stumm starre ich aus dem Fenster und sehe doch nichts außer dem immer besser werdenden Wetter, das mich nicht sonderlich aufmuntert. Sebastian hatte mich zunächst in einen Kellerraum gesperrt und nach gefühlt endlosen Stunden durfte ich zurück in meinen goldenen Käfig, dessen Fenster sich nun nicht mehr ohne Sebastians Handy öffnen lassen. Sebastian setzte nicht ein einziges Mal einen Fuß über die Türschwelle. Die Haushaltshilfe bringt mir drei Mal am Tag etwas zu essen herein, doch ich verschmähe es meistens. Mein Hunger ist kaum vorhanden. Stattdessen wechseln meine Gefühle stetig zwischen Panik, Wut, Einsamkeit und Verzweiflung.

Eine Bewegung rechts von mir lässt mich zusammenzucken. Erleichtert atme ich aus, sobald ich erkenne, dass es nur Oskar ist, der durch die Wand zu mir herüberrennt. Er grinst und dieses Grinsen tut mir so gut, dass ich schmerzhaft erkenne, wie einsam ich mich tatsächlich fühle. Ich drücke ihn an mich, bis er mich von sich schiebt.

»Alles gut, bei dir, Kleiner?«, frage ich ihn.

Obwohl ich mich freue, Oskar wiederzusehen, breitet sich in meinem Bauch ein beklommenes Gefühl aus, denn wenn ich es schaffen sollte, mich zu befreien und Sebastian loszuwerden, wird er gleichzeitig seine neue Familie verlieren. Mir wird leicht übel bei dem Gedanken, weil ich sein Glück nur ungern zerstören würde.

»Ich bin nicht klein!«, verteidigt er sich.

Ich boxe ihm spielerisch in die Seite. »Das weiß ich doch! Hast du nicht gesagt, dass du adoptiert wirst?«

»Wurde ich doch! Luisa ist meine neue Schwester«, erklärt er mir und lässt sich auf mein Bett fallen.

Ich folge ihm und kauere mich auf mein Kopfkissen.

»Ich bin echt froh, dass ich in eine Familie gekommen bin, in der es noch andere Dreamer gibt – obwohl Luisas Gabe echt ein bisschen langweilig ist.«

»Sie kann mich sehen«, erwidere ich. Ich bin mir nicht sicher, ob ihre Gabe nicht sogar mächtiger sein könnte als seine oder meine. Wenn sie Dinge so sieht, wie sie sind, dann kann sie vermutlich Zusammenhänge in Sekundenschnelle erfassen – und das nicht auf Basis von Vermutungen. Wenn ich vor Patrick etwas geheim halten wollte, war das vermutlich ein Kinderspiel gegenüber der Aufgabe, die mir nun bevorsteht.

»Ich finde es schön, dass du zu mir gekommen bist«, ruft Oskar freudestrahlend, sodass ich ihn fassungslos betrachte. Anscheinend hat er keinen blassen Schimmer, dass er bei dem Mann untergekommen ist, der all die Entführungen geplant hat. Und obwohl ich nicht der Meinung bin, dass es ein besonderer Glücksfall ist, wenn Sebastian zur eigenen Familie gehört, kann ich Oskar sehr gut verstehen. Wie lange hat er wohl auf seine Traum-Familie warten müssen?

Nur für Oskar würde ein Teil von mir die Sache gerne einfach auf sich beruhen lassen, doch ich befürchte, dass sich gerade ein mächtiges Gewitter über uns zusammenbraut. Gerade spüre ich noch die Ruhe vor dem Sturm. Jeden Moment rechne ich damit, dass Sebastian zu dem Entschluss kommt, dass er mich nicht mehr als Druckmittel für Patrick einsetzen kann. Außerdem hat er momentan bestimmt alle Hände damit zu tun, Beweise zu vernichten, bevor Jürgen sie findet. Was wird aber sein, wenn Sebastian sich wieder in Sicherheit wiegt und seine illegalen Geschäfte weiter vorantreibt? Jetzt, da Jürgen zahlreiche Dreamer befreit hat, braucht er mich wahrscheinlich dringend, um sein Geschäft am Laufen zu halten. Dann wird er mich zu einer Wachenden machen. Bis es dazu kommt, muss ich hier weg sein.

Ich fasse Oskar an der Hand und blicke ihm tief in seine grünen Augen. »Kannst du mir helfen?«

»Klar!«, sagt er und zuckt mit den Schultern.

»Ich suche einen kleinen metallenen Stab, den ich wahrscheinlich in Achims Arbeitszimmer verloren habe.«

Oskar schüttelt heftig den Kopf. »Da darf ich nicht reingehen. Frag Achim doch einfach, ob er ihn gesehen hat!«

»Das würde ich gerne, aber er wollte schon immer mal so einen kleinen Metallstab haben.«

»Warum?«

»Er ist quasi ein Schlüssel für alle winzigen Schlüssellöcher und ich brauche ihn nur, um diesen Metallreif ablegen zu können.«

Ich zeige Oskar den Armreif mit dem kleinen Loch. Er verzieht die Lippen und probiert mir den Armreif vom Handgelenk zu ziehen. Ich müsste mir die Hand brechen, um da rauszukommen. Allein der Gedanke lässt mich erschaudern. Könnte ich das wirklich? Bin ich stark genug für so etwas?

»Wenn ich den Armreif entfernt habe, kannst du den Schlüssel gerne wieder zurückbringen und Achim kann ihn behalten. Ich würde ihn nur kurz ausleihen. Er wird es also gar nicht bemerken.« Ich hasse mich dafür, dass ich Oskar belüge. Und dafür, dass ich es inzwischen so verdammt gut und ohne nachzudenken kann. Aber ich tröste mein schlechtes Gewissen damit, dass ich lieber eine Lügnerin als eine Leiche bin.

»Okay«, flüstert Oskar. »Ich kann ja mal schauen. Wie sieht er denn aus?«

Ich beschreibe ihm den Metallstab und die schwarze Schachtel, in der er wahrscheinlich liegt, so gut wie möglich. Danach verspricht er mir, in den nächsten Tagen nach dem Schlüssel zu suchen.

***

Es vergeht eine ganze Woche, bis Oskar endlich wieder bei mir im Zimmer auftaucht. Es ist mitten in der Nacht und ich schrecke aus meinem Traum, als er mir immer wieder seinen Finger in die Seite stößt.

»Oskar«, nuschele ich schlaftrunken. »Wie spät ist es?«

»Drei Uhr morgens«, flüstert er und klettert zu mir ins Bett. Doch anders als noch vor einigen Monaten kuschelt er sich nicht an mich, sondern bleibt vor mir sitzen. »Ich war in Achims Arbeitszimmer, aber Luisa hat mich erwischt und verpetzt.«

»Oh nein! Geht es dir gut?«, frage ich entsetzt und betrachte ihn. Natürlich sind noch alle Gliedmaßen an ihm dran, ich kann jedoch auch keine blauen Flecken erkennen.

»Ja, ich habe nur Hausarrest bekommen und Achim erzählte mir, dass er dich bald wegbringen wird. Deshalb will ich mich noch bei dir verabschieden!«

Ich gehe weg? Das sind mal Neuigkeiten! Aber wohin? Zurück zu Patrick? In ein neues Auffanglager für Dreamer? Ich muss hier weg, bevor ich in einer Zelle für Wachende lande!

Oskar umarmt mich ganz fest, während ich seinen Rücken tätschele. »Hast du den Metallstab gefunden? Oder irgendetwas anderes Interessantes?«

Mein junger Freund löst sich strahlend von mir. »Bevor Luisa mich erwischt hat, habe ich einen Safe gefunden!«

»Einen Safe?« Vor Begeisterung zittern meine Atemzüge.

»Ja, hinter einem Bild neben den Sesseln.«

»Hast du einen Blick hineinwerfen können?«, hake ich weiter nach.

»Äh, ja, habe ich. Aber ich konnte den Schlüssel nicht finden. Da lagen nur ein paar Waffen drin.«

Ich habe keine Zeit mehr, weiter nachzufragen, denn in dem Moment, in dem ich mich gefangen habe, hat er mir bereits gewunken und ist verschwunden. Dass Achim hier in seinem Haus Waffen deponiert, beruhigt mich überhaupt nicht. Stattdessen macht es mir nur einmal mehr bewusst, in was für einer gefährlichen Lage ich mich befinde.

46. Kapitel

»Es gibt zwei Dinge, die ich nicht leiden kann.« Sebastian sieht mich über den Schreibtisch hinweg an. Seine Miene ist unergründlich. Sein Bodyguard hat mich drei Tage nach Oskars Ankündigung, dass ich fortgebracht werden soll, in Sebastians Arbeitszimmer geschleppt, wo er sich still an dessen rechte Seite stellte. Sebastian selbst warf mir nur kurz einen Blick zu und arbeitete dann weiter. Nun habe ich seine volle Aufmerksamkeit und ich bin mir noch nicht sicher, ob ich das gut finde.

»Wenn man mich hintergeht und wenn ich verliere.«

Ich zucke nicht mit der Wimper. Entweder bekomme ich nun die Strafe dafür, dass ich Oskar angestiftet habe, nach dem Schlüssel zu suchen, oder ihm ist bewusst, dass ich mehr Informationen durchsickern ließ, als er verkraften kann. Was auch immer es ist – er wird es mir sicherlich gleich verraten. Wenn Sebastian mir etwas beigebracht hat, dann ist das Geduld.

»Ich habe dich von Anfang an davor gewarnt, mein Vertrauen zu missbrauchen, doch du wolltest nicht hören. Du hast sogar Oskar angestachelt, dir zu helfen. Als er vor einigen Tagen durch mein Büro geisterte, war mir sofort klar, dass ich so schnell wie möglich handeln muss.« Er lässt seine Stimme bedrohlich verebben.

Beharrlich verweigere ich ihm eine Antwort. Erst einmal sollte ich abwarten, worauf er hinauswill.

Sebastian steht auf und umrundet langsam den Schreibtisch, setzt sich dann direkt vor mir auf die Arbeitsplatte. Da ich weiß, wie überraschend er handgreiflich werden kann, lehne ich mich so weit nach hinten wie nur möglich. Sebastian realisiert es und kommentiert es mit einem kalten, herablassenden Schnauben, bevor er fortfährt. »Da du nicht davor zurückschreckst, meine Familie gegen mich auszuspielen, macht es dir doch sicherlich genauso wenig aus, wenn ich deine ebenfalls für praktische Zwecke einsetze.«

Nun kann ich eine Reaktion doch nicht verhindern. Augenblicklich ziehen sich meine Augenbrauen zusammen. »Was meinst du damit?«

»Ich habe deine Mutter eingeladen. Sie sollte jeden Moment hier eintreffen.«

Ein Schauer durchschüttelt mich, während mir mein Herz in die Hose rutscht. Sagt Sebastian die Wahrheit? Andererseits habe ich ja selbst herausgefunden, wie tief Mum in diese ganze Sache hineingerutscht ist …

»Du kannst dich gern dort hinten hinsetzen, solange wir auf sie warten.« Er weist mit der Hand auf die Sitzgruppe, auf deren rechten Sessel sich bei meinem letzten Besuch noch Luisas Plüschhase befunden hatte.

Wie gelähmt bleibe ich sitzen.

»Das war keine Bitte, Annabelle«, wiederholt Sebastian mit Nachdruck.

Obwohl ich mich nicht dazu in der Lage fühle, stehe ich auf und gehe mit wackeligen Beinen hinüber zu den drei Ledersesseln. Was habe ich bloß getan? Hätte ich nicht früher über die Konsequenzen meiner glorreichen Idee nachdenken können? Hätte ich nicht einfach mal brav sein können? So fest es geht, umklammere ich mich mit meinen Armen, damit niemand mein Zittern bemerkt. Es bringt nichts.

In mir wütet die Panik. Auch wenn ich Oskar gegen Sebastian

ausspielte, so hatte ich doch nie riskiert, dass ihm etwas Gefährliches zustößt. Sebastian jedoch würde wahrscheinlich nicht zögern, bevor er meiner Mutter sämtliche Knochen bricht. Ich steigere mich immer weiter in meine Angst und grauenhaften Vorstellungen hinein, dass meine Atemzüge kürzer und flacher werden. Mir ist schwindelig. Als ich auf meine Hände hinunterblicke, sind sie kaum noch zu sehen. Ich bin wie ein Schatten meiner selbst. *Lilo, reiß dich zusammen!*

In diesem Moment dringt Lärm aus dem Eingangsbereich zu uns herein. Es sind gedämpfte Schreie. Eine Frau. Sofort spüre ich wieder, wie auch das letzte Blut aus meinen Wangen in meine Füße sickert.

Sebastian hebt den Kopf, bedeutet seinem Bodyguard nach dem Rechten zu sehen. Dann klickt er einige Male mit seiner Maus, schließt den Laptop und wendet sich der Tür zu.

Kurz darauf kommt der Bodyguard zurück. »Es ist Frau Huth. Sollen wir sie hereinbringen?«

Dieser Satz lässt mich wieder vor Angst erstarren. Sie ist es wirklich. Mum. Jetzt habe ich sie schon fast ein halbes Jahr nicht mehr gesehen und dann treffen wir uns unter diesen Umständen? Meine Eingeweide verknoten sich ineinander, sodass mir übel wird.

»Ich bitte darum.«

Der Bodyguard nickt, verschwindet wieder durch die Tür. Keine Minute später begleitet er drei Gestalten herein, die mir nicht gerade unbekannt sind. Fabian, Alex und meine Mutter, die jedoch von dem Bodyguard verdeckt wird. Alles, was ich sehen kann, sind ihre Hände, die auf ihrem Rücken zusammengebunden sind.

»Mum!«, flüstere ich heißer. Es ist nicht laut genug, als dass sie es gehört hätte. Stattdessen versucht sie vergeblich, sich dem Griff des Bodyguards zu entwinden, sobald Alex sie nicht mehr mit seiner Pistole bedroht. Dabei kann ich erkennen, dass sie geknebelt wurde. In ihrer Panik tritt sie gegen den Schreibtisch, sodass sich die Männer mit aller Kraft gegen sie stemmen müssen, um nicht das Gleichgewicht zu verlieren.

»Jetzt wissen wir auf jeden Fall, woher ihre Tochter diese Widerspenstigkeit hat«, flucht Alex.

Seine Aussage lässt sie augenblicklich erstarren.

»Frau Huth, setzen Sie sich, dann wird Ihnen nichts geschehen.«

Mum knurrt und sagt etwas, doch der Knebel verhindert, dass wir irgendetwas verstehen. Ich will aufstehen und zu ihr eilen, doch irgendetwas hält mich hier. Ich bin immer noch wie gelähmt, kann mich nicht bewegen – als befände sich in meiner Magengrube ein bleischweres Gewicht, das mich immer tiefer in den Ledersessel zieht.

Sebastian legt wie gewohnt seine Finger zusammen, während er langsam und gut verständlich spricht. »Herr Berger, nehmen Sie der Dame doch bitte den Knebel ab und treten Sie dann zurück, damit ich mich mit ihr unterhalten kann.«

Der Bodyguard macht sich an Mums Hinterkopf zu schaffen. Sobald sich das Tuch löst, spuckt sie es aus. »Wo ist meine Tochter?«, ruft sie wütend.

Seufzend nimmt Sebastian seine Hände wieder auseinander und fährt mit der flachen Hand über den Tisch, als wolle er diesen säubern. »Sie möchten also sofort zur Sache kommen …«

»Wo ist Lilo?«, fragt Mum mit Nachdruck.

»Dort drüben.« Sebastian deutet auf mich und als Mums Kopf herumfährt, sehe ich die Überraschung in ihrem Gesicht. »Sind Sie nun bereit, sich zu setzen?«

Vollkommen sprach- und fassungslos sinkt Mum auf einen der beiden Sessel vor Sebastians Tisch.

»Du darfst jetzt auch wieder herüberkommen«, wendet er sich an mich.

Schwer schluckend erhebe ich mich und setze unsicher einen Fuß vor den anderen. *Langsam atmen, Lilo. Langsam atmen,* erinnere ich mich immer wieder. Mums Blick folgt mir mit großen Augen, doch ich wage nicht, zu ihr hinüberzusehen. Meine Arme drücken sich immer fester gegen meinen Brustkorb, sodass ich wieder den Schmerz meiner beschädigten Rippen spüre.

»Und jetzt zum Geschäftlichen. Wie ich dir vor wenigen Minuten verraten habe, Annabelle, gefällt es mir nicht, zu verlieren. Nachdem du mich in den letzten Tagen nachweislich hintergangen hast, wirst du mir nun einen Gefallen erweisen.«

Trotzig schiebe ich meinen Unterkiefer nach vorne, antworte aber nicht.

Seine stählernen Augen durchbohren mich. »Es gibt eine Person, die meine Geduld ähnlich strapaziert wie du. Ich will, dass du sie für mich beseitigst.«

Meine Mutter keucht neben mir erschrocken auf. »Das können Sie doch nicht von ihr verlangen!«

»Ich rede nicht mit Ihnen, Frau Huth, sondern mit Ihrer Tochter. Sie werden einfach brav hier auf ihre Rückkehr warten.«

Der Ton, mit dem Sebastian spricht, ist kalt und gefährlich. Meine Nackenhärchen stellen sich auf, doch meiner Mutter ist sein Tonfall egal. »Einen Scheiß werde ich«, zischt sie.

Sebastian lächelt amüsiert. »Ihnen bleibt nichts anderes übrig, Frau Huth. Zurück zu dir, Annabelle.« Der Mann vor uns steht auf und geht hinüber zu dem versteckten Safe. »Ich muss dich leider enttäuschen, aber was du suchst, befindet sich nicht in diesem Haus«, ruft er mir über seine Schulter hinweg zu.

Schweigend warte ich ab. Er greift in den Safe, holt eine Pistole mit Schalldämpfer heraus und kommt wieder zurück. Meine Mutter zuckt unwillkürlich zusammen, als sie die Waffe sieht, doch ich bleibe steif vor dem Schreibtisch sitzen – immerhin hat mir Oskar bereits verraten, was für ein Unheil sich dort in dem geheimen Fach befindet.

Sebastian legt die Pistole vor mir auf den Tisch. »Du wirst morgen früh aufbrechen, den Mann erschießen und wieder zurückkehren. Ich habe dir bereits Zugtickets gebucht. Insgesamt hast du zehn Stunden Zeit, deinen Auftrag auszuführen.«

Kopfschüttelnd blicke ich zu Sebastian auf. »Ich bin keine Mörderin.«

»Doch, ab morgen bist du eine. Entweder tust du, was ich sage und beseitigst diesen Mann oder deine Mutter stirbt, weil du dich meinem Wunsch verweigerst.« Seine Augen blitzen gefährlich. »Such es dir aus.«

Ich schließe für einen Moment die Augen, um klar denken zu können, doch in meinem Kopf wiederholen sich immer die Sätze *Ich will nicht* und *Aber ich muss. Ich will nicht. Aber ich muss. Ich will nicht, aber wie kann ich meine Mutter sonst vor ihrem Schicksal bewahren?*

»Nein! Ich werde gehen!«, ruft Mum plötzlich.

Schockiert öffne ich die Augen. Meine Mutter hat sich an Sebastian gewandt, der kurz auflacht. »Nein, Frau Huth. Das werden Sie nicht. Ihre Tochter hat mich betrogen und wird das ausbaden.«

Ich mustere die Waffe vor mir. Es wäre so leicht, sie zu nehmen und damit auf Sebastian zu zielen, doch es klafft ein Loch im Schaft der Pistole. Das Magazin fehlt. »Woher willst du wissen, ob ich meinen Auftrag ausgeführt habe?«, frage ich mit trockenem Mund.

Sebastian lächelt geduldig. »Wenn jemand erschossen wird, bekomme ich das mit. Vor allem, wenn ich auf diese Meldung warte.«

Wahrscheinlich erzählen es ihm seine Polizisten-Freunde.

Ein dickes Schweigen liegt zwischen uns, während dem mich Sebastian mit seinen Augen fixiert.

Ich will nicht. Aber ich muss. Ich weiß, dass ich keine Wahl habe. Ich muss die Waffe an mich nehmen. Alles andere muss ich mir im Laufe der nächsten Stunden überlegen. Mit zittrigen Fingern ergreife ich die Pistole. »Um wen handelt es sich?«

»Lilo!«, entfährt es meiner Mutter entrüstet. Ich blicke nicht zu ihr hinüber, ignoriere ihre Stimme.

»Gut so.« Ich sehe Sebastians Befriedigung in seinem Gesicht. Seine Augen werden weicher, bleiben aber aufmerksam. Die feinen Falten um seinen Mund glätten sich. »Diese Information gebe ich dir morgen vor deiner Abreise. Erledigst du deine Aufgabe, passiert deiner Mutter nichts. Wirst du geschnappt, werde ich dich leider zum Schweigen bringen müssen.« Meine Hand greift reflexartig zu dem metallenen Armreif, der sich heute noch schwerer als sonst an mein Handgelenk schmiegt. »Ich sehe, wir verstehen uns.« Das Blitzen in seinen Augen ist unmissverständlich ein leiser Siegesschrei.

»Nein, Lilo. Tu das nicht. Das ist es nicht wert! Ich lasse nicht zu, dass du jemanden tötest.« Mum springt auf, doch sofort ist Alex da und drück seine Pistole gegen ihren Kopf.

»Bringt sie nach unten in den Heizungskeller!«, befiehlt Sebastian. Mum hat ihren Zweck erfüllt.

Augenblicklich geht Herr Berger auf sie zu und legt meiner Mutter den Knebel schneller um, als dass sie reagieren kann. Panisch sieht sie mich an und schüttelt den Kopf. »Tu es nicht!«, rufen mir ihre Augen zu.

»Verzeih mir!«, flüstere ich und wende mich ab.

Dann wird sie von den Männern, die sie hereingebracht haben, wieder hinausgetragen. Kurz kann ich noch ihre gedämpften Rufe hören, dann ist es abermals still im Haus.

Schwer schluckend starre ich auf den Lauf der Pistole in meinen Händen.

»Fabian wird dir heute noch erklären, wie man mit einer Waffe umgeht, und dich morgen um halb sieben zum Hamburger Hauptbahnhof bringen, wo um kurz nach acht dein Zug losfährt. Wenn du deine Mutter lebendig wiedersehen willst, hältst du dich an den Zeitplan.«

Mit brummendem Kopf nicke ich.

»Wir besorgen dir eine Handtasche, in der du alle notwendigen Informationen, Tickets und Wegbeschreibungen finden wirst. Ich rate dir, nicht von den notierten Wegen abzuweichen. Und ich denke, du bist schlau genug, dich nicht von der Polizei erwischen zu lassen, oder?«

Wütend blicke ich ihn an. Meine Nasenflügel sind gebläht und am liebsten hätte ich ihn auf das Schlimmste beschimpft.

»Aber, aber, Annabelle. Sei nicht so beleidigt – immerhin hast du dich selbst in diese Situation gebracht.« Er sieht mich lange an und wartet auf eine Antwort, doch ich gebe ihm diese Genugtuung nicht. Mit grimmiger Miene packe ich den Griff der Pistole fester und stehe auf. Sebastian lässt mich gewähren. Er weiß, dass ich nicht fliehen werde, solange er meine Mutter gefangen hält. Mit jedem Schritt, den ich mich weiter von ihm entferne, fühle ich mich stärker und klarer im Kopf. »Morgen rechne ich mit dir ab, Sebastian!«, knurre ich, als ich meine Zimmertür hinter mir zuwerfe.

47. Kapitel

Es ist nahezu dunkel im Zimmer, nur der Mond scheint durch die Fenster und beleuchtet den Boden. Ich sitze auf der Fensterbank, starre hinaus in die menschenleere Weite vor der Villa. Die Waffe ruht in meiner Hand, während ich über den morgigen Tag nachdenke. Vor zwei Stunden habe ich mich zum Schlafen hingelegt, doch zum ersten Mal in meinem Leben kann ich nicht einschlafen – und das nicht aus dem Grund, dass jemand meine Traumwelt besetzt, sondern weil ich einfach zu aufgeregt und verängstigt bin. Ununterbrochen denke ich darüber nach, wie ich es vermeiden kann, dass irgendjemand stirbt – nicht Mum, nicht mein Opfer, nicht ich.

Ich zwinge mich dazu, erneut über meinen Auftrag nachzudenken. Bisher bin ich nur so weit gekommen, dass ich unbedingt mit Jürgen Kontakt aufnehmen muss. Er kann mir bestimmt helfen. Und wenn er mir nicht helfen kann, kann er mir vielleicht ein paar gute Ratschläge geben. Doch wie kann ich Kontakt zu ihm aufnehmen? Sebastian wird mir bestimmt kein Handy zur Verfügung stellen. Und selbst wenn er das täte, wäre es nicht besonders klug, Jürgen über ein von Sebastian überwachtes Telefon anzurufen.

Verzweifelt lege ich meinen Kopf auf die Knie und blicke hinaus auf die Felder jenseits des Hauses. Die Minuten verstreichen und ganz langsam beginnt sich ein Plan in meinem Kopf zu formen. Es ist eine irrsinnige Idee, ein kompliziertes Unterfangen und die Einzige, die mir sagen kann, ob es funktioniert, ist Sabrina. Also schließe ich die Augen und zwinge mich trotz Aufregung und Angst einzuschlafen.

***

Den Weg zu Sabrina überwinde ich schneller als das letzte Mal. Ich lege meine Hand auf den Eingang zu ihrer Traumwelt und spüre die angenehme Wärme von ihm aufsteigen. Ohne noch mehr Zeit zu verschwenden, klopfe ich an, aber sie öffnet nicht. Selbst nach dem dritten Anklopfen ignoriert sie mich. Ich darf jetzt nicht aufgeben!

»Komm schon, Sabrina! Ich weiß, dass du da bist. Öffne mir bitte die Tür!«, flehe ich sie an. Immer wieder, bis sie beim sechsten Mal endlich meinem Wunsch nachkommt.

Erleichtert trete ich in ihr kleines Berggipfel-Café.

Alles hat sich verändert. Die Fensterscheiben sind eingeschlagen, die Blumen in den Vasen vertrocknet und Staub liegt auf dem Tresen – nein, kein Staub. Es ist graue Asche, die durch den Raum rieselt und sich in jede Ritze setzt. Es riecht verbrannt, als hätte dieses Café noch vor kurzem in Flammen gestanden. »Was ist passiert?«, frage ich misstrauisch.

»Ich habe alles kaputtgemacht«, flüstert meine Freundin und lässt sich auf eine Stufe fallen, während Tränen aus ihren Augen treten. Sie meidet meinen Blick.

»Wovon sprichst du?« Kann es tatsächlich noch schlimmer werden? Panisch ergreife ich sie an den Schultern. »Erzähl schon! Wir haben nicht viel Zeit.«

Sie schnieft und fährt mit ihrer Hand über den mit Ruß benetzten Boden, sodass sich ihre Finger schwarz färben. »Ich wollte dich immer hassen, Lilo. Von Anfang an, aber ich kann verstehen, warum Patrick sich in dich verliebt hat.«

»Was?«, frage ich, weil ich dem Gesagten nicht folgen kann. Ich muss versuchen, einen Mord zu verhindern. Und schon wieder steht mir Patrick im Weg zu einem klaren Gedanken und einem funktionierenden Plan. »Können wir einfach mal nicht über Patrick reden?«

»Es tut mir leid, dass ich ihn überzeugt habe, dich wegzuschicken! Damit hat das ganze Chaos erst angefangen.«

Ich stocke. »Was hast du getan? Wieso hättest du das tun sollen?«, frage ich fassungslos. Ich schreie nicht, doch ich spüre den Druck in meiner Brust. Mein Zorn, der die ganze Zeit nur Sebastian und Patrick gegolten hatte, breitet sich schleichend in meinem Kopf aus.

»Er kam zu mir und erzählte mir, dass er nicht wisse, was er tun soll. Er berichtete, dass Paul genau weiß, wer wir sind. Und dass er Angst habe, dass Sebastian dich ausnutzen könnte, um die OBeD von innen zu zerstören. Also habe ich ihm geraten, dass er dich von Sebastian abholen lassen soll.« Sie schluchzt. »Ich argumentierte damit, dass Sebastian dich so nicht bestrafen könnte, weil es dir nicht gelungen ist, Patrick wieder in sein Schoßhündchen zu verwandeln. Und …«

Sabrina kommen wieder die Tränen, doch ich wende mich verächtlich von ihr ab, denn ich weiß, was sie nicht sagen kann. »Und du hättest mich los. Ich stünde dir und Patrick nicht mehr im Weg.« Ich verschränke meine Arme, als würde ich mit ihnen meinen Zorn ein wenig zurückhalten können. Sollte Patrick recht behalten? Stehen wir am Ende doch alle allein da?

Sabrina wimmert leise vor sich hin. »Ich hätte nicht gedacht, dass … dass deine Abwesenheit eine solche Auswirkung auf alle hat. Patrick hat sich furchtbare Sorgen um dich gemacht und nach dem Bericht von Julia über deine erneute Entführung bereute er, Sebastian kontaktiert zu haben. Er sprach nicht mehr mit uns und war zu nichts mehr zu gebrauchen. Ich hatte Angst, dass er sich selbst verletzen könnte, also habe ich sein Handy nach Fabians Nummer durchsucht und ihn angerufen.«

Eine tief sitzende Kälte breitet sich in mir aus, betäubt allmählich all meine anderen Gefühle. Wenn Fabian von Patricks Absturz weiß, weiß es auch Sebastian. Dann erpresst er Patrick wahrscheinlich immer noch mit mir. »Wo ist Patrick jetzt?«, hauche ich vor Kälte zitternd.

»Er wurde abgeholt, sodass Julia die Führung in unserem Team übernahm. Und irgendwann ist mir ihr gegenüber das mit der OBeD rausgerutscht.«

Trotz der Kälte spüre ich, wie mir schwindelig wird. Schwer atmend lasse ich mich neben ihr auf den Boden sinken. Sebastian weiß von der OBeD? Nicht nur von einem Mann, sondern von dem ganzen Netzwerk?

»Sebastian macht Jagd auf die Mitglieder dieser Organisation.«

Mein Inneres zieht sich zusammen und Tränen drängen sich heiß aus meinen Augen, während ich auf dem rußbedeckten Boden zusammensinke. Nicht nur Mum ist in Gefahr, sondern auch Tim, Dad, Martha und Jürgen!

»Seit wann?«, krächze ich.

»Seit fünf Tagen. Ich bin nachts sofort zu Patrick gerannt, aber er wurde von jemandem ersetzt. Sebastian entzieht ihm den Schlaf. Ich befürchte, er setzt Patrick gleichzeitig auf die Mitglieder der OBeD an. Und dann kam heute Morgen die Nachricht, dass Paul in der vergangenen Nacht ermordet wurde. Ich habe es in den Nachrichten gesehen.« Ihre Stimme verebbt, während ihr Körper gewaltig zittert. Ich spüre ihre Vibration durch die Fliesen hindurch.

Mir geht es nicht anders. Meine Finger sind eiskalt und ich presse sie gegen mein glühendes Herz, das gegen die Kälte und Taubheit in meinem Körper ankämpft. »Denkst du, Patrick hat Paul umgebracht?«, fragte ich mit lahmer Zunge.

Sie zögert kurz, bevor sie wieder zu schluchzen beginnt. »Verflucht, er liebt dich wirklich! Ich wollte aber um jeden Preis daran glauben, dass er dich belügt. Dass du ihm eigentlich egal bist – so wie ich ihm immer egal war. Solange du in Sebastians Gewalt bist, macht Patrick alles, was Sebastian von ihm verlangt. Patrick ist eine tickende Zeitbombe, Lilo! Er dreht durch. Ich dachte, dich von Sebastian abholen zu lassen, würde alles retten, aber ich habe mich getäuscht.«

Ich atme tief durch, reibe mir die Tränen aus den Augen und den Ruß ins Gesicht. Dann lasse ich die Kälte in mir zu. Sie lässt meinen Zorn auf Sabrina und meine Angst um Patrick und die OBeD-Mitglieder einfrieren. Während Sabrinas Schluchzen zu mir durchdringt, werde ich ganz ruhig. Ich fühle mich wie eine Maschine, mehr darf ich jetzt auch nicht sein. Wenn ich meinen Plan durchziehen will, muss ich genauso gefühlskalt sein wie Sebastian. Ich muss Risiken kalkulieren und sie gezielt eingehen – wenn ich mir von ihnen einen Nutzen erhoffe.

Sabrina ist meine Chance, nicht selbst zur Mörderin zu werden. Das ist der einzige Grund, weswegen ich noch hier bin und mich aufsetze. »Ich brauche deine Hilfe, Sabrina.«

Sie schüttelt den Kopf. »Alles, was ich tue, erzeugt Chaos und Zerstörung. Es tut mir so unendlich leid, dass ich so egoistisch war!«

»Wenn du mir nicht hilfst, Sabrina, bin ich morgen Abend tot. Ich *brauche* dich.« Meine Stimme ist nicht mehr als ein Windhauch.

Sabrina blickt zu mir herunter. Ihre Augen sind geschwollen und ihr Gesicht mit roten Flecken überzogen. Sie schüttelt leicht den Kopf, als hätte sie meine Worte nicht verstanden.

Als ich ihr knapp erkläre, was geschehen ist und was ich vorhabe, wird sie kreidebleich. »Wann willst du damit starten?«

Ich blicke auf meine Armbanduhr. »In ungefähr zwölf Stunden. Bekommst du das hin?«

»Muss wohl, oder?«, antwortet sie mit einem zaghaften Lächeln. »Noch mal riskiere ich nicht, dich für immer zu verlieren! Obwohl ich es nicht wahrhaben wollte, habe ich dich ganz schön vermisst, Babe.«

48. Kapitel

Am nächsten Morgen überreicht mir Fabian die versprochene Handtasche, dann fahren wir auch schon zum Hamburger Hauptbahnhof. Während der Fahrt döse ich sofort wieder ein und wache erst auf, als Fabian mich sanft wachrüttelt. »Kommen Sie, Frau Hahn, ihr Zug fährt bald.«

Verschlafen steige ich aus dem Auto und ziehe den Reisverschluss meiner Jacke zu, obwohl die Kälte nicht von außen zu mir hereindringt.

Fabian begleitet mich in den Bahnhof hinein.

»Hast du schon einmal jemanden umgebracht, Fabian?«, frage ich ihn kaum hörbar.

Fabian atmet schwer aus. »Glücklicherweise nein.«

»Was ist, wenn ich es tun will, aber es nicht kann? Muss meine Mutter dann wirklich darunter leiden?«

Fabian seufzt und bleibt kurz stehen. »Ich möchte Sie ja gern beruhigen, Frau Hahn, aber leider kann ich das nicht. Normalerweise kenne ich Sebastian eher als jemanden, der einen Plan B in der Hinterhand hält, doch dieser liegt womöglich jenseits von Ihnen und Ihrer Mutter.«

Ich nicke und wir gehen weiter. Fabian führt mich auf ein Gleis hinab. Auf den Anzeigen steht, dass der Zug, in den ich steigen soll, nach Köln fährt. Ich habe keine Ahnung, ob ich umsteigen muss oder welche Personen aus der OBeD sich gerade in Köln aufhalten – zumal ich ja nicht einmal alle kenne.

»Ich hole Sie heute Abend wieder hier ab«, verspricht Fabian mir. »Passen Sie auf sich auf!« Mit einem mitfühlenden Blick dreht er sich schließlich um und verschwindet vom Gleis.

Ich atme die noch frische Morgenluft ein. Es ist bereits Ende März und der Himmel kündigt einen sonnigen Tag an. In zehn Minuten wird mein Zug abfahren und es haben sich bereits zahlreiche Leute auf dem Gleis versammelt. Nervös laufe ich den Bahnsteig entlang, bis ich allein bin. Dann reiße ich die Tasche auf, um zu überprüfen, was ich dabeihabe.

Die Pistole, die ich am Morgen hineingeworfen habe, liegt ganz oben. Darunter ein volles Magazin. Schnell schiebe ich diese beiden mehr als verdächtigen Gegenstände nach unten. Leider habe ich nicht viel dabei, mit dem ich die Waffe verdecken kann. Ein Umschlag, ein dünnes Buch, ein Geldbeutel mit zwanzig Euro und meinen neuen Personalausweis.

Mit zittrigen Fingern öffne ich den Umschlag. Ein Zugticket für die Hinfahrt nach Köln, eins für die Heimfahrt nach Hamburg, zwei Tickets für den öffentlichen Nahverkehr in Köln, einen Zettel mit den empfohlenen Straßenbahnverbindungen, einer Wegbeschreibung und eine Adresse. Nirgendwo steht der Name des Betroffenen, also wohnt dort wahrscheinlich nur eine Person.

Als ich die Adresse betrachte, kommt mir ein neuer Gedanke, der mich hoffnungsvoll stimmt. Was ist, wenn mein Opfer überhaupt nicht zu Hause ist? In diesem Fall hätte ich alles getan, was in meiner Macht steht, den Auftrag auszuführen, und gleichzeitig hätte ich keinen Erfolg haben können. Kann ich das Sebastian erzählen? Würde er mir glauben?

Nichtsdestotrotz muss er sehen, dass ich zu dieser Adresse gefahren bin, also krame ich Sebastians Visitenkarte aus meinem BH, stecke sie in meine Handtasche, steige in den Zug und setze mich einer Dame im mittleren Alter gegenüber. Sobald ich mich niedergelassen habe, inspiziere ich die Umgebung. Ich bin im

Stille-Abteil, was mir zugutekommen wird. Ich warte auf den nächsten Bahnhof und darauf, dass sich die zugestiegenen Fahrgäste niedergelassen haben, dann beginne ich hektisch in meiner Tasche zu wühlen und zu fluchen – und zwar so laut, dass man es nicht überhören kann.

»Shit! Das kann doch nicht wahr sein«, flüstere ich in einem gespielt panischen Tonfall. »Wo ist mein Handy?« Wieder etwas rumkramen. »Shit!«

Die Dame gegenüber hat mir schon während meines Herumwühlens immer wieder über ihre Zeitung hinweg neugierige Blicke zugeworfen. »Was haben Sie denn?«, fragt sie schließlich.

»Mein Handy ist weg!« Ich schüttele traurig den Kopf. »Und dabei sollte ich doch meine Mutter anrufen, wenn ich auf dem Weg bin.« So langsam macht mir beim Lügen niemand mehr was vor – außer vielleicht Patrick …

»Das tut mir leid«, sagt die Frau, obwohl wir beide wissen, dass das nur hohle Worte sind, denn sie blickt sofort zurück in ihre Zeitung.

Ich beginne wieder, viel lauter als nötig, in meiner Tasche zu graben und ziehe dabei die Adresse und Sebastians Visitenkarte hervor. »Haben Sie ein Handy, das ich mir kurz ausleihen dürfte?«

Die Dame zögert.

»Bitte!«, sage ich. »Ich muss nur kurz daheim anrufen. Wir sind auch gerade erst losgefahren, also können Sie sich sicher sein, dass ich nicht beim nächsten Bahnhof damit hinausspringe.« Es zieht immer noch nicht. Innerlich fluchend hole ich den Geldbeutel heraus und halte ihr den zwanzig Euro-Schein hin. »Ich zahle auch dafür!«

Meine verzweifelte Miene muss ich nicht spielen, denn die kalte Fassade, die ich mir aufgebaut habe, beginnt zu bröckeln. Sollte ich wirklich schon hier scheitern?

Die Frau betrachtet mich einen Moment, dann entsperrt sie mir ihr Handy. »Behalten Sie Ihr Geld!«

Erleichtert atme ich aus. »Vielen Dank! Sehen Sie, ich bin gleich hinter der Scheibe, damit ich niemanden störe.« Ich lasse meine Tasche auf dem Sitz liegen – sorgfältig darauf bedacht, dass die Waffe nicht zu sehen ist – und wähle noch beim Verlassen des Abteils Jürgens Nummer. Es klingelt, aber Jürgen geht nicht ran. Fluchend wähle ich die Nummer immer wieder, bis er sich endlich meldet.

»Klein?« Seine Stimme klingt gestresst.

»Ich bin es, Lilo«, flüstere ich in das Mikrofon.

»Himmel, Arsch und Zwirn! Bist du es wirklich?«

»Ja und ich brauche dringend deine Hilfe.«

»Natürlich. Wo bist du?«

»Auf dem Weg nach Köln. Ich soll jemanden erschießen.«

Jürgen verfällt in ein kurzes Schweigen, bevor er sich räuspert. »Habe ich dich gerade richtig verstanden? Du fährst nach Köln, um jemanden zu töten?«

»Ja, wahrscheinlich jemanden aus der OBeD. Wenn ich es nicht tue, wird er meine Mutter umbringen. Ich habe mir ein fremdes Handy geliehen, also muss ich mich beeilen. Ich will niemanden töten. Also habe ich mir einen Plan ausgedacht, wie wir alle überleben können, doch dazu brauche ich dich ganz dringend. Es muss alles zeitlich genau getaktet sein und wenn ein Puzzleteil wegbricht, geht mein Plan nicht auf.«

Jürgen räuspert sich ein zweites Mal. »Das klingt sehr riskant.«

»Das ist es«, bestätige ich ihm. »Als erstes möchte ich, dass du ein Kamerateam für eine Live-Übertragung aufstellst.«

»Wie bitte?«, unterbricht er mich fassungslos.

»Es geht nicht um viel Schnickschnack, aber ich möchte eine Zeugenaussage liefern und diese soll mit einer Ausnahme am besten zeitgleich im Netz und über alle Sender im öffentlichen Fernsehen ausgestrahlt werden.«

Nun lacht Jürgen. »Wie stellst du dir das vor? So viele Ressourcen haben wir überhaupt nicht.«

»Ich schon«, antworte ich. »Eine Freundin von mir – sie heißt Sabrina – wird dich im Laufe des Vormittags kontaktieren. Sie ist die beste Hackerin, die es gibt, und sitzt schon seit heute Nacht daran, den Hackerangriff durchzuführen. Sie wird das alles bis um ein Uhr ermöglichen, du brauchst nur noch das Kamerateam.«

Auf der anderen Seite kratzt ein Stift über ein Blatt Papier. »Was ist die Ausnahme, von der du gesprochen hast?«

»In Hamburg und Umgebung – in einem Radius von ungefähr 200 Kilometer soll meine Zeugenaussage erst zehn Minuten später zu sehen sein.

»Aber wofür das Ganze?«, fragt Jürgen.

Ich atme schwer. »Herr Dr. Achim Wagner kann beauftragen, dass Menschen Dinge vergessen, aber er kann bestimmt nicht ganz Deutschland vergessen lassen, was ich sagen werde. Denn er weiß schließlich nicht, wer gerade alles vorm Fernseher sitzt.«

»Und wofür dieser zeitliche Unterschied in Hamburg?«

»Wir brauchen meine Zeugenaussage in den Köpfen von so vielen Menschen wie nur möglich, aber Herr Dr. Wagner darf das nicht mitbekommen. Du musst ein Sondereinsatzkommando beauftragen, sein Haus zu stürmen. Und zwar wenige Minuten nachdem die Übertragung gestartet ist. Somit hat er im besten Fall noch keine Ahnung, dass diese Aufnahme existiert. Passt auf, denn der Mann hat Waffen im Haus und hält meine Mutter als Geisel im Heizungskeller gefangen.«

»Das ist unglaublich«, flüstert Jürgen.

Die Dame im Abteil wirft mir einen nervösen Blick zu. »Bitte achte darauf, dass du nur Polizisten beauftragst, denen du vertraust. Ich bin mir ziemlich sicher, dass der Herr Doktor gute Beziehungen zur Hamburger Polizei hat, deswegen bitte ich dich, diese Dienststellen auf keinen Fall zu kontaktieren.«

»Hast du eine Adresse für mich, wo sich das Haus befindet, das wir stürmen sollen? Gegebenenfalls hat der Mann mehrere Häuser.« Ich gebe Jürgen die Adresse auf Sebastians Visitenkarte weiter und höre, wie er eifrig mitschreibt. »Und wo sollen wir mit dem Kamerateam auf dich warten?«

Ich schiele auf den kleinen Zettel, den ich erhalten habe, und diktiere ihm nun auch diese Adresse. Dieses Mal bleibt das Kratzen des Stifts aus. »Hallo? Jürgen? Bist du noch da?« Bin ich in ein Funkloch gefahren?

»Ja, ich bin noch da.«

»Hast du die Adresse verstanden?«

Ich will die Adresse bereits erneut vorlesen, doch er unterbricht mich. »Lilo, ich habe die Adresse verstanden. Das ist meine Adresse, mein Zuhause.«

Um mich herum dreht sich alles und vor meinen Augen wird kurz alles schwarz, sodass ich mich gegen die Glaswand lehne, um nicht umzukippen. Die schützende Kälte ist endgültig verflogen. Mein Herz flattert gefährlich und mein Atem zittert. Ich soll Jürgen umbringen? Wenn mein Plan schief geht, habe ich also auf jeden Fall einen Freund oder meine Mutter auf dem Gewissen. Es ist Zeit für Plan B. »Ich … ich habe mir überlegt, einfach zu sagen, dass niemand dort ist. Kannst du einfach weggehen und ich tanze eine Stunde um ein leeres Haus herum?«, schlage ich vor.

»Nein, wir warten schon viel zu lange darauf, endlich denjenigen hinter Gittern zu bringen, der all unsere Leute entführt. Du hast uns schon fleißig Beweise zugespielt und ich bin optimistisch, dass das heute der letzte Befehl ist, den er einer unschuldigen

Person gegeben hat. Ich sorge dafür, dass meine Frau und meine Kinder das Haus verlassen und werde mir eine schusssichere Weste anziehen – nur für den Fall, dass du die Nerven verlierst. Bleib ruhig, in Ordnung?«

Ich nicke, was Jürgen natürlich nicht sehen kann.

»Ich werde deinen Plan noch einmal durchdenken. Aber egal, was heute passiert: Hab keine Angst! Wir schaffen das schon.«

»Und Mum?«

»Die holen wir auch sicher aus der ganzen Sache raus«, antwortet Jürgen zuversichtlich.

»Danke!« Erleichterung durchströmt mich, doch dann fällt mir der Metallreif an meinem Arm ein. »Jürgen, kannst du bitte Isolierband und für den Notfall einen Krankenwagen bereitstellen? Sollte etwas schief gehen und Herr Dr. Wagner realisieren, dass ich mit dir kooperiere, bevor ihr ihn gefangen nehmen könnt, werde ich nicht nur sprichwörtlich unter Strom stehen.«

49. Kapitel

Bevor ich an Jürgens Haustür klingele, laufe ich eine Runde um den Block, um mich ein wenig zu beruhigen. Tatsächlich werde ich mit jedem Schritt jedoch nur noch nervöser. *Was werde ich tun? Wen werde ich verletzen? Werde ich selbst die nächste Stunde überleben? Wo ist Patrick gerade? Auch gerade unterwegs, um irgendjemanden zu töten? Vielleicht sogar Tim, Martha oder meinen Vater?*

Ich wische mir die Tränen aus den Augen. Wie hat Sebastian uns nur so weit gebracht? Zitternd lehne ich mich an eine Hauswand und massiere meinen engen Brustkorb, um wieder Luft holen zu können.

Lilo, du musst da jetzt reingehen!, ermahne ich mich. *Du machst jetzt deine Zeugenaussage, während Jürgen dafür sorgt, dass Sebastian festgenommen wird. Und dann rettest du alle anderen!*

Meine Sicht ist verschleiert, als ich weiterlaufe. Das Atmen fällt mir immer noch schwer. Und dann sehe ich auf den letzten Metern den bestellten Krankenwagen. Er gibt mir ein wenig Zuversicht, dass zumindest ich es irgendwie lebend aus dieser Affäre schaffe. Obwohl mich dieser Gedanke beruhigt, zittern meine Finger so stark, dass ich kaum dazu in der Lage bin, den Klingelknopf zu drücken.

»Hallo?«, fragt eine mir unbekannte Stimme aus der Gegensprechanlage.

»Ich bin mit Herrn Klein verabredet. Ist er zu Hause?« Das

wollte ich sagen, doch heraus kommen nur einzelne Töne. Dennoch erklingt der Türzipper. Ein letztes Mal wische ich mir Tränen und Schweiß aus dem Gesicht, bevor ich das Haus betrete. Ich stehe in einem dunklen Flur. In dem dämmrigen Licht kann ich plötzlich einen Mann in Polizeiuniform erkennen. Es ist nicht Jürgen, denn dieser öffnet gerade eine Tür am Ende des Flurs und kommt mit ausladenden Schritten auf mich zu. Anders als beim letzten Mal trägt auch er heute seine Uniform – inklusive schusssicherer Weste.

»Wie fühlst du dich, Lilo?«, will Jürgen wissen und nimmt mich mit in den Raum, aus dem er gekommen ist. Der andere Polizist folgt uns.

Ich schüttele stumm den Kopf – unfähig, auch nur einen Ton zu sagen.

Der Raum hinter dem dunklen Flur grenzt an einen riesigen Wintergarten. So viel Licht hatte ich nicht erwartet. Die Sonne strahlt auf einen gemütlichen Wohn-Essbereich hinab. Vor dem Sofa steht eine Kamera, die mit einem Computer verbunden ist. Tatsächlich steht überall im Zimmer Technik herum und die Kabel liegen einfach im Weg. Das riesige Chaos wird durch die vielen Menschen vervollständigt, die hier herumwuseln – allesamt in schusssichere Westen gekleidet. Alle sind schwer beschäftigt, doch als ich hereinkomme, drehen sich ihre Köpfe.

»Lilo!«, höre ich plötzlich eine vertraute Stimme und im nächsten Moment steigt mir der vertraute Geruch nach Sandelholz in die Nase, als mich Tims Arme umschlingen.

»Tim! Was machst du hier?«, frage ich. Vor Erleichterung steigen mir wieder Tränen in die Augen. Zumindest ihm geht es gut!

»Jürgen dachte, es wäre ganz gut, wenn ich dabei bin, damit ich die Wunden heilen kann, falls du doch noch auf jemanden schießt«, antwortet er.

»Du bist ein Dreamer?«, frage ich ihn überrascht. Das musste ich mit Julias Hilfe vergessen haben …

»Ähm, ja«, antwortet er verwirrt. »Wir haben uns doch in der Traumwelt kennengelernt, weil unsere Eltern dort –«

»Schluss jetzt, wir haben keine Zeit für lange Geschichten«, unterbricht uns Jürgen, woraufhin Tim mich loslässt. »Lilo, setz dich bitte auf das Sofa, damit wir die Kamera richtig einstellen können.«

»Sabrina hat gerade geschrieben, dass sie in zehn Minuten bereit ist«, benachrichtigt jemand alle Anwesenden.

»Haben sich noch Änderungen im Plan ergeben?« Ich ziehe meine Jacke aus und lege sie neben die Tür.

Jürgen schüttelt den Kopf. »Dein Plan ist ziemlich riskant und es fehlen zahlreiche Überlegungen, doch wir hatten nicht die Zeit, ihn zu überarbeiten. Es war zu zeitaufwendig, alles zu organisieren.«

Nickend setze ich mich auf das Sofa, während der Kameramann sein Gerät auf mich einstellt. Ich beginne zu schwitzen, als mir bewusst wird, dass ich mir noch überhaupt keine Gedanken darüber gemacht habe, was ich eigentlich erzählen will. Jetzt, da ich so aufgeregt bin, kann ich überhaupt nicht klar darüber nachdenken. Ein paar Wortfetzen kommen mir in den Sinn, entfallen mir jedoch sofort wieder.

Neben mir setzt sich Jürgen auf das Sofa und reicht mir Schokolade und das Isolierband. »Iss das! Du bist etwas blass.«

Ich ignoriere die Schokolade und klebe das Isolierband um den Armreif.

»Dafür ist das Isolierband? Ein Bolzenschneider wäre besser gewesen!«, entfährt es Jürgen, als er meine hektischen Finger beobachtet.

Ein Bolzenschneider! Warum bin ich nicht vorher auf die Idee gekommen? »Hast du einen?«, frage ich hoffnungsvoll.

»Nein«, flüstert er und reißt mir einzelne Streifen von der Rolle ab.

»Noch drei Minuten.«

»Shit!« Mit zitternden Fingern klebe ich die Streifen fest. *Es ist zu unordentlich! Ich muss es richtig machen, darf keine Lücken lassen!* Und gleichzeitig springen meine Gedanken weiter. »In meiner Handtasche befindet sich Dr. Wagners Waffe, die ich verwenden sollte. Ich habe meine Fingerabdrücke überall darauf verteilt und seine somit zerstört, aber vielleicht ist sie auf ihn registriert«, informiere ich Jürgen mit brüchiger Stimme.

Er legt mir seine Hand auf die Schulter, sodass ich ihn überrascht ansehe – direkt in seine bergseeblauen, tiefen, ruhigen Augen. »Alles wird gut, Lilo. Sabrina hat dafür gesorgt, dass die Aufzeichnung live übertragen wird, aber natürlich speichern wir hier auch noch mal alles ab. Ich habe zusätzlich Manuel beauftragt, heute ab halb eins alles aufzunehmen, was im ZDF läuft, nur für den Fall, dass jemand versucht, unsere Aufzeichnung aus den Polizeiakten zu entfernen. Das Einsatzkommando steht bereit, genau wie ein Krankenwagen. Atme tief durch! Dir wird nichts geschehen, wir haben alles im Griff.« Jürgen sieht so zuversichtlich aus, dass ich ihm einfach glauben muss. Also nicke ich. Er übernimmt mein Nicken, was mich irgendwie zusätzlich beruhigt.

Er klopft mir aufmunternd auf die Schulter, dann steht er auf, telefoniert kurz und geht zu den anderen Polizisten, während ich mich nun etwas ruhiger ans Abkleben mache.

»Dreißig Sekunden«, verkündet Jürgen.

Ich starre auf den Armreif. Zwischen den vielen schwarzen Streifen glänzt mir das Metall höhnisch entgegen. Ich schließe meine Augen und atme tief durch, bevor ich wie benommen in die Kamera starre.

»Jetzt! Sabrina schaltet uns live. Lilo, du kannst loslegen.«

Ich schlucke schmerzhaft, sehe, wie meine Hände schon wieder an Farbe verlieren und zwinge mich zu mehr Konzentration. Aus dem Augenwinkel sehe ich Tim einen Daumen in die Höhe zeigen, sodass meine Mundwinkel zumindest zucken.

»Hi, ich bin Lilo. Die meisten kennen mich wahrscheinlich nicht, manche haben mich aber vielleicht schon mal in den Nachrichten gesehen, denn ich wurde im letzten Herbst entführt.« Mit jedem Wort, das ich sage, fühle ich mich sicherer. Im Endeffekt ist es nichts anderes als ein Monolog. Wenn ich nicht daran denke, dass mir tausende Leute zuhören, fühlt es sich an, als wäre ich allein. Allein in diesem Raum. Allein auf der Welt. Und nichts kann mir passieren – und trotzdem klammere ich mich an dem Armreif fest, als wäre er meine Rettung und nicht mein Tod.

»Ich wurde hierhergeschickt, um jemanden umzubringen, aber ich habe mich noch nicht entschieden, wer das sein wird. Entweder meine Mutter, mit deren Tod ich erpresst werde, mich selbst oder den Polizisten, den ich zu erschießen beauftragt wurde. Da ich weiß, wie leicht Beweise verschwinden können, möchte ich euch allen meine Geschichte erzählen …« In einer kurzen Pause atme ich tief durch und befeuchte meine Lippen. Und dann beginne ich mit meiner Geschichte. Ich rede und rede wie ein Wasserfall. Es ist still im Raum, niemand rührt sich, während ich meinen Blick gesenkt halte und mich in meinen Erinnerungen verliere. Mir steigen die Tränen in die Augen, als ich an Doc denke und mich die Einsamkeit erfüllt, die mich in den letzten Monaten immer wieder heimsuchte. Nur ein Thema spreche ich nicht an: Patrick. Ich will ihn vor all den Menschen nichts vorwerfen, ihn nicht anschuldigen.

Plötzlich klingelt es. Ich hebe meinen Kopf und stocke. Die Menschen um mich herum sind ebenso verwirrt wie ich. Ich schweige mit klopfendem Herzen. Jürgen und ich starren uns an. Eines der vielen Risiken in meinem Plan: Ich weiß nicht, ob Sebastian mir jemanden hinterhergeschickt hat. Mit zwei Schritten ist Jürgen bei mir und zieht mich von der Couch auf den Boden. Das letzte, was ich sehe, sind die anderen Polizisten, die ihre Waffen zücken und wie einer von ihnen den Raum verlässt.

Die Tür wird geöffnet. Es ertönt ein Schuss. Etwas Schweres fällt zu Boden. Es muss der Polizist gewesen sein, denn niemand ruft uns zu, dass alles in Ordnung ist.

Der Kameramann wirft sich augenblicklich zu uns auf den Boden. Er sieht genauso blass und blutleer aus, wie ich mich fühle. Die Aufnahme läuft einfach weiter, obwohl niemand mehr im Bild ist.

Eine angespannte Stille erfüllt den Raum. Alle halten den Atem an und starren gespannt auf die Tür. Stumm verständigt sich Jürgen mit den anderen. Sie wollen gerade aufstehen, als plötzlich Schritte im Flur ertönen. Wir lauschen angestrengt, dann deutet Jürgen mit dem Zeigefinger in die Luft. Nur eine Person.

Augenblicklich verteilen sich Jürgens Kollegen etwas vorteilhafter im Raum, während Jürgen sich langsam von mir entfernt.

»Wir sind in der Überzahl und genauso bewaffnet wie Sie, also lassen Sie die Waffe fallen und zeigen Sie sich!«

Schweigen, dann antwortet der Eindringling. »Lassen Sie die Frau gehen!«

Entsetzt keuche ich. Es ist Patrick. Was zum Teufel tut er hier? Und offensichtlich hat er keinen blassen Schimmer, dass wir gerade im Fernsehen sind. Obwohl mir schwindelig ist, stehe ich auf. Jürgen weist mich kopfschüttelnd an, mich wieder auf den Boden zu legen, doch stattdessen gehe ich langsam auf die Tür zu. Patrick würde mich niemals verletzen.

Vorsichtig öffne ich die Tür, sodass das Sonnenlicht in den

Flur dringt. Er steht ganz nah an der Wand, eine Waffe mit beiden Händen fest umklammert. Seine Augen fliegen über den Raum, um die Situation zu erfassen – die Kamera, die Polizisten, die Computer. Doch ich bin mir nicht sicher, ob er wirklich versteht, was er sieht, denn er ist vollkommen übermüdet: Augenringe, fahle Haut, schwerfällige Bewegungen.

»Patrick, es ist alles gut. Mir wird nichts passieren. Lass deine Waffe fallen.«

»Was hast du getan?« Seine Stimme ist fassungslos, nicht mehr als ein Flüstern. »Er wird dich und deine Mutter töten! Das lasse ich nicht zu, Lilo!« Seine Waffe zielt nun auf Jürgen, der keine zwei Meter hinter mir steht. Die Art und Weise, wie Patrick sie hält, verrät mir, dass er schon häufiger auf etwas oder jemanden gezielt hat.

Obwohl mir beim Anblick des Pistolenlaufs meine Angst sofort wieder im Nacken hängt, laufe ich durch die Schusslinie und gehe auf ihn zu. »Patrick, es ist alles gut.«

»Nein!«, sagt er panisch. »Du trägst immer noch diesen bescheuerten Armreif!«

»Leg die Waffe auf den Boden!«, flüstere ich, ohne den Blickkontakt zu ihm zu unterbrechen.

»Ich lasse nicht zu, dass Sebastian dir etwas antut«, antwortet er noch leiser, sodass ich ihn kaum verstehe. Er hält mir die Hand hin und unsicher ergreife ich sie. Augenblicklich zieht er mich zu sich heran und hält mir seine Waffe gegen die Schläfe. Seltsamerweise bleibe ich erstaunlich ruhig. »Lasst uns gehen oder sie stirbt«, sagt er mit lauter, klarer Stimme.

Ich schließe die Augen. Mir ist bewusst, dass er eine leere Drohung ausgesprochen hat, doch das wissen Jürgen und seine Kollegen nicht. »Patrick, es ist in Ordnung. Jürgen hilft uns. Er ist keine Gefahr für uns.«

»Aber Sebastian ist es.« Schritt für Schritt zieht er mich den Flur entlang. Er zittert am ganzen Körper und sein Brustkorb hebt und senkt sich so schnell, dass ich hoffe, ihm würde schwarz vor Augen werden.

Jürgen folgt uns. »Mach keine Dummheiten, Patrick. Lass die Waffe sinken.«

Bevor uns noch ein zweiter Polizist folgen kann, zielt Patrick urplötzlich auf Jürgen und schießt.

Als hätte ich selbst den Schuss abgegeben, renne ich los. Alle rationalen Gedanken werden von meinem Gehirn blockiert. Ich springe über die Beine des Polizisten, den Patrick bereits zuvor angeschossen hat, dann sprinte ich neben ihm her. Nach ungefähr drei Minuten realisiere ich endlich, dass ich renne und ergreife Patricks Hand, um ihn zu stoppen. »Was hast du getan, Patrick?«, brülle ich ihn an.

»Ich habe dir das Leben gerettet!« Er will sich nicht ausbremsen lassen, also lasse ich ihn los. Endlich bleibt er stehen.

»Das stimmt nicht. Wenn Sebastian kann, wird er mich jeden Moment umbringen.«

»Nein, ich habe deinen Auftrag ausgeführt. Er hat sich schon gedacht, dass du es nicht tun wirst, und hat mich deshalb hierhergeschickt. Es wird alles gut, Lilo! Du und deine Mutter, ihr seid sicher.« Seine Hände umgreifen mein Gesicht. In seinen Augen steht die pure Verzweiflung. »Aber bitte lass mich jetzt nicht im Stich. Ich -«

»Du hättest auf mich hören sollen!«, schreie ich ihn kopfschüttelnd an. »Ich habe eben meine Zeugenaussage abgegeben.«

Patrick lacht. »Die kann Sebastian innerhalb von Sekunden wieder verschwinden lassen.«

»Dieses Mal nicht. Ich habe dafür gesorgt, dass ich live im Fernsehen zu sehen bin.«

Plötzlich wird er kreidebleich, schüttelt fassungslos den Kopf. »Oh, nein!«, flüstert er. »Nein.« Er beginnt wieder am ganzen Leib zu zittern.

Vorsichtig nehme ich seine Hände von meinem Gesicht.

»Er wird dich umbringen.«

»Nicht, wenn die Polizei ihn rechtzeitig gefangen nimmt. Ich habe ihnen seinen wahren Namen und seine Adresse gegeben. Es wird alles gut.«

»Nein, das wird es nicht. Er darf dich nicht töten! Ich darf dich nicht verlieren! Ich schaffe das nicht ohne dich!« Panisch ergreift Patrick den Ring an meinem Handgelenk und versucht wie ein Irrer, ihn auseinanderzubiegen.

Ich entwende meinen Arm seinem sinnlosen Rettungsversuch. »Lass uns zurückgehen.«

»Ich habe eben auf zwei Polizisten geschossen. Ich kann nicht zurück!«

»Du wolltest mich doch nur vor Sebastian schützen.«

Patrick schüttelt wieder panisch den Kopf. »Du weißt, ich habe in den letzten Jahren so viele Straftaten begangen, dass sogar meine Mutter denkt, dass ich ins Gefängnis komme. Wenn die Polizisten sterben, macht das die Sache nicht besser.«

»Tim ist da und kann ihre Verletzungen in Sekundenschnelle heilen. Außerdem wurdest du doch dazu gezwungen«, schreie ich ihn an, um ihn zur Vernunft zu bringen.

»Ich hatte die Wahl, Lilo. Und ich habe mich dazu entschlossen, dich zu retten, auch wenn es bedeutet, dass ich dafür jemanden umbringen muss. Wenn jemand ungeschoren davonkommt, bin das nicht ich.«

Auf einmal ertönen irgendwo in der Nähe Sirenen.

»Fuck!«, flucht Patrick. Er läuft ziellos im Kreis und rauft sich seine Haare.

»Patrick«, versuche ich ihn zu beruhigen.

»Es kann nicht vorbeisein!« Er atmet furchtbar schnell, sein Körper senkt sich in die Vorbeuge, bevor er sich erneut aufrichtet und seine Augen hervorquellen. In diesem Moment ist er nichts weiter als ein Wachender, dessen Verstand im Laufe der Zeit verloren gegangen ist.

Aber noch bin ich nicht bereit, ihn aufzugeben. Ich packe ihn an den Schultern und drehe ihn zu mir um. »Patrick, du kanntest die Situation überhaupt nicht. Glaub mir, du kannst dich immer noch für das Richtige entscheiden. Komm mit mir zurück, stell dich! Es wird Zeit für ein normales Leben!« In seinen Augen sehe ich nur die blanke Angst. »Wir stehen das zusammen durch«, verspreche ich ihm. »Ich werde alles in meiner Macht Stehende tun, damit du freigesprochen wirst.«

Er schüttelt den Kopf. »Das ist unmöglich.«

Plötzlich flutet Blaulicht die Hauswände. Bisher ist kein Polizeiwagen in Sichtweite, doch es kann nicht mehr lange dauern.

»Fuck!«, flucht Patrick noch einmal, dann dreht er sich um und rennt los.

Verzweifelt laufe ich ihm hinterher, aber er ist echt schnell. »Patrick!«, rufe ich noch einmal und strecke meine Hand nach ihm aus. In diesem Moment geht ein schmerzhafter Ruck durch meinen Körper. Wie eine Welle breitet sich der Schmerz von meinem linken Handgelenk aus und durchdringt innerhalb weniger Sekunden meinen gesamten Körper. Meine Füße reagieren nicht mehr und ich falle auf die Straße. Mein Arm schlittert über den Teer, schützt größtenteils mein Gesicht. Mein Herz stoppt.

Trotzdem nehme ich noch alles um mich herum wahr. Patrick, der meinen Namen ruft und doch noch einmal seine Richtung ändert. Die Polizeiwagen, die neben mir halten und aus denen Polizisten springen, um einen Kreis um mich zu bilden. Zwei

Männer in Uniform ergreifen Patrick und halten ihn mit aller Kraft zurück, während über allem das fackelnde Blaulicht und der Geruch nach verbrannter Haut hängt.

Dann wird um mich herum alles schwarz.

50. Kapitel

Ein Lichtblitz. Dann ein zweiter.

Ich fühle mich, als würde jemand auf mich einstechen.

Wieder durchströmt mich ein schmerzhafter Lichtblitz und ich atme tief ein. Ich habe keine Ahnung, wo ich bin, wie ich hierherkomme oder wer die Menschen um mich herum sind. Die Worte, die sie sprechen, verschwimmen ineinander, während sie mich abtasten. In meinem Mund sammelt sich eine dickflüssige Substanz, die verdächtig nach Eisen schmeckt. Ich spucke sie aus, und erst danach werden mir die Schmerzen bewusst, die mich durchfluten. Mir wird eine Nadel in mein Handgelenk gejagt, sodass ich panisch danach greife und sie wieder herausziehe, da ich auf keinen Fall mein Bewusstsein verlieren will. Keine Drogen!

Meine Panik breitet sich aus, bis ich von den fremden Menschen auf einer Liege befestigt und gezwungen werde, ruhig zu bleiben. Sie heben mich hoch und bringen mich in einen Krankenwagen. Allmählich dringen die Erinnerungen zu mir durch, sodass ich ruhiger werde – bis ich an Patrick denke. Ich muss zu ihm! Wieder versuche ich, aufzustehen, doch ich bin gefangen. Tränen der Verzweiflung strömen mir übers Gesicht und ich weine, bis ich leer bin.

Der Wagen wackelt, als jemand einsteigt, dann wird die Tür zugeschlagen. Tim kommt in mein Sichtfeld. Erleichtert atme ich aus. Er zuckt jedoch zusammen, als er mich anblickt. »Da hast du ja die gesamte Straße mitgenommen.«

Er berührt mich sanft, und dennoch durchfährt mich ein

stechender Schmerz, bevor er sich in Luft auflöst. Tims Hände wandern an meinen Beinen hinauf, über meine Hüfte und zu meinem Gesicht. Dann löst er mich von der Liege und gibt mir eine Flasche Wasser, um den Blutgeschmack loszuwerden. Als ich danach greife, fällt sein Blick auf die grässliche Verbrennung, die sich unter dem Armreif ausgebreitet hat. Sofort will er auch diese Verletzung heilen, doch ich schüttele den Kopf. »Du hast schon genug für mich getan und ich befürchte, es ist gut, wenn einige Wunden die Zeit bekommen, die sie zum Verheilen brauchen.«

Er nickt.

»Wo ist Patrick?«, will ich wissen, sobald ich meinen Mund ausgespült habe.

Sein Blick verfinstert sich. »Du fragst wirklich zuerst nach dem Kerl, der auf zwei Polizisten geschossen hat?«

Ich ziehe meine Augenbrauen verärgert zusammen. »Ich dachte, du hättest mitbekommen, was Sebastian ihn über Monate hinweg angetan hat, um zu erreichen, was er wollte. Ist es wirklich so überraschend, dass Patrick heute durchgedreht ist?«

Tim schweigt und weicht meinem Blick aus.

»Er hat versucht, mich zu retten, Tim. Er hätte niemals geschossen, wenn er keine Angst um mich gehabt hätte«, erkläre ich ihm mit zittriger Stimme. »Und jetzt habe ich Angst um ihn. Also: Wo ist er?«

Mein Freund seufzt, schüttelt den Kopf und sieht mich danach an. »Sie haben ihn in Untersuchungshaft gebracht.«

Ich schlucke schwer, nicke aber. Natürlich müssen sie ihn erst einmal wegsperren, aber ich werde alles daran setzen, dass er wieder rauskommt.

»Wie geht es Mum? Konnten sie sie befreien?«, frage ich mit trockenem Mund.

Tim nickt lächelnd, sodass ich erleichtert aufseufze.

»Dieser Mistkerl wurde übrigens festgenommen. Jürgen sagt, dass man ihn erst einmal von der Außenwelt isolieren wird. Immerhin wissen wir nicht so richtig, mit welchen Gaben seine Freunde gesegnet sind.«

Die tiefe Erleichterung, die mich überflutet, lässt schwarze Punkte durch mein Sichtfeld tanzen. Ich fühle mich, als hätte jemand einen viel zu engen Gürtel um meinen Brustkorb gelöst. »Das sind die besten Neuigkeiten, die du mir jemals berichtet hast!«, rufe ich und schließe Tim in meine Arme.

Er erwidert meine Umarmung und drückt mich fest an sich. »Ich habe dich so schrecklich vermisst, Lilo!«

Nach einer gefühlten Ewigkeit lasse ich ihn wieder los und er klopft auf die Krankenliege. »Die Ersthelfer meinten, ich solle dich nicht zu sehr strapazieren. Sie wollen dich erst einmal unter Beobachtung stellen und für dich da sein, falls du durch den Stromschlag Herzrhythmusstörungen bekommst.«

Ich lege mich zurück auf die Liege und spüre, wie die Erschöpfung nach mir greift. Endlich fällt die Anspannung, die mich seit fünf Monaten fest in ihrem Griff gehalten hat, von mir ab. Es ist alles gut. Sebastian kann mir nichts mehr anhaben. Er hat seinen letzten Joker ausgespielt.

Und verloren.

51. Kapitel

Die Sonne scheint auf den Weg vor uns und es ist zum ersten Mal in diesem Jahr warm genug, dass ich ohne Jacke herumlaufen kann. Ich habe mich bei Sabrina eingehängt und gemeinsam schreiten wir über den Weg, der zum Hamburger Amtsgericht hinaufführt. Ich bin nervös und mir ist schon wieder übel vor Aufregung.

Tim kommt an meine Seite und lächelt mich aufmunternd an. »Es wird alles gut, Lilo. Nach heute musst du ihn nie wiedersehen.« Er spricht von Sebastian.

Hoffentlich hat er recht.

Sabrina schenkt mir einen mitleidigen Blick. »Du bist nicht allein. Alle werden da sein.«

Das stimmt. Als wir auf das Gebäude zutreten, hat sich schon eine ganze Traube Menschen versammelt. Mum ist bereits da, genau wie Christian und Sandra. Meine Mutter drückt mich fest an sich. Sie und Christian müssen genauso gegen Sebastian aussagen wie Sabrina und ich. Von Jürgen habe ich gehört, dass über zweihundertfünfzig Zeugen geladen wurden.

Mein Blick schweift über die Menschenmasse, obwohl ich weiß, dass ich nicht finden kann, wen ich suche. Docs altes Gesicht bleibt verborgen. Er ist einer derjenigen, die ihre Entführung und die anschließende Folter nicht überlebt haben. Es hat mich Monate gekostet, zu akzeptieren, dass ich ihn nicht retten konnte. Diese Last liegt heute noch schwerer auf meinen Schultern als die Angst vor Sebastian.

Angestrengt lächelnd schüttele ich Hände befreiter Dreamer, die mir ihren Dank aussprechen, als ich etwas abseits Patrick entdecke, der mit seiner Familie angereist ist. Das letzte Mal hatte ich ihn bei seinem eigenen Prozess vor eineinhalb Jahren gesehen. Da er die meisten Taten noch als Heranwachsender begangen, alles eingestanden, Reue gezeigt und geschworen hatte, dass er niemals ohne die Angst vor psychischer Folter oder physischen Auswirkungen auf sich oder andere gehandelt hätte, war er zum größten Teil nach dem Jugendstrafrecht verurteilt worden. Dennoch war die Strafe nicht ausgeblieben. Er leistet nun seine Bewährungsstrafe von drei Jahren ab. Nach seinem Prozess hatten wir einen langen Spaziergang unternommen, bei dem wir mehr schweigend als sprechend nebeneinander hergelaufen waren. Schließlich hatte er sich ein Herz gefasst und meine Hände ergriffen. »Lilo, ich liebe dich! Mehr als jeden anderen Menschen. Du hast mich aus diesem Gefängnis befreit und du bist einfach wunderbar. Wie du lachst und wie du die Welt siehst, niemals aufgibst …«

Abwartend hatte ich ihn angesehen, denn es hörte sich an, als käme gleich ein *Aber*. Ich wurde nicht enttäuscht. »Aber ich glaube, ich habe mich selbst über die letzten fünf Jahre verloren. Ich weiß nicht mehr, wer ich bin oder besser gesagt, wer ich ohne Sebastian sein kann. Er hat mir immer vorgeschrieben, was ich tun soll, und ich habe es getan, weil ich Angst davor hatte, verrückt zu werden.«

Er schwieg für einen Moment, in dem er unsere Hände musterte. Sein Finger fuhr über die Verbrennung, die der Metallarmreif hinterlassen hatte. »Ich glaube, ich muss jetzt erst einmal herausfinden, wer ich eigentlich bin und was ich mit meinem Leben anfangen will.«

Ich war überhaupt nicht überrascht, von ihm einen Korb zu erhalten, und dennoch überrollte mich eine unerwartete Welle der

Trauer. »Ich verstehe dich. Ich habe mich auch schon gefragt, wer du eigentlich bist, wenn Sebastian dich nicht zu irgendetwas zwingt«, hatte ich ihm ehrlicherweise gestanden.

Er lächelte daraufhin. »Freunde?«, hatte er mich gefragt und ich hatte zustimmend genickt.

Nun trete ich mit klopfendem Herzen auf Patrick zu und spüre, wie trotz der langen Zeit, in der wir kein Wort miteinander gesprochen hatten, in meinem Bauch die Schmetterlinge wild durcheinanderfliegen. Er sieht wesentlich gesünder aus als je zuvor. Anscheinend hat er ein wenig zugenommen, sein Gang ist aufrechter als früher und in seinen Augen liegt ein Leuchten, das ihr Türkisblau noch intensiver wirken lässt.

»Hi, wie geht es dir?«, frage ich ihn atemlos und spüre, wie mir die Hitze in die Wangen steigt, als wir uns umarmen und mir der gewohnte, leichte Salbeigeruch in die Nase steigt.

»Mir ging es noch nie besser. Und dir?«

»Na ja, so gut, wie es einem an einem solchen Tag gehen kann, oder?«, antworte ich ihm und weiche schüchtern seinem Blick aus.

Als er meine rechte Hand berührt, schaue ich ihn überrascht an, doch seine Aufmerksamkeit gilt der Brandwunde, die immer noch durch einen rosafarbenen Streifen deutlich zu sehen ist. Unwillkürlich entwende ich ihm meine Hand. »Es war eine dumme Entscheidung, Tim diese Verletzung nicht heilen zu lassen. Ich hätte echt nicht gedacht, dass ich sie für immer behalten würde.«

Patrick zuckt mit den Schultern und lächelt. »Ist doch nur ein Beweis dafür, wie mutig du bist.«

Ich grinse zurück und bevor ich mich zurückhalten kann, sage ich, was mir durch den Kopf geht. »Ich bin froh, dass du da bist, denn ich hatte Angst, ohne dich nicht durch die nächsten Wochen zu kommen. Versprich mir, an meiner Seite zu bleiben!«

Er verspricht es mir, bevor ich all die anderen Menschen begrüße, die ich durch Sebastians illegale Geschäfte kennengelernt habe.

Als es Zeit wird, das Gerichtsgebäude zu betreten, drückt mir Mum einen Kuss auf die Stirn. »Du bist die stärkste Frau, die ich je kennenlernen durfte«, flüstert sie und umarmt mich ein letztes Mal. Dann laufen wir hinein, werden belehrt und müssen in einem angrenzenden Raum darauf warten, dass wir aufgerufen werden. Obwohl wir so viele Menschen sind, ist es totenstill im Zimmer. Die meisten haben sich etwas zu lesen mitgebracht oder starren auf die Bildschirme ihrer Handys. Patrick ist der erste, der in den Gerichtssaal gerufen wird. Ich lächle ihm aufmunternd zu und er nickt zurück. Er ist genauso aufgeregt wie ich.

Obwohl ich ebenfalls eine der ersten Personen bin, die zur Verhandlung gerufen wird, erinnere ich mich in meinen Träumen immer als letztes daran. Ich sitze plötzlich inmitten der Zuschauer und lausche den anderen Zeugenaussagen. Patrick und ich halten uns an den Händen und beten mit jeder verstreichenden Sekunde, dass der Richter keine Gnade walten lässt.

Ich sehe Sabrina, wie sie von unseren Gesprächen erzählt. Dann höre ich Julia berichten, wie sie gefangen genommen wurde und zum ersten Mal auf Sebastian traf. Jürgen holt viel weiter aus, spricht darüber, wer alles verschwunden ist und was seine Ermittlungen gestört hat, bis er damit endet, dass Patrick auf ihn schoss. Ich bin überrascht, wie gut sie es alle vermeiden, von ihren übernatürlichen Gaben zu sprechen.

Dann ist Mum dran. Sie sieht mich während ihrer Aussage immer wieder an, erzählt von ihrem Job bei Somnissa, ihrer Gefangennahme und wie ich den Auftrag von Sebastian erhielt, eine Person zu erschießen. Die ganze Zeit sitzt Sebastian entspannt auf seinem Platz und schweigt. Er sieht nicht beunruhigt aus, sondern wartet einfach geduldig ab, was ihm alles vorgeworfen wird.

Und dann bin ich an der Reihe – wie immer bin ich auch heute die letzte Zeugin, die vernommen wird. Ich sitze auf dem Stuhl und erzähle, wie Tim und ich auf Docs Verschwinden aufmerksam wurden, wie wir aus Sorge, dass ihm etwas zugestoßen sein könnte, in die Praxis und in seine Wohnung eingebrochen sind. Ich rede über meinen Fluchtversuch und was ich im Gefängnis erlebt habe, weshalb Sebastian mich zu sich rief und wie Sabrina, Patrick und ich begannen, gegen ihn zu arbeiten.

Als ich ende, steht Sebastians Verteidiger auf. »Sie sagen, ein Mann mit blonden Haaren hätte Sie entführt?«, hakt der Verteidiger nach. Sebastians Augen blitzen gefährlich auf.

Ich schlucke schwer, nicke. »Es war ein Mann namens Alexander Spielmann, der bereits für unzählige Entführungen und dem Mord an Paul Benkins verurteilt wurde. Die Organisation war zu groß, als dass Doktor Wagner jede Entführung selbst hätte durchführen können.«

Der Verteidiger blättert durch seine Unterlagen, bis er das richtige Dokument gefunden hat. »Mir liegen Beweise vor, die darauf hindeuten, dass Sie selbst illegale Handlungen durchführten. In Ihrer Aussage sind Sie bereits auf einige eingegangen. Hausfriedensbruch, Diebstahl, Diebstahl persönlicher Daten, Bedrohung von Leib und Leben …«, liest er vor. Immer mehr fühle ich mich, als ob *ich* angeklagt werden würde. Ich schaue hinüber zu Patrick, der den Verteidiger böse anfunkelt, doch natürlich darf er nichts sagen, wenn er vom Richter nicht dazu aufgefordert wird. »Außerdem wurde meinem Mandanten mitgeteilt, dass Sie trotz Ihrer Minderjährigkeit gerne alkoholische Getränke zu sich nahmen. Wie oft trinken Sie Alkohol?«

Meine Augen verwandeln sich vor Zorn zu Schlitzen. »Während meiner Gefangenschaft nur ein einziges Mal – und zwar an dem Abend, an dem wir eine WG-Party feierten.«

Mein Traum springt ein Stück nach vorne, als das Gericht mit seiner Entscheidung in den Gerichtssaal zurückkehrt.

Mir wird abwechselnd heiß und kalt. Obwohl ich in Wirklichkeit neben Patrick stand und wir uns aneinander festklammerten, stehe ich in meinem Traum allein auf dem Platz, an dem ich meine Zeugenaussage abgegeben habe. Ich zittere, während Sebastian zu lebenslanger Haft verurteilt wird. Ich bin erleichtert und blicke zu ihm hinüber.

Plötzlich wird um ihn und mich herum alles dunkel und wir sind allein. Er lächelt mich herausfordernd an. »Nun, Lilo, wie ich dir schon sagte, gibt es zwei Dinge, die ich nicht leiden kann. Wenn man mich hintergeht und wenn ich verliere. Ich sitze nicht für immer hinter Gittern und dann werde ich dich finden.«

Sofort beginne ich vor Angst zu schwitzen, mir wird schwindelig und übel. Panisch drehe ich mich um, laufe weg.

Auf einmal fühle ich mich ganz leicht. Ich zerfalle in unzählige kleine Lichtpunkte und steige in den Himmel empor.

***

Ich blinzele verwirrt. Mein Gesicht klebt an der Autotür. Jemand zieht mich am Arm. Überrascht schaue ich zum Fahrer hinüber, der meine Finger aufmunternd drückt. Es ist Tim, der mich lächelnd, aber besorgt ansieht. »Hast du schon wieder von dem Prozess geträumt?«

Stumm nicke ich und will mir den Schlaf aus den Augen wischen.

»Nicht!«, ruft Tim entsetzt. »Du verwischst dir noch die Schminke.« Er hat recht. Doch sein Entsetzen über so etwas Banales bringt mich zum Lachen.

Die Sonne brennt auf Marthas altes Auto herab. Tim hat mir eine Überraschung versprochen und Sabrina ist offensichtlich eingeweiht, denn sie ist am Morgen freudestrahlend aus der Wohnung, die sie sich mit Tim teilt, verschwunden. Die beiden sind seit zwei Jahren ein Paar und seitdem habe ich in ihrer Nähe mehr über IT-Sicherheit gelernt als in meiner gesamten Schulzeit im Informatik-Unterricht.

»Du träumst in letzter Zeit sehr häufig davon«, stellt Tim sachlich fest.

»Leider. Am Ende droht er mir immer«, flüstere ich und zittere bei dem Gedanken daran.

»Er kann dir nichts tun, Lilo. Er ist hinter Gittern und wird dort auch noch für mindestens vierundzwanzig Jahre bleiben. Außerdem hast du doch Superhelden-Freunde, die dir alle ihre Hilfe zugesagt haben, falls irgendwann einmal etwas sein sollte. Sabrina hat dir höchstpersönlich zugesichert, dass sie diesen Mistkerl für dich im Auge behält – und sie kann auf so viele Überwachungskameras zugreifen, dass ihr absolut nichts entgeht.« Er zwinkert mir zu und fährt auf den Parkplatz neben einer abgelegenen Kirche. Er stellt den Motor aus, bleibt jedoch sitzen.

»Wir sind da?«, frage ich ihn. »Die Überraschung ist in einer Kirche?«

Er grinst mich schief an und greift hinter den Fahrersitz. Aus einer Dose holt er einen Muffin und eine Kerze hervor, steckt sie auf den kleinen Kuchen und zündet sie an.

Irritiert schaue ich ihn an. »Es ist März. Ich habe im Juni Geburtstag.«

»Weißt du, Lilo … Sabrina hatte eine wundervolle Idee. Heute vor drei Jahren wurdest du wiederbelebt und daher möchten wir heute mit dir deinen dritten Geburtstag feiern. Wünsch dir was, kleine Schwester!«

Ich lächele, puste die Kerze aus und beiße genüsslich in den Muffin. »Das ist ja richtig süß.«

»Und nein, wir gehen nicht in diese Kirche. Wir müssen nur über diese Düne.«

»Düne? Sind wir am Meer?«, frage ich lachend. »Ich war noch nie am Meer!«

»Na ja …«, beginnt Tim, »Es ist halt die Nordsee und gerade ist Ebbe, also so viel Meer ist momentan nicht wirklich zu sehen.«

Trotzdem höre ich nicht auf ihn und springe aus dem Auto. Voller Freude renne ich die Düne hoch und sehe nichts als eine Sand- und Wattebene. Das habe ich mir irgendwie ein bisschen anders vorgestellt … Doch ein wenig enttäuscht warte ich auf ihn und spaziere mit ihm über die Dünen, bis in der Ferne plötzlich ein Deckenlager auftaucht. Meine Eltern sind da, Martha, Sabrina, Jürgen mit seiner Frau und den Kindern und … Patrick, der seit Sebastians Prozess wieder jeglichem Kontakt mit mir aus dem Weg gegangen ist.

Dennoch ist es eine so schöne Überraschung, dass mir Glückstränen in die Augen treten und ich alle lange und fest umarme. Tim schaltet Musik ein, während Sabrina Kuchen und Jürgen Limonade verteilt – wie bei einem richtigen Kindergeburtstag. Wir bleiben den ganzen Tag am Strand, lassen uns den Märzwind durch die Haare wehen und beobachten, wie das Wasser allmählich wieder zurückkommt.

Ich sitze in einer Düne, habe mich fest in meine Jacke gekuschelt und blicke lächelnd auf das Meer hinaus. Genau *so* habe ich es mir vorgestellt! Und selten in meinem Leben habe ich mich so glücklich, so *frei* gefühlt.

Patrick kommt zu mir und setzt sich neben mich. Stumm betrachten wir die Wellen und das Sonnenlicht, das bereits recht tief steht. Als er Luft holt und seufzt, blicke ich ihn an.

»Was ist los?«, frage ich ihn lächelnd.

Er lacht etwas schüchtern, schüttelt aber nur den Kopf.

»Nun sag schon!«

»Hach … es ist nur … ich hatte vor zwei Tagen Geburtstag. Es war keine riesige Party, nur mit meinen engsten Freunden und du … hast mir gefehlt.«

Ich lache verlegen. »Ich wusste nicht einmal, dass du Geburtstag hast. Außerdem bin ich überrascht, dich zu sehen. Ich hatte eher das Gefühl, dass du meine Nachrichten ignorierst … Nichtsdestotrotz freue ich mich darüber, dass du hier bist.«

»Sabrina hat letzte Woche so lange gebettelt, bis ich zugesagt habe«, gibt er zu.

Ich atme tief durch. »Warum wolltest du die ganze Zeit keinen Kontakt zu mir, Patrick?«

Er lässt den Sand durch seine Finger gleiten, bevor er mir leise antwortet. »Ich wollte herausfinden, wer ich bin – wollte Sebastian hinter mir lassen und neu starten.«

»Und dafür musstest du auch mich zurücklassen?«

Patrick nickt zögerlich. »Aber mir ist bewusst geworden, dass das nicht funktioniert – dass ich nicht einfach einen Cut machen und so tun kann, als wäre nichts geschehen. Ich bin derjenige, der fünf Jahre lang gefangen gehalten und erpresst wurde. Ich bin derjenige, der andere Menschen entführt und aus Sorge um dich fast jemanden ermordet hat. Und trotzdem sieht mich Jürgen heute nicht als Täter, sondern als Überlebender an. Ich denke, so langsam schaffe auch ich es, mir zu verzeihen. Und das ist der schwierigste Schritt zurück zu meinem wahren Ich.«

»Das freut mich zu hören«, flüstere ich und ergreife seine Hand.

Seine Finger drücken meine sanft, bevor er sich vor mich setzt. »Lilo, ich will dich näher kennenlernen – so ganz frei von allen Zwängen und Geheimnissen. Einfach nur du und ich und niemand, der uns bedroht.«

Ich muss grinsen, während ich beobachte, wie mein Vater mit Tim ein Lagerfeuer entzündet.

»Was ist los?«, fragt Patrick etwas verwirrt.

»Bittest du mich gerade um ein Date?«, frage ich und schaue ihm herausfordernd direkt in das leuchtende Türkis seiner Augen. »So ein richtiges Date, nur mit uns beiden?«

Nun grinst auch Patrick. »Wir könnten es auch anders nennen«, weicht er mir aus.

Doch ich schüttele lachend den Kopf. »Nein, ich will, dass du mich datest. Und dass du es auch offiziell so nennst!«

»Okay, okay!«, gibt er sich geschlagen. »Dann also ein Date.«

Ich grinse immer noch vor Glück, springe auf und drücke ihm einen Kuss auf die Wange. »Ich werde da sein!«, verspreche ich ihm, nehme seine Hand und ziehe ihn mit zu den anderen ans Lagerfeuer, um mit ihnen gemeinsam den Sonnenuntergang zu genießen.

Danksagung

Mein besonderer Dank gilt meiner Lektorin Katharina Platz, die sich in geduldiger Kleinstarbeit mit mir und dieser Geschichte auseinandergesetzt hat. Ohne sie wäre sie niemals verlagsfähig geworden.

Des Weiteren danke ich dem VAJONA Verlag für das Vertrauen, das er in mich und Lilos Abenteuer setzt. Ebenso aber auch für die Weiterentwicklung und Gestaltung sämtlicher optischer Elemente.

Außerdem danke ich allen Freunden und Verwandten, denen ich jahrelang mit meinem eigenen Traum auf die Nerven gegangen bin. Danke für euer offenes Ohr, eure Kritik, eure Zeit und euren Glauben an mich!

Zuletzt danke ich dir, lieber Leser / liebe Leserin! Ich hoffe, Lilos Geschichte hat dich gefesselt und du freust dich darauf, von weiteren Büchern eingespannt zu werden. Folge mir und meinen Projekten gerne auf Instagram unter leas_geschichtenwerkstatt!